D0931588

El laberinto de la soledad

Letras Hispánicas

Octavio Paz

El laberinto de la soledad

Edición de Enrico Mario Santí

DECIMOCUARTA EDICIÓN

CÁTEDRA

LETRAS HISPÁNICAS

1.ª edición, 1993
14.ª edición. 2008

Ilustración de cubierta:
Marie-José Paz, *El hilo de Ariadna* (collage)

© Octavio Paz
Ediciones Cátedra (Grupo Anaya, S.A.), 1993, 2008
Juan Ignacio Luca de Tena, 15. 28027 Madrid
Depósito legal: M-40.712-2008
ISBN: 978-84-376-1168-6
Printed in Spain
Impreso en Huertas I.G., S.A.
Fuenlabrada (Madrid)

Índice

Prólogo

La presente edición crítica es la cuarta que preparo y, entre ellas, la tercera de un texto de Octavio Paz. La idea de dedicarle una a *El laberinto de la soledad,* y de pedirme que fuese yo el que la preparase, vino conjuntamente del autor y de Gustavo Domínguez, director de Ediciones Cátedra. La fe que ambos han tenido en mi trabajo ha sido, y es, una fuente de gran estímulo intelectual y humano. Vayan por tanto a ellos dos mi primera señal de agradecimiento.

Después de un total de trabajo de tres años, en medio de otros proyectos y múltiples contratiempos, doy fin a mi tarea de editor de este texto, no sin seguir abrigando dudas sobre mi comprensión del mismo. Sí sé, en cambio, que como en el caso de las anteriores ediciones que he tenido el privilegio de preparar, lo poco que logré no lo habría hecho sin la ayuda de muchos amigos e instituciones. El joven y talentoso profesor Alberto Moreiras, acaso sin él saberlo, me dio cierta vez una serie de pistas bibliográficas que me sirvieron de mucho en mis investigaciones. Con mis no menos talentosos amigos mexicanos Ana-Mari Gomís y Salvador de Lara tuve la suerte de compartir un sabroso año en Washington, D.C. durante el cual contestaron varias miles de preguntas mías sobre su país y su rica historia. Igual deuda tengo con mi amigo, el profesor José Pascual Buxó, del departamento de Español y Portugués de la Universidad de California, Los Angeles, cuyo apoyo moral e intelectual me fue oportuno, efectivo y, en cierta manera, restaurador.

En la Universidad de Georgetown sigo recibiendo el apoyo incondicional de mi entrañable amigo y compatriota Roberto Esquenazi-Mayo, y allí tuve también la suerte de tener de asistente de investigación a otra compatriota, Liliam Oliva-Collmann, quien cotejó las dos ediciones de *El laberinto de la soledad* con paciencia y pericia y confeccionó la lista de variantes. No menos importante para mí fue la ayuda efectiva de la División Hispánica de la Biblioteca del Congreso en Washington, y en especial de mi amiga y colega Georgette Dorn.

Gran parte de la preparación de la edición la realicé en Pomona College, en Claremont, California, cuyo excelente *Seaver Computer Laboratory* me resultó indispensable para las transcripciones de los textos. Otro tanto debo decir de las bibliotecas Honnold, de los Claremont Colleges, "Tomás Rivera" de la Universidad de California, Riverside, y *Chicano Studies Library*, de UCLA. Sin los acervos de sus colecciones, así como la ayuda de Richard Chabrán, de esta última institución, mi trabajo se habría empobrecido. Agradezco, asimismo, la ayuda del profesor Howard Young, gran colega.

Debo a mi gran amiga, la Dra. María Donapetry, la cuidadosa corrección de mi estilo, y al profesor José Miguel Oviedo otro tanto con mis ideas. A Nivia Montenegro, mi mujer y continua amiga, sus oportunas sugerencias, al final, y la inspiración de muchas de mis ideas, al principio. Y por último a Marie-José Paz, el generoso permiso que nos otorgó a Octavio Paz y a mí de reproducir uno de sus hermosos collages para la cubierta.

Josune García, de Ediciones Cátedra, fue, como siempre, ejemplo beatífico de esa virtud tan escasa entre los seres humanos: la paciencia.

Más allá de las bondades de toda esta comunidad, quedan, y quedarán, mis errores. Esos sí son míos: fatal, inexorable, exclusivamente míos.

Claremont, California
A 13 de febrero de 1993

Introducción

Yo quizá no haga nada, quizá fracase, pero quizá me realice en la poesía interior, en ésa que apenas necesita escribirse, y en ti soledad, que me irás revelando la forma de mi espíritu y la lenta maduración de mi ser.

"Vigilias" (1935)

Y quizás el poeta que logre condensar y concentrar todos los conflictos de nuestra nación en un héroe mítico no sólo exprese a México sino, lo que es más importante, contribuya a crearlo.

"Poesía y mitología" (1942)

Alan: Gods don't die.
Dr. Dysart: Oh yes they do.

Equus

Octavio Paz

El laberinto de la soledad (1950), del poeta mexicano Octavio Paz (1914-1998), es una de las piezas claves de la literatura moderna: ensayo él mismo moderno y reflexión crítica sobre la modernidad. En la historia de la literatura hispanoamericana se trata de la prosa ensayística más importante de este siglo, la que ha influido más en el pensamiento y en la literatura de lengua española y resonado más en los de otras lenguas. En el contexto intelectual hispánico, pertenece a la tradición del ensayo de identidad nacional —lo que en Alemania se llamó, en cierto momento, la *Völkerpsychologie* (psicología de los pueblos) y que durante el siglo XIX repercutió en todo el continente, incluyendo España. Ya los románticos españoles (Larra y Mesonero Romanos, por ejemplo) habían iniciado la tradición en la península, pero son los grandes escritores de la llamada Generación del 98 (Ortega y Gasset, Unamuno, Azorín) los que la perfeccionan en textos tan sonados como *En torno al casticismo* (1895), o *Meditaciones del Quijote* (1914). Se trata, ante todo, de una tradición del ensayo moral, o mejor dicho: *moralista*. "Es un libro", ha dicho Paz sobre su propio ensayo, "dentro de la tradición francesa del 'moralismo'. Es una descripción de ciertas actitudes, por una parte, y, por la otra, un ensayo de interpretación histórica" (429). Al asociar el ensayo a la tradición moralista francesa —que incluye desde los ensayos de Montaigne hasta la obra de Valéry, pasando por los grandes enciclopedistas del siglo XVIII, como Montesquieu, Rousseau y Voltaire—, Paz se sitúa en la línea del análisis de actitudes psi-

13

cológicas, y así resume, y critica, sus consecuencias históricas. Ese bagaje europeo repercute, a su vez, en Hispanoamérica, y promueve en nuestro siglo toda una literatura sobre el tema de la identidad nacional, a la que el libro de Paz pertenece. Junto a *Radiografía de la Pampa* (1933) del argentino Ezequiel Martínez Estrada, *Casa grande e senzala* (1933) del brasileño Gilberto Freyre, y *La expresión americana* (1957) del cubano José Lezama Lima, el ensayo de Paz es una de las columnas de ese edificio[1].

Dentro de la literatura mexicana en particular, el libro ocupa igualmente un lugar privilegiado: continúa, resume y cierra la reflexión sobre la identidad nacional[2]. Fue el primer libro orgánico en prosa publicado por Octavio Paz, y dentro de su propia obra es la pieza central de su extensa reflexión sobre México. Libro polémico y, aún hoy, combatido, constituye un complejo cruce entre el ensayo moral, la filosofía de la historia, la antropología de la cultura, la psicohistoria y la autobiografía.

[1] Sobre el ensayo de identidad nacional en España, véase el libro de Herbert Ramsden, *The 1898 Movement in Spain,* Manchester, Manchester University Press, 1974; sobre la misma tradición en Hispanoamérica, Martin Stabb, *In Quest of Identity,* Chapel Hill, N.C., University of North Carolina Press, 1967, y José Miguel Oviedo, *Breve historia del ensayo hispanoamericano,* Madrid, Alianza Editorial, 1990. Sobre la *Völkerpsychologie* y sus fuentes, véase el lúcido capítulo sobre Unamuno en el libro de mi colega Francisco Larubia Prado, *Entre literatura y filosofía: Unamuno, Ortega y Gasset y el punto de vista estético,* de próxima aparición.

[2] Véase José Luis Martínez, ed. *El ensayo mexicano moderno,* 2ª. ed., México, D.F., Fondo de Cultura Económica, 1971, para una discusión y antología de los textos sobre este tema. Sobre el ensayo mexicano de identidad nacional son útiles los ensayos de José E. Iturriaga, *La estructura social y cultural de México,* México, D.F., Fondo de Cultura Económica, 1951, Abelardo Villegas, *La filosofía de lo mexicano,* México, D.F., Fondo de Cultura Económica, 1960, y la tesis de William Arthur Mullies, "*Mexicanidad* in the Essays of Samuel Ramos, Leopoldo Zea and Octavio Paz", University of Missouri, 1974, y Juan Hernández Luna, "Primeros estudios sobre lo mexicano en nuestro siglo", *Filosofía y Letras,* 20 (octubre-diciembre, 1950), págs. 327-354.

Ese cruce tiene un nombre más sencillo y tradicional: ensayo literario. A la presente edición crítica, primera en su especie, le acompañan otros textos posteriores del mismo autor que constituyen su continuación, repaso y crítica. Estos son: una versión abreviada de *Postdata,* su "continuación" de 1970; la importante entrevista del autor con Claude Fell (1975) a propósito del veinticinco aniversario de la primera edición del libro, en la que se explican sus propósitos e indican sus fuentes; y siete ensayos más recientes sobre el tema de México y el mundo hispánico. Por último, nuestra edición incluye un apéndice con otros tres textos del autor que contribuyen a la comprensión del libro.

Paz escribió *El laberinto de la soledad* en París entre 1948 y 1949, pero fue ideando muchos de sus temas, como veremos, desde doce años antes. La primera edición de *El laberinto de la soledad* se publicó en México en 1950; la segunda, nueve años después, también en México. A la segunda edición se añadió un capítulo y se incorporaron importantes cambios que contribuyeron, en su momento, a poner el libro al día. Diez años después, en 1969, con motivo de la conferencia "Hackett Memorial Lecture" en la Universidad de Texas, Austin, Paz escribió otro texto titulado "México: la última década" que de hecho volvió a poner al día su reflexión sobre México, esta vez con motivo especial de la crisis de octubre de 1968. Esa conferencia se convirtió, al año siguiente, en *Postdata,* libro que, como dice su autor, fue la "prolongación crítica y auto-crítica" de *El laberinto de la soledad.*

La continuidad que demuestran las dos ediciones de *El laberinto,* junto a la de *Postdata* y demás textos, indica cómo a partir de 1950 se creó en Paz una voluntad de interpretar críticamente la realidad histórica de México. A partir de entonces, Paz asume a México como una responsabilidad que aún no termina y que no excluye ni la crítica ni la pasión. Nuestra observación sobre esa continuidad se comprueba si tomamos en cuenta que

15

en 1979, con motivo de la primera edición de *El ogro filantrópico,* Paz señalaba que en "El presente y sus pasados," primera parte de ese libro, también se incluían ensayos sobre la realidad mexicana que a su vez eran "alcances y prolongaciones de temas que he tocado en *El laberinto de la soledad* y en *Postdata".* Si además observamos que en este mismo libro Paz había tomado la precaución de señalar que se trataba de ensayos sobre el tema general de *Historia y política, 1971-1978* —justamente, el subtítulo de *El ogro filantrópico*— las fechas prueban la importancia que Paz le concede al carácter cronístico de su prosa sobre tema mexicano. "Libro que no aspira", describió cierta vez a *El laberinto,* "sino a ser devorado por la realidad, siempre más poderosa que las ideas y las teorías". No es por azar, entonces, que en 1987, en la "Entrada" a *El peregrino en su patria. Historia y política de Mexico* (1987), Paz describe el tema mexicano en su obra como una "idea fija", y que además conciba el conjunto de su meditación con otro concepto clave:

> Escrito a lo largo de cerca de medio siglo, es una suerte de diario. Pero no un diario de los sucesos de una vida sino de las vicisitudes mentales y afectivas de la relación, no siempre feliz, de un escritor con su patria. ¿En busca de México o de mí mismo? Tal vez de un lugar en México: mi lugar. O del lugar, en mí, de México. La peregrinación comenzó con una sensación de extrañeza y con una pregunta: ¿yo soy el extraño o esta tierra que llamo mía es una tierra ajena? Esta pregunta es tan antigua como los hombres. Las religiones la han respondido casi siempre de la misma manera: esta tierra no es tu tierra verdadera sino el lugar de tu exilio[3].

[3] Cito de "Entrada", Octavio Paz, *El peregrino en su patria. Historia y política de México,* ed. Octavio Paz y Luis Mario Schneider, México, D.F., Fondo de Cultura Económica, 1987, págs. 13-14. Este es el primer tomo de una serie de tres *México en la obra de Octavio Paz.* La historia editorial a la que me refiero es la siguiente: *El laberinto de la soledad,* México, D.F., Cuadernos Americanos, 1950; y México, D.F., Fondo de

A la vista de esta observación, no sería exagerado afirmar que la presente edición constituye una versión más del diario sobre esa "idea fija" que ha sido México a lo largo de medio siglo para Octavio Paz. Por lo demás, la "extrañeza" a la que se refiere el autor como origen de su meditación nos hace pensar que en efecto escribió *El laberinto de la soledad* en el París de la posguerra, lugar y momento atravesados por varias corrientes artísticas e intelectuales, pero prominentemente la del llamado existencialismo francés. No sería justo, desde luego, reducir todo el argumento del libro a una temática existencialista; máxime cuando, como veremos, los temas de la soledad y de México en la obra de Paz anteceden por varios años a la publicación de este libro. Pero tampoco podemos descartar que esté tocado por esa temática: la soledad o "extrañeza" es un tema si no existencialista al menos sí existencial, que a su vez es una variante más del tema de la alienación —tema moderno por excelencia[4]. En su libro, y en casi todos los ensayos que aquí se recogen, Paz desentraña la alienación mexicana refiriéndola a la historia del país, los mitos que encubre y el sistema de poder que sostiene.

Repasemos, en esta introducción, algunos de los elementos que nos ayuden a la comprensión de este tema, y en particular del libro clave *El laberinto de la soledad*.

Cultura Económica, 1959; *México: la última década,* Austin, Tx., The University of Texas Institute of Latin American Studies, 1970, *Posdata,* México, D.F., Siglo XXI, 1970; *El ogro filantrópico. Historia y política, 1971-1978,* Barcelona, Seix Barral, 1979; y México, D.F., Joaquín Mortiz, 1979. En cambio, las citas de los textos en esta introducción se refieren a esta misma edición.

[4] Nunca se ha reparado, que yo sepa, en la coincidencia en el tiempo de la publicación de *El laberinto de la soledad* con otros dos clásicos de la alienación existencial del siglo XX: me refiero a *The Lonely Crowd* (1950), de David Riesman, y *Neurosis and Human Growth* (1950) de Karen Horney. Por lo demás, el lector puede encontrar una amplia discusión del tema, así como una antología afín, en *Man Alone. Alienation in Modern Society,* ed. E. y M. Josephson, Nueva York, Dell, 1962.

Primero, sus antecedentes en la obra del autor. Segundo, su estructura y filiación intelectual. Por último, los alcances que ha tenido y su influencia.

I- PREHISTORIA DE LA SOLEDAD

1- *Odisea de agua y fuego*

Para rastrear el tema de México en la obra de Octavio Paz es preciso remontarse a los años 30, que en la vida de Paz coincide con su segunda década vital y la primera de su larga carrera literaria. México vivía entonces su época posrevolucionaria. Para entonces el paso hacia el sexenio del presidente Lázaro Cárdenas (1934-1940) sufría de las tensiones entre un nuevo nacionalismo de corte socialista y los restos del humanismo liberal. Transcurren los años 30, que en México como en todas partes son de fermento económico, social y político. Es también el momento en que se fundan organizaciones revolucionarias de izquierda radical, como el "Bloque de Obreros Intelectuales" y la "Liga de Escritores y Artistas Revolucionarios" (LEAR). Casi como un emblema del nacionalismo de esta época, Samuel Ramos publica en 1934 *El perfil del hombre y la cultura en México,* libro que de muchas maneras, como veremos, representará el punto de partida de Paz.

Es en tal ambiente que comienzan las meditaciones del joven Paz, quien en esos años vivía volcado hacia la búsqueda de una auténtica causa revolucionaria. No le faltaba razón: su abuelo, Ireneo Paz (1836-1924), había sido un escritor prominente, que primero apoyó el despotismo liberal ilustrado de Porfirio Díaz y luego fue encarcelado por el mismo Díaz. A su vez, su padre, Octavio Paz Solórzano (1883-1936) había luchado durante la Revolución Mexicana del lado de Emiliano Zapata, al extremo de convertirse en agente suyo en Estados Unidos. Después de la lucha armada se incorpora a la vida

nacional como diputado al Congreso Nacional por el Partido Nacional Agrarista. Por eso, si la familia de Paz encarna un conflicto ideológico, la tensión produce una enconada pasión sobre el tema de México. Y si durante la adolescencia Octavio Paz hijo lee con entusiasmo a los anarquistas, para su segunda década ya ha leído también a Marx, los clásicos del comunismo y la tradición libertaria. Son esas experiencias las que motivan que en 1936, a sus 22 años, tras el estallido de la guerra civil en España, reaccione escribiendo el fervoroso poema *¡No pasarán!,* cuyo usufructo dona íntegramente al Frente Popular Español en México. Y es también lo que explica su decisión, a principios del año siguiente, de marcharse a Mérida, capital de Yucatán, a fundar una escuela para hijos de obreros y campesinos.

Muchos de los escritos juveniles de este momento demuestran esa temprana preocupación. Ya en las "Notas" escritas a raíz de su arribo a Yucatán, se perfila un intento de desciframiento de la realidad a partir del sentido latente de una oculta cultura indígena. "Aquí lo indígena no significa el caso de una cultura capaz de subvivir, precaria y angustiosamente, frente a lo occidental, sino el de los rasgos perdurables y extraordinariamente vitales de una raza que tiñe e invade con su espíritu la superficial fisonomía blanca de una sociedad." (PL, 130). Los elementos de una lectura profunda de la realidad mexicana ya están presentes aquí. Pero será sólo a partir de un periplo fuera de México al año siguiente, primera visita del poeta a Europa, que se harán evidentes.

En efecto, Paz viaja a España, en julio de 1937, como invitado al "Segundo Congreso Internacional de Escritores en Defensa de la Cultura". La estancia en España dura cuatro meses —de julio a septiembre— pero de ahí Paz viaja, o más bien regresa a París (pues había sido por Francia que llegó a Europa), donde permanece hasta fines de año. Para el joven Paz la experiencia de España aglutina un contexto intelectual y una incipiente poética —es allí donde traba amistad, por ejemplo, con la

generación de escritores y poetas de la revista *Hora de España:* Arturo Serrano Plaja, Juan Gil-Albert, Luis Cernuda, Manuel Altolaguirre, entre otros. A su vez, en París, entra en contacto con otros escritores —como Alejo Carpentier y Robert Desnos— que ya para entonces, forman parte de la disidencia en torno al grupo surrealista. Pero la importancia del viaje a Europa rebasa el detalle circunstancial y significa un primer encuentro con su imagen, su propia diferencia cultural. Si en Yucatán, Paz había descubierto al "otro" indígena dentro de México, en Europa las circunstancias lo llaman a explicar su cultura americana ante españoles y europeos. Así, en su "Noticia de la poesía mexicana contemporánea", un texto de presentación de lectura de poesía leído en Valencia en agosto de 1937, el poeta explica que si bien los jóvenes poetas "pensamos que sí existe un acento nacional", en cambio, "ese acento no es el que inútilmente buscan los enamorados de lo 'mexicano', porque lo mexicano es justamente lo contrario del nacionalismo, es decir lo irreconciliablemente enemigo de la mutilación y el engaño del hombre. Lo mexicano", continúa, "como lo español, es una manera de ser hombre, cumplida y vastamente, y no un camino o una red para truncar o traicionar al hombre". Y en palabras que han de resonar, años más tarde, en *El laberinto de la soledad,* resume:

> Lo mexicano no es una inalterable esencia, una estática y pareja suma de reacciones, sino una cambiante, como la propia vida, voluntad y comprensión humanas frente a hechos objetivos e irremediablemente concretos, específicos, nacionales. Lo mexicano está, con la misma fuerza, en oposición a lo inhumano y sin carácter, de puro desdén por la vida, que a lo pobremente característico. Cumple de este modo, y con él la poesía que lo realiza en lo que no cambia, el verdadero sentido de su tradición, el signo de su nacimiento[5].

[5] Cito de Octavio Paz, *Primeras letras (1931-1943),* ed. Enrico Mario Santí, Barcelona, Seix Barral, 1988, págs. 134-5; en lo sucesivo,

En estas tempranas declaraciones no sólo apunta Paz el carácter dialéctico de la identidad cultural —su carácter cambiante según las circunstancias históricas— sino que también señala la paradójica universalidad de lo específicamente mexicano: ni "lo inhumano y sin carácter" ni "lo pobremente característico", sino sólo "una manera de ser hombre". Implícitas en esa concepción universalista de la cultura están las conocidas ideas de Jorge Cuesta en "El clasicismo mexicano", su influyente ensayo de 1934 en el que el ensayista y poeta del grupo *Contemporáneos* sostiene, desde su primera oración, que "La historia de la poesía mexicana es una historia universal de la poesía". Si el ensayo de Cuesta influye en el argumento de *El laberinto de la soledad,* aún más significativo en esta primera entrega del tema será su conexión orgánica con una reflexión sobre la poesía, que como actividad cultural *revela* lo mexicano con especial privilegio: la poesía como "espejo del alma", como dirá en un ensayo posterior de 1943. En la poesía el joven Paz encontrará no sólo una actividad artística, sino un reflejo —fuente de conocimiento y motivo de reflexión— de la realidad histórica y moral de su país[6].

A su regreso de España, a principios de 1938, Paz milita a favor de la causa republicana en varias capacidades: publica una antología de poemas españoles de guerra; comienza a escribir una columna para *El popular,* diario de la Confederación de Trabajadores Mexicanos, de tendencia procomunista; y funda, con Rafael Solana, Efraín Huerta y Alberto Quintero Álvarez la revista *Taller.* Con el tiempo esta revista, animada por ideas seme-

la paginación de esta edición se incluye entre paréntesis y va precedida por las siglas PL. El lector puede encontrar más amplia información sobre este período en la vida y obra de Paz, en mi introducción a este libro.

[6] El ensayo de Cuesta se puede consultar fácilmente en Martínez, ed., II, 107-122. "Espejo del alma", un artículo de 1943 sobre la antología *Laurel* (1942), de la que Paz fue coautor con Xavier Villaurrutia y otros, puede consultarse, a su vez, en PL, págs. 349-352.

jantes a las de *Hora de España,* se convertirá en refugio de muchos de los escritores españoles transterrados en México. Será en medio de toda esa actividad política que Paz escribe una segunda meditación sobre poesía, su reseña sobre *Nostalgia de la muerte* (1938) de Xavier Villaurrutia, que plasma algunos de los temas futuros de *El laberinto de la soledad.*

En los poemas de Villaurrutia, dice Paz entonces, "el mexicano se reconoce, al fin, no en lo más estéril y negativo, ni en lo puramente ornamental, sino en lo humano esencial". Paz identifica en esta exploración del tema de la muerte una manera inconsciente de sacar a la superficie lo específicamente mexicano, que yace reprimido, o como prefiere decirlo él, "invisible e invenciblemente". El tema de la muerte mexicana, que a diferencia de la muerte española "es a lo sumo un *trance,* un *fin"* que carece de sentido o finalidad, es precisamente lo que exploran los poemas de Villaurrutia. Para el Paz de este momento, expresar el tema de esta manera significa no sólo abordar un tema poético tradicional, sino poner el dedo en una de las llagas de la identidad nacional mexicana: manera de conocerla y motivo para conocerse. Pero ésta es sólo la mitad de la tesis de Paz. Como también "el hombre moderno huye de la muerte, la borra de su conciencia como certeza vital y la reduce a un puro juicio, a un lejano saber", la experiencia mexicana de la muerte coincide así con la experiencia universal de la modernidad: "Si para el occidental moderno la vida es un mero *obtener,* para el mestizo mexicano sólo es un moverse, un *transitar.* También se han roto para él, como para todos los hombres modernos, los lazos que nos atan a la tierra, al sentido de la tierra como proceso cósmico intencional..." A su vez, lo que sustancia esta posición en torno a lo que años más tarde llamará la *soledad* mexicana, es una visión de la historia: "El mexicano, durante todo un siglo, ha perdido sus raíces y su destino. Han sido relegados a los más profundos estratos psíquicos el valor y el sentido personal que

22

la nación alimenta: el mexicano no se ha cumplido a sí mismo lo que su naturaleza profunda le reclama. Y sólo sumergiéndose en la espesa y cambiante intemporalidad de la vida podrá encontrar su propio rostro, otra vez" (PL, 138-141).

El páramo de la conciencia mexicana, tal como lo revela el tratamiento que hace Villaurrutia del tema de la muerte, coincide así, histórica y estructuralmente, con la "tierra baldía" de la modernidad. Por tanto, no podemos hablar ya de una conciencia únicamente nacional sino del entronque de México con el desolado panorama contemporáneo de todo Occidente. He aquí una de las tesis centrales de *El laberinto de la soledad*. De ahí también que la poesía, que para Paz es una actividad espontánea y auténtica, exprese una conciencia reprimida o sepultada por el proyecto racional (o racionalista) de esa misma modernidad. Asimismo, el tema de la muerte, que forma parte de lo que Paz oscuramente llama "la intemporalidad de la vida", tendrá en futuros escritos otros equivalentes igualmente significativos, como es el caso de los "mitos" nacionales. Estos, a manera de síntomas del inconsciente colectivo, también yacen en "los más profundos estratos psíquicos" del mexicano.

Es a partir de la reseña sobre Villaurrutia, por tanto, que se perfilan los conceptos histórico-morales sobre México de Octavio Paz. A partir de su regreso de España, sin embargo, Paz sufrirá un creciente desengaño de implicaciones políticas y espirituales. Como reacción al "Pacto de Mutua No-Agresión" entre Hitler y Stalin en 1939, por ejemplo, amén del cruento asesinato de Trotsky en México, deja de escribir para *El Popular* y se aleja de los comunistas; dos años después, rompe con Pablo Neruda, con quien disfrutaba una estrecha amistad desde los días de España; dividido del grupo de *Taller* ante la política de Stalin, cesa su dirección y la revista se disuelve; y por último, se vuelve más escéptico ante la interpretación nacionalista de la realidad mexicana. Esto último se perfila con especial claridad en

Entre la piedra y la flor, el poema extenso sobre tema mexicano que publica en 1941 (precisamente el mismo año en que rompe con Neruda), y cuya primera versión Paz había escrito durante su estancia en Yucatán cuatro años antes. "Cierto, el Gobierno había repartido la tierra entre los trabajadores", recordó el poeta años después, "pero la condición de éstos no había mejorado". Y sobre el poema añade: "Quise mostrar la relación que, como un verdadero nudo estrangulador, ataba la vida concreta de los campesinos a la estructura impersonal, abstracta de la economía capitalista"[7]. Son años de transición, por tanto, los tres que median entre 1938 y 1941; a partir de entonces el tema de México en Paz adquiere visos mucho más críticos y desesperados.

Su crítica pronto se perfilará en un ataque a los dos extremos de nacionalismo y cosmopolitismo, pues ni uno ni otro representan la verdadera autenticidad. "La universalidad", responde en 1941 a una importante encuesta de la revista *Letras de México* sobre el tema de la identidad de la poesía mexicana, "es el fruto de la nacionalidad; no puede existir auténtica universalidad sin tener los pies sobre la tierra que nos crió... Tenemos que luchar contra el cosmopolitismo y el regionalismo, para encontrar el acento justo, verdadero: nacional y universal" (PL, 261). Pero sobre el polo opuesto, a su vez, aporta lo siguiente:

> La buena literatura mexicana ha vivido de la originalidad y la novedad. De la curiosidad, de la avidez por lo universal. Lo otro, la literatura 'nacionalista', además de su pobreza espiritual, no es casi literatura, sino crónica periodística. Pero esta curiosidad, esta avidez por contemplar al mundo, ahora debe volverse hacia dentro. Hacia nosotros mismos. No para buscar la novedad, ni la originalidad, sino algo mucho más difícil: la autenticidad (PL, 261).

[7] Cito de la nota al poema recogida en Octavio Paz, *Obra poética (1935-1988),* Barcelona, Seix Barral, 1990, págs. 785-786.

Una vez más, una visión de la historia, o mejor dicho, de la moral histórica del mexicano, sustenta la posición de Paz ante el fenómeno literario y artístico: "Cuando el mexicano ha afirmado algo, esa afirmación no partía de su ser, sino que tendía a subrayar, disculpar o justificar, su negación" (PL, 260), afirma en la misma encuesta. Si bien reconoce ahora que "la Revolución Mexicana —a pesar de todo— significó para México encontrarse, de pronto, consigo mismo", también admite que esa promesa de encuentro no se cumplió: "No fueron los únicos culpables los escritores, sino los revolucionarios, tan pronto corrompidos. Ellos hicieron hermético, insensible, al pueblo mexicano que, por primera vez, en su historia, había despertado" (PL, 260). Pero a pesar de que Paz insiste en que "todos hemos vuelto a la soledad y el diálogo está roto, como están rotos y quebrados todos los hombres", también abriga la convicción de que "habrá que reanudar ese diálogo. Porque debe haber alguna manera, alguna fórmula, que abra los oídos y desate las lenguas" (PL, 260). Todo lo cual confirma que tras la desesperación espiritual que destilan estas palabras, yace la convicción de que tendrá que ocurrir un eventual regreso o encuentro: "El que, desde hace años, nos preocupe a todos encontrar la 'mexicanidad' de nuestra literatura es una señal de que esa invisible substancia está en alguna parte" (PL, 261).

Que estas observaciones eran, a su vez, "los diversos puntos de partida de un posible ensayo" pero que el autor no juzga "útil ni necesario escribir" (PL, 262), según expresa una nota al calce, demuestra, por último, hasta qué punto la redacción de *El laberinto de la soledad* hacia fines de la misma década, significó la aglutinación de ideas dispersas que venían bullendo en la conciencia del joven Paz. Sobre este punto insistiremos más adelante. Por lo pronto, insistiremos también en el hecho de que todas estas meditaciones sobre la identidad mexicana surgen a partir de discusiones sobre poe-

sía. Los dos temas, en el pensamiento de este momento, son en efecto consustanciales[8].

No es por azar, por tanto, que en el preámbulo a "Emula de la llama", un ensayo de 1942 sobre poesía mexicana contemporánea, vuelva a abordar el tema. "El introvertido mexicano", nos dice entonces, "ha creado una poesía sobria, inteligente y afilada, que huye del resplandor tanto del grito..." (PL, 263). Pero en seguida nos dice que esa poesía esconde, o recubre, una realidad vital muy diferente:

> En suma, si fuera verdadera la imagen que nos ofrecen los críticos, nuestra poesía sería la otra cara, la de la vigilia, de un pueblo que, si bien es callado y cortés, triste y resignado, también es violento y terrible, un pueblo que grita y mata cuando se emborracha o se enamora, aunque el resto del día permanezca hermético y velado, y que ha hecho, ciego y vidente a un tiempo, una revolución ayuna en teorías y a la que no podemos calificar de universal, sino de todo lo contrario: de intuitiva y oscura, cargada de pasiones más que de ideas, de impulsos más que de propósitos, explosión, más que revolución, de una conciencia reprimida (PL 263).

Ya el uso aquí de esa frase clave ("conciencia reprimida") demuestra el aspecto psicoanalítico que va adquiriendo la interpretación histórica. En efecto, su descripción supone el modelo freudiano de la neurosis: una realidad que manifiesta un conflicto cuyos síntomas patológicos delatan a su vez otra realidad, distinta y latente, de los que el "paciente" no tiene conciencia. De ahí que en el siguiente extenso párrafo del ensayo, que vale la pena reproducir íntegro, abunde en el mismo modelo para describir la realidad psíquica del mexicano

[8] "La poesía no es cosa de precepto," se insistía al final de la nota anterior, dando a entender así que el supuesto "ensayo" tendría que ser, necesariamente, "poético"; ver PL, 262.

y que permea, según esta lectura, la historia de la poesía nacional:

> México, uno de los pocos países que aún poseen eso que llaman color local, rico de antigüedad legendaria si pobre de historia moderna, parece que se siente avergonzado de estos dones, signos de su miseria y de su pureza, de su incurable incapacidad para vestir el uniforme gris de la civilización contemporánea. El mexicano necesita de la fiesta, de la revolución o de cualquier otro excitante para revelarse tal cual es; su cortesía y su mesura no son nada más que la máscara con que se conciencia de sí, su desconfianza vital, cubre el rostro magnífico y atroz. México tiene vergüenza de ser y sólo en las grandes ocasiones arroja la careta, como esos adolescentes apasionados y taciturnos, siempre silenciosos y reservados, que de pronto asombran a las personas mayores con una acción inesperada. La historia nos enseña que la convulsión es nuestra manera de crecimiento. Bomba de tiempo, la sensibilidad mexicana parece complacerse en retrasar el reloj que ha de marcar el estallido final, la final revelación de lo que somos. Ese día, esa noche, subirá al cielo un árbol de fuegos de artificio y una columna de sangre. Mientras tanto, nos hundimos en nosotros mismos, preferimos el silencio al diálogo, la crítica a la creación, la ironía a la acción. El odio y el amor se abrazan a cada uno de nosotros y sus rostros se funden hasta volverse uno solo, indecible e indescriptible. Durante años hemos sentido hacia España un amor encarnizado, que nuestro orgullo encontraba culpable, y que nos ha llevado a negarnos, negándola; y hemos hecho algo parecido con nuestro pasado indígena. Nos despedazamos a nosotros mismos con un extraño gusto por la destrucción y devoramos nuestros corazones con júbilo sagrado. En nuestras manos gotea un ácido que corroe todo lo que toca. Vivimos enamorados de la nada pero nuestro nihilismo no tiene nada de intelectual: no nace de la razón, sino del instinto y, por tanto, es irrefutable. Jamás han sido expresadas por el arte o el pensamiento estas oscuridades y luces de nuestra alma (PL, 263-64).

En este largo párrafo, el lector enterado ya habrá notado, resumidos, los temas principales de lo que con el tiempo será *El laberinto de la soledad:* la vergüenza de ser del mexicano, la conciencia de la fiesta como ritual sagrado, la cortesía como simulación, el necesario rescate del pasado histórico y el legado religioso, la postulación de una futura revelación. Si bien todo ello configura el trasfondo para la comprensión de la historia de la poesía mexicana, que el mismo ensayo pasa a comentar a continuación, el lenguaje que viene utilizando Paz en textos como éste también delata otras influencias. En dos conferencias de 1942 (el mismo año en que escribe estas palabras) sobre el tema general de "Poesía y mitología", se perfila el acercamiento al tema del mito que harán posibles las formulaciones del futuro libro. En ellas Paz hablará, por ejemplo, "de un fenómeno psicológico que creo se podría llamar de reacomodación o de compensación" para comprender la supervivencia del mito en tiempos modernos, así como del mito como "relato de una acción imaginaria, en la que se disfraza cierta realidad" (PL, 273). La meditación sobre el mito se remonta a las "Vigilias", el diario poético que escribe hacia fines de la década de los 30. Pero a la luz de *El mito y el hombre* (1939) de Roger Caillois (libro que se describe en la misma conferencia como "extraordinario", y los alcances de cuya influencia comprobaremos más adelante), Paz logra formular, en la primera de las dos conferencias, preguntas y comentarios apenas tanteados en textos anteriores. Del estudio de Caillois derivarán tres conceptos claves: la noción del mito como cifra de conflictos psíquicos; la proyección de estos conflictos hacia el héroe mítico "cuya acción puede llevarlos a su desenlace"; y la necesidad de recrear, para llevar a cabo esa resolución, "una atmósfera mítica" en forma de ritos colectivos, como las fiestas. No obstante estas piadosas aclaraciones, la conferencia demuestra ser algo más que un ejercicio académico cuando hacia el final Paz observa que la persistencia del mito comprueba

cómo "la religión, esto es, la substancia misma de las creencias del pueblo, el alimento espiritual de la nación... es un fruto del hombre y de su imaginación" (PL, 279-80).

Que esta conclusión apunta hacia una revaloración positiva del mito y sus ritos se vuelve evidente en la segunda conferencia, que trata propiamente del mito en la época moderna, y donde nos dice que el héroe, por ejemplo, "al revelarnos qué somos y lo que queremos, al mostrarnos el hombre secreto, instintivo, no sólo nos otorga un conocimiento de nosotros mismos: nos señala una conducta, nos muestra y revela la fuerza del sino" (PL, 285). En resumen, el mito es una fuente de *sentido:* "la imaginación no nos finge otro mundo: nos revela el sentido de éste y nos llama a la vida. El mito, a través de sus brumas y de sus metáforas, introduce una luz dentro de nosotros: en lugar de adormecernos con la fantasía, nos aviva, nos revela, esto es, nos da la conciencia del destino" (PL, 285).

Con todas estas observaciones, por tanto, ya podemos entender el porqué de la consustancialidad de poesía e identidad nacional en esta etapa del pensamiento de Paz, pues es evidente que sólo a partir de una conciencia del carácter poético de esa identidad —confeccionada por mitos, ritos y metáforas— es posible la conciencia de su sentido. Y si bien en el resto de la segunda conferencia Paz pasa a observar cómo en el mundo moderno, y en México en particular, por desgracia "carecemos de un héroe y de un mito" (PL, 287), sí encuentra en el poeta moderno, en cambio, una función mítica salvadora para su pueblo. La meditación a la que me refiero surge hacia el final de la segunda conferencia, justamente en medio de una discusión sobre el *Ulises criollo.* La primera parte de la autobiografía de José Vasconcelos es para Paz "una novela de fabulación mítica de México" (PL, 289) cuyo héroe, como indica la alusión mitológica del título, es "el desterrado, el hombre que regresa" (PL, 289). Y de esta figura mítica, cuya

"lucha es la lucha del que regresa hacia su origen, esto es, hacia lo natural", pasa inmediatamente a hablar sobre

> El destino del poeta mexicano, entre el cielo y la tierra, entre las sirenas de las culturas extrañas y un suelo al que ama sin conocer, se encuentra y se define —y esto es más que un símbolo— en ese niño que nos describe Vasconcelos en las primeras páginas de su libro, perdido en el pueblo de la frontera y estudiando las primeras letras en un colegio extranjero. Toda la odisea vasconceliana es una odisea espiritual: la del viajero que regresa, no tanto para administrar su hogar, como el griego, sino para redescubrirlo (PL, 290).

La meditación del joven Paz se habrá referido en su momento a ese clásico de la autobiografía mexicana, pero es evidente que con los años sus palabras han adquirido una fuerte resonancia profética. Porque será el propio autor de *El laberinto de la soledad* el que, con el tiempo, se convertirá en ese mismo "poeta mexicano" que, luchando entre "las sirenas de las culturas extrañas", intentará un "regreso hacia su origen", en una odisea "para redescubrir" su hogar —sólo que el viaje ya no se hará en un barco bogando por un proceloso Egeo, sino a partir de la imaginación de la cultura, encerrado en un cuarto de estudio de París. "Y quizás el poeta que logre condensar y concentrar todos los conflictos de nuestra nación en un héroe mítico", concluye su profecía, "no sólo exprese a México sino, lo que es más importante, contribuirá a crearlo" (PL, 290). No exagero al decir que el diario de Octavio Paz sobre México comienza con la profecía de un exilio y termina con la reconciliación con el país —que es, como se sabe, una de las muchas formas de la creación.

Para fines de 1942, por tanto, Octavio Paz es un escritor mucho más maduro que el que regresa de España. Ese cambio —que es espiritual y moral, y no sólo intelectual y político— es lo que explica la elaboración

de una serie de textos analíticos sobre México, a lo largo de 1943 —su último año de vida allí antes de marcharse al extranjero. Entre ellos, uno de los más importantes, a efectos de entender ese cambio, es su reseña de *El positivismo en México* (1943), el importante estudio del profesor mexicano Leopoldo Zea. Al discrepar de las categorías históricas que el estudio utiliza lo hace justamente para precisar la noción de "ideología", que el estudio de Zea no basa en Marx sino en fuentes secundarias. Es esta precisión sobre la "falsa conciencia" del Porfirismo lo que le permite a Paz distinguir, en su reseña, entre "los intereses sociales de la burguesía mexicana" y "la realidad política que se llamó el Porfirismo" y, de ahí, denunciar la disparidad entre el Positivismo como movimiento intelectual y la realidad histórica moderna de México: "Con las leyes de Reforma", dice, "no tomó el poder la burguesía, ni se implantó la democracia en México; simplemente el feudalismo eclesiástico se hizo laico y le fue arrebatada al clero la educación pública" (PL, 241-242). Así, el Positivismo, que en México fue un arma deshonesta, utilizada con "mala fe", de la clase latifundista, significa la justificación de "un feudalismo anacrónico vestido a la moderna" más que un auténtico movimiento intelectual.

La reseña del libro de Zea fue otra de las colaboraciones de Paz a la revista *Sur* de Buenos Aires, pero se reprodujo también en *Novedades,* el diario capitalino donde a partir de marzo de 1943 Paz empezó a publicar una columna semanal en la página editorial. Las columnas, que fueron en total treinta y dos, versaban sobre diversos temas culturales y políticos, pero en al menos once de ellas recurre al tema de México y su identidad. Constituyen lo que podría llamarse una pre-historia o premonición de *El laberinto de la soledad*. En ellas el joven Paz analizará por primera vez los rasgos de la identidad mexicana que su futuro libro dará a conocer: la desconfianza hermética, el "ninguneo", el sentido profundo de su vocabulario privado y hasta público

(como el grito "¡Viva México, hijos de la Chingada...!"), su gusto por la simulación y la doblez, su nihilismo reprimido. Faltará en ellas, sin embargo, tanto la perspectiva histórica que explica estos rasgos como la interpretación de la cultura, que será el aporte más original del futuro libro. Pero todas están regidas por un afán costumbrista, a veces franca y deliberadamente humorístico, satírico, cuyo propósito es el análisis moral. Un análisis cuya motivación mayor, desde luego, es autobiográfica: con él intenta desentrañar las razones de su propio descontento en su país.

2- *Soledad y comunión*

Entre 1938 y 1942, por tanto, en una serie de escritos dispersos, Octavio Paz desarrolla múltiples observaciones sobre la identidad nacional mexicana que más tarde servirán de material para la meditación más sistemática de *El laberinto de la soledad*. Paralela a ellos, sin embargo, habrá otra serie de textos, igualmente dispersos, donde invoca y comenta el concepto clave que le da título al libro. De hecho, se podría decir que toda la primera etapa (los años entre 1931 y 1943) de la obra de Octavio Paz está atravesada por el esfuerzo por comprender, contener y acaso resolver el tema de la soledad.

Ya en las "Vigilias", el diario poético que escribe a fines de los años 30, se leen observaciones como éstas: "Esta es la verdadera soledad: sin palabras, estrangulado por un mundo fríamente enemigo" (PL, 63); "La angustia de la juventud no es la angustia de la soledad, aunque el sentimiento de soledad nos hostigue a todos los jóvenes, sino la angustia de no saber lo que se es exactamente" (PL, 85); o esta otra: "Yo quizá no haga nada, quizá fracase, pero quizá me realice en la poesía interior, en ésa que apenas necesita escribirse, y en ti, soledad, que me irás revelando la forma de mi espíritu y la

lenta maduración de mi ser" (PL, 95). Frases como éstas demuestran hasta qué punto la soledad, como experiencia personal, es el espacio y horizonte en los que se desenvuelve la obra del joven poeta. Y es también lo que explica la presencia del obsesivo tema del amor de poemas como *Raíz del hombre* (1937) —pues es sólo en virtud de un previo sentimiento de soledad que el amor o la comunión, ya sea metafísico o sexual, aparecen como solución existencial.

Pero una es la soledad personal que expresan dichas frases, y otra la soledad que, con el tiempo, se le atribuirá a la identidad (y al carácter) del mexicano. El paso decisivo entre una y otra se da en *Entre la piedra y la flor,* aquel lejano poema concebido durante la corta estancia en Yucatán que Paz publica en 1941, donde se invoca, para condenarlo, un paisaje cuya topografía encarna la soledad mexicana:

> Arde en la soledad que nos deshace,
> tierra de piedra ardiente,
> de raíces heladas y sedientas...
>
> arde como la soledad que te devora,
> arde en ti mismo, ardor sin llama,
> soledad sin imagen, sed sin labios.

Al desierto del paisaje mexicano corresponde, por tanto, una equivalente experiencia interior —el páramo del vacío y la soledad. No sorprende, por eso, que paralelo a estos versos sobre Yucatán, en otra reseña de 1942, Paz describe el paisaje de la meseta, tal y como lo representa la obra del pintor José María Velasco, observando que "nada de lo que allí vemos intenta la complicidad de nuestros sentidos o de nuestros apetitos y su misión se reduce a aislarnos de lo humano y a provocar, más que un contagio o una comunión, un estado de soledad" (PL, 203).

Soledad y comunión serán, así, dos polos de una percepción única tanto del mundo como del ser, tanto

del yo como de su circunstancia. También, como hemos visto en textos anteriores, de la poesía. Hasta ahora, poesía e identidad mexicana habían sido temas consustanciales; en cambio, en "Poesía de soledad y poesía de comunión" —una conferencia de 1942 y acaso el más importante ensayo de todo este período— Paz deja a un lado el segundo de éstos para abordar, a propósito de una conferencia sobre San Juan de la Cruz, la poesía a secas. En su lectura Paz hará del binomio soledad-comunión dos puntos de referencia que asociará con dos momentos de la poesía española: San Juan y Quevedo. El uno, poeta místico de la adoración y la reconciliación; el otro el de la conciencia y la desesperación, precursor del "poeta maldito" de la modernidad. San Juan vive un momento "en que las fuerzas contrarias de razón e inspiración, sociedad e individuo, religión y religiosidad individual, lejos de oponerse, se complementaban y armonizaban" (PL, 298); el momento de Quevedo, en cambio, muestra que "el poeta ya no es uno con sus creaciones: está mortalmente dividido" (PL, 299-300). La tesis del ensayo, como indica este apretado resumen, es por tanto fundamentalmente histórica, cosa que el propio Paz volvió a resumir en un posterior recuento: "en las sociedades antiguas la escisión entre las creencias colectivas y la individual del poeta era muchísimo menor que en la sociedad moderna; a medida que la sociedad se interna en la modernidad, la escisión se agranda y se vuelve abismal: la poesía deja de ser comunión y se convierte en exasperada conciencia de sí, en soledad y, al final, en rebelión"[9].

En el ensayo, sin embargo, dicha tesis histórica había resultado más bien trunca: sobre ella se imponía también un esquema trans-histórico o estructural que a ratos sugería que soledad y comunión definen a tipos de

⁹ Octavio Paz, "Prólogo" a *Obras Completas,* Barcelona, Círculo de Lectores, 1991, I, 21-22.

poetas o actitudes poéticas de todos los tiempos, no sólo a momentos históricos. De hecho, en el mismo recuento posterior Paz recordó que su "idea no era enteramente falsa aunque demasiado tajante y simplista" ya que estaba "dividido por dentro y proyectaba mi conflicto interior en esa oposición, un poco sumaria, entre soledad y comunión"[10]. Pero, aun trunca, la tesis histórica resulta valiosa de todos modos porque indica el *deseo* del Paz de este momento: interpretar la historia —así sea sólo la historia *de la poesía*— a partir del binomio soledad-comunión. En *El laberinto de la soledad,* como veremos, esa tesis sí se cumplirá plenamente al identificar su dialéctica como "ritmo histórico".

El ensayo, en cambio, critica otra cosa: que la modernidad haya tornado el mundo en un desierto secular y racionalista. "Los hombres modernos, incapaces de inocencia, nacidos en una sociedad que nos hace naturalmente artificiales y que nos ha despojado de nuestra substancia humana para convertirnos en mercancías, buscamos en vano al hombre perdido, al hombre inocente. Todas las tentativas valiosas de nuestra cultura, desde fines del siglo XVIII, se dirigen a recobrarlo, a soñarlo" (PL, 301). La pareja soledad-comunión postula, por tanto, otro binomio consustancial, el de soledad-modernidad. Aplicada a la poesía, la idea es la misma vislumbrada antes en relación a la Revolución mexicana: así como la interpretación poética de la historia otorga sentido a la identidad nacional, así también el poeta moderno, desde su marginalidad y haciendo uso de su imaginación, "procura tornar sagrado el mundo; con la palabra sacramenta la experiencia de los hombres... No se dirige a hermosear, santificar o idealizar lo que toca sino a volverlo sagrado" (PL, 295). Esta otra relación consustancial se puede resumir de otra manera: el antídoto, por así decirlo, del veneno que es la *soledad* mo-

[10] *Ibíd.*

derna es la *comunión* que ofrece la *sacralización* de la poesía, ella misma producto de la modernidad.

3- *Odisea de papel*

Paz se marcha de México —con motivo de una beca Guggenheim que él opta por disfrutar en Berkeley, California— a mediados de 1943 y no volverá hasta nueve años después: "Repito esa cifra con reverencia", ha recordado el poeta, "fue una verdadera gestación. Pero una gestación al revés, no dentro sino fuera de mi tierra natal"[11]. En efecto, serán años de transformación personal que lo llevarán a vivir, como miembro del servicio diplomático de México, en Estados Unidos, Francia, India, Japón y Suiza: un periplo que lo lleva prácticamente alrededor del mundo. Pero son las etapas en Estados Unidos y Francia, sobre todo, las que dejarán mayor huella en la concepción y redacción de *El laberinto de la soledad*.

En Los Angeles, donde estará de paso antes de dirigirse a San Francisco y Berkeley, entrará en contacto con la población méxico-americana que describe el célebre primer capítulo "El pachuco y otros extremos". De niño, entre los cuatro y seis años (1918-20), Paz y su familia habían vivido exilados en esa ciudad del sur de California; de hecho, fue allí donde recibió sus primeras letras. Ahora, al cabo de veinticuatro años, viviendo entre otros emigrantes, concibe la idea de escribir *El laberinto de la soledad*. "La primera idea", le dijo una vez a Enrique Krauze, "vino en los Estados Unidos, al ver a los mexicanos en Los Angeles... me reconocí en ellos. Me dije 'Yo soy ellos ¿y qué nos ha pasado y qué ha ocurrido con mi país y qué ha ocurrido con México en el

[11] "Cuarenta años de escribir poesía", *La onda* (16 de marzo de 1975), pág. 6.

mundo moderno? Porque lo que les pasa a ellos nos pasa a todos'. Así que fue un sentimiento de profunda identificación..."[12]. El momento de su paso por Los Angeles es también crucial, pues coincide, en junio de 1943, con los llamados motines *zoot-suit* (el nombre del estrafalario atuendo que llevaban los pachucos). Esos motines dejarán un saldo de presos y heridos, por no hablar de la percepción negativa hacia los méxico-americanos[13].

En San Francisco Paz vivirá un año y diez meses. Allí disfruta de la beca Guggenheim y también trabaja como empleado auxiliar en el consulado mexicano. Un año después (el 10 de octubre de 1944), ingresa oficialmente en el Servicio Diplomático y es nombrado, en lo que con el tiempo se convertirá en una carrera de un cuarto de siglo, canciller de tercera en el mismo consulado. Los tiempos, que son los de finales de la Segunda Guerra, son de recogimiento y reflexión lejos (en más de un sentido) de su país. Ese mismo mes, en una carta repleta de patetismos a Víctor Serge —el poeta trotskista ruso exilado en México y a quien Paz había conocido poco antes del viaje a Berkeley— le confiesa que "para un mexicano, es estimulante vivir en este país, porque la crisis de la inteligencia americana no se resuelve en la retórica domesticidad de México. Siempre es preferible la Iglesia o el vacío a la Secretaría de Educación Pública...". La carta, que contesta a una anterior de Serge en la que éste se lamenta de la situación en México, le hace responder, además, que "todas estas cosas... me afirman en

<hr>

[12] Cito del capítulo VI, "México Independiente y contemporáneo, 2. Presente de México", en *Conversaciones con Octavio Paz,* ed. Héctor Tajonar, México, D.F., Televisa, de próxima aparición. El texto consta de las transcripciones de las entrevistas, televisadas durante 1984, que sostuvo Octavio Paz con diversas personalidades sobre una serie de temas con motivo de su 70º aniversario. La entrevista en cuestión la realizó Enrique Krauze.

[13] El estudio más completo, y especulativo, de esos acontecimientos es el de Mauricio Mazón, *The Zoot-Suit Riots: The Psychology of Symbolic Annihilation,* Austin, Tx., University of Texas Press, 1984.

mi deseo de no volver pronto. De soledad a soledad, prefiero la de aquí, en la que me siento más libre". Pero entre tales respuestas, Paz no deja de afirmar también que "es necesaria una fé común" en días como esos, ya que "muertos los ideales católicos, que constituían una fe común, y fracasada o corrompida la revolución liberal, los pueblos de los países latinoamericanos viven una vida ciega y mineral; sus intelectuales, en cambio, giran en el vacío". Por último, Paz le escribe a Serge que "lo terrible es que apenas si acertamos a expresar nuestra propia angustia, nuestra propia impotencia"; y seguidamente, escrito a mano en la carta —como queriendo completar la idea— "nuestra soledad"[14].

Aunque durante todo este tiempo Paz se dedica mayormente a escribir poemas que no publicará en forma de libro hasta el final de la década, también trabaja, entre abril y junio de 1945, como corresponsal para la revista *Mañana* de México en la conferencia mundial que poco después desembocaría en la fundación de las Naciones Unidas. La serie de seis artículos rebasa la mera descripción de negociaciones diplomáticas para plantear los problemas del mundo en la encrucijada de la inminente posguerra. De especial importancia en ellos es el tema del papel de los países pequeños (o "débiles", como los describen en la conferencia) en el nuevo orden mundial y su relación con la evidente decadencia del Estado nacional: "Ahora empieza una nueva era; el Estado nacional depende cada vez más de los otros Estados y ya no es posible hablar de una política nacionalista sin demagogia. No es que esté en crisis la nación; el que muere es el Estado nacional"[15]. La idea será el *leitmotif* de más importancia en toda la serie. De hecho, no suelen tomarse en cuenta estos artículos en el análisis

14 Copia de esta carta se conserva en el Archivo Enrico Mario Santí.
15 "Estados y Super-Estados", *Mañana*, 89 (12 de mayo de 1945), pág. 20.

de la evolución intelectual de Paz, y sin embargo es evidente que fue precisamente su experiencia en este foro internacional de posguerra la que le permitió palpar de cerca la caducidad de la idea del Estado-nación que es una de las ideas claves de *El laberinto de la soledad.* "El nacionalismo agresivo de hace veinte años ha desaparecido", dice a propósito. "Los pueblos no sólo demandan una mejor distribución de las riquezas; quieren fundamentalmente una mejor organización internacional"[16]. Y sobre la consecuente soledad del mundo de la posguerra, apunta otro tanto: "Allí estaríamos solos, como lo está Francia, como lo estarán todos los países que gozan de la extraña libertad en el vacío..."[17].

Ese mismo verano Paz se traslada al este de los Estados Unidos, y después de participar como profesor en la Escuela de Verano de Middlebury College en Vermont (donde conoce a los poetas Jorge Guillén y Robert Frost), se instala en Nueva York como segundo canciller del consulado mexicano. Pero esa etapa dura poco. En octubre es nombrado tercer secretario de la embajada de México en París, y el 30 de noviembre se embarca, vía Inglaterra, en su segundo viaje a París, adonde llega el 9 de diciembre.

Si el París de la posguerra era pobre, la vida artística e intelectual era rica, pues la Ciudad Luz se reivindica de la ocupación nazi. El deseo de muchos, incluyendo este peregrino mexicano, era que a la liberación sucediese la verdadera revolución proletaria, libre de la doble condena del fascismo y el estalinismo, y junto a ella una nueva vanguardia artística. La vida cultural la ocupan varios grupos: los escritores existencialistas (Sartre y Merleau-Ponty alrededor de la revista *Les Temps modernes),* los comunistas (Aragon y su *Les Lettres françaises),* y los independientes, (los surrealistas Breton y

[16] *Mañana,* 89 (12 de mayo de 1945), pág. 21.
[17] *Mañana,* 90 (19 de mayo, 1945), pág. 26.

Péret, escritores como Camus y René Char y el grupo de la revista *Fontaine* de Max-Pol Fouchet). Al llegar, Paz se pone en contacto con los surrealistas (por medio de Péret, a quien ya había conocido en México). Con ellos comparte, además de una política independiente, el interés por México, cuya "extrañeza" venía fascinando a otros surrealistas, como Breton y Antonin Artaud; también, la unión de acción política y poética (la revolución como visión poética y subversión). Y por último, la investigación de los poderes poéticos del inconsciente.

Sin duda, la influencia del surrealismo sobre el Paz de este momento es importantísima. Ya veremos los alcances que tiene la visión surrealista de la cultura en *El laberinto de la soledad*. Sin embargo, tampoco debemos perder de vista que Paz era un escritor muy diferente de la mayoría de los integrantes del grupo. Además de ser uno de los más jóvenes y de pertenecer a otra tradición cultural (la hispánica o hispano-mexicana), su estética en este momento no revela una ortodoxia surrealista, pues los poemas de la época no son ni oníricos ni automáticos. Además, a diferencia de muchos de los surrealistas, Paz no está exclusivamente dedicado a la creación; al contrario, depende de su trabajo diplomático para vivir y cumple labores burocráticas en una embajada, con todo el tedio y compromiso moral que ello supone. De hecho, muchos de los poemas que escribe durante este tiempo, y que reunirá en *Libertad bajo palabra* (1949), son comentarios irónicos sobre esa vida rutinaria. Todo lo cual indica que si bien Paz encuentra en París y entre los surrealistas un grupo afín, esa agrupación no implica necesariamente la resolución de su soledad como exilado espiritual en la urbe europea.

Es durante estos años, por tanto, que Paz comienza, como volviendo sobre sí mismo, a escribir el libro que se publicará bajo el título de *El laberinto de la soledad*. Al parecer, sin embargo, su redacción no comenzó precisamente como libro de ensayos. La extensa lista de

artículos dispersos entre 1938 y 1943 que hemos repasado contiene ideas claves que luego reaparecerán en el libro —y por tanto constituyen su prehistoria. En cambio, la primera redacción parece haber sido una "novela" que el autor llegó a escribir durante los primeros años en París pero nunca publicó. Lo único que sabemos sobre tal "novela" es que, según Paz le confesó a Julián Ríos en 1973, "era un pastiche de Lawrence" (refiriéndose a D.H., el novelista inglés y célebre autor de *El amante de Lady Chatterley).* "En realidad, esa novela es *El laberinto de la soledad.* Destruí la novela porque los personajes hablaban como en *El laberinto de la soledad;* me di cuenta que lo único interesante era lo que decían los personajes"[18]. Ya en la segunda de sus conferencias de 1942 sobre "Poesía y mitología" (y que hasta 1988 permaneció inédita) Paz había criticado cómo "conflictos o situaciones míticas, y los héroes que deben resolverlo, no aparecen plenamente en la novela mexicana", añadiendo que no era "una falta de capacidad sino una falta de relación, orgánica y natural, la que ha impedido al poeta condensar en una novela la atmósfera mágica de México y todos los secretos e invisibles conflictos que mueven a la nación"[19]. A la luz de las revelaciones hechas a Ríos, no sería arriesgado deducir que fue éste precisamente el proyecto de la novela. Y si de veras fue ésta su evolución, entonces de ahí podemos deducir otros dos aspectos.

Primero, que el paso entre las ideas dispersas sobre México en los primeros artículos y la primera edición del libro sistemático que hoy conocemos debe haber sido la visión *lawrenciana,* como quien dice, de México

[18] Julián Ríos y Octavio Paz, *Solo a dos voces,* Barcelona, Editorial Lumen, 1973, pág. 64. En carta reciente a este editor Paz le informa que la escribió en 1942.

[19] En otro texto de la época, sobre la obra de José Bergamín, escribió también, sugestivamente: "la verdadera novela tiene que encerrar, en su laberinto, el monstruo vivo de la novelería" (PL, 184).

y el mexicano. Esa visión debe de haber incluido (como de hecho hace en el ensayo) la meditación apasionada sobre las relaciones entre los sexos. Dicho paso no sería demasiado extraño. Lawrence —quien visitó México y escribió varios textos inspirados en su paisaje, cultura e historia— fue una de las lecturas apasionadas del joven Paz, al extremo de que dedicara una breve pero fervorosa reseña a una colección de sus cuentos traducidos[20]. Si el propio Paz con el tiempo ha reconocido que "la obsesiva repetición de la palabra sangre y de sus asociaciones sexuales y religiosas" hicieron eco en *Raíz del hombre* (1937), uno de sus primeros libros de poemas, aún más significativo es que encuentre que la obra de Lawrence aporta "otro aspecto del erotismo, su antigua cara religiosa y pánica", una versión de la sexualidad que "no aparece ni como placer ni como opinión libertaria sino como religión", y que desde luego aprovecharán muchas páginas de *El laberinto de la soledad*[21].

La segunda deducción es que Paz en efecto se demoró hasta los años finales de la década en escribir la versión definitiva del libro que finalmente se publica en 1950. Es lo que explicaría su comentario a MacAdam de que había escrito el libro "en unos meses"[22]. Es también lo que explica las reflexiones desencantadas sobre la vida en la urbe moderna, que Paz lentamente digiere durante años de residencia en varias ciudades de Estados Unidos (San Francisco, Nueva York) y en el París de la posguerra, que encontramos a todo lo largo del libro, y que seguramente formaron parte de una primera redacción en forma de novela. La mera presencia de tales reflexiones —que no son sólo irónicas sino francamente críticas, y hasta angustiosas— delatan que la escritura

[20] Véase "Lawrence en español", un texto de 1940, PL, 177-178.

[21] Cito de Octavio Paz, "Los amantes de Lady Chatterley", en *Al paso,* Barcelona, Seix Barral, 1992, págs. 12, 14.

[22] La referencia viene de "Tiempos, lugares, encuentros: Entrevista con Alfred MacAdam", *Vuelta* 181 (diciembre de 1991), pág. 15.

del libro está atravesada por una profunda nostalgia por el lejano país y sus costumbres —nostalgia que desde luego no excluye la reflexión distanciada.

Basta citar, como evidencia de ese estado de ánimo, una carta de marzo de 1948 a José Bianco, el célebre escritor argentino y redactor de la revista *Sur,* en que observa, por ejemplo: "Hoy es Sábado de Gloria. En México se siente más la Semana Santa que en París. No dudo de la religiosidad francesa, pero lamento que sea tan privada, tan interior". A lo cual seguidamente agrega, como coda personal: "Echo de menos el sabor, el olor de las fiestas religiosas mexicanas: los indios, las frutas, los atrios soleados de las iglesias, los cirios, los vendedores"[23]. Esa nota nostálgica delata, sin mencionarlo, que el autor está a punto de comenzar la redacción del manuscrito de *El laberinto de la soledad,* donde evocará, entre muchos datos de la cultura mexicana, la significación mítico-sagrada de la fiesta mexicana. Otra cara más del mismo estado de ánimo —sentido en el desierto de la ciudad moderna— aparecerá en el prólogo de Paz a *Destiempos,* de la poeta peruana Blanca Varela, donde recuerda esos años: "Habíamos salido de los años de la guerra pero ninguna puerta se abría ante nosotros: sólo un túnel largo (el mismo de ahora, aunque más pobre y desnudo, el mismo túnel sin salida...). Rechazados, buscábamos otra salida, no hacia afuera, sino hacia adentro"[24]. Y en otro texto más reciente, cuyos extractos recogemos en el apéndice a esta edición, Paz revela que fue en efecto en el verano de 1949 que escribió el libro:

> la ciudad se había quedado desierta y mi trabajo en la Embajada mexicana, en donde yo tenía un empleo modesto, había disminuido. La distancia me ayudaba: vivía

[23] Todas las cartas a Bianco que iré citando forman parte de los José Bianco Papers, Rare Books and Special Collections, Princeton University Libraries.

[24] Cito de Octavio Paz, *Puertas al campo,* Barcelona, Seix Barral, 1966, pág. 94.

43

en un mundo alejado de México e inmune a sus fantasmas. Tenía para mí las tardes de los viernes y, enteros, los sábados y los domingos. Y las noches. Escribía con prisa y fluidez, con ansia de acabar pronto y como si en la última página me esperase una revelación. Jugaba una carrera contra mí mismo. ¿A quién o qué iba a encontrar al final? Conocía la pregunta, no la respuesta. Escribir se volvió una ceremonia contradictoria, hecha de entusiasmo y de rabia, simpatía y angustia. al escribir me vengaba de México; un instante después, mi escritura se volvía contra mí y México se vengaba de mí. Nudo inextricable, hecho de pasión y de lucidez: *odio et amo*[25].

Poco más de un año después de escribirle a Bianco, en otra carta a Alfonso Reyes del 26 de julio de 1949, ya le da la noticia de que "hace más de un mes envié a [Jesús] Silva Herzog un ensayo para *Cuadernos americanos*... el primero de una serie sobre el ya no vestido de plumas sino andrajoso mexicano. Un título común ampara esos ensayos, que quisiera publicar en forma de libro: *El laberinto de la soledad*"[26]. Paz y Reyes se venían escribiendo desde la llegada de aquél a París, y había sido Reyes justamente el que le ayudó a publicar en México, ese mismo año, *Libertad bajo palabra*. Para el 15 de noviembre de 1949, en otra carta a Bianco le anuncia que "he terminado, al fin, mi libro sobre México". Y por eso, con el manuscrito en prensa en México, Paz ya puede ver el libro con la distancia que refleja otra carta a Reyes del 23 del mismo mes. En ella anticipa nerviosamente la recepción del libro entre sus compatriotas, y se perfila la misma amargura que el propio Reyes

[25] Cito de "Entrada retrospectiva" prólogo a *El peregrino en su patria,* tomo 8 de *Obras completas de Octavio Paz,* de inminente aparición. Para el contexto inmediato de la cita véase el extracto incluido en el apéndice a esta edición.

[26] Las cartas a Reyes que iré citando forman parte de la extensa correspondencia entre los dos escritores que guarda la Capilla Alfonsina en la Ciudad de México.

ha de haber sentido en anteriores, y parecidas, ocasiones con libros suyos:

> No faltará quien enseñe el 'fatigado diente' y que lo acuse de dar la espalda a México. Además de que se trata de gente que no lo ha leído, le confieso que el tema de México —así, impuesto por decreto de cualquier imbécil convertido en oráculo de la "circunstancia" y el "compromiso"— empieza a cargarme. Y si yo mismo incurrí en un libro fue para liberarme de esa enfermedad que sería grotesca si no fuera peligrosa y escondiera un deseo de nivelarlo todo. Un país borracho de sí mismo —en una guerra o en una revolución, puede ser un país sano, pletórico de substancia o en busca de ella. Pero esa obsesión en la paz revela un nacionalismo torcido, que desemboca en agresión si se es fuerte y en narcisismo y masoquismo si se es miserable, como ocurre con nosotros. Y una inteligencia enamorada de sus particularismos —a quienes no trata como obstáculos o como materia prima para más altas y libres creaciones, sino como ídolos— empieza a no ser inteligencia. O para decirlo más claramente: temo que para algunos ser mexicano consiste en algo tan exclusivo que nos niega la posibilidad de ser hombres, a secas. Y recuerdo que ser francés, español o chino sólo son maneras de ser algo que rebasa lo francés, lo español o lo chino.

La carta es reveladora. Primero, porque muestra el estado de ánimo de Paz al terminar el libro, defendiéndose en contra de posibles malentendidos —por parte de trasnochados críticos "sartreanos"— como un rechazo "cosmopolita" de México. De hecho, su comentario defensivo revela lo consciente que estaba de los extremos a los que podría llegar el movimiento de la llamada "filosofía de lo mexicano", que había surgido en México durante su ausencia. A la zaga del ensayo *El perfil del hombre y la cultura en México* (1934), y constituidos bajo el nombre de Grupo "Hiperión", las obras de los llamados "filósofos de lo mexicano" mostraban una

45

fuerte influencia del existencialismo francés —sobre todo de Sartre y de Merleau-Ponty— y comienzan a publicar, poco después de la aparición de *El laberinto de la soledad,* una serie de monografías bajo el nombre de "México y lo mexicano" liderados por el profesor Leopoldo Zea[27]. Desde París, Paz sabía de las actividades del grupo (hay alusiones a ellas en la correspondencia con Reyes), y a lo largo de su libro, y sobre todo en el capítulo VII, se refiere a las mismas, aunque siempre haciendo la salvedad —descripción de su propio libro— en cuanto a que "una filosofía de la historia de México no sería, pues, sino una reflexión sobre las actitudes que hemos asumido frente a los temas que nos ha propuesto la Historia universal" (315).

La segunda revelación de la carta a Reyes es que muestra el propósito más íntimo del libro: liberarse de la "enfermedad" del nacionalismo como forma de cerrar su reflexión sobre el mismo y haciendo conciencia de sus mitos y mecanismos. El proceso implícito por el que ha pasado el autor es, por tanto, evidente: el exilio o soledad lo ha llevado a una meditación sobre las causas profundas del malestar o "enfermedad", y ésta a su vez condujo, quizás, hacia la reconciliación o comunión con el país a otro nivel que ya no es, ni puede ser, la máscara nacionalista. En eso consiste no sólo la "liberación" personal que le comunica a Reyes, sino la intuición sobre todo el proceso histórico de México que en el libro llamará "la dialéctica de la soledad". No se trata ya, por tanto, de un encuentro con lo mexicano, sino con "el hombre, a secas" —lo cual desde luego incluye el encuentro o reconciliación consigo mismo: el propio Oc-

[27] Hay útiles discusiones de la serie en los ensayos de John Leddy Phelan, "México y lo mexicano", *Hispanic American Historical Review,* XXXVI (agosto de 1956), págs. 309-318, y Gordon W. Hewes, "Mexicans In Search of 'the Mexican': Notes on Mexican National Character Studies", *The American Journal of Economics and Sociology,* XIII (enero de 1954), págs. 209-223.

tavio Paz. El tema de México aparece, de esta manera, trascendido— que no eclipsado —en la meditación exílica.

Por último, la carta a Reyes revela asimismo, por encima del carácter ensayístico y filosófico del libro, su vínculo con el autor. Es lo que explica que muchos años después, en una entrevista con Rita Guibert, Paz revelara que "escribí *El laberinto de la soledad* primero como una confesión, para descargar mis sentimientos, e inmediatamente después escribí *¿Águila o sol?*"[28]. De la misma manera que le dijo a Enrique Krauze, en su conversación de 1984 sobre el tema, que *El laberinto* es una... "confidencia, una confesión, una búsqueda de mí mismo también —digamos la verdad...". Por último, en 1990, en el programa correspondiente de la videoserie "México en la obra de Octavio Paz", revela a todas luces que cuando escribió el libro:

> Me sentí solo y sentí también que México era un país solo, aislado, lejos de la corriente central de la historia... Al reflexionar sobre la extrañeza que es ser mexicano descubrí una vieja verdad: cada hombre oculta un desconocido. Cada hombre está habitado por un fantasma. Quise penetrar en mí mismo y desenterrar a ese desconocido, hablar con él. Mi libro no es un tratado de sociología, ni es un tratado de psicología. ¿Qué es entonces? Es una confesión, o mejor una declaración.

La palabra clave, y repetida, es "confesión": una historia personal que intenta expresar la naturaleza esencial, la verdad, del ser. Por medio de ella el poeta se revela a sí mismo y también se encuentra con los otros.

El libro se publicó, según el colofón de la primera edición, "el 15 de febrero de 1950", y la solapa reproducía algunas de las palabras que Rodolfo Usigli —a la sazón colega de Paz en la embajada de México en Pa-

[28] Cito de Rita Guibert, *Siete Voces,* México, D.F., Porrúa, 1979, página 121.

rís— había escrito el año anterior a propósito de *Libertad bajo palabra* (1949): "Buscarse es ya en sí un acto poético precursor del acto de conciencia." A lo cual añadía el anónimo autor del texto de la solapa: "Pero no sólo se busca y se afana por descubrir la esencia de su personalidad poética sino también por hallar la esencia de lo mexicano, las características privativas y recónditas de su pueblo, al que mira desde la vieja Europa con más ajustados perfiles y visión más certera, milagro del amor en la ausencia"[29]. El texto —cuyo autor ha de haber sido seguramente Jesús Silva Herzog, director de Ediciones Cuadernos Americanos— recalca desde el principio, por tanto, la visión poética de la historia, recreada por "un milagro del amor en la ausencia", como si la distancia "desde la vieja Europa" diese un sentido de objetividad y perspectiva difícilmente posible "en el joven México". Seguidamente el mismo texto advierte que "no es la obra de un sociólogo o de un filósofo; es la obra de un poeta de cuerpo entero que se pasea de vez en vez por los laberintos del filosofar y por los campos frondosos de la Sociología".

Si el texto de la cubierta subrayaba así el carácter *literario* del libro —colindando tanto con la sociología y la filosofía, pero sin coincidir con ninguna de las dos— también destacaba su heterogeneidad: "Hay en los ensayos que contiene este libro, erudición histórica, análisis penetrante de la realidad subjetiva del nativo e intuiciones sorprendentes." Así, al carácter abierto, no-científico del libro se le añade su asistematicidad —se trata de una *colección de ensayos* más que de un libro orgánico. Hasta qué punto esta imagen del libro es cierta, ya tendremos ocasión de comprobarlo. Por lo pronto, importa

[29] La reseña de Usigli se había publicado en México: "Poeta en libertad", *Cuadernos americanos,* año 9, núm. 1 (enero-febrero, 1950), págs. 293-300. Usigli y Paz fueron colegas en la embajada de México en París entre 1946 y 1948, según se desprende del testimonio de este último en "Rodolfo Usigli en el teatro de la memoria", *Al paso,* págs. 45-54.

notar que es precisamente ella la que se impone desde la primera edición. La redondea, por último, la advertencia en el último párrafo, en cuanto a que "por supuesto, muchos no estarán de acuerdo con el autor", pues "todo lo que dice es discutible, todo invita a la polémica y también a la meditación; y esto es precisamente el más alto mérito del libro de Paz...".

La recepción negativa del libro en México que anticipara Paz en su carta a Reyes no llegó a cumplirse —al menos no del todo, o inmediatamente. Sí es cierto, en cambio, que el libro apenas fue reseñado, comprobando así una de sus tesis principales: el "ninguneo" mexicano existe y hace daño. En México se publicaron, hasta donde he podido comprobarlo, sólo cinco reseñas de la primera edición; fuera de México, tres más[30]. Todas ellas, pero sobre todo las publicadas en México, más bien describieron, que no discutieron, el libro —vacío que resulta tanto más insólito cuanto que esos años eran los de pleno apogeo de la llamada "filosofía de lo mexicano". ¿Por qué Reyes, que conocía la génesis del libro, a quien Paz le confesó sus primeros temores de recepción, y cuya obra y figura el libro discute en términos positivos, nunca lo defendió? ¿Por qué Leopoldo Zea, director de la serie "México y lo mexicano", cuyo estudio sobre el Positivismo Paz comentara en 1943, y cuya obra posterior el libro también discute, tampoco le dedicó una reseña? Con el tiempo, Zea llega-

30 Las mexicanas fueron: Salvador Calvillo Madrigal, *Revista Mexicana de Cultura* (suplemento de *El Nacional*) 171, (2 de julio de 1950), pág. 11; Anónimo, *El Nacional* (9 de abril de 1950), págs. 3, 6; Tomás Córdoba Sandoval, *Cuadernos americanos,* 51 (mayo-junio de 1950), págs. 125-132; José Luis Martínez, *Voz,* 4 (27 de julio de 1950), pág. 48; Pedro Rojas Rodríguez, *Filosofía y Letras,* 40 (octubre-diciembre de 1950), págs. 370-377. Fuera de México: Andrés Iduarte, *Revista Hispánica Moderna,* vol. 17, núms. 1-4 (enero-diciembre de 1951), págs. 146-147; Muna Lee, *Books Abroad,* vol. 25, núm. 4 (otoño, 1951), pág. 379; Sebastián Salazar Bondy, *Sur,* núms. 195-196 (enero-febrero de 1951), págs. 64-67.

ría a citar, en un pequeño libro suyo de 1952, algunos pasajes fuera de contexto y cuyo contenido, por cierto, contradice muchos de los puntos de vista que Zea sostiene allí. La estrategia de sordera —que no es sino una de las formas elegantes del "ninguneo"— se repetirá a lo largo de los años con el pensamiento histórico y político de Paz: el saludo cortés, según Zea, "a uno de los poetas de esta generación" que desde luego no compromete a una discusión seria de sus puntos de vista.

En México mismo la reseña más extensa, y piadosamente descriptiva, fue la publicada por Pablo Rojas Rodríguez en la revista *Filosofía y Letras* de la Universidad de México. Lo cierto, sin embargo, es que ni dentro ni fuera de México se le prestó al libro la atención que merecía. Habría que esperar tres años más para que, en la misma revista, Juan Hernández Luna, catedrático de la universidad, le dedicara una discusión más extensa, sólo que al hacerlo deformó muchas de sus ideas con el posible y peregrino propósito de defender el pensamiento de Samuel Ramos[31]. En su reseña, Hernández Luna objetará, por ejemplo, que el "examen o 'meditación histórica' sobre nuestro pasado intelectual... no es acometida por el autor, sino simplemente indicada" (273). Acusa al autor, entre otras cosas, de "desconocer que al lado de las ideas europeas que hemos importado" existe una línea de pensamiento "muy mexicana, muy nuestra, constituida" por "modificaciones y aportaciones" e "intuiciones o atisbos" (274). También, de "iniciar un filosofar sobre unos problemas que 'no son exclusivamente nuestros'", y por tanto que ello no puede conducir a una "filosofía de lo mexicano" (274). Por último, afirma que no hay en el libro "una doctrina que muestre esa ruptura del mexicano con el mundo y que explique su senti-

[31] Ver *Filosofía y Letras,* XXV, núms. 49-50 (enero-junio de 1953), págs. 271-290. En lo sucesivo, la paginación de las citas se incluye entre paréntesis.

miento de soledad como consecuencia de esa ruptura", por lo que "la historia de nuestro país muestra justamente lo contrario, esto es, precisamente que lo que el mexicano no ha podido conseguir en el curso de su vida independiente es *estar solo*" (288). Por todo ello termina atribuyendo "el sentimiento de soledad, de orfandad, de que habla Octavio Paz" a un "estado ontológico *(sic)* de algunos grupos de mexicanos o de extranjeros que en determinados momentos de nuestra historia han experimentado la amargura de la derrota o del exilio... mexicanos descastados, que no se sienten a gusto en nuestro país, que reniegan de sus tradiciones y que se exilian voluntariamente en Estados Unidos o en Europa", "grupos de solitarios, de derrotados" que "jamás pueden ser tomados como prototipo de la mexicanidad" y que Hernández Luna asocia, finalmente, con "el mexicano conservador, el mexicano católico que niega valor" a la "tradición revolucionaria", cuyos análogos contemporáneos serían "el nazi alemán y el fascista italiano, a quienes la segunda guerra mundial dejó solos y huérfanos" (289-90).

Si bien la increíble reseña de Hernández Luna le dedicó al libro de Paz la atención que merecía, la virulencia nacionalista con que lo atacó prueba otras cosas. No sólo que tenía razón el autor en anticiparle a Reyes que ese tipo de reacción era posible, sino que las tesis de la "enfermedad" nacionalista que Paz denuncia en el libro seguían prosperando en México. En el caso de Hernández Luna, que a la sazón era profesor de filosofía de la Universidad de México, la motivación —acaso inconsciente pero no por ello menos real o eficaz— fue la de desacreditar el libro ante el de Samuel Ramos, maestro y colega del reseñador. Por lo pronto, habría que agregar que el propio Samuel Ramos, por cierto, tampoco nunca le dedicó una reseña a *El laberinto de la soledad,* y que en la única ocasión en que llegó a comentarlo —en su ensayo "En torno a las ideas sobre el mexicano" de 1952— lo hizo en un tono defensivo

51

respecto al tratamiento de la historia mexicana en su libro[32].

Al volver a comentar los rasgos psicológicos de "la desconfianza, la agresividad, el resentimiento, la timidez, la altanería, el disimulo, etc." que muestra el mexicano, Ramos añadió que "no desconozco el hecho de que estos rasgos de carácter tienen su antecedente en los mexicanos de la Época Colonial, que adquirieron, por otros motivos, un modo de ser semejante", y que pasa a describir como "un disfraz de que se ha revestido el mexicano para ocultar su verdadero ser" (109-110). Afirma Ramos seguidamente que "otros investigadores han aceptado y confirmado este punto de vista, como Octavio Paz que reduce la fisonomía del mexicano a una máscara. Tras de esta máscara, encuentra una tendencia a la soledad que destaca el título mismo del libro..." (110). Todo lo cual lleva a Ramos a objetar que "una observación más ajustada a la realidad mostraría que, al contrario de lo que afirma Paz, la soledad no proviene de una decisión voluntaria, sino de esa perturbación del carácter que lo hace antisocial. La soledad es sólo un refugio que se busca involuntariamente. No es que el mexicano guste de la soledad, es que ésta se le impone como resultado de la timidez, de la susceptibilidad, del recelo, la desconfianza, que se acompañan de reacciones inhibitorias" (110). Por último, y como remate, Ramos añade —confirmando así una de las intuiciones del libro de Paz: "aun en la disputa prefiere la expresión velada a la injuria" (164-165)— lo que sólo puede ser calificado de insulto transparente: "el amor o el gusto por la soledad es atributo de aquellos hombres poseedores de una intensa y rica vida interior que sólo puede ser gozada a solas. Es una aristocracia del espíritu que se encuentra, excepcionalmente, en poetas, filósofos o mís-

[32] Ver *Cuadernos americanos,* año X, vol. LVIII, núm. 3 (mayo-junio de 1951), págs. 103-113. En lo sucesivo, la paginación de las citas se incluye entre paréntesis.

ticos, pero no es un atributo del hombre común" (110).

Que las tesis de Samuel Ramos sobre el libro de Paz poco tienen que ver con la realidad resultará evidente. No sólo el libro no "reduce" "la fisonomía del mexicano a una máscara", como Ramos alega —pues la máscara es sólo uno de varios atributos que el libro estudia—, sino que le atribuye al sentimiento de soledad un carácter "voluntario" o deliberado que refleja más el modelo de la psicología de Adler, tan cara al propio Ramos, y que, por lo demás, en ningún momento *El laberinto de la soledad* afirma. La explicación a esa peculiar interpretación de Ramos se halla no sólo en su tono defensivo, que alude a las raíces históricas de la psicología mexicana, sino en la propia reseña de Hernández Luna, que de hecho se publica unos meses después del ensayo de Ramos, como cogido de su mano. Será precisamente este colega de Ramos, recordemos, el que le atribuirá al libro de Paz una ausencia de "meditación histórica". Y habrá sido seguramente por eso, al aludir a esas raíces históricas con tanta insistencia en su nuevo ensayo, que Ramos quiso defenderse de no haber cumplido del todo la filosofía de la historia mexicana de la que allí hace alarde y con la que a lo largo de los años justificó su ensayo repetidamente. Todo esto al menos cuando se le compara con el análisis que realiza *El laberinto de la soledad,* donde esa interpretación aparece mucho más realizada. Lo cierto es que Ramos siempre prefirió, como él mismo insistió en la tercera parte de su antiguo libro, "el psicoanálisis del mexicano" por encima de su "psicohistoria" —lo cual no es lo mismo; que siempre fue renuente a aceptar que su descripción de la historia de México había sido inmadura y deficiente, incluso para efectos del intento de psicoanálisis que sí intentó llevar a cabo; que ha de haberse molestado bastante por los reparos que en su libro Paz le hizo a su ensayo; y, por último, que debe haberse sentido disminuido, quizás "acomplejado", por el análisis de la historia de México tanto más desarrollado que realizó Paz en el suyo.

El regreso de Paz a México, el 25 de septiembre de 1953, coincide con la publicación de la reseña violenta de Hernández Luna y el pleno apogeo de la "filosofía de lo mexicano". Pero a pesar de que sostenía relaciones personales con algunos de los participantes —el filósofo Emilio Uranga, por ejemplo, le dedica su libro sobre el tema a Paz— él mismo no participa en esas actividades[33]. Como poeta y, al mismo tiempo, funcionario de la Secretaría de Relaciones Exteriores, lleva una doble vida como burócrata y escritor. En 1975 recordó a propósito de esa vida:

> En el México de 1955, la satisfacción era generalizada entre políticos, banqueros, líderes obreros y campesinos. Incluso muchos intelectuales se habían contagiado de ese optimismo. Recuerdo que me encontré en una comida a Samuel Ramos. En un momento de nuestra conversación me dijo: 'El México que usted describe en *El laberinto de la soledad* ya es otro, es del pasado. Lo mismo sucede con mi libro *El perfil del hombre y la cultura en México*. La evolución de la sociedad ha superado totalmente a nuestros libros...' Por fortuna, mis amigos jóvenes no pensaban así...[34]

Xirau, Fuentes, García Terrés, Montes de Oca y Rulfo son algunos de esos nuevos amigos jóvenes. Todos se caracterizan por tener "una actitud resueltamente crítica, pero su crítica no era ideológica, sino artística, literaria,

[33] Me refiero a *Análisis del ser del mexicano*, México, D.F., Porrúa y Obregón, 1952. Este libro fue el número cuatro de la serie "México y lo mexicano".

[34] Cito de la conferencia "Cuarenta años de escribir poesía (II)", *La onda* (16 de marzo de 1975), pág. 6. En lo sucesivo, la paginación de las citas se incluye entre paréntesis. En 1990, Paz le dirá a MacAdam, a propósito, que "el regreso no fue una reconciliación. Al contrario, no fui aceptado, salvo por algunos jóvenes. Había roto con las ideas estéticas, morales y políticas predominantes y no tardé en ser atacado por mucha gente, demasiado segura de sus dogmas y prejuicios. Fue el principio de un desacuerdo que no termina"; ver "Tiempos, lugares, encuentros", pág. 16.

poética..." *(Ibíd.)*. Con el tiempo, Paz llamará ese momento, que se extiende hasta junio de 1959, cuando regresa nuevamente a París, "un período indeciso de las artes y letras mexicanas: nacionalismo, arte social, esfuerzos solitarios de unos cuantos poetas y pintores". Por eso las actividades de Paz y su grupo son muchas. Además de la publicación de libros sucesivos como *Semillas para un himno* (1954), *El arco y la lira* (1956), *Piedra de sol* (1957), *Las peras del olmo* (1957) y *La estación violenta* (1958), Paz ayuda a fundar, con Juan Soriano y Leonora Carrington, el grupo de teatro experimental *Poesía en voz alta*. Por otra parte, también apoya a Carlos Fuentes y Emmanuel Carballo en la fundación y primeros números de *Revista mexicana de literatura,* la más importante de este momento. Es en el primer número de ésta, por cierto, donde primero publica el poema "El cántaro roto", en el que se transparenta su reacción indignada a una visita al norte de México: "no solamente el vasto desierto, sino también la pobreza de la gente del campo. Era la otra cara de la prosperidad de que estaban tan orgullosos los dirigentes del país" *(Ibíd.)*. No es casual, por eso, que al año siguiente de escribir ese poema, decida volver a elaborar *Entre la piedra y la flor,* aquel otro extenso poema social sobre el hombre de Yucatán que había escrito hacía veinte años.

Es dentro de esta nueva etapa de evaluación de la situación mexicana, y aprovechando seguramente las enmiendas hechas a propósito de la traducción al francés que aparece en París en 1959, que Paz publica una segunda edición revisada de *El laberinto de la soledad.* Ya en una entrevista de agosto de 1958 anunciaba que el libro sería "reeditado en breve" y que le haría "algunas modificaciones en lo que respecta a su interpretación de la Revolución mexicana"[35]. En efecto, la nueva edición

[35] Ver Alberto Ramírez de Aguilar, "Octavio Paz: Poesía y posición", *Diorama de la Cultura* [Suplemento de *Excelsior]* (24 de agosto de 1958), pág. 1.

se publica en 1959, esta vez por el Fondo de Cultura Económica. Entre las revisiones más evidentes están la corrección del estilo y de algunos errores de documentación, así como la expansión de un capítulo (el VIII, "Nuestros días") donde se pone al día la situación del México posrevolucionario dentro del nuevo panorama de descolonización mundial y la Guerra Fría. Como le diría a Claude Fell dieciséis años después: "Hay cosas un poco *naives* de la primera edición que traté de corregir... Pero fundamentalmente es el mismo libro" (418).

Las mayores revisiones se hacen, en efecto, a los capítulos IV al IX, donde se hace evidente, entre otras cosas, el refinamiento del análisis psicoanalítico. El famoso capítulo IV, por ejemplo, sobre "Los hijos de la Malinche", abunda ahora en la descripción del "romance familiar" mítico (Padre, Madre e Hijo). Es en relación a esta tríada, de hecho, que Paz introduce toda la discusión sobre la Virgen de Guadalupe —de la que carece la primera edición— como contrapunto mítico de "La Malinche" y, de ahí, como elemento estructural de la ambivalencia y conflicto psíquico que guarda en el subconsciente histórico mexicano[36]. En cuanto al análisis histórico propiamente, la segunda edición resalta aún más el carácter "cerrado" de la sociedad novo-hispana, expande el relato histórico de la Independencia y Revolución mexicanas, y, en general, elimina redundancias que resultaban demasiado evidentes en la primera edición. Pero es sobre todo en el nuevo capítulo VIII donde introduce una visión mucho más crítica de los resultados históricos de la Revolución mexicana.

La recepción de la segunda edición revisada fue mucho mayor y más positiva que la que tuvo la primera[37].

[36] Ver sobre el mismo tema el estudio de Francisco de la Maza, *El guadalupanismo mexicano*, México, D.F., Porrúa y Obregón, 1953. El libro es el número 17 de la serie "México y el mexicano".

[37] El lector interesado puede consultar esas numerosas reseñas en la excelente bibliografía de Hugo Verani, *Octavio Paz: Bibliografía crítica*, México, D.F., UNAM, 1983.

Pero no dejó de haber ataques. Uno de los más sonados fue la polémica surgida en México a raíz de la reseña de Emmanuel Carballo, co-director de la *Revista mexicana de literatura,* antaño protegido de Paz y hasta entonces uno de sus más fervorosos seguidores, quien desde las páginas del semanario cultural *México en la cultura* arremetió contra el autor acusándolo de "incurrir en el ninguneo para suprimir a los desleales, a los osados"[38]. Por esto Carballo parecía referirse a los precursores mexicanos de Paz en torno a la meditación sobre el tema de la identidad nacional, y al libro lo calificaba como "obra imprecisa, sinuosa, relampagueante y, tal vez, nociva... una mezcla —mal digerida— de sociología, psicología, historia y poesía" en la cual "la verdad se yuxtapone al sofisma, la objetividad a una subjetividad extrema y delirante" *(Ibíd.).* Desde París, adonde ya había regresado desde junio, Paz respondió tardíamente a la reseña de Carballo no sólo negando que el libro "ninguneara" a sus fuentes, sino refutando la imagen de la Revolución mexicana que, según Carballo, el libro ofrecía: "La grandeza y poderío de un Estado no debe realizarse a expensas de la felicidad y libertad de los ciudadanos", corregía entonces[39]. La respuesta de Paz terminaba lamentándose de que la reseña de Carballo reflejara "el estado del pensamiento crítico mexicano". Lo que pareció aún más insólito acerca de la primera entrega de esta polémica es que a la respuesta de Paz el semanario le agregara una "coletilla", firmada por su editor "F[ernando] B[enítez]", en la que respondía al comentario que había incluido Paz sobre el estado del pensamiento crítico mexicano. En ella Benítez le reprochaba a Paz que "nunca" los hubiera "ayudado en nues-

38 Ver *"El laberinto de la soledad:* entre el orden y el caos", *México en la cultura,* 552 (4 de octubre 1959), pág. 4. En lo sucesivo, la paginación de las citas se incluye entre paréntesis.

39 "Octavio Paz replica a Emmanuel Carballo", *México en la cultura,* 561 (13 de diciembre de 1959), pág. 2.

tra tarea", y así de paso respaldaba, tácitamente, la publicación de la reseña de Carballo, aunque no tomara partido en la polémica[40].

Poco después Carballo volvería a la carga en una respuesta, puntualizando esta vez que el objeto del "ninguneo" de Paz en su libro había sido, en primera instancia, algunos ensayos del escritor mexicano Rubén Salazar Mallén, y en última, la obra de Samuel Ramos, que a su vez, según el mismo Carballo, Salazar Mallén había también "ninguneado"[41]. Por último, Carballo acusaba a Paz de seguir "las enseñanzas de Trotski" mientras que el propio Carballo seguía "el marxismo ortodoxo" *(Ibíd.)*. En efecto, casi tres semanas después de publicar Carballo su reseña en *México en la cultura,* Salazar Mallén había escrito otra suya acusando a Paz de plagiar un viejo ensayo suyo en el que, según su autor, había lanzado por primera vez en la historia la frase "complejo de la Malinche" —frase, por lo demás, que el libro de Paz no utiliza o siquiera menciona[42]. Las relaciones literarias entre Paz y Salazar Mallén se remontaban, en efecto, a 1937, cuando éste le había dedicado una buena reseña a su libro *Raíz del hombre,* aunque poco después le acusara públicamente de oportunismo político por haber escrito *¡No pasarán!,* su poema anti-franquista. Paz contestó la acusación por carta privada y desde entonces este incidente, unido a la oposición política entre los dos —poco después Salazar Mallén empezaría a militar en las filas del fascismo—, cesó la relación[43].

[40] Ver *ibíd.* La acusación de Benítez era por lo demás injusta, o al menos imprecisa. Un cotejo de la bibliografía de la época permite comprobar que entre 1949 y 1959 Paz colaboró en *México en la cultura* al menos veinte veces con textos firmados por él, la mayoría de ellos artículos críticos.

[41] "La respuesta de Emmanuel Carballo a Octavio Paz", *México en la cultura,* 563 (21 de diciembre, 1959), pág. 12. En lo sucesivo, la paginación de las citas se incluye entre paréntesis.

[42] Ver la reseña de Salazar Mallén en *Mañana,* (24 de octubre de 1959), pág. 54.

[43] La polémica ha sido estudiada en Javier Sicilia, *Cariátide a des-*

Como cuando Carballo publica su reseña (el 4 de octubre) Salazar Mallén aún no había publicado la suya, es evidente que el "ninguneo" de que acusa a Paz se refería únicamente al libro de Ramos, y que sólo posteriormente, al publicarse la reseña de Salazar Mallén, utilizó oportunamente aquellos falaces argumentos. Pero, como señalará Paz en su contra-respuesta a Carballo, y como resulta evidente para cualquier lector, *El laberinto de la soledad* no deja de consignar a cada paso sus deudas con el libro de Ramos, aunque tampoco deja de expresar sus reparos o desacuerdos con el mismo[44]. Por todo ello el autor resume: "¿Niego a Ramos? No, su libro es excepcional y abre un camino. Su influencia —o, más exactamente, su *estímulo*— fueron decisivos. Sin el libro de Ramos quizá yo no habría escrito el mío. O habría escrito un libro distinto" (566). En lo que toca a Salazar Mallén, Paz se limita a responder que si bien es cierto que éste hacía tiempo había tratado los temas del machismo y el malinchismo, también "muchos otros se han ocupado del mismo asunto: desde los cancioneros y autores de argumentos cinematográficos hasta los periodistas, los psiquiatras y los historiadores. No podía ser de otro modo: son obsesiones populares, cifras y claves de una sensibilidad" (564).

La contra-respuesta de Paz fue en efecto "algo más" que eso: dio pie a la aclaración de objetivos, alcances y límites de su libro, aún en su segunda edición. Y es por

tiempo, y otros escombros, Xalapa, Veracruz: Gobierno del Estado de Veracruz, 1980. El libro recopila los documentos pertinentes, inclusive la carta del joven Paz a Salazar Mallén y los ensayos de éste. Salazar Mallén terció, en efecto, en la polémica Paz-Carballo: ver "Tercia Salazar Mallén, o el cordero le responde al león", *México en la cultura* (15 de febrero de 1960), pág. 5, donde reitera la acusación. Años después, Salazar Mallén volvería a acusar a Paz de plagiarlo, esta vez sus ideas sobre Sor Juana Inés de la Cruz; ver "El león y el cordero", *Excélsior* (5 de marzo de 1980), págs. 7-A y 8-A.

[44] "Respuesta y algo más", *México en la cultura,* 569 (7 de febrero de 1960), págs. 2, 7.

la utilidad de ese texto que esta edición prefiere reproducirlo como uno de dos apéndices a tratar de resumirlo. Su consulta, así como la de las polémicas reseñas que he resumido, comprueban cuán combatido desde el principio fue el libro de Paz —no serán éstas las únicas críticas que ha recibido— y cuáles han sido los argumentos que se han utilizado para tratar de disminuirlo.

En los diez años que transcurrieron entre la publicación de la segunda edición revisada de *El laberinto de la soledad* y "México: la última década", la conferencia de 1969 que pone el libro al día, Octavio Paz se convierte en un escritor de renombre internacional. La primera consagración viene en 1963, cuando el Festival de Knokke-le-Zoute (Bélgica) le otorga el Gran Premio Internacional de Poesía. Para entonces Paz ya ha abandonado París y ha aceptado (a partir de julio de 1962), el puesto de embajador de México en la India y Afganistán. Es en Nueva Delhi donde contrae segundas nupcias —con Marie-José Tramini— en 1964 y es donde desarrolla, hasta octubre de 1968, lo que se podría llamar el "período oriental" de su obra, uno de sus más prolíficos e interesantes. Son los años en que escribe los ensayos de *Cuadrivio* (1964), *Claude Lévi-Strauss, o el nuevo festín de Esopo* (1965), *Corriente alterna* (1967), *El castillo de la pureza: la obra de Marcel Duchamp* (1968), *Conjunciones y disyunciones* (1969), así como los poemas que recoge *Ladera este* (1969), y que incluye el poema extenso *Blanco* (1965), una de sus obras maestras.

Durante esos años en que Paz está nuevamente ausente, México experimenta una transformación como país y sociedad. La nueva administración de Gustavo Díaz Ordaz (quien sucede en la presidencia a Adolfo López Mateos en 1964) presencia un crecimiento de población anual de un 3,5%, lo cual explica la enorme emigración del campesinado empobrecido hacia las urbes, y en particular al Distrito Federal. Si el crecimiento económico era espectacular para un país subdesarrollado como México —un promedio de 6% anual— los proble-

mas del país ya eran plenamente los del desarrollo: sobrepoblación, contaminación atmosférica, amén de una monumental deuda externa, para no hablar de la continua pobreza de gran parte de la población, especialmente la clase campesina. La invitación del gobierno mexicano a que se celebrase la XIX Olimpiada en la capital en 1968 fue por tanto un resultado más de su orgullo respecto a ese desarrollo, si bien fueron los enormes gastos que inmediatamente se emplearon en realizar los preparativos para los Juegos los que causaron una agravante para su población descontenta.

Los primeros encuentros entre estudiantes y la policía, que terminan con una eficaz represión gubernamental, ocurren en julio de ese año, seguidos el siguiente mes de agosto con manifestaciones, mayormente formadas por gente de la clase media, que llegaron a reunir hasta 300.000 personas en el Zócalo, la plaza mayor del Distrito Federal. Poco después, el propio Díaz Ordaz —cuyo puesto anterior a asumir la presidencia había sido el de Ministro del Interior, la máxima autoridad policial del país— previene al país contra la pérdida del prestigio nacional por las protestas. Pero sus advertencias no obstaron para que ellas siguieran en alza, hasta el punto de que una de ellas —solemne y silente— ocupó todo lo largo del célebre Paseo de la Reforma, o para que poco después, en represalia, el ejército ocupase la Universidad. Fue en esas circunstancias que los líderes de las manifestaciones convocaron otra reunión para la tarde del 2 de octubre en la Plaza de las Tres Culturas, más conocida por su nombre indígena de Tlatelolco. Hacia las 5:30 p.m., con alrededor de diez mil personas congregadas en la Plaza, cientos de efectivos del ejército saltaron de sus escondites en las ruinas aztecas que bordean la plaza y comenzaron a disparar sin provocación sobre la población indefensa. El gobierno mexicano nunca dio un saldo oficial del atropello contra los inocentes ciudadanos, pero se calcula que murieron más de trescientas personas, y que hubo muchísimos más heri-

dos y presos. La matanza cumplió así el objetivo de desintegrar el movimiento estudiantil, y el 12 de octubre (Día de la Raza), la llama olímpica se encendió en el Estadio Azteca de la Universidad de México.

Desde Nueva Delhi, Paz le escribe el 19 de agosto al pintor Vicente Rojo: "Me he enterado de lo que ocurre en México... el movimiento es realmente importante y, a mi juicio, tiene más posibilidades que el de París porque no se trata de una 'contestación' radical sino de una tentativa por poner de acuerdo al sistema político imperante en México con su desarrollo económico y social"[45]. Su optimismo duró poco. Al día siguiente de la masacre, enterado de los acontecimientos al otro lado del mundo, escribe el siguiente poema:

MÉXICO: OLIMPIADA DE 1968
A Dore y Adja Yunkers

La limpidez
 (Quizá valga la pena
escribirlo sobre la limpieza
de esta hoja)
 no es límpida:
es una rabia
 (amarilla y negra
acumulación de bilis en español)
extendida sobre la página.
¿Por qué?
 La vergüenza es ira
vuelta contra uno mismo:
 si
una nación entera se avergüenza
es león que se agazapa
para saltar.
 (Los empleados
municipales lavan la sangre
En la Plaza de los Sacrificios.)
Mira ahora,
 manchada

[45] Copia de esta carta se conserva en Archivo Enrico Mario Santí. Agradezco la ayuda de Vicente Rojo en la consulta de esta carta.

antes de haber dicho algo
que valga la pena,
 la limpidez[46].

Paz envía el poema a los coordinadores del Programa Cultural de la Olimpiada así como a amigos suyos para que lo diesen a conocer en el extranjero y así distanciarse de las acciones del gobierno que él, por otra parte, representa en ese momento en su calidad de embajador. Entre estos amigos está José Bianco, a quien, junto al poema, le envía otra carta el 9 de octubre donde ya le anuncia: "El ritual azteca del 2 de octubre en la Plaza de Tlatelolco* [*nota al calce: Hoy llamada, "simbólicamente", Plaza de las Tres Culturas] (precisamente en las ruinas del teocalli: lee las páginas de Bernal Díaz acerca de ese lugar) me decidió a abandonar el Servicio Exterior mexicano"[47]. En efecto, para el 17 del mismo mes la Secretaría de Relaciones Exteriores de México acepta su petición de disponibilidad, y a fines de mes parten el poeta y su esposa hacia Europa.

La renuncia de Paz fue acogida en todo el mundo, incluso en México, como un acto de valentía intelectual que lo convirtió en un héroe de la noche a la mañana. A partir de ese momento, su vida y la de su esposa se vuelve itinerante en distintas ciudades de Occidente y aprovechando las invitaciones que le llueven de distintas universidades para dictar cursos sobre poesía. Así, luego de una breve temporada en París, en 1969 dicta cursos en la Universidad de Pittsburgh, para luego trasladarse, ese mismo año, a la Universidad de Texas, en Austin. Es allí, el 30 de octubre de 1969, a poco más de

[46] Cito de *Obra poética,* pág. 429. A este poema corresponde la siguiente nota: "El Comité Organizador del Programa Cultural de la Olimpiada en México me invitó a escribir un poema que celebrase el 'espíritu olímpico'. Decliné la invitación pero el giro de los acontecimientos me llevó a escribir este pequeño poema, en conmemoración de la matanza de Tlatelolco", pág. 808.

[47] José Bianco Papers.

un año de ocurrir la masacre de Tlatelolco que, invitado a dar la conferencia anual "Hackett Memorial Lecture", en el Instituto de Estudios Latinoamericanos de la universidad, pronuncia "México: la última década", resumen apretado de lo que al año siguiente se convertirá en *Postdata*. "Su tema," dirá en la "Nota" preliminar del nuevo libro,

> es una reflexión sobre lo que ha ocurrido en México desde que escribí *El laberinto de la soledad* y de ahí que haya llamado a este ensayo: *Postdata*. Esa una prolongación de ese libro pero, apenas si es necesario advertirlo, una prolongación crítica y auto-crítica; *Postdata* no solamente por continuarlo y ponerlo al día sino por ser una nueva tentativa por descifrar la realidad. Tal vez valga la pena aclarar (una vez más) que *El laberinto de la soledad* fue un ejercicio de la imaginación crítica: una visión y, simultáneamente, una revisión. Algo muy distinto a un ensayo sobre la filosofía de lo mexicano o una búsqueda de nuestro pretendido ser. El mexicano no es una esencia sino una historia. Ni ontología ni psicología. A mí me intrigaba (me intriga) no tanto el "carácter nacional" como lo que oculta ese carácter: aquello que está detrás de la máscara (363).

Sobre el antiguo libro, que ahora comenta, Paz agrega que en él se había esforzado por eludir "(claro, sin lograrlo del todo) tanto las trampas del humanismo abstracto como las ilusiones de una filosofía de lo mexicano: la máscara convertida en rostro/el rostro petrificado en máscara" (364), y señala asimismo que cuando escribió aquel primer libro, "no me interesaba la definición de lo mexicano sino, *como ahora,* la crítica: esa actividad que consiste, tanto o más que en conocernos, en liberarnos. La crítica despliega una posibilidad de libertad y así es una invitación a la acción" (364). A su vez, tanto *El laberinto de la soledad* como *Postdata,* según su autor, son el "prefacio" a otro libro, aún no escrito, "sobre la suerte de América Latina", ya que "la pregunta

sobre México es inseparable de la pregunta sobre el porvenir de la América Latina y ésta, a su vez, se inserta en otra: la del futuro de las relaciones entre ella y los Estados Unidos. La pregunta sobre nosotros se revela siempre como una pregunta sobre los otros" (366).

II- Estructura y filiación intelectual

1- *Descripción preliminar*

El laberinto de la soledad consta de ocho capítulos y un apéndice. En la primera edición el número de los capítulos era también ocho, sólo que el último no era un apéndice aparte sino un ensayo más del libro. Son tres, en efecto, las revisiones generales a la estructura externa de la segunda edición: 1º se añade un octavo capítulo que, con el antiguo título de "Nuestros días", contribuye a poner el libro al día; 2º se separa la parte dedicada a la cultura contemporánea del país como capítulo aparte, que el autor ahora llama "La 'inteligencia' mexicana"; y 3º se precisa que "La dialéctica de la soledad" es un apéndice.

Esa evolución de la estructura externa del libro revela la búsqueda de una simetría en tres partes: dos secciones de cuatro capítulos cada una, seguidas de una suerte de conclusión. Digo "suerte de" en el caso de éste último porque el uso de un apéndice precisamente evita una conclusión demasiado cerrada, de la que la edición original por lo demás carecía. Más adelante veremos la utilidad retórica de esta apertura.

En su contra-respuesta a Carballo, Paz describió el libro en términos que evocan esa estructura tripartita, aunque veremos que el libro en realidad tiene cuatro, y no sólo tres, divisiones. Es claro, por ejemplo, que lo que el resumen que Paz llamó entonces la "descripción de un ritmo vital e histórico (la dialéctica de la soledad y la comunión) en un momento y en un pueblo" (566), corresponde al apéndice del libro; mientras que la "tentati-

65

va por desenmascarar ciertos mitos... que envenenan las relaciones de hombre a hombre y, sobre todo, entre hombre y mujer" (566) se refiere a sus capítulos I a IV; y que, por último, el "intento, demasiado apresurado y esquemático... por entender la historia de México" (566) resume los capítulos V a VIII. En vista de sus revisiones a la primera edición, Paz agregaba entonces que "sus dos últimos capítulos" eran un esfuerzo por *situarnos* en el mundo, esto es, dentro de la corriente histórica mundial (no ya como objetos sino, así sea parcialmente, como agentes de los cambios que se operan en todo el planeta)" (567). Lo último sugiere, por tanto, que la segunda parte (capítulos V a VIII) se divide a su vez en dos: capítulos V y VI (sobre la historia de México), y VII y VIII (sobre su situación "en el mundo"). Esa sub-división en dos de la segunda parte nos alerta que la primera parte, a su vez, también se divide en dos. Mejor dicho: la primera parte sólo comienza en el segundo capítulo, ya que el primero sirve más bien de introducción. Si nos propusiéramos, por tanto, hacer explícita la estructura del libro tendríamos el siguiente índice:

Introducción
 Capítulo I- "El pachuco y otros extremos"

Primera Parte: Análisis de los mitos de México
 Capítulo II- "Máscaras mexicanas"
 Capítulo III-"Todos Santos, Día de Muertos"
 Capítulo IV- "Los Hijos de la Malinche"

Segunda Parte: Historia de México
 1-Historia:
 Capítulo V- "Conquista y Colonia"
 Capítulo VI- "De la independencia a la Revolución"
 2-Situación en el mundo:
 Capítulo VII- "La 'Inteligencia' Mexicana"
 Capítulo VIII- "Nuestros días"

Apéndice:
 "La dialéctica de la soledad"

A primera vista estamos ante una estructura de razonamiento inductivo: va de lo particular a lo general. De "ciertos mitos" a "la historia de México", y de ahí finalmente a la derivación de un "ritmo vital e histórico". Pronto veremos que ese razonamiento inductivo es sólo parte de un proceso hermenéutico más complejo, pero por lo pronto notaremos que es esa la estrategia general del libro: inferir una historia, y sucesivamente un ritmo que la explique, a partir del análisis de una serie de "mitos". En este sentido, el libro procede empíricamente, a partir de lo más inmediato, para entonces razonar fenomenológicamente, en el sentido estricto que tiene el término filosófico "fenomenología": una teoría de las apariencias. Resumiendo un primer estadio de comprensión del libro, se diría, entonces, que *El laberinto de la soledad* quiere interpretar el ritmo de la historia de México a partir de las apariencias de una serie de "mitos" nacionales.

Si hago hincapié sobre esta estructura es porque el libro mismo no lo hace. Al contrario de un tratado académico, por ejemplo, cuya coherencia retórica requiere la anticipación explícita de sus propósitos, su método y sus alcances, *El laberinto de la soledad* es reticente acerca de sus procedimientos. En esto, resulta fiel a su especie. Todo ensayo procede intuitiva y experimentalmente; de ahí que difiera de una prueba geométrica, o quizá de un tratado filosófico. Como dice Theodor Adorno, el ensayo "piensa discontinuamente como la realidad es discontinua". A lo cual corresponde otra frase de Ortega y Gasset: el ensayo es "ciencia, menos prueba explícita"[48].

En esa intuición de lo discontinuo —tanto en el len-

[48] Tomo estas dos citas de José Miguel Oviedo, "Introducción" a *Breve historia del ensayo hispanoamericano,* especialmente las páginas 11-20, el más claro e informado estudio que conozco sobre el tema; sobre el ensayismo de Paz véase las páginas 111-118.

guaje como en la realidad— reside precisamente la flexibilidad retórica de todo ensayo. Con demasiada frecuencia esa retórica se confunde, por parte de lectores exigentes de un método científico más enfático, con falta de lógica o mera desarticulación. Y en el caso de *El laberinto de la soledad* no han faltado lectores que encuentran su lectura ya de por sí, por así decirlo, "laberíntica", pues ante todo se trata, como dice el autor en el primer capítulo, de "una respuesta personal a una pregunta personal" (156). Por eso, cuando Emmanuel Carballo tilda el libro de "impreciso, sinuoso y relampagueante", esa denuncia delata más una incomprensión del género del ensayo que del libro de Paz.

Que el libro se propone desentrañar los "mitos" de México, interpretar de ahí su historia y sacar en claro cuál es su ritmo vital no es, por tanto, algo que el lector puede derivar explícita o fácilmente del primer capítulo. Esto, a pesar de que sí se indica, a partir del tercer párrafo, que el libro trata sobre "la preocupación por el sentido de las singularidades de mi país" (144); a partir del cuarto, que el objeto de las reflexiones del autor es aquellos "que tienen conciencia de su ser en tanto que mexicanos" (145-146); y a partir del quinto, que el autor intentará explicar "algunos rasgos del mexicano de nuestros días" (147). Bien miradas, cada una de estas frases constituyen claras, si bien moduladas, proposiciones sobre el razonamiento a seguir en el libro. Sólo que el carácter enfático que esperaríamos de ellas en otro contexto —el filosófico, digamos por caso— aparece reducido a consecuencia de su subordinación a la subjetividad que las enuncia: el *yo* del autor. Esa subjetividad resulta, en última instancia, un arma de doble filo. Por un lado, refuerza el poder de persuasión del texto de *El laberinto de la soledad*, pues la humanización del punto de vista despierta simpatía en el lector: la lectura de este libro nunca pierde de vista que hay un ser humano, una voz, hablándole a otros. Por otro lado, sin embargo, la virtualidad de su procedimiento hace equívocos, o me-

nos explícitos, muchos de sus planteamientos: la lectura de este libro no anticipa, a ciencia cierta, los pasos a seguir en la meditación.

La virtualidad que funciona en el nivel retórico tiene otros alcances de tipo conceptual. Aunque el autor nunca lo dice abiertamente, es evidente que el análisis del "pachuco" —paradigma de buena parte del libro— en el primer capítulo se hace sobre un modelo de inspiración primordialmente psicoanalítica. El pachuco, como "uno de los extremos a que puede llegar el mexicano", se caracteriza por su carácter conflictivo: "siente vergüenza de su origen", se mueve con "aire furtivo e inquieto", y si "no quiere volver a su origen mexicano; tampoco —al menos en apariencia— desea fundirse a la vida norteamericana" (148). El emblema de ese conflicto es el ropaje distintivo de los pachucos, que "los aísla y los distingue... esa misma ropa constituye un homenaje a la sociedad que pretenden negar" (151). A su vez, el conflicto, cúmulo de "representaciones contradictorias" (152), inevitablemente estalla en la violencia. La premisa de este análisis, por tanto, es que el pachuco revela síntomas *neuróticos,* en el preciso sentido freudiano de un "ego enfermo que ha perdido su unidad" y que vive atravesado por "deseos contradictorios y opuestos"[49]. El conflicto es, en efecto, la enfermedad, la neurosis. A su vez, la agresividad del sujeto significa no sólo la existencia de un conflicto sino la necesidad de expresarlo. En la perspectiva psicoanalítica —sobre todo la de filiación freudiana— el conflicto central ocurre siempre entre instintos y represión, entre biología y cultura.

Por otra parte, la meditación sobre el pachuco no

[49] Mi acercamiento de Freud al ensayo de Paz, en éste y otros pasajes, se basa principalmente en las ideas de Phillip Rieff, *Freud: The Mind of the Moralist,* 1959; Chicago, University of Chicago Press, 1979. Son sugestivos los comentarios de Thomas Mermall en su notable ensayo "Octavio Paz y el sicoanálisis de la historia", *Cuadernos americanos,* año 27, núm. 1 (enero-febrero, 1968), págs. 97-114.

describe un caso aislado, sino que constituye un micro-
cosmos, el modelo reducido del mexicano moderno en
general: "el mexicano se presenta ante los demás" con
reserva, sus "fuerzas reprimidas rompen esa máscara
impasible", por lo cual "nuestra soledad aumenta por-
que no buscamos a nuestros compatriotas" (154). Por úl-
timo, la rebelión y violencia del pachuco es una manera
—irracional y auto-destructiva pero de todos modos
elocuente— de expresar el deseo de reintegrarse a la so-
ciedad que lo rechaza: "El ciclo, que empieza con la
provocación, se cierra: ya está listo para la redención,
para el ingreso a la sociedad que lo rechazaba" (152). Si
no entendemos que Paz interpreta la agonía del pachu-
co como un deseo de reintegración a la sociedad que lo
rechaza (en este caso, la estadounidense) perdemos de
vista dos aspectos importantes de su argumento: prime-
ro, el carácter prototípico de esta figura en relación al
mexicano en general. Como el pachuco, el mexicano
también desea, y no logra del todo, reintegrarse a su
comunidad. Segundo, que Paz intuye al pachuco, en el
fondo, como una prefiguración de lo que más tarde se
conocerá como el "chicano" —el estadounidense de
origen mexicano. Es cierto que, con los años, Paz ha
cambiado sus ideas sobre el méxico-americano y, más
allá de ese grupo particular, sobre los "hispanos de los
Estados Unidos"— para citar el título de uno de los tex-
tos recientes que recoge esta edición. La meditación de
estas páginas ha sido, de hecho, una de las más discuti-
das del libro, sobre todo entre intelectuales y artistas
chicanos, y ha dado lugar a no pocos malentendidos[50].

[50] Véase, sobre todo, la entrevista con José de Armas, *De Colores,*
vol. 2, núm. 2 (1975), págs. 11-21. Es extensa y rica la bibliografía
sobre las relaciones entre Paz, y sobre todo *El laberinto de la soledad,*
y el movimiento chicano. Ver, entre otros: Arturo Madrid-Barela, "In
Search of the Authentic Pachuco: An Interpretive Essay", en Renato
Rosaldo *et al,* ed. *Chicano: The Evolution of a People,* Malabar, Fl.,
Krieger, 1982, págs. 202-219; Lauro Flores, "Dualidad del pachuco",
Revista Chicano-Riqueña, año 6, núm. 4 (1978), págs. 51-58; Luis Leal,

En todo caso, la premisa de todo el análisis —la virtualidad sobre la que descansa la meditación inicial del libro— es precisamente uno de los conceptos claves de Freud: el carácter normal se entiende a través de la neurosis; la salud a través de la enfermedad. Ya en el capítulo IV, después de haber analizado la persistencia de una serie de mitos nacionales, el autor se pregunta: "¿Y no es extraordinario que, desaparecidas las causas, persistan los efectos? ¿Y que los efectos oculten a las causas?" (210). Pero no será hasta el capítulo VII —toda vez que se haya abordado la meditación propiamente histórica del libro— que se dará a entender que esa ha sido, en efecto, la estrategia:

> Los conflictos examinados en el curso de este ensayo habían permanecido hasta hace poco ocultos, recubiertos por formas e ideas extrañas, que si bien habían servido para justificarnos, también nos impidieron manifestarnos y manifestar la índole de nuestra querella interior. Nuestra situación era semejante a la

"Octavio Paz and the Chicano", *Latin American Literary Review,* vol. 5, núm. 10 (primavera-verano 1977), págs. 115-123; Don Porath, "Chicanos and Existentialism", *De Colores,* vol. l, núm. 2 (primavera, 1974), págs. 6-30; Carlos Monsiváis, "Este es el pachuco, un sujeto singular", en Salvador Leal, ed. *A través de la frontera,* México, D.F., Centro de Estudios Económicos y Sociales del Tercer Mundo/ Instituto de Investigaciones Estéticas, UNAM, 1983, págs. 83-90; Juan Bruce-Novoa, "Chicanos in Mexican Literature", Renate von Bardeleben *et al,* eds. *Missions in Conflict: Essays on U.S.-Mexican Relations and Chicano Culture,* Tubingen, Gunter Narr Verlag, 1986, págs. 55-64; Rubén Medina, "Del pachuco al hispano: Octavio Paz ataca de nuevo", *Crítica* (La Jolla, Ca.), vol. 2, núm. 1 (primavera 1988), págs. 69-78; Marcos Sánchez-Tranquilino, "Mano a mano: An Essay on the Representation of the Zoot Suit and its Misrepresentation by Octavio Paz", *Journal: A Contemporary Art Magazine,* Los Angeles Institute of Contemporary Art (invierno 1987), págs. 34-42. Sobre el pachuco y el chicano, véase, además del libro de Mazón y la bibliografía ahí adjunta (págs. 151-156), el interesante catálogo de exhibición de Dan Luckenbill, *The Pachuco Era. Catalog of An Exhibit, University Research Library September-December 1990,* Los Angeles, University Research Library, Department of Special Collections, University of California, Los Angeles, 1990.

del neurótico, para quien los principios morales y las ideas abstractas no tienen más función práctica que la defensa de su intimidad, complicado sistema con el que se engaña, y engaña a los demás, acerca del verdadero significado de sus inclinaciones y la índole de sus conflictos. Pero en el momento en que éstos aparecen a plena luz y tal cual son, el enfermo debe afrontarlos y resolverlos por sí mismo. Algo parecido nos ocurre (314-315).

La observación, por tanto, se basa en la analogía que opera a lo largo de todo el libro: la historia de México es como la biografía de un sujeto clínico; sus conflictos históricos se pueden resolver, o al menos entender, a base del análisis debido. Años después, en *Postdata,* el sentido del modelo psicoanalítico será aún más enfático: "la persistencia de traumas y estructuras psíquicas infantiles en la vida adulta es el equivalente de la permanencia de ciertas estructuras históricas en las sociedades".

Ya veremos más adelante que la "neurosis" a la que se refiere aquí es sólo una variante de un fenómeno más generalizado. Por eso habría que advertir que si bien el psicoanálisis es sólo una de las varias fuentes importantes de *El laberinto de la soledad,* su marca será indeleble. En su importante entrevista con Claude Fell, un cuarto de siglo después de haber publicado el libro, Paz señalaría en efecto que allí había intentado "una descripción... del mundo de represiones, recuerdos, apetitos y sueños que ha sido y es México" (421). Entre sus fuentes mencionaría, asimismo, "el estudio de Freud sobre el monoteísmo judaico *[Moisés y el monoteísmo]*", y agregaría que la "crítica moral" que intenta el libro es una "autorrevelación de lo que escondemos y, como lo enseña Freud, curación... relativa" (421). Parece claro, por lo demás, que al abrir con un marco psicoanalítico, el libro también aludía polémicamente a *El perfil del hombre y la cultura en México* (1934) de Samuel Ramos, el último y más célebre de los libros en México que había intentado utilizar conceptos psicoanalíticos con semejantes propósitos, y cuya

pieza de resistencia había sido el famoso capítulo III sobre el "pelado", el pícaro violento de la ciudad[51].

Varias son, por cierto, las referencias en el primer capítulo de Paz a Ramos y a su libro. En el tercer párrafo, por ejemplo, discrepa con su opinión de que "el sentimiento de inferioridad influye en [nuestra] predilección por el análisis y que la escasez de nuestras creaciones se explica... por una instintiva desconfianza acerca de nuestras capacidades" (145). Poco después, lo vuelve a evocar como inevitable marco de referencia ante la sensación de diferencia cultural del mexicano una vez que cruza la frontera con los Estados Unidos. Y por último, vuelve a aludir a Ramos para subrayar su desacuerdo principal: "más vasta y profunda que el sentimiento de inferioridad, yace la soledad. Es imposible identificar ambas actitudes: sentirse solo no es sentirse inferior, sino distinto. El sentimiento de soledad, por otra parte, no es una ilusión... sino la expresión de un hecho real: somos, de verdad, distintos. Y, de verdad, estamos solos" (154). Tanto el "pelado" como el "pachuco" representan, a su vez, variaciones del "héroe agachado", atávico *prototipo* —en el preciso sentido psicoanalítico de un "antecedente traumático y prefigurativo"— que, según ambos autores y siguiendo una venerable tradición intelectual en México, reside en el interior de todo mexicano[52]. La premisa, moral y psicoanalítica, de toda esa

[51] Sobre este tema son sugestivos los comentarios de Roger Batra en su *La jaula de la melancolía. Identidad y metamorfosis del mexicano,* México, D.F., Grijalbo, 1987, especialmente las págs. 51-58. El título de Bartra es una parodia explícita del de Paz, cuyo libro también estudia. Otras lecturas valiosas de Ramos son las de Patrick Romanell, "Samuel Ramos on the Philosophy of Mexican Culture: Ortega and Unamuno in Mexico", *Latin American Research Review,* vol. 10, núm. 3 (Fall, 1975), págs. 81-102, y Henry C. Schmidt, *The Roots of 'Lo Mexicano': Self and Society in Mexican Thought (1900-1934),* College Station, Tx., Texas A & M University Press, 1978.

[52] Los precursores tanto de Ramos como de Paz son, en este sentido, dos: Ezequiel Chávez, "Ensayo sobre los rasgos distintivos de la sensibilidad como factor del carácter mexicano", *Revista Positiva,*

tradición es que el prototipo, producto imaginario de un trauma histórico, se repite en el presente del sujeto, y que es sólo por medio del análisis de ese ancestro, y la conciencia de ahí derivada, que nos liberaremos de sus taras o defectos. Todo psicoanálisis busca, en efecto, liberar al sujeto de su historia, de su memoria; de ahí que adquirir conciencia de un prototipo como el "agachado" signifique liberarse del mismo. Un argumento análogo subyace, como veremos, al análisis de los otros "mitos" nacionales.

Con Fell, Paz había subrayado, por lo demás, la diferencia entre sus propósitos y los de Ramos: "Él se detiene en la psicología; en mi caso, la psicología no es sino un camino para llegar a la crítica moral e histórica" (421). Como juicio, la observación es sugestiva pero parcial. Bien mirada, la perspectiva de Ramos no era enteramente psicologista y en su libro intentó, bien que mal, una suerte de análisis moral e histórico de la sociedad en que vivía. En cambio, la observación de Paz sí sirve para señalar que no es precisamente en el ámbito de las intenciones donde residen sus diferencias de enfoque con las de Ramos. Más cierto es que Paz trabajó con otras y más variadas fuentes —incluso las psicoanalíticas— y desde luego con mucha más capacidad de análisis y soltura retórica: Paz es, sencillamente, más escritor.

En la polémica con Carballo, Paz señalaría que la dependencia sobre el modelo de Adler había hecho que

vol. I, núm. 3 (10 de marzo de 1901), págs. 81-99; y Julio Guerrero, *La génesis del crimen en México. Estudio de psiquiatría social,* México, D.F., Viuda de Ch. Bouret, 1901. Es notorio que Chávez llegó al extremo de presentar un proyecto de ley para un *Instituto Psiquiátrico Nacional* donde se estudiaría al "enfermo mexicano". Sobre el tema de los "agachados" precisamente versó una de las columnas de *Novedades* de Paz: "De los agachados y otros extremos", PL, 377-379, donde leemos: "Son los pobres, los que se agachan para comer, los que se agachan para vivir, los verdaderos 'gachos', no sólo de las orejas sino del alma... los 'agachados', pisoteados por los poderosos, han perdido la rebeldía y la dignidad pero conservan intacto su amor a la vida... Un número cada vez mayor de mexicanos pertenece a esta especie."

Ramos acentuara "la importancia de la voluntad a expensas de realidades psíquicas más hondas, como la sexualidad" (566). Y sin embargo, no era tanto que Ramos hubiese omitido el tema de la sexualidad —que es, después de todo, uno de los puntos claves en su análisis del "pelado"— cuanto que el modelo voluntarista de Adler prescribía un enfoque sobre el *presente* del sujeto y las presiones psicológicas *actuales* de la sociedad. De ahí, la insistencia de Ramos en "complejos" como la "imitación de Europa" que, según él, siguen afligiendo al mexicano, a lo cual se añadía lo que apenas llegan a ser incoherentes apuntes históricos que, desde un punto de vista estrictamente moral, no dejaban de ser admirables. Lo que en última instancia frustró la inquisición de Ramos es que su modelo analítico —la psicología de Adler— era, sin él saberlo, la antítesis de sus buenas intenciones historicistas. Difieren los dos analistas, además, en sus respectivas actitudes sobre la relación de México con las corrientes universales. Ramos veía en la "imitación de Europa" la fuente de un complejo de inferioridad que debería desecharse; Paz considera que esa relación, si bien defectuosa, sigue siendo necesaria. El objeto de análisis de Paz fue, por tanto, diametralmente opuesto al de Ramos: no el presente social sino el *pasado* histórico y su obsesiva y dañina *repetición* en el drama interno del individuo. Si la memoria del prototipo libera, su olvido (o represión) condena a repetirlo.

2- *Del Monismo histórico a la alienación*

Es esa diferencia lo que determina la crítica del presente, que encontramos a todo lo largo del libro de Paz y que influye en su perspectiva histórica. La crítica del presente, contrapartida de la valoración del pasado, forma parte de lo que podríamos llamar el *monismo* que subyace a toda la empresa de su análisis. Como modelo de comprensión todo monismo postula una substancia

unitaria primigenia de la cual a su vez se derivan emanaciones diversas, pero también degradadas, y que pasan a encarnarse en Formas (enseguida veremos la justicia de ese término) en la realidad histórica. De ahí la imagen recurrente en el libro del *desprendimiento* (el mexicano quiere "volver al centro de la vida de donde un día... fue desprendido" (155) o de la *ruptura* ("cualquier ruptura... engendra un sentimiento de soledad", 200), términos que, si bien evocan teorías contemporáneas como la del "trauma de nacimiento" de Otto Rank o del "estar arrojado" de Heidegger, reflejan más de cerca un monismo que después de todo, es la base conceptual de estas nociones modernas. Es precisamente ese monismo histórico lo que revela la "extremidad" de los pachucos: "personas que hace mucho tiempo abandonaron su patria, que apenas hablan el idioma de sus antepasados y para quienes esas secretas raíces que atan al hombre con su cultura se han secado casi por completo..." (153). No serán ellos los únicos, por cierto, sino sencillamente, como ya hemos visto, los más alejados física, temporal y moralmente de la "substancia primigenia" y, por tanto, los que más dramáticamente encarnan los "síntomas" de esa "enfermedad" generalizada que se llama la *modernidad*. No será por azar, tampoco, que sean los "pachucos" la versión, o Forma, del mexicano que el autor encuentre en su propio presente histórico y que le hacen pensar, "fuera de México", en "muchas de las reflexiones que forman parte de este ensayo" (147). Son ellos los que despiertan la meditación porque será precisamente con ellos que el autor compartirá la soledad del exilio —sólo que, a diferencia de sus semejantes, el autor sí meditará y reflexionará sobre la misma.

El monismo histórico que se transparenta en el libro forma parte, a su vez, de la filosofía Romántica —influida por Hegel y Schelling, sobre todo, pero cuyas raíces se remontan al Neo-Platonismo— que subyace a toda la visión del hombre y de la Historia de *El laberinto de la soledad* en particular y la obra de Octavio Paz en gene-

ral. Es esa concepción Romántica la que prescribe dos aspectos fundamentales. Primero, la morfología Idealista, la encarnación del Espíritu (el nombre que le da Hegel a lo que hemos llamado "substancia primigenia") en Formas del mundo material. Segundo, y como parte de la misma morfología, el regreso cíclico de ese Espíritu al mismo punto de partida que anuncia la reconciliación consigo mismo. La encarnación en Formas, que el libro describe como sucesivas etapas históricas por las que el mexicano busca insertarse en corrientes universales —Colonia, Independencia, Reforma, Revolución—, son como aquellas "estaciones en el camino", o "Formas de conciencia" *[Gestalten des Bewusstseins]* que en su "Introducción" a *La Fenomenología del Espíritu* Hegel describiera como el objetivo de su narración: "el camino del alma, que viaja a través de la secuencia de sus Formas, como estaciones señaladas para ellas por su propia naturaleza para que se purifique como espíritu, alcanzando así, a través de la experiencia de sí misma, el conocimiento de lo que es"[53].

Cuando en el primer capítulo Paz resume el proceso moral y psicológico por el que atraviesa el pachuco cada vez que se rebela como un "ciclo, que empieza con la provocación" para luego cerrarse "listo para la redención, para el ingreso a la sociedad que lo rechazaba" (152), su descripción evoca esta misma imagen. Y cuando en el centro mismo del libro pasa a afirmar que "la historia de México es la de un pueblo que busca una forma que lo exprese" y "la del mexicano es la de un hombre que aspira a la comunión" (311-312), invoca tanto la primacía de las Formas en la concepción Romántica de la Historia como el paradigma de la peregrinación circular del Espíritu. En la tradición Romántica dicha peregri-

[53] Traduzco de *Phänomenologie des Geistes,* ed., Johannes Hoffmeister, Hamburgo, Meiner, 1952, págs. 66-67. He revisado mi traducción cotejando otra, en inglés, de J.B. Baillie, *The Phenomenology of Mind,* Nueva York, Harper, 1967, págs. 135-136.

nación aparece como una teodicea implícita, concepto que, según M.H. Abrams, constituye el meollo conceptual del Romanticismo: "el viaje es un camino espiritual a través del mal y el sufrimiento que se justifica como una manera necesaria para alcanzar el bien mayor; y con frecuencia... este proceso se concibe como una caída de la unidad a la división y un conflicto entre contrarios que a su vez lleva al movimiento hacia un nivel más alto de integración"[54].

Resultaría exagerado afirmar, desde luego, que la fuente primordial (o secreta) de *El laberinto de la soledad* es *La Fenomenología del Espíritu* de Hegel, aun cuando sí se justifica llamar al libro de Paz "hegeliano", en el más amplio sentido de esta palabra. El libro apenas cita a Hegel, por cierto, como tampoco lo haría el propio Paz en la entrevista con Fell, al repasar sus fuentes. De hecho, las "formas" que se invocarán a todo lo largo del libro no se deben enteramente a la tradición Idealista, pues no son ni estáticas ni pasivas sino, por el contrario, recipientes activos, moldeados por la experiencia histórica, si bien inauténticos. Por eso, la concepción de las "formas" en el ensayo refleja más bien un cruce entre el Idealismo hegeliano y la formatividad kantiana —para Kant, como se sabe, sólo la experiencia era, en efecto, formativa. Asimismo, la fuente de este cruce sería no tanto Hegel como el neokantiano Georg Simmel, sobre todo el Simmel de la *Sociología* (1908), a quien Paz sí mencionará en su entrevista con Fell como uno de "los filósofos alemanes que unos pocos años

[54] Véase M.H. Abrams, *Natural Supernaturalism. Tradition and Revolution in Romantic Literature,* Nueva York, Norton, 1971, página 193. El concepto central del estudio de Abrams es el paradigma del "viaje circular" como eje de la imaginación romántica. Frances Chiles, en un reciente trabajo, ha estudiado este paradigma en la obra poética de Paz, pero extrañamente no discute *El laberinto de la soledad;* véase *Octavio Paz: The Mythic Dimension,* Nueva York, Peter Lang, 1987. He estudiado este tema en uno de los libros de poemas fundamentales de Paz: *Libertad bajo palabra,* Madrid, Cátedra, 1988, págs. 11-63.

antes había dado a conocer en nuestra lengua Ortega y Gasset" y a quien él leyó con provecho. A su vez, sin embargo, la influencia de Simmel en el libro será más bien difusa y general, pues las "formas" de Paz tampoco serán (con la posible excepción del "pachuco") los "tipos" sociales que él describe en su conocido tratado —el "aventurero", "el extraño" o "el pordiosero"— sino etapas inauténticas —en el sentido de estaciones en el camino hacia la autenticidad— y que más bien se remontan a la morfología Idealista que tuvo en Hegel su más lúcido exponente[55].

En el fondo, sin embargo —y esto es lo esencial— el hegelianismo del libro es indirecto: proviene no de fuentes filosóficas sino de la poesía Romántica alemana —Goethe (cuya teoría de los *Urformen* no podemos olvidar), además de Hölderlin y Novalis— que, remozada del vocabulario del Idealismo alemán, fue lectura constante del joven Paz durante los años de formación previos a la escritura de *El laberinto de la soledad*. La mejor clave de esta fuente la da el mismo libro, hacia el final del capítulo VI —toda vez que se ha repasado la sucesión de "formas" históricas— en una discusión sobre la

[55] Ver, de Simmel, *Soziologie. Untersuchungen über die Formen der Vergesellschaftung* (1908), cuya traducción española, *Sociología. Estudios sobre las formas de socialización,* publicada en Madrid por Revista de Occidente, data de 1927. Es enteramente probable, también, que en la concepción de las "formas", Paz haya consultado a Georges Gurvitch, cuyas *Formas de la sociabilidad. Ensayos de sociología,* en la traducción de Francisco Ayala, Buenos Aires, Editorial Losada, 1941, estaba de moda entonces. Sobre el concepto de "forma" en Simmel son recomendables los estudios de P.A. Lawrence, "The Analysis of Forms and Types", en su *Georg Simmel: Sociologist and European,* Nueva York, Barnes and Noble, 1976, y el libro de Rudolph Weingartner, *Experience and Culture: The Philosophy of Georg Simmel,* Middletown, Ct., Wesleyan University Press, 1960. La influencia de la filosofía de la cultura alemana, tal como la propagó Ortega y Gasset en el mundo hispánico a través de su *Revista de Occidente,* está tan diseminada en el libro de Paz que resulta difícil deslindar una línea de otra.

Revolución mexicana: "No es un esquema que un grupo impone a la realidad sino que ésta, como querían los románticos alemanes, se manifiesta y empieza a adquirir forma en varios sitios, encarnando en grupos antagónicos y formas diversas" (292)[56]. Basta con repasar los libros de poemas de Paz de esta primera época, como *A la orilla del mundo...* (1942) o *Libertad bajo palabra* (1949), para comprobar esta influencia y confirmar la enorme, casi obsesiva frecuencia con que se invocan las "formas" del mundo en que el poeta intenta reconocerse, así como la estructura circular de la trayectoria espiritual que traza cada una de estas colecciones. Tanto la crónica infeliz de esas "formas" como la circularidad de la búsqueda espiritual del poeta conforman gran parte de lo que se podría llamar la "poética de la soledad" de Octavio Paz durante su primera época, una poética que culmina con la publicación de *El laberinto de la soledad*[57].

Ya en la primera de las *Vigilias,* el diario poético que Paz escribe a mediados de los años 30, aparece lo que pu-

[56] En reacción a este comentario Octavio Paz me escribió lo siguiente: "No pensé nunca en las Formas como estaciones inauténticas hacia esto o aquello sino como creaciones históricas en las que el impulso, o la idea, logran exteriorizarse y convertirse en expresiones duraderas, en objetos de participación. Por ejemplo, los estilos artísticos, las instituciones jurídicas, alguna idea social, un mito, una religión, etc... Precisamente, lo que me angustiaba en aquella época era que las Formas heredadas se habían vaciado o petrificado y que los mexicanos no habíamos creado otra Forma, la nuestra, que no nos habíamos realizado en una obra colectiva duradera." "Observaciones" en Archivo Enrico Mario Santí.

[57] Para una discusión lúcida del concepto de "forma" en el romanticismo alemán —en su doble sentido de *Gestalt* (forma) y *Bildung* (formación)— se puede consultar el libro y antología de Philippe Lacoue-Labarthe y Jean-Luc Nancy, *L'Absolu littéraire. Théorie de la littérature du Romantisme allemand,* París, Seuil, 1978. Por lo demás, Carlos H. Magis estudió, con pericia, la presencia de "formas" en la poesía de Paz inmediatamente anterior a 1950, pero no llegó a ver su conexión con los románticos alemanes; véase su *La poesía hermética de Octavio Paz,* México, D.F., El Colegio de México, 1978.

diera ser el paradigma metafísico que con los años informará el monismo del futuro libro:

> Las formas que hacen visible al dios extraño que alimenta la tierra se me presentan nada más como formas solitarias, y mi alma no goza en ellas; pretendo sumergirme en su dulce y frío torbellino; pero quedo, irreparablemente, extraño, como el aceite del agua. Esta es la verdadera soledad: sin palabras, estrangulado por un mundo fríamente enemigo. Soledad del mundo, inhumano, soledad del planeta hostil, ¿en dónde el placer puro de tocar la sombra de la tierra y respirar el aire que la limita y la ilumina? (PL, 63).

Presentes en este pasaje de 1935 están todos los elementos que hemos señalado: la substancia primigenia (el "dios extraño que alimenta la tierra") y sus emanaciones degradadas ("las formas que hacen visible", "formas solitarias"); pero también, ejemplarmente, el efecto particular que ambas tienen en el sujeto: "irreparablemente, extraño, como el aceite del agua". Lo que en cambio estará ausente —de este pasaje particular de las *Vigilias,* así como de todo el diario poético— es la dimensión histórica, la aportación mayor de *El laberinto de la soledad.* Por último, tampoco se trata en este primer momento, tanto de percibir síntomas necesariamente neuróticos cuanto de interrogar una realidad más amplia: lo que modernamente, a partir de Hegel precisamente, llamamos *alienación* y que en cambio Paz, tanto en su diario poético como en el futuro libro, llamará *soledad.*

La alienación, como se deduce de este pasaje, surge visiblemente de la separación entre el sujeto y las formas que lo rodean. Es una separación *ontológica* que ocurre en el mundo físico porque el sujeto y la naturaleza pertenecen a dos órdenes diferentes: el sujeto es un ser pensante, está consciente. Pero la alienación surge también, tácita o invisiblemente, del acto previo a esta percepción infeliz: la auto-conciencia que lleva a tomar la pluma para así reflexionar sobre las causas de ese

malestar. En esto, el modelo metafísico de Paz es también fiel a su especie. En Hegel, como se sabe, la alienación es resultado de la "conciencia de sí como naturaleza dividida"; es decir, separación de la naturaleza, pero también separación de sí misma: conciencia de uno mismo como otro. Para analizar esa "conciencia infeliz", Hegel utilizó varios términos —*Entzweiung, Entfremdung, Entäusserung*— pero fue sobre todo el segundo de éstos, *Entfremdung* (literalmente "alejación de sí mismo", aunque generalmente traducido como *alienación)* el que tuvo más fortuna en la tradición filosófica[58]. La conciencia, según Hegel, no puede persistir indefinidamente en el estado de desunión, y por eso tiene que proceder hacia una reconciliación (lo que él llamó *Versohnung),* que es, a un tiempo, una reunión *(Vereignung)* y una apropiación *(Aneignung).* Hegel llamó a la totalidad de este proceso *dialéctica,* la cual en su sistema asume un carácter provisionalmente negativo por el mero hecho de ser un proceso auto-consciente, y lógica y sucesivamente adquiere un cariz positivo en camino a la reconciliación. Después de Hegel, Marx, como también se sabe, volvió a formular la alienación vaciándola de contenido espiritual y metafísico (o como Marx la llamó, "abstracto") para interesarse en lo que a su juicio era su aspecto "humano" o "concreto": la separación del hombre de su cultura y su trabajo, sobre todo la clase económica a la que pertenece y los modos de producción. En Freud, en cambio, la alienación se vuelve enfermedad, lo que él justamente llama *neurosis,* como resultado de la represión de los deseos y sentimientos del sujeto, desconexión que lo lleva a sentirse *otro* en vez de lo que verdaderamente es. Asimismo, en la tradición existencialista —desde Kierkegaard y Nietzsche hasta Heidegger y Sartre— la alienación adquiere un

[58] Para una discusión completa del concepto de alienación y amplia bibliografía, véase la entrada pertinente en el *Diccionario de Filosofía* de José Ferrater Mora, Madrid, Alianza, 1982, I, 97-99.

cariz moral y psicológico y significa cualquier forma de inautenticidad: el sujeto desconectado de sus propios valores y principios.

Al escoger el término *soledad* por encima del de *alienación* Paz recoge, por tanto, toda esta tradición filosófica pero también la crítica: soledad es la *imagen* concreta del *concepto* abstracto alienación. Mientras que la alienación se piensa, la soledad se siente o, mejor dicho, se padece. Además, la soledad, como la alienación, nos ocurre a todos; pero a diferencia de ésta, le ocurre *a una persona en particular*. Por eso, nombrar la "conciencia infeliz" a base de la *soledad* significa apropiarme de una emoción mía, que reconozco por particular. De ahí la primera oración del libro: "A todos, en algún momento, se nos ha revelado nuestra existencia como algo particular, intransferible y precioso" (143). Oración que recoge a su vez otra de 1941: "Universalidad no quiere decir 'hablar para todos', sino para cada uno, para la intimidad de cada quien" (PL, 259).

Son muchas, en efecto, las definiciones de la soledad a lo largo del libro: "sentirse solo no es sentirse inferior, sino distinto" (154); "el mexicano no quiere o no se atreve a ser él mismo" (210); "la soledad, fondo de donde brota la angustia, empezó el día en que nos desprendimos del ámbito materno y caímos en un mundo extraño y hostil" (218); "vivir es separarnos del que fuimos para internarnos en el que vamos a ser, futuro extraño siempre. La soledad es el fondo último de la condición humana" (341). Al mismo tiempo, sin embargo, la tesis central del libro es que cada pueblo, cada individuo, tiene su manera particular de padecer la soledad y, sobre todo, de expresarla. La importancia de esta tesis reside en que reconoce la particularidad del fenómeno de la soledad, pero también su universalidad. El "a todos" de la primera oración del libro es un "yo," pero también es un "nosotros" y un "ellos". De ahí que al principio del libro se afirme que "todo está lejos del mexicano, todo le es extraño" (195), pero hacia el final —una vez que se

hayan analizado los llamados "mitos" de la primera parte del libro— se llegue a la conclusión de que "esta enajenación —más que nuestras particularidades— constituye nuestra manera propia de ser", ya que "se trata de una situación universal, compartida por todos los hombres" (317).

Es difícil exagerar la importancia de esta tesis, que alcanza y envuelve el resto de las llamadas particularidades del mexicano: si bien éstas constituyen una propia manera de ser, no cumplen funciones diferentes a las que encontramos en otros pueblos. Cuando Paz le escribe a Reyes que había escrito *El laberinto de la soledad* "para liberarme de esa enfermedad que sería grotesca si no fuera peligrosa" es precisamente a este deseo de arrebatar la máscara nacionalista a la que sin duda se refiere. "La mexicanidad será una máscara que, al caer, dejará ver al fin al hombre" (318), resumirá en esos mismos términos al final del capítulo VII. Por eso, al análisis de cada "mito" o costumbre que aparece en la primera parte se añadirá lo que podríamos llamar una "frase bisagra", una coda que tiene el doble efecto de universalizar los rasgos del mito analizado y anular cualquier posible peculiaridad en la variante mexicana. Así como la soledad del pachuco, por ejemplo, se explica como parte de "los grandes mitos humanos relativos a la especie" y que revela "la convicción de que el orden del Universo ha sido roto o violado por el hombre" (161), así también la "máscara" hipócrita atribuida al mexicano no tiene nada de particular, puesto que "en todos los tiempos y en todos los climas las relaciones humanas —y especialmente las amorosas— corren el riesgo de volverse equívocas. Narcisismo y masoquismo no son tendencias exclusivas del mexicano" (177). En suma, el sentimiento de culpa y la soledad que engendra no son, en este sentido, ni una invención ni una maldición de México: "Estos sentimientos son comunes a todos los hombres y no hay en ellos nada que sea exclusivamente mexicano", por lo cual ya "no se trata de repetir una

84

descripción que ya ha sido hecha muchas veces, sino de aislar algunos rasgos y emociones que iluminan con una luz particular la condición universal del hombre" (218). Años después, en su entrevista con Fell, Paz precisará que "el hombre, por el hecho de ser hombre es un enajenado", puesto que "la enajenación consiste, fundamentalmente, en ser otro dentro de uno mismo. Esa enajenación es el fondo de la naturaleza humana y no de la sociedad de clases". "Estoy más cerca", resumirá entonces, "de Nietzsche y de Freud que de Marx y Rousseau. Todas las civilizaciones son civilizaciones de la enajenación y todos los civilizados se rebelan contra la enajenación" (442).

3- *Amor y Muerte*

Es a partir de esta concepción universal de la soledad, por tanto, que podemos comprender el sentido último del análisis de los "mitos" de los capítulos II a IV. Si nos dejáramos llevar por la pericia con la que Paz los describe —la máscara y el "ninguneo", el nihilismo y la Fiesta, la Malinche y la Virgen de Guadalupe— bien podríamos pensar que su propósito es meramente folklórico. En cambio, una reacción opuesta, que atendiera únicamente al contenido del análisis de esos mitos nos llevaría a juzgarlo como una condena de cierta cultura de México. Esta última es la reacción que reflejan comentarios como los de Hernández Luna y Ramos, y es el sentido de una de las anécdotas que Paz recuerda en su conversación con Fell: "Un poeta me dijo algo divertido: que yo había escrito una elegante mentada de madre contra los mexicanos" (419). Esa pericia forma parte, sin embargo, de la retórica literaria del libro y constituye, por eso, otra arma de doble filo. Por un lado, con ella se dramatizan muy de cerca todos aquellos rasgos cotidianos del mexicano que revelan la persistencia de esos mitos y costumbres en su vida diaria. A Paz le interesa

mostrar, sobre todo, la naturalidad con que el pueblo convive con estas particularidades *manifiestas* o patentes hasta el punto de convertirlas en parte de su naturaleza, su "identidad". Por otro lado, sin embargo, intenta también mostrar, a través del mismo análisis, la "extrañeza" de esas mismas costumbres, toda vez que se ilustra su contenido *latente* —ése que a Claude Fell le describió como "realidad escondida y que hace daño". Así, a la vez que exalta, por medio de la descripción en una, también critica, por medio del análisis, en otra.

Si he subrayado esos dos adjetivos más arriba es porque, fiel a su reticencia ensayística, el libro mismo no hace explícito ese binomio *manifiesto-latente* sobre el que gira gran parte del análisis de la primera parte. Y sin embargo, ese binomio determina no sólo el análisis de los primeros cuatro capítulos sino, como veremos, el vínculo lógico entre las dos partes del libro. El binomio *manifiesto-latente* es, como se sabe, de filiación psicoanalítica, y se relaciona con otro más fundamental: *consciente-inconsciente*. Tanto uno como otro significan que es sólo a través del nivel "superficial" —consciente/manifiesto y literal— que tenemos acceso al otro más "profundo" —inconsciente/latente y por tanto más auténtico. "La tendencia a explicar un nivel de realidad por otro más antiguo e inconsciente", ha escrito Paz en otro contexto, "el régimen social, la vida instintiva —es una herencia de Marx, Nietzsche y Freud"[59].

En efecto, la herencia común de estos tres pensadores es lo que hace años Arnold Hauser llamara la "psicología del destape" [*psychology of exposure*], y que Paul Ricoeur a su vez bautizó como la "escuela de la sospecha". "Si nos remontamos a la intención que los tres tenían en común", explica éste último, "encontramos la decisión de ver la totalidad de la conciencia como 'falsa'

[59] Cito de "La excepción de la regla", *Corriente alterna,* México, D.F., Siglo XXI, 1967, pág. 188.

conciencia... todo entendimiento es hermenéutica: a partir de entonces, buscar sentido no es ya explayar la conciencia del sentido, sino *descifrar sus expresiones*"[60]. "Los tres", resume Ricoeur, "comienzan con una sospecha acerca de las ilusiones de la conciencia y de ahí pasan a emplear la estrategia del desciframiento" (34). Marx, Nietzsche y Freud comparten, por tanto, una hipótesis general: hay que deshacer la falsificación de la sociedad alienada, cuya conciencia —y por tanto cuyo lenguaje— es falso y engañoso. Ya sea a causa de intereses de clase, mecanismos de defensa, o hipocresía moral, la realidad no es lo que parece: las apariencias engañan. Si Marx "ataca el problema de las ideologías desde dentro de la alienación económica", dice Ricoeur, Nietzsche en cambio, concentrándose en "el problema del 'valor' —evaluación y trasvaluación— busca la clave de la mentira y las máscaras del lado de la 'fuerza' y la 'debilidad' de la voluntad de poder" (34). Freud, por último, entra "en el tema de la falsa conciencia a través de la doble vía de los sueños y los síntomas neuróticos" (34).

No sería exagerado ver la interpretación que realiza *El laberinto de la soledad* como una síntesis de estas tres estrategias de desciframiento. El propósito que los cuatro tienen en común es claro: disolver la alienación a partir de una estrategia de desciframiento, y concienciación, de la realidad latente.

Ya vimos cómo en sus conferencias de 1942 Paz había llamado al mito "cifra de conflictos psíquicos", así como una fuente de sentido que "no nos finge otro mundo" sino que "revela el sentido de éste y nos llama a la vida". Siete años más tarde, en el libro posterior, se

[60] Hauser introdujo este término en el cuarto y último tomo de su *A Social History of Art,* Nueva York, Vintage Books, 1957-58; traduzco de Paul Ricoeur, *Freud and Philosophy. An Essay on Interpretation,* New Haven, Yale University Press, 1970, págs. 33-34. En lo sucesivo, la paginación de las citas, que siempre traduzco yo, se incluye entre paréntesis.

especificará el análisis de esos "conflictos psíquicos" a base de un examen de las oposiciones que estructuran los mitos nacionales. Con mirada psicoanalítica, Paz analiza en el segundo capítulo, por ejemplo, los mecanismos de defensa del mexicano que se expresan en lo que él llama su "amor a la Forma" y sus consecuencias morales: la hipocresía y la simulación. El enfoque sobre las "máscaras" desde este principio tiene el efecto, por un lado, de abrir la discusión al tema psicoanalítico de la auto-represión, tal como lo sugiere la cita del huapango mexicano que abre el capítulo: *"Corazón apasionado, disimula tu tristeza"*. Por otro lado, sin embargo, alude a la crítica de Nietzsche a los valores sociales inauténticos, tal como lo sugiere el mismo símbolo —la máscara es el emblema nietzscheano por excelencia. Nietzscheano también es el nihilismo del mecanismo conocido en México como "ninguneo"— la negación (imaginaria) de los otros. En un hábil juego de alusiones, Paz relaciona "Ninguno" al "Don Nadie" español: si éste "es funcionario o influyente y tiene una agresiva y engreída manera de no ser", aquél, en cambio, "es silencioso y tímido, resignado" (181). Lo más importante, sin embargo, es que el "ninguneador también se ningunea; él es la omisión de alguien" (181).

Gran parte del análisis de Paz propiamente se concentra en el análisis de la oposición entre "lo cerrado y lo abierto", conflicto cifrado en el contenido latente de la manifestación o síntoma que es la máscara. Abrirse —lo cual asocia con la mujer— significa para el mexicano "'rajarse', esto es, permitir que el mundo exterior penetre en su intimidad" (165); pero "el hermetismo" —que se asocia con el macho— "es un recurso de nuestro recelo y desconfianza". Si "el ideal de hombría para otros pueblos consiste en una abierta y agresiva disposición al combate", el mexicano en cambio acentúa "el carácter defensivo, listos a repeler el ataque" (166). Y si al llegar al apéndice no nos sorprende la afirmación de que "nuestras relaciones eróticas estén viciadas en su

origen, manchadas en su raíz" (344), será porque el segundo capítulo ya habrá analizado el conflicto que concibe el amor "como conquista y como lucha", en el que se "no se trata tanto de penetrar la realidad, a través de un cuerpo, como de violarla" (177). Cuando Paz le dice a Fell que en su libro intentó descubrir una "realidad escondida y que hace daño" no hay duda, por tanto, que tenía en mente este primer y fundamental conflicto en la vida afectiva del mexicano. Según él, ese conflicto condena a ambos sexos a la pobreza de intimidad, la soledad. ¿Reflejará también, la intención original de aquella novela erótica o *lawrenciana* que sirvió de primer borrador al ensayo? Como después en efecto ocurre, el proyecto de novela debe haber explorado aquella antigua afirmación del joven poeta que "una nueva vida, una hermosa y limpia vida, rescatará a la mujer de todo esto y tornará claras las relaciones casi sobrenaturales de hombre y mujer, libres de angustia y sombras" (PL, 131).

Sin embargo, es sólo en el siguiente capítulo III, "Todos santos día de muertos", que se completa el análisis del conflicto entre lo cerrado y lo abierto. Si el mexicano en efecto reprime su vida afectiva, y su trato personal es formulista, cortés y simulado, en cambio su vida colectiva le permite exteriorizar, expresarla. Para ello Paz analiza la institución de la Fiesta mexicana y encuentra allí un síntoma saludable: "Si en la vida diaria nos ocultamos a nosotros mismos, en el remolino de la Fiesta nos disparamos" (188). Para Paz la Fiesta manifiesta —el juego de palabras es de por sí significativo— menos un conflicto que el olvido o represión de su sentido. México es, en efecto, "un pueblo ritual" y "el arte de la Fiesta, envilecido en todas partes, se conserva intacto entre nosotros" (182). La Fiesta mexicana está "inscrita en la órbita de lo sagrado" pues significa "ante todo el advenimiento de lo insólito" ya que "la rigen reglas especiales, privativas, que la aíslan y hacen un día de excepción. Y con ellas se introduce una lógica, una moral y hasta

una economía que frecuentemente contradicen las de todos los días" (186). El propósito del análisis, pues, sería no tanto auscultar un conflicto latente, cuanto de disolver cualquier enajenación hacia el ritual de la Fiesta a base de la recuperación de su sentido reprimido. Paz no explica las razones de esta represión en particular, pero sí da a entender —y en la segunda parte del libro lo confirma— que ese olvido se debe a la progresiva secularización de la modernidad, que ha hecho del "arte de la Fiesta" en México una supervivencia de lo sagrado.

El análisis de Paz alude al de "algunos sociólogos franceses" quienes "consideran a la Fiesta como un gasto ritual" (185). Ninguna de las dos ediciones identifica de nombre a dichos "sociólogos", pero la paráfrasis de sus ideas que Paz incluye, así como sus comentarios pertinentes en la posterior entrevista con Fell, demuestran que se trata de Marcel Mauss, Roger Caillois y Georges Bataille (en particular, su ensayo "La noción de gasto"). De los tres etnógrafos (que no "sociólogos", como los llama Paz, aunque pronto veremos el sentido de este "error"), el que más lo influye es sin duda Caillois y su libro *El hombre y lo sagrado*. El libro, cuya traducción al español por cierto se publica en México justamente en 1942, dedica un capítulo entero a una "teoría de la Fiesta" que Paz aprovechará en su ensayo[61]. Junto a Bataille, Caillois había sido discípulo de Mauss —como éste a su vez lo había sido de Durkheim—, y con todas esas fuentes desarrolla lo que se podría llamar una teoría *económica* del sacrificio que incluye el ritual de la Fiesta.

Ya en sus conferencias de 1942 Paz había citado con admiración *El mito y el hombre*, libro anterior de Caillois

[61] Véase *El hombre y lo sagrado* traducción de Juan José Domenchina, 1939, México, D.F., Fondo de Cultura Económica, 1942, y en particular las págs. 109-145. En lo sucesivo, la paginación se incluye entre paréntesis. Consúltese también la bibliografía de Caillois, sobre el tema de la Fiesta, que se incluye en las págs. 183-184.

donde apenas se mencionaba a la Fiesta como "un exce-so permitido" (31) del cual surge el héroe mítico. En su capítulo, Paz alude a la posterior teoría económica de Caillois y dice rechazarla —aunque no será del todo, como veremos. A pesar de considerarla "incompleta", gran parte de su descripción de hecho proviene de la de Caillois, si bien Paz introduce un cambio importante al llamar a la Fiesta "una Revuelta" (187). El cambio del sentido ético por el económico altera la función de la Fiesta de manera que permite analizar cómo, entre los mexicanos, se convierte en un mecanismo de *ex*-pre-sión: "Ellas nos liberan, así sea momentáneamente, de todos esos impulsos sin salida y de todas esas materias inflamables que guardamos en nuestro interior" (188). Y dada esta misma función, que compensa por otros defectos de expresión en la manera de ser del mexicano, la sobrecarga emocional del ritual resulta inevitable: "La violencia de nuestros festejos muestra hasta qué punto nuestro hermetismo nos cierra las vías de comunicación con el mundo" (188). El mero hecho de que se conciba la Fiesta como una "ruptura violenta" demuestra, por tanto, que la tesis *económica* de Caillois se mantiene incólume, si bien modificada dentro de un marco psico-analítico. La deuda con Caillois se hará evidente, por lo demás, en el Apéndice, donde otras observaciones con-firman su filiación, y sólo en la segunda parte del libro, cuando se analice la Revolución Mexicana como Fiesta histórica, se completará su sentido ético de ritual festivo.

Para Paz, la importancia de la sobrecarga emocional de la Fiesta es que se resuelve en el "regreso a un estado original de indiferenciación y libertad" (188). En su es-tudio Caillois llama a este estado "Caos Primitivo" ("el lugar de todas las metamorfosis, de todos los mila-gros", 117), y tanto uno como otro equivalen a lo que Freud a su vez llamaba "el instinto de muerte", lo que en teoría psicoanalítica equivale al *deseo* de muerte, regre-so al estado indiferenciado de la materia inerte. No es de extrañar, por eso, que el tema de la muerte sea, en efec-

to, el vínculo lógico entre ambas partes del capítulo: "si en la Fiesta, la borrachera o la confidencia nos abrimos, lo hacemos con tal violencia que nos desgarramos y acabamos por anularnos" (200). Al igual que en el caso de la Fiesta, el sentido sagrado de la muerte ha sido reprimido u olvidado, represión u olvido que no es síntoma exclusivo del mexicano sino de la modernidad en general. Pues así como el mexicano ha reprimido la doble herencia —cristiana y azteca— del sentido sagrado de la muerte, así también "en el mundo moderno todo funciona como si la muerte no existiera" (192). La indiferencia del mexicano ante la muerte es, por tanto, síntoma de un exacerbado instinto de muerte; de hecho, es lo que lo lleva a construir lo que, en relación a la poesía de Villaurrutia, Paz llamara una vez "cultura de la muerte": "nuestras relaciones con la muerte son íntimas —más íntimas, acaso, que las de cualquier otro pueblo— pero desnudas de significación y desprovistas de erotismo" (195). Para Paz, por último, todo el proceso de represión que a su vez estalla en la Fiesta y se resuelve en el instinto de muerte sugiere la existencia de una culpa inherente. Si el mexicano en efecto se auto-destruye es porque quiere castigarse por sentirse culpable de ser. Paz llama a esta culpa la "mancha, no por difusa menos viva, original e imborrable", de un "desprendimiento" o "ruptura" original y que a su vez "engendra un sentimiento de soledad" (200). Llámese soledad u "orfandad" —fiel al monismo que gobierna la concepción histórica del libro, ésta se concibe como una separación de esa "Madre" que es la "substancia primigenia"—, ésta "adquiere un carácter purgativo, purificador", cuyo propósito es la "promesa de comunión" (201) que sin embargo nunca llega a realizarse.

En suma, por tanto, si examinamos de cerca el argumento conjunto de los capítulos II y III, descubrimos la lógica interna que los une. Mientras que el primero analiza las Formas que reprimen al mexicano y lo privan de intimidad —ya sea de los otros o de sí mismo—

el segundo analiza el mecanismo ritual que, si bien sublima la represión individual de manera colectiva, en cambio reprime el sentido original de comunión sagrada y se resuelve en el instinto de muerte. Si el primero examina la falta, o defecto, de Amor, el segundo analiza la inevitabilidad, deseo y vacío, de la Muerte. Amor y Muerte, *Eros* y *Thanatos:* los dos instintos primarios que, según Freud, estructuran el conflicto fundamental de la vida humana, son por tanto el tema profundo de estas primeras dos entregas sobre los "mitos" nacionales.

4- *Romance familiar*

Que la primera parte del libro está concebida, entonces, como dos partes lo prueba la sección con que seguidamente abre —los primeros diecisiete párrafos— el capítulo IV, "Los hijos de la Malinche". Retóricamente se trata de una *recapitulación:* breve resumen e interpretación de lo dicho hasta entonces. Por eso, los antiguos temas del hermetismo, la Fiesta y la muerte vuelven ahora como parte de una meditación más amplia sobre la otredad de otras figuras —los campesinos, la mujer y el obrero urbano— y la alienación moderna. Pasando de la perspectiva psicoanalítica a la marxista, Paz observa cómo al obrero, por ejemplo, "el capitalismo lo despoja de su naturaleza humana... trabajador, nombre abstracto, que no designa una tarea determinada, sino una función" (205). Con el propio marxismo, sin embargo, Paz aborda también los problemas de "los regímenes totalitarios" ("países socialistas", se sobreentiende, aunque ahora no los nombre), y los llama un "mundo del terror" que "como el de la producción en serie, es un mundo de cosas, de útiles" (206). Al criticar tanto a un bando ideológico como a otro, el ensayo por tanto condena el mundo moderno en general —que no a una ideología, en particular. Y aunque reconoce en la

marginalidad histórica de México una saludable excepción que "se opone a esta concepción del trabajo como esfuerzo impersonal", también resume "las oscilaciones psíquicas" que hasta ahora ha analizado como "rasgos de gente dominada, que teme y finge frente al señor" (208). Al mismo tiempo, Paz aprovecha para poner límites a cualquier determinismo histórico que veía "en el carácter de los mexicanos... un producto de las circunstancias sociales imperantes en nuestro país" y para definir, de paso, la naturaleza dialéctica de su propia investigación:

> Nuestra actitud ante la vida no está condicionada por los hechos históricos, al menos de la manera rigurosa con que el mundo de la mecánica, la velocidad o la trayectoria de un proyectil se encuentra determinada por un conjunto de factores conocidos. Nuestra actitud vital —que es un factor que nunca acabaremos de conocer totalmente, pues cambio e indeterminación son las únicas constantes de su ser— también es historia... La historia no es un mecanismo y las influencias entre los diversos componentes de un hecho histórico son recíprocas, como tantas veces se ha dicho... Las circunstancias históricas explican nuestro carácter en la medida en que nuestro carácter también las explica a ellas. Ambas son lo mismo. Por eso toda explicación puramente histórica es insuficiente —lo que no equivale a decir que sea falsa (209).

La explicación histórica —al menos en su versión determinista o "mecánica" que es el tema de estas observaciones— es siempre insuficiente por incompleta. Para completarla hay que acudir a una "meta-historia": la imaginación crítica que interprete *más allá de la historia* —como el Mito, por ejemplo, o el inconsciente—; esa misma "interpretación poética de la Historia" que el joven poeta había pedido una década antes. Muchos años después se lo describió de otra manera a Claude Fell: "La historia es conocimiento que se sitúa entre la ciencia propiamente dicha y la poesía" (422). Y es la

misma imaginación crítica la que le hace observar, seguidamente, que "luchamos con entidades imaginarias, vestigios del pasado o fantasmas engendrados por nosotros mismos", según lo cual concluye que "la historia podrá esclarecer el origen de muchos de nuestros fantasmas pero no los disipará" (211). Más que una querella sobre el determinismo histórico, la observación vale sobre todo como aclaración de los principios que rigen la exposición de *El laberinto de la soledad*: la dialéctica —lo que en el pasaje anterior llama "influencias recíprocas"— entre los "mitos" y costumbres estudiados en la primera parte del libro y la Historia, que será el tema de la segunda: "Las circunstancias históricas explican nuestro carácter en la medida que nuestro carácter también las explica a ellas" (209).

Así pues, si los anteriores capítulos se habían servido de Freud y el psicoanálisis, y la recapitulación del capítulo IV echa mano de la crítica marxista, el resto empezará con un procedimiento caro a Nietzsche: la filología, el análisis de las palabras. Nietzsche —"sobre todo ese libro que se llama *La genealogía de la moral*", le confesó Paz a Fell, "me enseñó a ver lo que estaba detrás de palabras como *virtud, bondad, mal*. Fue un guía en la exploración del lenguaje mexicano: si las palabras son máscaras, ¿qué hay detrás de ellas?" (440). Al igual que el síntoma esconde y revela, a un tiempo, un contenido latente, las palabras —y sobre todo las *malas* palabras— reflejan conflictos internos. Paz se concentra en el extraño verbo *chingar* y en sus derivados para descifrar el sentido del grito "¡Viva México, hijos de la Chingada!", oído proverbialmente en México en ocasiones patrióticas. En su análisis (cuyo origen había sido, por cierto, una de las viejas columnas de *Novedades)* revela que el verbo "denota violencia, salir de sí mismo y penetrar por la fuerza en otro", así como "herir, rasgar, violar —cuerpos, almas, objetos— destruir", y por tanto que "está teñida de sexualidad, pero no es sinónimo del acto sexual" ya que "la idea de violación rige oscuramente

todos los significados" (214). La conexión imaginaria con "la dialéctica de 'lo cerrado' y 'lo abierto'", antes analizada, resulta por tanto evidente: si el macho cerrado "chinga" o viola, la mujer abierta es violada, y el "hijo" o engendro de esa violación es entonces el propio mexicano, a quien el grito condena y celebra, a la vez. De esas figuras la historia mexicana provee ejemplos elocuentes —el estoico Cuauhtémoc, Doña Marina y el mestizo mexicano.

El análisis de Paz es por tanto filológico en su inicio pero psicoanalítico en sus alcances. Lo atrae tanto la imaginería sexual como el mito familiar —suerte de "romance familiar" mexicano— que el grito sintetiza con tres elementos: el Padre violento, la Madre humillada, y el Hijo angustiado por su origen conflictivo. Tanto el análisis mítico de la familia como la elaboración del mito de Guadalupe cuentan entre las revisiones más importantes que incorpora la segunda edición, y no están exentas, por cierto, de algún que otro punto debatible. Es imposible aceptar, por ejemplo, que Doña Marina "se da voluntariamente al Conquistador..." (224), a menos que esa descripción se ofrezca como parte del propio mito de La Chingada[62]. Sea como fuere, lo importante es notar que esta es la manera en que el ensayo aborda el tema central de la *ilegitimidad:* "la cuestión del origen es el centro secreto de nuestra ansiedad y angustia" (217). De ahí que Paz interprete la tríada familiar como un mito histórico a dos niveles: uno abstracto y el otro concreto. En uno, "si es imposible no advertir la seme-

[62] Este es, en efecto, el planteamiento de Adelaida R. del Castillo, "Malintzin Tenépal: A Preliminary Look into a New Perspective", en *Essays on La Mujer,* ed. Rosaura Sánchez y Rosa Martínez Cruz, Los Angeles, Ca., UCLA Chicano Studies Center, 1977, págs. 124-149. Son muy pertinentes, también, los ensayos de Beth Miller, "Seducción y literatura", en su *Mujeres en la literatura,* México, D.F., Fleischer, 1978, págs. 39-45; y Rachel Phillips, "Marina/Malinche: Masks and Shadows", en *Women in Hispanic Literature: Incons and Fallen idols,* ed. Beth Miller, Berkeley, University of California Press, 1983, págs. 97-114.

janza que guarda la figura del 'macho' con la del conquistador español", en cambio el hijo angustiado —ya sea Cuauhtémoc o Cristo sangrante— es "la imagen transfigurada de su propio destino" (221), mientras que "la Chingada", por último, es la "Conquista, que fue también una violación" (224). En otro, en cambio, el concreto "símbolo de la entrega es doña Malinche, la amante de Cortés" (224), y el engendro de esa unión sería la población mestiza actual. Por último, si el mito de la familia encierra la alegoría histórica de un origen conflictivo, ese conflicto se alía en la imaginación con otro que involucra una profunda ambivalencia: las dos y opuestas representaciones míticas de la Madre, Guadalupe y la Chingada. Si una es la Madre Virgen, la otra es Madre Violada; una es "Madre de los huérfanos", la otra "la Nada". "La extraña permanencia de Cortés y La Malinche en la imaginación y en la sensibilidad de los mexicanos actuales", resume Paz, "revela que son algo más que figuras históricas: son símbolos de un conflicto secreto, que aún no hemos resuelto" (233).

Con estas observaciones podemos nosotros, a nuestra vez, recapitular el análisis de la primera parte del libro. Cualquier lector que se tome en serio su meditación no podrá dejar de notar que lo que en la entrevista con Fell el propio Paz llama "la tentativa por describir y comprender ciertos mitos" involucra una redefinición de fenómenos culturales. De hecho, las páginas de la primera parte están repletas de referencias a mitos mesoamericanos, sobre todo aztecas, que complementan gran parte del análisis; pero esos mitos antiguos no son, propiamente, el objeto del ensayo. La máscara, la Fiesta, el culto a la muerte, el grito obsceno, que son los estudiados, no forman, en este sentido, tanto instancias de una mitología cuanto manifestaciones cotidianas de la vida moderna, síntomas hasta cierto punto insólitos de una psique colectiva que muestra la supervivencia de lo sagrado[63].

63 Semejante aclaración parece imprescindible, dadas algunas mal-

5- *Sociología de lo sagrado*

No sería aberrante, por eso, llamar a la "tentativa" de Paz por describir y comprender esos "mitos" una "sociología de lo sagrado" —en el preciso sentido en que Roger Caillois, describiendo la empresa del célebre *Colegio de Sociología,* que él ayudara a fundar, lo haría en 1938: "el estudio de la existencia social en todas aquellas manifestaciones suyas donde se vislumbra la presencia activa de lo sagrado", proponiéndose así "establecer los puntos de coincidencia entre las tendencias obsesivas fundamentales de la psicología individual y las estructuras directrices que presiden la organización social y rigen sus revoluciones"[64]. Resultaría exagerado, desde

interpretaciones a las que se ha sometido el libro. Carlos Blanco Aguinaga, en "El laberinto fabricado por Octavio Paz", en su *De mitólogos y novelistas,* Madrid, Turner, 1975, págs. 5-24, se pregunta, por ejemplo, si "¿corresponden a una realidad objetiva y permanente las estereotipadas características de comportamiento mexicano descritas por nuestro poeta?" (12), así como "¿por qué, durante los primeros cuatro capítulos de su laberinto se dedica a la reventa de mitos que no sólo son 'insuficientes', sino 'falsos'?" (23). Lo que es evidente es que el análisis de la primera parte del libro se mueve en el nivel de un discurso mítico, hecho *necesariamente* de estereotipos, y por tanto que son también, de hecho, falsos. El mismo autor acusa a Paz de "hacer 'como que' se enfrenta dialécticamente con la realidad, cuando, en rigor, nos 'disimula' la existencia antagónica de todo 'lo otro', escamoteando así el verdadero proceso dialéctico" (18), pero en cambio reconoce que el análisis de la lucha de clases "Paz lo emplea aquí de vez en cuando muy acertadamente" (22). Además de hacer caso omiso del análisis de la alienación del obrero moderno (61-62) en la "recapitulación" del capítulo IV, Blanco Aguinaga dice haber manejado sólo la primera edición de 1950 (ver pág. 6, n. 3), lo cual le impidió conocer, aún a la altura de la década de los 70, las revisiones de la segunda edición. Entre éstas figura, como se ha dicho, el análisis dialéctico de la Revolución mexicana del nuevo capítulo VIII.

[64] Cito de Roger Caillois, "Introducción", recogido en Denis Hollier, ed., *El Colegio de Sociología 1937-1939,* traducción de Mauro Armiño, Madrid, Taurus Ediciones, 1979, pág. 25. Esta excelente recopilación de los textos del "Colegio" reúne textos de Bataille, Guastalla, Klos-

luego, reducir toda la empresa analítica de *El laberinto de la soledad* (al menos la de su primera parte) a una mera puesta al día de la agenda del *Colegio de Sociología*. Pero un acercamiento entre los dos no deja de esclarecer varias cosas. Caillois, como hemos visto, es una fuente importante para Paz por lo menos a partir de 1942, toda vez que sus libros empiezan a circular en traducción española avalados por la revista *Sur* de Buenos Aires, de la cual, por cierto, Paz era un asiduo lector y colaborador[65]. La referencia al *Colegio de sociología* que Caillois había ayudado a fundar en París junto a Georges Bataille en 1937, y de la cual se tenían noticias en el mundo hispánico a partir de la siguiente década, explicaría el "error" de Paz cuando en el libro describe la

sowski, Kojève, Leiris, Lewitzky, Mayer, Paulhan y Wahl, amén de los de Caillois.

[65] *El mito y el hombre,* por ejemplo, fue en efecto publicado en traducción española por la Editorial Sur en 1939, junto con su *Sociología de la novela* apenas tres años después. Otros ensayos de Caillois, entonces exilado en Buenos Aires, aparecieron en la revista del mismo nombre: por ejemplo, "Naturaleza del hitlerismo", *Sur,* 61 (octubre de 1939), págs. 103-107; un extracto del capítulo sobre la Fiesta en *El hombre y lo sagrado, Sur,* 64 (enero de 1940), págs. 57-83; así como "Exámenes de conciencia", *Sur,* 79 (abril de 1941), págs. 102-107. Varias obras de Caillois también se publicaron por ese tiempo en México: *La Communion des forts,* México, D.F., Ediciones Quetzal, 1943, y *Ensayo sobre el espíritu de las sectas,* México, D.F., El Colegio de México, 1945. Recientemente Paz ha dicho, a propósito de *El mito y el hombre,* que "el libro de Caillois fue para mí un descubrimiento y un reconocimiento... muchos de sus temas eran también míos, aunque él los trataba con mayor claridad y con una perspectiva más amplia... No es extraño que desde mi soledad mexicana hubiese sentido espontánea afinidad no tanto con las ideas como con la actitud de Caillois"; véase "Las piedras legibles de Roger Caillois", *Al paso,* Barcelona, Seix Barral, 1992, pág. 59. Para otros textos de Paz sobre Caillois, véase *Obras completas,* 2, 467-470. Sobre la participación de Caillois en las actividades del grupo Sur son elocuentes los comentarios de la propia Victoria Ocampo, directora de la revista y amiga del escritor; véase su "Roger Caillois y el intercambio cultural" en *Roger Caillois y la Cruz del Sur,* Buenos Aires, Sur, 1972, págs. 9-19; y "Roger Caillois" en su *Testimonios. Segunda Serie, 1937-1940,* Buenos Aires, Sur, 1984, págs. 271-275.

obra antropológica de la escuela de Durkheim como de *"sociólogos* franceses" —y esto en medio de una discusión sobre la Fiesta, que, como hemos visto, el propio Caillois ya había analizado por su parte. El libro de Paz, además, cita a varios de los otros integrantes del colegio (como Jacques Soustelle), u obras que el "colegio" había adoptado como suyas, como *La Mentalidad primitiva* de Lucien Lévy-Bruhl.

Pero el vínculo más importante entre la empresa analítica de Paz y la de ese "colegio" ni siquiera sería las lecturas que uno y otro tienen en común (Hegel y Freud, por ejemplo), sino, sobre todo, el surrealismo. Como se sabe, Caillois y Bataille habían participado, de maneras diferentes, en el movimiento surrealista, y ambos fundan el "Colegio" siete años después de haber roto con André Breton (Bataille, por ejemplo, llegó a firmar el notorio segundo "Un cadavre" de 1930) como una alternativa científica, o al menos más rigurosa, a lo que consideraban la excesiva identificación del surrealismo como actividad artística. Para ello, los miembros del "Colegio" recurren a las llamadas "ciencias humanas", entre ellas la sociología y sobre todo la versión etnográfica de Durkheim y Mauss, con el propósito de estudiar la dinámica de los procesos culturales. Al mismo tiempo, sin embargo, disentían de una antropología ortodoxa o académica al enfocar sus estudios no sobre sociedades arcaicas —o mal-llamadas "primitivas"— como habían hecho Durkheim, Mauss o Métraux —sino sobre las sociedades modernas y actuales. Su propósito era estudiar aquellos momentos rituales en los que las experiencias insólitas encuentran expresión colectiva (como, por ejemplo, en la Fiesta). Una convicción común determina ese enfoque: la culpa del desierto de la modernidad la tiene el destierro de lo sagrado y el triunfo de lo profano en la sociedad actual. Por eso, la especulación teórica del "Colegio" —y, en el caso particular de Bataille, su práctica espiritual— militaba en contra de la alienación moderna y profana, y de manera no muy distin-

ta, por cierto, a como lo había hecho el propio surrealismo. Por tanto, a pesar de su violenta ruptura con el surrealismo —o tal vez debido precisamente a ella— la empresa del "Colegio" significaba una crítica de la secularización de la sociedad moderna y de su consecuente desierto espiritual. Bien mirado, el espíritu de sus investigaciones en torno a la irrupción de lo sagrado en medio de la cotidianidad no fue sino una herencia más de esa operación mágica sobre la realidad, develación de su carácter insólito y maravilloso, que es la piedra angular del surrealismo[66].

En lo tocante a Paz, es notorio que el autor reflexiona sobre todos estos temas y escribe *El laberinto de la soledad* en París durante una época (1945-1951) en que entra en contacto con el grupo surrealista. Al repasar esos años vimos los muchos contactos entre uno y otro, pero también las diferencias que los separaban. De hecho, cualquier lectura seria del libro debería tomar en cuenta este contexto inmediato y especular sobre la manera en que el surrealismo y su teoría de la cultura lo atraviesa también. Y sin embargo, no sólo no lo han tomado en cuenta los pocos estudios que se han hecho sobre el libro, sino que aquellos otros estudios globales sobre la obra de Paz han visto al libro como una excepción notable a su contexto inmediato. La impresión es

[66] Sobre los vínculos entre el "Colegio" y el surrealismo ver Jeannine Worms, *Entretiens avec Roger Caillois,* París, La Différence, 1991, especialmente págs. 95-104, donde Caillois da testimonio de su acercamiento al grupo. También, los testimonios de Michel Leiris, miembro singular del "colegio" [Sally Price y Jean Jamin, "A Conversation with Michel Leiris", *Current Anthropology,* vol. 29, núm. 1 (febrero de 1988), págs. 157-174]; Jean Jamin, "Un Sacré college, ou les apprentis sorciers de la sociologie", *Cahiers Internationaux de Sociologie,* vol. 68 (1980), págs. 5-30; y Jean Duvignaud, "Roger Caillois et l'imaginaire", *Cahiers Internationaux de Sociologie,* vol. LXVI (1979), págs. 91-96. Para apreciar la posición de Paz en torno al surrealismo en esa época véase el texto de la conferencia suya de 1954, poco después de regresar a México: "El surrealismo", *Las peras del olmo,* 1957; México, Seix Barral, 1971, 136-151.

que si bien ese contexto dio lugar a connotadas obras surrealistas como *¿Águila o sol?*, el ensayo, en cambio —publicado entre una y otra, pero carente de rasgos surrealistas superficiales, como la escritura automática— tiene poco o no nada que ver con ellas, y que más bien representa un salto regresivo al México de los años de formación del autor[67]. Debido precisamente al carácter analítico del libro —o quizá a sus ecos velados de la labor del "Colegio"— bien podría suponerse que ello habría servido para distanciar a Paz del grupo surrealista (sobre todo de Breton) —y esto a pesar de que su interpretación de la historia de México plantea una crítica de la modernidad muy cercana a la que hace el surrealismo y que concluye, en el Apéndice, con una defensa del amor. No habría sido ésta, después de todo, lo único que separaba a Paz del grupo. Y sin embargo, a esa diferencia habría que oponer un elemento común más sobresaliente: su peculiar acercamiento a la cultura.

Porque en *El laberinto de la soledad* encontramos en efecto lo que podríamos llamar, con ayuda del antropólogo James Clifford, un *surrealismo etnográfico:* una experiencia *irónica* de la cultura "que ataca lo familiar, provocando así la irrupción de la otredad, de lo inesperado"[68]. A diferencia del etnógrafo puro, "quien se esfuerza por hacer comprensible lo extraño", el surrealista

[67] Una lectura típica es la de Jason Wilson, *Octavio Paz,* Boston, Twayne Publishers, 1986; a pesar de que sitúa la lectura del libro en un capítulo titulado "The Surrealist Years" (págs. 50-57), no explora los vínculos entre esos años y el libro. Y sin embargo, es esa relación lo que explicaría, a su vez, los vínculos entre *El laberinto de la soledad* y *¿Águila o sol?* (1951), el otro libro sobre México que Paz escribe inmediatamente después a manera de desciframiento poético de los mitos de México.

[68] Traduzco de James Clifford, "On Ethnographic Surrealism", en su *The Predicament of Culture,* Cambridge, Ma., Harvard University Press, 1988, pág. 145. En lo sucesivo, la paginación de las citas, en mi traducción, se incluye entre paréntesis.

"tiende a trabajar al revés, haciendo extraño lo familiar" (119). En su análisis de este fenómeno, que incluye la propia empresa del *Colegio de Sociología* pero que explora sobre todo los paralelos —tanto en el tiempo como en la práctica— entre el arte de vanguardia del siglo XX y el desarrollo de la etnografía, Clifford identifica un elemento central común: ambos realizan una subversiva crítica cultural. Lo que tienen en común la pintura de un André Masson y la obra de un Marcel Mauss, por ejemplo, es la renovación de la cultura a partir de una reordenación crítica de sus "objetos". En el caso particular del arte de vanguardia —y dentro de él, del surrealista— se trata, como es bien sabido, de una atracción hacia el arte primitivo, que no sólo despliega elementos de lo sagrado sino que constituye una crítica del arte occidental profano[69]. De manera análoga, cuando Paz analiza una costumbre tan cotidiana como la cortesía, una institución tan apreciada como la Fiesta, o un verbo tan manoseado como *chingar* para descubrir ahí un contenido inexplorado —pero no por eso menos dañino— en realidad está realizando una operación "etnográfico-surrealista", por así decirlo, una crítica de la cultura a base de la desfamiliarización y la reordenación de "objetos" culturales con el propósito de descubrir su contenido latente "sagrado" y así reinvestirlos de sentido y valor. Asimismo, en el Apéndice hablará ampliamente acerca de la necesidad de rescatar el elemento sagrado de la vida cotidiana. De la Fiesta, por ejemplo, dirá que "es algo más que una fecha o un aniversario" ya que "abre en dos el tiempo cronométrico para que, por espacio de unas breves horas inconmensurables, el pre-

[69] Sobre este tema los más completos estudios que conozco son los de William Rubin y Evan Maurer en el catálogo de exhibición *"Primitivism" in 20th Century Art. Affinity of the Tribal and the Modern*, Nueva York, Museum of Modern Art, 1984, I, 1-73, 535-586, aunque ninguno de los dos puede reemplazar, naturalmente, el ensayo clave de André Breton, *Le Surréalisme et la peinture*, París, Gallimard, 1928.

sente eterno se reinstale" (358); así como de otras expresiones de la vida cotidiana: "el amor y la poesía nos revelan, fugaz, este tiempo original" (358), "cada poema que leemos es una recreación, quiero decir: una ceremonia ritual, una Fiesta" (359).

Lo que subyace a toda esta operación analítica —lo que permite la lectura fresca que descubre nuevas e insólitas relaciones— es una nueva concepción de la cultura, no por cierto como entelequia —que es lo que refleja, desde el propio título, el ensayo de Samuel Ramos— sino como *laboratorio* donde se disuelven, entre otras cosas, las jerarquías entre "alta" y "baja" culturas. Por eso en el libro la letra de un huapango aparece al lado de una cita de *La Jeune Parque;* reflexiones sobre los mitos aztecas comparten el mismo espacio con otros sobre la Universidad de Berkeley; y las obscenidades más groseras se juntan a los versos más refinados de Rubén Darío. Todo se vuelve fuente de sentido, todo nos revela, si sólo lo miramos con ojos frescos y *en relación con lo demás.*

Es difícil para el lector de hoy —saturado como está de los iconos "posmodernos" de un Peter Max, la prosa vernácula de un Carlos Monsiváis, o las ingeniosas construcciones de un Roger Bartra— percatarse enteramente de la innovación que significa este procedimiento. Pero lo cierto es que nunca antes en la prosa hispánica, y pocas veces en la universal —la gran excepción serían, justamente, los surrealistas— se había dado como en *El laberinto de la soledad* el fenómeno de un texto que practicase con tanta soltura tal radical heterogeneidad y, *al mismo tiempo,* mantuviese un alto y sostenido rigor analítico. Y es finalmente esa radical heterogeneidad, y no tanto la divergencia de interpretación, lo que debe haber molestado a espíritus conservadores como los de Ramos, Hernández Luna y Carballo, para mencionar sólo tres de sus críticos más intransigentes[70].

[70] Hernández Luna observará, por ejemplo, en su notoria reseña, que "ni siquiera es filosófico en un sentido estricto el instrumental que

Por eso, para entender la Forma de *El laberinto de la soledad* —lo que Roland Barthes hubiese llamado su *escritura*— acaso sería útil acudir al propio modelo ideal de trabajo que, según Clifford, utiliza el "surrealista etnográfico": no por cierto la monografía científica, sino el *collage* —género vanguardista por excelencia. En ambos casos, el "analista" —ya sea artista o etnógrafo— recorta, recompone y vuelve a pegar esos elementos en un mismo plano, sólo que dejando visibles todas las costuras sin pretensiones de síntesis. "La etnografía, ciencia del azar cultural", resume Clifford, "presupone una voluntad constante de ser sorprendido, de deshacer cualquier síntesis interpretativa, y de valorar —cuando se halle— lo inclasificado, lo otro no buscado" (318-9).

emplea para manejar esta realidad" pues Paz utiliza "hasta 'frases' populares, 'observaciones' de amigos y 'dichos' de criada...", pág. 271. No menos conservador, en este sentido, resulta el estudio de Jorge Aguilar Mora, *La divina pareja: Historia y mito en Octavio Paz,* México, D.F., Ediciones Era, 1978, para el que "situar *El laberinto de la soledad* en el contexto histórico en que se escribió es de alguna manera traicionar los principios mismos que el libro quiere que se respeten" (44). Según esta tesis, el manejo que hace el libro del discurso mítico delataría, así, un deseo de ponerse a salvo de cualquier crítica de sus presupuestos, y por tanto condenaría de antemano su empresa analítica. La propuesta "purista" de Aguilar Mora es en realidad un callejón sin salida, pues se abstiene de cualquier posible debate con el libro —o siquiera de una investigación crítica acerca de sus fuentes, como por ejemplo se intenta hacer en esta edición— a partir de una petición de principio.

Resulta curioso, por lo demás, que, aunque bien lejos (al menos en intención) del "surrealismo etnográfico" que apuntamos, *The Lonely Crowd* (1950), el estudio de David Riesman sobre la soledad del norteamericano que se publica el mismo año de la primera edición, también utilizara como fuentes de síntomas sociales y psicológicos, como dice su autor, "memorias fugaces, sueños, juegos infantiles, modos de destete, el contenido simbólico de anuncios publicitarios, historietas y películas populares —todo se ha convertido en materia de historia" en un esfuerzo por acortar la distancia entre realidad social y (alienada) teorización científica; traduzco del prefacio de 1961, *The Lonely Crowd,* New Haven, Yale University Press, 1961, pág. xxvi.

6- Collage y analogía

Tanto un *surrealismo etnográfico* como una *sociología de lo sagrado* serían por tanto los móviles metodológicos que rigen el libro. Y es con ellos que podemos entender, así, otros dos rasgos importantes. Primero, que más allá de cualquier signo negativo que suponga la crítica de los "mitos" nacionales, o siquiera la "terapia" de su descodificación psicoanalítica, la empresa de Paz significa una crítica de la modernidad y un rescate de aquellos estratos sagrados —y por tanto significativos— que sobreviven en esa modernidad marginal que es México. Si en "Poesía de soledad y poesía de comunión" la función del poeta había sido la de "tornar sagrado el mundo", ya que "con la palabra sacramenta la experiencia de los hombres", en *El laberinto de la soledad* esa función se cumple con el uso de la prosa de ideas pero con una análoga intuición poética. Las cartas que Paz escribe durante estos años reflejan esa misma angustia, y serán esos "mitos" que el poeta recuerda y rescata en esos días de exilio los que lo vinculan a él y a su pueblo con la "substancia primigenia", el Hilo de Ariadna que podría conducir fuera del "laberinto de la soledad". En este sentido, la anécdota de aquel poeta que recordaba al libro como "una elegante mentada de madre contra los mexicanos" resulta, a lo sumo, una verdad a medias. Si bien el análisis denuncia y condena ciertos mitos y costumbres, es en virtud del mismo análisis que vuelven a investirse de sentido. El efecto final es una defensa de la imaginación mexicana. Pero sólo podemos comprender esta noción conociendo de cerca lo que hemos llamado la segunda parte del libro, que plantea una filosofía de la historia de México. Lo cual nos lleva a nuestro segundo punto: es precisamente a partir de la noción de *collage,* que según Clifford es el modelo interpretativo del "surrealismo etnográfico", que podremos comprender sus alcances.

106

Si es cierto, como subraya la recapitulación del capítulo IV, que "las circunstancias históricas explican nuestro carácter en la medida que nuestro carácter también las explica a ellas" (209), entonces no podemos ver la segunda parte del libro ni como una simple deducción de la primera ni tampoco como su única explicación. Si nos dejáramos llevar por el fuerte colorido psicoanalítico de todo el libro, nada resultaría más natural que tomar la interpretación histórica de los capítulos V a VIII como el contenido latente del "carácter" manifiesto, o "síntomas", que se nos describe en los anteriores. De esta manera, los últimos capítulos sencillamente contendrían la "explicación" de los "mitos" que se analizan en los primeros. Y sin embargo, como vimos, Paz insiste en un modelo de comprensión menos determinista, más dinámico y dialéctico, por el cual los polos *manifiesto-latente* resultan, por así decirlo, intercambiables. Carácter e historia, síntoma y etiología, se explican *mutuamente*. Ya en los primeros capítulos se anticipan los vínculos entre una y otra partes del libro. En medio de la discusión sobre el "formulismo" mexicano en el capítulo II, por ejemplo, se discute cómo al "someter la realidad del país a la camisa de fuerza de la Constitución de 1857" (168) los liberales causaron la Dictadura de Díaz y la Revolución de 1910, mientras que al final del mismo capítulo se deja caer que "quizá el disimulo nació durante la Colonia" (179). Asimismo, la discusión sobre el instinto de muerte en el capítulo III está salpicado de referencias al concepto azteca de la muerte, que sirve de contraste. A esta discusión le precede, en el mismo capítulo, la intuición de que "la Fiesta es una Revuelta, en el sentido literal de la palabra" (187), frase que a su vez resonará en la otra del capítulo VI y que la complementa: "la Revolución es una búsqueda de nosotros mismos... Y por eso es también una Fiesta: la fiesta de las balas..." (294). Por último, Paz observa en el capítulo VI que "si la Chingada es una representación de la Madre violada, no me parece forzado asociarla a la Conquista,

que fue también una violación" (224), pero también que "la Reforma es la gran ruptura con la Madre" (226).

Todas estas descripciones constituyen, desde luego, una interpretación mítico-psicoanalítica de la Historia. El Mito sirve para nombrar la Historia, y también para interpretarla psicoanalíticamente. Pero también significan una aseveración de su reverso: el Mito es, a su vez, histórico; ha encarnado en la vida de México de manera tal que Mito e Historia son, ya, prácticamente indistinguibles. En el Apéndice, por ejemplo, la idea volverá a ser formulada de otra manera: "el Mito —disfrazado, oculto, escondido— reaparece en casi todos los actos de nuestra vida e interviene decisivamente en nuestra Historia: nos abre las puertas de la comunión" (360). La intuición general aflora en pasajes claves de la segunda parte. La discusión del colapso del imperio azteca en el capítulo V, que significa "la victoria del instinto de la muerte" (236), hace eco, por ejemplo, de la meditación anterior en el capítulo III, sobre la indiferencia del mexicano moderno hacia la muerte. De manera análoga, el mismo capítulo describe el nuevo imperio español en términos que ya se habían visto en un contexto anterior: "el Estado fundado por los españoles fue un orden abierto" (241); "un mundo suficiente cerrado al exterior pero abierto a lo ultraterreno" (241); "con la llave del bautismo el catolicismo abre las puertas de la sociedad y la convierte en un orden universal, abierto a todos los pobladores"; "mundo abierto a la participación y, por lo tanto, orden cultural vivo, sí, pero implacablemente cerrado a toda expresión personal, a toda aventura" (258). Y así como "la Fiesta es una Revuelta, en el sentido literal de la palabra" (187), así también la Revolución es "una fiesta... un exceso y un gasto" (294).

Pero es sin duda el concepto de Forma, los detalles de cuya filiación ya estudiamos, el que capta con mayor precisión este procedimiento. El concepto de Forma aparece en ambas partes del libro, sólo que tendrá objetos diferentes en una y en otra. En el capítulo II, por

ejemplo, la Forma es sinónimo de la auto-represión, y por tanto describe un rasgo de carácter individual, como la simulación; en la segunda parte, en cambio, la Forma será sinónimo de lo que antes llamamos "substancia primigenia", ente metafísico al cual corresponden, en el mundo histórico, las sucesivas corrientes universales —Conquista, Colonia, Independencia, Reforma, Porfirismo, Revolución— a las que el mexicano ha apelado. Todas son versiones o formas históricas de la idea (espiritual o metafísica, de filiación platónica o hegeliana) de la Forma. "Toda la Historia de México, desde la Conquista hasta la Revolución", resume el capítulo VII, "puede verse como una búsqueda de nosotros mismos, deformados o enmascarados por instituciones extrañas y de una Forma que nos exprese" (311-312).

En efecto, la maleabilidad con que el ensayo maneja un concepto como éste de Forma —que de rasgo de carácter pasa a ser una categoría metafísica o histórica— ilustra, asimismo, los avatares de otro concepto que ya mencionamos: el binomio *cerrado-abierto*. Si en la primera parte (capítulo II) nombra otro rasgo de carácter —distribuido según afinidad sexual, o al menos genérica— en la segunda (según vimos en las anteriores citas del capítulo V) es una categoría meta-histórica. En cambio, en el caso particular de este binomio, la fuente de su descripción no será Freud sino Bergson, y en particular *Las dos fuentes de la moral y de la religión* (1932). En ese libro, como se sabe, Bergson planteó por primera vez el concepto de sociedades cerradas y abiertas, a las que les atribuyera respectivos tipos de moral y religión. Así, la sociedad cerrada es natural, comparable a agrupaciones animales instintivas, donde predomina la presión como forma moral y una religión estática; mientras que la sociedad abierta es culta, humana y libre, donde predomina la trascendencia continua y una religión dinámica. La interpretación de Paz, como vimos, es que la sociedad colonial de Nueva España —origen del México actual— estuvo atravesada por un conflicto entre

estos dos tipos de moral: abierta al orden universal pero cerrada en sus creaciones. "El fervor y la profundidad de la religiosidad mexicana contrasta con la relativa pobreza de sus creaciones... Esta situación paradójica —y no por eso menos real— explica buena parte de nuestra historia y es el origen de muchos de nuestros conflictos psíquicos" (241).

No hay duda, por consiguiente, que el libro mismo establece relaciones entre sus dos partes. Pero lo que ante todo interesa subrayar es que esas relaciones no se hacen ni explícitas ni enfáticas —como si en efecto se procediese ante la heterogeneidad de objetos yuxtapuestos en un *collage*. Si ambas partes del libro utilizan el mismo vocabulario, a veces el mismo término —aun cuando, como hemos visto, sufran una radical alteración conceptual—, la relación entre ellas no tanto se atribuye como que se *insinúa*. No es tanto que una sirve de explicación a la otra como que ambas son su mutuo complemento. De ahí que la (mutua) explicación se trace y se plantee, pero nunca se articule o inflexione. Aunque se da a entender, en ningún momento se alega, por ejemplo, que la "dialéctica de lo cerrado y lo abierto", que según el capítulo II predomina entre mexicanos modernos, se debe al conflicto entre los dos conceptos de sociedad que conforma a Nueva España y que se explica en el capítulo V. Igualmente, nunca se atribuye explícitamente la existencia de un rasgo de carácter como la cortesía o la "reserva ceremoniosa" al fracaso del mexicano ante la búsqueda de "una Forma que le exprese" (311).

Esa reticencia del ensayo ante cualquier atribución enfática forma parte de los principios dialécticos del libro y no puede reducirse, por cierto, a un rasgo estilístico más del género del ensayo. Articular las relaciones únicamente a favor del Carácter significaría limitarse a una "filosofía de lo mexicano", mientras que favorecer sólo la Historia equivaldría a repetir la misma alienación histórica que se denuncia. En cambio, al señalarse la

110

existencia de ambos fenómenos —junto a sus afinidades— sí se da a entender que tanto esa "dialéctica" como ese "formalismo" tienen una *posible* explicación en ciertos acontecimientos históricos —pero también, *vice versa:* que esos rasgos de carácter bien *pueden* haber sido los causantes de esos acontecimientos históricos. Así, una parte del libro es el espejo de la otra, pero sus reflejos no son necesaria o completamente fieles. Si la filosofía de la Historia complementa la fenomenología del Carácter, ésta nunca se reduce a aquella. La una, en cambio, es la *analogía* de la otra: aunque no sean idénticos, el Carácter es *como* la Historia, la Historia *como* el Carácter. La existencia de esa relación analógica demuestra, por tanto, que la interpretación del libro es, en el fondo —y más allá de cualquier inspiración (psico)analítica— de índole *poética*. No es una prueba sino una analogía.

Se trata, por tanto, de una lectura de la Historia según principios analógicos, no según una lógica determinista, científica, o estrictamente racionalista. "La analogía", escribirá Paz muchos años después, en un ensayo sobre la poesía moderna, "vuelve habitable al mundo. A la contingencia natural y al accidente opone la regularidad; a la diferencia y la excepción, la semejanza"[71]. Su propósito, por tanto, es encontrar no la lógica, sino el *ritmo* de la Historia: o, mejor dicho, encontrar la *lógica del ritmo*. Y es con el preciso propósito de habitar ese mundo de la historia de México que el libro monta, de esta manera, una suerte de cámara de ecos, una galería de resonancias que dramatiza, a cada lectura, la dialéctica entre Carácter e Historia, y cuya síntesis estará a cargo del lector a quien se dirige. He aquí, ni más ni menos, el *laberinto* —si no de la soledad al menos sí de los conceptos que inventan su orden y apuntan hacia una salida. Y es por eso que el ensayo opta por suspender

[71] *Los hijos del limo,* Barcelona, Seix Barral, 1974, pág. 100.

111

una interpretación demasiado enfática, prefiriendo así un equilibrio espiritual —el mismo que debe de haber buscado aquel héroe mítico Teseo al pesar, ante el Minotauro, el hilo de Ariadna con su propia destreza, poniendo en la balanza así Pasado y Presente, Pasión y Crítica, Memoria y Poder.

7- *La Pirámide y el Círculo*

No es por azar, por eso mismo, que para dramatizar la alienación histórica del mexicano —la manera en que las sucesivas corrientes universales lo han desconectado de las fuentes de lo sagrado que solían nutrir a los antepasados precolombinos— el ensayo recurra repetidamente a la imagen visual o espacial. La imagen predominante con que el ensayo describe la estructura de cada una de las formas históricas es, en efecto, la *superposición:* sucesivas capas ideológicas que recubren la "substancia primigenia", sean éstas mitos, creencias o costumbres: vestigios de lo sagrado. "Del mismo modo que una pirámide azteca recubre a veces un edificio más antiguo", explica en el capítulo V, "la unificación religiosa solamente afectaba a la superficie de la conciencia, dejando intactas las creencias primitivas" (232). La imagen, por cierto, se mantendrá a lo largo del resto del libro: verdadero prototipo (en el sentido psicoanalítico que hemos descrito), será también un concepto clave en *Postdata.* Y así, a la "voluntad unitaria" de los aztecas en relación a los pueblos sometidos le sucede la otra "voluntad unitaria" de los españoles en torno a los propios aztecas. Tanto una como otra significaron tentativas de unificación política, pero ambas aportaron también capas ideológicas —el imperio azteca y el catolicismo— que sirvieron para iniciar la desconexión de sus orígenes del futuro mexicano.

A su vez, el recubrimiento iniciado por los aztecas y repetido por los españoles se vuelve a repetir por los

criollos, nuevos creyentes en otra ideología: la liberal de Independencia. Con esa tercera "capa", la imagen de la superposición asume entonces otras versiones, como la máscara y el disfraz. Si hacia principios del siglo XIX "la Colonia, como la Metrópoli, era ya sólo forma, cuerpo deshabitado" (260), la Independencia hispanoamericana pone en juego una serie de "ideas [que] enmascaran a la realidad en lugar de desnudarla o expresarla" (263). Las leyes e instituciones liberales, de inspiración burguesa, "en Hispanoamérica sólo servían para vestir a la moderna las supervivencias del sistema colonial. La ideología liberal y democrática, lejos de expresar nuestra situación histórica concreta, la ocultaba. La mentira política se instaló en nuestros pueblos casi constitucionalmente. El daño moral ha sido incalculable y alcanza zonas profundas de nuestro ser" (265).

Tanto la superposición como la máscara constituirán, por tanto, el trasfondo psicológico de "la Reforma" que "funda a México negando su pasado" (270) porque niega a España, al indio y al catolicismo. "El liberalismo es una crítica del orden antiguo y un proyecto de pacto social. No es una religión, sino una ideología utópica" (271). Como tal, "afirma al hombre pero ignora una mitad del hombre: ésa que expresa en los mitos, la comunión, el festín, el sueño, el erotismo" (271). La Reforma arrasa con las capas superpuestas anteriormente, pero sólo llena su triple negación con un sueño universal, el Liberalismo, desprovisto tanto de especificidad nacional como de contenido religioso. Si el catolicismo colonial ofrecía participación, el liberalismo ofrece ideas, pero no propicia la comunión: "no se comulga con las ideas, al menos mientras no encarnan y se hacen sangre, alimento" (278). Con la Reforma, por tanto, se inicia el desierto mexicano de la modernidad —universal, secular y profano— cuyo vacío, rostro en blanco, lo recubre con el tiempo la nueva mascarada del Porfirismo en complicidad con una nueva ideología: el Positivismo. El análisis de Paz ve en esta nueva "forma", en efecto, "un pe-

ríodo de inautenticidad histórica" que "simula, en todos los sentidos de la palabra" (275). Completa el anterior estudio de Leopoldo Zea sobre el Positivismo en México con las nociones de "mala fe" *[mauvaise foi]* de Sartre y de "inautenticidad" *[Uneigentlich]* de Heidegger, y ve en la nueva ideología "una superposición histórica bastante más peligrosa que todas las anteriores, porque estaba "fundada en un equívoco. Entre los terratenientes y sus ideas políticas se levantaba un invisible muro de mala fe. El desarraigo del porfirismo procede de este equívoco" (276).

En efecto, la "inautenticidad" de Heidegger, uno de los modos de ser básicos del *Dasein* (estar ahí), según el filósofo alemán, significa "no elegirse a sí mismo" y por tanto "perderse". De manera análoga, la "mala fe" que describe Sartre en el segundo capítulo de *El ser y la nada* (1947) significa un auto-enmascaramiento por el cual "se niega lo que se es" y de ahí se echa a andar tanto "un proyecto de disgregación" como la negación de la existencia de tal proyecto. La "mala fe" sartreana se relaciona estructuralmente, a su vez, a la "conciencia infeliz" de Hegel: tanto una como otra revelan conciencias escindidas, síntomas de alienación. Sólo que al preferir el término de Sartre, Paz subraya el efecto particular —tanto moral como psicoanalítico— implícito en la "maldad" de esa fe: la culpabilidad. "En México el sentimiento de culpabilidad de la burguesía europea se teñía de un matiz particular, por una doble razón histórica: los neofeudales eran al mismo tiempo los herederos del liberalismo y los sucesores de la aristocracia colonial" (276). De ahí, el "equívoco": "Mentira e inautenticidad son así el fondo psicológico del positivismo mexicano" (277) .

Paz ve la Reforma y el Porfirismo, por tanto, como mutuos complementos: si uno "niega la tradición", el otro muestra que los principios liberales son "hermosas palabras inaplicables" (277). Son otras tres palabras, en cambio, las que resumen el desierto moderno que intro-

114

ducen estos dos períodos históricos: soledad, conflicto (o discordia) y superposición: "Al cabo de cien años de luchas el pueblo se encontraba más solo que nunca, empobrecida la vida religiosa, humillada su cultura popular. Habíamos perdido nuestra filiación histórica" (277). De ahí que la imagen que ofrece "México al finalizar el siglo XIX es la de la discordia. Una discordia más profunda que la querella política o la guerra civil, pues consistía en la superposición de formas jurídicas y culturales que no solamente no expresaban a nuestra realidad, sino que la asfixiaban e inmovilizaban" (277).

Así pues, el uso de términos como "inautenticidad" y "mala fe" para caracterizar al México pre-revolucionario señala, en este momento del análisis, una degeneración moral y psicológica respecto a las anteriores "capas": la "superposición histórica más peligrosa que las anteriores" (276). A la imagen espacial, el Porfirismo aporta la última capa de la "pirámide" previa a la "asfixia" e "inmovilización", pero esto a su vez causa una reacción saludable: la Revuelta. Vista psicoanalíticamente, se trata del momento de máxima frustración —máxima alienación neurótica— previo a la agresión del sujeto como resultado de la represión de sus instintos. De ahí que para el ensayo la Revolución sea, en última instancia, una catarsis: "verdadera revelación de nuestro ser" (279-280); "una explosión de la realidad y una búsqueda a tientas de la doctrina universal que la justifique e inserte en la Historia de América y en la del mundo" (285); "una tentativa por reintegrarnos a nuestro pasado" (287). Como la Independencia y la Reforma, la Revolución es una ruptura que intenta arrasar con las capas superpuestas, pero a diferencia de aquélla está "desnuda de doctrinas previas", sufre la "carencia de un sistema ideológico previo" (285). Por el contrario, "su programa contenía pocas ideas, estrictamente las necesarias para hacer saltar las formas económicas y políticas que nos oprimían" (287). Hacer "saltar la formas" significa, dentro del esquema espacial o visual, arrasar con la "pirámide" y ac-

ceder a su fondo: la "autenticidad". "Nuestra Revolución es la otra cara de México, ignorada por la Reforma y humillada por la Dictadura. No la cara de la cortesía, el disimulo, la forma lograda a fuerza de mutilaciones y mentiras, sino el rostro brutal y resplandeciente de la fiesta y la muerte, del mitote y el balazo, de la feria y el amor, que es rapto y tiroteo" (294). Un México auténtico, por tanto, es un México fiel a sus propios instintos, aun cuando esto suponga el exceso que lleva a la destrucción, que para el Paz de este momento al menos es también una forma de comunión.

Pero la Revolución —como indica su nombre— significa también la inauguración de otra "forma": "vuelta a la más antigua y permanente de nuestras tradiciones" (289); "restablecer una justicia o un orden antiguos, violados por los opresores" (287); "volver a nuestra raíz, único fundamento de nuestras instituciones" (289). El Círculo reemplaza a la Pirámide. Paz ve en Emiliano Zapata y el zapatismo —figura y movimiento agrarista, que abogaban por la repartición de las tierras y el restablecimiento del *calpulli*— el meollo de la Revolución Mexicana. Tiene razón Enrique Krauze cuando señala que el concepto de Revolución que ofrece Paz, al menos en la primera edición de 1950, no es ni político ni racionalista, sino más bien poético y de raíz surrealista. Pero también, que es primordialmente *zapatista* —influido sin duda por el padre de Paz, quien militó durante años en la filas del líder agrario— por sobre las otras corrientes del movimiento —como por ejemplo la carrancista, que es la que triunfa al final[72]. El surgimiento de esta "forma" zapatista de la Revolución —vuelta o círculo a la tradición— hubiera servido, ciertamente, como base positiva para un desarrollo posterior. Pero al adoptar el antiguo programa liberal —encarnado en la Constitución

[72] En la entrevista con Enrique Krauze, "El laberinto y el Liberalismo", *Conversaciones con Octavio Paz*.

de 1917— se optó por un compromiso que "abrió nuevamente la puerta a la mentira y la inautenticidad" (291) y propició que las nuevas ideas políticas sirvieran para "ocultar y oprimir nuestro verdadero ser" (291). Por tanto, lejos de arrasar con la pirámide, la Revolución vuelve a recubrir al ser mexicano con una "capa" propia de la cual el país no se ha deshecho aún. A su crítica estará dedicado, en gran parte, *Postdata*.

8- *La puesta al día*

En la primera edición de 1950, el análisis de los efectos deletéreos de esa última "capa" —lo que equivale a la crítica de la Revolución mexicana— se detenía aquí. Sólo en la segunda edición, con la perspectiva de nueve años, se retoma la discusión en el nuevo capítulo VIII, "Nuestros días", así como en otras revisiones claves del libro —por no hablar de ensayos posteriores. Un cambio estilístico importante es que la nueva discusión de Paz abandona, casi del todo, las abstracciones —visuales, espaciales, filosóficas o psicoanalíticas— de los capítulos anteriores: no vuelve a aludir, por ejemplo, ni a la imagen de la "superposición", ni a términos como "mala fe" o "autenticidad". En cambio, de la primera edición sí retiene, al final del capítulo, la imagen predilecta de las "formas": si el mexicano se rebela contra "formas petrificadas que nos oprimían" (339), y "la nación ha desgarrado todas las formas que la asfixiaban" (340), también está convencido que "en unos cuantos años hemos agotado todas las formas históricas que poseía Europa" (340).

Nueva asimismo en la segunda edición será la discusión de los fallos políticos y económicos de la Revolución. Vista dentro de la corriente de las revoluciones del siglo XX, la mexicana significa un intento de "no sólo gozar de ciertos bienes materiales, sino sobre todo, acceder a la 'normalidad' histórica: ser, al fin, 'entes de razón'" (322). Así, el Estado se vuelve "principal agente de

117

la transformación social", propiciando la reforma agraria, nacionalizando riquezas explotadas por potencias extranjeras (como el petróleo), e invirtiendo en el desarrollo industrial. Sin embargo, la tutela gubernamental de la clase obrera —para mencionar sólo una— desemboca en una coartada política al transformar los sindicatos en "un sector más, del Partido de la Revolución", frustrando así "la posibilidad de un partido obrero o, al menos, de un movimiento sindical... autónomo y libre de toda ingerencia oficial" (325).

Paralelos a los comentarios sobre la clase obrera en el nuevo capítulo son los que también se insertan sobre la clase intelectual en el capítulo VII. Si después de la Revolución el país en efecto termina "por aceptar una serie de compromisos, tanto en la esfera de la educación como en la de los problemas sociales" (301), los intelectuales mexicanos, a su vez, "han hecho del compromiso un arte y una forma de vida". Y si "su obra ha sido en muchos aspectos admirable", en cambio "han perdido independencia y su crítica ha resultado diluida, a fuerza de prudencia o de maquiavelismo. La 'inteligencia' mexicana, en su conjunto, no ha podido o no ha sabido utilizar las armas propias del intelectual: la crítica, el examen, el juicio. El resultado es que el espíritu cortesano —producto natural, por lo visto, de toda revolución que se transforma en gobierno— ha invadido casi toda la esfera de la actividad pública" (303). Son severas estas palabras sobre el intelectual en México. Pero no menos duras serán las dedicadas a la "inteligencia" internacional y que comenta en el capítulo VIII ("¿Cómo es posible que la 'inteligencia' contemporánea —pienso sobre todo en la heredera de la tradición revolucionaria europea— no haya hecho un análisis de la situación de nuestro tiempo...", (336), o a la latinoamericana ("es aún más desolador el silencio de la 'inteligencia' latinoamericana y asiática, que vive en el centro del torbellino", 337). Son estas ideas las que conforman la nueva "capa" ideológica de México, la más reciente alienación.

Importa subrayar, sin embargo, que Paz lanza estas palabras en 1959, en la segunda edición del libro, y no en la primera de 1950, donde la crítica a la Revolución, y a los intelectuales, había sido más bien tímida y el tono conciliador. Por eso no es exagerado describir el cambio que ha tenido lugar durante esos nueve años como un desencanto con la idea misma de Revolución —no ya mexicana sino como forma de transformación histórica y social: "en lugar de la rebelión del proletariado organizado democráticamente", dice el capítulo VIII, "el siglo XX ha visto el nacimiento del 'partido', esto es, de una agrupación nacional o internacional que combina el espíritu y la organización de dos cuerpos en los que la disciplina y la jerarquía son los valores decisivos: la iglesia y el Ejército" (333). La Revolución ha dejado de ser una Fiesta: lo Sagrado se ha vuelto Burocracia. Y lo peor de todo es que ni Occidente ni los países del "'socialismo' totalitario" ofrecen alternativas viables. Si uno ha aplicado la "ley del león" (328) —la explotación descarnada—, los otros perfeccionan una "moral silogística y policiaca" (335). No obstante esa división, entre uno y otro campo Paz encuentra "otros pueblos con problemas semejantes a los nuestros" (329), países que, como México, se "vuelven sobre sí mismos, descubren su identidad y se deciden a participar en la historia mundial" (334). Son esos los países, que hacia 1959 se unían en un llamado tercer frente de la "Organización de Países No-alineados", a los que Paz sin duda se refiere ahora como nuevos "agentes de los cambios históricos" y que para México en efecto significa que "hay muchos como nosotros, dispersos y aislados" (339). Ya sabemos que, con el tiempo, ese "tercer frente" degeneró en una máscara de la Unión Soviética, y que el propio Paz se convirtió en uno de sus críticos más severos[73]. Pero lo importante

[73] Esa crítica está contenida en dos libros, principalmente: *El ogro filantrópico* (1979) y *Tiempo nublado,* Barcelona, Seix Barral, 1983.

ahora es que la mención de este "tercer frente" sirve para reforzar la tesis central del libro: disolver el espejismo de la particularidad mexicana que condena a la soledad para reconocer finalmente que "allí, en la soledad abierta, nos espera también la trascendencia: las manos de otros solitarios. Somos, por primera vez en nuestra historia, contemporáneos de todos los hombres" (340).

Con el reconocimiento del vacío de la modernidad viene, por tanto, no solo el encuentro con los otros solitarios, sino también con la autenticidad, que ya en las reflexiones sobre "la 'inteligencia' mexicana" se define como "pensar a la intemperie un problema concreto" (317). Si en el contexto del libro ese encuentro significa desechar la particularidad nacionalista como base de meditación filosófica o política ("La mexicanidad será una máscara que, al caer, dejará ver al fin al hombre", 318), en el de la obra de Paz esa llamada se remonta a aquella lejana encuesta de *Letras de México* en la que pedía el rechazo de "todos esos intentos alevosos y preconcebidos de 'mexicanidad'". Su primera manifestación política, en cambio, había aparecido en la serie de artículos sobre la Conferencia de San Francisco, donde se hacía patente la decadencia del Estado-Nación. A su vez, en "Poesía de soledad y poesía de comunión", se observaba asimismo que "estamos hartos de la sinceridad inepta tanto como de la literatura disfrazada de poesía. Queremos una forma superior, digna, de la sinceridad: la autenticidad" (PL, 302). Parte de esa antigua llamada a la autenticidad será el resumen de todo el análisis histórico a partir del capítulo VI: "Si se contempla la Revolución mexicana desde las ideas esbozadas en este ensayo, se advierte que consiste en un movimiento tendiente a reconquistar nuestro pasado, asimilarlo y hacerlo vivo en el presente. Y esa voluntad de regreso, fruto de la soledad y la desesperación, es una de las fases de esa dialéctica de soledad y comunión, de reunión y separación que parece presidir toda nuestra vida histórica" (292). La misma idea se repetirá en el

capítulo siguiente: "Soledad y Comunión, Mexicanidad y Universalidad, siguen siendo los extremos que devoran al mexicano" (311). Y en el capítulo de la videoserie de 1989 dedicado a *El laberinto de la soledad* la idea se repetirá:

> En las actitudes de los mexicanos, y muy especialmente en aquellas relativas al misterio del origen, hay dos actitudes: una de unión y otra de separación. Afirmación comunitaria y negación del otro. Este doble movimiento de unión y ruptura es una respuesta instintiva a nuestra historia, y una tentativa por trascenderla, por unir lo que fue separado... Advierto que se trata de una oposición fecunda porque en la vida la unión de los contrarios implica fecundidad: fertilidad, creación...

Soledad y Comunión habían sido, en efecto, los extremos sobre los que Paz había intentado estudiar, en aquella lejana conferencia de 1942, toda la historia de la poesía. Ahora vemos que de esa conferencia retendrá aquí no su tesis histórica —que había resultado trunca en su momento— sino la naturaleza de esos dos "extremos": si la soledad es una "actitud de dominación" y poder que equivale a la técnica, la comunión en cambio es una "actitud de adoración" que equivale al instinto amoroso. La modernidad, por tanto —evidente ya en la angustia espiritual de un Quevedo— ha preferido la soledad del racionalismo y la técnica por sobre la comunión del espíritu y el amor. No había sido otro el sentido del epígrafe de Antonio Machado con que abre el libro: "Lo *otro* no existe: tal es la fe racional, la incurable creencia de la razón humana." A lo cual, Machado (o su heterónimo, *Juan de Mairena,* opone lo que él llama "la esencial 'Heterogeneidad del ser', como si dijéramos en la incurable *otredad* que padece *lo uno*".

9- *Un mito para México*

La Historia, que antes había aparecido como una pirámide de capas superpuestas, se resume también, por tanto, como "una dialéctica" y una oscilación entre los "extremos" de soledad y comunión. Dicha dialéctica es el equivalente racional de la imagen que se venía proponiendo: si bien cada una de sus "capas" ideológicas "forma" un momento de soledad, en cambio cada una de sus rupturas representa una instancia de comunión. Al subrayar así el carácter dialéctico de esos dos extremos, se afirmaba también su consustancialidad. Ya no es cuestión —como de hecho da a entender la conferencia de 1942— de disolver la soledad a favor de la comunión, sino de reconocer ambos extremos como mutuamente necesarios. De ahí el epígrafe de Machado, donde tanto el racionalismo como "la esencial Heterogeneidad del ser" aparecen como *incurables*. En efecto, no hay comunión sin soledad, y es esa la premisa de la meditación sobre el amor en el Apéndice, culminando con la observación de que "la situación del amor en nuestro tiempo revela cómo la dialéctica de la soledad, en su más profunda manifestación, tiende a frustrarse por obra de la misma sociedad. Nuestra vida social niega casi siempre toda posibilidad de auténtica comunión erótica" (349).

Paz basa su premisa en la observación del "dualismo inherente a toda sociedad, y que toda sociedad aspira a resolver transformándose en comunidad" (348). De esta manera su argumento vuelve a evocar la noción de conflicto —freudiano o psicoanalítico, tantas veces utilizado en pasajes anteriores— sólo que no ya para criticarlo sino para justificarlo: "la sociedad moderna pretende resolver su dualismo mediante la supresión de esta dialéctica de la soledad que hace posible el amor" (349). Y completa la idea de la dialéctica de la soledad echan-

do mano del concepto de "recogimiento y regreso" *["the twofold motion of withdrawal and return"]* que Arnold Toynbee había utilizado en su *A Study of History*.

En efecto, en el monumental estudio de Toynbee, que comienza a darse a conocer en la década de los 30 pero cuyas ideas no se difunden hasta la posguerra —esa era una de las fundamentales "leyes históricas" que el autor decía haber deducido del estudio de la historia universal. Con esta ley en particular Toynbee describía el patrón de crecimiento y maduración no sólo de individuos singulares en la historia universal (desde Buda, Confucio y Mahoma hasta Jesús, San Pablo y Dante) sino de civilizaciones enteras —la Atenas del Siglo Oscuro, por ejemplo, o las oscilaciones de la historia inglesa. Toynbee llegó a describir este patrón como un *"spiritual voyage"* ("un viaje espiritual"), que para él no sólo justificaba la función positiva de períodos aparentemente negativos, como los de decadencia (colectiva) o exilio (individual), sino que demostraba —como la dialéctica hegeliana— la teleología implícita de todo proceso histórico. Si bien el carácter religioso de dicha "ley histórica" le valió no pocas críticas a Toynbee por parte de sus colegas historiadores, fue esa misma religiosidad lo que sin duda atrajo al Paz de esos años para su argumento afín. Además, la "ley histórica" de Toynbee servía otro propósito: insertar a México dentro de un panorama universal para así una vez más anular cualquier pretensión particular o nacionalista[74].

Así pues, el justificado dualismo —hecho dialéctica— del amor en la sociedad moderna forma parte, a su vez, de otra premisa más amplia: la soledad es "el fondo último del ser humano" (341). Utilizando un argumento análogo al de Heidegger respecto a la "inautenticidad"

[74] Véase *A Study of History*, Londres, Oxford University Press, 1961, pero sobre todo XII, 263-266, donde Toynbee recapitula el concepto de *withdrawal-and-return* y contesta a sus críticos.

—en el sentido que reconoce su función inherente, no-accidental en la naturaleza humana— Paz observa en el Apéndice que "vivir, es separarnos del que fuimos para internarnos en el que vamos a ser, futuro extraño siempre" (341), afirmación que a su vez evoca otra que, si bien aparece en el capítulo anterior (VIII, 320) sólo se formula posteriormente en la segunda edición de 1959: "Ser uno mismo es, siempre, llegar a ser ese otro que somos y que llevamos escondido en nuestro interior, más que nada como promesa o posibilidad de ser" (320). No es cuestión ya, por tanto, de deshacer la alienación por medio del análisis histórico, sino de reconciliarse con la alienación (Heidegger diría la "inautenticidad") como ineludible premisa de la existencia humana. Dicha nueva formulación no sólo disuelve cualquier particularidad de la dialéctica histórica descrita en el libro —todo país y toda cultura, como todo ser humano está, en última instancia, solo— sino que plantea la otra cara de la dialéctica: todo país y toda cultura, como todo ser humano solo, aspira también a comulgar, es decir, a romper su soledad. Dicho en la única oración del libro que alude al título: "La plenitud, la reunión, que es reposo y dicha, concordancia con el mundo, nos esperan al fin del laberinto de la soledad" (342).

El libro termina, por tanto, imponiendo esa última imagen del laberinto. Como la pirámide, el laberinto es una estructura sagrada, un espacio simbólico, que también cumple la función de prisión; pero a diferencia de la pirámide —estructura funeraria cuyas capas se superponen sin otro recurso— o del círculo —que fatalmente nos devuelve al punto de partida— el laberinto supone un *proceso:* hacer accesible una salida. Según el mito de Teseo y el Minotauro, esa salida es posible con dos claves: el amor de Ariadna y la memoria del hilo. Ya Caillois, en aquel lejano *El mito y el hombre* (1939), que Paz había leído y citado en su juventud, había descrito el Laberinto como "suprema condensación de lo sagrado" (176). El Apéndice no cita a Caillois, pero es eviden-

te que va más allá de éste para resumir no sólo el carácter sagrado de este mito sino los temas de todo el libro. En efecto, el Laberinto (o al menos su Mito) contiene la idea de un conflicto que produce culpa y exige sacrificio: "hemos sido expulsados del centro del mundo y estamos condenados a buscarlo por selvas y desiertos o por los vericuetos y subterráneos del Laberinto" (357). A su vez, la solución de este conflicto reside, en parte, en la recuperación de la memoria, el hilo salvador: el repaso de la Historia hecho en los capítulos anteriores. Lo que por tanto propone el Apéndice, ni más ni menos, es que habiendo ya encontrado las dos claves, México construya un nuevo Mito —es decir, el de un *laberinto de la soledad:* un mito del "combate espiritual" pero también de "la gracia, esto es, la comunión" (357). Si el mexicano ha esperado durante siglos en el laberinto de su Historia, consciente ahora del orden que lo estructura, entonces puede abrigar la esperanza de salir. El Laberinto está hecho, como diría Laín Entralgo, de espera y esperanza[75]. Por eso, si "toda sociedad moribunda, o en trance de esterilidad tiende a salvarse creando un mito de redención... La sociedad que vivimos ahora también ha engendrado su mito", lo que el ensayo llama "una nueva Forma de participación creadora" (360-361).

No es exagerado decir que la creación de ese nuevo mito para México era justamente lo que Paz había entrevisto en la segunda de aquellas conferencias sobre Poesía y Mitología de 1942. Al repasar entonces el *Ulises criollo* de Vasconcelos, el joven Paz desea que "el poeta que logre condensar y concentrar todos los conflictos de nuestra nación en un héroe mítico no sólo exprese a México sino, lo que es más importante, contribuya a crearlo" (PL, 290). El comentario se hacía entonces te-

[75] Me refiero, claro está, al hermoso estudio de Pedro Laín Entralgo, *La espera y la esperanza. Historia y teoría del esperar humano,* Madrid, Revista de Occidente, 1957.

niendo en mente una crítica de la novela mexicana, lo cual hacía lógico el hincapié sobre la creación de un héroe mítico —como es el propio protagonista del *Ulises criollo*. Pero no sería demasiado arriesgado postular que si ésa en efecto había sido la motivación tras el proyecto de novela, también es evidente que el ensayo que con el tiempo la reemplazó ofreció el equivalente retórico de lo que hubiese sido ese héroe —la discusión de las ideas que conforman su Mito. Hubiese sido uno u otro, el nuevo Mito significaba, de todos modos, "una manera de *crear* a México, y no sólo de expresarlo". "El mito", añadía entonces, "no sólo expresa a la realidad; representándola en una acción imaginativa y hermética también la prefigura y la modela; al revelarla, la obliga a seguir los dictados de su misteriosa inspiración: la constriñe a alcanzar las metas que se propone". Todo lo cual equivalía, para aquel joven poeta, a actuar en la Historia con la Poesía: "¿Por qué", había preguntado entonces, "en donde tantos han fracasado no ha de acertar la poesía, develando el secreto de México, mostrando la verdad de su destino y purificando ese destino?" (PL, 290).

Paz abriga la creencia, por tanto, de que la interpretación poética de la Historia no sólo puede encarnar en esta última, sino que en efecto *crea* la realidad —en el sentido de que puede activar la imaginación crítica de nuestros semejantes. Para lograr no ya la creación de ese Mito, sino su aceptación, no bastaba por eso sólo entender el sentido del mito del Laberinto en particular, sino apreciar la función del Mito en general. De ahí los extensos comentarios, en el Apéndice, sobre la "oposición entre Historia y Mito, o Historia y Poesía" (359): al trascender la "cárcel de tiempo" de la Historia con su propio "tiempo vivo", el Mito "reaparece en casi todos los actos de nuestra vida e interviene decisivamente en nuestra Historia: nos abre las puertas de la comunión" (360). No otro había sido, como hemos visto, el propósito de la "sociología de lo sagrado" que se practica en la primera parte del libro.

126

III- *Alcances*

Es imposible medir, desde luego, hasta qué punto la meditación de Paz, desde su publicación hace casi medio siglo, ha podido servirle al mexicano para liberarse de su soledad. Pero a juzgar por su influencia sobre la literatura y pensamiento de su tiempo, su impacto ha sido enorme. Según el reciente estudio del sociólogo Claudio Lomnitz-Adler, su prominencia se debe en gran parte a que su representación de la cultura nacional —la representación de un *pensador*— no ha sido superada por posteriores intentos, de índole mayormente ideológica, por desmitificar esa misma cultura[76]. Por eso no sería exagerado decir que México, el mundo hispánico, y quizá hasta el mundo moderno no serían los mismos sin este libro. La literatura mexicana a partir de la década de los 50, por ejemplo, no sería concebible sin su meditación sobre la soledad, fuente de intuiciones e imágenes acerca del ser del mexicano de medio siglo y su paisaje. Esa influencia se refleja en obras maestras de la narrativa tan sonadas como *Pedro Páramo* (1955) de Juan Rulfo, cuya metáfora central ya está sugerida en un pasaje del libro de Paz; *La muerte de Artemio Cruz* (1965) de Carlos Fuentes, donde se rinde homenaje a la disertación del capítulo IV sobre aquel célebre verbo; o incluso el título de *Cien años de soledad* (1967), de Gabriel García Márquez[77]. Si la meditación inicial sobre el

[76] Véase *Exits from the Labyrinth,* Los Angeles, University of California Press, 1992, pág. 3. Lomnitz-Adler tiene en mente, sobre todo el libro de Roger Bartra, ya citado, y un ensayo de Carlos Monsiváis: "La nación de unos cuantos y las esperanzas románticas: Notas sobre la historia del término 'cultura nacional' en México", en *En torno a la cultura nacional,* México, D.F., SEP/Fondo de Cultura Económica, 1982.

[77] Compárese la escena final de la novela *Pedro Páramo* con este pasaje: "Se disimula tanto su humana singularidad que acaba por abo-

pachuco provocó en un momento muchas de las discusiones políticas que desembocaron en la organización del movimiento chicano de los Estados Unidos, con el tiempo su representación del méxico-americano ha sido motivo de desacuerdo entre intelectuales del mismo movimiento. Por otra parte, la meditación de Paz sobre La Malinche, según Sandra Cypess, quien recientemente ha estudiado la presencia de esta figura mítica en la literatura mexicana, la meditación de Paz "ha servido de norma para la mayoría de los textos" literarios modernos que tratan ese tema, si bien también ha despertado polémicos desacuerdos entre lectoras feministas[78]. Ya sea para exaltarlo o para situarse contra él, prácticamente toda la ensayística mexicana sobre la identidad nacional publicada desde 1950 ha tomado en cuenta el libro de Paz, y hasta valiosos estudios de difusión internacional como *El laberinto de la hispanidad* (1987) de Xavier Rubert de Ventós, *La jaula de la melancolía* (1987), de Roger Bartra, o el propio estudio de Lomnitz-Adler, han imitado su título y usado algunos de sus argumentos. El libro ha sido traducido a una docena de idiomas, y sobre él fácilmente se han escrito al menos cien estudios, tesis o reseñas. Con el tiempo, Paz le dirá a Fell que "*El laberinto de la soledad* fue una tentativa por describir y comprender ciertos mitos; al mismo tiempo, en la medida en que es una obra de literatura, se ha convertido a su vez en otro mito" (423).

Lo que parece claro, en todo caso, es que con la proposición, a partir de la primera edición de 1950, de que México adoptara este nuevo mito de redención, Octavio

lirla; y se vuelve piedra, pirú, muro, silencio: espacio" (187). Asimismo, la idea de la novela de García Márquez con este otro: "Ha olvidado el nombre, la palabra que lo liga a todas esas fuerzas en que se manifiesta la vida. Por eso grita o calla, apuñalea o reza, se echa a dormir cien años" (163).

[78] Véase *La Malinche in Mexican Literature. From History to Myth*, Austin, Tx., University of Texas Press, 1991, pág. 95 y *passim*.

Paz intentó reconciliarse con su sociedad. En cambio, con las revisiones de la segunda edición de 1959, que señalan una fuerte crítica de la situación política, económica y moral que desde entonces había surgido en el país, volvió a distanciarse. Si la primera edición del libro coincide con el regreso a México del autor, o al menos con el deseo de reintegrarse a la sociedad, las revisiones críticas a la segunda coinciden con una nueva separación y exilio que durarán otros doce años. El mero hecho, sin embargo, de que la propuesta del nuevo mito no fuera eliminada del libro en la segunda edición, ni en ninguna de sus posteriores reimpresiones, demuestra una continua fe en la posibilidad de comunión. Porque, en efecto, en ese "diario" que con los años se convirtió el tema de México en Octavio Paz, son estos los cambios que demuestran el trasfondo biográfico del libro —cómo el propio poeta en efecto ha vivido, en relación a su país, la misma "dialéctica de la soledad y la comunión". "Al reflexionar sobre la extrañeza que es ser mexicano", señaló el autor sobre este trasfondo en la video-serie *México en la obra de Octavio Paz,* "descubrí una vieja verdad: cada hombre oculta un desconocido. Cada hombre está habitado por un fantasma. Quise penetrar en mí mismo y desenterrar a ese desconocido, hablar con él". Y en seguida añadía:

> Este libro mío sobre México, y los otros sobre tema parecido, son lo que yo soy. También lo que no soy, y quisiera ser: el desconocido que me habita. Una tentativa por desenterrarme y por verme ver el rostro de mi país, de mis semejantes.

Tal sugieren las circunstancias bajo las que Paz escribe *Postdata*, la "prolongación crítica y auto-crítica" de *El laberinto de la soledad*. Como hemos dicho, el ensayo es una reacción demorada a la llamada "matanza de Tlatelolco" de octubre de 1968. Corresponde a una reacción anterior, y más inmediata, de renuncia a su puesto de embajador de México en la India, lo que a su vez su-

puso abandonar una carrera de un cuarto de siglo como funcionario del gobierno mexicano. Como en el caso de *El laberinto de la soledad,* Paz escribe el ensayo en el extranjero y lo publica en México cuando aún vive fuera del país. Pero para entonces la crítica de hacía nueve años se vuelve más severa y directa. Si en *El laberinto de la soledad* no había podido eludir del todo, según confiesa en la "Nota" preliminar, "las trampas del humanismo abstracto" así como "las ilusiones de una filosofía de lo mexicano", ahora los blancos se han hecho más claros a consecuencia de la crisis: los dos Méxicos, el Partido único, la necesidad de democratización. Esos blancos se resumen en la Pirámide, aquel viejo símbolo de la alienación histórica mexicana en *El laberinto de la soledad* y que ahora se somete a una nueva lectura crítica.

Si en el libro anterior la pirámide había sido el resultado nocivo de sucesivas superposiciones ideológicas, ahora es símbolo de la centralización del poder que ostenta el P[artido] R[evolucionario] I[nstitucionalizado] y de sus consecuencias nefastas para el país. Y si antes había estudiado los efectos alienantes del prototipo, ahora se concentra en su naturaleza inconsciente. El objeto de análisis no es ya ni la serie de síntomas neuróticos de esa alienación ni la lectura crítica de las sucesivas "formas" históricas, sino la repetición de lo que Paz llama "el arquetipo religioso-político de los antiguos mexicanos: la pirámide, sus implacables jerarquías y, en lo alto, el jerarca y la plataforma del sacrificio" (397). La geografía misma de México, según este análisis, "tiende a la forma piramidal, como si existiese una relación secreta pero evidente entre el espacio natural y la geometría simbólica y entre ésta y lo que he llamado nuestra historia invisible" (393). Por esto último, en efecto, Paz se refiere a la supervivencia de "el otro México" que, cercano al "subconsciente" de Freud o a la "ideología social" de Marx, significa "la existencia en cada civilización de ciertos complejos, presuposiciones y estructuras mentales generalmente inconscientes y que resisten

con terquedad a la erosión de la historia y sus cambios" (389). Persiste en Paz, por tanto, el deseo de descifrar la "falsa conciencia" de México, su estructura oculta, a partir del análisis del prototipo que se ha apoderado de la identidad mexicana: "el mito que encarnan la pirámide y su piedra de sacrificios" (398).

Porque de sacrificios se trata: la matanza de Tlatelolco fue, en efecto, "un acto ritual: un sacrificio" (391). Y no es por azar que haya ocurrido, precisamente, en esa plaza, "imantada por la historia" que es, al mismo tiempo, "una de las raíces de México", contrapuesta a la Plaza Mayor de México-Tenochtitlan y al "Zócalo con su Palacio Nacional" (412). Paz practica, por tanto, una lectura del espacio mexicano y descubre allí una red de signos que trazan "la escritura simbólica de su historia invisible" (412). Y por eso al PRI y al Zócalo, expresiones políticas modernas (o al menos contemporáneas) del arquetipo de la pirámide, corresponde el nuevo "templo" que ofrece la justificación pseudo-histórica de su prominencia: el Museo de Antropología. Si el Museo es un espejo donde "adoramos a la Imagen que nos aplasta" (413) es porque presenta una falsa idea de la prominencia del mundo azteca dentro de la civilización mesoamericana. En efecto, "desde el punto de vista de la ciencia y la historia la imagen que nos ofrece el Museo... es falsa. Los aztecas no representan en modo alguno la culminación de las diversas culturas que los precedieron. Más bien lo cierto sería lo contrario" (413-414). Paz no lo dice explícitamente, pero de su argumento ahora se desprende que la "inautenticidad" y "mala fe" cuyo inicio en la conciencia mexicana antes le había atribuido a la Dictadura Porfirista, ahora se le atribuye a la usurpación azteca de la cosmología tolteca, que él analiza. Es con esa usurpación, fuente de hipocresía y culpa, que se inicia propiamente esa "dualidad psíquica y moral" que alcanza a nuestros días y que explicaría el fenómeno de la "simulación", que en *El laberinto de la soledad* apenas se vislumbra como un fenómeno mo-

derno. Junto a la adopción inconsciente del "punto de vista azteca" que representa la pirámide, el México moderno ha adoptado también el arquetipo religioso-político que desemboca en una centralización política como la del PRI, así como sacrificios humanos como el de la matanza de Tlatelolco: "la exaltación final del período azteca confirma y justifica aquello que en apariencia condena al Museo: la supervivencia, la vigencia del modelo de dominación en nuestra historia moderna" (414). Criticar ese "modelo de dominación" significa por tanto hacer conciencia del prototipo, liberarse de su poder repetitivo: "La crítica es el aprendizaje de la imaginación en su segunda vuelta, la imaginación curada de fantasía y decidida a afrontar la realidad del mundo" (415).

Desde la publicación de *Postdata* en 1970, Paz no ha cesado de criticar ese "modelo de dominación", como demuestran los otros siete ensayos que recoge esta edición. Trátese de las relaciones peligrosas entre México y Estados Unidos, el sistema electoral mexicano, la nueva realidad de los hispanos de los Estados Unidos, o del juego de la imaginación numerológica en la evolución histórica de Mesoamérica, su análisis ha buscado el desciframiento de las realidades ocultas con el propósito de hacer lo inconsciente, consciente, palpable. Desde sus tempranos ejercicios críticos en la década de los 30, pasando por la odisea del exilio por varios continentes, la escritura agónica de *El laberinto de la soledad* en sus dos ediciones, la nueva separación que lleva al autor a Oriente, luego a romper con el gobierno que había representado durante un cuarto de siglo, y después a reintegrarse al país con el propósito de librar discusiones demasiado postergadas en el tiempo, Octavio Paz ha sostenido una empresa de liberación. La palabra que resume esta empresa: *crítica*. "La crítica nos dice que debemos aprender a disolver los ídolos: aprender a disolverlos dentro de nosotros mismos. Tenemos que aprender a ser aire, sueño en libertad" (415).

Esta edición invita a compartir ese sueño.

Esta edición

Los trece textos de Octavio Paz que recopila esta edición proceden de diversas fuentes cuya lista y bibliografía pasamos a dar a continuación. Sólo en el caso de *El laberinto de la soledad* nos hemos esforzado por dar variantes de las dos ediciones (1950 y 1959), y nuestro esfuerzo sólo consigna las más significativas desde el punto de vista conceptual. (De ahí que no consignemos, por ejemplo, variantes de puntuación). Gran parte del cotejo entre las dos ediciones lo realizó Liliam Oliva-Collmann, mi asistente de investigación en Georgetown University durante el otoño de 1991.

El lector encontrará, además, que hemos respetado las notas a pie de página de Octavio Paz a la edición de *El laberinto de la soledad,* que en nuestro texto aparecen con los originales arábigos, mientras que nuestras notas al texto aparecen consignadas con letras. La excepción notable es el texto de "Crítica de la pirámide", cuyo original consigna las notas con asteriscos, lo cual nos obligó a poner nuestras notas con arábigos. A continuación, la fuente de nuestros textos:

A- *El laberinto de la soledad: El laberinto de la soledad. Posdata. Vuelta a El laberinto de la soledad,* México, D.F., Fondo de Cultura Económica, 1981. [Colección "Tezontle"], págs. 10-220.

B- "Nota": *Ibíd.,* págs. 223-27.

C- "Crítica de la pirámide": *El peregrino en su patria. Presente fluido,* ed. Octavio Paz y Luis Mario Schneider, México, D.F., Fondo de Cultura Económica, 1989, págs. 11-59. ["Versión revisada abreviada por el autor", tomo I.2 de *México en la obra de Octavio Paz].*

D- "Vuelta a *El laberinto de la soledad":* El laberinto de la soledad. Posdata. Vuelta a El laberinto de la soledad, págs. 305-332. [Primera edición en *Plural,* 50 (noviembre de 1975)].

E- "México y los Estados Unidos": *El peregrino en su patria. El cercado ajeno,* ed. Octavio Paz y Luis Mario Schneider, págs. 34-57, México, D.F., Fondo de Cultura Económica, 1989. [Tomo I. 3 de *México en la obra de Octavio Paz].*

F- "Remache: Burocracia y democracia en México": *El peregrino en su patria. Presente fluido,* págs. 159-65.

G- "Contrarronda": *El peregrino en su patria. El cercado ajeno,* págs. 123-130. [Extractos de un texto más extenso; versión aprobada por el autor].

H- "PRI: Hora cumplida (1929-1985)": *El peregrino en su patria. Presente fluido,* págs. 140-158.

I- "Ante un presente incierto": *Ibíd.,* págs. 166-188.

J- "Arte e identidad (los hispanos de los Estados Unidos)": *Al paso,* Barcelona, Seix Barral, 1991, págs. 94-118.

K- "El tres y el cuatro": prólogo a *La utopía mexicana del siglo XVI. Lo bello, lo verdadero y lo bueno,* México, D.F., Grupo Azabache, 1992.

L- "Respuesta y algo más (1960)": *México en la cultura,* Suplemento cultural del diario *Novedades,* México, D.F., núm. 569 (7 de febrero de 1960), págs. 2, 7.

M- "El hombre es un ser que pregunta... (1990)": Extracto de la introducción a *El laberinto de la soledad,* tomo 1 de la Videoserie "México en la obra de Octavio Paz", México, D.F., Televisa, 1990.

N- "Entrada retrospectiva (1992)": Extracto de "Entrada retrospectiva", prólogo a *El peregrino en su patria,* tomo 8 de *Obras Completas de Octavio Paz,* Barcelona, Círculo de Lectores, 1993. [Versión tomada de manuscrito del autor; aprobada por él].

Bibliografía

N.B.: Sólo se incluyen las obras más pertinentes a esta edición. Para más información sobre la obra de y sobre Octavio Paz, recomiendo la consulta de: *Obras Completas de Octavio Paz,* Barcelona, Círculo de Lectores, 1991, 12 tomos; y *Octavio Paz: Bibliografía Crítica,* ed. Hugo Verani, México, D.F., UNAM, 1983. La última contiene una lista muy completa de los trabajos que se le han dedicado a *El laberinto de la soledad.*

I- *Obras de Octavio Paz*

El laberinto de la soledad, México, D.F., Cuadernos Americanos, 1950.
El laberinto de la soledad, segunda edición revisada y aumentada. México, D.F., Fondo de Cultura Económica, 1959. [Vida y Pensamiento de México]
Posdata, México, D.F., Siglo XXI Editores, 1970.
El laberinto de la soledad. Posdata. Vuelta a El laberinto de la soledad, México, D.F., Fondo de Cultura Económica, 1981.
El peregrino en su patria. Historia y política de México, ed. Octavio Paz y Luis Mario Schneider, México, Fondo de Cultura Económica, 1987. [Tomo 1 de la serie *México en la obra de Octavio Paz,* 3 tomos].
Primeras letras (1931-1943), ed. Enrico Mario Santí, Barcelona, Seix Barral, 1988.
"Octavio Paz replica a Emmanuel Carballo", *México en la cultura,* 561 (13 de diciembre de 1959), pág. 2.
"Respuesta y algo más", *México en la cultura,* 569 (7 de febrero de 1960), págs. 2, 7.

II- *Sobre* El laberinto de la soledad

ANÓNIMO, *El Nacional* (9 de abril de 1950), págs. 3, 6.

AGUILAR MORA, Jorge, *La divina pareja: Historia y mito en Octavio Paz,* México, D.F., Ediciones Era, 1978.

BARTRA, Roger, *La jaula de la melancolía. Identidad y metamorfosis del mexicano,* México, D.F., Grijalbo, 1987.

BLANCO AGUINAGA, Carlos, "El laberinto fabricado por Octavio Paz", en su *De mitólogos y novelistas,* Madrid, Turner, 1975, págs. 5-24.

CALVILLO MADRIGAL, Salvador, *Revista Mexicana de Cultura* (suplemento de *El Nacional)* 171, (2 de julio de 1950), pág. 11.

CARBALLO, Emmanuel, "*El laberinto de la soledad:* entre el orden y el caos", *México en la cultura,* 552 (4 de octubre 1959), pág. 4.

—, "La respuesta de Emmanuel Carballo a Octavio Paz", *México en la cultura,* 563 (21 de diciembre, 1959), pág. 12.

CÓRDOBA SANDOVAL, Tomás, *Cuadernos americanos,* 51 (mayo-junio de 1950), págs. 125-132.

CYPESS, Sandra, *La Malinche in Mexican Literature. From History to Myth,* Austin, Tx., University of Texas Press, 1991.

HERNÁNDEZ LUNA, Juan, *Filosofía y Letras,* XXV, núms. 49-50 (enero-junio de 1953), págs. 271-290.

IDUARTE, Andrés, *Revista Hispánica Moderna,* vol. 17, núms. 1-4 (enero-diciembre de 1951), págs. 146-147.

LEAL, Luis, "Octavio Paz and the Chicano", *Latin American Literary Review,* vol. 5, núm. 10 (primavera-verano 1977), págs. 115-123.

LEE, Muna, *Books Abroad,* vol. 25, núm. 4 (otoño, 1951), pág. 379.

LOMNITZ-ADLER, Claudio, *Exits from the Labyrinth,* Los Angeles, University of California Press, 1992, pág. 3.

MARTÍNEZ, José Luis, *Voz,* 4 (27 de julio de 1950), pág. 48.

—, ed., *El ensayo mexicano moderno,* 2ª ed., México, D.F., Fondo de Cultura Económica, 1971.

MADRID-BARELA, Arturo, "In Search of the Authentic Pachuco: An Interpretive Essay", en Renato Rosaldo *et al,* ed. *Chicano: The Evolution of a People,* Malabar, Fl., Krieger, 1982, páginas 202-219.

MERMALL, Thomas, "Octavio Paz y el sicoanálisis de la historia", *Cuadernos americanos,* año 27, núm. 1 (enero-febrero, 1968), págs. 97-114.

Miller, Beth, "Seducción y literatura", en su *Mujeres en la literatura,* México, D.F., Fleischer, 1978, págs. 39-45.

Mullies, William Arthur, *"Mexicanidad* in the Essays of Samuel Ramos, Leopoldo Zea, and Octavio Paz", Tesis, University of Missouri, 1974.

Oviedo, José Miguel, *Breve historia del ensayo hispanoamericano,* Madrid, Alianza Editorial, 1990.

Phillips, Rachel, "Marina/Malinche: Masks and Shadows", en *Women in Hispanic Literature: Icons and Fallen Idols,* ed., Beth Miller, Berkeley, University of California Press, 1983, págs. 97-114.

Ramos, Samuel, "En torno a las ideas sobre el mexicano", *Cuadernos americanos,* año X, vol. LVIII, núm. 3 (mayo-junio de 1951), págs. 103-113.

Rojas Rodríguez, Pedro, *Filosofía y Letras,* 40 (octubre-diciembre de 1950), págs. 370-377.

Salazar Bondy, Sebastián, *Sur,* núms. 195-196 (enero-febrero de 1951), págs. 64-67.

Salazar Mallén, Rubén, *Mañana,* (24 de octubre de 1959), pág. 54.

—, "Tercia Salazar Mallén, o el cordero le responde al león", *México en la cultura* (15 de febrero de 1960), pág. 5.

Sánchez-Tranquilino, Marcos, "Mano a mano: An Essay on the Representation of the Zoot Suit and its Misrepresentation by Octavio Paz", *Journal: A Contemporary Art Magazine,* Los Angeles Institute of Contemporary Art (invierno 1987), págs. 34-42.

Usigli, Rodolfo, "Poeta en libertad", *Cuadernos americanos,* año 9, núm. 1 (enero-febrero, 1950), págs. 293-300.

El laberinto de la soledad

Lo otro no existe: tal es la fe racional, la incurable creencia de la razón humana. Identidad=realidad, como si, a fin de cuentas, todo hubiera de ser, absoluta y necesariamente, *uno y lo mismo.* Pero lo otro no se deja eliminar; subsiste, persiste; es el hueso duro de roer en que la razón se deja los dientes. Abel Martín, con fe poética, no menos humana que la fe racional, creía *en lo otro,* en "La esencial heterogeneidad del ser", como si dijéramos en la incurable *otredad* que padece *lo uno.*

Antonio Machado [a]

[a] La cita proviene de *Juan de Mairena* (1936) de Antonio Machado. El fragmento lleva dos oraciones anteriores que aclaran el contexto: *"De lo uno a lo otro* es el gran tema de la metafísica. Todo el trabajo de la razón humana tiende a la eliminación del segundo término". El tema del fragmento es, por tanto, la búsqueda de la otredad, o del prójimo. Dicha búsqueda es uno de los fundamentos no sólo de la filosofía de Juan de Mairena, profesor apócrifo inventado por Antonio Machado, sino del propio poeta español, quien descreía del escepticismo o solipsismo en que suele desembocar el pensamiento metafísico de Occidente. Por tanto, desde el inicio de *El laberinto de la soledad* Paz asume esa búsqueda machadiana como opción ética que supone al prójimo y la fraternidad.

La Malinche y Hernán Cortés

I

EL PACHUCO Y OTROS EXTREMOS[a]

A todos, en algún momento, se nos ha revelado nuestra existencia como algo particular, intransferible y precioso. Casi siempre esta revelación se sitúa en la adolescencia. El descubrimiento de nosotros mismos se manifiesta como un sabernos solos; entre el mundo y nosotros se abre una impalpable, transparente muralla: la de nuestra conciencia. Es cierto que apenas nacemos nos sentimos solos; pero niños y adultos pueden trascender su soledad y olvidarse de sí mismos a través de juego o trabajo. En cambio, el adolescente, vacilante entre la infancia y la juventud, queda suspenso un instante ante la infinita riqueza del mundo. El adolescente se asombra de ser. Y al pasmo sucede la reflexión: inclinado sobre el río de su conciencia se pregunta si ese rostro que aflora lentamente del fondo, deformado por el agua, es el suyo. La singularidad de ser —pura sensación en el niño— se transforma en problema y pregunta, en conciencia interrogante[b].

[a] El título de este primer capítulo hace eco del ensayo anterior de Paz "De los agachados y otros extremos", del 3 de noviembre de 1943; ver PL, 377-79.

[b] Todo el primer párrafo hace eco de las ideas de Edouard Spranger (1882-1963), fenomenólogo y educador alemán, autor del influ-

A los pueblos en trance de crecimiento les ocurre algo parecido. Su ser se manifiesta como interrogación: ¿qué somos y cómo realizaremos eso que somos? Muchas veces las respuestas que damos a estas preguntas son desmentidas por la historia, acaso porque eso que llaman el "genio de los pueblos" sólo es un complejo de reacciones ante un estímulo dado; frente a circunstancias diversas, las respuestas pueden variar y con ellas el carácter nacional, que se pretendía inmutable. A pesar de la naturaleza casi siempre ilusoria de los ensayos de psicología nacional, me parece reveladora la insistencia con que en ciertos períodos los pueblos se vuelven sobre sí mismos y se interrogan. Despertar a la historia significa adquirir conciencia de nuestra singularidad, momento de reposo reflexivo antes de entregarnos al hacer. "Cuando soñamos que soñamos está próximo el despertar", dice Novalis[a]. No importa, pues, que las respuestas que demos a nuestras preguntas sean luego corregidas por el tiempo; también el adolescente ignora las futuras transformaciones de ese rostro que ve en el agua: indescifrable a primera vista, como una piedra sagrada cubierta de incisiones y signos, la máscara del viejo es la historia de unas facciones amorfas, que un día emergieron confusas, extraídas en vilo por una mirada absorta. Por virtud de esa mirada las facciones se hicieron rostro y, más tarde, máscara, significación, historia.

La preocupación por el sentido de las singularidades de mi país, que comparto con muchos, me parecía hace tiempo superflua y peligrosa. En lugar de interrogarnos a nosotros mismos, ¿no sería mejor crear, obrar sobre una

yente *Psychologie des Jugendalters* (1925), que Paz pudo haber leído en su edición española: *Psicología de la edad juvenil* (1935), o su versión mexicana: *Psicología de la adolescencia* (1945).

[a] Pseudónimo de Friedrich Leopold von Hardenberg (1772-1801), poeta romántico alemán; la frase citada es uno de sus fragmentos del *Atheneum: "Wir sind dem Aufwachen nah, wenn wir träumen, dass wir träumen."*

realidad que no se entrega al que la contempla, sino al que es capaz de sumergirse en ella? Lo que nos puede distinguir del resto de los pueblos no es la siempre dudosa originalidad de nuestro carácter —fruto, quizá, de las circunstancias siempre cambiantes—, sino la de nuestras creaciones. Pensaba que una obra de arte o una acción concreta definen más al mexicano —no solamente en tanto que lo expresan, sino en cuanto, al expresarlo, lo recrean— que la más penetrante de las descripciones. Mi pregunta, como las de los otros, se me aparecía así, como un pretexto de mi miedo a enfrentarme con la realidad; y todas las especulaciones sobre el pretendido carácter de los mexicanos, hábiles subterfugios de nuestra impotencia creadora. Creía, como Samuel Ramos[a], que el sentimiento de inferioridad influye en nuestra predilección por el análisis y que la escasez de nuestras creaciones se explica no tanto por un crecimiento de las facultades críticas a expensas de las creadoras, como por una instintiva desconfianza acerca de nuestras capacidades.

Pero así como el adolescente no puede olvidarse de sí mismo —pues apenas lo consigue deja de serlo— nosotros no podemos sustraernos a la necesidad de interrogarnos y contemplarnos. No quiero decir que el mexicano sea por naturaleza crítico, sino que atraviesa una etapa reflexiva. Es natural que después de la fase explosiva de la Revolución, el mexicano se recoja en sí mismo y, por un momento, se contemple. Las preguntas que todos nos hacemos ahora probablemente resulten incomprensibles dentro de cincuenta años. Nuevas circunstancias tal vez produzcan reacciones nuevas. No toda la población que habita nuestro país es objeto de mis reflexiones, sino un grupo concreto, constituido por esos que, por razones diversas, tienen conciencia de su

[a] Samuel Ramos (1897-1959), filósofo y profesor mexicano. Autor de *El perfil del hombre y la cultura en México* (1934), claro antecedente temático del libro de Paz. En su pensamiento influyó el de Ortega y Gasset, y el suyo, a su vez, en toda la generación de Paz.

ser en tanto que mexicanos. Contra lo que se cree, este grupo es bastante reducido. En nuestro territorio conviven no sólo distintas razas y lenguas, sino varios niveles históricos. Hay quienes viven antes de la historia; otros, como los otomíes, desplazados por sucesivas invasiones, al margen de ella. Y sin acudir a estos extremos, varias épocas se enfrentan, se ignoran o se entredevoran sobre una misma tierra o separadas apenas por unos kilómetros. Bajo un mismo cielo, con héroes, costumbres, calendarios y nociones morales diferentes, viven "católicos de Pedro el Ermitaño y jacobinos de la Era Terciaria"[a]. Las épocas viejas nunca desaparecen completamente y todas las heridas, aun las más antiguas, manan sangre todavía. A veces, como las pirámides precortesianas que ocultan casi siempre otras, en una sola ciudad o en una sola alma se mezclan y superponen nociones y sensibilidades enemigas o distantes[1].

[1] Nuestra historia reciente abunda en ejemplos de esta superposición y convivencia de diversos niveles históricos: el neofeudalismo porfirista (uso este término en espera del historiador que clasifique al fin en su originalidad nuestras etapas históricas) sirviéndose del positivismo, filosofía burguesa, para justificarse históricamente; Caso y Vasconcelos[b] —iniciadores intelectuales de la Revolución— utilizando las ideas de Boutroux y Bergson[c] para combatir al positivismo porfirista; la Educación Socialista en un país de incipiente capitalismo; los frescos revolucionarios en los muros gubernamentales... Todas estas aparentes contradicciones exigen un nuevo examen de nuestra historia y nuestra cultura, confluencia de muchas corrientes y épocas.

[a] Cita de los versos 10-11 de "La bizarra capital de mi estado", poema del poeta mexicano Ramón López Velarde. Los siguientes dos versos, con que termina la estrofa, dicen: "Y se odian los unos a los otros/ con buena fe".

[b] Antonio Caso (1883-1946) y José Vasconcelos (1881-1959), escritores y filósofos mexicanos. Del primero se destaca su *Discurso a la nación mexicana* (1922); del segundo sus importantes *La raza cósmica* y *Ulíses criollo*.

[c] Emile Boutroux (1845-1921) filósofo de la discontinuidad, autor de *De la contingencia de las leyes de la naturaleza;* Henri Bergson (1859-1941), autor, entre otros libros, de *Las dos fuentes de la moral y la religión*. Ambos son influyentes filósofos del fin de siglo europeo.

La minoría de mexicanos que poseen conciencia de sí no constituye una clase inmóvil o cerrada. No solamente es la única activa —frente a la inercia indoespañola del resto— sino que cada día modela más el país a su imagen. Y crece, conquista a México. Todos pueden llegar a sentirse mexicanos. Basta, por ejemplo, con que cualquiera cruce la frontera para que, oscuramente, se haga las mismas preguntas que se hizo Samuel Ramos en *El perfil del hombre y la cultura en México*. Y debo confesar que muchas de las reflexiones que forman parte de este ensayo nacieron fuera de México, durante dos años de estancia en los Estados Unidos. Recuerdo que cada vez que me inclinaba sobre la vida norteamericana, deseoso de encontrarle sentido, me encontraba con mi imagen interrogante. Esa imagen, destacada sobre el fondo reluciente de los Estados Unidos, fue la primera y quizá la más profunda de las respuestas que dio ese país a mis preguntas. Por eso, al intentar explicarme algunos de los rasgos del mexicano de nuestros días, principio con esos para quienes serlo es un problema de verdad vital, un problema de vida o muerte.

Al iniciar mi vida en los Estados Unidos[a] residí algún tiempo en Los Angeles[b], ciudad habitada por más de un millón de personas de origen mexicano. A primera vista sorprende al viajero —además de la pureza del cielo y de la fealdad de las dispersas y ostentosas construcciones— la atmósfera vagamente mexicana de la ciudad, imposible de apresar con palabras o conceptos. Esta mexicanidad —gusto por los adornos, descuido y fausto, negligencia, pasión y reserva— flota en el aire. Y digo

[a] *2ª edición:* este párrafo inicia una nueva sección del capítulo, señalada por un espacio entre este y el anterior.

[b] En efecto, Paz reside en Los Angeles durante un par de meses al principio de 1943, en camino a Berkeley, al norte del estado de California, donde disfrutaría de una beca Guggenheim durante todo ese año; ver *Primeras letras,* págs. 56-58.

que flota porque no se mezcla ni se funde con el otro mundo, el mundo norteamericano, hecho de precisión y eficacia. Flota, pero no se opone; se balancea, impulsada por el viento, a veces desgarrada como una nube, otras erguida como un cohete que asciende. Se arrastra, se pliega, se expande, se contrae, duerme o sueña, hermosura harapienta. Flota: no acaba de ser, no acaba de desaparecer.

Algo semejante ocurre con los mexicanos que uno encuentra en la calle. Aunque tengan muchos años de vivir allí, usen la misma ropa, hablen el mismo idioma y sientan vergüenza de su origen, nadie los confundiría con los norteamericanos auténticos. Y no se crea que los rasgos físicos son tan determinantes como vulgarmente se piensa. Lo que me parece distinguirlos del resto de la población es su aire furtivo e inquieto, de seres que se disfrazan, de seres que temen la mirada ajena, capaz de desnudarlos y dejarlos en cueros. Cuando se habla con ellos se advierte que su sensibilidad se parece a la del péndulo, un péndulo que ha perdido la razón y que oscila con violencia y sin compás. Este estado de espíritu —o de ausencia de espíritu— ha engendrado lo que se ha dado en llamar el "pachuco". Como es sabido, los "pachucos" son bandas de jóvenes, generalmente de origen mexicano, que viven en las ciudades del Sur y que se singularizan tanto por su vestimenta como por su conducta y su lenguaje. Rebeldes instintivos, contra ellos se ha cebado más de una vez el racismo norteamericano. Pero los "pachucos" no reivindican su raza ni la nacionalidad de sus antepasados. A pesar de que su actitud revela una obstinada y casi fanática voluntad de ser, esa voluntad no afirma nada concreto sino la decisión —ambigua, como se verá— de no ser como los otros que los rodean. El "pachuco" no quiere volver a su origen mexicano; tampoco —al menos en apariencia— desea fundirse a la vida norteamericana. Todo en él es impulso que se niega a sí mismo, nudo de contradicciones, enigma. Y el primer enigma es su nombre mismo:

"pachuco", vocablo de incierta filiación, que dice nada y dice todo. ¡Extraña palabra, que no tiene significado preciso o que, más exactamente, está cargada, como todas las creaciones populares, de una pluralidad de significados![a] Queramos o no, estos seres son mexicanos, uno de los extremos a que puede llegar el mexicano.

Incapaces de asimilar una civilización que, por lo demás, los rechaza, los pachucos no han encontrado más respuesta a la hostilidad ambiente que esta exasperada afirmación de su personalidad[2]. Otras comunidades reaccionan de modo distinto; los negros, por ejemplo, perseguidos por la intolerancia racial, se esfuerzan por "pasar la línea" e ingresar a la sociedad. Quieren ser como los otros ciudadanos. Los mexicanos han sufrido una repulsa menos violenta, pero lejos de intentar una problemática adaptación a los modelos ambientes, afirman sus diferencias, las subrayan, procuran hacerlas notables. A través de un dandismo[c] grotesco y de una conducta anárquica, señalan no tanto la injusticia o la incapacidad de una sociedad que no ha logrado asimilarlos, como su voluntad personal de seguir siendo distintos.

[2] En los últimos años han surgido en los Estados Unidos muchas bandas de jóvenes que recuerdan a los "pachucos" de la posguerra. No podía ser de otro modo; por una parte la sociedad norteamericana se cierra al exterior; por la otra, interiormente, se petrifica. La vida no puede penetrarla; rechazada, se desperdicia, corre por las afueras, sin fin propio. Vida al margen, informe, sí, pero vida que busca su verdadera forma[b].

[a] Carey McWilliams, en su libro *North from Mexico* (1948), ofreció dos hipótesis sobre el origen de la palabra: "Algunos dicen que la expresión vino primero de México y daba a entender un parecido con los alegres vestidos de los habitantes del pueblo de Pachuca; otros han dicho que el nombre se aplicó por primera vez a los bandidos de la frontera cerca de El Paso. Pero no importa cuál sea su origen, el estereotipo del pachuco nació en Los Ángeles".

[b] Esta nota es nueva en la 2ª ed.

[c] De *dandy*, equivalente inglés del petimetre; señorito elegante y arrogante.

No importa conocer las causas de este conflicto y menos saber si tienen remedio o no. En muchas partes existen minorías que no gozan de las mismas oportunidades que el resto de la población. Lo característico del hecho reside en este obstinado querer ser distinto, en esta angustiosa tensión con que el mexicano desvalido —huérfano de valedores y de valores— afirma sus diferencias frente al mundo. El pachuco ha perdido toda su herencia: lengua, religión, costumbres, creencias. Sólo le queda un cuerpo y un alma a la intemperie, inerme ante todas las miradas. Su disfraz lo protege y, al mismo tiempo, lo destaca y aísla: lo oculta y lo exhibe[a].

Con su traje —deliberadamente estético y sobre cuyas obvias significaciones no es necesario detenerse—, no pretende manifestar su adhesión a secta o agrupación alguna. El pachuquismo es una sociedad abierta en ese país en donde abundan religiones y atavíos tribales, destinados a satisfacer el deseo del norteamericano medio de sentirse parte de algo más vivo y concreto que la abstracta moralidad de la *American way of life*[b]. El traje del pachuco no es un uniforme ni un ropaje ritual. Es, simplemente, una moda. Como todas las modas está hecha de novedad —madre de la muerte, decía Leopardi[c]— e imitación. La novedad del traje reside en su exageración. El pachuco lleva la moda a sus últimas consecuencias y la vuelve estética. Ahora bien, uno de los principios que rigen a la moda norteamericana es la comodidad; al volver estético el traje corriente, el pachuco lo vuelve "impráctico". Niega así los principios mismos en que su modelo se inspira. De ahí su agresividad.

[a] *1ª ed.:* "lo protege; lo oculta y, al mismo tiempo, lo exhibe."

[b] En inglés en el texto: literalmente, "modo de vida norteamericano". Se suele identificar con la ética puritana del trabajo y el estricto cumplimiento de las obligaciones a cambio del progreso económico.

[c] Giacomo Leopardi (1798-1837), poeta italiano romántico, más conocido por sus *Canti* y los ensayos de *Operette morali* (1827).

Esta rebeldía no pasa de ser un gesto vano, pues es una exageración de los modelos contra los que pretende rebelarse y no una vuelta a los atavíos de sus antepasadoso o una invención de nuevos ropajes. Generalmente los excéntricos subrayan con sus vestiduras la decisión de separarse de la sociedad, ya para constituir nuevos y más cerrados grupos, ya para afirmar su singularidad. En el caso de los pachucos se advierte una ambigüedad: por una parte, su ropa los aísla y distingue; por la otra, esa misma ropa constituye un homenaje a la sociedad que pretenden negar.

La dualidad anterior se expresa también de otra manera, acaso más honda: el pachuco es un *clown*[a] impasible y siniestro, que no intenta hacer reír y que procura aterrorizar. Esta actitud sádica se alía a un deseo de autohumillación, que me parece constituir el fondo mismo de su carácter: sabe que sobresalir es peligroso y que su conducta irrita a la sociedad; no importa, busca, atrae la persecución y el escándalo. Sólo así podrá establecer una relación más viva con la sociedad que provoca: víctima, podrá ocupar un puesto en ese mundo que hasta hace poco lo ignoraba; delincuente, será uno de sus héroes malditos.

La irritación del norteamericano procede, a mi juicio, de que ve en el pachuco un ser mítico y por lo tanto virtualmente peligroso. Su peligrosidad brota de su singularidad. Todos coinciden en ver en él algo híbrido, perturbador y fascinante. En torno suyo se crea una constelación de nociones ambivalentes: su singularidad parece nutrirse de poderes alternativamente nefastos o benéficos. Unos le atribuyen virtudes eróticas poco comunes; otros, una perversión que no excluye la agresividad. Figura portadora del amor y la dicha o del horror y la abominación, el pachuco parece encarnar la libertad, el desorden, lo prohibido. Algo, en suma, que debe ser supri-

[a] En inglés en el texto: literalmente, payaso.

151

mido; alguien, también, con quien sólo es posible tener un contacto secreto, a oscuras.

Pasivo y desdeñoso, el pachuco deja que se acumulen sobre su cabeza todas estas representaciones contradictorias, hasta que, no sin dolorosa autosatisfacción, estallan en una pelea de cantina, en un *raid*[a] o en un motín. Entonces, en la persecución, alcanza su autenticidad, su verdadero ser, su desnudez suprema, de paria, de hombre que no pertenece a parte alguna. El ciclo, que empieza con la provocación, se cierra: ya está listo para la redención, para el ingreso a la sociedad que lo rechazaba. Ha sido su pecado y su escándalo; ahora que es víctima, se le reconoce al fin como lo que es: su producto, su hijo. Ha encontrado al fin nuevos padres.

Por caminos secretos y arriesgados el "pachuco" intenta ingresar a la sociedad norteamericana. Mas el mismo se veda el acceso. Desprendido de su cultura tradicional, el pachuco se afirma un instante como soledad y reto. Niega a la sociedad de que procede y a la norteamericana[b]. El "pachuco" se lanza al exterior, pero no para fundirse con lo que lo rodea, sino para retarlo. Gesto suicida, pues el "pachuco" no afirma nada, no defiende nada, excepto su exasperada voluntad de no-ser. No es una intimidad que se vierte, sino una llaga que se muestra, una herida que se exhibe. Una herida que también es un adorno bárbaro, caprichoso y grotesco; una herida que se ríe de sí misma y que se engalana para ir de cacería. El "pachuco" es la presa que se adorna para llamar la atención de los cazadores[c]. La persecución lo redime y rompe su soledad: su salvación depende del acceso a esa misma sociedad que aparenta negar. So-

[a] En inglés en el texto: literalmente, redada o asalto inesperado.

[b] *1ª ed.:* "... y a la norteamericana y oscuramente se siente culpable".

[c] Desde "El 'pachuco' se lanza al exterior (...)", todo este pasaje es nuevo.

ledad y pecado, comunión y salud, se convierten en términos equivalentes[a][3].

Si esto ocurre con personas que hace mucho tiempo abandonaron su patria, que apenas si hablan el idioma de sus antepasados y para quienes esas secretas raíces que atan al hombre con su cultura se han secado casi por completo, ¿qué decir de los otros? Su reacción no es tan enfermiza, pero pasado el primer deslumbramiento que produce la grandeza de ese país, todos se colocan de modo instintivo en una actitud crítica, nunca de entrega. Recuerdo que una amiga a quien hacía notar la belleza de Berkeley, me decía: "Sí, esto es muy hermoso, pero no logro comprenderlo del todo. Aquí hasta los pájaros hablan en inglés. ¿Cómo quieres que me gusten las flores si no conozco su nombre verdadero, su nombre inglés, un nombre que se ha fundido ya a los colo-

[3] Sin duda en la figura del "pachuco" hay muchos elementos que no aparecen en esta descripción. Pero el hibridismo de su lenguaje y de su porte me parecen indudable reflejo de una oscilación psíquica entre dos mundos irreductibles y que vanamente quiere conciliar y superar: el norteamericano y el mexicano. El "pachuco" no quiere ser mexicano, pero tampoco yanqui. Cuando llegué a Francia, en 1945[b], observé con asombro que la moda de los muchachos y muchachas de ciertos barrios —especialmente entre estudiantes y "artistas"— recordaba a la de los "pachucos" del sur de California. ¿Era una rápida e imaginativa adaptación de lo que esos jóvenes, aislados durante años pensaban que era la moda norteamericana? Pregunté a varias personas. Casi todas me dijeron que esa moda era exclusivamente francesa y que había sido creada al fin de la ocupación. Algunos llegaban hasta a considerarla como una de las formas de la "Resistencia"[c]: su fantasía y barroquismo eran una respuesta al orden de los alemanes. Aunque no excluyo la posibilidad de una imitación más o menos indirecta, la coincidencia me parece notable y significativa.

[a] *1ª ed.:* esta nota lleva el número 2.
[b] En efecto, Paz llega a París en enero de 1945 como tercer secretario de la Embajada de México. Ahí permanecerá hasta fines de 1951, y allí escribirá varias obras importantes, además de *El laberinto de la soledad* y *Libertad bajo palabra* (1949).
[c] Se refiere al movimiento clandestino francés (o pan-europeo) durante la ocupación alemana Nazi en la Segunda Guerra Mundial.

res y a los pétalos, un nombre que ya es la cosa misma? Si yo digo bugambilia, tú piensas en las que has visto en tu pueblo, trepando un fresno, moradas y litúrgicas, o sobre un muro, cierta tarde, bajo una luz plateada. Y la bugambilia forma parte de tu ser, es una parte de tu cultura, es eso que recuerdas después de haberlo olvidado. Esto es muy hermoso, pero no es mío, porque los que dicen el ciruelo y los eucaliptos no lo dicen para mí, ni a mí me lo dicen".

Sí, nos encerramos en nosotros mismos, hacemos más profunda y exacerbada la conciencia de todo lo que nos separa, nos aísla o nos distingue. Y nuestra soledad aumenta porque no buscamos a nuestros compatriotas, sea por temor a contemplarnos en ellos, sea por un penoso sentimiento defensivo de nuestra intimidad. El mexicano, fácil a la efusión sentimental, la rehuye. Vivimos ensimismados, como esos adolescentes taciturnos —y, de paso, diré que apenas sí he encontrado esa especie entre los jóvenes norteamericanos— dueños de no se sabe qué secreto, guardado por una apariencia hosca, pero que espera sólo el momento propicio para revelarse.

No quisiera extenderme en la descripción de estos sentimientos ni en la aparición, muchas veces simultánea, de estados deprimidos o frenéticos. Todos ellos tienen en común el ser irrupciones inesperadas, que rompen un equilibrio difícil, hecho de la imposición de formas que nos oprimen o mutilan. La existencia de un sentimiento de real o supuesta inferioridad frente al mundo podría explicar, parcialmente al menos, la reserva con que el mexicano se presenta ante los demás y la violencia inesperada con que las fuerzas reprimidas rompen esa máscara impasible. Pero más vasta y profunda que el sentimiento de inferioridad, yace la soledad. Es imposible identificar ambas actitudes: sentirse solo no es sentirse inferior, sino distinto. El sentimiento de soledad, por otra parte, no es una ilusión —como a veces lo es el de inferioridad— sino la expresión de un hecho real: somos, de verdad, distintos. Y, de verdad, estamos solos.

No es el momento de analizar este profundo sentimiento de soledad —que se afirma y se niega, alternativamente, en la melancolía y el júbilo, en el silencio y el alarido, en el crimen gratuito y el fervor religioso. En todos lados el hombre está solo. Pero la soledad del mexicano, bajo la gran noche de piedra de la Altiplanicie[a], poblada todavía de dioses insaciables, es diversa a la del norteamericano, extraviado en un mundo abstracto de máquinas, conciudadanos y preceptos morales. En el Valle de México el hombre se siente suspendido entre el cielo y la tierra y oscila entre poderes y fuerzas contrarias, ojos petrificados, bocas que devoran. La realidad, esto es, el mundo que nos rodea, existe por sí misma, tiene vida propia y no ha sido inventada, como en los Estados Unidos, por el hombre. El mexicano se siente arrancado del seno de esa realidad, a un tiempo creadora y destructora, Madre y Tumba. Ha olvidado el nombre, la palabra que lo liga a todas esas fuerzas en que se manifiesta la vida. Por eso grita o calla, apuñalea o reza, se echa a dormir cien años.

La historia de México es la del hombre que busca su filiación, su origen. Sucesivamente afrancesado, hispanista, indigenista, "pocho", cruza la historia como un cometa de jade, que de vez en cuando relampaguea. En su excéntrica carrera ¿qué persigue? Va tras su catástrofe: quiere volver a ser sol, volver al centro de la vida de donde un día —¿en la Conquista o en la Independencia?— fue desprendido. Nuestra soledad tiene las mismas raíces que el sentimiento religioso. Es una orfandad, una oscura conciencia de que hemos sido arrancados del Todo y una ardiente búsqueda: una fuga y un regreso, tentativa por restablecer los lazos que nos unían a la creación.

Nada más alejado de este sentimiento que la soledad del norteamericano. En ese país el hombre no se siente

[a] La Altiplanicie se refiere al Valle de Anáhuac, en la actual Ciudad de México.

arrancado del centro de la creación ni suspendido entre fuerzas enemigas. El mundo ha sido construido por él y está hecho a su imagen: es su espejo. Pero ya no se reconoce en esos objetos inhumanos, ni tampoco en sus semejantes. Como el mago inexperto, sus creaciones ya no le obedecen. Está solo entre sus obras, perdido en un "páramo de espejos", como dice José Gorostiza[a].

Algunos pretenden que todas las diferencias entre los norteamericanos y nosotros son económicas, esto es, que ellos son ricos y nosotros pobres, que ellos nacieron en la Democracia, el Capitalismo y la Revolución industrial y nosotros en la Contrarreforma, el Monopolio y el Feudalismo. Por más profunda y determinante que sea la influencia del sistema de producción en la creación de la cultura, rehuso creer que bastará con que poseamos una industria pesada y vivamos libres de todo imperialismo económico para que desaparezcan nuestras diferencias (más bien espero lo contrario y en esa posibilidad veo una de las grandezas de la Revolución). Más ¿para que buscar en la historia una respuesta que sólo nosotros podemos dar? Si somos nosotros los que nos sentimos distintos, ¿qué nos hace diferentes, y en qué consisten esas diferencias?

Voy a insinuar una respuesta que quizá no sea del todo satisfactoria. Con ella no pretendo sino aclararme a mí mismo el sentido de algunas experiencias y admito que tal vez no tenga más valor que el de constituir una respuesta personal a una pregunta personal.

Cuando llegué a los Estados Unidos me asombró por encima de todo la seguridad y la confianza de la gente, su aparente alegría y su aparente conformidad con el mundo que los rodeaba. Esta satisfacción no impide, claro está, la crítica —una crítica valerosa y decidida, que no es muy frecuente en los países del Sur, en donde

[a] La cita es del poema "Muerte sin fin" (1939) del poeta mexicano José Gorostiza (1901-73) uno de los más importantes del llamado grupo "Contemporáneos".

prolongadas dictaduras nos han hecho más cautos para expresar nuestros puntos de vista. Pero esa crítica respeta la estructura de los sistemas y nunca desciende hasta las raíces. Recordé entonces aquella distinción que hacía Ortega y Gasset entre los usos y los abusos, para definir lo que llamaba "espíritu revolucionario". El revolucionario es siempre radical, quiero decir, no anhela corregir los abusos, sino los usos mismos[a]. Casi todas las críticas que escuché en labios de norteamericanos eran de carácter reformista: dejaban intacta la estructura social o cultural y sólo tendían a limitar o a perfeccionar estos o aquellos procedimientos. Me pareció entonces —y me sigue pareciendo todavía— que los Estados Unidos son una sociedad que quiere realizar sus ideales, que no desea cambiarlos por otros y que, por más amenazador que le parezca el futuro, tiene confianza en su supervivencia. No quisiera discutir ahora si este sentimiento se encuentra justificado por la realidad o por la razón, sino solamente señalar su existencia. Esta confianza en la bondad natural de la vida, o en la infinita riqueza de sus posibilidades, es cierto que no se encuentra en la más reciente literatura norteamericana, que más bien se complace en la pintura de un mundo sombrío, pero era visible en la conducta, en las palabras y aun en el rostro de casi todas las personas que trataba[4] [b].

[4] Estas líneas fueron escritas antes de que la opinión pública se diese clara cuenta del peligro de aniquilamiento universal que entrañan las armas nucleares. Desde entonces los norteamericanos han perdido su optimismo pero no su confianza, una confianza hecha de resignación y obstinación. En realidad, aunque muchos lo afirman de labios para afuera, nadie cree —nadie quiere creer— que la amenaza es real e inmediata.

[a] Se refiere a la distinción que hace el filósofo español José Ortega y Gasset (1883-1955) en su ensayo "El ocaso de las revoluciones" donde dice lo siguiente: "El hombre medieval, cuando se rebela, se rebela contra los abusos de los señores. El revolucionario, en cambio, no se rebela contra los abusos, sino contra los usos". El ensayo de Ortega suele recogerse como apéndice a *El tema de nuestro tiempo*.
[b] En la 2ª ed. la nota 4 es nueva.

157

Por otra parte, se me había hablado del realismo americano y, también, de su ingenuidad, cualidades que al parecer se excluyen. Para nosotros un realista siempre es un pesimista. Y una persona ingenua no puede serlo mucho tiempo si de veras contempla la vida con realismo. ¿No sería más exacto decir que los norteamericanos no desean tanto conocer la realidad como utilizarla? En algunos casos —por ejemplo, ante la muerte— no sólo no quieren conocerla sino que visiblemente evitan su idea. Conocí algunas señoras ancianas que todavía tenían ilusiones y que hacían planes para el futuro, como si este fuera inagotable. Desmentían así aquella frase de Nietzsche, que condena a las mujeres a un precoz escepticismo, porque "en tanto que los hombres tienen ideales, las mujeres sólo tienen ilusiones". Así pues, el realismo americano es de una especie muy particular y su ingenuidad no excluye el disimulo y aun la hipocresía. Una hipocresía que si es un vicio del carácter también es una tendencia del pensamiento, pues consiste en la negación de todos aquellos aspectos de la realidad que nos parecen desagradables, irracionales o repugnantes.

La contemplación del horror, y aun la familiaridad y la complacencia en su trato, constituyen contrariamente uno de los rasgos más notables del carácter mexicano. Los Cristos ensangrentados de las iglesias pueblerinas, el humor macabro de ciertos encabezados de los diarios, los "velorios", la costumbre de comer el 2 de noviembre panes y dulces que fingen huesos y calaveras, son hábitos, heredados de indios y españoles, inseparables de nuestro ser[a]. Nuestro culto a la muerte es culto a la vida, del mismo modo que el amor, que es hambre de vida, es anhelo de muerte. El gusto por la

[a] Se refiere al día posterior al de "Todos los Santos" del calendario católico. Una de las formas en que suele celebrarse en México popularmente es comiendo "calaveras" de dulce.

autodestrucción no se deriva nada más de tendencias masoquistas, sino también de una cierta religiosidad.

Y no terminan aquí nuestras diferencias. Ellos son crédulos, nosotros creyentes; aman los cuentos de hadas y las historias policíacas, nosotros los mitos y las leyendas. Los mexicanos mienten por fantasía, por desesperación o para superar su vida sórdida; ellos no mienten pero sustituyen la verdad verdadera, que es siempre desagradable, por una verdad social. Nos emborrachamos para confesarnos; ellos para olvidarse. Son optimistas; nosotros nihilistas —sólo que nuestro nihilismo no es intelectual, sino una reacción instintiva: por lo tanto es irrefutable. Los mexicanos son desconfiados; ellos abiertos. Nosotros somos tristes y sarcásticos; ellos alegres y humorísticos. Los norteamericanos quieren comprender; nosotros contemplar. Son activos; nosotros quietistas: disfrutamos de nuestras llagas como ellos de sus inventos. Creen en la higiene, en la salud, en el trabajo, en la felicidad, pero tal vez no conocen la verdadera alegría, que es una embriaguez y un torbellino. En el alarido de la noche de fiesta nuestra voz estalla en luces y vida y muerte se confunden; su vitalidad se petrifica en una sonrisa: niega la vejez y la muerte, pero, inmoviliza la vida.

¿Y cuál es la raíz de tan contrarias actitudes? Me parece que para los norteamericanos el mundo es algo que se puede perfeccionar; para nosotros, algo que se puede redimir. Ellos son modernos. Nosotros, como sus antepasados puritanos, creemos que el pecado y la muerte constituyen el fondo último de la naturaleza humana. Sólo que el puritano identifica la pureza con la salud. De ahí el ascetismo que purifica, y sus consecuencias: el culto al trabajo por el trabajo, la vida sobria a pan y agua, la inexistencia del cuerpo en tanto que posibilidad de perderse —o encontrarse— en otro cuerpo. Todo contacto contamina. Razas, ideas, costumbres, cuerpos extraños llevan en sí gérmenes de perdición e impureza. La higiene social completa la del alma y la del cuerpo.

En cambio los mexicanos, antiguos o modernos, creen en la comunión y en la fiesta; no hay salud sin contacto. Tlazoltéotl, la diosa azteca de la inmundicia y la fecundidad, de los humores terrestres y humanos, era también la diosa de los baños de vapor, del amor sexual y de la confesión. Y no hemos cambiado tanto: el catolicismo también es comunión.

Ambas actitudes me parecen irreconciliables y, en su estado actual, insuficientes. Mentiría si dijera que alguna vez he visto transformado el sentimiento de culpa en otra cosa que no sea rencor, solitaria desesperación o ciega idolatría. La religiosidad de nuestro pueblo es muy profunda —tanto como su inmensa miseria y desamparo— pero su fervor no hace sino darle vueltas a una noria exhausta desde hace siglos. Mentiría también si dijera que creo en la fertilidad de una sociedad fundada en la imposición de ciertos principios modernos. La historia contemporánea invalida la creencia en el hombre como una criatura capaz de ser modificada esencialmente por estos o aquellos instrumentos pedagógicos o sociales. El hombre no es solamente fruto de la historia y de las fuerzas que la mueven, como se pretende ahora; tampoco la historia es el resultado de la voluntad humana —presunción en que se funda, implícitamente, el sistema de vida norteamericano. El hombre, me parece, no está en la historia: es historia.

El sistema norteamericano sólo quiere ver la parte positiva de la realidad. Desde la infancia se somete a hombres y mujeres a un inexorable proceso de adaptación; ciertos principios, contenidos en breves fórmulas, son repetidos sin cesar por la prensa, la radio, las iglesias, las escuelas y esos seres bondadosos y siniestros que son las madres y esposas norteamericanas. Presos en esos esquemas, como la planta en una maceta que la ahoga, el hombre y la mujer nunca crecen o maduran. Semejante confabulación no puede sino provocar violentas rebeliones individuales. La espontaneidad se venga en mil formas, sutiles o terribles. La máscara benevo-

lente, atenta y desierta, que sustituye a la movilidad dramática del rostro humano, y la sonrisa que la fija casi dolorosamente, muestran hasta qué punto la intimidad puede ser devastada por la árida victoria de los principios sobre los instintos. El sadismo subyacente en casi todas las formas de relación de la sociedad norteamericana contemporánea, acaso no sea sino una manera de escapar a la petrificación que impone la moral de la pureza aséptica. Y las religiones nuevas, las sectas, la embriaguez que libera y abre las puertas de la "vida". Es sorprendente la significacion casi fisiológica y destructiva de esa palabra: vivir quiere decir excederse, romper normas, ir hasta el fin (¿de qué?), "experimentar sensaciones". Cohabitar es una "experiencia" (por eso mismo unilateral y frustrada). Pero no es el objeto de estas líneas describir esas reacciones. Baste decir que todas ellas, como las opuestas mexicanas, me parecen reveladoras de nuestra común incapacidad para reconciliarnos con el fluir de la vida.

UN EXAMEN de los grandes mitos humanos relativos al origen de la especie y al sentido de nuestra presencia en la tierra, revela que toda cultura —entendida como creación y participación común de valores— parte de la convicción de que el orden del universo ha sido roto o violado por el hombre, ese intruso. Por el "hueco" o abertura de la herida que el hombre ha infligido en la carne compacta del mundo, puede irrumpir de nuevo el caos, que es el estado antiguo y, por decirlo así, *natural* de la vida. El regreso "del antiguo Desorden Original" es una amenaza que obsesiona a todas las conciencias en todos los tiempos. Hölderlin expresa en varios poemas el pavor ante la fatal seducción que ejerce sobre el universo y sobre el hombre la gran boca vacía del caos:

> ... si, fuera del camino recto,
> como caballos furiosos,
> se desbocan los Elementos

cautivos y las antiguas
leyes de la Tierra.
Y un deseo de volver a lo informe
brota incesante. Hay mucho
que defender. Hay que ser fieles[a].

Hay que ser fieles, porque hay *mucho que defender*.
El hombre colabora activamente a la defensa del orden
universal, sin cesar amenazado por lo informe. Y cuando éste se derrumba debe crear uno nuevo, esta vez
suyo. Pero el exilio, la expiación y la penitencia deben
preceder a la reconciliación del hombre con el universo.
Ni mexicanos ni norteamericanos hemos logrado esta
reconciliación. Y lo que es más grave, temo que hayamos perdido el sentido mismo de toda actividad humana: asegurar la vigencia de un orden en que coincidan la
conciencia y la inocencia, el hombre y la naturaleza. Si
la soledad del mexicano es la de las aguas estancadas, la
del norteamericano es la del espejo. Hemos dejado de
ser fuentes. Es posible que lo que llamamos pecado no
sea sino la expresión mítica de la conciencia de nosotros
mismos, de nuestra soledad. Recuerdo que en España,
durante la guerra, tuve la revelación de "otro hombre" y
de otra clase de soledad: ni cerrada ni maquinal, sino
abierta a la trascendencia[b]. Sin duda la cercanía de la
muerte y la fraternidad de las armas producen, en todos
los tiempos y en todos los países, una atmósfera propicia a lo extraordinario, a todo aquello que sobrepasa la

[a] Cita de "Reif sind..." célebre poema de Friedrich Hölderlin (1770-1843), poeta romántico alemán. La cita se refiere a los versos 9-14 de
este poema: *"Abe bos sind/ Die Pfade. Nemlich un recht/ Wie Rosse,
gehn die gefangenen/ Element' und alten/ Geseze der Erd. Und
immer/ Ins Ungenbundere gebet eine Sehnsucht vieles aber ist/ Zu
behalten. Und Noth die Treue."*

[b] En efecto, Paz visita España entre julio y septiembre de 1937, con
motivo de su participación en el "Segundo Congreso Internacional de
Escritores por la Defensa de la Cultura". Para más detalles, ver *Primeras Letras*, págs. 27-36.

condición humana y rompe el círculo de soledad que rodea a cada hombre. Pero en aquellos rostros —rostros obtusos y obstinados, brutales y groseros, semejantes a los que, sin complacencia y con un realismo, acaso encarnizado, nos ha dejado la pintura española— había algo como una desesperación esperanzada, algo muy concreto y al mismo tiempo muy universal. No he visto después rostros parecidos.

Mi testimonio puede ser tachado de ilusorio. Considero inútil detenerme en esa objeción: esa evidencia ya forma parte de mi ser. Pensé entonces —y lo sigo pensando— que en aquellos hombres amanecía "otro hombre". El sueño español —no por español, sino por universal y, al mismo tiempo, por concreto, porque era un sueño de carne y hueso y ojos atónitos— fue luego roto y manchado. Y los rostros que vi han vuelto a ser lo que eran antes de que se apoderase de ellos aquella alborozada seguridad (¿en qué: en la vida o en la muerte?): rostros de gente humilde y ruda. Pero su recuerdo no me abandona. Quien ha visto la Esperanza, no la olvida. La busca bajo todos los cielos y entre todos los hombres. Y sueña que un día va a encontrarla de nuevo, no sabe dónde, acaso entre los suyos. En cada hombre late la posibilidad de ser o, más exactamente, de volver a ser, otro hombre.

II

MÁSCARAS MEXICANAS

Corazón apasionado
disimula tu tristeza.

Canción popular[a]

Viejo o adolescente, criollo o mestizo, general, obrero o licenciado, el mexicano se me aparece como un ser que se encierra y se preserva: máscara el rostro y máscara la sonrisa. Plantado en su arisca soledad, espinoso y cortés a un tiempo, todo le sirve para defenderse: el silencio y la palabra, la cortesía y el desprecio, la ironía y la resignación. Tan celoso de su intimidad como de la ajena, ni siquiera se atreve a rozar con los ojos al vecino: una mirada puede desencadenar la cólera de esas almas cargadas de electricidad. Atraviesa la vida como desollado; todo puede herirle, palabras y sospecha de palabras. Su lenguaje está lleno de reticencias, de figuras y alusiones, de puntos suspensivos; en su silencio hay repliegues, matices, nubarrones, arcos iris súbitos, amenazas indescifrables. Aun en la disputa prefiere la expresión

[a] Los versos del epígrafe provienen de "La leva" o "Soy soldado de levita...", célebre huapango anónimo de la Revolución Mexicana.

164

velada a la injuria: "al buen entendedor pocas palabras". En suma, entre la realidad y su persona establece una muralla, no por invisible menos infranqueable, de impasibilidad y lejanía. El mexicano siempre está lejos, lejos del mundo y de los demás. Lejos, también, de sí mismo.

El lenguaje popular refleja hasta qué punto nos defendemos del exterior: el ideal de la "hombría" consiste en no "rajarse"[a] nunca. Los que se "abren" son cobardes. Para nosotros, contrariamente a lo que ocurre con otros pueblos, abrirse es una debilidad o una traición. El mexicano puede doblarse, humillarse, "agacharse", pero no "rajarse", esto es, permitir que el mundo exterior penetre en su intimidad. El "rajado" es de poco fiar, un traidor o un hombre de dudosa fidelidad, que cuenta los secretos y es incapaz de afrontar los peligros como se debe. Las mujeres son seres inferiores porque, al entregarse, se abren. Su inferioridad es constitucional y radica en su sexo, en su "rajada", herida que jamás cicatriza.

El hermetismo es un recurso de nuestro recelo y desconfianza. Muestra que instintivamente consideramos peligroso al medio que nos rodea. Esta reacción se justifica si se piensa en lo que ha sido nuestra historia y en el carácter de la sociedad que hemos creado. La dureza y hostilidad del ambiente —y esa amenaza, escondida e indefinible, que siempre flota en el aire— nos obligan a cerrarnos al exterior, como esas plantas de la meseta que acumulan sus jugos tras una cáscara espinosa. Pero esta conducta, legítima en su origen, se ha convertido en un mecanismo que funciona solo, automáticamente. Ante la simpatía y la dulzura nuestra respuesta es la reserva, pues no sabemos si esos sentimientos son verdaderos o simulados. Y además, nuestra integridad masculina corre tanto peligro ante la benevolencia como ante la hostilidad. Toda abertura de nuestro ser entraña una dimisión de nuestra hombría.

[a] Mexicanismo: abrirse, entregarse, acobardarse.

Nuestras relaciones con los otros hombres también están teñidas de recelo. Cada vez que el mexicano se confía a un amigo o a un conocido, cada vez que se "abre", abdica. Y teme que el desprecio del confidente siga a su entrega. Por eso la confidencia deshonra y es tan peligrosa para el que la hace como para el que la escucha; no nos ahogamos en la fuente que nos refleja, como Narciso, sino que la cegamos. Nuestra cólera no se nutre nada más del temor de ser utilizados por nuestros confidentes —temor general a todos los hombres— sino de la vergüenza de haber renunciado a nuestra soledad. El que se confía, se enajena; "me he vendido con Fulano", decimos cuando nos confiamos a alguien que no lo merece. Esto es, nos hemos "rajado", alguien ha penetrado en el castillo fuerte. La distancia entre hombre y hombre, creadora del mutuo respeto y la mutua seguridad, ha desaparecido. No solamente estamos a merced del intruso, sino que hemos abdicado.

Todas estas expresiones revelan que el mexicano considera la vida como lucha, concepción que no lo distingue del resto de los hombres modernos. El ideal de hombría para otros pueblos consiste en una abierta y agresiva disposición al combate; nosotros acentuamos el carácter defensivo, listos a repeler el ataque. El "macho" es un ser hermético, encerrado en sí mismo, capaz de guardarse y guardar lo que se le confía. La hombría se mide por la invulnerabilidad ante las armas enemigas o ante los impactos del mundo exterior. El estoicismo es la más alta de nuestras virtudes guerreras y políticas. Nuestra historia está llena de frases y episodios que revelan la indiferencia de nuestros héroes ante el dolor o el peligro. Desde niños nos enseñan a sufrir con dignidad las derrotas, concepción que no carece de grandeza. Y si no todos somos estoicos e impasibles —como Juárez y Cuauhtémoc[a]— al menos procuramos ser resig-

[a] Se refiere a Benito Juárez (1806-72), patriota y presidente mexicano en dos períodos, 1858-61 y 1867-72, y Cuauhtémoc (1502?-1525),

nados, pacientes y sufridos. La resignación es una de nuestras virtudes populares. Más que el brillo de la victoria nos conmueve la entereza ante la adversidad.

La preeminencia de lo cerrado frente a lo abierto no se manifiesta sólo como impasibilidad y desconfianza, ironía y recelo, sino como amor a la Forma[a]. Esta contiene y encierra a la intimidad, impide sus excesos, reprime sus explosiones, la separa y aísla, la preserva. La doble influencia indígena y española se conjuga en nuestra predilección por la ceremonia, las fórmulas y el orden. El mexicano, contra lo que supone una superficial interpretación de nuestra historia, aspira a crear un mundo ordenado conforme a principios claros. La agitación y encono de nuestras luchas políticas prueba hasta qué punto las nociones jurídicas juegan un papel importante en nuestra vida pública. Y en la de todos los días el mexicano es un hombre que se esfuerza por ser formal y que muy fácilmente se convierte en formulista. Y es explicable. El orden jurídico, social, religioso o artístico constituye una esfera segura y estable. En su ámbito basta con ajustarse a los modelos y principios que regulan la vida; nadie, para manifestarse, necesita recurrir a la continua invención que exige una sociedad libre. Quizá nuestro tradicionalismo —que es una de las constantes de nuestro ser y lo que da coherencia y antigüedad a nuestro pueblo— parte del amor que profesamos a la Forma.

Las complicaciones rituales de la cortesía, la persistencia del humanismo clásico, el gusto por las formas cerradas en la poesía (el soneto y la décima, por ejemplo), nuestro amor por la geometría en las artes de-

último rey azteca, que fuera torturado y asesinado por los españoles durante la conquista de México.

[a] Toda la meditación sobre la "forma" hace eco de la sociología de Georg Simmel (1858-1918). Ver, sobre todo, su *Soziologie. Untersuchungen über die Formen der Vergesellschaftung* (1908), que Paz debe haber conocido en la traducción española de la *Sociología* de Simmel publicada en 1925 por la *Revista de Occidente*.

corativas, por el dibujo y la composición en la pintura, la pobreza de nuestro Romanticismo frente a la excelencia de nuestro arte barroco, el formalismo de nuestras instituciones políticas y, en fin, la peligrosa inclinación que mostramos por las fórmulas —sociales, morales y burocráticas—, son otras tantas expresiones de esta tendencia de nuestro carácter. El mexicano no sólo no se abre; tampoco se derrama.

A veces las formas nos ahogan. Durante el siglo pasado los liberales vanamente intentaron someter la realidad del país a la camisa de fuerza de la Constitución de 1857. Los resultados fueron la Dictadura de Porfirio Díaz y la Revolución de 1910[a]. En cierto sentido la historia de México, como la de cada mexicano, consiste en una lucha entre las formas y fórmulas en que se pretende encerrar a nuestro ser y las explosiones con que nuestra espontaneidad se venga. Pocas veces la Forma ha sido una creación original, un equilibrio alcanzado no a expensas sino gracias a la expresión de nuestros instintos y quereres. Nuestras formas jurídicas y morales, por el contrario, mutilan con frecuencia a nuestro ser, nos impiden expresarnos y niegan satisfacción a nuestros apetitos vitales.

La preferencia por la Forma, inclusive vacía de contenido, se manifiesta a lo largo de la historia de nuestro arte, desde la época precortesiana hasta nuestros días. Antonio Castro Leal, en su excelente estudio sobre Juan Ruiz de Alarcón[b], muestra cómo la reserva frente al romanticismo —que es, por definición, expansivo y abierto— se expresa ya en el siglo XVII, esto es, antes de que siquiera tuviésemos conciencia de nacionalidad. Tenían

[a] Se refiere, respectivamente, a la constitución liberal adoptada el 11 de marzo de 1857 con la que se constituye el gobierno federal, y al establecimiento de la república representativa; el caudillo mexicano (1830-1915) que gobernó México entre 1872 y 1910; y la llamada "Revolución Mexicana" que reacciona a la dictadura de Díaz.

[b] Se refiere a *Juan Ruiz de Alarcón: Su vida y su obra* (1943), que Paz reseñó a su publicación; ver PL, págs. 230-33.

razón los contemporáneos de Juan Ruiz de Alarcón al acusarlo de entrometido, aunque más bien hablasen de la deformidad de su cuerpo que de la singularidad de su obra. En efecto, la porción más característica de su teatro niega al de sus contemporáneos españoles. Y su negación contiene, en cifra, la que México ha opuesto siempre a España. El teatro de Alarcón es una respuesta a la vitalidad española, afirmativa y deslumbrante en esa época, y que se expresa a través de un gran Sí a la historia y a las pasiones. Lope exalta el amor, lo heroico, lo sobrehumano, lo increíble; Alarcón opone a estas virtudes desmesuradas otras más sutiles y burguesas: la dignidad, la cortesía, un estoicismo melancólico, un pudor sonriente. Los problemas morales interesan poco a Lope, que ama la acción, como todos sus contemporáneos. Más tarde Calderón mostrará el mismo desdén por la psicología; los conflictos morales y las oscilaciones, caídas y cambios del alma humana sólo son metáforas que transparentan un drama teológico cuyos dos personajes son el pecado original y la Gracia divina. En las comedias más representativas de Alarcón, en cambio, el cielo cuenta poco, tan poco como el viento pasional que arrebata a los personajes lopescos. El hombre, nos dice el mexicano, es un compuesto, y el mal y el bien se mezclan sutilmente en su alma. En lugar de proceder por síntesis, utiliza el análisis: el héroe se vuelve problema. En varias comedias se plantea la cuestión de la mentira: ¿hasta qué punto el mentiroso de veras miente, de veras se propone engañar?; ¿no es él la primera víctima de sus engaños y no es a sí mismo a quien engaña? El mentiroso se miente a sí mismo: tiene miedo de sí. Al plantearse el problema de la autenticidad, Alarcón anticipa uno de los temas constantes de reflexión del mexicano, que más tarde recogerá Rodolfo Usigli en *El gesticulador*[a].

[a] Obra de teatro (1937) del dramaturgo mexicano Rodolfo Usigli (1905-1979). Su tema es la mentira y sus consecuencias destructivas en la vida política de México y privada de los mexicanos.

En el mundo de Alarcón no triunfan la pasión ni la Gracia; todo se subordina a lo razonable; sus arquetipos son los de la moral que sonríe y perdona. Al sustituir los valores vitales y románticos de Lope por los abstractos de una moral universal y razonable, ¿no se evade, no nos escamotea su propio ser? Su negación, como la de México, no afirma nuestra singularidad frente a la de los españoles. Los valores que postula Alarcón pertenecen a todos los hombres y son una herencia grecorromana tanto como una profecía de la moral que impondrá el mundo burgués. No expresan nuestra espontaneidad, ni resuelven nuestros conflictos; son Formas que no hemos creado ni sufrido, máscaras. Sólo hasta nuestros días hemos sido capaces de enfrentar al Sí español un Sí mexicano y no una afirmación intelectual, vacía de nuestras particularidades. La Revolución mexicana, al descubrir las artes populares, dio origen a la pintura moderna; al descubrir el lenguaje de los mexicanos creó la nueva poesía.

Si en la política y el arte el mexicano aspira a crear mundos cerrados, en la esfera de las relaciones cotidianas procura que imperen el pudor, el recato y la reserva ceremoniosa. El pudor, que nace de la vergüenza ante la desnudez propia o ajena, es un reflejo casi físico entre nosotros. Nada más alejado de esta actitud que el miedo al cuerpo, característico de la vida norteamericana. No nos da miedo ni vergüenza nuestro cuerpo; lo afrontamos con naturalidad y lo vivimos con cierta plenitud —a la inversa de lo que ocurre con los puritanos. Para nosotros el cuerpo existe; da gravedad y límites a nuestro ser. Lo sufrimos y gozamos; no es un traje que estamos acostumbrados a habitar, ni algo ajeno a nosotros: somos nuestro cuerpo. Pero las miradas extrañas nos sobresaltan, porque el cuerpo no vela intimidad, sino la descubre. El pudor, así, tiene un carácter defensivo, como la muralla china de la cortesía o las cercas de órganos y cactos que separan en el campo a los jacales de los campesinos. Y por eso la virtud que más estimamos

en las mujeres es el recato, como en los hombres la reserva. Ellas también deben defender su intimidad.

Sin duda en nuestra concepción del recato femenino interviene la vanidad masculina del señor —que hemos heredado de indios y españoles. Como casi todos los pueblos, los mexicanos consideran a la mujer como un instrumento, ya de los deseos del hombre, ya de los fines que le asignan la ley, la sociedad o la moral. Fines, hay que decirlo, sobre los que nunca se le ha pedido su consentimiento y en cuya realización participa sólo pasivamente, en tanto que "depositaria" de ciertos valores. Prostituta, diosa, gran señora, amante, la mujer trasmite o conserva, pero no crea, los valores y energías que le confían la naturaleza o la sociedad. En un mundo hecho a la imagen de los hombres, la mujer es sólo un reflejo de la voluntad y querer masculinos. Pasiva, se convierte en diosa, amada, ser que encarna los elementos estables y antiguos del universo: la tierra, madre y virgen; activa, es siempre función, medio, canal. La feminidad nunca es un fin en sí mismo, como lo es la hombría. En otros países estas funciones se realizan a la luz pública y con brillo. En algunos se reverencia a las prostitutas o a las vírgenes; en otros, se premia a las madres; en casi todos, se adula y respeta a la gran señora. Nosotros preferimos ocultar esas gracias y virtudes. El secreto debe acompañar a la mujer. Pero la mujer no sólo debe ocultarse sino que, además, debe ofrecer cierta impasibilidad sonriente al mundo exterior. Ante el escarceo erótico, debe ser "decente"; ante la adversidad, "sufrida". En ambos casos[a] su respuesta no es instintiva ni personal, sino conforme a un modelo genérico. Y ese modelo, como en el caso del "macho", tiende a subrayar los aspectos defensivos y pasivos, en una gama que va desde el pudor y la "decencia" hasta el estoicismo, la resignación y la impasibilidad.

[a] *2ª ed.:* pasaje nuevo, hasta fin del párrafo.

La herencia hispanoárabe no explica completamente esta conducta. La actitud de los españoles frente a las mujeres es muy simple y se expresa, con brutalidad y concisión, en dos refranes: "la mujer en casa y con la pata rota" y "entre santa y santo, pared de cal y canto". La mujer es una fiera doméstica, lujuriosa y pecadora de nacimiento, a quien hay que someter con el palo y conducir con el "freno de la religión". De ahí que muchos españoles consideren a las extranjeras —y especialmente a las que pertenecen a países de raza o religión diversas a las suyas— como presa fácil. Para los mexicanos la mujer es un ser oscuro, secreto y pasivo. No se le atribuyen malos instintos: se pretende que ni siquiera los tiene. Mejor dicho, no son suyos sino de la especie; la mujer encarna la voluntad de la vida, que es por esencia impersonal, y en este hecho radica su imposibilidad de tener una vida personal. Ser ella misma, dueña de su deseo, su pasión o su capricho, es ser infiel a sí misma. Bastante más libre y pagano que el español —como heredero de las grandes religiones naturalistas precolombinas— el mexicano no condena al mundo natural. Tampoco el amor sexual está teñido de luto y horror, como en España. La peligrosidad no radica en el instinto sino en asumirlo personalmente. Reaparece así la idea de pasividad: tendida o erguida, vestida o desnuda, la mujer nunca es ella misma. Manifestación indiferenciada de la vida, es el canal del apetito cósmico. En este sentido, no tiene deseos propios[a].

Las norteamericanas proclaman también la ausencia de instintos y deseos, pero la raíz de su pretensión es distinta y hasta contraria. La norteamericana oculta o niega ciertas partes de su cuerpo —y, con más frecuencia, de su psiquis: son inmorales y, por lo tanto, no exis-

[a] *2ª. ed.*: pasaje nuevo. *1ª ed.*: "Por más extraño que parezca, las mujeres aceptan esta creencia, al menos en público. Y en ciertos casos es posible que, en efecto, sus instintos duerman o se expresen por vías indirectas" (pág. 16).

ten[a]. Al negarse, reprime su espontaneidad. La mexicana simplemente no tiene voluntad. Su cuerpo duerme y sólo se enciende si alguien lo despierta. Nunca es pregunta, sino respuesta, materia fácil y vibrante que la imaginación y la sensualidad masculina esculpen. Frente a la actividad que despliegan las otras mujeres, que desean cautivar a los hombres a través de la agilidad de su espíritu o del movimiento de su cuerpo, la mexicana opone un cierto hieratismo, un reposo hecho al mismo tiempo de espera y desdén. El hombre revolotea a su alrededor, la festeja, la canta, hace caracolear su caballo o su imaginación. Ella se vela en el recato y la inmovilidad. Es un ídolo. Como todos los ídolos, es dueña de fuerzas magnéticas, cuya eficacia y poder crecen a medida que el foco emisor es más pasivo y secreto. Analogía cósmica: la mujer no busca, atrae. Y el centro de su atracción es su sexo, oculto, pasivo. Inmóvil sol secreto[b].

Esta concepción —bastante falsa si se piensa que la mexicana es muy sensible e inquieta— no la convierte en mero objeto, en cosa. La mujer mexicana, como todas las otras, es un símbolo que representa la estabilidad y continuidad de la raza. A su significación cósmica se alía la social: en la vida diaria su función consiste en hacer imperar la ley y el orden, la piedad y la dulzura. Todos cuidamos que nadie "falte al respeto a las señoras", noción universal, sin duda, pero que en México se lleva hasta sus últimas consecuencias. Gracias a ella se suavizan muchas de las asperezas de nuestras relaciones de "hombre a hombre". Naturalmente habría que preguntar a las mexicanas su opinión; ese "respeto" es a veces una hipócrita manera de sujetarlas e impedirles que se expresen. Quizá muchas preferirían ser tratadas con

[a] *2ª. ed.:* pasaje nuevo. *1ª ed.:* "su cuerpo: son inmorales y, por lo tanto, no existen" (pág. 17).

[b] *2ª. ed.:* pasaje nuevo. *1ª ed.:* "Es un ídolo. El pudor cierra el mundo" (pág. 17).

menos "respeto" (que, por lo demás, se les concede solamente en público) y con más libertad y autenticidad. Esto es, como seres humanos y no como símbolos o funciones. Pero, ¿cómo vamos a consentir que ellas se expresen, si toda nuestra vida tiende a paralizarse en una máscara que oculte nuestra intimidad?

Ni la modestia propia, ni la vigilancia social, hacen invulnerable a la mujer. Tanto por la fatalidad de su anatomía "abierta" como por su situación social —depositaria de la honra, a la española— está expuesta a toda clase de peligros, contra los que nada pueden la moral personal ni la protección masculina. El mal radica en ella misma; por naturaleza es un ser "rajado", abierto. Mas, en virtud de un mecanismo de compensación fácilmente explicable, se hace virtud de su flaqueza original y se crea el mito de la "sufrida mujer mexicana". El ídolo —siempre vulnerable, siempre en trance de convertirse en ser humano— se transforma en víctima, pero en víctima endurecida e insensible al sufrimiento, encallecida a fuerza de sufrir. (Una persona "sufrida" es menos sensible al dolor que las que apenas si han sido tocadas por la adversidad.) Por obra del sufrimiento, las mujeres se vuelven como los hombres: invulnerables, impasibles y estoicas.

Se dirá que al transformar en virtud algo que debería ser motivo de vergüenza, sólo pretendemos descargar nuestra conciencia y encubrir con una imagen una realidad atroz. Es cierto, pero también lo es que al atribuir a la mujer la misma invulnerabilidad a que aspiramos, recubrimos con una inmunidad moral su fatalidad anatómica, abierta al exterior. Gracias al sufrimiento, y a su capacidad para resistirlo sin protesta, la mujer trasciende su condición y adquiere los mismos atributos del hombre.

Es curioso advertir que la imagen de la "mala mujer" casi siempre se presenta acompañada de la idea de actividad. A la inversa de la "abnegada madre", de la "novia que espera" y del ídolo hermético, seres estáticos, la

174

"mala" va y viene, busca a los hombres, los abandona. Por un mecanismo análogo al descrito más arriba, su extrema movilidad la vuelve invulnerable. Actividad e impudicia se alían en ella y acaban por petrificar su alma. La "mala" es dura, impía, independiente, como el "macho". Por caminos distintos, ella también trasciende su fisiología y se cierra al mundo.

Es significativo, por otra parte, que el homosexualismo masculino sea considerado con cierta indulgencia, por lo que toca al agente activo. El pasivo, al contrario, es un ser degradado y abyecto. El juego de los "albures" —esto es, el combate verbal hecho de alusiones obscenas y de doble sentido, que tanto se practica en la ciudad de México— transparenta esta ambigua concepción. Cada uno de los interlocutores, a través de trampas verbales y de ingeniosas combinaciones lingüísticas, procura anonadar a su adversario; el vencido es el que no puede contestar, el que se traga las palabras de su enemigo. Y esas palabras están teñidas de alusiones sexualmente agresivas; el perdidoso es poseído, violado, por el otro. Sobre él caen las burlas y escarnios de los espectadores. Así pues, el homosexualismo masculino es tolerado, a condición de que se trate de una violación del agente pasivo. Como en el caso de las relaciones heterosexuales, lo importante es "no abrirse" y, simultáneamente, rajar, herir al contrario[a].

ME PARECE que todas estas actitudes, por diversas que sean sus raíces, confirman el carácter "cerrado" de nuestras reacciones frente al mundo o frente a nuestros semejantes. Pero no nos bastan los mecanismos de preservación y defensa. La simulación, que no acude a nuestra pasividad, sino que exige una invención activa y

[a] Juego de palabras conceptual, oriundo de México, en el que la referencia sexual (u homosexual) lleva implícito el vencimiento del otro. Para una descripción concisa ver A. Jiménez, *Picardía mexicana,* México, B. Costa Amic, 1958, págs. 222-5.

175

que se recrea a sí misma a cada instante, es una de nuestras formas de conducta habituales. Mentimos por placer y fantasía, sí, como todos los pueblos imaginativos, pero también para ocultarnos y ponernos al abrigo de intrusos. La mentira posee una importancia decisiva en nuestra vida cotidiana, en la política, el amor, la amistad. Con ella no pretendemos nada más engañar a los demás, sino a nosotros mismos. De ahí su fertilidad y lo que distingue a nuestras mentiras de las groseras invenciones de otros pueblos. La mentira es un juego trágico, en el que arriesgamos parte de nuestro ser. Por eso es estéril su denuncia.

El simulador pretende ser lo que no es. Su actividad reclama una constante improvisación, un ir hacia adelante siempre, entre arenas movedizas. A cada minuto hay que rehacer, recrear, modificar el personaje que fingimos, hasta que llega un momento en que realidad y apariencia, mentira y verdad, se confunden. De tejido de invenciones para deslumbrar al prójimo, la simulación se trueca en una forma superior, por artística, de la realidad. Nuestras mentiras reflejan, simultáneamente, nuestras carencias y nuestros apetitos, lo que no somos y lo que deseamos ser. Simulando, nos acercamos a nuestro modelo y a veces el gesticulador. Como ha visto con hondura Usigli, se funde con sus gestos, los hace auténticos. La muerte del profesor Rubio lo convierte en lo que deseaba ser: el general Rubio, un revolucionario sincero y un hombre capaz de impulsar y purificar a la Revolución estancada. En la obra de Usigli el profesor Rubio se inventa a sí mismo y se transforma en general; su mentira es tan verdadera que Navarro, el corrompido, no tiene más remedio que volver a matar en él a su antiguo jefe, el general Rubio. Mata en él la verdad de la Revolución.

Si por el camino de la mentira podemos llegar a la autenticidad, un exceso de sinceridad puede conducirnos a formas refinadas de la mentira. Cuando nos enamoramos nos "abrimos", mostramos nuestra intimidad, ya que una vieja tradición quiere que el que sufre de

amor exhiba sus heridas ante la que ama. Pero al descubrir sus llagas de amor, el enamorado transforma su ser en una imagen, en un objeto que entrega a la contemplación de la mujer —y de sí mismo. Al mostrarse, invita a que lo contemplen con los mismos ojos piadosos con que él se contempla. La mirada ajena ya no lo desnuda; lo recubre de piedad. Y al presentarse como espectáculo y pretender que se le mire con los mismos ojos con que él se ve, se evade del juego erótico, pone a salvo su verdadero ser, lo sustituye por una imagen. Substrae su intimidad, que se refugia en sus ojos, esos ojos que son nada más contemplación y piedad de sí mismo. Se vuelve su imagen y la mirada que la contempla.

En todos los tiempos y en todos los climas las relaciones humanas —y especialmente las amorosas— corren el riesgo de volverse equívocas. Narcisismo y masoquismo no son tendencias exclusivas del mexicano. Pero es notable la frecuencia con que canciones populares, refranes y conductas cotidianas aluden al amor como falsedad y mentira. Casi siempre eludimos los riesgos de una relación desnuda a través de una exageración, en su origen sincera, de nuestros sentimientos. Asimismo, es revelador cómo el carácter combativo del erotismo se acentúa entre nosotros y se encona. El amor es una tentativa de penetrar en otro ser, pero sólo puede realizarse a condición de que la entrega sea mutua. En todas partes es difícil este abandono de sí mismo; pocos coinciden en la entrega y más pocos aún logran trascender esa etapa posesiva y gozar del amor como lo que realmente es: un perpetuo descubrimiento, una inmersión en las aguas de la realidad y una recreación constante. Nosotros concebimos el amor como conquista y como lucha. No se trata tanto de penetrar la realidad, a través de un cuerpo, como de violarla. De ahí que la imagen del amante afortunado —herencia, acaso, del Don Juan español— se confunda con la del hombre que se vale de sus sentimientos —reales o inventados— para obtener a la mujer.

La simulación es una actividad parecida a la de los actores y puede expresarse en tantas formas como personajes fingimos. Pero el actor, si lo es de veras, se entrega a su personaje y lo encarna plenamente, aunque después, terminada la representación, lo abandone, como su piel la serpiente. El simulador jamás se entrega y se olvida de sí, pues dejaría de simular si se fundiera con su imagen. Al mismo tiempo, esa ficción se convierte en una parte inseparable —y espuria— de su ser: está condenado a representar toda su vida, porque entre su personaje y él se ha establecido una complicidad que nada puede romper, excepto la muerte o el sacrificio. La mentira se instala en su ser y se convierte en el fondo último de su personalidad.

SIMULAR es inventar o, mejor, aparentar y así eludir nuestra condición. La disimulación exige mayor sutileza: el que disimula no representa, sino que quiere hacerse invisible, pasar inadvertido —sin renunciar a su ser. El mexicano excede en el disimulo de sus pasiones y de sí mismo. Temeroso de la mirada ajena, se contrae, se reduce, se vuelve sombra y fantasma, eco. No camina, se desliza; no propone, insinúa; no replica, rezonga; no se queja, sonríe; hasta cuando canta —si no estalla y se abre el pecho— lo hace entre dientes y a media voz, disimulando su cantar:

> Y es tanta la tiranía
> de esta disimulación
> que aunque de raros anhelos
> se me hincha el corazón,
> tengo miradas de reto
> y voz de resignación[a].

[a] Los versos provienen de "La tonada de la sierra enemiga" de Alfonso Reyes, recogido en su *Constancia poética, Obras completas*, México, Fondo de Cultura Económica, 1954, X, 67.

Quizá el disimulo nació durante la Colonia. Indios y mestizos tenían, como en el poema de Reyes, que cantar quedo, pues "entre dientes mal se oyen palabras de rebelión". El mundo colonial ha desaparecido, pero no el temor, la desconfianza y el recelo. Y ahora no solamente disimulamos nuestra cólera sino nuestra ternura. Cuando pide disculpas, la gente del campo suele decir "Disimule usted, señor". Y disimulamos. Nos disimulamos con tal ahínco que casi no existimos.

En sus formas radicales el disimulo llega al mimetismo. El indio se funde con el paisaje, se confunde con la barda blanca en que se apoya por la tarde, con la tierra oscura en que se tiende a mediodía, con el silencio que lo rodea. Se disimula tanto su humana singularidad que acaba por abolirla; y se vuelve piedra, pirú, muro, silencio: espacio. No quiero decir que comulgue con el todo, a la manera panteísta, ni que en un árbol aprehenda todos los árboles, sino que, efectivamente, esto es, de una manera concreta y particular, se confunde con un objeto determinado.

Roger Caillois[a] observa que el mimetismo no implica siempre una tentativa de protección contra las amenazas virtuales que pululan en el mundo externo. A veces los insectos se "hacen los muertos" o imitan las formas de la materia en descomposición, fascinados por la muerte, por la inercia del espacio. Esta fascinación —fuerza de gravedad, diría yo, de la vida— es común a todos los seres y el hecho de que se exprese como mimetismo confirma que no debemos considerar a éste exclusivamente como un recurso del instinto vital para escapar del peligro y la muerte.

Defensa frente al exterior o fascinación ante la muerte, el mimetismo no consiste tanto en cambiar de naturaleza como de apariencia. Es revelador que la apariencia

[a] Se refiere a las ideas de Caillois en *El mito y el hombre* (1939), en particular el capítulo "Mimetismo y psicatesnia legendaria".

escogida sea la de la muerte o la del espacio inerte, en reposo. Extenderse, confundirse con el espacio, ser espacio, es una manera de rehusar las apariencias, pero también es una manera de ser sólo Apariencia. El mexicano tiene tanto horror a las apariencias, como amor le profesan sus demagogos y dirigentes. Por eso se disimula su propio existir hasta confundirse con los objetos que lo rodean. Y así, por miedo a las apariencias, se vuelve sólo Apariencia. Aparenta ser otra cosa e incluso prefiere la apariencia de la muerte o del no ser antes que abrir su intimidad y cambiar. La disimulación mimética, en fin, es una de tantas manifestaciones de nuestro hermetismo. Si el gesticulador acude al disfraz, los demás queremos pasar inadvertidos. En ambos casos ocultamos nuestro ser. Y a veces lo negamos. Recuerdo que una tarde, como oyera un leve ruido en el cuarto vecino al mío, pregunté en voz alta: "¿Quién anda por ahí?" Y la voz de una criada recién llegada de su pueblo contestó: "No es nadie, señor, soy yo".

No sólo nos disimulamos a nosotros mismos y nos hacemos transparentes y fantasmales: también disimulamos la existencia de nuestros semejantes. No quiero decir que los ignoremos o los hagamos menos, actos deliberados y soberbios. Los disimulamos de manera más definitiva y radical: los ninguneamos. El ninguneo es una operacion que consiste en hacer de Alguien, Ninguno. La nada de pronto se individualiza, se hace cuerpo y ojos, se hace Ninguno.

Don Nadie, padre español de Ninguno[a], posee don, vientre, honra, cuenta en el banco y habla con voz fuerte y segura. Don Nadie llena al mundo con su vacía y vocinglera presencia. Está en todas partes y en todos los

[a] La meditación sobre Ninguno, en relación u oposición a Don Nadie, tiene una fuente en *Juan de Mairena,* II, de Antonio Machado, en especial la sección "Nunca, nada, nadie", y se remonta, en la obra de Paz, al artículo "Don Nadie y Ninguno" (23 de marzo de 1943), PL, págs. 310-311.

sitios tiene amigos. Es banquero, embajador, hombre de empresa. Se pasea por todos los salones, lo condecoran en Jamaica, en Estocolmo y en Londres. Don Nadie es funcionario o influyente y tiene una agresiva y engreída manera de no ser. Ninguno es silencioso y tímido, resignado. Es sensible e inteligente. Sonríe siempre. Espera siempre. Y cada vez que quiere hablar, tropieza con un muro de silencio; si saluda encuentra una espalda glacial; si suplica, llora o grita, sus gestos y gritos se pierden en el vacío que don Nadie crea con su vozarrón. Ninguno no se atreve a no ser: oscila, intenta una vez y otra vez ser Alguien. Al fin, entre vanos gestos, se pierde en el limbo de donde surgió.

Sería un error pensar que los demás le impiden existir. Simplemente disimulan su existencia, obran como si no existiera. Lo nulifican, lo anulan, lo ningunean. Es inútil que Ninguno hable, publique libros, pinte cuadros, se ponga de cabeza. Ninguno es la ausencia de nuestras miradas, la pausa de nuestra conversación, la reticencia de nuestro silencio. Es el nombre que olvidamos siempre por una extraña fatalidad, el eterno ausente, el invitado que no invitamos, el hueco que no llenamos. Es una omisión. Y sin embargo, Ninguno está presente siempre. Es nuestro secreto, nuestro crimen y nuestro remordimiento. Por eso el Ninguneador también se ningunea; él es la omisión de Alguien. Y si todos somos Ninguno, no existe ninguno de nosotros. El círculo se cierra y la sombra de Ninguno se extiende sobre México, asfixia al Gesticulador y lo cubre todo. En nuestro territorio, más fuerte que las pirámides y los sacrificios, que las iglesias, los motines y los cantos populares, vuelve a imperar el silencio, anterior a la Historia.

III

TODOS SANTOS DÍA DE MUERTOS

EL SOLITARIO mexicano ama las fiestas y las reuniones públicas. Todo es ocasión para reunirse. Cualquier pretexto es bueno para interrumpir la marcha del tiempo y celebrar con festejos y ceremonias hombres y acontecimientos. Somos un pueblo ritual. Y esta tendencia beneficia a nuestra imaginación tanto como a nuestra sensibilidad, siempre afinadas y despiertas. El arte de la Fiesta, envilecido en casi todas partes, se conserva intacto entre nosotros. En pocos lugares del mundo se puede vivir un espectáculo parecido al de las grandes fiestas religiosas de México, con sus colores violentos, agrios y puros, sus danzas, ceremonias, fuegos de artificio, trajes insólitos y la inagotable cascada de sorpresas de los frutos, dulces y objetos que se venden esos días en plazas y mercados.

Nuestro calendario está poblado de fiestas. Ciertos días, lo mismo en los lugarejos más apartados que en las grandes ciudades, el país entero reza, grita, come, se emborracha y mata en honor de la Virgen de Guadalupe o del general Zaragoza. Cada año, el 15 de septiembre a las once de la noche, en todas las plazas de México celebramos la Fiesta del Grito[a]; y una multitud enardecida

[a] Se refiere al *Grito de Dolores,* celebrado todos los 15 de septiem-

efectivamente grita por espacio de una hora, quizá para callar mejor el resto del año. Durante los días que preceden y suceden al 12 de diciembre, el tiempo suspende su carrera, hace un alto y en lugar de empujarnos hacia un mañana siempre inalcanzable y mentiroso, nos ofrece un presente redondo y perfecto, de danza y juerga, de comunión y comilona con lo más antiguo y secreto de México. El tiempo deja de ser sucesión y vuelve a ser lo que fue, y es, originariamente: un presente en donde pasado y futuro al fin se reconcilian.

Pero no bastan las fiestas que ofrecen a todo el país la Iglesia y la República. La vida de cada ciudad y de cada pueblo está regida por un santo, al que se festeja con devoción y regularidad. Los barrios y los gremios tienen también sus fiestas anuales, sus ceremonias y sus ferias. Y, en fin, cada uno de nosotros —ateos, católicos o indiferentes— poseemos nuestro santo, al que cada año honramos. Son incalculables las fiestas que celebramos y los recursos y tiempo que gastamos en festejar. Recuerdo que hace años pregunté al presidente municipal de un poblado vecino a Mitla[a]: "¿A cuánto ascienden los ingresos del Municipio por contribuciones?" "A unos tres mil pesos anuales. Somos muy pobres. Por eso el señor gobernador y la Federación nos ayudan cada año a completar nuestros gastos." "¿Y en qué utilizan esos tres mil pesos?" "Pues casi todo en fiestas, señor. Chico como lo ve, el pueblo tiene dos santos patronos."

Esa respuesta no es asombrosa. Nuestra pobreza puede medirse por el número y suntuosidad de las fiestas populares. Los países ricos tienen pocas: no hay tiempo, ni humor. Y no son necesarias; las gentes tienen otras cosas que hacer y cuando se divierten lo hacen en

bre en México, para conmemorar la rebelión del cura Miguel Hidalgo en Dolores (Estado de Guanajuato) en 1811 contra los españoles. Es tradicionalmente el Día de Independencia en México.

[a] Zona arqueológica en el estado de Oaxaca, cerca de Tlacoluca. Su nombre significa "ciudad de las flechas, o de los guerreros".

grupos pequeños. Las masas modernas son aglomeraciones de solitarios. En las grandes ocasiones, en París o en Nueva York, cuando el público se congrega en plazas o estadios, es notable la ausencia de pueblo: se ven parejas y grupos, nunca una comunidad viva en donde la persona humana se disuelve y rescata simultáneamente. Pero un pobre mexicano ¿como podría vivir sin esas dos o tres fiestas anuales que lo compensan de su estrechez y de su miseria? Las fiestas son nuestro único lujo; ellas sustituyen, acaso con ventaja, al teatro y a las vacaciones, al *week end* y al *cocktail party* de los sajones, a las recepciones de la burguesía y al café de los mediterráneos.

En esas ceremonias —nacionales, locales, gremiales o familiares— el mexicano se abre al exterior. Todas ellas le dan ocasión de revelarse y dialogar con la divinidad, la patria, los amigos o los parientes. Durante esos días el silencioso mexicano silba, grita, canta, arroja petardos, descarga su pistola al aire. Descarga su alma. Y su grito, como los cohetes que tanto nos gustan, sube hasta el cielo, estalla en una explosión verde, roja, azul y blanca y cae vertiginoso dejando una cauda de chispas doradas. Esa noche los amigos, que durante meses no pronunciaron más palabras que las prescritas por la indispensable cortesía, se emborrachan juntos, se hacen confidencias, lloran las mismas penas, se descubren hermanos y a veces, para probarse, se matan entre sí. La noche se puebla de canciones y aullidos. Los enamorados despiertan con orquestas a las muchachas. Hay diálogos y burlas de balcón a balcón, de acera a acera. Nadie habla en voz baja. Se arrojan los sombreros al aire. Las malas palabras y los chistes caen como cascadas de pesos fuertes. Brotan las guitarras. En ocasiones, es cierto, la alegría acaba mal: hay riñas, injurias, balazos, cuchilladas. También eso forma parte de la fiesta. Porque el mexicano no se divierte: quiere sobrepasarse, saltar el muro de soledad que el resto del año lo incomunica. Todos están poseídos por la violencia y el frenesí. Las

almas estallan como los colores, las voces, los sentimientos. ¿Se olvidan de sí mismos, muestran su verdadero rostro? Nadie lo sabe. Lo importante es salir, abrirse paso, embriagarse de ruido, de gente, de color. México está de fiesta. Y esa Fiesta, cruzada por relámpagos y delirios, es como el revés brillante de nuestro silencio y apatía, de nuestra reserva y hosquedad.

Algunos sociólogos franceses consideran a la Fiesta como un gasto ritual[a]. Gracias al derroche, la colectividad se pone al abrigo de la envidia celeste y humana. Los sacrificios y las ofrendas calman o compran a dioses y santos patronos; las dádivas y festejos, al pueblo. El exceso en el gastar y el desperdicio de energías afirman la opulencia de la colectividad. Ese lujo es una prueba de salud, una exhibición de abundancia y poder. O una trampa mágica. Porque con el derroche se espera atraer, por contagio, a la verdadera abundancia. Dinero llama a dinero. La vida que se riega, da más vida; la orgía, gasto sexual, es también una ceremonia de regeneración genésica; y el desperdicio, fortalece. Las ceremonias de fin de año, en todas las culturas, significan algo más que la conmemoración de una fecha. Ese día es una pausa; efectivamente el tiempo se acaba, se extingue. Los ritos que celebran su extinción están destinados a provocar su renacimiento: la fiesta del fin de año es también la del año nuevo, la del tiempo que empieza. Todo atrae a su contrario. En suma, la función de la Fiesta es más utilitaria de lo que se piensa; el desperdicio atrae o suscita la abundancia y es una inversión como cualquiera otra. Sólo que aquí la ganancia no se mide, ni cuenta. Se trata

[a] *1ª ed.:* "Es concisa la interpretación sociológica de la escuela francesa. La Fiesta es un exceso, un gasto". (pág. 41).

La fórmula empleada en la 1ª edición da a entender la fuente de estas observaciones de Paz: el llamado *Collège de Sociologie* y, en particular, las obras de Roger Caillois y Georges Bataille. Ver sobre todo, de éste, el célebre ensayo, "La notion de dépense", en su *La part maudite* (1949), y de Caillois, *El mito y el hombre* (1938).

de adquirir potencia, vida y salud. En este sentido la Fiesta es una de las formas económicas más antiguas, con el don y la ofrenda.

Esta interpretación me ha parecido siempre incompleta. Inscrita en la órbita de lo sagrado, la Fiesta es ante todo el advenimiento de lo insólito. La rigen reglas especiales, privativas, que la aíslan y hacen un día de excepción. Y con ellas se introduce una lógica, una moral, y hasta una economía que frecuentemente contradicen las de todos los días. Todo ocurre en un mundo encantado: el tiempo es *otro tiempo* (situado en un pasado mítico o en una actualidad pura); el espacio en que se verifica cambia de aspecto, se desliga del resto de la tierra, se engalana y convierte en un "sitio de fiesta" (en general se escogen lugares especiales o poco frecuentados); los personajes que intervienen abandonan su rango humano o social y se transforman en vivas, aunque efímeras, representaciones. Y todo pasa como si no fuera cierto, como en los sueños. Ocurra lo que ocurra, nuestras acciones poseen mayor ligereza, una gravedad distinta: asumen significaciones diversas y contraemos con ellas responsabilidades singulares. Nos aligeramos de nuestra carga de tiempo y razón.

En ciertas fiestas desaparece la noción misma de Orden. El caos regresa y reina la licencia. Todo se permite: desaparecen las jerarquías habituales, las distinciones sociales, los sexos, las clases, los gremios. Los hombres se disfrazan de mujeres, los señores de esclavos, los pobres de ricos. Se ridiculiza al ejército, al clero, a la magistratura. Gobiernan los niños o los locos. Se cometen profanaciones rituales, sacrilegios obligatorios. El amor se vuelve promiscuo. A veces la Fiesta se convierte en Misa Negra. Se violan reglamentos, hábitos, costumbres. El individuo respetable arroja su máscara de carne y la ropa oscura que lo aísla y, vestido de colorines, se esconde en una careta, que lo libera de sí mismo.

Así pues, la Fiesta no es solamente un exceso, un desperdicio ritual de los bienes penosamente acumula-

186

dos durante todo el año; también es una revuelta, una súbita inmersión en lo informe, en la vida pura. A través de la Fiesta la sociedad se libera de las normas que se ha impuesto. Se burla de sus dioses, de sus principios y de sus leyes: se niega a sí misma.

La Fiesta es una Revuelta, en el sentido literal de la palabra. En la confusión que engendra, la sociedad se disuelve, se ahoga, en tanto que organismo regido conforme a ciertas reglas y principios. Pero se ahoga en sí misma, en su caos o libertad original. Todo se comunica; se mezcla el bien con el mal, el día con la noche, lo santo con lo maldito. Todo cohabita, pierde forma, singularidad, y vuelve al amasijo primordial. La Fiesta es una operación cósmica: la experiencia del Desorden, la reunión de los elementos y principios contrarios para provocar el renacimiento de la vida. La muerte ritual suscita el renacer; el vómito, el apetito; la orgía, estéril en sí misma, la fecundidad de las madres o de la tierra. La Fiesta es un regreso a un estado remoto e indiferenciado, prenatal o presocial, por decirlo así. Regreso que es también un comienzo, según quiere la dialéctica inherente a los hechos sociales.

El grupo sale purificado y fortalecido de ese baño de caos. Se ha sumergido en sí, en la entraña misma de donde salió. Dicho de otro modo, la Fiesta niega a la sociedad en tanto que conjunto orgánico de formas y principios diferenciados, pero la afirma en cuanto fuente de energía y creación. Es una verdadera recreación, al contrario de lo que ocurre con las vacaciones modernas, que no entrañan rito o ceremonia alguna, individuales y estériles como el mundo que las ha inventado.

La sociedad comulga consigo misma en la Fiesta. Todos sus miembros vuelven a la confusión y libertad originales. La estructura social se deshace y se crean nuevas formas de relación, reglas inesperadas, jerarquías caprichosas. En el desorden general, cada quien se abandona y atraviesa por situaciones y lugares que habitualmente le estaban vedados. Las fronteras entre espec-

tadores y actores, entre oficiantes y asistentes, se borran. Todos forman parte de la Fiesta, todos se disuelven en su torbellino. Cualquiera que sea su índole, su carácter, su significado, la Fiesta es participación. Este rasgo la distingue finalmente de otros fenómenos y ceremonias: laica o religiosa, orgía o saturnal, la Fiesta es un hecho social basado en la activa participación de los asistentes.

Gracias a las Fiestas el mexicano se abre, participa, comulga con sus semejantes y con los valores que dan sentido a su existencia religiosa o política. Y es significativo que un país tan triste como el nuestro tenga tantas y tan alegres fiestas. Su frecuencia, el brillo que alcanzan, el entusiasmo con que todos participamos, parecen revelar que, sin ellas, estallaríamos. Ellas nos liberan, así sea momentáneamente, de todos esos impulsos sin salida y de todas esas materias inflamables que guardamos en nuestro interior. Pero a diferencia de lo que ocurre en otras sociedades, la Fiesta mexicana no es nada más un regreso a un estado original de indiferenciación y libertad; el mexicano no intenta regresar, sino salir de sí mismo, sobrepasarse. Entre nosotros la Fiesta es una explosión, un estallido. Muerte y vida, júbilo y lamento, canto y aullido se alían en nuestros festejos, no para recrearse o reconocerse, sino para entredevorarse. No hay nada más alegre que una fiesta mexicana, pero también no hay nada más triste. La noche de fiesta es también noche de duelo.

Si en la vida diaria nos ocultamos a nosotros mismos, en el remolino de la Fiesta nos disparamos. Más que abrirnos, nos desgarramos. Todo termina en alarido y desgarradura: el canto, el amor, la amistad. La violencia de nuestros festejos muestra hasta qué punto nuestro hermetismo nos cierra las vías de comunicación con el mundo. Conocemos el delirio, la canción, el aullido y el monólogo, pero no el diálogo. Nuestras Fiestas, como nuestras confidencias, nuestros amores y nuestras tentativas por reordenar nuestra sociedad, son rupturas violentas con lo antiguo o con lo establecido. Cada vez que

intentamos expresarnos, necesitamos romper con nosotros mismos. Y la Fiesta sólo es un ejemplo, acaso el más típico, de ruptura violenta. No sería difícil enumerar otros, igualmente reveladores: el juego, que es siempre un ir a los extremos, mortal con frecuencia; nuestra prodigalidad en el gastar, reverso de la timidez de nuestras inversiones y empresas económicas; nuestras confesiones. El mexicano, ser hosco, encerrado en sí mismo, de pronto estalla, se abre el pecho y se exhibe, con cierta complacencia y deteniéndose en los repliegues vergonzosos o terribles de su intimidad. No somos francos, pero nuestra sinceridad puede llegar a extremos que horrorizarían a un europeo. La manera explosiva y dramática, a veces suicida, con que nos desnudamos y entregamos, inermes casi, revela que algo nos asfixia y cohibe. Algo nos impide ser. Y porque no nos atrevemos o no podemos enfrentarnos con nuestro ser, recurrimos a la Fiesta. Ella nos lanza al vacío, embriaguez que se quema a sí misma, disparo en el aire, fuego de artificio.

LA MUERTE es un espejo que refleja las vanas gesticulaciones de la vida. Toda esa abigarrada confusión de actos, omisiones, arrepentimientos y tentativas —obras y sobras— que es cada vida, encuentra en la muerte, ya que no sentido o explicación, fin. Frente a ella nuestra vida se dibuja e inmoviliza. Antes de desmoronarse y hundirse en la nada, se esculpe y vuelve forma inmutable: ya no cambiaremos sino para desaparecer. Nuestra muerte ilumina nuestra vida. Si nuestra muerte carece de sentido, tampoco lo tuvo nuestra vida. Por eso cuando alguien muere de muerte violenta, solemos decir: "se la buscó". Y es cierto, cada quien tiene la muerte que se busca, la muerte que se hace. Muerte de cristiano o muerte de perro son maneras de morir que reflejan maneras de vivir. Si la muerte nos traiciona y morimos de mala manera, todos se lamentan: hay que morir como se vive. La muerte es intransferible, como la vida. Si no morimos como vivimos es porque realmente no

fue nuestra la vida que vivimos: no nos pertenecía como no nos pertenece la mala suerte que nos mata. Dime cómo mueres y te diré quien eres.

Para los antiguos mexicanos la oposición entre muerte y vida no era tan absoluta como para nosotros. La vida se prolongaba en la muerte. Y a la inversa. La muerte no era el fin natural de la vida, sino fase de un ciclo infinito. Vida, muerte y resurrección eran estadios de un proceso cósmico, que se repetía insaciable. La vida no tenía función más alta que desembocar en la muerte, su contrario y complemento; y la muerte, a su vez, no era un fin en sí; el hombre alimentaba con su muerte la voracidad de la vida, siempre insatisfecha. El sacrificio poseía un doble objeto: por una parte, el hombre accedía al proceso creador (pagando a los dioses, simultáneamente, la deuda contraída por la especie); por la otra, alimentaba la vida cósmica y la social, que se nutría de la primera.

Posiblemente el rasgo más característico de esta concepción es el sentido impersonal del sacrificio. Del mismo modo que su vida no les pertenecía, su muerte carecía de todo propósito personal. Los muertos —incluso los guerreros caídos en el combate y las mujeres muertas en el parto, compañeros de Huitzilopochtli[a], el dios solar— desaparecían al cabo de algún tiempo, ya para volver al país indiferenciado de las sombras, ya para fundirse al aire, a la tierra, al fuego, a la sustancia animadora del universo. Nuestros antepasados indígenas no creían que su muerte les pertenecía, como jamás pensaron que su vida fuese realmente "su vida", en el sentido cristiano de la palabra. Todo se conjugaba para determinar, desde el nacimiento, la vida y la muerte de cada hombre: la clase social, el año, el lugar, el día, la hora. El azteca era tan poco responsable de sus actos como de su muerte.

[a] Divinidad mesoamericana, del sol y de la guerra.

Espacio y tiempo estaban ligados y formaban una unidad inseparable. A cada espacio, a cada uno de los puntos cardinales, y al centro en que se inmovilizaban, correspondía un "tiempo" particular. Y este complejo de espacio-tiempo poseía virtudes y poderes propios, que influían y determinaban profundamente la vida humana. Nacer un día cualquiera, era pertenecer a un espacio, a un tiempo, a un color y a un destino. Todo estaba previamente trazado. En tanto que nosotros disociamos espacio y tiempo, meros escenarios que atraviesan nuestras vidas, para ellos había tantos "espacios-tiempos" como combinaciones poseía el calendario sacerdotal. Y cada uno estaba dotado de una significación cualitativa particular, superior a la voluntad humana.

Religión y destino regían su vida, como moral y libertad presiden la nuestra. Mientras nosotros vivimos bajo el signo de la libertad y todo —aun la fatalidad griega y la gracia de los teólogos— es elección y lucha, para los aztecas el problema se reducía a investigar la no siempre clara voluntad de los dioses. De ahí la importancia de las prácticas adivinatorias. Los únicos libres eran los dioses. Ellos podían escoger —y, por lo tanto, en un sentido profundo, pecar. La religión azteca está llena de grandes dioses pecadores —Quetzalcóatl, como ejemplo máximo—, dioses que desfallecen y pueden abandonar a sus creyentes, del mismo modo que los cristianos reniegan a veces de su Dios. La conquista de México sería inexplicable sin la traición de los dioses, que reniegan de su pueblo.

El advenimiento del catolicismo modifica radicalmente esta situación. El sacrificio y la idea de salvación, que antes eran colectivos, se vuelven personales. La libertad se humaniza. Encarna en los hombres. Para los antiguos aztecas lo esencial era asegurar la continuidad de la creación; el sacrificio no entrañaba la salvación ultraterrena, sino la salud cósmica; el mundo, y no el individuo, vivía gracias a la sangre y la muerte de los hombres. Para los cristianos, el individuo es lo que cuenta. El

191

mundo —la historia, la sociedad— está condenado de antemano. La muerte de Cristo salva a cada hombre en particular. Cada uno de nosotros es el Hombre y en cada uno están depositadas las esperanzas y posibilidades de la especie. La redención es obra personal.

Ambas actitudes, por más opuestas que nos parezcan, poseen una nota común: la vida, colectiva o individual, está abierta a la perspectiva de una muerte que es, a su modo, una nueva vida. La vida sólo se justifica y trasciende cuando se realiza en la muerte. Y ésta también es trascendencia, más allá, puesto que consiste en una nueva vida. Para los cristianos la muerte es un tránsito, un salto mortal entre dos vidas, la temporal y la ultraterrena; para los aztecas, la manera más honda de participar en la continua regeneración de las fuerzas creadoras, siempre en peligro de extinguirse si no se les provee de sangre, alimento sagrado. En ambos sistemas, vida y muerte carecen de autonomía; son las dos caras de una misma realidad. Toda su significación proviene de otros valores, que las rigen. Son referencias a realidades invisibles.

La muerte moderna no posee ninguna significación que la trascienda o refiera a otros valores. En casi todos los casos es, simplemente, el fin inevitable de un proceso natural. En un mundo de hechos, la muerte es un hecho más. Pero como es un hecho desagradable, un hecho que pone en tela de juicio todas nuestras concepciones y el sentido mismo de nuestra vida, la filosofía del progreso (¿el progreso hacia dónde y desde dónde?, se pregunta Scheler[a]) pretende escamotearnos su presencia. En el mundo moderno todo funciona como si la muerte no existiera. Nadie cuenta con ella. Todo la suprime: las prédicas de los políticos, los anuncios de los comerciantes, la moral pública, las costumbres, la alegría a bajo precio y la salud al alcance de todos que nos

[a] Se refiere al filósofo alemán Max Scheler (1875-1928), autor de *Resentimiento* (1912) y otras obras influyentes.

ofrecen hospitales, farmacias y campos deportivos. Pero la muerte, ya no como tránsito, sino como gran boca vacía que nada sacia, habita todo lo que emprendemos. El siglo de la salud, la higiene, los anticonceptivos, las drogas milagrosas y los alimentos sintéticos, es también el siglo de los campos de concentración, del Estado policíaco, de la exterminación atómica y del *murder story*. Nadie piensa en la muerte, en su muerte propia, como quería Rilke, porque nadie vive una vida personal[a]. La matanza colectiva no es sino el fruto de la colectivización de la vida.

También para el mexicano moderno la muerte carece de significación. Ha dejado de ser tránsito, acceso a otra vida más vida que la nuestra. Pero la intrascendencia de la muerte no nos lleva a eliminarla de nuestra vida diaria. Para el habitante de Nueva York, París o Londres, la muerte es la palabra que jamás se pronuncia porque quema los labios. El mexicano, en cambio, la frecuenta, la burla, la acaricia, duerme con ella, la festeja, es uno de sus juguetes favoritos y su amor más permanente. Cierto, en su actitud hay quizá tanto miedo como en la de los otros; mas al menos no se esconde ni la esconde; la contempla cara a cara con impaciencia, desdén o ironía: "si me han de matar mañana, que me maten de una vez"[b].

La indiferencia del mexicano ante la muerte se nutre de su indiferencia ante la vida. El mexicano no solamente postula la intrascendencia del morir, sino la del vivir. Nuestras canciones, refranes, fiestas y reflexiones populares manifiestan de una manera inequívoca que la muerte no nos asusta porque "la vida nos ha curado de espanto". Morir es natural y hasta deseable; cuanto más

[a] Se refiere a los *Cuadernos de Malte Laurids Brigge* (1924), diario poético del poeta alemán Rainer Maria Rilke (1875-1926), donde el autor imagina una muerte individualizada dentro de cada ser como hipérbole de la individualidad.

[b] Cita de "La Adelita", famoso corrido de la Revolución Mexicana.

pronto, mejor. Nuestra indiferencia ante la muerte es la otra cara de nuestra indiferencia ante la vida. Matamos porque la vida, la nuestra y la ajena, carece de valor. Y es natural que así ocurra: vida y muerte son inseparables y cada vez que la primera pierde significación, la segunda se vuelve intrascendente. La muerte mexicana es el espejo de la vida de los mexicanos. Ante ambas el mexicano se cierra, las ignora.

El desprecio a la muerte no está reñido con el culto que le profesamos. Ella está presente en nuestras fiestas, en nuestros juegos, en nuestros amores y en nuestros pensamientos. Morir y matar son ideas que pocas veces nos abandonan. La muerte nos seduce. La fascinación que ejerce sobre nosotros quizá brote de nuestro hermetismo y de la furia con que lo rompemos. La presión de nuestra vitalidad, constreñida a expresarse en formas que la traicionan, explica el carácter mortal, agresivo o suicida, de nuestras explosiones. Cuando estallamos, además, tocamos el punto más alto de la tensión, rozamos el vértice vibrante de la vida. Y allí, en la altura del frenesí, sentimos el vertigo: la muerte nos atrae.

Por otra parte, la muerte nos venga de la vida, la desnuda de todas sus vanidades y pretensiones y la convierte en lo que es: unos huesos mondos y una mueca espantable. En un mundo cerrado y sin salida, en donde todo es muerte, lo único valioso es la muerte. Pero afirmamos algo negativo. Calaveras de azúcar o de papel de China, esqueletos coloridos de fuegos de artificio, nuestras representaciones populares son siempre burla de la vida, afirmación de la nadería e insignificancia de la humana existencia. Adornamos nuestras casas con cráneos, comemos el día de los Difuntos panes que fingen huesos y nos divierten canciones y chascarrillos en los que ríe la muerte pelona, pero toda esa fanfarrona familiaridad no nos dispensa de la pregunta que todos nos hacemos: ¿qué es la muerte? No hemos inventado una nueva respuesta. Y cada vez que nos la pregunta-

mos, nos encogemos de hombros: ¿qué me importa la muerte, si no me importa la vida?

El mexicano, obstinadamente cerrado ante el mundo y sus semejantes, ¿se abre ante la muerte? La adula, la festeja, la cultiva, se abraza a ella, definitivamente y para siempre, pero no se entrega. Todo está lejos del mexicano, todo le es extraño y, en primer término, la muerte, la extraña por excelencia. El mexicano no se entrega a la muerte, porque la entrega entraña sacrificio. Y el sacrificio, a su vez, exige que alguien dé y alguien reciba. Esto es, que alguien se abra y se encare a una realidad que lo trasciende. En un mundo intrascendente, cerrado sobre sí mismo, la muerte mexicana no da ni recibe; se consume en sí misma y a sí misma se satisface. Así pues, nuestras relaciones con la muerte son íntimas —más íntimas, acaso, que las de cualquier otro pueblo— pero desnudas de significación y desprovistas de erotismo. La muerte mexicana es estéril, no engendra como la de aztecas y cristianos.

Nada más opuesto a esta actitud que la de europeos y norteamericanos. Leyes, costumbres, moral pública y privada, tienden a preservar la vida humana. Esta protección no impide que aparezcan cada vez con más frecuencia ingeniosos y refinados asesinos, eficaces productores del crimen perfecto y en serie. La reiterada irrupción de criminales profesionales, que maduran y calculan sus asesinatos con una precisión inaccesible a cualquier mexicano; el placer con que relatan sus experiencias, sus goces y sus procedimientos; la fascinación con que el público y los periódicos recogen sus confesiones; y, finalmente, la reconocida ineficacia de los sistemas de represión con que se pretende evitar nuevos crímenes, muestran que el respeto a la vida humana que tanto enorgullece a la civilización occidental es una noción incompleta o hipócrita.

El culto a la vida, si de verdad es profundo y total, es también culto a la muerte. Ambas son inseparables. Una civilización que niega a la muerte, acaba por negar a la

vida. La perfección de los criminales modernos no es nada más una consecuencia del progreso de la técnica moderna, sino del desprecio[a] a la vida inexorablemente implícito en todo voluntario escamoteo de la muerte. Y podría agregarse que la perfección de la técnica moderna y la popularidad de la *murder story* no son sino frutos (como los campos de concentración y el empleo de sistemas de exterminación colectiva) de una concepción optimista y unilateral de la existencia. Y así, es inútil excluir a la muerte[b] de nuestras representaciones, de nuestras palabras, de nuestras ideas, porque ella acabará por suprimirnos a todos y en primer término a los que viven ignorándola o fingiendo que la ignoran.

Cuando el mexicano mata —por vergüenza[c], placer o capricho— mata a una persona, a un semejante. Los criminales y estadistas modernos no matan: suprimen. Experimentan con seres que han perdido ya su calidad humana. En los campos de concentración primero se degrada al hombre; una vez convertido en un objeto, se le extermina en masa. El criminal típico de la gran ciudad —más allá de los móviles concretos que lo impulsan— realiza en pequeña escala lo que el caudillo moderno hace en grande. También a su modo experimenta: envenena, disgrega cadáveres con ácidos, incinera despojos, convierte en objeto a su víctima. La antigua relación entre víctima y victimario, que es lo único que humaniza al crimen, lo único que lo hace imaginable, ha desaparecido. Como en las novelas de Sade[d], no hay ya sino verdugos y objetos, instrumentos de placer y destrucción. Y la inexistencia de la víctima hace más

[a] *1ª ed.:* "una consecuencia del progreso de la técnica moderna y de la boga de las novelas policíacas, sino del desprecio..." (pág. 62).

[b] *1ª ed.:* "Es inútil incluir a la muerte" (pág. 54).

[c] *1ª ed.:* "por venganza" (pág. 54).

[d] Conde Donatien Alphonse François Sade (1740-1814), más conocido como el Marqués de Sade, autor francés de escritos eróticos y filosóficos. Entre sus novelas se destacan sobre todo *Justine* y *Los 120 días de Sodoma*.

intolerable y total la infinita soledad del victimario. Para nosotros el crimen es todavía una relación —y en ese sentido posee el mismo significado liberador que la Fiesta o la confesión. De ahí su dramatismo, su poesía y —¿por qué no decirlo?— su grandeza. Gracias al crimen, accedemos a una efímera trascendencia.

EN LOS primeros versos de la *Octava elegía de Duino,* Rilke dice que la criatura —el ser en su inocencia animal— contempla lo Abierto, al contrario de nosotros, que jamás vemos hacia adelante, hacia lo absoluto[a]. El miedo nos hace volver el rostro, darle la espalda a la muerte. Y al negarnos a contemplarla, nos cerramos fatalmente a la vida, que es una totalidad que la lleva en sí. Lo Abierto es el mundo en donde los contrarios se reconcilian y la luz y la sombra se funden. Esta concepción tiende a devolver a la muerte su sentido original, que nuestra época le ha arrebatado: muerte y vida son contrarios que se complementan. Ambas son mitades de una esfera que nosotros, sujetos a tiempo y espacio, no podemos sino entrever. En el mundo prenatal, muerte y vida se confunden; en el nuestro, se oponen; en el más allá, vuelven a reunirse, pero ya no en la ceguera animal, anterior al pecado y a la conciencia, sino como inocencia reconquistada. El hombre puede trascender la oposición temporal que las escinde —y que no reside en ellas, sino en su conciencia— y percibirlas como una unidad superior. Este conocimiento no se opera sino a través de un desprendimiento: la criatura debe renunciar a su vida temporal y a la nostalgia del limbo, del mundo

[a] En efecto, los primeros versos de la octava de las *Elegías de Duino* (1923), una de las obras maestras del poeta alemán, dice: "Con todos sus ojos todas las criaturas miran hacia/ lo Abierto... Lo que está afuera, sólo lo conocemos a través/ de los animales, porque hasta al niño más joven/ le damos vuelta y forzamos a ver el pasado/ como forma y no esa apertura que/ yace profunda en el rostro de los animales".

197

animal. Debe abrirse a la muerte si quiere abrirse a la vida; entonces "será como los ángeles".

Así, frente a la muerte hay dos actitudes: una, hacia adelante, que la concibe como creación; otra, de regreso, que se expresa como fascinación ante la nada o como nostalgia del limbo. Ningún poeta mexicano o hispanoamericano, con la excepción, acaso, de César Vallejo[a], se aproxima a la primera de estas dos concepciones[b]. En cambio, dos poetas mexicanos, José Gorostiza y Xavier Villaurrutia[c], encarnan la segunda de estas dos direcciones. Si para Gorostiza la vida es "una muerte sin fin", un continuo despeñarse en la nada, para Villaurrutia la vida no es más que "nostalgia de la muerte".

La afortunada imagen que da título al libro de Villaurrutia, *Nostalgia de la muerte,* es algo más que un acierto verbal. Con él, su autor quiere señalarnos la significación última de su poesía. La muerte como nostalgia y no como fruto o fin de la vida, equivale a afirmar que no venimos de la vida, sino de la muerte. Lo antiguo y original, la entraña[d] materna, es la huesa y no la matriz. Esta aseveración corre el riesgo de parecer una vana paradoja o la reiteración de un viejo lugar común: todos somos polvo y vamos al polvo. Creo, pues, que el poeta desea encontrar en la muerte (que es, en efecto, nuestro origen) una revelación que la vida temporal no le ha dado: la de la verdadera vida. Al morir,

[a] Gran poeta peruano, autor de varios influyentes libros de poemas, entre ellos *Trilce* (1922) y *Poemas humanos.*

[b] *1ª ed.:* "... dos concepciones. La ausencia de una mística —única capaz de alimentar expresiones poéticas como la que nos propone Rilke— nos advierte hasta qué punto la cultura moderna de México es insensible a la religión" (pág. 64).

[c] (1903-50) y (1901-1966), respectivamente. Dos de los más importantes poetas del llamado grupo *Contemporáneos,* que editaban, en México, la revista del mismo nombre.

[d] *1ª ed.:* "extraña" por "entraña".

> la aguja del instantero
> recorrerá su cuadrante
> todo cabrá en un instante
> ...
> y será posible acaso
> vivir, después de haber muerto[a]. .

Regresar a la muerte original será volver a la vida de antes de la vida, a la vida de antes de la muerte: al limbo, a la entraña materna.

Muerte sin fin[b], el poema de José Gorostiza, es quizá el más alto testimonio que poseemos los hispanoamericanos de una conciencia verdaderamente moderna, inclinada sobre sí misma, presa de sí, de su propia claridad cegadora. El poeta, al mismo tiempo lúcido y exasperado, desea arrancar su máscara a la existencia, para contemplarla en su desnudez. El diálogo entre el mundo y el hombre, viejo como la poesía y el amor, se transforma en el del agua y el vaso que la ciñe, el del pensamiento y la forma en que se vierte y a la que acaba por corroer. Preso en las apariencias —árboles y pensamientos, piedras y emociones, días y noches, crepúsculos, no son sino metáforas, cintas de colores— el poeta advierte que el soplo que hincha la sustancia, la modela y la erige Forma, es el mismo que la carcome y arruga y destrona. En este drama sin personajes, pues todos son nada más reflejos, disfraces de un suicida que dialoga consigo mismo en un lenguaje de espejos y ecos, tampoco la inteligencia es otra cosa que reflejo, forma, y la más pura, de la muerte, de una muerte enamorada de sí misma. Todo se despeña en su propia claridad, todo se ane-

[a] Cita de los versos 1-2 y 9-10 de la décima VI de "Décima muerte", en *Nostalgia de la muerte* (1938) de Villaurrutia.

[b] Se publicó por primera vez en 1939. Paz escribió un comentario pormenorizado del poema para una segunda edición mexicana de 1952. Posteriormente fue recogido como ensayo en *Las peras del olmo* (1957).

ga en su fulgor, todo se dirige hacia esa *muerte* transparente: la vida no es sino una metáfora, una invención con que la muerte —¡también ella!— quiere engañarse. El poema es el tenso desarrollo del viejo tema de Narciso —al que, por otra parte, no se alude una sola vez en el texto. Y no solamente la conciencia se contempla a sí misma en sus aguas transparentes y vacías, espejo y ojo al mismo tiempo, como en el poema de Valéry[a]: la nada, que se miente forma y vida, respiración y pecho, que se finge corrupción y muerte, termina por desnudarse y, ya vacía, se inclina sobre sí misma: se enamora de sí, cae en sí, incansable muerte sin fin.

EN SUMA, si en la Fiesta, la borrachera o la confidencia nos abrimos, lo hacemos con tal violencia que nos desgarramos y acabamos por anularnos. Y ante la muerte, como ante la vida, nos alzamos de hombros y le oponemos un silencio o una sonrisa desdeñosa. La Fiesta y el crimen pasional o gratuito, revelan que el equilibrio de que hacemos gala sólo es una máscara, siempre en peligro de ser desgarrada por una súbita explosión de nuestra intimidad.

Todas estas actitudes indican que el mexicano siente, en sí mismo y en la carne del país, la presencia de una mancha, no por difusa menos viva, original e imborrable. Todos nuestros gestos tienden a ocultar esa llaga, siempre fresca, siempre lista a encenderse y arder bajo el sol de la mirada ajena.

Ahora bien, todo desprendimiento provoca una herida. A reserva de indagar cómo y en qué momento se produjo ese desprendimiento, debo apuntar que cualquier ruptura (con nosotros mismos o con lo que nos rodea, con el pasado o con el presente) engendra un sentimiento de soledad. En los casos extremos —separación de los padres, de la Matriz o de la tierra natal,

[a] Se refiere al poema "La Jeune parque" (1917) de Paul Valéry.

muerte de los dioses o conciencia aguda de sí— la soledad se identifica con la orfandad. Y ambos se manifiestan generalmente como conciencia del pecado. Las penalidades y vergüenza que inflige el estado de separación pueden ser consideradas, gracias a la introducción de las nociones de expiación y redención, como sacrificios necesarios, prendas o promesas de una futura comunión que pondrá fin al exilio. La culpa puede desaparecer, la herida cicatrizar, el exilio resolverse en comunión. La soledad adquiere así un carácter purgativo, purificador. El solitario o aislado trasciende su soledad, la vive como una prueba y como una promesa de comunión.

El mexicano, según se ha visto en las descripciones anteriores, no trasciende su soledad. Al contrario, se encierra en ella. Habitamos nuestra soledad como Filoctetes[a] su isla, no esperando, sino temiendo volver al mundo. No soportamos la presencia de nuestros compañeros. Encerrados en nosotros mismos, cuando no desgarrados y enajenados, apuramos una soledad sin referencias a un más allá redentor o a un más acá creador. Oscilamos entre la entrega y la reserva, sin entregarnos jamás. Nuestra impasibilidad recubre la vida con la máscara de la muerte; nuestro grito desgarra esa máscara y sube al cielo hasta distenderse, romperse y caer como derrota y silencio. Por ambos caminos el mexicano se cierra al mundo: a la vida y a la muerte.

[a] Célebre guerrero griego, distinguido en el sitio de Troya y desterrado a una isla; Sófocles escribió una obra basada en su figura, paradigma de la soledad trágica.

IV

LOS HIJOS DE LA MALINCHE

LA EXTRAÑEZA que provoca nuestro hermetismo ha creado la leyenda del mexicano, ser insondable. Nuestro recelo provoca el ajeno. Si nuestra cortesía atrae, nuestra reserva hiela. Y las inesperadas violencias que nos desgarran, el esplendor convulso o solemne de nuestras fiestas, el culto a la muerte, acaban por desconcertar al extranjero[a]. La sensación que causamos no es diversa a la que producen los orientales. También ellos, chinos, indostanos o árabes, son herméticos e indescifrables. También ellos arrastran en andrajos un pasado todavía vivo. Hay un misterio mexicano como hay un misterio amarillo y uno negro. El contenido concreto de esas representaciones depende de cada espectador. Pero todos coinciden en hacerse de nosotros una imagen ambigua, cuando no contradictoria: no somos gente segura y nuestras respuestas como nuestros silencios son imprevisibles, inesperados. Traición y lealtad, crimen y amor, se agazapan en el fondo de nuestra mirada. Atraemos y repelemos.

No es difícil comprender los orígenes de esta actitud. Para un europeo, México es un país al margen de la

[a] *1ª ed.:* "... muerte, el desenfreno de nuestras alegrías y de nuestros duelos, acaban por desconcertar al extranjero" (pág. 71).

202

Historia universal. Y todo lo que se encuentra alejado del centro de la sociedad aparece como extraño e impenetrable. Los campesinos, remotos, ligeramente arcaicos en el vestir y el hablar, parcos, amantes de expresarse en formas y fórmulas tradicionales, ejercen siempre una fascinación sobre el hombre urbano. En todas partes representan el elemento más antiguo y secreto de la sociedad. Para todos, excepto para ellos mismos, encarnan lo oculto, lo escondido y que no se entrega sino difícilmente, tesoro enterrado, espiga que madura en las entrañas terrestres, vieja sabiduría escondida entre los pliegues de la tierra.

La mujer, otro de los seres que viven aparte, también es figura enigmática. Mejor dicho, es el Enigma. A semejanza del hombre de raza o nacionalidad extraña, incita y repele. Es la imagen de la fecundidad, pero asimismo de la muerte. En casi todas las culturas las diosas de la creación son también deidades de destrucción. Cifra viviente de la extrañeza del universo y de su radical heterogeneidad, la mujer ¿esconde la muerte o la vida?, ¿en qué piensa?, ¿piensa acaso?, ¿siente de veras?, ¿es igual a nosotros? El sadismo se inicia como venganza ante el hermetismo femenino o como tentativa desesperada para obtener una respuesta de un cuerpo que tememos insensible. Porque, como dice Luis Cernuda, "el deseo es una pregunta cuya respuesta no existe"[a]. A pesar de su desnudez —redonda, plena— en las formas de la mujer siempre hay algo que desvelar:

> *Eva y Cipris concentran el misterio*
> *del corazón del mundo*[b].

[a] Cita del poema "No decía palabras", de la sección IV, "Los placeres prohibidos" de *La realidad y el deseo* del poeta español Luis Cernuda (1904-1963).

[b] Versos 14-15 del poema de Rubén Darío (1867-1916) conocido como "Carne, celeste carne de la mujer..." de *Cantos de vida y esperanza* (1905).

Para Rubén Darío, como para todos los grandes poetas, la mujer no es solamente un instrumento de conocimiento, sino el conocimiento mismo. El conocimiento que no poseeremos nunca, la suma de nuestra definitiva ignorancia: el misterio supremo.

Es notable que nuestras representaciones de la clase obrera no estén teñidas de sentimientos parecidos, a pesar de que también vive alejada del centro de la sociedad —inclusive físicamente, recluida en barrios y ciudades especiales. Cuando un novelista contemporáneo introduce un personaje que simboliza la salud o la destrucción, la fertilidad o la muerte, no escoge, como podría esperarse, a un obrero que encierra en su figura la muerte de la vieja sociedad y el nacimiento de otra. D. H. Lawrence, que es uno de los críticos más violentos y profundos del mundo moderno, describe en casi todas sus obras las virtudes que harían del hombre fragmentario de nuestros días un hombre de verdad, dueño de una visión total del mundo. Para encarnar esas virtudes crea personajes de razas antiguas y no-europeas. O intenta la figura de Mellors, un guardabosque, un hijo de la tierra[a]. Es posible que la infancia de Lawrence, transcurrida entre las minas de carbón inglesas, explique esta deliberada ausencia. Es sabido que detestaba a los obreros tanto como a los burgueses. Pero ¿cómo explicar que en todas las grandes novelas revolucionarias tampoco aparezcan los proletarios como héroes, sino como fondo? En todas ellas el héroe es siempre el aventurero, el intelectual o el revolucionario profesional. El hombre aparte, que ha renunciado a su clase, a su origen o a su patria. Herencia del romanticismo, sin duda, que hace del héroe un ser antisocial. Además, el obrero es demasiado reciente. Y se parece a sus señores: todos son hijos de la máquina.

[a] Se refiere a Oliver Mellors, personaje de D.H. Lawrence en su célebre novela *El amante de Lady Chatterley* (1928).

El obrero moderno carece de individualidad. La clase es más fuerte que el individuo y la persona se disuelve en lo genérico. Porque esa es la primera y más grave mutilación que sufre el hombre al convertirse en asalariado industrial. El capitalismo lo despoja de su naturaleza humana —lo que no ocurrió con el siervo— puesto que reduce todo su ser a fuerza de trabajo, transformándolo por este solo hecho en objeto. Y como a todos los objetos, en mercancía, en cosa susceptible de compra y venta. El obrero pierde, bruscamente y por razón misma de su estado social, toda relación humana y concreta con el mundo: ni son suyos los útiles que emplea, ni es suyo el fruto de su esfuerzo. Ni siquiera lo ve. En realidad no es un obrero, puesto que no hace obras o no tiene conciencia de las que hace, perdido en un aspecto de la producción. Es un trabajador, nombre abstracto, que no designa una tarea determinada, sino una función. Así, no lo distingue de los otros hombres su obra, como acontece con el médico, el ingeniero o el carpintero. La abstracción que lo califica —el trabajo medido en tiempo no lo separa, sino lo liga a otras abstracciones. De ahí su ausencia de misterio, de problematicidad, su transparencia, que no es diversa a la de cualquier instrumento.

La complejidad de la sociedad contemporánea y la especialización que requiere el trabajo extienden la condición abstracta del obrero a otros grupos sociales. Vivimos en un mundo de técnicos, se dice. A pesar de las diferencias de salarios y de nivel de vida, la situación de estos técnicos no difiere esencialmente de la de los obreros: también son asalariados y tampoco tienen conciencia de la obra que realizan. El gobierno de los técnicos, ideal de la sociedad contemporánea, sería así el gobierno de los intrumentos. La función sustituiría al fin; el medio, al creador. La sociedad marcharía con eficacia, pero sin rumbo. Y la repetición del mismo gesto, distintiva de la máquina, llevaría a una forma desconocida de la inmovilidad: la del mecanismo que avanza de ninguna parte hacia ningún lado.

Los regímenes totalitarios no han hecho sino extender y generalizar, por medio de la fuerza o de la propaganda, esta condición. Todos los hombres sometidos a su imperio la padecen. En cierto sentido se trata de una transposición a la esfera social y política de los sistemas económicos del capitalismo. La producción en masa se logra a través de la confección de piezas sueltas que luego se unen en talleres especiales. La propaganda y la acción política totalitaria —así como el terror y la represión— obedecen al mismo sistema. La propaganda difunde verdades incompletas, en serie y por piezas sueltas. Más tarde esos fragmentos se organizan y se convierten en teorías políticas, verdades absolutas para las masas. El terror obedece al mismo principio. La persecución comienza contra grupos aislados —razas, clases, disidentes, sospechosos—, hasta que gradualmente alcanza a todos. Al iniciarse, una parte del pueblo contempla con indiferencia el exterminio de otros grupos sociales o contribuye a su persecución, pues se exasperan los odios internos. Todos se vuelven cómplices y el sentimiento de culpa se extiende a toda la sociedad. El terror se generaliza: ya no hay sino persecutores y perseguidos. El persecutor, por otra parte, se transforma muy fácilmente en perseguido. Basta una vuelta de la máquina política. Y nadie escapa a esta dialéctica feroz, ni los dirigentes.

El mundo del terror, como el de la producción en serie, es un mundo de cosas, de útiles. (De ahí la vanidad de la disputa sobre la validez histórica del terror moderno.) Y los útiles nunca son misteriosos o enigmáticos, pues el misterio proviene de la indeterminación del ser o del objeto que lo contiene. Un anillo misterioso se desprende inmediatamente del género anillo; adquiere vida propia, deja de ser un objeto. En su forma yace, escondida, presta a saltar, la sorpresa. El misterio es una fuerza o una virtud oculta, que no nos obedece y que no sabemos a qué hora y cómo va a manifestarse. Pero los útiles no esconden nada, no nos preguntan

nada y nada nos responden. Son inequívocos y transparentes. Meras prolongaciones de nuestras manos, no poseen más vida que la que nuestra voluntad les otorga. Nos sirven; luego, gastados, viejos, los arrojamos sin pesar al cesto de la basura, al cementerio de automóviles, al campo de concentración. O los cambiamos a nuestros aliados o enemigos por otros objetos.

Todas nuestras facultades, y también todos nuestros defectos, se oponen a esta concepción del trabajo como esfuerzo impersonal, repetido en iguales y vacías porciones de tiempo: la lentitud y cuidado en la tarea, el amor por la obra y por cada uno de los detalles que la componen, el buen gusto, innato ya, a fuerza de ser herencia milenaria. Si no fabricamos productos en serie, sobresalimos en el arte difícil, exquisito e inútil de vestir pulgas[a]. Lo que no quiere decir que el mexicano sea incapaz de convertirse en lo que se llama un buen obrero. Todo es cuestión de tiempo. Y nada, excepto un cambio histórico cada vez más remoto e impensable, impedirá que el mexicano deje de ser un problema, un ser enigmático, y se convierta en una abstracción más.

Mientras llega ese momento, que resolverá —aniquilándolas— todas nuestras contradicciones, debo señalar que lo extraordinario de nuestra situación reside en que no solamente somos enigmáticos ante los extraños, sino ante nosotros mismos. Un mexicano es un problema siempre, para otro mexicano y para sí mismo. Ahora bien, nada más simple que reducir todo el complejo grupo de actitudes que nos caracteriza —y en especial la que consiste en ser un problema para nosotros mismos— a lo que se podría llamar "moral de siervo", por

[a] Eco de un anterior artículo de Paz "El arte de vestir pulgas", (9 de abril de 1943), en el que dice, entre otras cosas: "Como no hemos podido descubrir ningún nuevo continente, ni inventar el liberalismo o el comunismo, ni la producción en serie, no nos ha quedado más remedio para distinguirnos que sobresalir en el difícil arte de vestir pulgas". Ver PL, págs. 318-20.

oposición no solamente a la "moral de señor", sino a la moral moderna, proletaria o burguesa.

La desconfianza, el disimulo, la reserva cortés que cierra el paso al extraño, la ironía, todas, en fin, las oscilaciones psíquicas con que al eludir la mirada ajena nos eludimos a nosotros mismos, son rasgos de gente dominada que teme y que finge frente al señor. Es revelador que nuestra intimidad jamás aflore de manera natural, sin el acicate de la fiesta, el alcohol o la muerte. Esclavos, siervos y razas sometidas se presentan siempre recubiertos por una máscara, sonriente o adusta. Y únicamente a solas, en los grandes momentos, se atreven a manifestarse tal como son. Todas sus relaciones están envenenadas por el miedo y el recelo. Miedo al señor, recelo ante sus iguales. Cada uno observa al otro, porque cada compañero puede ser también un traidor. Para salir de sí mismo el siervo necesita saltar barreras, embriagarse, olvidar su condición. Vivir a solas, sin testigos. Solamente en la soledad se atreve a ser.

La indudable analogía que se observa entre ciertas de nuestras actitudes y las de los grupos sometidos al poder de un amo, una casta o un Estado extraño, podría resolverse en esta afirmación: el carácter de los mexicanos es un producto de las circunstancias sociales imperantes en nuestro país; la historia de México, que es la historia de esas circunstancias, contiene la respuesta a todas las preguntas. La situación del pueblo durante el período colonial sería así la raíz de nuestra actitud cerrada e inestable. Nuestra historia como nación independiente contribuiría también a perpetuar y hacer más neta esta psicología servil, puesto que no hemos logrado suprimir la miseria popular ni las exasperantes diferencias sociales, a pesar de siglo y medio de luchas y experiencias constitucionales. El empleo de la violencia como recurso dialéctico, los abusos de autoridad de los poderosos —vicio que no ha desaparecido todavía— y finalmente el escepticismo y la resignación del pueblo, hoy más visibles que nunca debido a las sucesivas des-

ilusiones posrevolucionarias, completarían esta explicación histórica.

El defecto de interpretaciones como la que acabo de bosquejar reside, precisamente, en su simplicidad. Nuestra actitud ante la vida no está condicionada por los hechos históricos, al menos de la manera rigurosa con que el mundo de la mecánica, la velocidad o la trayectoria de un proyectil se encuentra determinada por un conjunto de factores conocidos. Nuestra actitud vital —que es un factor que nunca acabaremos de conocer totalmente, pues cambio e indeterminación son las unicas constantes de su ser— también es historia. Quiero decir, los hechos históricos no son nada más hechos, sino que están teñidos de humanidad, esto es, de problematicidad. Tampoco son el mero resultado de otros hechos, que los causan, sino de una voluntad singular, capaz de regir dentro de ciertos límites su fatalidad. La historia no es un mecanismo y las influencias entre los diversos componentes de un hecho histórico son recíprocas, como tantas veces se ha dicho. Lo que distingue a un hecho histórico de los otros hechos es su carácter histórico. O sea, que es por sí mismo y en sí mismo una unidad irreductible a otras. Irreductible e inseparable. Un hecho histórico no es la suma de los llamados factores de la historia, sino una realidad indisoluble. Las circunstancias históricas explican nuestro carácter en la medida que nuestro carácter también las explica a ellas. Ambas son lo mismo. Por eso toda explicación puramente histórica es insuficiente —lo que no equivale a decir que sea falsa.

Basta una observación para reducir a sus verdaderas proporciones la analogía entre la moral de los siervos y la nuestra: las reacciones habituales del mexicano no son privativas de una clase, raza o grupo aislado, en situación de inferioridad. Las clases ricas también se cierran al mundo exterior y también se desgarran cada vez que intentan abrirse. Se trata de una actitud que rebasa las circunstancias históricas, aunque se sirve de ellas

para manifestarse y se modifica a su contacto. El mexicano, como todos los hombres, al servirse de las circunstancias las convierte en materia plástica y se funde a ellas. Al esculpirlas, se esculpe.

Si no es posible identificar nuestro carácter con el de los grupos sometidos, tampoco lo es negar su parentesco. En ambas situaciones el individuo y el grupo luchan, simultánea y contradictoriamente, por ocultarse y revelarse. Mas una diferencia nos separa. Siervos, criados o razas víctimas de un poder extraño cualquiera (los negros norteamericanos, por ejemplo), entablan un combate con una realidad concreta. Nosotros, en cambio, luchamos con entidades imaginarias, vestigios del pasado o fantasmas engendrados por nosotros mismos. Esos fantasmas y vestigios son reales, al menos para nosotros. Su realidad es de un orden sutil y atroz, porque es una realidad fantasmagórica. Son intocables e invencibles, ya que no están fuera de nosotros, sino en nosotros mismos. En la lucha que sostiene contra ellos nuestra voluntad de ser, cuentan con un aliado secreto y poderoso: nuestro miedo a ser. Porque todo lo que es el mexicano actual, como se ha visto, puede reducirse a esto: el mexicano no quiere o no se atreve a ser él mismo.

En muchos casos estos fantasmas son vestigios de realidades pasadas. Se originaron en la Conquista, en la Colonia, en la Independencia o en las guerras sostenidas contra yanquis y franceses. Otros reflejan nuestros problemas actuales, pero de una manera indirecta, escondiendo o disfrazando su verdadera naturaleza. ¿Y no es extraordinario que, desaparecidas las causas, persistan los efectos? ¿Y que los efectos oculten a las causas? En esta esfera es imposible escindir causas y efectos. En realidad, no hay causas y efectos, sino un complejo de reacciones y tendencias que se penetran mutuamente. La persistencia de ciertas actitudes y la libertad e independencia que asumen frente a las causas que las originaron conduce a estudiarlas en la carne viva del presente y no en los textos históricos.

En suma, la historia podrá esclarecer el origen de muchos de nuestros fantasmas, pero no los disipará. Sólo nosotros podemos enfrentarnos a ellos. O dicho de otro modo: la historia nos ayuda a comprender ciertos rasgos de nuestro carácter, a condición de que seamos capaces de aislarlos y denunciarlos previamente. Nosotros somos los únicos que podemos contestar a las preguntas que nos hacen la realidad y nuestro propio ser.

EN NUESTRO lenguaje diario hay un grupo de palabras prohibidas, secretas, sin contenido claro, y a cuya mágica ambigüedad confiamos la expresión de las más brutales o sutiles de nuestras emociones y reacciones. Palabras malditas, que sólo pronunciamos en voz alta cuando no somos dueños de nosotros mismos. Confusamente reflejan nuestra intimidad: las explosiones de nuestra vitalidad las iluminan y las depresiones de nuestro ánimo las oscurecen. Lenguaje sagrado, como el de los niños, la poesía y las sectas. Cada letra y cada sílaba están animadas de una vida doble, al mismo tiempo luminosa y oscura, que nos revela y oculta. Palabras que no dicen nada y dicen todo. Los adolescentes, cuando quieren presumir de hombres, las pronuncian con voz ronca. Las repiten las señoras, ya para significar su libertad de espíritu, ya para mostrar la verdad de sus sentimientos. Pues estas palabras son definitivas, categóricas, a pesar de su ambigüedad y de la facilidad con que varía su significado. Son las malas palabras, único lenguaje vivo en un mundo de vocablos anémicos. La poesía al alcance de todos.

Cada país tiene la suya. En la nuestra, en sus breves y desgarradas, agresivas, chispeantes sílabas, parecidas a la momentánea luz que arroja el cuchillo cuando se le descarga contra un cuerpo opaco y duro, se condensan todos nuestros apetitos, nuestras iras, nuestros entusiasmos y los anhelos que pelean en nuestro fondo, inexpresados. Esa palabra es nuestro santo y seña. Por ella y

en ella nos reconocemos entre extraños y a ella acudimos cada vez que aflora a nuestros labios la condición de nuestro ser. Conocerla, usarla, arrojándola al aire como un juguete vistoso o haciéndola vibrar como un arma afilada, es una manera de afirmar nuestra mexicanidad.

Toda la angustiosa tensión que nos habita se expresa en una frase que nos viene a la boca cuando la cólera, la alegría o el entusiasmo nos llevan a exaltar nuestra condición de mexicanos: ¡Viva México, hijos de la Chingada! Verdadero grito de guerra, cargado de una electricidad particular, esta frase es un reto y una afirmación, un disparo, dirigido contra un enemigo imaginario, y una explosión en el aire. Nuevamente, con cierta patética y plástica fatalidad, se presenta la imagen del cohete que sube al cielo, se dispersa en chispas y cae oscuramente. O la del aullido en que terminan nuestras canciones, y que posee la misma ambigua resonancia: alegría rencorosa, desgarrada afirmación que se abre el pecho y se consume a sí misma.

Con ese grito, que es de rigor gritar cada 15 de septiembre, aniversario de la Independencia, nos afirmamos y afirmamos a nuestra patria, frente, contra y a pesar de los demás. ¿Y quiénes son los demás? Los demás son los "hijos de la Chingada": los extranjeros, los malos mexicanos, nuestros enemigos, nuestros rivales. En todo caso, los "otros". Esto es, todos aquellos que no son lo que nosotros somos. Y esos otros no se definen sino en cuanto hijos de una madre tan indeterminada y vaga como ellos mismos.

¿Quién es la Chingada? Ante todo, es la Madre. No una Madre de carne y hueso, sino una figura mítica. La Chingada es una de las representacines mexicanas de la Maternidad, como la Llorona o la "sufrida madre" mexicana que festejamos el diez de mayo. La Chingada es la madre que ha sufrido, metafórica o realmente, la acción corrosiva e infamante implícita en el verbo que le da nombre. Vale la pena detenerse en el significado de esta voz.

En la *Anarquía del lenguaje en la América Española,* Darío Rubio examina el origen de esta palabra y enumera las significaciones que le prestan casi todos los pueblos hispanoamericanos[a]. Es probable su procedencia azteca: chingaste es xinachtli (semilla de hortaliza) o xinaxtl (aguamiel fermentado). La voz y sus derivados se usan en casi toda América y en algunas regiones de España, asociados a las bebidas, alcohólicas o no: chingaste son los residuos o heces que quedan en el vaso, en Guatemala y El Salvador; en Oaxaca[b] llaman chinga-ditos a los restos del café; en todo México se llama chínguere —o, significativamente, piquete— al alcohol; en Chile, Perú y Ecuador la chingana es la taberna; en España chingar equivale a beber mucho, a embriagarse; y en Cuba, un chinguirito es un trago de alcohol.

Chingar también implica la idea de fracaso. En Chile y Argentina se chinga un petardo, "cuando no revienta, se frustra o sale fallido". Y las empresas que fracasan, las fiestas que se aguan, las acciones que no llegan a su término, se chingan. En Colombia, chingarse es llevarse un chasco. En el Plata un vestido desgarrado es un vestido chingado. En casi todas partes chingarse es salir burlado, fracasar. Chingar, asimismo, se emplea en algunas partes de Sudamérica como sinónimo de molestar, zaherir, burlar. Es un verbo agresivo, como puede verse por todas estas significaciones: descolar a los animales, incitar o hurgar a los gallos, chunguear, chasquear, perjudicar, echar a perder, frustrar.

En México los significados de la palabra son innumerables. Es una voz mágica. Basta un cambio de tono, una inflexión apenas, para que el sentido varíe. Hay tantos matices como entonaciones: tantos significados como sentimientos. Se puede ser un chingón, un Gran Chingón (en los negocios, en la política, en el crimen,

[a] Paz cita de Darío Rubio, *Anarquía del lenguaje en la América española,* México, Confederación Obrera Mexicana, 1925.
[b] Estado mexicano al sur del Distrito Federal.

con las mujeres), un chingaquedito (silencioso, disimulado, urdiendo tramas en la sombra, avanzando cauto para dar el mazazo), un chingoncito. Pero la pluralidad de significaciones no impide que la idea de agresión —en todos sus grados, desde el simple de incomodar, picar, zaherir, hasta el de violar, desgarrar y matar— se presente siempre como significado último. El verbo denota violencia, salir de sí mismo y penetrar por la fuerza en otro. Y también, herir, rasgar, violar —cuerpos, almas, objetos—, destruir. Cuando algo se rompe, decimos: "Se chingó." Cuando alguien ejecuta un acto desmesurado y contra las reglas, comentamos: "Hizo una chingadera."

La idea de romper y de abrir reaparece en casi todas las expresiones. La voz está teñida de sexualidad, pero no es sinónima del acto sexual; se puede chingar a una mujer sin poseerla. Y cuando se alude al acto sexual, la violación o el engaño le prestan un matiz particular. El que chinga jamás lo hace con el consentimiento de la chingada. En suma, chingar es hacer violencia sobre otro. Es un verbo masculino, activo, cruel: pica, hiere, desgarra, mancha. Y provoca una amarga, resentida satisfacción en el que lo ejecuta.

Lo chingado es lo pasivo, lo inerte y abierto, por oposición a lo que chinga, que es activo, agresivo y cerrado. El chingón es el macho, el que abre. La chingada, la hembra, la pasividad pura, inerme ante el exterior. La relación entre ambos es violenta, determinada por el poder cínico del primero y la impotencia de la otra. La idea de violación rige oscuramente todos los significados. La dialéctica de "lo cerrado" y "lo abierto" se cumple así con precisión casi feroz.

El poder mágico de la palabra se intensifica por su carácter prohibido. Nadie la dice en público. Solamente un exceso de cólera, una emoción o el entusiasmo delirante justifican su expresión franca. Es una voz que sólo se oye entre hombres, o en las grandes fiestas. Al gritarla, rompemos un velo de pudor, de silencio o de hipo-

cresía. Nos manifestamos tales como somos de verdad. Las malas palabras hierven en nuestro interior, como hierven nuestros sentimientos. Cuando salen, lo hacen brusca, brutalmente, en forma de alarido, de reto, de ofensa. Son proyectiles o cuchillos. Desgarran.

Los españoles también abusan de las expresiones fuertes. Frente a ellos el mexicano es singularmente pulcro. Pero mientras los españoles se complacen en la blasfemia y la escatología, nosotros nos especializamos en la crueldad y el sadismo. El español es simple: insulta a Dios porque cree en él. La blasfemia, dice Machado, es una oración al revés[a]. El placer que experimentan muchos españoles, incluso algunos de sus más altos poetas, al aludir a los detritos y mezclar la mierda con lo sagrado se parece un poco al de los niños que juegan con lodo. Hay, además del resentimiento, el gusto por los contrastes, que ha engendrado el estilo barroco y el dramatismo de la gran pintura española. Sólo un español puede hablar con autoridad de Onan y Don Juan[b]. En las expresiones mexicanas, por el contrario, no se advierte la dualidad española simbolizada por la oposición de lo real y lo ideal, los místicos y los pícaros, el Quevedo[c] fúnebre y el escatológico, sino la dicotomía entre lo cerrado y lo abierto. El verbo chingar indica el triunfo de lo cerrado, del macho, del fuerte, sobre lo abierto.

La palabra chingar, con todas estas múltiples significaciones, define gran parte de nuestra vida y califica nuestras relaciones con el resto de nuestros amigos y compatriotas. Para el mexicano la vida es una posibili-

[a] "Hay blasfemia... que se trueca en oración", es una de las sentencias de Juan de Mairena, el filósofo apócrifo de Antonio Machado.

[b] Se refiere al personaje bíblico y al personaje legendario español, inmortalizado en las obras de Tirso de Molina *(El burlador de Sevilla)* y José Zorrilla *(Don Juan Tenorio)*.

[c] Se refiere a Francisco de Quevedo y Villegas (1580-1645), escritor y poeta español del Siglo de Oro.

dad de chingar o de ser chingado. Es decir, de humillar, castigar y ofender. O a la inversa. Esta concepción de la vida social como combate engendra fatalmente la división de la sociedad en fuertes y débiles. Los fuertes —los chingones sin escrúpulos, duros e inexorables— se rodean de fidelidades ardientes e interesadas. El servilismo ante los poderosos —especialmente entre la casta de los "políticos", esto es, de los profesionales de los negocios públicos— es una de las deplorables consecuencias de esta situación. Otra, no menos degradante, es la adhesión a las personas y no a los principios. Con frecuencia nuestros políticos confunden los negocios públicos con los privados. No importa. Su riqueza o su influencia en la administración les permite sostener una mesnada que el pueblo llama, muy atinadamente, de "lambiscones" (de lamer).

El verbo chingar —maligno, ágil y juguetón como un animal de presa— engendra muchas expresiones que hacen de nuestro mundo una selva: hay tigres en los negocios, águilas en las escuelas o en los presidios, leones con los amigos. El soborno se llama "morder". Los burócratas roen sus huesos (los empleos públicos). Y en un mundo de chingones, de relaciones duras, presididas por la violencia y el recelo, en el que nadie se abre ni se raja y todos quieren chingar, las ideas y el trabajo cuentan poco. Lo único que vale es la hombría, el valor personal, capaz de imponerse.

La voz tiene además otro significado, más restringido. Cuando decimos "vete a la Chingada", enviamos a nuestro interlocutor a un espacio lejano, vago e indeterminado. Al país de las cosas rotas, gastadas. País gris, que no está en ninguna parte, inmenso y vacío. Y no sólo por simple asociación fonética lo comparamos a la China, que es también inmensa y remota. La Chingada, a fuerza de uso, de significaciones contrarias y del roce de labios coléricos o entusiasmados, acaba por gastarse, agotar sus contenidos y desaparecer. Es una palabra hueca. No quiere decir nada. Es la Nada.

Después de esta digresión sí se puede contestar a la pregunta ¿qué es la Chingada? La Chingada es la Madre abierta, violada o burlada por la fuerza. El "hijo de la Chingada" es el engendro de la violación, del rapto o de la burla. Si se compara esta expresión con la española, "hijo de puta", se advierte inmediatamente la diferencia. Para el español la deshonra consiste en ser hijo de una mujer que voluntariamente se entrega, una prostituta; para el mexicano, en ser fruto de una violación.

Manuel Cabrera me hace observar que la actitud española refleja una concepción histórica y moral del pecado original, en tanto que la del mexicano, más honda y genuina, trasciende anécdota y ética. En efecto, toda mujer, aun la que se da voluntariamente, es desgarrada, chingada por el hombre. En cierto sentido todos somos, por el solo hecho de nacer de mujer, hijos de la Chingada, hijos de Eva. Mas lo característico del mexicano reside, a mi juicio, en la violenta, sarcástica humillación de la Madre y en la no menos violenta afirmación del Padre. Una amiga —las mujeres son más sensibles a la extrañeza de la situación— me hacía ver que la admiración por el Padre, símbolo de lo cerrado y agresivo, capaz de chingar y abrir, se transparenta en una expresión que empleamos cuando queremos imponer a otro nuestra superioridad: "Yo soy tu padre." En suma, la cuestión del origen es el centro secreto de nuestra ansiedad y angustia. Vale la pena detenerse un poco en el sentido que todo esto tiene para nosotros.

Estamos solos[a]. La soledad, fondo de donde brota la

[a] *1ª ed.:* "Este oscuro sentimiento de culpa, fruto de nuestra soledad, de nuestro sabernos desprendidos del ámbito materno, es común a todos los hombres. El mexicano transfiere esa noción a la Madre y la condena. Al condenarlo, se afirma a sí mismo y afirma la excelencia de su cerrada y arisca soledad.

Sería curioso establecer un paralelo entre dos concepciones mexicanas de la Madre: la Chingada y la Llorona. La primera es la Madre repudiada; la segunda, en cambio, reniega de sus hijos, los ahoga, y

angustia, empezó el día en que nos desprendimos del ámbito materno y caímos en un mundo extraño y hostil. Hemos caído; y esta caída, este sabernos caídos, nos vuelve culpables. ¿De qué? De un delito sin nombre: el haber nacido. Estos sentimientos son comunes a todos los hombres y no hay en ellos nada que sea específicamente mexicano; así pues, no se trata de repetir una descripción que ya ha sido hecha muchas veces, sino de aislar algunos rasgos y emociones que iluminan con una luz particular la condición universal del hombre.

En todas las civilizaciones la imagen del Dios Padre apenas destrona a las divinidades femeninas —se presenta como una figura ambivalente. Por una parte, ya sea Jehová, Dios Creador, o Zeus, rey de la creación, regulador cósmico, el Padre encarna el poder genérico, origen de la vida; por la otra, es el principio anterior, el Uno, de donde todo nace y adonde todo desemboca. Pero, además, es el dueño del rayo y del látigo, el tirano y el ogro devorador de la vida. Este aspecto —Jehová colérico, Dios de ira, Saturno, Zeus violador de mujeres— es el que aparece casi exclusivamente en las representaciones populares que se hace el mexicano del poder viril. El "macho" representa el polo masculino de la vida. La frase "yo soy tu padre" no tiene ningún sabor paternal, ni se dice para proteger, resguardar o conducir,

está condenada a llorarlos por la eternidad. No sería "difícil que la Llorona sea una versión, bautizada y adulterada de la Ciuateotl azteca, que ciertas noches descendía a la tierra y en los parajes solitarios espantaba a los caminantes. Ambas representaciones nos dan una idea más clara de los verdaderos sentimientos populares y de los conflictos que nos desgarran que la que nos ofrece el moderno e hipócrita "culto a la Madre", que no es sino una devoción hueca. El hombre siempre ha visto en la Madre una fuente de vida, pero también una potencia temible u odiosa. La Madre es la Mujer, representación de una pluralidad de encontradas significaciones y tendencias: poder y piedad, tumba y matriz, dulzura y rigor, castigo y perdón.

Es significativo que el "Viva México, hijos de la Chingada" sea un grito patriótico, que afirma a México negando a la Chingada y a sus hijos. Si la Chingada..." (págs. 86-87).

sino para imponer una superioridad, esto es, para humi-
llar. Su significado real no es distinto al del verbo chin-
gar y algunos de sus derivados. El "Macho" es el Gran
Chingón. Una palabra resume la agresividad, impasibili-
dad, invulnerabilidad, uso descarnado de la violencia, y
demás atributos del "macho": poder. La fuerza, pero
desligada de toda noción de orden: el poder arbitrario,
la voluntad sin freno y sin cauce.

La arbitrariedad añade un elemento imprevisto a la
figura del "macho". Es un humorista. Sus bromas son
enormes, descomunales y desembocan siempre en el
absurdo. Es conocida la anécdota de aquel que, para
"curar" el dolor de cabeza de un compañero de juerga,
le vació la pistola en el cráneo. Cierto o no, el sucedido
revela con qué inexorable rigor la lógica de lo absurdo
se introduce en la vida. El "macho" hace "chingaderas",
es decir, actos imprevistos y que producen la confusión,
el horror, la destrucción. Abre al mundo; al abrirlo, lo
desgarra. El desgarramiento provoca una gran risa si-
niestra. A su manera es justo: restablece el equilibrio,
pone las cosas en su sitio, esto es, las reduce a polvo,
miseria, nada. El humorismo del "macho" es un acto de
venganza.

Un psicólogo diría que el resentimiento es el fondo
de su carácter. No sería difícil percibir también ciertas in-
clinaciones homosexuales, como el uso y abuso de la
pistola, símbolo fálico portador de la muerte y no de la
vida, el gusto por las cofradías cerradamente masculi-
nas, etc. Pero cualquiera que sea el origen de estas acti-
tudes, el hecho es que el atributo esencial del "macho",
la fuerza, se manifiesta casi siempre como capacidad de
herir, rajar, aniquilar, humillar. Nada más natural, por
tanto, que su indiferencia frente a la prole que engen-
dra. No es el fundador de un pueblo; no es el patriarca
que ejerce la *patria potestad*[a]; no es rey, juez, jefe de

[a] Autoridad que tienen los padres sobre sus hijos.

clan. Es el poder, aislado en su misma potencia, sin relación ni compromiso con el mundo exterior. Es la incomunicación pura, la soledad que se devora a sí misma y devora lo que toca. No pertenece a nuestro mundo; no es de nuestra ciudad; no vive en nuestro barrio. Viene de lejos, está lejos siempre. Es el Extraño. Es imposible no advertir la semejanza que guarda la figura del "macho" con la del conquistador español. Ese es el modelo —más mítico que real— que rige las representaciones que el pueblo mexicano se ha hecho de los poderosos: caciques, señores feudales, hacendados, políticos, generales, capitanes de industria. Todos ellos son "machos", "chingones".

El "macho" no tiene contrapartida heroica o divina. Hidalgo[a], el "padre de la patria", como es costumbre llamarlo en la jerga ritual de la República, es un anciano inerme, más encarnación del pueblo desvalido frente a la fuerza que imagen del poder y la cólera del padre terrible. Entre los numerosos santos patronos de los mexicanos tampoco aparece alguno que ofrezca semejanza con las grandes divinidades masculinas. Finalmente, no existe una veneración especial por el Dios padre de la Trinidad, figura más bien borrosa. En cambio, es muy frecuente y constante la devoción a Cristo, el Dios hijo, el Dios joven, sobre todo como víctima redentora. En las iglesias de los pueblos abundan las esculturas de Jesús —en cruz o cubiertas de llagas y heridas en las que el realismo desollado de los españoles se alía al simbolismo trágico de los indios: las heridas son flores, prendas de resurrección, por una parte, y, asimismo, reiteración de que la vida es la máscara dolorosa de la muerte.

El fervor del culto al Dios hijo podría explicarse, a primera vista, como herencia de las religiones prehispánicas. En efecto, a la llegada de los españoles casi todas

[a] Se refiere a Miguel Hidalgo y Castilla (1753-1811), sacerdote y patriota mexicano, líder de la revuelta del 16 de septiembre de 1810.

las grandes divinidades masculinas —con la excepción de Tláloc, niño y viejo simultáneamente, deidad de mayor antigüedad— eran dioses hijos, como Xipe, dios del maíz joven, y Huitzilopochtli, el "guerrero del Sur". Quizá no sea ocioso recordar que el nacimiento de Huitzilopochtli ofrece más de una analogía con el de Cristo: también él es concebido sin contacto carnal; el mensajero divino también es un pájaro (que deja caer una pluma en el regazo de Coatlicue); y, en fin, también el niño Huitzilopochtli debe escapar de la persecución de un Herodes mítico. Sin embargo, es abusivo utilizar estas analogías para explicar la devoción a Cristo, como lo sería atribuirla a una mera supervivencia del culto a los dioses hijos. El mexicano venera al Cristo sangrante y humillado, golpeado por los soldados, condenado por los jueces, porque ve en él la imagen transfigurada de su propio destino. Y esto mismo lo lleva a reconocerse en Cuauhtémoc, el joven emperador azteca destronado, torturado y asesinado por Cortés.

Cuauhtémoc quiere decir "águila que cae". El jefe mexicano asciende al poder al iniciarse el sitio de México-Tenochtitlan, cuando los aztecas han sido abandonados sucesivamente por sus dioses, sus vasallos y sus aliados. Asciende sólo para caer, como un héroe mítico. Inclusive su relación con la mujer se ajusta al arquetipo del héroe Joven, a un tiempo amante e hijo de la Diosa. Así, López Velarde dice que Cuauhtémoc sale al encuentro de Cortés, es decir, al sacrificio final, "desprendido del pecho curvo de la Emperatriz"[a]. Es un guerrero pero

[a] Se refiere a versos del "Intermedio" del poema *La suave patria* del poeta mexicano Ramón López Velarde. La última estrofa dice:

> Moneda espiritual en que se fragua
> todo lo que sufriste: la piragua
> prisionera, el azoro de tus crías
> el sollozar de tus mitologías
> la Malinche, los ídolos a nado,
> y, por encima, haberte desatado

también un niño. Sólo que el ciclo heroico no se cierra: héroe caído, aún espera su resurrección. No es sorprendente que, para la mayoría de los mexicanos, Cuauhtémoc sea el "joven abuelo", el origen de México: la tumba del héroe es la cuna del pueblo. Tal es la dialéctica de los mitos y Cuauhtémoc, antes que una figura histórica, es un mito. Y aquí interviene otro elemento decisivo, analogía que hace de esta historia un verdadero poema en busca de un desenlace: se ignora el lugar de la tumba de Cuauhtémoc. El misterio del paradero de sus restos es una de nuestras obsesiones. Encontrarlo significa nada menos que volver a nuestro origen, reanudar nuestra filiación, romper la soledad. Resucitar.

Si se interroga a la tercera figura de la tríada, la Madre, escucharemos una respuesta doble. No es un secreto para nadie que el catolicismo mexicano se concentra en el culto a la Virgen de Guadalupe. En primer término: se trata de una Virgen india; en seguida: el lugar de su aparición (ante el indio Juan Diego) es una colina que fue antes santuario dedicado a Tonantzin, "nuestra madre", diosa de la fertilidad entre los aztecas. Como es sabido, la Conquista coincide con el apogeo del culto a dos divinidades masculinas: Quetzalcóatl, el dios del autosacrificio (crea el mundo, según el mito, arrojándose a la hoguera, en Teotihuacan), y Huitzilopochtli el joven dios guerrero que sacrifica. La derrota de estos dioses —pues eso fue la Conquista para el mundo indio: el fin de un ciclo cósmico y la instauración de un nuevo reinado divino— produjo entre los fieles una suerte de regreso hacia las antiguas divinidades femeninas. Este fenómeno de vuelta a la entraña materna, bien conocido de los psicólogos, es sin duda una de las causas determinantes de la rápida popularidad del culto a la Virgen. Ahora bien, las deidades in-

del pecho curvo de la emperatriz
como del pecho de una codorniz.

dias eran diosas de fecundidad, ligadas a los ritmos cósmicos, los procesos de vegetación y los ritos agrarios. La Virgen católica es también una Madre (Guadalupe-Tonantzin la llaman aún algunos peregrinos indios) pero su atributo principal no es velar por la fertilidad de la tierra sino ser el refugio de los desamparados. La situación ha cambiado: no se trata ya de asegurar las cosechas sino de encontrar un regazo. La Virgen es el consuelo de los pobres, el escudo de los débiles, el amparo de los oprimidos. En suma, es la Madre de los huérfanos. Todos los hombres nacimos desheredados y nuestra condición verdadera es la orfandad, pero esto es particularmente cierto para los indios y los pobres de México. El culto a la Virgen no sólo refleja la condición general de los hombres sino una situación histórica concreta, tanto en lo espiritual como en lo material. Y hay más: Madre universal, la Virgen es también la intermediaria, la mensajera entre el hombre desheredado y el poder desconocido, sin rostro: el Extraño.

Por contraposición a Guadalupe, que es la Madre virgen, la Chingada es la Madre violada. Ni en ella ni en la Virgen se encuentran rastros de los atributos negros de la Gran Diosa: lascivia de Amaterasu y Afrodita, crueldad de Artemisa y Astarte, magia funesta de Circe, amor por la sangre de Kali[a]. Se trata de figuras pasivas. Guadalupe es la receptividad pura y los beneficios que produce son del mismo orden: consuela, serena, aquieta, enjuga las lágrimas, calma las pasiones. La Chingada es aún más pasiva. Su pasividad es abyecta: no ofrece resistencia a la violencia, es un montón inerte de sangre, huesos y polvo. Su mancha es constitucional y reside, según se ha dicho más arriba, en su sexo. Esta pasividad

[a] Figuras mitológicas femeninas; respectivamente: diosa japonesa del sol; diosas griegas del amor y de la sabiduría; diosa semítica de los cielos, más conocida como Ishtar, protectora de las ciudades; hechicera griega, juega un papel preponderante en *La Odisea* de Homero; diosa hindú de la energía.

abierta al exterior la lleva a perder su identidad: es la Chingada. Pierde su nombre, no es nadie ya, se confunde con la nada, es la Nada. Y sin embargo, es la atroz encarnación de la condición femenina.

Si la Chingada es una representación de la Madre violada, no me parece forzado asociarla a la Conquista, que fue también una violación, no solamente en el sentido histórico, sino en la carne misma de las indias. El símbolo de la entrega es la Malinche[a], la amante de Cortés. Es verdad que ella se da voluntariamente al conquistador, pero éste, apenas deja de serle útil, la olvida. Doña Marina se ha convertido en una figura que representa a las indias, fascinadas, violadas o seducidas por los españoles. Y del mismo modo que el niño no perdona a su madre que lo abandone para ir en busca de su padre, el pueblo mexicano no perdona su traición a la Malinche. Ella encarna lo abierto, lo chingado, frente a nuestros indios, estoicos, impasibles y cerrados. Cuauhtémoc y doña Marina son así dos símbolos —antagónicos y complementarios. Y si no es sorprendente el culto que todos profesamos al joven emperador —"único héroe a la altura del arte", imagen del hijo sacrificado—, tampoco es extraña la maldición que pesa contra la Malinche. De ahí el éxito del adjetivo despectivo "malinchista", recientemente puesto en circulación por los periódicos para denunciar a todos los contagiados por tendencias extranjerizantes. Los malinchistas son los partidarios de que México se abra al exterior: los verdaderos hijos de la Malinche, que es la Chingada en persona. De nuevo aparece lo cerrado por oposición a lo abierto.

[a] Nombre histórico de *Malinali* o *Malintzin* (1504?-1527), india que fue regalada en abril de 1519 por los tabascanos, junto con otras diecinueve, al conquistador Hernán Cortés como tributo a su victoria militar sobre estos. Asumiendo el nombre de *Doña Marina,* pronto se convierte en la intérprete personal de Cortés en su empresa de conquista; luego, como amante suya, tiene un hijo con él. *La Malinche* es su nombre mestizo, clara deformación de su nombre náhuatl.

Nuestro grito es una expresión de la voluntad mexicana de vivir cerrados al exterior, sí, pero sobre todo, cerrados frente al pasado. En ese grito condenamos nuestro origen y renegamos de nuestro hibridismo. La extraña permanencia de Cortés y de la Malinche en la imaginación y en la sensibilidad de los mexicanos actuales revela que son algo más que figuras históricas: son símbolos de un conflicto secreto, que aun no hemos resuelto. Al repudiar a la Malinche —Eva mexicana, según la representa José Clemente Orozco[a] en su mural de la Escuela Nacional Preparatoria— el mexicano rompe sus ligas con el pasado, reniega de su origen y se adentra solo en la vida histórica.

El mexicano condena en bloque toda su tradición, que es un conjunto de gestos, actitudes y tendencias en el que ya es difícil distinguir lo español de lo indio. Por eso la tesis hispanista, que nos hace descender de Cortés con exclusión de la Malinche, es el patrimonio de unos cuantos extravagantes —que ni siquiera son blancos puros. Y otro tanto se puede decir de la propaganda indigenista, que también está sostenida por criollos y mestizos maniáticos, sin que jamás los indios le hayan prestado atención. El mexicano no quiere ser ni indio, ni español. Tampoco quiere descender de ellos. Los niega. Y no se afirma en tanto que mestizo, sino como abstracción: es un hombre. Se vuelve hijo de la nada. Él empieza en sí mismo.

Esta actitud no se manifiesta nada más en nuestra vida diaria, sino en el curso de nuestra historia, que en ciertos momentos ha sido encarnizada voluntad de desarraigo. Es pasmoso que un país con un pasado tan vivo, profundamente tradicional, atado a sus raíces, rico en antigüedad legendaria si pobre en historia moderna, sólo se conciba como negación de su origen.

[a] (1883-1949) muralista mexicano; junto con Diego Rivera y David Alfaro Siqueiros constituyeron el movimiento muralista en la pintura mexicana.

Nuestro grito popular nos desnuda y revela cuál es esa llaga que alternativamente mostramos o escondemos, pero no nos indica cuáles fueron las causas de esa separación y negación de la Madre, ni cuándo se realizó la ruptura. A reserva de examinar más detenidamente el problema, puede adelantarse que la Reforma liberal de mediados del siglo pasado parece ser el momento en que el mexicano se decide a romper con su tradición, que es una manera de romper con uno mismo[a]. Si la Independencia corta los lazos políticos que nos unían a España, la Reforma niega que la nación mexicana, en tanto que proyecto histórico, continúe la tradición colonial. Juárez y su generación fundan un Estado cuyos ideales son distintos a los que animaban a Nueva España o a las sociedades precortesianas. El Estado mexicano proclama una concepción universal y abstracta del hombre: la República no está compuesta por criollos, indios y mestizos, como con gran amor por los matices y respeto por la naturaleza heteróclita del mundo colonial especificaban las Leyes de Indias, sino por hombres, a secas. Y a solas.

La Reforma es la gran Ruptura con la Madre. Esta separación era un acto fatal y necesario, porque toda vida verdaderamente autónoma se inicia como ruptura con la familia y el pasado. Pero nos duele todavía esa separación. Aun respiramos por la herida. De ahí que el sentimiento de orfandad sea el fondo constante de nuestras tentativas políticas y de nuestros conflictos íntimos. México esta tan solo como cada uno de sus hijos.

El mexicano y la mexicanidad se definen como ruptura y negación. Y, asimismo, como búsqueda, como voluntad por trascender ese estado de exilio. En suma, como viva conciencia de la soledad, histórica y perso-

[a] Proceso de reestructuración legal y judicial del estado mexicano, de raíz liberal, iniciado por Benito Juárez (1806-1872).

nal. La historia, que no nos podía decir nada sobre la naturaleza de nuestros sentimientos y de nuestros conflictos, sí nos puede mostrar ahora cómo se realizó la ruptura y cuáles han sido nuestras tentativas para trascender la soledad.

V

CONQUISTA Y COLONIA

CUALQUIER contacto con el pueblo mexicano, así sea fugaz, muestra que bajo las formas occidentales laten todavía las antiguas creencias y costumbres. Esos despojos, vivos aún, son testimonio de la vitalidad de las culturas precortesianas. Y después de los descubrimientos de arqueólogos e historiadores ya no es posible referirse a esas sociedades como tribus bárbaras o primitivas. Por encima de la fascinación o del horror que nos produzcan, debe admitirse que los españoles al llegar a México encontraron civilizaciones complejas y refinadas.

Mesoamérica, esto es, el núcleo de lo que sería más tarde Nueva España, era un territorio que comprendía el centro y el sur del México actual y una parte de Centroamérica. Al norte, en los desiertos y planicies incultas, vagaban los nómadas, los chichimecas, como de manera genérica y sin distinción de nación llamaban a los bárbaros los habitantes de la Mesa Central[a]. Las fronteras entre unos y otros eran inestables, como las de Roma. Los últimos siglos de Mesoamérica pueden reducirse, un poco sumariamente, a la historia del encuentro

[a] El altiplano central donde descansa el actual Distrito Federal de México.

228

entre las oleadas de cazadores norteños, casi todos pertenecientes a la familia náhuatl[a], y las poblaciones sedentarias. Los aztecas son los últimos en establecerse en el Valle de México. El previo trabajo de erosión de sus predecesores y el desgaste de los resortes íntimos de las viejas culturas locales, hizo posible que acometieran la empresa extraordinaria de fundar lo que Arnold Toynbee llama un Imperio Universal[b], erigido sobre los restos de las antiguas sociedades. Los españoles, piensa el historiador inglés, no hicieron sino sustituirlos, resolviendo en una síntesis política la tendencia a la disgregación que amenazaba al mundo mesoamericano.

Cuando se reflexiona en lo que era nuestro país a la llegada de Cortés, sorprende la pluralidad de ciudades y culturas, que contrasta con la relativa homogeneidad de sus rasgos más característicos. La diversidad de los núcleos indígenas, y las rivalidades que los desgarraban, indica que Mesoamérica estaba constituida por un conjunto de pueblos, naciones y culturas autónomas, con tradiciones propias, exactamente como el Mediterráneo y otras áreas culturales. Por sí misma Mesoamérica era un mundo histórico.

Por otra parte, la homogeneidad cultural de esos centros muestra que la primitiva singularidad de cada cultura había sido sustituida, en época acaso no muy remota, por formas religiosas y políticas uniformes. En efecto, las culturas madres, en el centro y en el sur,

[a] *Náhuatl* es el nombre de la cultura azteca y el nombre de su lengua.

[b] El "Imperio Universal", o en inglés *universal state,* es uno de los conceptos claves de Arnold Toynbee en su *A Study of History.* Significa, dentro del esquema histórico toynbeeano, una etapa de decadencia en toda civilización por la que intenta la unificación política. Así, la consolidación política de las diferentes tribus mesoamericanas bajo los aztecas significa, para Toynbee, la formación de un "Imperio Universal" cuya decadencia y desaparición fue confirmada durante la Conquista. En *A Study of History,* se estudia el caso de México en IV, 80-81 y XII, 65-67 y 673.

se habían extinguido hacía varios siglos. Sus sucesores habían combinado y recreado toda aquella variedad de expresiones locales. Esta tarea de síntesis había culminado en la erección de un modelo, el mismo, con leves diferencias, para todos.

A pesar del justo descrédito en que han caído las analogías históricas, de las que se ha abusado con tanto brillo como ligereza, es imposible no comparar la imagen que nos ofrece Mesoamérica al comenzar el siglo XVI, con la del mundo helenístico en el momento en que Roma inicia su carrera de potencia universal. La existencia de varios grandes estados, y la persistencia de un gran número de ciudades independientes, especialmente en la Grecia insular y continental, no impiden, sino subrayan, la uniformidad cultural de ese universo. Seléucidas, tolomeos, macedonios[a] y muchos pequeños y efímeros estados, no se distinguen entre sí por la diversidad y originalidad de sus respectivas sociedades, sino por las rencillas que fatalmente los dividen. Otro tanto puede decirse de las sociedades mesoamericanas. En unas y otras, diversas tradiciones y herencias culturales se mezclan y acaban por fundirse. La homogeneidad cultural contrasta con las querellas perpetuas que los dividen.

En el mundo helenístico la uniformidad se logró a través del predominio de la cultura griega, que absorbe a las culturas orientales. Es difícil determinar cuál fue el elemento unificador de las sociedades indígenas. Una hipótesis, que no tiene más valor que el de apoyarse en una simple reflexión, hace pensar que el papel realizado por la cultura griega en el mundo antiguo fue cumplido en Mesoamérica por la cultura, aun sin nombre propio, que floreció en Tula y Teotihuacan, y a la que, no sin inexactitud, se llama "tolteca"[b]. La influencia de las cultu-

[a] Habitantes de reinos de la Grecia antigua.
[b] Cultura guerrera pre-azteca mesoamericana. Su capital fue Tula, fundada ca. 900 a. C.

ras de la Mesa Central en el sur, especialmente en el área ocupada por el llamado segundo Imperio maya, justifica esta idea. Es notable que no exista influencia maya en Teotihuacan[a]. Chichen Itzá, por el contrario, es una ciudad "tolteca". Todo parece indicar, pues, que en cierto momento las formas culturales del centro de México terminaron por extenderse y predominar.

Desde un punto de vista muy general se ha descrito a Mesoamérica como un área histórica uniforme, determinada por la presencia constante de ciertos elementos comunes a todas las culturas: agricultura del maíz, calendario ritual, juego de pelota, sacrificios humanos, mitos solares y de la vegetación semejantes, etc. Se dice que todos esos elementos son de origen suriano y que fueron asimilados una y otra vez por las inmigraciones norteñas. Así, la cultura mesoamericana sería el fruto de diversas creaciones del Sur, recogidas, desarrolladas y sistematizadas por grupos nómadas. Este esquema olvida la originalidad de cada cultura local. La semejanza que se observa entre las concepciones religiosas, políticas y míticas de los pueblos indoeuropeos, por ejemplo, no niega la originalidad de cada uno de ellos. De todos modos, y más allá de la originalidad particular de cada cultura, es evidente que todas ellas, decadentes o debilitadas, estaban a punto de ser absorbidas por el Imperio azteca, heredero de las civilizaciones de la Meseta.

Aquellas sociedades estaban impregnadas de religión. La misma sociedad azteca era un Estado teocrático y militar. Así, la unificación religiosa antecedía, completaba o correspondía de alguna manera a la unificación política. Con diversos nombres, en lenguas distintas, pero con ceremonias, ritos y significaciones muy parecidos, cada ciudad precortesiana adoraba a dioses cada vez más semejantes entre sí. Las divinidades agrarias

[a] Antigua ciudad sagrada maya en el actual estado de Yucatán y cerca de Mérida, su capital.

—los dioses del suelo, de la vegetación y de la fertilidad, como Tláloc— y los dioses nórdicos —celestes, guerreros y cazadores, como Tezcatlipoca[a], Huitzilopochtli, Mixcóatl— convivían en un mismo culto. El rasgo más acusado de la religión azteca en el momento de la Conquista es la incesante especulación teológica que refundía, sistematizaba y unificaba creencias dispersas, propias y ajenas. Esta síntesis no era el fruto de un movimiento religioso popular, como las religiones proletarias que se difunden en el mundo antiguo al iniciarse el cristianismo, sino la tarea de una casta, colocada en el pináculo de la pirámide social. Las sistematizaciones, adaptaciones y reformas de la casta sacerdotal reflejan que en la esfera de las creencias también se procedía por superposición —característica de las ciudades prehispánicas. Del mismo modo que una pirámide azteca recubre a veces un edificio más antiguo, la unificación religiosa solamente afectaba a la superficie de la conciencia, dejando intactas las creencias primitivas. Esta situación prefiguraba la que introduciría el catolicismo, que también es una religión superpuesta a un fondo religioso original y siempre viviente. Todo preparaba la dominación española.

La Conquista de México sería inexplicable sin estos antecedentes. La llegada de los españoles parece una liberación a los pueblos sometidos por los aztecas. Los diversos estados-ciudades se alían a los conquistadores o contemplan con indiferencia, cuando no con alegría, la caída de cada uno de sus rivales y en particular del más poderoso: Tenochtitlan. Pero ni el genio político de Cortés, ni la superioridad técnica —ausente en hechos

[a] *Tezcatlipoca* es el dios creador de los aztecas. En náhuatl su nombre significa el cielo nocturno, conectado por eso con todos los dioses estelares, con la luna y con aquellos que significan la muerte, maldad o destrucción. Patrono de los hechiceros y los salteadores. Su nombre significa "el espejo que humea". *Mixcóatl,* a su vez, fue el dios fundador de la primera dinastía tolteca.

de armas decisivos como la batalla de Otumba[a]—, ni la defección de vasallos y aliados, hubieran logrado la ruina del Imperio azteca si este no hubiese sentido de pronto un desfallecimiento, una duda íntima que lo hizo vacilar y ceder. Cuando Moctezuma abre las puertas de Tenochtitlan a los españoles y recibe a Cortés con presentes, los aztecas pierden la partida. Su lucha final es un suicidio y así lo dan a entender todos los textos que tenemos sobre este acontecimiento grandioso y sombrío.

¿Por qué cede Moctezuma? ¿por qué se siente extrañamente fascinado por los españoles y experimenta ante ellos un vértigo que no es exagerado llamar sagrado —el vértigo lúcido del suicida ante el abismo? Los dioses lo han abandonado. La gran traición con que comienza la historia de México no es la de los tlaxcaltecas, ni la de Moctezuma y su grupo, sino la de los dioses. Ningún otro pueblo se ha sentido tan totalmente desamparado como se sintió la nación azteca ante los avisos, profecías y signos que anunciaron su caída. Se corre el riesgo de no comprender el sentido que tenían esos signos y profecías para los indios si se olvida su concepción cíclica del tiempo. Según ocurre con muchos otros pueblos y civilizaciones, para los aztecas el tiempo no era una medida abstracta y vacía de contenido, sino algo concreto, una fuerza, sustancia o fluido que se gasta y consume. De ahí la necesidad de los ritos y sacrificios destinados a revigorizar el año o el siglo[b]. Pero el tiempo —o más exactamente: los tiempos— además de constituir algo vivo que nace, crece, decae, renace, era una sucesión que regresa. Un tiempo se acaba; otro vuelve. La llegada de los españoles fue interpretada por Moctezuma —al menos al principio— no tanto

<hr>

[a] Célebre batalla (18 de julio de 1520) en la que Hernán Cortés derrota a los aztecas.
[b] 2ª ed.: añadido, desde "Ningún otro pueblo...".

como un peligro "exterior" sino como el acabamiento interno de una era cósmica y el principio de otra. Los dioses se van porque su tiempo se ha acabado; pero regresa otro tiempo y con él otros dioses, otra era.

Resulta más patética esta deserción divina cuando se piensa en la juventud y vigor del naciente Estado. Todos los viejos imperios, como Roma y Bizancio, sienten la seducción de la muerte al final de su historia. Los ciudadanos se alzan de hombros cuando llega, siempre tardío, el golpe final del extraño. Hay un cansancio imperial y la servidumbre parece carga ligera al que siente la fatiga del poder. Los aztecas experimentan el calosfrío de la muerte en plena juventud, cuando marchaban hacia la madurez. En suma, la Conquista de México es un hecho histórico en el que intervienen muchas y muy diversas circunstancias, pero se olvida con frecuencia la que me parece más significativa: el suicidio del pueblo azteca.

Recordemos cómo la fascinación ante la muerte no es tanto un rasgo de madurez o de vejez como de juventud. Mediodía y medianoche son horas de suicidio ritual. Al mediodía, durante un instante, todo se detiene y vacila; la vida, como el sol, se pregunta a sí misma si vale la pena seguir. En ese momento de inmovilidad, que es también de vértigo, a la mitad de su carrera, el pueblo azteca alza la cara: los signos celestes le son adversos. Y siente la atracción de la muerte:

> *Je pense, sur le bord doré de l'univers*
> *A ce gout de périr qui prend la Pythonisse*
> *En qui mugit l'espoir que le monde finisse*[a].

[a] Cita de los versos 164-66 de *La Jeune Parque* (1917) de Paul Valéry. El contexto inmediato de estos versos es, en efecto, la meditación sobre la muerte. En su contexto, y en traducción, los versos dicen lo siguiente: "Yo pienso, abandonando a la brisa las horas/ Y el alma sin retorno de amargas arboledas,/ Yo pienso, sobre el borde áureo del universo,/ En ese sabor de muerte que ama la Pitonisa/ Bramando el ancho viento del que el mundo perece." Cito de la traducción del poeta cubano Mariano Brull.

Una parte del pueblo azteca desfallece y busca al invasor. La otra, sin esperanza de salvación, traicionada por todos, escoge la muerte. Ante la sola presencia de los españoles se produce una escisión en la sociedad azteca, que corresponde al dualismo de sus dioses, de su sistema religioso y de sus castas superiores.

La religión azteca, como la de todos los pueblos conquistadores, era una religión solar. En el Sol, el dios que es fuente de vida, el dios pájaro, y en su marcha que rompe las tinieblas y se establece en el centro del cielo como un ejército vencedor en medio de un campo de batalla, el azteca condensa todas las aspiraciones y empresas guerreras de su pueblo. Pues los dioses no son meras representaciones de la naturaleza. Encarnan también los deseos y la voluntad de la sociedad, que se autodiviniza en ellos. Huitzilopochtli, el guerrero del sur, "es el dios tribal de la guerra y del sacrificio... y comienza su carrera con una matanza. Quetzalcóatl-Nanauatzin[a] es el dios-sol de los sacerdotes, que ven en el autosacrificio voluntario la más alta expresión de su doctrina del mundo y de la vida: Quetzalcóatl es un rey-sacerdote, respetuoso de los ritos y de los decretos del destino, que no combate y que se da la muerte para renacer. Huitzilopochtli, al contrario, es el sol-héroe de los guerreros, que se defiende, que lucha y que triunfa, *invictus sol* que abate a sus enemigos con las llamas de su xiucoatl. Cada una de estas personalidades divinas corresponde al ideal de unas de las fracciones principales de la clase dirigente"[1].

[1] Jacques Soustelle, *La pensée cosmologique des anciens mexicains,* París, 1940[b].

[a] *Nanauatzin,* cuyo nombre viene del náhuatl *nanáhuatl,* o bubas, enfermedad de males venéreos, es un ser mítico, antecedente de Huitzilopochtli, dios de la guerra.

[b] El libro de Soustelle, cuya primera versión fue una serie de conferencias en el Collège de France en 1939, se publicó en París, Hermann et Cie., 1940.

La dualidad de la religión azteca, reflejo de su división teocrático-militar y de su sistema social, corresponde también a los impulsos contradictorios que habitan cada ser y cada grupo humano. El instinto de la muerte y el de la vida disputan en cada uno de nosotros. Esas tendencias profundas impregnan la actividad de clases, castas e individuos y en los momentos críticos se manifiestan con toda desnudez. La victoria del instinto de la muerte revela que el pueblo azteca pierde de pronto la conciencia de su destino. Cuauhtémoc lucha a sabiendas de la derrota. En esta íntima y denodada aceptación de su pérdida radica el carácter trágico de su combate. Y el drama de esta conciencia que ve derrumbarse todo en torno suyo, y en primer término sus dioses, creadores de la grandeza de su pueblo, parece presidir nuestra historia entera. Cuauhtémoc y su pueblo mueren solos, abandonados de amigos, aliados, vasallos y dioses. En la orfandad.

La caída de la sociedad azteca precipita la del resto del mundo indio[a]. Todas las naciones que lo componían son presa del mismo horror, que se expresó casi siempre como fascinada aceptación de la muerte. Pocos documentos son tan impresionantes como los escasos que nos restan sobre esa catástrofe que sumió en una inmensa tristeza a muchos seres[b]. He aquí el testimonio maya, según lo relata el *Chilam Balam de Chumayel*[c]: "El II Ahan Katun llegaron los extranjeros de barbas rubias, los hijos del sol, los hombres de color claro. ¡Ay, entristezcámonos porque llegaron! El palo del blanco

[a] *1ª ed.:* "la de todo el mundo indio".

[b] *2ª ed.:* añadido. *1ª ed.:* "Tristeza que se transformó en estupor ante la propia desdicha. Y muchos no se recobran aún de ese dolorido asombro" (pág. 100).

[c] Libro de crónicas anónimas, escritas en maya-quiché después de la Conquista española. Estas tienen un carácter religioso, puramente indígena y cristiano, y contienen desde crónicas históricas con registros cronológicos mayas hasta simples acontecimientos sin importancia.

bajará, vendrá del cielo, por todas partes vendrá... Triste estará la palabra de Hunab-Ku, Unica deidad para nosotros, cuando se extienda por toda la tierra la palabra del Dios de los cielos..." Y más adelante: "será el comenzar de los ahorcamientos, el estallar del rayo en el extremo del brazo de los blancos" (las armas de fuego)... "cuando caiga sobre los Hermanos el rigor de la pelea, cuando les caiga el tributo en la gran entrada del cristianismo, cuando se funde el principio de los Siete Sacramentos, cuando comience el mucho trabajar en los pueblos y la miseria se establezca en Ia tierra".

EL CARÁCTER de la Conquista es igualmente complejo desde la perspectiva que nos ofrecen los testimonios legados por los españoles. Todo es contradictorio en ella. Como la Reconquista, es una empresa privada y una hazaña nacional[a]. Cortés y el Cid guerrean, por su cuenta, bajo su responsabilidad y contra la voluntad de sus señores, pero en nombre y provecho del Rey. Son vasallos, rebeldes y cruzados. En su conciencia y en la de sus ejércitos combaten nociones opuestas: los intereses de la Monarquía y los individuales, los de la fe y los del lucro. Y cada conquistador, cada misionero y cada burócrata es un campo de batalla. Si, aisladamente considerados, cada uno representa a los grandes poderes que se disputan la dirección de la sociedad —el feudalismo, la Iglesia y la Monarquía absoluta—, en su interior pelean otras tendencias. Las mismas que distinguen a España del resto de Europa y que la hacen, en el sentido literal de la palabra, una nación excéntrica.

España es la defensora de la fe y sus soldados los guerreros de Cristo. Esta circunstancia no impide al Emperador y a sus sucesores sostener polémicas encarnizadas con el Papado, que el Concilio de Trento no hace

[a] Se refiere a la empresa de retoma de la península ibérica de manos de los árabes por los antiguos cristianos.

cesar completamente. España es una nación todavía medieval y muchas de las instituciones que erige en la Colonia y muchos de los hombres que las establecen son medievales. Al mismo tiempo, el Descubrimiento y la Conquista de América son una empresa renacentista. Así, España participa también en el Renacimiento —a menos que se piense que sus hazañas ultramarinas, consecuencia de la ciencia, la técnica y aun de los sueños y utopías renacentistas, no forman parte de ese movimiento histórico.

Por otra parte, los conquistadores no son nada más repeticiones del guerrero medieval, que lucha contra moros e infieles. Son aventureros, esto es, gente que se interna en los espacios abiertos y se arriesga en lo desconocido, rasgo también renacentista. El caballero medieval, por el contrario, vive en un mundo cerrado. Su gran empresa fueron las Cruzadas, acontecimiento histórico de signo distinto a la Conquista de América. El primero fue un rescate: el segundo, un descubrimiento y una fundación. Y, en fin, muchos de los conquistadores —Cortés, Jiménez de Quesada[a]— son figuras inconcebibles en la Edad Media. Sus gustos literarios tanto como su realismo político, su conciencia de la obra que realizan tanto como lo que Ortega y Gasset llamaría "su estilo de vida", tienen escasa relación con la sensibilidad medieval.

Si España se cierra al Occidente y renuncia al porvenir en el momento de la Contrarreforma, no lo hace sin antes adoptar y asimilar casi todas las formas artísticas del Renacimiento: poesía, pintura, novela, arquitectura. Esas formas —amén de otras filosóficas y políticas—, mezcladas a tradiciones e instituciones españolas y de entraña medieval, son trasplantadas a nuestro continen-

[a] Gonzalo Jiménez de Quesada (1500-1579), conquistador español, fue el descubridor de Nueva Granada (actual Colombia) y fundador de Santa Fe de Bogotá.

te. Y es significativo que la parte más viva de la herencia española en América esté constituida por esos elementos universales que España asimiló en un período también universal de su historia. La ausencia de casticismo, tradicionalismo y españolismo —en el sentido medieval que se ha querido dar a la palabra: costra y cáscara de la casta Castilla— es un rasgo permanente de la cultura hispanoamericana, abierta siempre al exterior y con voluntad de universalidad. Ni Juan Ruiz de Alarcón, ni Sor Juana, ni Darío, ni Bello[a], son espíritus tradicionales, castizos. La tradición española que heredamos los hispanoamericanos es la que en España misma ha sido vista con desconfianza o desdén: la de los heterodoxos, abiertos hacia Italia o hacia Francia. Nuestra cultura, como una parte de la española, es libre elección de unos cuantos espíritus. Y así, según apuntaba Jorge Cuesta[b], se define como una libertad frente al pasivo tradicionalismo de nuestros pueblos. Es una forma, a veces superpuesta o indiferente a la realidad que la sustenta. En ese carácter estriba su grandeza y también, en algunos casos, su vacuidad o su impotencia. El crecimiento de nuestra lírica —que es por naturaleza diálogo entre el poeta y el Mundo— y la relativa pobreza de nuestras formas épicas y dramáticas, reside acaso en este carácter ajeno, desprendido de la realidad, de nuestra tradición.

La disparidad de elementos y tendencias que se observan en la Conquista no enturbia su clara unidad histórica. Todos ellos reflejan la naturaleza del Estado español, cuyo rasgo más notable consistía en ser una crea-

[a] Escritores hispanoamericanos; respectivamente: (1581-1639), dramaturgo español, nacido en México, autor de importantes obras dramáticas, como *La verdad sospechosa;* (1653-1695), monja y poeta mexicana; (1867-1916), poeta nicaragüense, iniciador del Modernismo; (1768-1865), escritor, filólogo y poeta americano.

[b] (1903-1942), escritor mexicano, miembro del grupo *Contemporáneos* y amigo del joven Octavio Paz; autor del influyente ensayo "El clasicismo mexicano", al que Paz se refiere ampliamente.

ción artificial, una construcción política en el más estricto de los significados de la palabra. La monarquía española nace de una violencia: la que los Reyes Católicos y sus sucesores imponen a la diversidad de pueblos y naciones sometidos a su dominio. La unidad española fue, y sigue siendo, fruto de la voluntad política del Estado, ajena a la de los elementos que la componen. (El catolicismo español siempre ha vivido en función de esa voluntad. De ahí, quizá, su tono beligerante, autoritario e inquisitorial.) La rapidez con que el Estado español asimila y organiza las conquistas que realizan los particulares muestra que una misma voluntad, perseguida con cierta coherente inflexibilidad, anima las empresas europeas y las de ultramar. Las colonias alcanzaron en poco tiempo una complejidad y perfección que contrasta con el lento desarrollo de las fundadas por otros países. La previa existencia de sociedades estables y maduras facilitó, sin duda, la tarea de los españoles, pero es evidente la voluntad hispana de crear un mundo a su imagen. En 1604, a menos de un siglo de la caída de Tenochtitlan, Balbuena da a conocer la *Grandeza Mexicana*[a].

En resumen, se contemple la Conquista desde la perspectiva indígena o desde la española, este acontecimiento es expresión de una voluntad unitaria. A pesar de las contradicciones que la constituyen, la Conquista es un hecho histórico destinado a crear una unidad de la pluralidad cultural y política precortesiana. Frente a la variedad de razas, lenguas, tendencias y Estados del mundo prehispánico, los españoles postulan un solo idioma, una sola fe, un solo Señor. Si México nace en el siglo XVI, hay que convenir que es hijo de una doble violencia imperial y unitaria: la de los aztecas y la de los españoles.

[a] Bernardo de (1561-1627), sacerdote y poeta, autor de la *Grandeza mexicana* (1604), poema descriptivo del Virreinato de la Nueva España.

El Imperio que funda Cortés sobre los restos de las viejas culturas aborígenes era un organismo subsidiario, satélite del sol hispano. La suerte de los indios pudo ser así la de tantos pueblos que ven humillada su cultura nacional, sin que el nuevo orden —mera superposición tiránica— abra sus puertas a la participación de los dominados. Pero el Estado fundado por los españoles fue un orden abierto. Y esta circunstancia, así como las modalidades de la participación de los vencidos en la actividad central de la nueva sociedad: la religión, merecen un examen detenido. La historia de México, y aun la de cada mexicano, arranca precisamente de esa situación. Así pues, el estudio del orden colonial es imprescindible. La determinación de las notas más salientes de la religiosidad colonial —sea en sus manifestaciones populares o en las de sus espíritus más representativos— nos mostrará el sentido de nuestra cultura y el origen de muchos de nuestros conflictos posteriores.

LA PRESTEZA con que el Estado español —eliminando ambiciones de encomenderos, infidelidades de oidores y rivalidades de toda índole— recrea las nuevas posesiones a imagen y semejanza de la Metrópoli, es tan asombrosa como la solidez del edificio social que construye. La sociedad colonial es un orden hecho para durar. Quiero decir, una sociedad regida conforme a principios jurídicos, económicos y religiosos plenamente coherentes entre sí y que establecían una relación viva y armónica entre las partes y el todo. Un mundo suficiente, cerrado al exterior pero abierto a lo ultraterreno[a].

Es muy fácil reír de la pretensión ultraterrena de la sociedad colonial. Y más fácil aún denunciarla como una forma vacía, destinada a encubrir los abusos de los conquistadores o a justificarlos ante sí mismos y ante sus

[a] *1ª ed.:* "Cielo" donde dice "ultraterreno".

víctimas. Sin duda esto es verdad, pero no lo es menos que esa aspiración ultraterrena no era un simple añadido, sino una fe viva y que sustentaba, como la raíz al árbol, fatal y necesariamente, otras formas culturales y económicas. El catolicismo[a] es el centro de la sociedad colonial porque de verdad es la fuente de vida que nutre las actividades, las pasiones, las virtudes y hasta los pecados de siervos y señores, de funcionarios y sacerdotes, de comerciantes y militares. Gracias a la religión el orden colonial no es una mera superposición de nuevas formas históricas, sino un organismo viviente. Con la llave del bautismo el catolicismo abre las puertas de la sociedad y la convierte en un orden universal, abierto a todos los pobladores. Y al hablar de la Iglesia católica, no me refiero nada más a la obra apostólica de los misioneros, sino a su cuerpo entero, con sus santos, sus prelados rapaces, sus eclesiásticos pedantes, sus juristas apasionados, sus obras de caridad y su atesoramiento de riquezas.

Es cierto que los españoles no exterminaron a los indios porque necesitaban la mano de obra nativa para el cultivo de los enormes feudos y la explotación minera. Los indios eran bienes que no convenía malgastar. Es difícil que a esta consideración se hayan mezclado otras de carácter humanitario. Semejante hipótesis hará sonreír a cualquiera que conozca la conducta de los encomenderos con los indígenas. Pero sin la Iglesia el destino de los indios habría sido muy diverso. Y no pienso solamente en la lucha emprendida para dulcificar sus condiciones de vida y organizarlos de manera más justa y cristiana, sino en la posibilidad que el bautismo les ofrecía de formar parte, por la virtud de la consagración,

[a] *1ª ed.*: Desde "Sin duda...": "Pero es menos fácil olvidar que esa aspiración ultraterrena no era un simple añadido, una cortina de humo tendida para nublar los ojos de los sometidos, sino una fe viva que sustentaba, como la raíz al árbol, fatal y necesariamente, otras formas culturales y económicas. La Iglesia Católica..." (pág. 104).

de un orden y de una Iglesia. Por la fe católica los indios, en situación de orfandad, rotos los lazos con sus antiguas culturas, muertos sus dioses tanto como sus ciudades, encuentran un lugar en el mundo. Esa posibilidad de pertenecer a un orden vivo, así fuese en la base de la pirámide social, les fue despiadadamente negada a los nativos por los protestantes de Nueva Inglaterra. Se olvida con frecuencia que pertenecer a la fe católica significaba encontrar un sitio en el Cosmos. La huida de los dioses y la muerte de los jefes habían dejado al indígena en una soledad tan completa como difícil de imaginar para un hombre moderno. El catolicismo le hace reanudar sus lazos con el mundo y el trasmundo. Devuelve sentido a su presencia en la tierra, alimenta sus esperanzas y justifica su vida y su muerte.

Resulta innecesario añadir que la religión de los indios, como la de casi todo el pueblo mexicano, era una mezcla de la nuevas y las antiguas creencias. No podía ser de otro modo, pues el catolicismo fue una religión impuesta. Esta circunstancia, de la más alta trascendencia desde otro punto de vista, carecía de interés inmediato para los nuevos creyentes. Lo esencial era que sus relaciones sociales, humanas y religiosas con el mundo circundante y con lo Sagrado se habían restablecido. Su existencia particular se insertaba en un orden más vasto. No por simple devoción o servilismo los indios llamaban "tatas" a los misioneros y "madre" a la Virgen de Guadalupe.

La diferencia con las colonias sajonas es radical. Nueva España conoció muchos horrores, pero por lo menos ignoró el más grave de todos: negarle un sitio, así fuere el último en la escala social, a los hombres que la componían. Había clases, castas, esclavos, pero no había parias, gente sin condición social determinada o sin estado jurídico, moral o religioso. La diferencia con el mundo de las modernas sociedades totalitarias es también decisiva.

Es cierto que Nueva España, al fin y al cabo sociedad satélite, no creó un arte, un pensamiento, un mito o for-

mas de vida originales. (Las únicas creaciones realmente originales de América —y no excluyo naturalmente a los Estados Unidos— son las precolombinas.) También es cierto que la superioridad técnica del mundo colonial y la introducción de formas culturales más ricas y complejas que las mesoamericanas, no bastan para justificar una época. Pero la creación de un orden universal, logro extraordinario de la Colonia, sí justifica a esa sociedad y la redime de sus limitaciones. La gran poesía colonial, el arte barroco, las Leyes de Indias, los cronistas, historiadores y sabios y, en fin, la arquitectura novohispana, en la que todo, aun los frutos fantásticos y los delirios profanos, se armoniza bajo un orden tan riguroso como amplio, no son sino reflejos del equilibrio de una sociedad en la que también todos los hombres y todas las razas encontraban sitio, justificación y sentido. La sociedad estaba regida por un orden cristiano que no es distinto al que se admira en templos y poemas[a].

No pretendo justificar a la sociedad colonial. En rigor, mientras subsista esta o aquella forma de opresión, ninguna sociedad se justifica. Aspiro a comprenderla como una totalidad viva y, por eso, contradictoria. Del mismo modo me niego a ver en los sacrificios humanos de los aztecas una expresión aislada de crueldad sin relación con el resto de esa civilización: la extracción de corazones y las pirámides monumentales, la escultura y el canibalismo ritual, la poesía y la "guerra florida", la teocracia y los mitos grandiosos son un todo indisoluble. Negar esto es tan infantil como negar al arte gótico o a la poesía provenzal en nombre de la situación de los siervos medievales, negar a Esquilo porque había esclavos en Atenas. La historia tiene la realidad atroz de una pesadilla; la grandeza del hombre consiste en hacer obras hermosas y durables con la sustancia real de esa pesadilla. O dicho de otro modo: transfigurar la pesadi-

[a] *2ª ed.*: añade el párrafo siguiente.

lla en visión, liberarnos, así sea por un instante, de la realidad disforme por medio de la creación.

DURANTE siglos España digiere y perfecciona las ideas que le habían dado el ser. La actividad intelectual no deja de ser creadora, pero solamente en la esfera del arte y dentro de los límites que se sabe. La crítica —que en esos siglos y en otras partes es la más alta forma de creación— existe apenas en ese mundo cerrado y satisfecho. Hay, sí, la sátira, la disputa teológica y una actividad constante por extender, perfeccionar y hacer más sólido el edificio que albergaba a tantos y tan diversos pueblos. Pero los principios que rigen a la sociedad son inmutables e intocables. España no inventa ya, ni descubre: se extiende, se defiende, se recrea. No quiere cambiar, sino durar. Y otro tanto ocurre con sus posesiones ultramarinas. Superada la primera época de borrascas y disturbios, la Colonia padece crisis periódicas —como la que atraviesan Sigüenza y Góngora[a] y Sor Juana— pero ninguna de ellas toca las raíces del régimen o pone en tela de juicio los principios en que se funda.

El mundo colonial era proyección de una sociedad que había ya alcanzado su madurez y estabilidad en Europa. Su originalidad es escasa. Nueva España no busca, ni inventa: aplica y adapta. Todas sus creaciones, incluso la de su propio ser, son reflejos de las españolas. Y la permeabilidad con que lentamente las formas hispánicas aceptan las modificaciones que les impone la realidad novohispana, no niega el carácter conservador de la Colonia. Las sociedades tradicionales, observa Ortega y Gasset, son realistas: desconfían de los saltos bruscos pero cambian despacio, aceptando las sugestiones de la realidad. La "Grandeza Mexicana" es la de un

[a] Carlos de (1645-1700), sacerdote y escritor mexicano; con Sor Juana Inés de la Cruz, una de las figuras intelectuales más destacadas de Nueva España.

sol inmóvil, mediodía prematuro que ya nada tiene que conquistar sino su descomposición.

La especulación religiosa había cesado desde hacía siglos. La doctrina estaba hecha y se trataba sobre todo de vivirla. La Iglesia se inmoviliza en Europa, a la defensiva. La escolástica se defiende mal, como las pesadas naves españolas, presa de las más ligeras de holandeses e ingleses. La decadencia del catolicismo europeo coincide con su apogeo hispanoamericano: se extiende en tierras nuevas en el momento en que ha dejado de ser creador. Ofrece una filosofía hecha y una fe petrificada, de modo que la originalidad de los nuevos creyentes no encuentra ocasión de manifestarse. Su adhesión es pasiva. El fervor y la profundidad de la religiosidad mexicana contrasta con la relativa pobreza de sus creaciones. No poseemos una gran poesía religiosa, como no tenemos una filosofía original, ni un solo místico o reformador de importancia.

Esta situación paradójica —y no por eso menos real— explica buena parte de nuestra historia y es el origen de muchos de nuestros conflictos psíquicos[a]. El catolicismo ofrece un refugio a los descendientes de aquellos que habían visto la exterminación de sus clases dirigentes, la destrucción de sus templos y manuscritos y la supresión de las formas superiores de su cultura pero, por razón misma de su decadencia europea, les niega toda posibilidad de expresar su singularidad. Así, redujo la participación de los fieles a la más elemental y pasiva de las actitudes religiosas. Pocos podían alcanzar una comprensión más entera de sus nuevas creencias[b].

[a] *1ª ed.*: "Esta aparente paradoja explica buena parte de nuestra historia y es la clave de muchos de nuestros conflictos" (pág. 108).

[b] *1ª ed.*: "Así, los beneficios indudables del catolicismo no deben hacernos olvidar que redujo la participación de los fieles a la más elemental y pasiva de las actitudes religiosas: la del simple creyente. Y si es verdad que en el fondo de toda vida religiosa se encuentra una relación filial entre la Divinidad y el creyente, y que toda actitud de religiosidad auténtica parte de ahí, también lo es que, precisamente

Y la inmovilidad de éstas, así como la del enmohecido aparato escolástico, hacía más difícil toda participación creadora. Agréguese que el conjunto de los creyentes descendía de las clases inferiores de la antigua sociedad. Por tal razón, eran gente con una tradición cultural pobre (los depositarios del saber mágico y religioso, guerreros y sacerdotes, habían sido exterminados o españolizados). En suma, la creación religiosa estaba vedada a los creyentes a consecuencia de las circunstancias que determinaban su participación. De ahí la relativa infecundidad del catolicismo colonial, sobre todo si se recuerda su fertilidad entre bárbaros y romanos, cristianizados en el momento en que la religión era la única fuerza viva del mundo antiguo. No es difícil, pues, que nuestra actitud antitradicional y la ambigüedad de nuestra posición frente al catolicismo se originen en este hecho. Religión y Tradición se nos han ofrecido siempre como formas muertas, inservibles, que mutilan o asfixian nuestra singularidad.

No es sorprendente, en estas circunstancias, la persistencia del fondo precortesiano. El mexicano es un ser religioso y su experiencia de lo Sagrado es muy verdadera, más ¿quién es su Dios: las antiguas divinidades de la tierra o Cristo? Una invocación chamula, verdadera plegaria a pesar de la presencia de ciertos elementos mágicos, responde con claridad a esta pregunta[a]:

> Santa tierra, santo cielo; Dios Señor, Dios Hijo, santa tierra, santo cielo, santa gloria, hazte cargo de mí, represéntame; ve mi trabajo, ve mi labor, ve mi sufrir. Gran Hombre, gran Señor, gran padre, gran petome,

por ser un punto de partida, el devoto aspira siempre a creaciones más altas y complejas" (pág. 108).

[a] *1ª ed.:* "Es sorprendente, por otra parte, la persistencia del fondo religioso precortesiano. Semejante vitalidad hace entrañable al catolicismo del pueblo, pero no impide que su fe sea elemental y que no rebase las formas más primitivas y estáticas del sentimiento religioso" (pág. 109).

gran espíritu de mujer, ayúdame. En tus manos pongo el tributo; aquí está la reposición de su chulel. Por mi incienso, por mis velas, espíritu de la luna, virgen madre del cielo, virgen madre de la tierra; Santa Rosa, por su primer hijo, por tu primera gloria, ve a tu hijo estrujado en su espíritu, en su chulel.

En muchos casos el catolicismo sólo recubre las antiguas creencias cosmogónicas. He aquí cómo el mismo chamula, Juan Pérez Jolote, nuestro contemporáneo según el Registro Civil, nuestro antepasado si se atiende a sus creencias, describe la imagen de Cristo en una iglesia de su pueblo, explicando lo que significa para él y su raza:

> Este que está encajonado es el señor San Manuel; se llama también señor San Salvador, o señor San Mateo; es el que cuida a la gente, a las criaturas. A él se le pide que cuide a uno en la casa, en los caminos, en la tierra. Este otro que está en la cruz es también el señor San Mateo; está enseñando, está mostrando cómo se muere en la cruz, para enseñarnos a respetar... antes de que naciera San Manuel, el sol estaba frío igual que la luna. En la tierra vivían los pukujes, que se comían a la gente. El sol empezó a calentar cuando nació el niño Dios, que es hijo de la Virgen, el señor San Salvador[2].

En el relato del chamula, caso extremo y por lo tanto ejemplar, es visible la superposición religiosa y la presencia imborrable de los mitos indígenas. Antes del nacimiento de Cristo, el Sol —ojo de Dios— no calienta. El astro es un atributo de la divinidad. De ahí que el chamula repita que gracias a la presencia de Dios la naturaleza se pone en marcha. ¿No es ésta una versión,

[2] Ricardo Pozas A., *Juan Pérez Jolote. Autobiografía de un tzotzil,* 5ª ed., FCE, México, 1965.

muy deformada, del hermoso mito de la creación del mundo? En Teotihuacán los dioses también se enfrentan al problema del astro-fuente-de-vida. Y sólo el sacrificio de Quetzalcóatl pone en movimiento al Sol y salva al mundo del incendio sagrado. La persistencia del mito precortesiano subraya la diferencia entre la concepción cristiana y la indígena; Cristo salva al mundo porque nos redime y lava la mancha del pecado original. Quetzalcóatl no es tanto un dios redentor como re-creador. La noción del pecado para los indios está todavía ligada a la idea de salud y enfermedad, personal, social y cósmica[a]. Para el cristiano se trata de salvar el alma individual, desprendida del grupo y del cuerpo. El cristianismo condena al mundo; el indio sólo concibe la salvación personal como parte de la del cosmos y de la sociedad.

Nada ha trastornado la relación filial del pueblo con lo Sagrado, fuerza constante que da permanencia a nuestra nación y hondura a la vida afectiva de los desposeídos. Pero nada tampoco ha logrado hacerla más despierta y fecunda, ni siquiera la mexicanización del catolicismo, ni siquiera la Virgen de Guadalupe. Por eso los mejores no han vacilado en desprenderse del cuerpo de la Iglesia y salir a la intemperie. Allí, en la soledad y desnudez del combate espiritual, han respirado un poco de ese "aire religioso fresco" que pedía Jorge Cuesta.

LA ÉPOCA de Carlos II[b] es una de las más tristes y vacías de la Historia de España. Todas sus reservas espirituales habían sido devoradas por el fuego de una vida y un arte dinámicos, desgarrados por los extremos y las

a "la idea de salud y enfermedad, corporal y social" (pág. 111).

b (1661-1700), hijo de Felipe IV y Mariana de Austria. Rey abúlico y enfermo, su reinado fue un desastre para España. Desprovisto de descendencia, cedió el trono a Felipe de Anjou, segundo nieto de Luis XIV de Francia.

antítesis. La decadencia de la cultura española en la Península coincide con su mediodía en América. El arte barroco alcanza un momento de plenitud en este período[a]. Los mejores no sólo escriben poesía. Se interesan por la astronomía, la física o la antigüedad americana. Espíritus despiertos en una sociedad inmovilizada por la letra, presagian otra época y otras preocupaciones, al mismo tiempo que llevan hasta sus últimas consecuencias las tendencias estéticas de su tiempo. Y en todos ellos se dibuja una cierta oposición entre sus concepciones religiosas y las exigencias de su curiosidad y rigor intelectuales. Algunos emprenden una imposible síntesis. Sor Juana, por ejemplo, emprende la composición del *Primer sueño*[b], tentativa por conciliar ciencia y poesía, barroquismo e iluminismo.

Sería inexacto identificar el drama de esta generación con el que desgarra a sus contemporáneos europeos y que el siglo XVIII hará patente. El conflicto que los habita —y que acaba por reducirlos al silencio— no es tanto el de la fe y la razón como el de la petrificación de unas creencias que habían perdido toda su frescura y fertilidad y que, por lo tanto, eran incapaces de satisfacer lo que su apetito espiritual les pedía. Edmundo O'Gorman plantea así los términos del conflicto: "estado intermedio en que la razón hace estragos en la calma y en que ya no basta el consuelo de la religión". Pero no bastan los consuelos de la fe porque se trata de una fe inmóvil y seca. La crítica de la razón vendrá, en América, más tarde. O'Gorman precisa el carácter de la disyuntiva como sigue: "tener fe en Dios y en la razón a un mismo tiempo es vivir con el ser arraigado, desgarrado si se prefiere, en la posibilidad real, única, extremosa y contradictoria, constituida por dos posibles imposibles

[a] *1ª ed.*: "periodo: Sigüenza y Góngora y Sor Juana Inés de la Cruz, Peralta y Barnuevo en Perú. Los mejores..." (pág. 111).

[b] Extenso poema filosófico de Sor Juana Inés de la Cruz, escrito hacia el final de su vida y publicado póstumamente.

del existir humano"[3]. Esta penetrante descripción es válida si se atenúan los polos de esas imposibles posibilidades. Pues no se puede negar la autenticidad de los sentimientos religiosos de esa generación, pero tampoco su inmovilidad y cansancio. Y, por lo que toca al otro término de la disyuntiva, no se debe exagerar el racionalismo de Sigüenza o de Sor Juana, que nunca tuvieron plena conciencia del problema que empezaba a escindir los espíritus. La lucha me parece que se entabla entre su vitalidad intelectual, su ansia por saber y penetrar en mundos mal explorados, y la ineficacia de los instrumentos que les proporcionaban la teología y la cultura novohispana. Su conflicto transparenta el de la sociedad colonial, que no dudaba tampoco, pero que no acertaba a expresar su intimidad a través de formas petrificadas[a]. El orden colonial fue un orden impuesto de arriba hacia abajo; sus formas sociales, económicas, jurídicas y religiosas eran inmutables. Sociedad regida por el derecho divino y el absolutismo monárquico, había sido creada en todas sus piezas como un inmenso, complicado artefacto destinado a durar pero no a transformarse. En la época de Sor Juana los mejores espíritus empiezan a mostrar —así sea en forma borrosa y tímida— una vitalidad y curiosidad intelectual en abierto contraste con la anemia de la España negra de Carlos II (significativa-

3 Edmundo O'Gorman, *Crisis y porvenir de la ciencia histórica*, México, 1947[b].

a *2ª ed.*: resto del párrafo es añadido. *1ª ed.*: "Nadie entre ellas comprende la crítica de la religión. Cuando el conflicto aparece como insoluble, todos enmudecen y abdican. La ambigüedad de la religiosidad colonial, descrita más arriba, corresponde a la ambigüedad intelectual de esta generación, que si es una profecía del debate que preocupara a otros espíritus, es también y sobre todo, el resumen de una época. Y como tal, espejo de los conflictos de la sociedad colonial, implícitos desde su fundación, pero que sólo en ese momento de madurez se dibujan con rigor" (pág. 113).

b En ambas ediciones se cita por la edición de Imprenta Universitaria, 1947.

mente apodado El Hechizado). Sigüenza y Góngora se interesa por las antiguas civilizaciones indias y, con Sor Juana y algunos otros, por la filosofía de Descartes, la física experimental, la astronomía. La Iglesia ve con recelo todas estas curiosidades; el poder temporal, por su parte, extrema el aislamiento político, por la filosofía de Descartes[a], la física experimental, la astronomía. La Iglesia ve con recelo todas estas curiosidades; el poder temporal, por su parte, extrema el aislamiento político, económico y espiritual de sus colonias, hasta convertirlas en recintos cerrados. En los campos y en las ciudades hay disturbios, reprimidos implacablemente. En ese mundo cerrado la generación de Sor Juana se hace ciertas preguntas —más insinuadas que formuladas, más presentidas que pensadas— para las que su tradición espiritual no ofrecía respuesta. (Las respuestas ya habían sido dadas afuera, en el aire libre de la cultura europea.) Esto explica, acaso, que a pesar de su osadía, nadie entre ellos emprenda la crítica de los principios que fundaban la sociedad colonial, ni proponga otros. Cuando la crisis se declara, esa generación abdica. Ha cesado su ambigua lucha. Su renuncia —que no tiene nada que ver con una conversión religiosa— desemboca en el silencio. No se entregan a Dios, sino que se niegan a sí mismos. Esa negación es la del mundo colonial, que se cierra sobre sí mismo. No hay salida, excepto por la ruptura.

Nadie como Juana de Asbaje encarna la dualidad de ese mundo, aunque la superficie de su obra, como la de su vida, no delate fisura alguna. Todo en ella responde a lo que su tiempo podía pedir a una mujer. Al mismo tiempo y sin contradicción profunda, Sor Juana era poetisa y monja jerónima, amiga de la condesa de Paredes y autora dramática. Sus devaneos amorosos, si los tuvo o

[a] (1596-1650), filósofo, matemático y físico francés, fundador del racionalismo filosófico. Su obra más conocida es *Discurso del método* (1637).

si sólo son inflamadas invenciones retóricas, su amor por la conversación y la música, sus tentativas literarias y hasta las tendencias sexuales que algunos le atribuyen, no se oponen, sino exigen su fin ejemplar. Sor Juana afirma su tiempo tanto como su tiempo se afirma en ella. Pero dos de sus obras, la *Respuesta a Sor Filotea*[a] y el *Primer sueño,* arrojan una extraña luz sobre su figura y sobre su tiempo. Y la hacen ejemplar en sentido muy distinto al que piensan sus panegiristas católicos.

Se ha comparado el *Primer sueño* a las *Soledades*[b]. En efecto, el poema de Sor Juana es una imitación del de don Luis de Góngora. No obstante, las diferencias profundas son mayores que las semejanzas externas. Menéndez y Pelayo reprochaba a Góngora su vaciedad. Si se sustituye este adjetivo por la palabra "superficial", se estará más cerca de la concepción poética de Góngora, que no pretende sino construir —o como decía Bernardo Balbuena: contrahacer— un mundo de apariencias. La trama de las *Soledades* cuenta poco; la sustancia filosófica —si existe alguna— importa menos. Todo es pretexto para descripciones y digresiones. Y cada una de ellas se vuelve, a su vez, en imágenes, antítesis y figuras retóricas. Si algo camina en el poema de Góngora, no es precisamente el náufrago, ni su pensamiento, sino la imaginación del poeta. Pues, como él mismo dice en el prólogo, sus versos "pasos de un peregrino son errante". Y este son peregrino, este peregrino que canta, se detiene en una palabra o en un color, lo acaricia y lo prolonga y hace de cada período una imagen y de cada imagen un mundo. El discurso poético fluye lento, se bifurca en "paréntesis frondosos", que son islas esbeltas, y continúa errante entre paisajes, som-

[a] Ensayo autobiográfico de Sor Juana Inés de la Cruz, publicado póstumamente. Constituye una defensa de su vida, así como de la poesía y de la mujer.

[b] *Soledades* es el célebre poema barroco, e inconcluso, de Luis de Góngora y Argote (1561-1627).

bras, luces, realidades que redime e inmoviliza. La poesía es goce puro, recreación artificial de una naturaleza ideal, según dice Dámaso Alonso[a]. Así, no hay conflicto entre sustancia y forma, porque Góngora vuelve todo forma, todo superficie cristalina o trémula, tersa o undosa.

Sor Juana utiliza el procedimiento de Góngora, pero acomete un poema filosófico. Quiere penetrar en la realidad, no transmutarla en deliciosa superficie. Las oscuridades del poema son dobles: las sintácticas y mitológicas y las conceptuales. El poema, dice Alfonso Reyes, es una tentativa por llegar "a una poesía de pura emoción intelectual"[b] La visión que nos entrega el *Primer sueño* es la del sueño de la noche universal, en la que el mundo y el hombre sueñan y son soñados, Cosmos que se sueña hasta cuando sueña que despierta. Nada más alejado de la noche carnal y espiritual de los místicos que esta noche intelectual. El poema de Sor Juana no tiene antecedentes en la poesía de la lengua española y, como insinúa Vossler, prefigura el movimiento poético de la Ilustración alemana[c]. Pero el *Primer sueño* es un intento más que un logro, al contrario de lo que ocurre con las *Soledades,* aunque su autor no las haya terminado. Y no podía ser de otro modo, pues en el poema de Sor Juana, como en su vida misma, hay una zona neutra, de vacío: la que produce el choque de las tendencias

[a] (1898-1990), poeta y filólogo español. Paz seguramente se refiere a los ensayos recogidos en *Estudios y ensayos gongorinos* (1947).

[b] Cita de Alfonso Reyes en *Letras de la Nueva España,* donde compara el poema de Sor Juana a las *Soledades* de Góngora: "Estamos por decir que Sor Juana se atrevió unos pasos en el puente que lleva del 'parnasismo' de Góngora —resumen de visualidad grecolatina entendida según el sensorio renacentista— a una poesía de pura emoción intelectual." *Obras Completas,* XII, 371.

[c] Se refiere a "Die Welt im Traum", el célebre estudio de Karl Vossler (1872-1949), filólogo e hispanista alemán, que precedió su traducción de *Primero sueño.* Una traducción al español puede consultarse en *Primero sueño,* ed. Juan Carlos Mero, Buenos Aires, 1953.

opuestas que la devoraban y que no acertó a reconciliar.

Sor Juana nos ha dejado un texto revelador, al mismo tiempo declaración de fe en la inteligencia y renuncia a su ejercicio: la *Respuesta a Sor Filotea*. Defensa del intelectual y de la mujer, la *Respuesta* es también la historia de una vocación. Si se ha de hacer caso a sus confesiones, apenas hubo ciencia que no la tentara. Su curiosidad no es la del hombre de ciencia, sino la del hombre culto que aspira a integrar en una visión coherente todas las particularidades del conocimiento. Presentía un oculto engarce entre todas las verdades. Al referirse a la diversidad de sus estudios, advierte que sus contradicciones son más aparentes que reales, "al menos en lo formal y especulativo". Las ciencias y las artes, por más contrarias que sean, no sólo no estorban a la comprensión general de la naturaleza, "sino la ayudan, dando luz y abriendo camino las unas a las otras, por variaciones y ocultos enlaces... de manera que parece que se corresponden y están unidas en admirable trabazón y concierto...".

Si no era mujer de ciencia, tampoco era un espíritu filosófico, porque carecía del poder que abstrae. Su sed de conocimiento no está reñida con la ironía y la versatilidad y en otros tiempos hubiera escrito ensayos y crítica. Así, no vive para una idea, ni crea ideas nuevas: vive las ideas, que son su atmósfera y su alimento natural. Es un intelectual: una conciencia. No es posible dudar de la sinceridad de sus sentimientos religiosos, pero allí donde un espíritu devoto encontraría pruebas de la presencia de Dios o de su poder, Sor Juana halla ocasión para formular hipótesis y preguntas. Aunque repita con frecuencia que todo viene de Dios, busca siempre una explicación racional: "Estaban en mi presencia dos niñas jugando con un trompo y apenas yo vi el movimiento y la figura cuando empecé, con esta mi locura, a considerar el fácil *motu* de la forma esférica ..."

Contrastan estas declaraciones con las de los escritores españoles de la época —y aun con las de los escri-

tores de las generaciones posteriores[a]. Para ninguno de ellos el mundo físico es un problema: aceptan la realidad tal cual es o la condenan. Fuera de la acción, no hay sino la contemplación, parece decirnos la literatura española de los Siglos de Oro. Entre aventura y renuncia se mueve la vida histórica española. Ni Gracián[b] ni Quevedo, para no hablar de los escritores religiosos, muestran interés por el conocimiento en sí. Desdeñan la curiosidad intelectual y todo su saber lo refieren a la conducta, a la moral o a la salvación. Estoicos o cristianos, como se ha dicho, ignoran la actividad intelectual pura. Fausto[c] es impensable en esa tradición. La inteligencia no les proporciona ningún placer; es un arma peligrosa: sirve para derrotar a los enemigos pero también puede hacernos perder el alma. La solitaria figura de Sor Juana se aísla más en ese mundo hecho de afirmaciones y negaciones, que ignora el valor de la duda y del examen.

La *Respuesta* no es sólo un autorretrato sino la defensa de un espíritu siempre adolescente, siempre ávido e irónico, apasionado y reticente. Su doble soledad, de mujer y de intelectual, condensa un conflicto también doble: el de su sociedad y el de su feminidad[d]. La *Respuesta a Sor Filotea* es una defensa de la mujer. Hacer esa defensa y atreverse a proclamar su afición por el pensamiento desinteresado, la hacen una figura moderna. Si en su afirmación del valor de la experiencia no es ilusorio ver una instintiva reacción contra el pensamien-

[a] *1ª ed.:* "generaciones anteriores" (pág. 116).

[b] (1601-1658), Baltasar de, sacerdote jesuita y escritor barroco español, autor de los célebres *Oráculo manual* y su novela alegórica *El criticón* (1857).

[c] Personaje dramático de la obra del mismo nombre de Johann Wolfgang von Goethe (1749-1832), basado en una leyenda germánica sobre un sabio que vende su alma al diablo a cambio de bienes terrestres.

[d] *1ª ed.:* "de la mujer, bastante más honda y sentida que las de las populares redondillas" (pág. 117).

256

to tradicional de España, en su concepción del conocimiento —que no confunde con la erudición, ni identifica con la religión— hay una implícita defensa de la conciencia intelectual. Todo la lleva a concebir el mundo como un problema o como un enigma más que como un sitio de salvación o perdición. Y esto da a su pensamiento una originalidad que merecía algo más que los elogios de sus contemporáneos o que los reproches de su confesor y que aun en nuestros días solicita un juicio más hondo y un examen más arriesgado.

"¿Cómo es posible que sonidos tan preñados de futuro salgan de pronto de un convento de monjas mexicanas?", se pregunta Vossler. Y se responde: "su curiosidad por la mitología antigua y por la física moderna, por Aristóteles y Harvey, por las ideas de Platón y la linterna mágica de Kircher[a] no hubiera prosperado en las universidades pedantes y temerosamente dogmáticas de la Vieja España". Tampoco prosperó en México mucho tiempo. Después de los motines de 1692 la vida intelectual se oscurece rápidamente. Sigüenza y Góngora abandona bruscamente sus aficiones históricas y arqueológicas. Sor Juana renuncia a sus libros y muere poco después. La crisis social, hace notar Vossler, coincide con la de los espíritus.

Pese al brillo de su vida, al patetismo de su muerte, y a la admirable geometría que preside sus mejores creaciones poéticas, hay en la vida y en la obra de Sor Juana algo irrealizado y deshecho. Se advierte la melancolía de un espíritu que no logró nunca hacerse perdonar su atrevimiento y su condición de mujer. Ni su época le ofrecía los alimentos intelectuales que su avidez necesitaba, ni ella pudo —¿y quién?— crearse un mundo de ideas con las que vivir a solas. Siempre fue muy viva en ella la conciencia de su singularidad: "¿Qué podemos saber las mujeres sino filosofía de cocina?", pregunta

[a] *1ª ed.*: "Krechner" (pág. 104).

con una sonrisa. Pero le duele la herida: "¿Quién no creerá, viendo tan generales aplausos, que he navegado viento en popa sobre las palmas de las aclamaciones comunes?" Sor Juana es una figura de soledad. Indecisa y sonriente se mueve entre dos luces, consciente de la dualidad de su condición y de lo imposible de su empeño. Es muy frecuente escuchar reproches contra hombres que han estado por debajo de su destino, ¿cómo no lamentarse por la suerte de una mujer que estuvo por encima de su sociedad y de su cultura?

Su imagen es la de una solitaria melancólica que sonríe y calla[a]. El silencio, dice ella misma en alguna parte, está poblado de voces. ¿Y qué nos dice su silencio? Si en la obra de Sor Juana la sociedad colonial se expresa y afirma, en su silencio esa misma sociedad se condena. La experiencia de Sor Juana, que acaba en silencio y abdicación, completa así el examen del orden colonial. Mundo abierto a la participación y, por lo tanto, orden cultural vivo, sí, pero implacablemente cerrado a toda expresión personal, a toda aventura. Mundo cerrado al futuro. Para ser nosotros mismos, tuvimos que romper con ese orden sin salida, aun a riesgo de quedarnos en la orfandad. El siglo XIX será el siglo de la ruptura y, al mismo tiempo, el de la tentativa por crear nuevos lazos con otra tradición, si más lejana, no menos universal que la que nos ofreció la Iglesia católica: la del racionalismo europeo.

[a] *1ª ed.:* "Su imagen es la melancólica de la solitaria que sonríe y calla" (pág. 118).

VI

DE LA INDEPENDENCIA A LA REVOLUCIÓN

LAS REFORMAS que emprende la dinastía borbónica, en particular Carlos III[a], sanean la economía y hacen más eficaz el despacho de los negocios, pero acentúan el centralismo administrativo y convierten a Nueva España en una verdadera colonia, esto es, en un territorio sometido a una explotación sistemática y estrechamente sujeto al poder central. El absolutismo de la casa de Austria tenía otro sentido: las colonias eran reinos dueños de cierta autonomía y el Imperio se asemejaba a un sistema solar. Nueva España, sobre todo en los primeros tiempos, giraba en torno a la Corona como un astro menor, mas dueño de luz propia, como las otras posesiones y reinos[b]. Los Borbones[c] transformaron a Nueva España, reino vasallo, en simple territorio ultramarino. No bastaron a reanimar a la sociedad colonial la creación de las Intendencias, el impulso que se otorgó a la

[a] (1716-1788), quinto hijo de Felipe V, accedió al trono español a la muerte de Fernando VI. Conocido como déspota ilustrado, cuyas reformas económicas y políticas contribuyeron al progreso de España.

[b] *2ª ed.:* añadido desde "Nueva España..."

[c] *2ª ed.:* añadido. Los Borbones fueron la rama dinástica española de ascendencia francesa que se origina con Felipe V (Felipe de Anjou, nieto de Luis XIV de Francia); su último descendiente fue Alfonso XIII.

investigación científica, el desarrollo del humanismo, la construcción de obras monumentales de servicio público ni, en fin, el buen gobierno de varios Virreyes. La Colonia, como la Metrópoli, era ya sólo forma, cuerpo deshabitado. Desde fines del siglo XVII los lazos que unían a Madrid con sus posesiones habían cesado de ser los armoniosos que unen entre sí a un organismo viviente. El Imperio se sobrevive gracias a la perfección y complejidad de su estructura, a su grandeza física y a la inercia. Gracias también a las querellas que dividen a sus rivales. Y la reforma de Carlos III muestra hasta qué punto la mera acción política es insuficiente, si no está precedida por una transformación de la estructura misma de la sociedad y por un examen de los supuestos que la fundan.

Se repite que el siglo XVIII prepara el movimiento de Independencia. En efecto, la ciencia y la filosofía de la época (a través de la reforma de la escolástica que intentan hombres como Francisco Javier Clavijero o del pensamiento y la acción de otros como Benito Díaz de Gamarra y Antonio Alzate)[a] constituyen los necesarios antecedentes intelectuales del Grito de Dolores. Mas se olvida que la Independencia sobreviene cuando ya nada nos unía a España, excepto la inercia. Esa inercia terrible del agonizante que inmoviliza su mano en un gesto duro, de garra, como para asir un minuto más la vida. Pero la vida lo deserta, con un último y brusco movimiento. Nueva España, en tanto que creación universal, en tanto que orden vivo y no máscara del orden, se extingue cuando deja de alimentarla una fe. Sor Juana, incapaz de resolver en una forma creadora y orgánica el conflicto entre su curiosidad intelectual y los

[a] Intelectuales mexicanos del siglo XVIII; respectivamente (1731-1787), jesuita e historiador, autor de la *Historia de México, antes y después de la Conquista;* (1745-1783), introductor de la filosofía ecléctica de su tiempo, entre sus obras se encuentra *Errores del entendimiento humano* (1781); y (1729-1790), sacerdote, geógrafo y naturalista.

principios religiosos de la época, renuncia y muere, ejemplarmente. Con menos ejemplaridad la sociedad colonial se arrastra por un siglo todavía, defendiéndose con estéril tenacidad.

La Independencia ofrece la misma ambigua figura que la Conquista. La obra de Cortés es precedida por la síntesis política que realizan en España los Reyes Católicos y por la que inician en Mesoamérica los aztecas. La Independencia se presenta también como un fenómeno de doble significado: disgregación del cuerpo muerto del Imperio y nacimiento de una pluralidad de nuevos Estados. Conquista e Independencia parecen ser momentos de flujo y reflujo de una gran ola histórica, que se forma en el siglo XV, se extiende hasta América, alcanza un momento de hermoso equilibrio en los siglos XVI y XVII y finalmente se retira, no sin antes dispersarse en mil fragmentos.

Confirma esta imagen el filósofo José Gaos[a] cuando divide al pensamiento moderno en lengua española en dos porciones: la propiamente peninsular —que consiste en una larga reflexión sobre la decadencia española— y la hispanoamericana —que es, más que una meditación, un alegato en favor de la Independencia y una búsqueda de nuestro destino. El pensamiento español se vuelve sobre el pasado y sobre sí mismo, para investigar las causas de la decadencia o para aislar, entre tanta muerte, los elementos todavía vivos que den sentido y actualidad al hecho, extraño entre todos, de ser español.

El hispanoamericano principia como una justificación de la Independencia, pero se transforma casi inmediatamente en un proyecto: América no es tanto una tradición que continuar como un futuro que realizar. Pro-

[a] (1902-61), filósofo español, discípulo de Ortega y Gasset, traductor de Husserl y Heidegger, influyente maestro de toda una generación de intelectuales en México. Paz se refiere a su prólogo incluido en *Antología del pensamiento de lengua española en la edad contemporánea* (1945).

yecto y utopía son inseparables del pensamiento hispanoamericano, desde fines del siglo XVIII hasta nuestros días. Elegía y crítica, lo son del peninsular —incluyendo a Unamuno[a], el poeta elegíaco, y a Ortega y Gasset, el filósofo crítico.

En los países sudamericanos es más perceptible la dualidad anterior. La personalidad de los dirigentes es más neta y más radical su oposición a la tradición hispánica. Aristócratas, intelectuales y viajeros cosmopolitas, no solamente conocen las nuevas ideas, sino que frecuentan a los nuevos hombres y a las nuevas sociedades. Miranda participa en la Revolución francesa y combate en Valmy. Bello vive en Londres. Los años de aprendizaje de Bolívar transcurren en esa atmósfera que prepara a los héroes y a los principes: desde niño se le educa para libertar y para gobernar. Nuestra Revolución de Independencia es menos brillante, menos rica en ideas y frases universales y más determinada por las circunstancias locales. Nuestros caudillos, sacerdotes humildes y oscuros capitanes, no tienen una noción tan clara de su obra. En cambio, poseen un sentido más profundo de la realidad y escuchan mejor lo que, a media voz y en cifra, les dice el pueblo.

Estas diferencias influyen en la historia posterior de nuestros países. La Independencia sudamericana se inicia con un gran movimiento continental: San Martín libera medio continente, Bolívar otro medio. Se crean grandes Estados, confederaciones, anfictionías. Se piensa que la emancipación de España no acarreará la desmembración del mundo hispánico. Al poco tiempo la realidad hace astillas todos esos proyectos. El proceso de disgregación del Imperio español se mostró más fuerte que la clarividencia de Bolívar[b].

[a] (1864-1937), filósofo, escritor español, miembro de la llamada "Generación del 98". Autor de numerosos e influyentes escritos sobre el ser y sentido de España y los españoles.

[b] Próceres hispanoamericanos del período de la Independencia;

En suma, en el movimiento de Independencia pelean dos tendencias opuestas: una, de origen europeo, liberal y utópica, que concibe a la América española como un todo unitario, asamblea de naciones libres; otra, tradicional, que rompe lazos con la Metrópoli sólo para acelerar el proceso de dispersión del Imperio.

La Independencia hispanoamericana[a], como la historia entera de nuestros pueblos, es un hecho ambiguo y de difícil interpretación porque, una vez más, las ideas enmascaran a la realidad en lugar de desnudarla o expresarla. Los grupos y clases que realizan la Independencia en Sudamérica pertenecían a la aristocracia feudal nativa; eran los descendientes de los colonos españoles, colocados en situación de inferioridad frente a los peninsulares. La Metrópoli, empeñada en una política proteccionista, por una parte impedía el libre comercio de las colonias y obstruía su desarrollo económico y social por medio de trabas administrativas y políticas;

v

respectivamente, Francisco de (1750-1816), general venezolano y enciclopedista; Simón (1783-1830), general y estadista venezolano, más conocido como "El Libertador"; José de (1778-1850), general y estadista argentino.

[a] *2ª ed.:* añadido a partir de este párrafo; *1ª ed.:* "En México la Revolución no pierde nunca su carácter nacional y jamás manifiesta pretensiones de universalidad. En todos sus episodios los insurgentes vacilan entre una independencia completa y formas moderadas de autonomía. La guerra se inicia con una protesta contra los abusos del sistema colonial y sólo posteriormente se acentúa la voluntad de ruptura total con España. Los revolucionarios concedían mayor importancia a determinadas reformas sociales y políticas que a la Independencia. Como su nombre mismo lo declara, el movimiento mismo de insurgencia tenía un carácter popular, de revolución agraria larvada, ausente en Sudamérica. Y más tarde, cuando un cambio de régimen en la Metrópoli hizo que peligrasen en la misma España las instituciones y privilegios que defendían los realistas mexicanos, el alto clero, la aristocracia terrateniente y los militares criollos dieron una brusca vuelta y consumaron la Independencia. La separación política de la Metrópoli se hace en contra de las clases que habían luchado por la Independencia y para impedir el triunfo de las ideas de los insurgentes. Los militares que sucedían a generales y burócratas españoles defendían los mismos intereses que sus predecesores."

por la otra, cerraba el paso a los "criollos" que con toda justicia deseaban ingresar a los altos empleos y a la dirección del Estado. Así pues, la lucha por la Independencia tendía a liberar a los "criollos" de la momificada burocracia peninsular aunque, en realidad, no se proponía cambiar la estructura social de las colonias. Cierto, los programas y el lenguaje de los caudillos de la Independencia recuerdan al de los revolucionarios de la época. Eran sinceros, sin duda. Aquel lenguaje era "moderno", eco de los revolucionarios franceses y, sobre todo, de las ideas de la Independencia norteamericana. Pero en la América sajona esas ideas expresaban realmente a grupos que se proponían transformar el país conforme a una nueva filosofía política. Y aun más: con esos principios no intentaban cambiar un estado de cosas por otro sino, diferencia radical, crear una nueva nación. En efecto: los Estados Unidos son, en la historia del siglo XIX, una novedad mundial, una sociedad que crece y se extiende naturalmente. Entre nosotros, en cambio, una vez consumada la Independencia las clases dirigentes se consolidan como las herederas del viejo orden español. Rompen con España pero se muestran incapaces de crear una sociedad moderna. No podía ser de otro modo, ya que los grupos que encabezaron el movimiento de Independencia no constituían nuevas fuerzas sociales, sino la prolongación del sistema feudal. La novedad de las nuevas naciones hispanoamericanas es engañosa; en verdad se trata de sociedades en decadencia o en forzada inmovilidad, supervivencias y fragmentos de un todo deshecho.

El Imperio español se dividió en una multitud de Repúblicas por obra de las oligarquías nativas, que en todos los casos favorecieron o impulsaron el proceso de desintegración. No debe olvidarse, además, la influencia determinante de muchos de los caudillos revolucionarios. Algunos, más afortunados en esto que los conquistadores, su contrafigura histórica, lograron "alzarse con los reinos", como si se tratase de un botín medieval. La

imagen del "dictador hispanoamericano" aparece ya, en embrión, en la del "libertador". Así, las nuevas Repúblicas fueron inventadas por necesidades políticas y militares del momento, no porque expresasen una real peculiaridad histórica. Los "rasgos nacionales" se fueron formando más tarde; en muchos casos, no son sino consecuencia de la prédica nacionalista de los gobiernos. Aún ahora, un siglo y medio después, nadie puede explicar satisfactoriamente en qué consisten las diferencias "nacionales" entre argentinos y uruguayos, peruanos y ecuatorianos, guatemaltecos y mexicanos. Nada tampoco —excepto la persistencia de las oligarquías locales, sostenidas por el imperialismo norteamericano— explica la existencia en Centroamérica y las Antillas de nueve repúblicas.

No es esto todo. Cada una de las nuevas naciones tuvo, al otro día de la Independencia, una constitución más o menos (casi siempre menos que más) liberal y democrática. En Europa y en los Estados Unidos esas leyes correspondían a una realidad histórica: eran la expresión del ascenso de la burguesía, la consecuencia de la Revolución industrial y de la destrucción del antiguo régimen. En Hispanoamérica sólo servían para vestir a la moderna las supervivencias del sistema colonial. La ideología liberal y democrática, lejos de expresar nuestra situación histórica concreta, la ocultaba. La mentira política se instaló en nuestros pueblos casi constitucionalmente. El daño moral ha sido incalculable y alcanza a zonas muy profundas de nuestro ser. Nos movemos en la mentira con naturalidad. Durante más de cien años hemos sufrido regímenes de fuerza, al servicio de las oligarquías feudales, pero que utilizan el lenguaje de la libertad. Esta situación se ha prolongado hasta nuestros días. De ahí que la lucha contra la mentira oficial y constitucional sea el primer paso de toda tentativa seria de reforma. Este parece ser el sentido de los actuales movimientos latinoamericanos, cuyo objetivo común consiste en realizar de una vez por todas la Independencia.

O sea: transformar nuestros países en sociedades realmente modernas y no en meras fachadas para demagogos y turistas. En esta lucha nuestros pueblos no sólo se enfrentan a la vieja herencia española (la Iglesia, el ejército y la oligarquía), sino al Dictador, al Jefe con la boca henchida de fórmulas legales y patrióticas, ahora aliado a un poder muy distinto al viejo imperialismo hispano: los grandes intereses del capitalismo extranjero.

Casi todo lo anterior es aplicable a México, con decisivas salvedades. En primer término, nuestra revolución de Independencia jamás manifiesta las pretensiones de universalidad que son, a un tiempo, la videncia y la ceguera de Bolívar. Además, los insurgentes vacilan entre la Independencia (Morelos) y formas modernas de autonomía (Hidalgo). La guerra se inicia como una protesta contra los abusos de la Metrópoli y de la alta burocracia española, sí, pero también y sobre todo contra los grandes latifundistas nativos. No es la rebelión de la aristocracia local contra la Metrópoli, sino la del pueblo contra la primera. De ahí que los revolucionarios hayan concedido mayor importancia a determinadas reformas sociales que a la Independencia misma: Hidalgo decreta la abolición de la esclavitud; Morelos, el reparto de los latifundios[a]. La guerra de Independencia fue una guerra de clases y no se comprenderá bien su carácter si se ignora que, a diferencia de lo ocurrido en Sudamérica, fue una revolución agraria en gestación. Por eso el ejército (en el que servían "criollos" como Iturbide), la Iglesia y los grandes propietarios se aliaron a la Corona española. Esas fuerzas fueron las que derrotaron a Hidalgo, Morelos y Mina. Un poco más tarde, casi extinguido el movimiento insurgente, ocurre lo inesperado: en España

[a] Próceres de la Independencia mexicana; respectivamente, José María (1765-1815), sacerdote y patriota mexicano, que se unió al movimiento emancipador de Hidalgo; Francisco Javier (1789-1817), guerrillero español, se unió a la causa de la independencia y murió fusilado.

los liberales toman el poder, transforman la Monarquía absoluta en constitucional y amenazan los privilegios de la Iglesia y de la aristocracia. Se opera entonces un brusco cambio de frente; ante este nuevo peligro exterior, el alto clero, los grandes terratenientes, la burocracia y los militares criollos buscan la alianza con los restos de los insurgentes y consuman la Independencia. Se trata de un verdadero acto de prestidigitación: la separación política de la Metrópoli se realiza en contra de las clases que habían luchado por la Independencia. El virreinato de Nueva España se transforma en el Imperio mexicano. Iturbide, el antiguo general realista, se convierte en Agustín I. Al poco tiempo, una rebelión lo derriba. Se inicia la era de los pronunciamientos[a].

Durante más de un cuarto de siglo, en una lucha confusa que no excluye las alianzas transitorias, los cambios de bando y aun las traiciones, los liberales intentan consumar la ruptura con la tradición colonial. En cierto modo son los continuadores de los primeros caudillos, Hidalgo y Morelos. Sin embargo, su crítica al orden de cosas no se dirige tanto a cambiar la realidad como la legislación. Casi todos piensan, con un optimismo heredado de la Enciclopedia, que basta con decretar nuevas leyes para que la realidad se transforme. Ven en los Estados Unidos un modelo y creen que su prosperidad se debe a la excelencia de las instituciones republicanas. De ahí su federalismo, por oposición al centralismo de los conservadores. Todos esperan que una Constitución democrática, al limitar el poder temporal de la Iglesia y acabar con los privilegios de la aristocracia terrateniente, producirá casi automáticamente una nueva clase social: la burguesía. Los liberales no sólo tienen que luchar contra los conservadores, sino que deben contar con los militares que cambian de bando

[a] *1ª ed.:* "Mientras disputábamos, se nos escapa medio México" (pág. 124).

según sus intereses. Mientras disputan las facciones, el país se desintegra. Los Estados Unidos aprovechan la ocasión y en una de las guerras más injustas en la historia, ya de por sí negra, de la expansión imperialista, nos arrebatan más de la mitad del territorio. Esta derrota produjo, a la larga, una reacción saludable, pues hirió de muerte al caudillismo militar, encarnado en el dictador Santa Anna[a]. (Alternativamente liberal y conservador, guardián de la libertad y vendedor del país, Santa Anna es uno de los arquetipos del dictador latinoamericano: al final de su carrera política ordena honras fúnebres para la pierna que pierde en una batalla y se declara Alteza Serenísima.) La rebelión popular expulsa a Santa Anna y da el poder a los liberales. Una nueva generación, heredera de José María Mora y Valentín Gómez Farías, maestro de la "inteligencia" liberal, se dispone a dar nuevos fundamentos a la nación[b]. La primera piedra será una constitución. En efecto, en 1857, México adopta una carta constitucional liberal. Los conservadores apelan a las armas. Juárez responde con las Leyes de Reforma, que acaban con los "fueros" y destruyen el poder material de la Iglesia. Derrotado, el partido conservador acude al extranjero y, apoyado por las tropas de Napoleón III[c], instala en la capital a Maximiliano, segundo emperador de México. (Nueva ambigüedad histórica. Maximiliano era liberal y soñaba con crear un Imperio latino que se opusiese al poderío yanqui. Sus

[a] Antonio López de (1791-1876), caudillo y político mexicano. Fue presidente de México varias veces entre 1833 y 1865. Desterrado por Juárez en 1867.

[b] Escritores mexicanos del siglo XIX; respectivamente, (1794-1850), sacerdote, escritor y político, autor del célebre *México y sus revoluciones;* (1781-1858), político y médico, presidente entre 1833-4 y 1847-9; fue uno de los iniciadores de la Reforma.

[c] Charles Louis Napoleón Bonaparte (1808-1878), hijo de Luis Bonaparte, rey de Holanda. Accedió al trono francés, luego de disolver la Asamblea y proclamar el Imperio, en 1851. Fue el responsable de la torpe intervención francesa en México, 1861-5.

ideas no tenían relación alguna con las de los obstinados conservadores que lo sostenían.) Los reveses europeos del Imperio napoleónico, la presión norteamericana (cuyo sentido puede tergiversarse si se olvida que Lincoln estaba en el poder) y, en fin, la encarnizada resistencia popular, causa original y determinante de la victoria, consuman el triunfo republicano. Juárez fusila a Maximiliano, episodio no sin analogías con la ejecución de Luis XVI: la "razón geométrica" es acerada[a].

La Reforma consuma la Independencia y le otorga su verdadera significación, pues plantea el examen de las bases mismas de la sociedad mexicana y de los supuestos históricos y filosóficos en que se apoyaba. Ese examen concluye en una triple negación: la de la herencia española, la del pasado indígena y la del catolicismo —que conciliaba a las dos primeras en una afirmación superior. La Constitución de 1857 y las Leyes de la Reforma son la expresión jurídica y política de ese examen y promueven la destrucción de dos instituciones que representaban la continuidad de nuestra triple herencia: las asociaciones religiosas y la propiedad comunal indígena. La separación de la Iglesia y del Estado, la desamortización de los bienes eclesiásticos y la libertad de enseñanza (completada con la disolución de las órdenes religiosas que la monopolizaban) no eran sino el aspecto negativo de la Reforma. Con la misma violencia con que negaba la tradición, la generación de 1857 afirmaba algunos principios. Su obra no consiste nada más en la ruptura con el mundo colonial; es un proyecto tendiente a fundar una nueva sociedad. Es decir, el proyecto histórico de los liberales[b] aspiraba a sustituir la tradición colonial, basada en la doctrina del catolicismo, por una afirmación igualmente universal: la

a *2ª ed.:* añadido desde "Durante más de un cuarto de siglo...".

b *1ª ed.:* "los liberales hicieron 'una religión de la irreligión', dice el señor Octaviano Valdés, al referirse a Ignacio Ramírez, quizá la figura más saliente de ese grupo de hombres extraordinarios" (pág. 125).

libertad de la persona humana. La nación mexicana se fundaría sobre un principio distinto al jerárquico que animaba a la Colonia: la igualdad ante la ley de todos los mexicanos en tanto que seres humanos, que seres de razón. La Reforma funda a México negando su pasado. Rechaza la tradición y busca justificarse en el futuro.

El sentido de este necesario matricidio no escapaba a la penetración de los mejores. Ignacio Ramírez, quizá la figura más saliente de ese grupo de hombres extraordinarios, termina así uno de sus poemas:

> *Madre naturaleza, ya no hay flores*
> *por do mi paso vacilante avanza;*
> *nací sin esperanzas ni temores;*
> *vuelvo a ti sin temores ni esperanza*[a].

Muerto Dios, eje de la sociedad colonial, la naturaleza vuelve a ser una Madre. Como más tarde el marxismo de Diego Rivera, el ateísmo de Ramírez se resuelve en una afirmación materialista, no exenta de religiosidad. Una auténtica concepción científica o simplemente racional de la materia no puede ver en ésta, ni en la naturaleza, una Madre. Ni siquiera la madrastra del pesimista Leopardi, sino un proceso indiferente, que se hace y deshace, se inventa y se repite, sin descanso, sin memoria y sin reflexión.

Si, como quiere Ortega y Gasset[b], una nación se constituye no solamente por un pasado que pasivamente la determina, sino por la validez de un proyecto histórico capaz de mover las voluntades dispersas y dar unidad y trascendencia al esfuerzo solitario, México nace

[a] Cita del poema "Por los gregorianos martos", de Ignacio Ramírez, recogido en *Poesía neoclásica y académica,* ed. Octaviano Valdés, México, UNAM, 1978, pág. 64. Ramírez (1818-1879), más conocido como *El Nigromante.*

[b] Se refiere a las ideas de Ortega y Gasset en su *España invertebrada.*

en la época de la Reforma. En ella y por ella se concibe, se inventa y se proyecta. Ahora bien, la Reforma es el proyecto de un grupo bastante reducido de mexicanos, que voluntariamente se desprende de la gran masa, pasivamente religiosa y tradicional. La nación mexicana es el proyecto de una minoría que impone su esquema al resto de la población, en contra de otra minoría activamente tradicional[a].

Como el catolicismo colonial, la Reforma es un movimiento inspirado en una filosofía universal. Las diferencias y semejanzas entre ambos son reveladoras. El catolicismo fue impuesto por una minoría de extranjeros, tras una conquista militar; el liberalismo por una minoría nativa, aunque de formación intelectual francesa, después de una guerra civil. El primero es la otra cara de la Conquista; destruida la teocracia indígena, muertos o exiliados los dioses, sin tierra en que apoyarse ni trasmundo al que emigrar, el indio ve en la religión cristiana una Madre. Como todas las madres, es entraña, reposo, regreso a los orígenes; y, asimismo, boca que devora, señora que mutila y castiga: madre terrible. El liberalismo es una crítica del orden antiguo y un proyecto de pacto social. No es una religión, sino una ideología utópica; no consuela, combate; sustituye la noción de más allá por la de un futuro terrestre. Afirma al hombre pero ignora una mitad del hombre: esa que se expresa en los mitos, la comunión, el festín, el sueño, el erotismo. La Reforma es, ante todo, una negación y en ella reside su grandeza. Pero lo que afirmaba esa negación —los principios del liberalismo europeo— eran ideas de una hermosura precisa, estéril y, a la postre, vacía. La geometría no sustituye a los mitos. Para que el esquema liberal se convirtiese en verdad en un proyecto nacional, necesitaba lograr la adhesión de todo el país a las nuevas formas políticas. Pero la Reforma oponía a una afirmación muy

[a] *2ª ed.:* añadido lo que sigue hasta "Para que el esquema liberal…".

concreta y particular: todos los hombres son hijos de Dios, afirmación que permitía una relación entrañable y verdaderamente filial entre el Cosmos y la criatura, un postulado abstracto: la igualdad de los hombres ante la Ley. La libertad y la igualdad eran, y son, conceptos vacíos, ideas sin más contenido histórico concreto que el que le prestan las relaciones sociales, como ha mostrado Marx. Y ya se sabe en qué se convirtió esa igualdad abstracta y cuál fue el significado real de esa libertad vacía. Por otra parte, al fundar a México sobre una noción general del Hombre y no sobre la situación real de los habitantes de nuestro territorio, se sacrificaba la realidad a las palabras y se entregaba a los hombres de carne a la voracidad de los más fuertes.

CONTRA las previsiones de los más lúcidos, la Revolución liberal no provoca el nacimiento de una burguesía fuerte, en cuya acción todos, hasta Justo Sierra[a], veían la única esperanza de México. Por el contrario, la venta de los bienes de la Iglesia y la desaparición de la propiedad comunal indígena —que había resistido, precariamente, tres siglos y medio de abusos y acometidas de encomenderos y hacendados— acentúan el carácter feudal de nuestro país. Y esta vez en provecho de un grupo de especuladores, que constituiría la aristocracia del nuevo régimen. Surge así una nueva casta latifundista. La República, sin enemigo al frente, derrotados conservadores e imperialistas, se encuentra de pronto sin base social. Al romper lazos con el pasado, los rompe también con la realidad mexicana. El poder será de quien se atreva a alargar la mano. Y Porfirio Díaz se atreve. Era el más brillante de los generales que la derrota del Imperio había dejado ociosos, por primera vez después de tres cuartos de siglo de batallas y pronunciamientos.

[a] Méndez (1848-1912), historiador, poeta romántico y educador mexicano; su obra más célebre es *La evolución política de México*.

El "soldado del 2 de abril" se convierte en "el héroe de la paz"[a]. Suprime la anarquía, pero sacrifica la libertad. Reconcilia a los mexicanos, pero restaura los privilegios. Organiza el país, pero prolonga un feudalismo anacrónico e impío, que nada suavizaba (las Leyes de Indias contenían preceptos que protegían a los indios). Estimula el comercio, construye ferrocarriles, limpia de deudas la Hacienda Pública y crea las primeras industrias modernas, pero abre las puertas al capitalismo anglonorteamericano. En esos años México inicia su vida de país semicolonial[b].

A pesar de lo que comúnmente se piensa, la dictadura de Porfirio Díaz es el regreso del pasado. En apariencia, Díaz gobierna inspirado por las ideas en boga: cree en el progreso, en la ciencia, en los milagros de la industria y del libre comercio. Sus ideales son los de la burguesía europea. Es el más ilustrado de los dictadores hispanoamericanos y su régimen recuerda a veces los años de la *belle époque* en Francia. Los intelectuales descubren a Comte y Renan, Spencer y Darwin[c]; los poetas imitan a los parnasianos y simbolistas franceses; la aristocracia mexicana es una clase urbana y civilizada. La otra cara de la medalla es muy distinta. Esos grandes señores amantes del progreso y la ciencia no son industriales ni hombres de empresa: son terratenientes enriquecidos por la compra de los bienes de la Iglesia o en los negocios públicos del régimen. En sus haciendas los campesinos viven una vida de siervos, no muy distinta a la del período colonial. Así, desde el punto de vista

[a] Como general del ejército liberal, Díaz puso sitio a la ciudad de Puebla el 9 de marzo de 1867 y la plaza se le rindió el siguiente 2 de abril junto con los fuertes de Loreto y Guadalupe. De ahí que se ganara el título del "soldado del 2 de abril".

[b] *2ª ed.*: próximo párrafo entero añadido.

[c] Influyentes pensadores positivistas; respectivamente, Auguste (1798-1857), filósofo francés; Ernest (1823-92), filósofo y escritor francés; Herbert (1820-1903), filósofo inglés, y Charles (1809-82), naturalista inglés, más famoso por su influyente *El origen de las especies* (1859).

"ideológico", el porfirismo se ostenta como el sucesor legítimo del liberalismo. La Constitución de 1857 sigue vigente en teoría y nada ni nadie pretende oponer a las ideas de la Reforma principios distintos. Muchos, sin excluir a los antiguos liberales, piensan de buena fe que el régimen de Díaz prepara el tránsito entre el pasado feudal y la sociedad moderna. En realidad, el porfirismo es el heredero del feudalismo colonial: la propiedad de la tierra se concentra en unas cuantas manos y la clase terrateniente se fortalece. Enmascarado, ataviado con los ropajes del progreso, la ciencia y la legalidad republicana, el pasado vuelve, pero ya desprovisto de fecundidad. Nada puede producir, excepto la rebelión.

Debemos a Leopoldo Zea un análisis muy completo de las ideas de este período[1] [a]. Zea observa que la adopción del positivismo como filosofía oficiosa del Estado corresponde a ciertas necesidades intelectuales y morales de la dictadura de Díaz. El pensamiento liberal era un instrumento de crítica al mismo tiempo que una construcción utópica y contenía principios explosivos. Prolongar su vigencia hubiera sido prolongar la anarquía. La época de paz necesitaba una filosofía de orden. Los intelectuales de la época la encontraron en el positivismo de Comte, con su ley de los tres estados y, más tarde, en el de Spencer y en el evolucionismo de Darwin. El primitivo, abstracto y revolucionario principio de la igualdad de todos los hombres deja de regir las conciencias, sustituido por la teoría de la lucha por la vida y la supervivencia del más apto. El positivismo ofrece una nueva justificación de las jerarquías sociales. Pero ya no

[1] Leopoldo Zea, *El positivismo en México,* México, 1942.

[a] (1912), se refiere a la conocida obra de Zea, *El positivismo en México,* México, El Colegio de México, 1942. Al ser publicada, Paz le dedicó una elogiosa reseña, hoy recogida en *Primeras letras;* en su entrevista con Claude Fell, también comenta la influencia que ejerció este libro en su redacción de *El laberinto de la soledad.*

son la sangre, ni la herencia, ni Dios, quienes explican las desigualdades, sino la Ciencia.

El análisis de Zea es inmejorable, salvo en un punto. Es verdad que el positivismo expresa a la burguesía europea en un momento de su historia. Mas la expresa de una manera natural, orgánica. En México se sirve de esta tendencia una clase relativamente nueva en el sentido de las familias que la componían —casi todos habían logrado la riqueza y el poder durante el período inmediatamente posterior a la guerra de Reforma— pero que históricamente no hace sino heredar y sustituir a la aristocracia feudal de la Colonia. Por lo tanto, si la función de la filosofía positivista es parecida aquí y allá, la relación histórica y humana que se establece entre esa doctrina y la burguesía europea es distinta a la que se constituye en México entre "neofeudales" y positivismo.

El porfirismo adopta la filosofía positivista, no la engendra. Así, se encuentra en una situación de dependencia más grave que la de los liberales y teólogos coloniales, pues ni asume ante ella una posición crítica ni la abraza con entera buena fe. En algunos casos se trata de uno de esos actos que Antonio Caso, siguiendo a Tarde, llamaba de "imitación extralógica"[a]: innecesario, superfluo y contrario a la condición del imitador. Entre el sistema y el que lo adopta se abre así un abismo, muy sutil si se quiere, pero que hace imposible toda relación auténtica con las ideas, que se convierten a veces en máscaras. El porfirismo, en efecto, es un período de inautenticidad histórica. Santa Anna cambia alegremente de disfraces: es el actor que no cree en lo que dice. El porfirismo se esfuerza por creer, se esfuerza por hacer suyas las ideas adoptadas. Simula, en todos los sentidos de la palabra.

[a] Se refiere a la obra del sociólogo francés Gabriel Tarde (1843-1904), cuya *Les Lois de l'imitation* (1890) fue muy influyente en su tiempo. La imitación, según Tarde, va del centro a la periferia: imitamos la interioridad de un modelo antes de sus datos externos, como los gestos o palabras.

La simulación porfirista era particularmente grave, pues al abrazar el positivismo se apropiaba de un sistema que históricamente no le correspondía. La clase latifundista no constituía el equivalente mexicano de la burguesía europea, ni su tarea tenía relación alguna con la de su modelo. Las ideas de Spencer y Stuart Mill[a] reclamaban como clima histórico el desarrollo de la gran industria, la democracia burguesa y el libre ejercicio de la actividad intelectual. Basada en la gran propiedad agrícola, el caciquismo y la ausencia de libertades democráticas, la dictadura de Díaz no podía hacer suyas esas ideas sin negarse a sí misma o sin desfigurarlas. El positivismo se convierte así en una superposición histórica bastante más peligrosa que todas las anteriores, porque estaba fundada en un equívoco. Entre los terratenientes y sus ideas políticas y filosóficas se levantaba un invisible muro de mala fe. El desarraigo del porfirismo procede de este equívoco.

El disfraz positivista no estaba destinado a engañar al pueblo, sino a ocultar la desnudez moral del régimen a sus mismos usufructuarios. Pues esas ideas no justificaban las jerarquías sociales ante los desheredados (a quienes la religión católica reservaba un sitio de elección en el más allá y el liberalismo otorgaba la dignidad de hombres). La nueva filosofía no tenía nada que ofrecer a los pobres; su función consistía en justificar la conciencia —la *mauvaise conscience*—[b] de la burguesía europea. En México el sentimiento de culpabilidad de la burguesía europea se teñía de un matiz particular, por una doble razón histórica: los neofeudales eran al mismo tiempo los herederos del liberalismo y los sucesores de la aristocracia colonial. La herencia intelectual y moral de los principios de la Reforma y el usufructo de los bienes de la Iglesia tenían que producir en el grupo do-

[a] John (1806-73), influyente filósofo y economista británico liberal; Herbert Spencer (1820-1903), economista británico liberal.
[b] En francés en el texto: "mala conciencia".

minante un sentimiento de culpa muy profundo. Su gestión social era el fruto de una usurpación y un equívoco. Pero el positivismo no remediaba ni atenuaba esta vergonzosa condición. Al contrario, la enconaba, puesto que no hundía sus raíces en la conciencia de los que lo adoptaban. Mentira e inautenticidad son así el fondo psicológico del positivismo mexicano.

A su manera, la Dictadura completa la obra de la Reforma. Gracias a la introducción de la filosofía positivista la nación rompe sus últimos vínculos con el pasado. Si la Conquista destruye templos, la Colonia erige otros. La Reforma niega la tradición, mas nos ofrece una imagen universal del hombre. El positivismo no nos dio nada. En cambio, mostró en toda su desnudez a los principios liberales: hermosas palabras inaplicables. El esquema de la Reforma, el gran proyecto histórico mediante el cual México se fundaba a sí mismo como un nación destinada a realizarse en ciertas verdades universales, queda reducido a sueño y utopía. Y sus principios y leyes se convierten en una armazón rígida, que ahoga nuestra espontaneidad y mutila nuestro ser. Al cabo de cien años de luchas el pueblo se encontraba más solo que nunca, empobrecida su vida religiosa, humillada su cultura popular. Habíamos perdido nuestra filiación histórica.

La imagen que nos ofrece México al finalizar el siglo XIX es la de la discordia. Una discordia más profunda que la querella política o la guerra civil, pues consistía en la superposición de formas jurídicas y culturales que no solamente no expresaban a nuestra realidad, sino que la asfixiaban e inmovilizaban. Al amparo de esta discordia medraba una casta que se mostraba incapaz de transformarse en clase, en el sentido estricto de la palabra. Vivíamos una vida envenenada por la mentira y la esterilidad. Cortados los lazos con el pasado, imposible el diálogo con los Estados Unidos —que sólo hablaban con nosotros el lenguaje de la fuerza o el de los negocios—, inútil la relación con los pueblos de lengua española, encerrados en formas muertas, estábamos reduci-

dos a una imitación unilateral de Francia —que siempre nos ignoró. ¿Qué nos quedaba? Asfixia y soledad.

Si la historia de México es la de un pueblo que busca una forma que lo exprese, la del mexicano es la de un hombre que aspira a la comunión. La fecundidad del catolicismo colonial residía en que era, ante todo y sobre todo, participación. Los liberales nos ofrecieron ideas. Pero no se comulga con las ideas, al menos mientras no encarnan y se hacen sangre, alimento. La comunión es festín y ceremonia. Al finalizar el siglo XIX el mexicano, como la nación entera, se asfixia en un catolicismo yerto o en el universo sin salida y sin esperanza de la filosofía oficiosa del régimen.

Justo Sierra es el primero que comprende el significado de esta situación. A pesar de sus antecedentes liberales y positivistas, es el único mexicano de su época que tiene la preocupación y la angustia de la Historia. La porción más duradera y valiosa de su obra es una meditación sobre la Historia universal y sobre la de México. Su actitud difiere radicalmente de las anteriores. Para liberales, conservadores y positivistas la realidad mexicana carece de significación en sí misma; es algo inerte que sólo adquiere sentido cuando refleja un esquema universal. Sierra concibe a México como una realidad autónoma, viva en el tiempo: la nación es un pasado que avanza, tortuoso, hacia un futuro; y el presente está lleno de signos. En suma, ni la Religión, ni la Ciencia, ni la Utopía nos justifican. Nuestra historia, como la de cualquier otro pueblo, posee un sentido y una dirección.

Acaso sin plena conciencia de lo que hacía, Sierra introduce la Filosofía de la Historia como una posible respuesta a nuestra soledad y malestar. Consecuente con estas ideas, funda la Universidad. En su discurso de inauguración expresa que el nuevo instituto "no tiene antecesores ni abuelos...; el gremio y el claustro de la Real y Pontificia Universidad de México no es para nosotros el antepasado, sino el pasado. Sin embargo, lo

recordamos con cierta involuntaria filialidad; involuntaria, pero no destituida de emoción e interés". Estas palabras muestran hasta qué punto era honda para los liberales y sus herederos la ruptura con la Colonia. Sierra sospechaba la insuficiencia del laicismo liberal y del positivismo, tanto como rechazaba el dogmatismo religioso; pensaba que la ciencia y la razón eran los únicos asideros del hombre y lo único digno de confianza. Pero las concebía como instrumentos. Por lo tanto, deberían servir al hombre y a la nación; sólo así "la Universidad tendría la potencia suficiente para coordinar las líneas directrices del carácter nacional..."[a].

La verdad, dice en otra parte del mismo discurso, no está hecha, no es una cosa dada, como pensaban los escolásticos medievales o los metafísicos del racionalismo. La verdad se encuentra repartida en las verdades particulares de cada ciencia. Reconstruirla, era una de las tareas de la época. Sin nombrarla, invocaba a la filosofía, ausente de la enseñanza positivista. El positivismo iba a enfrentarse a nuevas doctrinas.

Las palabras del ministro de Instrucción Pública inauguraban otro capítulo en la historia de las ideas en México. Pero no era él quien iba a escribirlo, sino un grupo de jóvenes: Antonio Caso, José Vasconcelos, Alfonso Reyes y Pedro Henríquez Urena[b]. Ellos acometen la crítica del positivismo y lo llevan a su final descrédito. Su inquietud intelectual coincide con una búsqueda más dramática: la que hace el país de sí mismo en la lucha civil.

LA REVOLUCIÓN MEXICANA es un hecho que irrumpe en nuestra historia como una verdadera revela-

[a] Cita del discurso de la fundación de la Universidad de Sierra.
[b] Fundadores del llamado "Ateneo de la Juventud"; respectivamente, Antonio (1883-1946), autor de *Filosofía de la intuición;* José (1881-1959), escritor y filósofo, autor de una importante obra filosófica y sociológica dentro de la cual resalta su autobiografía, *Ulíses criollo;* y Alfonso (1889-1946), profesor y filólogo dominicano quien viviera en México durante su juventud y trabara amistad con los anteriores.

ción de nuestro ser. Muchos acontecimientos —que comprenden la historia política interna del país, y la historia, más secreta, de nuestro ser nacional— la preparan, pero muy pocas voces, y todas ellas débiles y borrosas, la anticipan. La Revolución tiene antecedentes, causas y motivos; carece, en un sentido profundo, de precursores. La Independencia no es solamente fruto de diversas circunstancias históricas, sino de un movimiento intelectual universal, que en México se inicia en el siglo XVIII. La Reforma es el resultado de la obra y de la ideología de varias generaciones intelectuales, que la preparan, predicen y realizan. Es la obra de la "inteligencia" mexicana. La Revolución se presenta al principio como un exigencia de verdad y limpieza en los métodos democráticos, según puede verse en el Plan de San Luis (5 de octubre de 1910)[a] Lentamente, en plena lucha o ya en el poder, el movimiento se encuentra y se define. Y esta ausencia de programa previo le otorga originalidad y autenticidad populares. De ahí provienen su grandeza y sus debilidades.

Entre los precursores de la Revolución se acostumbra citar a un grupo disperso y aislado: Andrés Molina Enríquez, Filomeno Mata, Paulino Martínez, Juan Sarabia, Antonio Villarreal, Ricardo y Enrique Flores Magón[2] [b]. Ninguno de ellos era verdaderamente un intelectual, quiero decir un hombre que se hubiese planteado de un modo cabal la situación de México como un problema y ofreciese un nuevo proyecto histórico. Molina Enríquez tuvo una idea clara del problema agrario, pero no creo que sus observaciones hayan sido aprovechadas por los revolucionarios sino tardíamente, en una época poste-

[2] Jesús Silva Herzog, *Meditaciones sobre México,* México, 1946.

[a] El Plan de San Luis fue la proclama que hizo Francisco Madero, el liberal anti-reeleccionista que se opuso a Díaz, por el que llamaba a una rebelión popular a partir del 20 de noviembre de 1910.

[b] Llamados "precursores" intelectuales de la Revolución Mexicana.

rior al Plan de Ayala (25 de noviembre de 1911), documento político que condensa las aspiraciones de los zapatistas. La influencia de Flores Magón, uno de los hombres más puros del movimiento obrero mexicano, no se advierte en nuestras leyes obreras. El anarquismo de Flores Magón estaba alejado necesariamente de nuestra Revolución, aunque el movimiento sindical mexicano se inicie influido por las ideas anarco-sindicalistas. La Independencia y, más acentuadamente, la Reforma, son movimientos que reflejan, prolongan y adaptan ideologías de la época. Silva Herzog dice al respecto:

> Nuestra Revolución no tuvo nada en común con la Revolución rusa, ni siquiera en la superficie; fue antes que ella. ¿Cómo pudo entonces haberla imitado? En la literatura revolucionaria de México, desde fines del siglo pasado hasta 1917, no se usa la terminología socialista europea; y es que nuestro movimiento social nació del propio suelo, del corazón sangrante del pueblo y se hizo drama doloroso y a la vez creador[3].

La ausencia de precursores ideológicos y la escasez de vínculos con una ideología universal constituyen rasgos característicos de la Revolución y la raíz de muchos conflictos y confusiones posteriores. Se conocen los antecedentes inmediatos del movimiento. En primer término, la situación política y social del país. La clase media había crecido gracias al impulso adquirido por el comercio y la industria, que si estaban en su mayoría en manos extranjeras, utilizaban un personal nativo. Había surgido una nueva generación, inquieta y que deseaba un cambio. La querella de las generaciones se alía así a la discordia social. El gobierno de Díaz no era nada más un gobierno de privilegiados, sino de viejos que no se resignaban a ceder el poder. La inconformidad de los jó-

3 Silva Herzog, *op. cit.*

venes se expresaba por un ansia de ver alguna vez realizados los principios del liberalismo. Los primeros ideales revolucionarios son predominantemente políticos. Se pensaba que el ejercicio de los derechos democráticos haría posible un cambio de métodos y personas.

A la inquietud de la clase media debe agregarse la de la naciente clase obrera. La legislación liberal no preveía ninguna defensa contra los abusos de los poderosos. Campesinos y obreros vivían desamparados frente a caciques, señores feudales e industriales. Pero los campesinos mexicanos poseían una larga tradición de luchas; los obreros no solamente carecían de los más elementales derechos, sino de una experiencia o una teoría en que apoyar sus demandas y justificar su combate. La ausencia de tradiciones propias hacía de la clase obrera la clase desheredada por excelencia. A pesar de esta situación estallaron varias huelgas, reprimidas sin piedad. Y más tarde los obreros decidirían uno de los episodios más importantes de la lucha civil: sus líderes se alían a Carranza y firman el "Pacto de la Casa del Obrero Mundial y el Movimiento Constitucionalista" (17 de febrero de 1915)[a]. A cambio de una legislación obrera, se ligaba el proletariado a una de las facciones en que se dividió el movimiento revolucionario. Desde entonces la clase obrera ha dependido, más o menos estrechamente, de los gobiernos revolucionarios, circunstancia de capital importancia para entender al México de nuestros días, según se verá más adelante[b].

Otra circunstancia favorable al desarrollo de la Revolución era la situación internacional del gobierno de Díaz. Siguiendo una política preconizada por liberales como Lerdo y por casi todo el partido conservador, Por-

[a] En efecto, la Casa del Obrero Mundial, organización sindicalista, se funda en 1912 por un grupo de líderes obreros, en su mayoría españoles exilados; no fue un sindicato propiamente, aunque sí contribuyó a la organización ulterior del movimiento obrero mexicano.

[b] *2ª ed.:* añadido desde "Desde entonces..."

firio Díaz quiso limitar la influencia económica nortea-
mericana acudiendo al capitalismo europeo. "Las rela-
ciones internacionales despertaron honda preocupación
en las postrimerías del Gobierno de Díaz. El apoyo con-
cedido al capital inglés provocó recelos en el norteame-
ricano[a]. Hubo otras causas de enfriamiento, como la
protección que Díaz ofreció al Presidente de Nicaragua,
la negativa a conceder una prórroga para que permane-
ciera la flota de los Estados Unidos en la bahía Mag-
dalena y el fallo favorable a México que dictó un árbitro
canadiense en el conflicto de límites conocido con el
nombre del Chamizal"[4]. Es indudable que los Estados
Unidos toleraron en su territorio la acción política de los
revolucionarios, pero no es posible reducir la Revolu-
ción mexicana, como quieren algunos conservadores, a
una conspiración del imperialismo yanqui. La interven-
ción posterior del embajador norteamericano en el gol-
pe de mano contrarrevolucionario que derrocó al presi-
dente Madero prueba hasta dónde debe limitarse la in-
fluencia extranjera en el desarrollo de la Revolución.

Si las huelgas y revueltas campesinas minaban la es-
tructura social de la Dictadura y la inquietud política en
las ciudades hacía vacilar la confianza de Díaz en el apo-
yo popular, en la esfera de las ideas dos jóvenes, Antonio
Caso y José Vasconcelos, emprendían la crítica de la filo-
sofía del régimen. Su obra forma parte de la vasta reno-
vación intelectual iniciada por el grupo llamado Ateneo

[4] Silvio Zavala, *Síntesis de la Historia del pueblo mexicano,* en *Mé-
xico en la Cultura,* México, 1946.

[a] *1ª ed.:* "También se ha dicho que la liquidación del régimen feu-
dal favorecía a una fracción del capitalismo yanqui, pues la liberación
de los campesinos daría nuevos compradores a sus productos. No me
parece decisiva esta circunstancia: la contradicción del imperialismo
reside en que vive a expensas de los países atrasados y, al mismo
tiempo, su emancipación podría darle nuevos compradores, capaces
de absorber sus excedentes cada vez que una crisis de superproduc-
ción, en realidad de infraconsumo, se presenta" (págs. 136-7).

de la Juventud. Antonio Caso acomete, en 1909, el examen de la filosofía positivista. En el curso de siete conferencias (las tres primeras dedicadas a Comte y sus precursores, las cuatro restantes al "positivismo independiente", Stuart Mill, Spencer y Taine), expone su inconformidad con la doctrina oficial. En su examen utiliza sobre todo la filosofía de la contingencia de Boutroux y algunas ideas de Bergson. Al final de sus conferencias, Caso dio a conocer su filosofía personal. He aquí cómo relata Henríquez Ureña este acto de fe:

> Caso, ante la inminente invasión del pragmatismo y tendencias afines, se postula intelectualista... haciendo el elogio de los grandes metafísicos constructores, Platón, Spinoza, Hegel; y a la vez se declara idealista en cuanto al problema del conocimiento... su profesión de fe termina con una cita ("Todo es pensamiento ...") de Henri Poincaré, el sabio pragmatista ... La conferencia final de Caso fue un alegato en favor de la especulación filosófica. Entre los muros de la Escuela Preparatoria, la vieja escuela positivista, volvió a oírse la voz de la metafísica que reclama sus derechos inalienables[5].

Vasconcelos era antiintelectualista. Filósofo de la intuición, considera que la emoción es la única facultad capaz de aprehender el objeto. El conocimiento es una visión total e instantánea de la realidad. Vasconcelos elabora más tarde una "filosofía de la raza iberoamericana", que continúa una corriente muy importante del pensamiento hispanoamericano. Pero la influencia de este pensador se dejará sentir años más tarde, cuando ocupa la Secretaría de Educación Pública en el Gobierno del nuevo régimen.

La crítica del positivismo fue decisiva en la historia

[5] Pedro Henríquez Ureña, *Horas de estudio,* París, 1910.

intelectual mexicana y es uno de los antecedentes imprescindibles de la Revolución. Pero es un antecedente negativo. Caso y sus compañeros destruyen la filosofía oficiosa del régimen sin que, por otra parte, sus ideas ofreciesen un nuevo proyecto de reforma nacional[a]. Su posición intelectual apenas si tenía relación con las aspiraciones populares y con los quehaceres de la hora. La diferencia con la generación liberal es significativa. Esta circunstancia no dejaría de tener muy graves consecuencias en la historia del México contemporáneo. Desnuda de doctrinas previas, ajenas o propias, la Revolución será una explosión de la realidad y una búsqueda a tientas de la doctrina universal que la justifique y la inserte en la Historia de América y en la del mundo. Mas si el pensamiento de Caso no ejerció influencia en la doctrina de la Revolución, su persistente amor al conocimiento, que lo hizo proseguir sus cátedras cuando las facciones se acribillaban en las calles, lo convirtió en un hermoso ejemplo de lo que significaba la filosofía: un amor que nada compra y nada tuerce.

Tales son, condensados sumariamente, los antecedentes más notorios de la Revolución. Sus causas, más profundas y menos numerosas, se confunden con la vida misma de México.

DISTINGUE a nuestro movimiento la carencia de un sistema ideológico previo y el hambre de tierras. Los campesinos mexicanos hacen la Revolución no solamente para obtener mejores condiciones de vida, sino para recuperar las tierras que en el transcurso de la Colonia el siglo XIX les habían arrebatado encomenderos y latifundistas.

El "calpulli" era la forma básica de la propiedad terri-

[a] *1ª ed.*: "No es posible decir lo mismo de las ideas de Caso y sus compañeros" (pág. 138).

torial antes de la Conquista. Consistía este sistema en dividir las poblaciones en varios barrios o calpulli, cada uno de ellos con una extensión determinada de tierras, que no pertenecían individualmente a ninguno de los habitantes, sino que estaban concedidas a una familia o tribu... en el concepto de que el que abandonaba el calpulli o dejaba de cultivar las tierras que se le asignaban, perdía el derecho de participar en la propiedad comunal[6].

Las Leyes de Indias protegieron esta institución y son numerosas las disposiciones destinadas a defender la propiedad comunal indígena contra abusos y usurpaciones de toda índole. Los preceptos admirables de las Leyes de Indias no fueron siempre respetados y la situación de los campesinos era ya desesperada a fines del siglo XVIII. La actitud de Morelos, uno de los pocos dirigentes mexicanos que tuvo conciencia del problema, revela hasta qué punto el malestar del campo influye en la guerra de la Independencia. La Reforma comete el error fatal de disolver la propiedad comunal indígena, a pesar de que hubo quienes se opusieron, como Ponciano Arriaga. Más tarde, a través de diversas Leyes de Colonización y de Ocupación y Enajenación de Terrenos Baldíos, el régimen de Díaz acaba con los restos de la propiedad campesina[a] y "destruye los caracteres que hasta entonces había tenido el régimen de propiedad en México"[7].

Casi todos los programas y manifiestos de los grupos revolucionarios contienen alusiones a la cuestión agraria. Pero solamente la Revolución del Sur y su jefe, Emiliano Zapata, plantean con claridad, decisión y sim-

[6] Gabino Fraga, *El derecho agrario,* en *México en la Cultura,* México, 1946.
[7] *Op. cit.*

[a] *1ª ed.:* "herencia colonial" donde dice "propiedad campesina" (pág. 139).

plicidad el problema. No es un azar que Zapata, figura que posee la hermosa y plástica poesía de las imágenes populares, haya servido de modelo, una y otra vez, a los pintores mexicanos. Con Morelos y Cuauhtémoc es uno de nuestros héroes legendarios. Realismo y mito se alían en esta melancólica, ardiente y esperanzada figura, que murió como había vivido: abrazado a la tierra. Como ella, está hecho de paciencia y fecundidad, de silencio y esperanza, de muerte y resurrección. Su programa contenía pocas ideas, estrictamente las necesarias para hacer saltar las formas económicas y políticas que nos oprimían. Los artículos sexto y séptimo del Plan de Ayala[a], que preven la restitución y el reparto de las tierras, implican una transformación de nuestro régimen de propiedad agraria y abren la puerta al México contemporáneo. En suma, el programa de Zapata consistía en la liquidación del feudalismo y en la institución de una legislación que se ajustara a la realidad mexicana.

Toda revolución, dice Ortega y Gasset, es una tentativa por someter la realidad a un proyecto racional. De ahí que el espíritu revolucionario se conciba a sí mismo como una exigencia radical de la razón. Acaso la opinión de Ortega y Gasset[b] sea, por su parte, demasiado radical, pues observo que casi siempre las revoluciones, a pesar de presentarse como una invitación para realizar ciertas ideas en un futuro más o menos próximo, se fundan en la pretensión de restablecer una justicia o un orden antiguos, violados por los opresores. Toda revolución tiende a establecer una edad mítica. La Revolución francesa funda la viabilidad de su programa en la creencia de que bastará reconstituir las condiciones ideales

[a] Con el Plan de Ayala, Emiliano Zapata (1883-1919), el líder agrario mexicano, trazó el curso de su propia "segunda revolución" contra Madero y otros intereses no-agrarios dentro de la Revolución mexicana.

[b] Ortega trata este tema en su célebre ensayo *El tema de nuestro tiempo.*

del *Contrato social*[a] para que la concordia se realice. El marxismo también acude a la teoría del comunismo primitivo como antecedente del régimen que promete. El "eterno retorno" es uno de los supuestos implícitos de casi toda teoría revolucionaria.

Todo radicalismo, decía Marx, es un humanismo, pues el hombre es la raíz de la razón y de la sociedad. Así, toda revolución pretende crear un mundo en donde el hombre, libre al fin de las trabas del viejo régimen, pueda expresarse de verdad y cumplir su condición humana. El hombre es un ser que sólo se realizará, que sólo será él mismo, en la sociedad revolucionaria. Y esa sociedad funda sus esperanzas en la naturaleza misma del hombre, que no es algo dado y estático, sino que consiste en una serie de posibilidades frustradas por un régimen que lo mutila. ¿Cómo sabemos que el hombre es una posibilidad de ser, malograda por la injusticia? La noción mítica de una "edad de oro" interviene aquí: hubo una vez, en alguna parte del mundo y en algún momento de la Historia, un estado social que permitía al hombre expresarse y realizarse. Esa edad prefigura y profetiza la nueva que el revolucionario se propone crear. Casi siempre la utopía supone la previa existencia, en un pasado remoto, de una "edad de oro" que justifica y hace viable la acción revolucionaria.

La originalidad del Plan de Ayala consiste en que esa "edad de oro" no es una simple creación de la razón, ni una hipótesis. El movimiento agrario mexicano exige la restitución de las tierras a través de un requisito legal: los títulos correspondientes. Y si prevé el reparto de tierras lo hace para extender los beneficios de una situación tradicional a todos los campesinos y pueblos que no poseen títulos. El movimiento zapatista tiende a recti-

[a] Influyente obra de Jean-Jacques Rousseau (1712-78), filósofo de la Ilustración, cuya tesis principal es que los gobernados consienten a su gobierno por un explícito contrato legal, a cambio del reconocimiento de sus derechos civiles.

ficar la Historia de México y el sentido mismo de la nación, que ya no será el proyecto histórico del liberalismo. México no se concibe como un futuro que realizar, sino como un regreso a los orígenes. El radicalismo de la Revolución mexicana consiste en su originalidad, esto es, en volver a nuestra raíz, único fundamento de nuestras instituciones. Al hacer del calpulli el elemento básico de nuestra organización económica y social, el zapatismo no sólo rescataba la parte válida de la tradición colonial, sino que afirmaba que toda construcción política de veras fecunda debería partir de la porción más antigua, estable y duradera de nuestra nación: el pasado indígena.

El tradicionalismo de Zapata muestra la profunda conciencia histórica de este hombre, aislado en su pueblo y en su raza. Su aislamiento, que no le permitió acceder a las ideas que manejaban los periodistas y tinterillos de la época, en busca de generales que asesorar, soledad de la semilla encerrada, le dio fuerzas y hondura para tocar la simple verdad. Pues la verdad de la Revolución era muy simple y consistía en la insurgencia de la realidad mexicana, oprimida por los esquemas del liberalismo tanto como por los abusos de conservadores y neoconservadores.

El zapatismo fue una vuelta a la más antigua y permanente de nuestras tradiciones. En un sentido profundo niega la obra de la Reforma, pues constituye un regreso a ese mundo del que, de un solo tajo, quisieron desprenderse los liberales. La Revolución se convierte en una tentativa por reintegrarnos a nuestro pasado. como diría Leopoldo Zea, por "asimilar nuestra historia", por hacer de ella algo vivo: un pasado hecho ya presente. Contrasta esta voluntad de integración y regreso a las fuentes con la actitud de los intelectuales de la época, que no solamente se mostraron incapaces de adivinar el sentido del movimiento revolucionario, sino que seguían especulando con ideas que no tenían más función que la de máscaras.

La incapacidad de la "inteligencia"[a] mexicana para formular en un sistema coherente las confusas aspiraciones populares se hizo patente apenas la Revolución dejó de ser un hecho instintivo y se convirtió en un régimen[b]. El zapatismo y el villismo, las dos facciones gemelas —la cara Sur y la cara Norte—, eran explosiones populares con escaso poder para integrar sus verdades, más sentidas que pensadas, en un plan orgánico[c]. Eran un punto de partida, un signo oscuro y balbuceante de la voluntad revolucionaria. La facción triunfante —el carrancismo— tendía, por una parte, a superar las limitaciones de sus dos enemigos; por la otra, a negar la espontaneidad popular, única fuente de salud revolucionaria, restaurando el cesarismo. Toda revolución desemboca en la adoración a los jefes; Carranza[d], el Primer Jefe, el primero de los césares revolucionarios, profetiza el "culto a la personalidad", eufemismo con que se designa la moderna idolatría política. (Ese culto, continuado por Obregón y Calles[e], aún rige nuestra vida política, aunque limitado por la prohibición de reelegir a los presidentes y otros funcionarios.) Al mismo tiempo, los revolucionarios que rodeaban a Carranza especialmente Luis Cabrera[f], uno de los hombres más lúcidos del período revolucionario, se esfuerzan por articular y dar

[a] Se refiere a "inteligencia" en el sentido de la clase intelectual dentro de una sociedad.

[b] *1ª ed.:* "una doctrina" donde dice "un régimen" (pág. 142).

[c] *2ª ed.:* añadido. *1ª ed.:* "El calpulli era una institución viva, que se adaptó a las nuevas condiciones históricas. No se podía decir lo mismo del resto de nuestra tradición" (pág. 142).

[d] Venustiano (1859-1920), político mexicano que derrotó a Victoriano Huerta y fue presidente de 1917 a 1920.

[e] Álvaro (1880-1928), general y político mexicano. Sucedió a Carranza en la presidencia (1920-24) y se señaló por su anticlericalismo; murió asesinado por un fanático católico. Plutarco Elías Calles (1877-1945) fue, a su vez, el presidente que le sucedió, 1924-1928.

[f] (1876-1954), ideólogo de la Revolución mexicana, formó parte de la corriente radical del maderismo y fue una de las fuerzas más sostenidas del agrarismo.

coherencia a las instintivas reivindicaciones populares. En ese momento se hizo patente la insuficiencia ideológica de la Revolución. El resultado fue un compromiso: la Constitución de 1917. Era imposible volver al mundo precortesiano; imposible, asimismo, regresar a la tradición colonial. La Revolución no tuvo más remedio que hacer suyo el programa de los liberales, aunque con ciertas modificaciones. La adopción del esquema liberal no fue sino consecuencia de la falta de ideas de los revolucionarios. Las que la "inteligencia" mexicana ofrecía eran inservibles. La realidad las hizo astillas antes siquiera de que la historia las pusiese a prueba.

La permanencia del programa liberal, con su división clásica de poderes —inexistentes en México—, su federalismo teórico y su ceguera ante nuestra realidad, abrió nuevamente la puerta a la mentira y la inautenticidad. No es extraño, por lo tanto, que buena parte de nuestras ideas políticas sigan siendo palabras destinadas a ocultar y oprimir nuestro verdadero ser. Por otra parte, la influencia del imperialismo frustró en parte la posibilidad de desarrollo de una burguesía nativa, que sí hubiera hecho viable el esquema liberal. La restauración de la propiedad comunal entrañaba la liquidación del feudalismo y debería haber determinado el acceso al poder de la burguesía. Nuestra evolución hubiese seguido así los mismos pasos que la de Europa. Pero nuestra marcha es excéntrica. El imperialismo no nos dejó acceder a la "normalidad histórica" y las clases dirigentes de México no tienen más misión que colaborar, como administradoras o asociadas, con un poder extraño. Y en esta situación de ambigüedad histórica reside el peligro de un neoporfirismo. Banqueros e intermediarios pueden apoderarse del Estado. Su función no sería diversa a la de los latifundistas porfirianos; como ellos, serían herederos de un movimiento revolucionario: gobernarían al país con la máscara de la Revolución, como Díaz lo hizo con la del liberalismo. Sólo que en esta ocasión sería difícil echar mano de una filosofía que cumpla la fun-

ción del positivismo. Ya no hay "ideas hechas" en nuestro mundo.

SI SE CONTEMPLA la Revolución mexicana desde las ideas esbozadas en este ensayo, se advierte que consiste en un movimiento tendiente a[a] reconquistar nuestro pasado, asimilarlo y hacerlo vivo en el presente. Y esta voluntad de regreso, fruto de la soledad y de la desesperación, es una de las fases de esa dialéctica de soledad y comunión, de reunión y separación que parece presidir toda nuestra vida histórica. Gracias a la Revolución el mexicano quiere reconciliarse con su historia y con su origen. De ahí que nuestro movimiento tenga un carácter al mismo tiempo desesperado y redentor. Si estas palabras, gastadas por tantos labios, guardan aún algún significado para nosotros, quieren decir que el pueblo rehúsa toda ayuda exterior, todo esquema propuesto desde afuera y sin relación profunda con su ser, y se vuelve sobre sí mismo. La desesperación, el rehusar ser salvado por un proyecto ajeno a su historia, es un movimiento del ser que se desprende de todo consuelo y se adentra en su propia intimidad: está solo. Y en ese mismo instante, esa soledad se resuelve en tentativa de comunión. Nuevamente desesperación y soledad, redención y comunión, son términos equivalentes.

Es notable cómo, a través de una búsqueda muy lenta y pródiga en confusiones, la Revolución cristaliza. No es un esquema que un grupo impone a la realidad sino que ésta, como querían los románticos alemanes, se manifiesta y empieza a adquirir forma en varios sitios, encarnando en grupos antagónicos y en horas diversas. Y sólo hasta ahora es posible ver que forman parte de un mismo proceso figuras tan opuestas como Emiliano Zapata y Venustiano Carranza, Luis Cabrera y José Vasconcelos, Francisco Villa y Alvaro Obregón, Francisco

[a] *1ª ed.:* "movimiento dialéctico tendiente a..." (pág. 144).

Madero y Lázaro Cárdenas, Felipe Angeles y Antonio Díaz Soto y Gama[a]. Si se compara a los protagonistas de la Reforma con los de la Revolución se advierte, amén de la claridad de ideas de los primeros y de la confusión de los segundos, que la eminencia de los liberales no los redime de cierta sequedad, que los ha hecho figuras respetables, pero oficiales, héroes de oficina pública, en tanto que la brutalidad y zafiedad de muchos de los caudillos revolucionarios no les han impedido convertirse en mitos populares. Villa cabalga todavía en el norte, en canciones y corridos; Zapata muere en cada feria popular; Madero se asoma a los balcones agitando la bandera nacional; Carranza y Obregón viajan aún en aquellos trenes revolucionarios, en un ir y venir por todo el país, alborotando los gallineros femeninos y arrancando a los jóvenes de la casa paterna. Todos los siguen: ¿a dónde? Nadie lo sabe. Es la Revolución, la palabra mágica, la palabra que va a cambiarlo todo y que nos va a dar una alegría inmensa y una muerte rápida. Por la Revolución el pueblo mexicano se adentra en sí mismo, en su pasado y en su sustancia, para extraer de su intimidad, de su entraña, su filiación. De ahí su fertilidad, que contrasta con la pobreza de nuestro siglo XIX. Pues la fertilidad cultural y artística de la Revolución depende de la profundidad con que sus héroes, sus mitos y sus bandidos marcaron para siempre la sensibilidad y la imaginación de todos los mexicanos.

La Revolución es una súbita inmersión de México en su propio ser. De su fondo y entraña extrae, casi a ciegas, los fundamentos del nuevo Estado. Vuelta a la tradición, reanudación de los lazos con el pasado, rotos por la Reforma y la Dictadura, la Revolución es una búsque-

[a] Políticos mexicanos; respectivamente, Francisco Indalesio (1873-1913), suscribió el Plan de San Luis contra la reelección de Díaz, fue electo presidente (1911-13) y murió asesinado; Cárdenas (1895-1970), fue político, general y presidente (1934-40), bajo su mando se nacionalizó la industria petrolera.

293

da de nosotros mismos y un regreso a la madre. Y, por eso, también es una fiesta: la fiesta de las balas, para emplear la expresión de Martín Luis Guzmán. Como las fiestas populares, la Revolución es un exceso y un gasto, un llegar a los extremos, un estallido de alegría y desamparo, un grito de orfandad y de júbilo, de suicidio y de vida, todo mezclado. Nuestra Revolución es la otra cara de México, ignorada por la Reforma y humillada por la Dictadura. No la cara de la cortesía, el disimulo, la forma lograda a fuerza de mutilaciones y mentiras, sino el rostro brutal y resplandeciente de la fiesta y la muerte, del mitote y el balazo, de la feria y el amor, que es rapto y tiroteo. La Revolución apenas si tiene ideas. Es un estallido de la realidad: una revuelta y una comunión, un trasegar viejas sustancias dormidas, un salir al aire muchas ferocidades, muchas ternuras y muchas finuras ocultas por el miedo a ser. ¿Y con quién comulga México en esta sangrienta fiesta? Consigo mismo, con su propio ser. México se atreve a ser. La explosión revolucionaria es una portentosa fiesta en la que el mexicano, borracho de sí mismo, conoce al fin, en abrazo mortal, al otro mexicano.

LA "INTELIGENCIA" MEXICANA[a]

Incurriría en una grosera simplificación quien afirmase que la cultura mexicana es un reflejo de los cambios históricos operados por el movimiento revolucionario. Más exacto será decir que esos cambios, tanto como la cultura mexicana, expresan de alguna manera las tentativas y tendencias, a veces contradictorias, de la nación, esto es, de esa parte de México que ha asumido la responsabilidad y el goce de la mexicanidad. En este sentido sí se puede decir que la historia de nuestra cultura no es muy diversa a la de nuestro pueblo, aunque esta relación no sea siempre estricta. Y no es estricta ni fatal porque muchas veces la cultura se adelanta a la historia y la profetiza. O deja de expresarla y la traiciona, según se observa en ciertos momentos de la dictadura de Díaz. Por otra parte[b], la poesía, en virtud de su misma naturaleza y de la naturaleza de su instrumento, las palabras, tiende siempre a la abolición de la historia, no porque la desdeñe sino porque la trasciende. Reducir la poesía a sus significados históricos sería tanto como reducir las palabras del poeta a sus connotaciones lógicas o grama-

[a] *1ª ed.:* El capítulo VII se titula "Nuestros días".
[b] *1ª ed.:* "Dictadura. Por otra...".

ticales. La poesía se escapa de historia y lenguaje aunque ambos sean su necesario alimento. Lo mismo puede decirse, con las naturales salvedades, de la pintura, la música, la novela, el teatro y el resto de las artes. Pero las páginas que siguen no tienen por tema las obras de creación sino que se limitan a describir ciertas actitudes de la "inteligencia" mexicana, es decir, de ese sector que ha hecho del pensamiento crítico su actividad vital[1]. Su obra, por lo demás, no está tanto en libros y escritos como en su influencia pública y en su acción política[a].

Si la Revolución fue una brusca y mortal inmersión en nosotros mismos, en nuestra raíz y origen, nada ni nadie encarna mejor este fértil y desesperado afán que José Vasconcelos, el fundador de la educación moderna en México. Su obra, breve pero fecunda, aún está viva en lo esencial. Su empresa, al mismo tiempo que prolonga la tarea iniciada por Justo Sierra —extender la educación elemental y perfeccionar la enseñanza superior y universitaria— pretende fundar la educación sobre ciertos principios implícitos en nuestra tradición y que el positivismo había olvidado o ignorado. Vasconcelos pensaba que la Revolución iba a redescubrir el sentido de nuestra historia, buscado vanamente por Sierra. La nueva educación se fundaría en "la sangre, la lengua y el pueblo".

El movimiento educativo poseía un carácter orgánico. No es la obra aislada de un hombre extraordinario —aunque Vasconcelos lo sea, y en varias medidas. Fruto de la Revolución, se nutre de ella; y al realizarse, realiza lo mejor y más secreto del movimiento revolucionario.

[1] El lector podrá encontrar la posición del autor ante el arte mexicano, en particular sobre la poesía y la pintura, en el libro *Las peras del olmo,* México, 1956[b].

[a] *2ª ed.:* añadido desde "Lo mismo puede decirse de...".

[b] La nota [1] es añadida. Paz se refiere a la primera edición de *Las peras del olmo* (1957, publicada por la Universidad Nacional autónoma de México). Una edición revisada fue publicada por Seix Barral en 1971.

En la tarea colaboraron poetas, pintores, prosistas, maestros, arquitectos, músicos. Toda, o casi toda, la "inteligencia" mexicana. Fue una obra social, pero que exigía la presencia de un espíritu capaz de encenderse y de encender a los demás. Filósofo y hombre de acción, Vasconcelos poseía esa unidad de visión que imprime coherencia a los proyectos dispersos, y que si a veces olvida los detalles también impide perderse en ellos. Su obra sujeta a numerosas, necesarias y no siempre felices correcciones no fue la del técnico, sino la del fundador.

Vasconcelos concibe la enseñanza como viva participación. Por una parte se fundan escuelas, se editan silabarios y clásicos, se crean institutos y se envían misiones culturales a los rincones más apartados; por la otra, la "inteligencia" se inclina hacia el pueblo, lo descubre y lo convierte en su elemento superior. Emergen las artes populares, olvidadas durante siglos; en las escuelas y en los salones vuelven a cantarse las viejas canciones; se bailan las danzas regionales, con sus movimientos puros y tímidos, hechos de vuelo y estatismo, de reserva y fuego. Nace la pintura mexicana contemporánea. Una parte de nuestra literatura vuelve los ojos hacia el pasado colonial; otra hacia el indígena. Los más valientes se encaran al presente: surge la novela de la Revolución. México, perdido en la simulación de la dictadura, de pronto es descubierto por ojos atónitos y enamorados: "Hijos pródigos de una patria que ni siquiera sabemos definir, empezamos a observarla. Castellana y morisca, rayada de azteca"[a].

Miembro de la generación del Ateneo, partícipe de la batalla contra el positivismo, Vasconcelos sabía que toda educación entraña una imagen del mundo y reclama un programa de vida. De ahí sus esfuerzos para fundar la escuela mexicana en algo más concreto que el texto del artículo tercero constitucional, que preveía la enseñanza laica. El laicismo nunca había sido neutral. Su pretendi-

[a] Cita del ensayo "Novedad de la patria" de Ramón López Velarde.

da indiferencia ante las cuestiones últimas era un artificio que a nadie engañaba. Y Vasconcelos, que no era católico ni jacobino, tampoco era neutral. Así, quiso fundar nuestra enseñanza sobre la tradición, del mismo modo que la Revolución se empeñaba en crear una nueva economía en torno al ejido[a]. Fundar la escuela sobre la tradición significaba formular explícitamente los impulsos revolucionarios que hasta ese momento se expresaban como instinto y balbuceo. Nuestra tradición, si de verdad estaba viva y no era una forma yerta, iba a redescubrirnos una tradición universal, en la que la nuestra se insertaba, prolongaba y justificaba.

Toda vuelta a la tradición lleva a reconocer que somos parte de la tradición universal de España, la única que podemos aceptar y continuar los hispanoamericanos[b]. Hay dos Españas: la cerrada al mundo, y la España abierta, la heterodoxa, que rompe su cárcel por respirar el aire libre del espíritu. Esta última es la nuestra. La otra, la castiza y medieval, ni nos dio el ser ni nos descubrió, y toda nuestra historia, como parte de la de los españoles, ha sido lucha contra ella. Ahora bien, la tradición universal de España en América consiste, sobre todo, en concebir el continente como una unidad superior, según se ha visto. Por lo tanto, volver a la tradición española no tiene otro sentido que volver a la unidad de Hispanoamérica. La filosofía de la raza cósmica[c] (esto es, del nuevo hombre americano que disolverá todas las oposiciones raciales y el gran conflicto entre Oriente y Occidente) no era sino la natural consecuencia y el fruto extremo del universalismo español, hijo del Renacimiento. Las ideas de Vasconcelos no tenían parentesco con el casticismo y tradicionalismo de los conservadores

[a] El ejido es una unidad de producción y organización agrícola y agraria en México, de origen pre-hispánico. Sobre el tema es fundamental Jesús Silva Herzog, *El ejido en México* (1940).

[b] *2ª ed.*: añadido desde "Toda vuelta...".

[c] *1ª ed.*: "revelación súbita de nuestro ser" (pág. 152).

mexicanos, pues para él, como para los fundadores de América, el continente se presentaba como futuro y novedad: "la América española es lo nuevo por excelencia, novedad no sólo de territorio, también de alma"[a]. El tradicionalismo de Vasconcelos no se apoyaba en el pasado: se justificaba en el futuro.

La filosofía iberoamericana de Vasconcelos constituía la primera tentativa para resolver un conflicto latente desde que se inició la Revolución. Estallido del instinto, ansia de comunión, revelación de nuestro ser, el movimiento revolucionario fue búsqueda y hallazgo de nuestra filiación, rota por el liberalismo. Mas esa tradición redescubierta no bastaba para alimentar nuestra voracidad de país vuelto a nacer, porque no contenía elementos universales que nos sirviesen para construir una nueva sociedad, ya que era imposible volver al catolicismo o al liberalismo, las dos grandes corrientes universales que habían modelado nuestra cultura. Al mismo tiempo, la Revolución no podía justificarse a sí misma porque apenas sí tenía ideas. No quedaban, pues, sino la autofagia o la invención de un nuevo sistema. Vasconcelos resuelve la cuestión al ofrecer su filosofía de la raza iberoamericana. El lema del positivismo, "Amor, orden y progreso", fue sustituido por el orgulloso "Por mi raza hablará el espíritu"[b].

Por desgracia, la filosofía de Vasconcelos es ante todo una obra personal, al contrario de lo que acontecía con liberales y positivistas, que continuaban vastas corrientes ideológicas. La obra de Vasconcelos posee la coherencia poética de los grandes sistemas filosóficos, pero no su rigor; es un monumento aislado, que no ha originado una escuela ni un movimiento. Y como ha dicho Malraux, "los mitos no acuden a la complicidad

[a] La cita proviene de *La raza cósmica* de José Vasconcelos.
[b] Este es, en efecto, el lema de la Universidad Nacional Autónoma de México, que Vasconcelos acuña.

de nuestra razón, sino a la de nuestros instintos". No es difícil encontrar en el sistema vasconceliano fragmentos todavía vivos, porciones fecundas, iluminaciones, anticipos, pero no el fundamento de nuestro ser, ni el de nuestra cultura.

Durante la época en que dirige al país Lázaro Cardenas, la Revolución tiende a realizarse con mayor amplitud y profundidad. Las reformas planeadas por los regímenes anteriores al fin se llevan a cabo. La obra de Cárdenas consuma la de Zapata y Carranza. La necesidad de dar al pueblo algo más que el laicismo liberal, produce la reforma del artículo tercero de la Constitución: "La educación que imparta el Estado será socialista...ᵃ combatirá el fanatismo y los prejuicios, creando en la juventud un concepto racional y exacto del Universo y de la vida social." Para los mismos marxistas el texto del nuevo artículo tercero era defectuoso: ¿cómo implantar una educación socialista en un país cuya Constitución consagraba la propiedad privada y en donde la clase obrera no poseía la dirección de los negocios públicos? Arma de lucha, la educación socialista creó muchas enemistades inútiles al régimen y suscitó las fáciles críticas de los conservadores. Asimismo, se mostró impotente para superar las carencias de la Revolución mexicana. Si las revoluciones no se hacen con palabras, las ideas no se implantan con decretos. La filosofía implícita en el texto del artículo tercero no invitaba a la participación creadora, ni fundaba las bases de la nación, como lo había hecho en su momento el catolicismo colonial. La educación socialista era una trampa en la que sólo cayeron sus inventores, con regocijo de todos los reaccionarios. El conflicto entre la universalidad de nuestra tradición y la imposibilidad de volver a las

ᵃ En efecto, el artículo tercero de la Constitución Mexicana definía la educación como "socialista". El artículo estuvo en vigencia hasta la administración de Ávila Camacho (1940-46), cuando se abolió.

formas en que se había expresado ese universalismo no podía ser resuelto con la adopción de una filosofía que no era, ni podía ser, la del Estado mexicano.

El mismo conflicto desgarra las formas políticas y económicas creadas por la Revolución. En todos los aspectos de la vida mexicana se encuentra, al mismo tiempo que una conciencia muy viva de la autenticidad y originalidad de nuestra Revolución, un afán de totalidad y coherencia que ésta no nos ofrece. El calpulli era una institución económica, social, política y religiosa que floreció naturalmente en el centro de la vida precortesiana. Durante el período colonial logra convivir con otras formas de propiedad gracias a la naturaleza del mundo fundado por los españoles, orden universal que admitía diversas concepciones de la propiedad, tanto como cobijaba pluralidad de razas, castas y clases. Pero ¿cómo integrar la propiedad comunal de la tierra en el seno de una sociedad que inicia su etapa capitalista y que de pronto se ve lanzada al mundo de las contiendas imperialistas? El problema era el mismo que se planteaba a escritores y artistas: encontrar una solución orgánica, total, que no sacrificara las particularidades de nuestro ser a la universalidad del sistema, como había ocurrido con el liberalismo, y que tampoco redujera nuestra participación a la actitud pasiva, estática del creyente o del imitador. Por primera vez al mexicano se le plantean vida e historia como algo que hay que inventar de pies a cabeza. En la imposibilidad de hacerlo, nuestra cultura y nuestra política social han vacilado entre diversos extremos. Incapaces de realizar una síntesis, hemos terminado por aceptar una serie de compromisos, tanto en la esfera de la educación como en la de los problemas sociales. Estos compromisos nos han permitido defender lo ya conquistado, pero sería peligroso considerarlos definitivos. El texto actual del artículo tercero refleja esta situación. La enmienda constitucional ha sido benéfica pero, por encima de cualquier consideración técnica, siguen sin contestar ciertas preguntas: ¿cuál es el sentido

de la tradición mexicana y cuál es su valor actual?, ¿cuál es el programa de vida que ofrecen nuestras escuelas a los jóvenes? Las respuestas a estas preguntas no pueden ser la obra de un hombre. Si no las hemos contestado es porque la historia misma no ha resuelto ese conflicto[a].

UNA VEZ cerrado el período militar de la Revolución, muchos jóvenes intelectuales —que no habían tenido la edad o la posibilidad de participar en la lucha armada— empezaron a colaborar con los gobiernos revolucionarios. El intelectual se convirtió en el consejero, secreto o público, del general analfabeto, del líder campesino sindical, del caudillo en el poder. La tarea era inmensa y había que improvisarlo todo. Los poetas estudiaron economía, los juristas sociología, los novelistas derecho internacional, pedagogía o agronomía. Con la excepción de los pintores a los que se protegió de la mejor manera posible: entregándoles los muros públicos el resto de la "inteligencia" fue utilizada para fines concretos e inmediatos: proyectos de leyes, planes de gobierno, misiones confidenciales, tareas educativas, fundación de escuelas y bancos de refacción agraria, etc. La diplomacia, el comercio exterior, la administración pública abrieron sus puertas a una "inteligencia" que venía de la clase media. Pronto surgió un grupo numeroso de técnicos y expertos, gracias a las nuevas escuelas profesionales y a los viajes de estudio al extranjero. Su participación en la gestión gubernamental ha hecho posible la continuidad de la obra iniciada por los primeros revolucionarios. Ellos han defendido, en multi-

[a] *2ª ed.:* añadido desde "Por desgracia la filosofía de Vasconcelos..."; sí aprovecha un párrafo de la *1ª* con los siguientes cambios: "planteadas" donde dice "planeadas" (pág. 156); "se llevan a cabo y la gestión gubernamental revolucionaria deja de ser gesto para convertirse en hecho" (pág. 156); "¿cuál es el sentido de la tradición mexicana y cuál es su validez?" (pág. 158); "si no hemos podido formularlas es porque la historia misma no ha resuelto el conflicto" (pág. 158).

tud de ocasiones, la herencia revolucionaria. Pero nada más difícil que su situación. Preocupados por no ceder sus posiciones desde las materiales hasta las ideológicas han hecho del compromiso un arte y una forma de vida. Su obra ha sido, en muchos aspectos, admirable; al mismo tiempo, han perdido independencia y su crítica resulta diluida, a fuerza de prudencia o de maquiavelismo. La "inteligencia" mexicana, en su conjunto, no ha podido o no ha sabido utilizar las armas propias del intelectual: la crítica, el examen, el juicio. El resultado ha sido que el espíritu cortesano, producto natural, por lo visto, de toda revolución que se transforma en gobierno, ha invadido casi toda la esfera de la actividad pública. Además, como ocurre siempre con toda burocracia, se ha extendido la moral cerrada de secta y el culto mágico al "secreto de Estado". No se discuten los asuntos públicos: se cuchichean. No debe olvidarse, sin embargo, que en muchos casos la colaboración se ha pagado con verdaderos sacrificios. El demonio de la eficacia y no el de la ambición, el deseo de servir y de cumplir con una tarea colectiva, y hasta cierto sentido ascético de la moral ciudadana, entendida como negación del yo, muy propio del intelectual, han llevado a algunos a la pérdida más dolorosa: la de la obra personal. Este drama no se plantea siquiera para el intelectual europeo. Ahora bien, en Europa y los Estados Unidos el intelectual ha sido desplazado del poder, vive en exilio y su influencia se ejerce fuera del ámbito del Estado. Su misión principal es la crítica; en México, la acción política. El mundo de la política es, por naturaleza, el de los valores relativos: el único valor absoluto es la eficacia. La "inteligencia" mexicana no sólo ha servido al país: lo ha defendido. Ha sido honrada y eficaz, pero ¿no ha dejado de ser "inteligencia", es decir, no ha renunciado a ser la conciencia crítica de su pueblo?

Las oscilaciones de la Revolución, la presión internacional que no dejó de hacerse sentir apenas se iniciaron las reformas sociales, la demagogia que pronto se con-

virtió en una enfermedad permanente de nuestro sistema político, la corrupción de los dirigentes, que crecía a medida que era más notoria la imposibilidad de realizarnos en formas democráticas a la manera liberal, produjeron escepticismo en el pueblo y desconfianza entre los intelectuales. La "inteligencia" mexicana[a], unida en una empresa común, también tiene sus heterodoxos y solitarios, sus críticos y sus doctrinarios. Algunos han cesado de colaborar y han fundado grupos y partidos de oposición, como Manuel Gómez Morín[b], ayer autor de las leyes hacendarias revolucionarias y hoy jefe de Acción Nacional, el partido de la derecha. Otros, como Jesús Silva Herzog[c], han mostrado que la eficacia técnica no está reñida con la independencia espiritual; su revista *Cuadernos Americanos* ha agrupado a todos los escritores independientes de Hispanoamérica[d]. Vicente Lombardo Toledano, Narciso Bassols y otros se convirtieron al marxismo[e], única filosofía que les parecía conciliar las particularidades de la historia de México con la universalidad de la Revolución. La obra de estos hombres debe juzgarse sobre todo en el campo de la política social. Por desgracia, desde hace muchos años su actividad se ha viciado por la docilidad con que han seguido, aún en sus peores momentos, la línea política estalinista[f].

[a] *1ª ed.:* "mexicana, que por un momento pareció unirse en una gran empresa común, se desinteresa de los negocios públicos o se adhiere a movimientos internacionales. Surgen los críticos y los doctrinarios" (pág. 153).

[b] Fundador, en 1938, del Partido Acción Nacional, de filiación conservadora.

[c] Fundador de la Escuela de Economía de la Universidad de México; uno de los principales expositores del nacionalismo cardenista.

[d] *2ª ed.:* añadido desde "... unida en una empresa común...".

[e] *1ª ed.:* "se convierten al marxismo" (pág. 153). Respectivamente, (1894-1968), prominente escritor socialista mexicano, fundador de revistas y periódicos, como *El popular,* en el que el joven Paz colabora; (1897-1959), político mexicano, destacado durante el sexenio de Lázaro Cárdenas.

[f] *2ª ed.:* añadido desde "La obra de estos hombres...".

Al mismo tiempo que una parte de la "inteligencia" se inclinaba hacia el marxismo —casi siempre en su forma oficial y burocrática, buscando así romper su soledad al insertarse[a] en el movimiento obrero mundial—, otros hombres iniciaban una tarea de revisión y crítica. La Revolución mexicana había descubierto el rostro de México. Samuel Ramos interroga esos rasgos, arranca máscaras e inicia un examen del mexicano. Se dice que *El perfil del hombre y la cultura en México,* primera tentativa seria por conocernos, padece diversas limitaciones: el mexicano que describen sus páginas es un tipo aislado y los instrumentos de que el filósofo se vale para penetrar la realidad —la teoría del resentimiento, más como ha sido expuesta por Adler[b] que por Scheler— reducen acaso la significación de sus conclusiones. Pero ese libro continúa siendo el único punto de partida que tenemos para conocernos. No sólo la mayor parte de sus observaciones son todavía válidas, sino que la idea central que lo inspira sigue siendo verdadera: el mexicano es un ser que cuando se expresa se oculta; sus palabras y gestos son casi siempre máscaras. Utilizando un método distinto al empleado en este estudio, Ramos nos ha dado una descripción muy penetrante de ese conjunto de actitudes que hacen de cada uno de nosotros un ser cerrado e inaccesible.

Mientras Samuel Ramos descubre el sentido de algunos de nuestros gestos más característicos —exploración que habría que completar con un psicoanálisis de nuestros mitos y creencias y un examen de nuestra vida erótica— Jorge Cuesta se preocupa por indagar el senti-

[a] *2ª ed.:* añadido. *1ª ed.:* "y buscaba justificar su soledad insertándose" donde dice "buscando así romper su soledad al insertarse".

[b] Alfred (1870-1937), psiquiatra austriaco, discípulo de Sigmund Freud. En *El perfil del hombre y la cultura en México,* Ramos utilizó las ideas de Scheler y de Adler, sobre todo el concepto de éste último de complejo (de inferioridad o superioridad) para explicar el "carácter" o "psicología" del mexicano.

do de nuestra tradición. Sus ideas, dispersas en artículos de crítica estética y política, poseen coherencia y unidad a pesar de que su autor jamás tuvo ocasión de reunirlas en un libro. Lo mismo si trata del clasicismo de la poesía mexicana que de la influencia de Francia en nuestra cultura, de la pintura mural que de la poesía de López Velarde, Cuesta cuida de reiterar este pensamiento: México es un país que se ha hecho a sí mismo y que, por lo tanto, carece de pasado. Mejor dicho, México se ha hecho contra su pasado, contra dos localismos, dos inercias y dos casticismos: el indio y el español. La verdadera tradición de México no continúa sino niega la colonial, pues es una libre elección de ciertos valores universales: los del racionalismo francés. Nuestro "francesismo" no es accidental, ni es fruto de una mera circunstancia histórica. En la cultura francesa, que también es libre elección, el mexicano se descubre como vocación universal. Los modelos de nuestra poesía, como los que inspiran nuestros sistemas políticos, son universales e indiferentes a tiempo, espacio y color local: implican una idea del hombre y tienden a realizarla sacrificando nuestras particularidades nacionales. Constituyen un Rigor y una Forma. Así nuestra poesía no es romántica o nacional sino cuando desfallece o se traiciona. Otro tanto ocurre con el resto de nuestras formas artísticas y políticas.

Cuesta desdeña el examen histórico. Ve en la tradición española nada más inercia, conformismo y pasividad porque ignora la otra cara de esa tradición. Omite analizar la influencia de la tradición indígena, también. Y nuestra preferencia por la cultura francesa ¿no es más bien hija de diversas circunstancias, tanto de la Historia universal como de la mexicana, que de una supuesta afinidad? Influido por Julián Benda[a], Cuesta olvida que

[a] Se refiere a Julien Benda, influyente escritor francés, autor del célebre *La Trahison des clercs* (1927) y otros libros.

la cultura francesa se alimenta de la historia de Francia y que es inseparable de la realidad que la sustenta.

A pesar de las limitaciones de su posición intelectual, más visibles ahora que cuando su autor las formuló a través de esporádicas publicaciones periodísticas, debemos a Cuesta varias observaciones valiosas. México, en efecto, se define a sí mismo como negación de su pasado. Su error, como el de liberales y positivistas, consistió en pensar que esa negación entrañaba forzosamente la adopción del radicalismo y del clasicismo franceses en política, arte y poesía. La historia misma refuta su hipótesis: el movimiento revolucionario, la poesía contemporánea, la pintura y, en fin, el crecimiento mismo del país, tienden a imponer nuestras particularidades y a romper la geometría intelectual que nos propone Francia. El radicalismo mexicano, como se ha procurado mostrar en este ensayo, tiene otro sentido.

Más allá de las diferencias que los separan, se advierte cierto parentesco entre Ramos y Cuesta. Ambos, en dirección contraria, reflejan nuestra voluntad de conocernos. El primero representa esa tendencia hacia nuestra propia intimidad que encarnó la Revolución mexicana; el segundo, la necesidad de insertar nuestras particularidades en una tradición universal. Otro solitario es Daniel Cosío Villegas[a]. Economista e historiador, fue el fundador del Fondo de Cultura Económica, empresa editorial no lucrativa que tuvo por primer objetivo —y de ahí su nombre— proporcionar a los hispanoamericanos los textos fundamentales de la ciencia económica, de Smith y los fisiócratas a Keynes, pasando por Marx. Gracias a Cosío el Fondo se transformó en una editorial de obras de filosofía, sociología e historia que han renovado la vida intelectual de los países de habla española. Debemos a Cosío Villegas el examen más serio y com-

[a] (1898-1976), historiador y pensador liberal mexicano y uno de los hombres más influyentes en la vida intelectual mexicana de este siglo.

pleto del régimen porfirista. Pero quizá lo mejor y más estimulante de su actividad intelectual es el espíritu que anima a su crítica, la desenvoltura de sus opiniones, la independencia de su juicio. Su mejor libro, para mí, es *Extremos de América,* examen nada piadoso de nuestra realidad, hecho con ironía, valor y una admirable impertinencia.

Cárdenas abrió las puertas a los vencidos de la guerra de España. Entre ellos venían escritores, poetas, profesores. A ellos se debe en parte el renacimiento de la cultura mexicana, sobre todo en el campo de la filosofía. Un español al que los mexicanos debemos gratitud es José Gaos, el maestro de la joven "inteligencia". La nueva generación está en aptitud de manejar los instrumentos que toda empresa intelectual requiere. Por primera vez desde la época de la Independencia la "inteligencia" mexicana no necesita formarse fuera de las aulas. Los nuevos maestros no ofrecen a los jóvenes una filosofía, sino los medios y las posibilidades para crearla. Tal es, precisamente, la misión del maestro.

Un nuevo elemento de estímulo es la presencia de Alfonso Reyes. Su obra, que ahora podemos empezar a contemplar en sus verdaderas dimensiones, es una invitación al rigor y a la coherencia. El clasicismo de Reyes, equidistante del academismo de Ramírez[a] y del romanticismo de Sierra, no parte de las formas ya hechas. En lugar de ser mera imitación o adaptación de formas universales, es un clasicismo que se busca y se modela a sí mismo, espejo y fuente, simultáneamente, en los que el hombre se reconoce, sí, pero también se sobrepasa.

Reyes es un hombre para quien la literatura es algo más que una vocación o un destino: una religión. Escritor cabal para quien el lenguaje es todo lo que puede ser el lenguaje: sonido y signo, trazo inanimado y ma-

[a] Se refiere al mismo Ignacio Ramírez *(El Nigromante),* enciclopedista, crítico y propagandista ilustrado.

gia, organismo de relojería y ser vivo. Poeta, crítico y ensayista, es el Literato: el minero, el artífice, el peón, el jardinero, el amante y el sacerdote de las palabras. Su obra es historia y poesía, reflexión y creación. Si Reyes es un grupo de escritores, su obra es una Literatura. ¿Lección de forma? No, lección de expresión. En un mundo de retóricos elocuentes o de reconcentrados silenciosos, Reyes nos advierte de los peligros y de las responsabilidades del lenguaje. Se le acusa de no habernos dado una filosofía o una orientación. Aparte de que quienes lo acusan olvidan buena parte de sus escritos, destinados a esclarecer muchas situaciones que la historia de América nos plantea, me parece que la importancia de Reyes reside sobre todo en que leerlo es una lección de claridad y transparencia. Al enseñarnos a decir, nos enseña a pensar. De ahí la importancia de sus reflexiones sobre la inteligencia americana y sobre las responsabilidades del intelectual y del escritor de nuestro tiempo.

El primer deber del escritor, nos dice, estriba en su fidelidad al lenguaje. El escritor es un hombre que no tiene más instrumento que las palabras. A diferencia de los útiles del artesano, del pintor y del músico, las palabras están henchidas de significaciones ambiguas y hasta contrarias. Usarlas quiere decir esclarecerlas, purificarlas, hacerlas de verdad instrumentos de nuestro pensar y no máscaras o aproximaciones. Escribir implica una profesión de fe y una actitud que trasciende al retórico y al gramático; las raíces de las palabras se confunden con las de la moral: la crítica del lenguaje es una crítica histórica y moral. Todo estilo es algo más que una manera de hablar: es una manera de pensar y, por lo tanto, un juicio implícito o explícito sobre la realidad que nos circunda. Entre el lenguaje, ser por naturaleza social, y el escritor, que sólo engendra en la soledad, se establece así una relación muy extraña: gracias al escritor el lenguaje amorfo, horizontal, se yergue e individualiza; gracias al lenguaje, el escritor moderno, rotas

las otras vías de comunicación con su pueblo y su tiempo, participa en la vida de la Ciudad.

De la obra de Alfonso Reyes se puede extraer no solamente una Crítica sino una Filosofía y una Etica del lenguaje. Por tal razón no es un azar que, al mismo tiempo que defiende la transparencia del vocablo y la universalidad de su significado, predique una misión. Pues aparte de esa radical fidelidad al lenguaje que define a todo escritor, el mexicano tiene algunos deberes específicos. El primero de todos consiste en expresar lo nuestro. O para emplear las palabras de Reyes "buscar el alma nacional". Tarea ardua y extrema, pues usamos un lenguaje hecho y que no hemos creado para revelar a una sociedad balbuciente y a un hombre enmarañado. No tenemos más remedio que usar de un idioma que ha sufrido ya las experiencias de Góngora y Quevedo, de Cervantes y San Juan[a], para expresar a un hombre que no acaba de ser y que no se conoce a sí mismo. Escribir, equivale a deshacer el español y a recrearlo para que se vuelva mexicano, sin dejar de ser español. Nuestra fidelidad al lenguaje, en suma, implica fidelidad a nuestro pueblo y fidelidad a una tradición que no es nuestra totalmente sino por un acto de violencia intelectual. En la escritura de Reyes viven los dos términos de este extremoso deber. Por eso, en sus mejores momentos, su obra consiste en la invención de un lenguaje y de una forma universales y capaces de contener, sin ahogarlos y sin desgarrarse, todos nuestros inexpresados conflictos.

Reyes se enfrenta al lenguaje como problema artístico y ético. Su obra no es un modelo o una lección, sino un estímulo. Por eso nuestra actitud ante el lenguaje no puede ser diversa a la de nuestros predecesores: también a nosotros, y más radicalmente que a ellos, puesto

[a] (1542-1591), San Juan de la Cruz, místico carmelita español. Su poesía fue muy gustada en los años de la posguerra, y Paz la comenta en su célebre ensayo "Poesía de soledad y poesía de comunión", en PL, págs. 291-306.

que tenemos menos ilusiones en unas ideas que la cultura occidental soñó eternas, la vida y la historia de nuestro pueblo se nos presentan como una voluntad que se empeña en crear la Forma que la exprese y que, sin traicionarla, la trascienda. Soledad y Comunión, Mexicanidad y Universalidad, siguen siendo los extremos que devoran al mexicano. Los términos de este conflicto habitan no sólo nuestra intimidad y coloran con un matiz especial, alternativamente sombrío y brillante, nuestra conducta privada y nuestras relaciones con los demás, sino que yacen en el fondo de todas nuestras tentativas políticas, artísticas y sociales. La vida del mexicano es un continuo desgarrarse entre ambos extremos, cuando no es un inestable y penoso equilibrio.

[a]TODA la historia de México, desde la Conquista hasta la Revolución, puede verse como una búsqueda

a *1ª ed.:* "La Revolución ha operado transformaciones muy profundas en nuesro pueblo y, en cierto sentido, ha creado a la actual nación mexicana, extendiéndola a clases y razas que ni la colonia ni el siglo XIX pudieron incorporar, mas no ha sido capaz de organizar todos sus aciertos y coordinar todas sus reformas en un sistema de vida, en una visión orgánica y total y en unos principios que hagan de la sociedad mexicana un orden válido y coherente. A pesar de su fecundidad extraordinaria, la Revolución no ha hecho de nuestra sociedad una comunidad o una esperanza de comunidad. La tentativa por transformar nuestra sociedad en una comunidad plantea la cuestión de la religión. Pues, se dirá, las carencias de la Revolución mexicana provienen de su ausencia de religiosidad. Sólo la religión es capaz de transformar de raíz a los hombres y a los pueblos. La única revolución que hace hombres nuevos es la que nos obliga a saltar de lo profano a lo sagrado. Cuando la religión se instala en el centro de una sociedad, se convierte en una fuente que riega todas las actividades culturales. La religión da sentido, coherencia y justificación a una sociedad. Si ese centro de vida se paraliza, como ocurrió en la época colonial, la sociedad se petrifica y la cultura se convierte en máscara. El orden se vuelve tiranía y ésta desemboca en anarquía primero y despotismo después. La historia de la nación mexicana y la raíz de sus contracciones y revueltas sería así la consecuencia de la petrificación del catolicismo mexicano. Al romper con la Iglesia nos hemos quedado solos. Desde entonces, a tumbos, buscamos una fe viva.

Esta interpretación me parece inaceptable. Si es cierto que en la

de nosotros mismos, deformados o enmascarados por instituciones extrañas, y de una Forma que nos exprese. Las sociedades precortesianas lograron creaciones muy ricas y diversas, según se ve por lo poco que dejaron en pie los españoles, y por las revelaciones que cada día nos entregan los arqueólogos y antropólogos. La Conquista destruye esas formas y superpone la española. En la cultura española laten dos direcciones, conciliadas pero no fundidas enteramente por el Estado español: la tradición medieval, castiza, viva en España hasta nuestros días, y una tradición universal, que España se apropia y hace suya antes de la Contrarreforma. Por obra del catolicismo, España logra en la esfera del arte una síntesis afortunada de ambos elementos. Otro tanto puede decirse de algunas instituciones y nociones de Derecho político, que intervienen decisivamente en la constitución de la sociedad colonial y en el estatuto otorgado a los indios y a sus comunidades. Debido al carácter universal de la religión católica, que era, aunque lo olviden con frecuencia fieles y adversarios, una religión para todos y especialmente para los desheredados y los huérfanos, la sociedad colonial logra convertirse por un mo-

época precortesiana y en la colonial la religión ha sido el centro de vida de nuestro pueblo, también lo es que han existido y existirán sociedades cultas en las que la función que entre nosotros ejerció la religión ha sido desempeñada por otras formas culturales. En la sociedad griega la religión no tenía ese papel central que tuvo entre los aztecas y árabes. La Ciudad fue la verdadera religión de los griegos. La Polis ocupa el centro de la cultura griega. Cuando esa noción se debilita la cultura decae. Otro tanto ocurre, con ciertas limitaciones, a las ciudades del Renacimiento italiano.

La verdad es que toda sociedad aspira a encontrar una Forma en la que sus contradicciones se resuelvan. Sabemos, por otra parte, que no existe sociedad sin religión; pero sabemos también que toda auténtica vida religiosa se ha convertido en nuestros días en un hecho antisocial, peligroso y que escandaliza a devotos e incrédulos. Exactamente como el amor. De ahí que la Forma que busca el hombre moderno sea una religión, aunque las raíces de esa Forma puedan estar impregnadas de religiosidad."

mento en un orden. Forma y sustancia pactan. Entre la realidad y las instituciones, el pueblo y el poder, el arte y la vida, el individuo y la sociedad, no hay un muro o una fosa sino que todo se corresponde y unos mismos conceptos y una misma voluntad rigen los ánimos. El hombre, por más humilde que sea su condición, no está solo. Ni tampoco lo está la sociedad. Mundo y trasmundo, vida y muerte, acción y contemplación, son experiencias totales y no actos o conceptos aislados. Cada fragmento participa de la totalidad y ésta vive en cada una de las partes. El orden precortesiano fue reemplazado por una Forma universal, abierta a la participación y a la comunión de todos los fieles.

La parálisis de la sociedad colonial y su final petrificación en una máscara piadosa o feroz, parece ser hija de una circunstancia que pocas veces ha sido examinada: la decadencia del catolicismo europeo, en tanto que manantial de la cultura occidental, coincidió con su expansión y apogeo en Nueva España. La vida religiosa, fuente de creación en otra época, se reduce para los más a inerte participación. Y para los menos, oscilantes entre la curiosidad y la fe, a tentativas incompletas, juegos de ingenio y, al final, silencio y sopor. O para decirlo en otros términos: el catolicismo se ofrece a la inmensa masa indígena como un refugio. La orfandad que provoca la ruptura de la Conquista se resuelve en un regresar a las oscuras entrañas maternas. La religiosidad colonial es una vuelta a la vida prenatal, pasiva, neutra y satisfecha[2]. La minoría, que intenta salir al aire fresco del mundo, se ahoga, enmudece o retrocede.

La Independencia, la Reforma y la Dictadura son distintas, contradictorias fases de una misma voluntad de desarraigo. El siglo XIX debe verse como ruptura total con la Forma. Y simultáneamente, el movimiento liberal

[2] Véase Jorge Carrión, "La ruta psicológica de Quetzalcóatl", en *Cuadernos Americanos,* número 5, septiembre-octubre de 1949, México.

se manifiesta como una tentativa utópica, que provoca la venganza de la realidad. El esquema liberal se convierte en la simulación del positivismo. Nuestra historia independiente, desde que empezamos a tener conciencia de nosotros mismos, noción de patria y de ser nacional, es ruptura y búsqueda. Ruptura con la tradición, con la Forma. Y búsqueda de una nueva Forma, capaz de contener todas nuestras particularidades y abierta al porvenir. Ni el catolicismo, cerrado al futuro, ni el liberalismo, que sustituía al mexicano concreto por una abstracción inánime, podían ser esa Forma buscada, expresión de nuestros quereres particulares y de nuestros anhelos universales.

La Revolución fue un descubrimiento de nosotros mismos y un regreso a los orígenes, primero; luego una búsqueda y una tentativa de síntesis, abortada varias veces; incapaz de asimilar nuestra tradición, y ofrecernos un nuevo proyecto salvador, finalmente fue un compromiso. Ni la Revolución ha sido capaz de articular toda su salvadora explosión en una visión del mundo, ni la "inteligencia" mexicana ha resuelto ese conflicto entre la insuficiencia de nuestra tradición y nuestra exigencia de universalidad.

Esta recapitulación conduce a plantear el problema de una filosofía mexicana, suscitado recientemente por Ramos y Zea. Los conflictos examinados en el curso de este ensayo habían permanecido hasta hace poco ocultos, recubiertos por formas e ideas extrañas, que si habían servido para justificarnos, también nos impidieron manifestarnos y manifestar la índole de nuestra querella interior. Nuestra situación era semejante a la del neurótico, para quien los principios morales y las ideas abstractas no tienen más función práctica que la defensa de su intimidad, complicado sistema con el que se engaña, y engaña a los demás, acerca del verdadero significado de sus inclinaciones y la índole de sus conflictos. Pero en el momento en que éstos aparecen a plena luz y tal cual son, el enfermo debe afrontarlos y resolverlos por sí

mismo. Algo parecido nos ocurre. De pronto nos hemos encontrado desnudos, frente a una realidad también desnuda. Nada nos justifica ya y sólo nosotros podemos dar respuesta a las preguntas que nos hace la realidad. La reflexión filosófica se vuelve así una tarea salvadora y urgente, pues no tendrá nada más por objeto examinar nuestro pasado intelectual, ni describir nuestras actitudes características, sino que deberá ofrecernos una solución concreta, algo que dé sentido a nuestra presencia en la tierra.

¿Cómo puede ser mexicana una reflexión filosófica de esta índole? En tanto que examen de nuestra tradición será una filosofía de la historia de México y una historia de las ideas mexicanas. Pero nuestra historia no es sino un fragmento de la Historia universal. Quiero decir: siempre, excepto en el momento de la Revolución, hemos vivido nuestra historia como un episodio de la del mundo entero. Nuestras ideas, asimismo, nunca han sido nuestras del todo, sino herencia o conquista de las engendradas por Europa. Una filosofía de la historia de México no sería, pues, sino una reflexión sobre las actitudes que hemos asumido frente a los temas que nos ha propuesto la Historia universal: contrarreforma, racionalismo, positivismo, socialismo. En suma, la meditación histórica nos llevaría a responder esta pregunta: ¿cómo han vivido los mexicanos las ideas universales?

La pregunta anterior entraña una idea acerca del carácter distintivo de la mexicanidad, segundo de los temas de esa proyectada filosofía mexicana. Los mexicanos no hemos creado una Forma que nos exprese. Por lo tanto, la mexicanidad no se puede identificar con ninguna forma o tendencia histórica concreta: es una oscilación entre varios proyectos universales, sucesivamente trasplantados o impuestos y todos hoy inservibles. La mexicanidad, así, es una manera de no ser nosotros mismos, una reiterada manera de ser y vivir otra cosa. En suma, a veces una máscara y otras una súbita determina-

ción por buscarnos, un repentino abrirnos el pecho para encontrar nuestra voz más secreta. Una filosofía mexicana tendrá que afrontar la ambigüedad de nuestra tradición y de nuestra voluntad misma de ser, que si exige una plena originalidad nacional no se satisface con algo que no implique una solución universal.

Varios escritores[a] se han impuesto la tarea de examinar nuestro pasado intelectual. Destacan en este campo los estudios de Leopoldo Zea y Edmundo O'Gorman[b]. El problema que preocupa a O'Gorman es el de saber qué clase de ser histórico es lo que llamamos América. No es una región geográfica, no es tampoco un pasado y, acaso, ni siquiera un presente. Es una idea, una invención del espíritu europeo. América es una utopía, es decir, es el momento en que el espíritu europeo se universaliza, se desprende de sus particularidades históricas y se concibe a sí mismo como una idea universal que, casi milagrosamente, encarna y se afinca en una tierra y un tiempo preciso: el porvenir. En América la cultura europea se concibe como unidad superior. O'Gorman acierta cuando ve a nuestro continente como la actualización del espíritu europeo, pero ¿qué ocurre con América como ser histórico autónomo al enfrentarse a la realidad europea? Esta pregunta parece ser el tema esencial de Leopoldo Zea. Historiador del pensamiento hispanoamericano —y, asimismo, crítico independiente aun en el campo de la política diaria— Zea afirma que, hasta hace poco, América fue el monólogo de Europa, una de las formas históricas en que encarnó su pensamiento; hoy ese monólogo tiende a convertirse en diálogo. Un diálogo que no es puramente intelectual sino social, político y vital. Zea ha estudiado la enajenación americana, el no ser nosotros mismos y el ser pensados

[a] *1ª ed.:* este párrafo aparece como la nota 2, a pie de página, página 166.

[b] (1906-1992), historiador y profesor mexicano, autor del influyente *La invención de América* (1942).

por otros. Esta enajenación —más que nuestras particularidades— constituye nuestra manera propia de ser. Pero se trata de una situación universal, compartida por todos los hombres. Tener conciencia de esto es empezar a tener conciencia de nosotros mismos. En efecto, hemos vivido en la periferia de la historia. Hoy el centro, el núcleo de la sociedad mundial, se ha disgregado y todos nos hemos convertido en seres periféricos, hasta los europeos y los norteamericanos. Todos estamos al margen porque ya no hay centro[a].

Otros escritores jóvenes se ocupan en desentrañar el sentido de nuestras actitudes vitales. Una gran avidez por conocernos, con rigor y sin complacencias, es el mérito mayor de muchos de estos trabajos. Sin embargo, la mayor parte de los componentes de este grupo —especialmente Emilio Uranga[b], su principal inspirador— ha comprendido que el tema del mexicano sólo es una parte de una larga reflexión sobre algo más vasto: la enajenación histórica de los pueblos dependientes y, en general, del hombre.

Toda reflexión filosófica debe poseer autenticidad, esto es, debe ser un pensar a la intemperie un problema concreto. Sólo así el objeto de la reflexión puede convertirse en un tema universal. Nuestro tiempo parece propicio a una empresa de este rango. Por primera vez, México no tiene a su disposición un conjunto de ideas universales que justifiquen nuestra situación. Europa, ese almacén de ideas hechas, vive ahora como nosotros: al día. En un sentido estricto, el mundo moderno no tiene ya ideas. Por tal razón el mexicano se sitúa ante su realidad como todos los hombres modernos: a solas. En esta desnudez encontrará su verdadera universalidad,

[a] *2ª ed.*: añadido desde "El problema que preocupa a O'Gorman...".

[b] Emilio Uranga, filósofo y escritor mexicano; perteneció al llamado Grupo Hiperión, que en México realizó una inquisición sobre la identidad del mexicano, y a la que Paz alude en este mismo párrafo. Su obra más conocida es *Análisis del ser del mexicano* (1952), libro por cierto que Uranga dedicó a Octavio Paz.

que ayer fue mera adaptación del pensamiento europeo. La autenticidad de la reflexión hará que la mexicanidad de esa filosofía resida sólo en el acento, el énfasis o el estilo del filósofo, pero no en el contenido de su pensamiento. La mexicanidad será una máscara que, al caer, dejará ver al fin al hombre. Las circunstancias actuales de México transforman así el proyecto de una filosofía mexicana en la necesidad de pensar por nosotros mismos unos problemas que ya no son exclusivamente nuestros, sino de todos los hombres. Esto es, la filosofía mexicana, si de veras lo es, será simple y llanamente filosofía, a secas.

La conclusión anterior puede corroborarse si se examina históricamente el problema. La Revolución mexicana puso en entredicho nuestra tradición intelectual. El movimiento revolucionario mostró que todas las ideas y concepciones que nos habían justificado en el pasado estaban muertas o mutilaban nuestro ser. La Historia universal, por otra parte, se nos ha echado encima y nos ha planteado directamente muchos problemas y cuestiones que antes nuestros padres vivían de reflejo. Pese a nuestras singularidades nacionales, superposición de tiempos históricos, ambigüedad de nuestra tradición, semicolonialismo, etc., la situación de México no es ya distinta a la de los otros países. Acaso por primera vez en la historia la crisis de nuestra cultura es la crisis misma de la especie. La melancólica reflexión de Valéry ante los cementerios de las civilizaciones desaparecidas nos deja ahora indiferentes, porque no es la cultura occidental la que mañana puede hundirse, como antes ocurrió con griegos y árabes, con aztecas y egipcios, sino el hombre. La antigua pluralidad de culturas, que postulaban diversos y contrarios ideales del hombre y ofrecían diversos y contrarios futuros, ha sido sustituida por la presencia de una sola civilización y un solo futuro. Hasta hace poco la Historia fue una reflexión sobre las varias y opuestas verdades que cada cultura proponía y una verificación de la radical heterogeneidad de

cada sociedad y de cada arquetipo. Ahora la Historia ha recobrado su unidad y vuelve a ser lo que fue en su origen: una meditación sobre el hombre. La pluralidad de culturas que el historicismo moderno rescata, se resuelve en una síntesis: la de nuestro momento. Todas las civilizaciones desembocan en la occidental, que ha asimilado o aplastado a sus rivales. Y todas las particularidades tienen que responder a las preguntas que nos hace la Historia: las mismas para todos. El hombre ha reconquistado su unidad. Las decisiones de los mexicanos afectan ya a todos los hombres y a la inversa. Las diferencias que separan a comunistas de "occidentales" son bastante menos profundas que las que dividían a persas y griegos, a romanos y egipcios, a chinos y europeos. Comunistas y demócratas burgueses esgrimen ideas antagónicas pero que brotan de una fuente común y disputan en un lenguaje universal, comprensible para ambos bandos. La crisis contemporánea no se presenta, según dicen los conservadores, como la lucha entre dos culturas diversas, sino como una escisión en el seno de nuestra civilización. Una civilización que ya no tiene rivales y que confunde su futuro con el del mundo. El destino de cada hombre no es ya diverso al del Hombre. Por lo tanto, toda tentativa por resolver nuestros conflictos desde la realidad mexicana deberá poseer validez universal o estará condenada de antemano a la esterilidad.

La Revolución mexicana nos hizo salir de nosotros mismos y nos puso frente a la Historia, planteándonos la necesidad de inventar nuestro futuro y nuestras instituciones. La Revolución mexicana ha muerto sin resolver nuestras contradicciones. Después de la segunda Guerra Mundial, nos damos cuenta que esa creación de nosotros mismos que la realidad nos exige no es diversa a la que una realidad semejante reclama a los otros. Vivimos, como el resto del planeta, una coyuntura decisiva y mortal, huérfanos de pasado y con un futuro por inventar. La Historia universal es ya tarea común. Y nuestro laberinto, el de todos los hombres.

VIII

NUESTROS DÍAS[a]

BÚSQUEDA y momentáneo hallazgo de nosotros mismos, el movimiento revolucionario transformó a México, lo hizo "otro". Ser uno mismo es, siempre, llegar a ser ese otro que somos y que llevamos escondido en nuestro interior, más que nada como promesa o posibilidad de ser. Así, en cierto sentido la Revolución ha recreado a la nación; en otro, no menos importante, la ha extendido a razas y clases que ni la Colonia ni el siglo XIX pudieron incorporar. Pero, a pesar de su fecundidad extraordinaria, no fue capaz de crear un orden vital que fuese, a un tiempo, visión del mundo y fundamento de una sociedad realmente justa y libre. La Revolución no ha hecho de nuestro país una comunidad o, siquiera, una esperanza de comunidad: un mundo en el que los hombres se reconozcan en los hombres y en donde el "principio de autoridad" —esto es: la fuerza, cualquiera que sea su origen y justificación— ceda el sitio a la libertad responsable. Cierto, ninguna de las sociedades conocidas ha alcanzado un estado semejante. No es accidental, por otra parte, que no nos haya dado una visión del hombre comparable a la del catoli-

cismo colonial o el liberalismo del siglo pasado. La Revolución es un fenómeno nuestro, sí, pero muchas de sus limitaciones dependen de circunstancias ligadas a la historia mundial contemporánea.

La Revolución mexicana es la primera, cronológicamente, de las grandes revoluciones del siglo XX. Para comprenderla cabalmente es necesario verla como parte de un proceso general y que aún no termina. Como todas las revoluciones modernas, la nuestra se propuso, en primer término, liquidar el régimen feudal, transformar el país mediante la industria y la técnica, suprimir nuestra situación de dependencia económica y política y, en fin, instaurar una verdadera democracia social. En otras palabras: dar el salto que soñaron los liberales más lúcidos, consumar efectivamente la Independencia y la Reforma, hacer de México una nación moderna. Y todo esto sin traicionarnos. Por el contrario, los cambios nos revelarían nuestro verdadero ser, un rostro a un tiempo conocido e ignorado, un rostro nuevo a fuerza de sepultada antigüedad. La Revolución iba a inventar un México fiel a sí mismo.

Los países "adelantados", con la excepción de Alemania, pasaron del antiguo régimen al de las modernas democracias burguesas de una manera que podríamos llamar natural. Las transformaciones políticas, económicas y técnicas se sucedieron y entrelazaron como inspiradas por una coherencia superior. La historia poseía una lógica; descubrir el secreto de su funcionamiento equivalía a apoderarse del futuro. Esta creencia, bastante vana, aún nos hace ver la historia de las grandes naciones como el desarrollo de una inmensa y majestuosa proposición lógica. En efecto, el capitalismo pasó gradualmente de las formas primitivas de acumulación a otras cada vez más complejas, hasta desembocar en la época del capital financiero y el imperialismo mundial. El tránsito del capitalismo primitivo al internacional produjo cambios radicales, tanto en la situación interior de cada país como en la esfera mundial. Por una parte, al

cabo de siglo y medio de explotación de los pueblos coloniales y semicoloniales, las diferencias entre un obrero y su patrón fueron menos grandes que las existentes entre ese mismo obrero y un paria hindú o un peón boliviano. Por la otra, la expansión imperialista unificó al planeta: captó todas las riquezas, aun las más escondidas, y las arrojó al torrente de la circulación mundial, convertidas en mercancías; universalizó el trabajo humano (la tarea de un pizcador de algodón la continúa, a miles de kilómetros, un obrero textil) realizando por primera vez, efectivamente y no como postulado moral, la unidad de la condición humana; destruyó las culturas y civilizaciones extrañas e hizo girar a todos los pueblos alrededor de dos o tres astros, fuentes del poder político, económico y espiritual. Al mismo tiempo, los pueblos así anexados participaron sólo de una manera pasiva en el proceso: en lo económico eran meros productores de materias primas y de mano de obra barata; en lo político, eran colonias y semicolonias; en lo espiritual, sociedades bárbaras o pintorescas. Para los pueblos de la periferia, el "progreso" significaba, y significa, no sólo gozar de ciertos bienes materiales sino, sobre todo, acceder a la "normalidad" histórica: ser, al fin, "entes de razón". Tal es el trasfondo de la Revolución mexicana y, en general, de las revoluciones del siglo xx.

Puede verse ahora con mayor claridad en qué consistió la empresa revolucionaria: consumar, a corto plazo y con un mínimo de sacrificios humanos, una obra que la burguesía europea había llevado a cabo en más de ciento cincuenta años. Para lograrlo, deberíamos previamente asegurar nuestra independencia política y recuperar nuestros recursos naturales. Además, todo esto debería realizarse sin menoscabo de los derechos sociales, en particular los obreros, consagrados por la Constitución de 1917. En Europa y en los Estados Unidos estas conquistas fueron el resultado de más de un siglo de luchas proletarias y, en buena parte, representaban (y representan) una participación en las ganancias obteni-

322

das por las metrópolis en el exterior. Entre nosotros no sólo no había ganancias coloniales que repartir: ni siquiera eran nuestros el petróleo, los minerales, la energía eléctrica y las otras fuerzas con que deberíamos transformar al país. Así pues, no se trataba de empezar desde el principio sino desde antes del principio.

La Revolución hizo del nuevo Estado el principal agente de la transformación social. En primer lugar: la devolución y el reparto de tierras, la apertura al cultivo de otras, las obras de irrigación, las escuelas rurales, los bancos de refacción para los campesinos. Los expertos se extienden en los errores técnicos cometidos; los moralistas, en la intervención maléfica del cacique tradicional y del político rapaz. Es verdad. También lo es que, bajo formas nuevas, subsiste el peligro de un retorno al monopolio de las tierras. Lo conquistado hay que defenderlo todavía. Pero el régimen feudal ha desaparecido. Olvidar esto es olvidar demasiado. Y hay más: la reforma agraria no sólo benefició a los campesinos sino que, al romper la antigua estructura social, hizo posible el nacimiento de nuevas fuerzas productivas. Ahora bien, a pesar de todo lo logrado —y ha sido mucho— miles de campesinos viven en condiciones de gran miseria y otros miles no tienen más remedio que emigrar a los Estados Unidos, cada año, como trabajadores temporales. El crecimiento demográfico, circunstancia que no fue tomada en cuenta por los primeros gobiernos revolucionarios, explica parcialmente el actual desequilibrio. Aunque parezca increíble, la mayor parte del país padece de sobrepoblación campesina. O más exactamente: carecemos de tierras cultivables. Hay, además, otros dos factores decisivos: ni la apertura de nuevas tierras al cultivo ha sido suficiente, ni las nuevas industrias y centros de producción han crecido con la rapidez necesaria para absorber a toda esa masa de población sobrante, condenada así al subempleo. En suma, con nuestros recursos actuales no podemos crear, en la proporción indispensable, las industrias y las empresas agrí-

colas que podrían dar ocupación al excedente de brazos y bocas. Es claro que no sólo se trata de un crecimiento demográfico excesivo sino de un progreso económico insuficiente. Pero también es claro que nos enfrentamos a una situación que rebasa las posibilidades reales del Estado y, aun, las de la nación en su conjunto. ¿Cómo y dónde obtener esos recursos económicos y técnicos? Esta pregunta, a la que se intentará contestar más adelante, no debe hacerse aisladamente sino considerando el problema del desarrollo económico en su totalidad. La industria no crece con la velocidad que requiere el aumento de población y produce así el subempleo; por su parte, el subempleo campesino retarda el desarrollo de la industria, ya que no aumenta el número de consumidores.

La Revolución también se propuso, según se dijo, la recuperación de las riquezas nacionales. Los gobiernos revolucionarios, en particular el de Cárdenas, decretaron la nacionalización del petróleo, los ferrocarriles y otras industrias. Esta política nos enfrentó al imperialismo. El Estado, sin renunciar a lo reconquistado, tuvo que ceder y suspender las expropiaciones. (Debe agregarse, de paso, que sin la nacionalización del petróleo hubiera sido imposible el desarrollo industrial.) La Revolución no se limitó a expropiar: por medio de una red de bancos e instituciones de crédito creó nuevas industrias estatales, subvencionó otras (privadas o semiprivadas) y, en general, intentó orientar en forma racional y de provecho público el desarrollo económico. Todo esto y muchas otras cosas más fue realizado lentamente y no sin tropiezos, errores e inmoralidades. Pero, así sea con dificultad y desgarrado por terribles contradicciones, el rostro de México empezó a cambiar. Poco a poco surgió una nueva clase obrera y una burguesía. Ambas vivieron a la sombra del Estado y sólo hasta ahora comienzan a cobrar vida autónoma.

La tutela gubernamental de la clase obrera se inició como una alianza popular: los obreros apoyaron a Ca-

rranza a cambio de una política social más avanzada. Por la misma razón sostuvieron a Obregón y Calles. Por su parte, el Estado protegió a las organizaciones sindicales. Pero la alianza se convirtió en su misión y los gobiernos premiaron a los dirigentes con altos puestos públicos. El proceso se acentuó y consumó, aunque parezca extraño, en la época de Cárdenas, el período más extremista de la Revolución. Y fueron precisamente los dirigentes que habían luchado contra la corrupción sindical los que entregaron las organizaciones obreras. Se dirá que la política de Cárdenas era revolucionaria: nada más natural que los sindicatos la apoyasen. Pero, empujados por sus líderes, los sindicatos formaron parte, como un sector más, del Partido de la Revolución, esto es, del partido gubernamental. Se frustró así la posibilidad de un partido obrero o, al menos, de un movimiento sindical a la norteamericana, apolítico, sí, pero autónomo y libre de toda injerencia oficial. Los únicos que ganaron fueron los líderes, que se convirtieron en profesionales de la política: diputados, senadores, gobernadores. En los últimos años asistimos, sin embargo, a un cambio: con creciente energía las agrupaciones obreras recobran su autonomía, desplazan a los dirigentes corrompidos y luchan por instaurar una democracia sindical. Este movimiento puede ser una de las fuerzas decisivas en el renacimiento de la vida democrática. Al mismo tiempo, dadas las características sociales de nuestro país, la acción obrera, si se quiere eficaz, debe evitar el sectarismo de algunos de los nuevos dirigentes y buscar la alianza con los campesinos y con un nuevo sector, hijo también de la Revolución: la clase media. Hasta hace poco la clase media era un grupo pequeño, constituido por pequeños comerciantes y las tradicionales "profesiones liberales" (abogados, médicos, profesores, etc.). El desarrollo industrial y comercial y el crecimiento de la Administración Pública han creado una numerosa clase media, cruda e ignorante desde el punto de vista cultural y político pero llena de vitalidad.

Más dueña de sí, más poderosa también, la burguesía no sólo ha logrado su independencia sino que trata de incrustarse en el Estado, no ya como protegida sino como directora única. El banquero sucede al general revolucionario; el industrial aspira a desplazar al técnico y al político. Estos grupos tienden a convertir al Gobierno, cada vez con mayor exclusividad, en la expresión política de sus intereses. Pero la burguesía no forma un todo homogéneo: unos, herederos de la Revolución mexicana (aunque a veces lo ignore), están empeñados en crear un capitalismo nacional; otros, son simples intermediarios y agentes del capital financiero internacional. Finalmente, según se ha dicho, dentro del Estado hay muchos técnicos que a través de avances y retrocesos, audacias y concesiones, continúan una política de interés nacional, congruente con el pasado revolucionario. Todo esto explica la marcha sinuosa del Estado y su deseo de "no romper el equilibrio". Desde la época de Carranza, la Revolución mexicana ha sido un compromiso entre fuerzas opuestas: nacionalismo e imperialismo, obrerismo y desarrollo industrial, economía dirigida y régimen de "libre empresa", democracia y paternalismo estatal.

Nada de lo logrado hubiese sido posible dentro del marco del capitalismo clásico. Y aun más: sin la Revolución y sus gobiernos ni siquiera tendríamos capitalistas. En realidad, el capitalismo nacional no sólo es consecuencia natural de la Revolución sino que, en buena parte, es hijo, criatura del Estado revolucionario. Sin el reparto de tierras, las grandes obras materiales, las empresas estatales y las de "participación estatal", la política de inversiones públicas, los subsidios directos o indirectos a la industria y, en general, sin la intervención del Estado en la vida económica, nuestros banqueros y "hombres de negocios" no habrían tenido ocasión de ejercer su actividad o formarían parte del "personal nativo" de alguna compañía extranjera. En un país que inicia su desarrollo económico con más de dos siglos de

retraso era indispensable acelerar el crecimiento "natural" de las fuerzas productivas. Esta "aceleración" se llama: intervención del Estado, dirección así sea parcial de la economía. Gracias a esta política nuestra evolución es una de las más rápidas y constantes en América. No se trata de bonanzas momentáneas o de progresos en un sector aislado como el petróleo en Venezuela o el azúcar en Cuba sino de un desarrollo más amplio y general. Quizá el síntoma más significativo sea la tendencia a crear una "economía diversificada" y una industria "integrada", es decir, especializada en nuestros recursos. Dicho lo anterior, debe agregarse que aún no hemos logrado, ni con mucho, todo lo que era necesario e indispensable. No tenemos una industria básica, aunque contamos con una naciente siderurgia; no fabricamos máquinas que fabriquen máquinas y ni siquiera hacemos tractores; nos faltan todavía caminos, puentes, ferrocarriles; le hemos dado la espalda al mar: no tenemos puertos, marina e industria pesquera, nuestro comercio exterior se equilibra gracias al turismo y a los dólares que ganan en los Estados Unidos nuestros braceros... Y algo más decisivo: a pesar de la legislación nacionalista, el capital norteamericano es cada día más poderoso y determinante en los centros vitales de nuestra economía. En suma, aunque empezamos a contar con una industria, todavía somos, esencialmente, un país productor de materias primas. Y esto significa: dependencia de las oscilaciones del mercado mundial, en lo exterior; y en lo interior: pobreza, diferencias atroces entre la vida de los ricos y los desposeídos, desequilibrio.

CON CIERTA regularidad se discute si la política social y económica ha sido o no acertada. Sin duda se trata de algo más complejo que la técnica y que está más allá de los errores, imprevisiones o inmoralidades de ciertos grupos. La verdad es que los recursos de que dispone la nación, en su totalidad, son insuficientes para "financiar" el desarrollo integral de México y aun para crearlo que

los técnicos llaman la "infraestructura económica", única base sólida de un progreso efectivo. Nos faltan capitales y el ritmo interno de capitalización y reinversión es todavía demasiado lento. Así, nuestro problema esencial consiste, según el decir de los expertos, en obtener los recursos indispensables para nuestro desarrollo. ¿Dónde y cómo?

Uno de los hechos que caracterizan la economía mundial es el desequilibrio que existe entre los bajos precios de las materias primas y los altos precios de los productos manufacturados. Países como México —es decir: la mayoría del planeta— están sujetos a los cambios continuos e imprevistos del mercado mundial. Como lo han sostenido nuestros delegados en multitud de conferencias interamericanas e internacionales, ni siquiera es posible esbozar programas económicos a largo plazo si no se suprime esta inestabilidad. Por otra parte, no se llegará a reducir el desnivel, cada vez más profundo, entre los países "subdesarrollados" y los "avanzados" si estos últimos no pagan precios justos por los productos primarios. Estos productos son nuestra fuente principal de ingresos y, por tanto, constituyen la mejor posibilidad de "financiamiento" de nuestro desarrollo económico. Por razones de sobra conocidas, nada o muy poco se ha conseguido en este campo. Los países "avanzados" sostienen imperturbables como si viviésemos a principios del siglo pasado que se trata de "leyes naturales del mercado", sobre las cuales el hombre tiene escasa influencia. La verdad es que se trata de la ley del león.

Uno de los remedios que más frecuentemente nos ofrecen los países "avanzados" —señaladamente los Estados Unidos— es el de las inversiones privadas extranjeras. En primer lugar, todo el mundo sabe que las ganancias de esas inversiones salen del país, en forma de dividendos y otros beneficios. Además, implican dependencia económica y, a la larga, injerencia política del exterior. Por otra parte, el capital privado no se interesa en inversiones a largo plazo y de escaso rendimiento,

que son las que nosotros necesitamos; por el contrario, busca los campos más lucrativos y que ofrezcan posibilidades de mejores y más rapidas ganancias. En fin, el capitalista no puede ni desea someterse a un plan general de desarrollo económico.

Sin duda la mejor y quizá la única solución consiste en la inversión de capitales públicos, ya sean préstamos gubernamentales o por medio de las organizaciones internacionales. Los primeros entrañan condiciones políticas o económicas y de ahí que se prefiera a los segundos. Como es sabido, las Naciones Unidas y sus organismos especializados fueron fundados, entre otros fines, con el de impulsar la evolución económica y social de los países "subdesarrollados". Principios análogos postula la Carta de la Organización de los Estados Americanos. Ante la inestable situación mundial —reflejo, fundamentalmente, del desequilibrio entre los "grandes" y los "subdesarrollados"— parecería natural que se hubiese hecho algo realmente apreciable en este campo. Lo cierto es que las sumas que se destinan a este objeto resultan irrisorias, sobre todo si se piensa en lo que gastan las grandes potencias en preparativos militares. Empeñadas en ganar la guerra de mañana por medio de pactos guerreros con gobiernos efímeros e impopulares, ocupadas en la conquista de la Luna, olvidan lo que ocurre en el subsuelo del planeta. Es evidente que nos encontramos frente a un muro que, solos, no podemos ni saltar ni perforar. Nuestra política exterior ha sido justa pero sin duda podríamos hacer más si nos unimos a otros pueblos con problemas semejantes a los nuestros. La situación de México, en este aspecto, no es distinta a la de la mayoría de los países latinoamericanos, asiáticos y africanos.

La ausencia de capitales puede remediarse de otra manera. Existe, ya lo sabemos, un método de probada eficacia. Después de todo, el capital no es sino trabajo humano acumulado. El prodigioso desarrollo de la Unión Soviética —otro tanto podrá decirse, en breve, de

China— no es más que la aplicación de esta fórmula. Gracias a la economía dirigida, que ahorra el despilfarro y la anarquía inherentes al sistema capitalista, y al empleo "racional" de una inmensa mano de obra, dirigida a la explotación de unos recursos también inmensos, en menos de medio siglo la Unión Soviética se ha convertido en el único rival de los Estados Unidos. Pero nosotros no tenemos ni la población ni los recursos, materiales y técnicos, que exige un experimento de tales proporciones (para no hablar de nuestra vecindad con los Estados Unidos y de otras circunstancias históricas). Y, sobre todo, el empleo "racional" de la mano de obra y la economía dirigida significan, entre otras cosas, el trabajo a destajo (estajanovismo), los campos de concentración, las labores forzadas, la deportación de razas y nacionalidades, la supresión de los derechos elementales de los trabajadores y el imperio de la burocracia. Los métodos de "acumulación socialista", como los llamaba el difunto Stalin, se han revelado bastante más crueles que los sistemas de "acumulación primitiva" del capital, que con tanta justicia indignaban a Marx y Engels. Nadie duda que el "socialismo" totalitario puede transformar la economía de un país; es más dudoso que logre liberar al hombre. Y esto último es lo único que nos interesa y lo único que justifica una revolución.

Es verdad que algunos autores, como Isaac Deutscher[a], piensan que una vez creada la abundancia se iniciará, casi insensiblemente, el tránsito hacia el verdadero socialismo y la democracia. Olvidan que mientras tanto se han creado clases, o castas, dueñas absolutas del poder político y económico. La historia muestra que nunca una clase ha cedido voluntariamente sus privilegios y ganancias. La idea del "tránsito insensible" hacia el socialismo es tan fantástica como el mito de la "desaparición gradual del Estado" en labios de Stalin y sus suce-

[a] Escritor británico y biógrafo de León Trotsky.

sores. Por supuesto que no son imposibles los cambios en la sociedad soviética. Toda sociedad es histórica, quiero decir, condenada a la transformación. Pero lo mismo puede decirse de los países capitalistas. Ahora bien, lo característico de ambos sistemas, en este momento, es su resistencia al cambio, su voluntad de no ceder ni a la presión exterior ni a la interior. Y en, esto reside el peligro de la situación: la guerra antes que la transformación.

A LA LUZ del pensamiento revolucionario tradicional —y aun desde la perspectiva del liberalismo del siglo pasado— resulta escandalosa la existencia, en pleno siglo XX, de anomalías históricas como los países "subdesarrollados" o la de un imperio "socialista" totalitario. Muchas de las previsiones y hasta de los sueños del siglo XIX se han realizado (las grandes revoluciones, los progresos de la ciencia y la técnica, la transformación de la naturaleza, etc.) pero de una manera paradójica o inesperada, que desafía la famosa lógica de la historia. Desde los socialistas utópicos se había afirmado que la clase obrera sería el agente principal de la historia mundial. Su función consistiría en realizar una revolución en los países más adelantados y crear así las bases de la liberación del hombre. Cierto, Lenin pensó que era posible dar un salto histórico y confiar a la dictadura del proletariado la tarea histórica de la burguesía: el desarrollo industrial. Creía, probablemente, que las revoluciones en los países atrasados precipitarían y aun desencadenarían el cambio revolucionario en los países capitalistas. Se trataba de romper la cadena imperialista por el eslabón más débil... Como es sabido, el esfuerzo que realizan los países "subdesarrollados" por industrializarse es, en cierto sentido, antieconómico e impone grandes sacrificios a la población. En realidad, se trata de un recurso heroico, en vista de la imposibilidad de elevar el nivel de vida de los pueblos por otros medios. Ahora bien, como solución mundial la autarquía es, a la postre, suicida; como remedio nacional, es un costoso experimen-

to que pagan los obreros, los consumidores y los campesinos. Pero el nacionalismo de los países "subdesarrollados" no es una respuesta lógica sino la explosión fatal de una situación que las naciones "adelantadas" han hecho desesperada y sin salida. En cambio, la dirección racional de la economía mundial —es decir, el socialismo— habría creado economías complementarias y no sistemas rivales. Desaparecido el imperialismo y el mercado mundial de precios regulados, es decir, suprimido el lucro, los pueblos "subdesarrollados" hubieran contado con los recursos necesarios para llevar a cabo su transformación económica. La revolución socialista en Europa y los Estados Unidos habrían facilitado el tránsito —ahora sí de una manera racional y casi insensible de todos los pueblos "atrasados"— hacia el mundo moderno.

La historia del siglo xx hace dudar, por lo menos, del valor de estas hipótesis revolucionarias y, en primer término, de la función universal de la clase obrera como encarnación del destino del mundo. Ni con la mejor buena voluntad se puede afirmar que el proletariado ha sido el agente decisivo en los cambios históricos de este siglo. Las grandes revoluciones de nuestra época —sin excluir a la soviética— se han realizado en países atrasados y los obreros han representado un segmento, casi nunca determinante, de grandes masas populares compuestas por campesinos, soldados, pequeña burguesía y miles de seres desarraigados por las guerras y las crisis. Esas masas informes han sido organizadas por pequeños grupos de profesionales de la revolución o del "golpe de Estado". Hasta las contrarrevoluciones, como el fascismo y el nazismo, se ajustan a este esquema. Lo más desconcertante, sin duda, es la ausencia de revolución socialista en Europa, es decir, en el centro mismo de la crisis contemporánea. Parece inútil subrayar las circunstancias agravantes: Europa cuenta con el proletariado más culto, mejor organizado y con más antiguas tradiciones revolucionarias; asimismo, allá se han pro-

ducido, una y otra vez, las "condiciones objetivas" propicias al asalto del poder. Al mismo tiempo, varias revoluciones aisladas, por ejemplo: en España y, hace poco, en Hungría[a], han sido reprimidas sin piedad y sin que se manifestase efectivamente la solidaridad obrera internacional. En cambio, hemos asistido a una regresión bárbara, la de Hitler, y a un renacimiento general del nacionalismo en todo el viejo continente. Finalmente, en lugar de la rebelión del proletariado organizado democráticamente, el siglo XX ha visto el nacimiento del "partido", esto es, de una agrupación nacional o internacional que combina el espíritu y la organización de dos cuerpos en los que la disciplina y la jerarquía son los valores decisivos: la Iglesia y el Ejército. Estos "partidos", que en nada se parecen a los viejos partidos políticos, han sido los agentes efectivos de casi todos los cambios operados después de la primera Guerra Mundial.

El contraste con la periferia es revelador. En las colonias y en los países "atrasados" no han cesado de producirse, desde antes de la primera Guerra Mundial, una serie de trastornos y cambios revolucionarios. Y la marea, lejos de ceder, crece de año en año. En Asia y África el imperialismo se retira; su lugar lo ocupan nuevos Estados con ideologías confusas pero que tienen en común dos ideas, ayer apenas irreconciliables: el nacionalismo y las aspiraciones revolucionarias de las masas. En América Latina, hasta hace poco tranquila, asistimos al ocaso de los dictadores y a una nueva oleada revolucionaria. En casi todas partes —trátese de Indonesia, Venezuela, Egipto, Cuba o Ghana— los ingredientes son los mismos: nacionalismo, reforma agraria, conquistas obreras y, en la cúspide, un Estado decidido a llevar a cabo la industrialización y saltar de la época feudal a la

[a] Se refiere a la revuelta húngara de 1956, aplastada por la Unión Soviética; uno de los momentos más tensos de la Guerra Fría.

moderna. Poco importa, para la definición general del fenómeno, que en ese empeño el Estado se alíe a grupos más o menos poderosos de la burguesía nativa o que, como en Rusia y China, suprima a las viejas clases y sea la burocracia la encargada de imponer la transformación económica. El rasgo distintivo y decisivo es que no estamos ante la revolución proletaria de los países "avanzados" sino ante la insurrección de las masas y pueblos que viven en la periferia del mundo occidental. Anexados al destino de Occidente por el imperialismo, ahora se vuelven sobre sí mismos, descubren su identidad y se deciden a participar en la historia mundial.

Los hombres y las formas políticas en que ha encarnado la insurrección de las naciones "atrasadas" es muy variada. En un extremo Gandhi; en el otro, Stalin; más allá, Mao Tse Tung. Hay mártires como Madero y Zapata, bufones como Perón, intelectuales como Nehru. La galería es muy variada: nada más distinto que Cárdenas, Tito o Nasser[a]. Muchos de estos hombres hubieran sido inconcebibles, como dirigentes políticos, en el siglo pasado y aún en el primer tercio del que corre. Otro tanto ocurre con su lenguaje, en el que las fórmulas mesiánicas se alían a la ideología democrática y a la revolucionaria. Son los hombres fuertes, los políticos realistas; pero también son los inspirados, los soñadores y, a veces, los demagogos. Las masas los siguen y se reconocen en ellos... La filosofía política de estos movimientos posee el mismo carácter abigarrado. La democracia en-

[a] Líderes políticos de medio siglo. Respectivamente: Mahatma (1869-1948), patriota y filósofo indio, alma del movimiento independentista indio, fundó su acción sobre el principio de no-violencia y murió asesinado; (1893-1978), caudillo comunista chino; Juan Domingo (1896-1979), militar y político argentino, dictador de la Argentina 1946-55; Jawarhalal (1889-1964), seguidor de Gandhi y primer ministro de la India, 1947-64; José Broz (alias Tito, 1892-1982), mariscal y político yugoslavo, jefe del gobierno yugoslavo, 1945-1982, fundador del Movimiento de Países No-alineados; Gamal Abdel (1918-1970), presidente de Egipto, 1958-70.

tendida a la occidental se mezcla a formas inéditas o bárbaras, que van desde la "democracia dirigida" de los indonesios hasta el idolátrico "culto a la personalidad" soviético, sin olvidar la respetuosa veneración de los mexicanos a la figura del Presidente.

Al lado del culto al líder, el partido oficial, presente en todas partes. A veces, como en México, se trata de una agrupación abierta, a la que pueden pertenecer prácticamente todos los que desean intervenir en la cosa pública y que abarca vastos sectores de la izquierda y de la derecha. Lo mismo sucede en la India con el Partido del Congreso. Y aquí conviene decir que uno de los rasgos más saludables de la Revolución mexicana —debido, sin duda, tanto a la ausencia de una ortodoxia política como al carácter abierto del partido— es la ausencia de terror organizado. Nuestra falta de "ideología" nos ha preservado de caer en esa tortuosa cacería humana en que se ha convertido el ejercicio de la "virtud" política en otras partes. Hemos tenido, sí, violencias populares, cierta extravagancia en la represión, capricho, arbitrariedad, brutalidad, "mano dura" de algunos generales, "humor negro", pero aun en sus peores momentos todo fue humano, es decir, sujeto a la pasión, a las circunstancias y aun al azar y a la fantasía. Nada más lejano de la aridez del espíritu de sistema y su moral silogística y policíaca. En los países comunistas el partido es una minoría, una secta cerrada y omnipotente, a un tiempo ejército, administración e inquisición: el poder espiritual y el brazo seglar al fin reunidos. Así ha surgido un tipo de Estado absolutamente nuevo en la historia, en el que los rasgos revolucionarios, como la desaparición de la propiedad privada y la economía dirigida, son indistinguibles de otros arcaicos: el carácter sagrado del Estado y la divinización de los jefes. Pasado, presente y futuro: progreso técnico y formas inferiores de la magia política, desarrollo económico y esclavismo sindicalista, ciencia y teología estatal: tal es el rostro prodigioso y aterrador de la Unión Soviética. Nuestro siglo es una gran vasija en

335

donde todos los tiempos históricos hierven, se confunden y mezclan.

¿Cómo es posible que la "inteligencia" contemporánea —pienso sobre todo en la heredera de la tradición revolucionaria europea— no haya hecho un análisis de la situación de nuestro tiempo, no ya desde la vieja perspectiva del siglo pasado sino ante la novedad de esta realidad que nos salta a los ojos? Por ejemplo: la polémica entre Rosa Luxemburgo y Lenin[a] acerca de la "espontaneidad revolucionaria de las masas" y la función del Partido Comunista como "vanguardia del proletariado", quizá cobraría otra significación a la luz de las respectivas condiciones de Alemania y Rusia. Y del mismo modo: no hay duda de que la Unión Soviética se parece muy poco a lo que pensaban Marx y Engels sobre lo que podría ser un Estado obrero. Sin embargo, ese Estado existe; no es una aberración ni una "equivocación de la historia". Es una realidad enorme, evidente por sí misma y que se justifica de la única manera con que se justifican los seres vivos: por el peso y plenitud de su existencia. Un filósofo eminente como Lukács[b], que ha dedicado tanto de su esfuerzo a denunciar la "irracionalidad" progresiva de la filosofía burguesa, no ha intentado nunca, en serio, el análisis de la sociedad soviética desde el punto de vista de la razón. ¿Puede alguien afirmar que era racional el estalinismo? ¿Es racional el empleo de la "dialéctica" por los comunistas y

[a] Se refiere a la polémica entre estos dos contenida en el *Panfleto Junius* (1915). Mientras que Lenin (1870-1924) afirmaba las necesidades de una sólida organización y dirección política conjunta a través del Partido Comunista, implicando así un juicio negativo sobre los fenómenos espontáneos de la rebelión de las masas, Luxemburgo (1870-1919) creía que la revolución socialista sólo ocurriría a través de la cooperación y camaradería entre las masas revolucionarias y líderes que no impusieran su visión "correcta" de la lucha política.

[b] Gyorgy (1885-1971), escritor, político y filósofo húngaro de filiación marxista, apologista del estalinismo, y autor de influyentes obras, como *Historia y conciencia de clase* (1923).

no se trata, simplemente, de una racionalización de ciertas obsesiones, como sucede con otra clase de neurosis? Y la "teoría de la dirección colectiva", la de los "caminos diversos hacia el socialismo", el escándalo de Pasternak...[a] ¿todo esto es racional? Por su parte, ningún intelectual europeo de izquierda, ningún "marxólogo", se ha inclinado sobre el rostro borroso e informe de las revoluciones agrarias y nacionalistas de América Latina y Oriente para tratar de entenderlas como lo que son: un fenómeno universal que requiere una nueva interpretación. Por supuesto que es aún más desolador el silencio de la "inteligencia" latinoamericana y asiática, que vive en el centro del torbellino. Claro está que no sugiero abandonar los antiguos métodos o negar al marxismo, al menos como instrumento de análisis histórico. Pero nuevos hechos y que contradicen tan radicalmente las previsiones de la teoría exigen nuevos instrumentos. O, por lo menos, afilar y aguzar los que poseemos. Con mayor humildad y mejor sentido Trotsky escribía, un poco antes de morir, que si después de la segunda Guerra Mundial no surgía una revolución en los países desarrollados quizá habría que revisar toda la perspectiva histórica mundial.

LA REVOLUCIÓN mexicana desemboca en la historia universal. Nuestra situación, con diferencias de grado, sistema y "tiempo histórico", no es muy diversa a la de muchos otros países de América Latina, Oriente y África. Aunque nos hemos liberado del feudalismo, el caudillismo militar y la Iglesia, nuestros problemas son, esencialmente, los mismos. Esos problemas son inmensos y de difícil resolución. Muchos peligros nos acechan. Muchas tentaciones, desde el "gobierno de los banqueros" —es

[a] Boris (1890-1960), poeta y novelista ruso, autor de *El doctor Zhivago;* Premio Nobel, 1958. A su muerte Paz escribió un sentido ensayo sobre él y su obra: "El caso de Pasternak", hoy recogido en *Puertas al campo* (1966).

decir: de los intermediarios— hasta el cesarismo, pasando por la demagogia nacionalista y otras formas espasmódicas de la vida política. Nuestros recursos materiales son escasos y todavía no nos enseñamos del todo a usarlos. Más pobres aún son nuestros instrumentos intelectuales. Hemos pensado muy poco por cuenta propia; todo o casi todo lo hemos visto y aprehendido en Europa y los Estados Unidos. Las grandes palabras que dieron nacimiento a nuestros pueblos tienen ahora un valor equívoco y ya nadie sabe exactamente qué quieren decir: Franco es demócrata y forma parte del "mundo libre". La palabra comunismo designa a Stalin; socialismo quiere decir una reunión de señores defensores del orden colonial. Todo parece una gigantesca equivocación. Todo ha pasado como no debería haber pasado, decimos para consolarnos. Pero somos nosotros los equivocados, no la historia. Tenemos que aprender a mirar cara a cara la realidad. Inventar, si es preciso, palabras nuevas e ideas nuevas para estas nuevas y extrañas realidades que nos han salido al paso. Pensar es el primer deber de la "inteligencia". Y en ciertos casos, el único.

Mientras tanto ¿qué hacer? No hay recetas ya. Pero hay un punto de partida válido: nuestros problemas son nuestros y constituyen nuestra responsabilidad; sin embargo, son también los de todos. La situación de los latinoamericanos es la de la mayoría de los pueblos de la periferia. Por primera vez, desde hace más de trescientos años, hemos dejado de ser materia inerte sobre la que se ejerce la voluntad de los poderosos. Eramos objetos; empezamos a ser agentes de los cambios históricos y nuestros actos y nuestras omisiones afectan la vida de las grandes potencias. La imagen del mundo actual, como una pelea entre dos gigantes (el resto está compuesto por amigos, ayudantes, criados y partidarios por fatalidad), es bastante superficial. El trasfondo y, en verdad, la sustancia misma de la historia contemporánea es la oleada revolucionaria de los pueblos de la periferia. Para Moscú, Tito es una realidad desagradable, pero es

una realidad. Lo mismo puede decirse de Nasser o Nehru para los occidentales. ¿Un tercer frente, un nuevo club de naciones, el club de los pobres? Quizá es demasiado pronto. O, tal vez, demasiado tarde: la historia va muy de prisa y el ritmo de expansión de los poderosos es más rápido que el de nuestro crecimiento. Pero antes de que la congelación de la vida histórica —pues a eso equivale el "empate" entre los grandes— se convierta en definitiva petrificación, hay posibilidades de acción concertada e inteligente.

Hemos olvidado que hay muchos como nosotros, dispersos y aislados. A los mexicanos nos hace falta una nueva sensibilidad frente a la América Latina; hoy esos países despiertan: ¿los dejaremos solos? Tenemos amigos desconocidos en los Estados Unidos y en Europa. Las luchas en Oriente están ligadas, de alguna manera, a las nuestras. Nuestro nacionalismo, si no es una enfermedad mental o una idolatría, debe desembocar en una búsqueda universal. Hay que partir de la conciencia de que nuestra situación de enajenación es la de la mayoría de los pueblos. Ser nosotros mismos será oponer al avance de los hielos históricos el rostro móvil del hombre. Tanto mejor si no tenemos recetas ni remedios patentados para nuestros males. Podemos, al menos, pensar y obrar con sobriedad y resolución.

El objeto de nuestra reflexión no es diverso al que desvela a otros hombres y a otros pueblos: ¿cómo crear una sociedad, una cultura, que no niegue nuestra humanidad pero tampoco la convierta en una vana abstracción? La pregunta que se hacen todos los hombres hoy no es diversa a la que se hacen los mexicanos. Todo nuestro malestar, la violencia contradictoria de nuestras reacciones, los estallidos de nuestra intimidad y las bruscas explosiones de nuestra historia, que fueron: primero ruptura y negación de las formas petrificadas que nos oprimían, tienden a resolverse en búsqueda y tentativa por crear un mundo en donde no imperen ya la mentira, la mala fe, el disimulo, la avidez sin escrúpulos, la vio-

lencia y la simulación. Una sociedad, también, que no haga del hombre un instrumento y una dehesa de la Ciudad. Una sociedad humana.

El mexicano se esconde bajo muchas máscaras, que luego arroja un día de fiesta o de duelo, del mismo modo que la nación ha desgarrado todas las formas que la asfixiaban. Pero no hemos encontrado aún esa que reconcilie nuestra libertad con el orden, la palabra con el acto y ambos con una evidencia que ya no será sobrenatural, sino humana: la de nuestros semejantes. En esa búsqueda hemos retrocedido una y otra vez, para luego avanzar con más decisión hacia adelante. Y ahora, de pronto, hemos llegado al límite: en unos cuantos años hemos agotado todas las formas históricas que poseía Europa. No nos queda sino la desnudez o la mentira. Pues tras este derrumbe general de la Razón y la Fe, de Dios y la Utopía, no se levantan ya nuevos o viejos sistemas intelectuales, capaces de albergar nuestra angustia y tranquilizar nuestro desconcierto; frente a nosotros no hay nada. Estamos al fin solos. Como todos los hombres. Como ellos, vivimos el mundo de la violencia, de la simulación y del "ninguneo": el de la soledad cerrada, que si nos defiende nos oprime y que al ocultarnos nos desfigura y mutila. Si nos arrancamos esas máscaras, si nos abrimos, si, en fin, nos afrontamos, empezaremos a vivir y pensar de verdad. Nos aguardan una desnudez y un desamparo. Allí, en la soledad abierta, nos espera también la trascendencia: las manos de otros solitarios. Somos, por primera vez en nuestra historia, contemporáneos de todos los hombres[a].

<hr />

[a] *1ª ed.:* Los últimos dos párrafos de este capítulo solían ser la conclusión del "Apéndice" de la 2ª ed. actual.

IX

APÉNDICE: LA DIALÉCTICA DE LA SOLEDAD

LA SOLEDAD, el sentirse y el saberse solo, desprendido del mundo y ajeno a sí mismo, separado de sí, no es característica exclusiva del mexicano. Todos los hombres, en algún momento de su vida, se sienten solos; y más: todos los hombres están solos. Vivir, es separarnos del que fuimos para internarnos en el que vamos a ser, futuro extraño siempre. La soledad es el fondo último de la condición humana. El hombre es el único ser que se siente solo y el único que es búsqueda de otro[a]. Su naturaleza —si se puede hablar de naturaleza al referirse al hombre, el ser que, precisamente, se ha inventado a sí mismo al decirle "no" a la naturaleza— consiste en un aspirar a realizarse en otro. El hombre es nostalgia y búsqueda de comunión. Por eso cada vez que se siente a sí mismo se siente como carencia de otro, como soledad.

Uno con el mundo que lo rodea, el feto es vida pura y en bruto, fluir ignorante de sí. Al nacer, rompemos los lazos que nos unen a la vida ciega que vivimos en el vientre materno, en donde no hay pausa entre deseo y satisfacción. Nuestra sensación de vivir se expresa como separación y ruptura, desamparo, caída en un ám

[a] *2ª ed.:* añadido; *1ª ed.:* "ser antinatural por definición" (pág. 173).

bito hostil; y extraño. A medida que crecemos esa primitiva sensación se transforma en sentimiento de soledad. Y más tarde, en conciencia: estamos condenados a vivir solos, pero también lo estamos a traspasar nuestra soledad y a rehacer los lazos que en un pasado paradisíaco nos unían a la vida. Todos nuestros esfuerzos tienden a abolir la soledad. Así, sentirse solos posee un doble significado: por una parte consiste en tener conciencia de sí; por la otra, en un deseo de salir de sí. La soledad, que es la condición misma de nuestra vida, se nos aparece como una prueba y una purgación, a cuyo término angustia e inestabilidad desaparecerán. La plenitud, la reunión, que es reposo y dicha, concordancia con el mundo, nos esperan al fin del laberinto de la soledad.

El lenguaje popular refleja esa dualidad al identificar la soledad con la pena. Las penas de amor son penas de soledad. Comunión y soledad, deseo de amor, se oponen y complementan. Y el poder redentor de la soledad transparenta una oscura, pero viva, noción de culpa: el hombre solo, "está dejado de la mano de Dios". La soledad es una pena, esto es, una condena y una expiación. Es un castigo, pero también una promesa del fin de nuestro exilio. Toda vida está habitada por esta dialéctica.

Nacer y morir son experiencias de soledad. Nacemos solos y morimos solos. Nada tan grave como esa primera inmersión en la soledad que es el nacer, si no es esa otra caída en lo desconocido que es el morir. La vivencia de la muerte se transforma pronto en conciencia del morir. Los niños y los hombres primitivos no creen en la muerte; mejor dicho, no saben que la muerte existe, aunque ella trabaje secretamente en su interior. Su descubrimiento nunca es tardío para el hombre civilizado, pues todo nos avisa y previene que hemos de morir. Nuestras vidas son un diario aprendizaje de la muerte. Más que a vivir se nos enseña a morir. Y se nos enseña mal.

342

Entre nacer y morir transcurre nuestra vida. Expulsados del claustro materno, iniciamos un angustioso salto de veras mortal, que no termina sino hasta que caemos en la muerte. ¿Morir será volver allá, a la vida de antes de la vida? ¿Será vivir de nuevo esa vida prenatal en que reposo y movimiento, día y noche, tiempo y eternidad, dejan de oponerse? ¿Morir será dejar de ser y, definitivamente, estar? ¿Quizá la muerte sea la vida verdadera? ¿Quizá nacer sea morir y morir nacer? Nada sabemos. Más que nada sabemos, todo nuestro ser aspira a escapar de esos contrarios que nos desgarran, pues si todo (conciencia de sí, tiempo, razón, costumbres, hábitos) tiende a hacer de nosotros los expulsados de la vida, todo también nos empuja a volver, a descender al seno creador de donde fuimos arrancados. Y le pedimos al amor —que, siendo deseo es hambre de comunión, hambre de caer y morir tanto como de renacer— que nos dé un pedazo de vida verdadera, de muerte verdadera. No le pedimos la felicidad, ni el reposo, sino un instante, sólo un instante, de vida plena, en la que se fundan los contrarios y vida y muerte, tiempo y eternidad, pacten. Oscuramente sabemos que vida y muerte no son sino dos movimientos, antagónicos pero complementarios, de una misma realidad. Creación y destrucción se funden en al acto amoroso; y durante una fracción de segundo el hombre entrevé un estado más perfecto.

EN NUESTRO mundo el amor es una experiencia casi inaccesible. Todo se opone a él: moral, clases, leyes, razas y los mismos enamorados. La mujer siempre ha sido para el hombre lo "otro", su contrario y complemento. Si una parte de nuestro ser anhela a fundirse en ella, otra, no menos imperiosamente, la aparta y excluye. La mujer es un objeto, alternativamente precioso o nocivo, mas siempre diferente. Al convertirla en objeto, en ser aparte, y al someterla a todas las deformaciones que su interés, su vanidad, su angustia y su mismo amor le dictan,

el hombre la convierte en instrumento. Medio para obtener el conocimiento y el placer, vía para alcanzar la supervivencia, la mujer es ídolo, diosa, madre, hechicera o musa, según muestra Simone de Beauvoir[a], pero jamás puede ser ella misma. De ahí que nuestras relaciones eróticas estén viciadas en su origen, manchadas en su raíz. Entre la mujer y nosotros se interpone un fantasma: el de su imagen, el de la imagen que nosotros nos hacemos de ella y con la que ella se reviste. Ni siquiera podemos tocarla como carne que se ignora a sí misma, pues entre nosotros y ella se desliza esa visión dócil y servil de un cuerpo que se entrega. Y a la mujer le ocurre lo mismo: no se siente ni se concibe sino como objeto, como "otro". Nunca es dueña de sí. Su ser se escinde entre lo que es realmente y la imagen que ella se hace de sí. Una imagen que le ha sido dictada por familia, clase, escuela, amigas, religión y amante. Su feminidad jamás se expresa, porque se manifiesta a través de formas inventadas por el hombre. El amor no es un acto natural. Es algo humano y, por definición, lo más humano, es decir, una creación, algo que nosotros hemos hecho y que no se da en la naturaleza. Algo que hemos hecho, que hacemos todos los días y que todos los días deshacemos[b].

No son estos los únicos obstáculos que se interponen entre el amor y nosotros. El amor es elección. Libre elección, acaso, de nuestra fatalidad, súbito descubrimiento de la parte más secreta y fatal de nuestro ser. Pero la elección amorosa es imposible en nuestra sociedad. Ya Breton decía en uno de sus libros más hermosos —*El loco amor*—[c] que dos prohibiciones impedían, des-

[a] (1908-1983), escritora francesa, afiliada al movimiento existencialista, íntima de su líder, Jean-Paul Sartre.

[b] *2ª ed.:* añadido. *1ª ed.:* nota al pie: "Simone de Beauvoir, *Le Deuxième sexe,* 1949" (pág. 176).

[c] Se refiere a *L'amour fou* (1937), novela de André Breton (1896-1966), célebre escritor surrealista. Según Paz, la lectura de uno de sus

de su nacimiento, la elección amorosa: la interdicción social y la idea cristiana del pecado. Para realizarse, el amor necesita quebrantar la ley del mundo. En nuestro tiempo el amor es escándalo y desorden, transgresión: el de dos astros que rompen la fatalidad de sus órbitas y se encuentran en la mitad del espacio[a]. La concepción romántica del amor, que implica ruptura y catástrofe, es la única que conocemos porque todo en la sociedad impide que el amor sea libre elección.

La mujer vive presa en la imagen que la sociedad masculina le impone; por lo tanto, sólo puede elegir rompiendo consigo misma. "El amor la ha transformado, la ha hecho otra persona", suelen decir de las enamoradas. Y es verdad: el amor hace otra a la mujer, pues si se atreve a amar, a elegir, si se atreve a ser ella misma, debe romper esa imagen con que el mundo encarcela su ser.

El hombre tampoco puede elegir. El círculo de sus posibilidades es muy reducido. Niño, descubre la feminidad en la madre o en las hermanas. Y desde entonces el amor se identifica con lo prohibido. Nuestro erotismo está condicionado por el horror y la atracción del incesto. Por otra parte, la vida moderna estimula innecesariamente nuestra sensualidad, al mismo tiempo que la inhibe con toda clase de interdicciones de clase, de moral y hasta de higiene. La culpa es la espuela y el freno del deseo. Todo limita nuestra elección. Estamos constreñidos a someter nuestras aficiones profundas a la imagen femenina que nuestro círculo social nos impone. Es difícil amar a personas de otra raza, de otra lengua o de otra clase, a pesar de que no sea imposible que el rubio prefiera a las negras y éstas a los chinos, ni que el señor se enamore de su criada o a la inversa. Semejantes posibilidades nos hacen enrojecer. Incapaces de elegir, seleccionamos a nuestra esposa entre las mujeres

pasajes durante su propia juventud tuvo una profunda influencia en su vida y pensamiento.

[a] *2ª ed.:* añadido desde "Ya Breton...".

que nos "convienen". Jamás confesaremos que nos hemos unido a veces para siempre con una mujer que acaso no amamos y que, aunque nos ame, es incapaz de salir de sí misma y mostrarse tal cual es. La frase de Swan: "Y pensar que he perdido los mejores años de mi vida con una mujer que no era mi tipo"[a], la pueden repetir, a la hora de su muerte, la mayor parte de los hombres modernos. Y las mujeres.

La sociedad concibe el amor, contra la naturaleza de este sentimiento, como una unión estable y destinada a crear hijos. Lo identifica con el matrimonio. Toda transgresión a esta regla se castiga con una sanción cuya severidad varía de acuerdo con tiempo y espacio. (Entre nosotros la sanción es mortal muchas veces si es mujer el infractor pues en México, como en todos los países hispánicos, funcionan con general aplauso dos morales, la de los señores y la de los otros: pobres, mujeres, niños.) La protección impartida al matrimonio podría justificarse si la sociedad permitiese de verdad la elección. Puesto que no lo hace, debe aceptarse que el matrimonio no constituye la más alta realización del amor, sino que es una forma jurídica, social y económica que posee fines diversos a los del amor. La estabilidad de la familia reposa en el matrimonio, que se convierte en una mera proyección de la sociedad, sin otro objeto que la recreación de esa misma sociedad[b]. De ahí la naturaleza profundamente conservadora del matrimonio[c]. Ata-

[a] La frase es una cita de *Du coté de chez Swan,* novela de Marcel Proust; Swan dice, al descubrir que no ama ya a Odette: "Cada vez que pienso que he malgastado los mejores años de mi vida, que he deseado la muerte, todo por una mujer que no era mi tipo". Paz comentó este pasaje de la novela en uno de sus primeros ensayos, sobre la novela de Proust: "Distancia y cercanía de Marcel Proust", hoy recogido en PL, págs. 118-28.

[b] *1ª ed.:* "Y así es, para la sociedad burguesa, familia y matrimonio son términos equivalentes, lo que no ha ocurrido en otras épocas y otras culturas" (pág. 177-8).

[c] *1ª ed.:* "del matrimonio moderno" (pág. 178).

carlo, es disolver las bases mismas de la sociedad. Y de ahí también que el amor sea, sin proponérselo, un acto antisocial, pues cada vez que logra realizarse, quebranta el matrimonio y lo transforma en lo que la sociedad no quiere que sea: la revelación de dos soledades que crean por sí mismas un mundo que rompe la mentira social, suprime tiempo y trabajo y se declara autosuficiente. No es extraño, así, que la sociedad persiga con el mismo encono al amor y a la poesía, su testimonio, y los arroje a la clandestinidad, a las afueras, al mundo turbio y confuso de lo prohibido, lo ridículo y lo anormal. Y tampoco es extraño que amor y poesía estallen en formas extrañas y puras: un escándalo, un crimen, un poema.

La protección al matrimonio implica la persecución del amor y la tolerancia de la prostitución, cuando no su cultivo oficial. Y no deja de ser reveladora la ambigüedad de la prostituta: ser sagrado para algunos pueblos, para nosotros es alternativamente un ser despreciable y deseable. Caricatura del amor, víctima del amor, la prostituta es símbolo de los poderes que humilla nuestro mundo. Pero no nos basta con esa mentira de amor que entraña la existencia de la prostitución; en algunos círculos se aflojan los lazos que hacen intocable al matrimonio y reina la promiscuidad. Ir de cama en cama no es ya, ni siquiera, libertinaje. El seductor, el hombre que no puede salir de sí porque la mujer es siempre instrumento de su vanidad o de su angustia, se ha convertido en una figura del pasado, como el caballero andante. Ya no se puede seducir a nadie, del mismo modo que no hay doncellas que amparar o entuertos que deshacer. El erotismo moderno tiene un sentido distinto al de un Sade, por ejemplo. Sade era un temperamento trágico, poseído de absoluto; su obra es una revelación explosiva de la condición humana. Nada más desesperado que un héroe de Sade. El erotismo moderno casi siempre es una retórica, un ejercicio literario y una complacencia. No es una revelación del hombre sino un documento

más sobre una sociedad que estimula el crimen y condena al amor. ¿Libertad de la pasión? El divorcio ha dejado de ser una conquista. No se trata tanto de facilitar la anulación de los lazos ya establecidos, sino de permitir que hombres y mujeres puedan escoger libremente[a]. En una sociedad ideal, la única causa de divorcio sería la desaparición del amor o la aparición de uno nuevo. En una sociedad en que todos pudieran elegir, el divorcio sería un anacronismo o una singularidad, como la prostitución, la promiscuidad o el adulterio.

La sociedad se finge una totalidad que vive por sí y para sí. Pero si la sociedad se concibe como unidad indivisible, en su interior está escindida por un dualismo que acaso tiene su origen en el momento en que el hombre se desprende del mundo animal y, al servirse de sus manos, se inventa a sí mismo e inventa conciencia y moral. La sociedad es un organismo que padece la extraña necesidad de justificar sus fines y apetitos. A veces los fines de la sociedad, enmascarados por los preceptos de la moral dominante, coinciden con los deseos y necesidades de los hombres que la componen. Otras, contradicen las aspiraciones de fragmentos o clases importantes. Y no es raro que nieguen los instintos más profundos del hombre. Cuando esto último ocurre, la sociedad vive una época de crisis: estalla o se estanca. Sus componentes dejan de ser hombres y se convierten en simples instrumentos desalmados.

El dualismo inherente a toda sociedad, y que toda sociedad aspira a resolver transformándose en comunidad, se expresa en nuestro tiempo de muchas maneras: lo bueno y lo malo, lo permitido y lo prohibido; lo ideal y lo real, lo racional y lo irracional; lo bello y lo feo; el sueño y la vigilia, los pobres y los ricos, los burgueses y los proletarios; la inocencia y la conciencia, la imaginación y el pensamiento. Por un movimiento irresistible de

[a] *2ª ed.:* añadido desde "El erotismo moderno...".

su propio ser, la sociedad tiende a superar este dualismo y a transformar el conjunto de solitarias enemistades que la componen en un orden armonioso. Pero la sociedad moderna pretende resolver su dualismo mediante la supresión de esa dialéctica de la soledad que hace posible el amor[a]. Las sociedades industriales —independientemente de sus diferencias ideológicas, políticas o económicas— se empeñan en transformar las diferencias cualitativas, es decir: humanas, en uniformidades cuantitativas. Los métodos de la producción en masa se aplican también a la moral, al arte y a los sentimientos. Abolición de las contradicciones y de las excepciones... Se cierran así las vías de acceso a la experiencia más honda que la vida ofrece al hombre y que consiste en penetrar la realidad como una totalidad en la que los contrarios pactan. Los nuevos poderes abolen la soledad por decreto. Y con ella al amor, forma clandestina y heroica de la comunión. Defender el amor ha sido siempre una actividad antisocial y peligrosa. Y ahora empieza a ser de verdad revolucionaria. La situación del amor en nuestro tiempo revela cómo la dialéctica de la soledad, en su más profunda manifestación, tiende a frustrarse por obra de la misma sociedad. Nuestra vida social niega casi siempre toda posibilidad de auténtica comunión erótica.

EL AMOR es uno de los más claros ejemplos de ese doble instinto que nos lleva a cavar y ahondar en nosotros mismos y, simultáneamente, a salir de nosotros y realizarnos en otro: muerte y recreación, soledad y comunión. Pero no es el único. Hay en la vida de cada hombre una serie de períodos que son también rupturas

[a] *1ª ed.:* "cediendo a los dictados de sus clases dirigentes, la sociedad moderna pretende resolver su dualismo —del que es parte esencial el sistema capitalista— a través de formas totalitarias. Al suprimir las contradicciones de nuestro sistema, se pretende también suprimir esa dialéctica de la soledad que hace posible el amor" (págs. 179-80).

y reuniones, separaciones y reconciliaciones. Cada una de estas etapas es una tentativa por trascender nuestra soledad, seguida por inmersiones en ambientes extraños.

El niño se enfrenta a una realidad irreductible a su ser y a cuyos estímulos no responde al principio sino con llanto o silencio. Roto el cordón que lo unía a la vida, trata de recrearlo por medio de la afectividad y el juego. Inicia así un diálogo que no terminará sino hasta que recite el monólogo de su muerte. Pero sus relaciones con el exterior no son ya pasivas, como en la vida prenatal, pues el mundo le exige una respuesta. La realidad debe ser poblada por sus actos. Gracias al juego y la imaginación, la naturaleza inerte de los adultos —una silla, un libro, un objeto cualquiera— adquiere de pronto vida propia. Por la virtud mágica del lenguaje o la del gesto, del símbolo o del acto, el niño crea un mundo viviente, en el que los objetos son capaces de responder a sus preguntas. El lenguaje, desnudo de sus significaciones intelectuales, deja de ser un conjunto de signos y vuelve a ser un delicado organismo de imantación mágica. No hay distancia entre el nombre y la cosa y pronunciar una palabra es poner en movimiento a la realidad que designa. La representación equivale a una verdadera reproducción del objeto, del mismo modo que para el primitivo la escultura no es una representación sino un doble del objeto representado[a]. Hablar vuelve a ser una actividad creadora de realidades, esto es, una actividad poética. El niño, por virtud de la magia, crea un mundo a su imagen y resuelve así su soledad. Vuelve a ser uno con su ambiente. El conflicto renace cuando el niño deja de creer en el poder de sus palabras o de sus gestos. La conciencia principia como desconfianza en la eficacia mágica de nuestros instrumentos.

La adolescencia es ruptura con el mundo infantil y momento de pausa ante el universo de los adultos.

[a] *1ª ed.:* "para el primitivo escultura es el hombre mismo" (pág. 181).

Spranger[a] señala a la soledad como nota distintiva de la adolescencia. Narciso, el solitario, es la imagen misma del adolescente. En este período el hombre adquiere por primera vez conciencia de su singularidad. Pero la dialéctica de los sentimientos interviene nuevamente: en tanto que extrema conciencia de sí, la adolescencia no puede ser superada sino como olvido de sí, como entrega. Por eso la adolescencia no es sólo la edad de la soledad, sino también la época de los grandes amores, del heroísmo y del sacrificio. Con razón el pueblo imagina al héroe y al amante como figuras adolescentes. La visión del adolescente como un solitario, encerrado en sí mismo, devorado por el deseo o la timidez, se resuelve siempre en la bandada de jóvenes que bailan, cantan o marchan en grupo. O en la pareja paseando bajo el arco de verdor de la calzada. El adolescente se abre al mundo: al amor, a la acción, a la amistad, al deporte, al heroísmo. La literatura de los pueblos modernos —con la significativa excepción de la española, en donde no aparecen sino como pícaros o huérfanos—, está poblada de adolescentes, solitarios en busca de la comunión: del anillo, de la espada, de la Visión. La adolescencia es una vela de armas de la que se sale al mundo de los hechos.

La madurez no es etapa de soledad. El hombre, en lucha con los hombres o con las cosas, se olvida de sí en trabajo, en la creación o en la construcción de objetos, ideas e instituciones. Su conciencia personal se une a otras: el tiempo adquiere sentido y fin, es historia, relación viviente y significativa con un pasado y un futuro. En verdad, nuestra singularidad —que brota de nuestra temporalidad, de nuestra fatal inserción en un tiempo que es nosotros mismos y que al alimentarnos nos devora— no queda abolida, pero sí atenuada y, en cierto

[a] Se refiere al mismo Edouard Spranger (1882-1963), filósofo y educador alemán, cuyas ideas Paz evoca en el primer capítulo. Sin duda se refiere aquí, una vez más, a su *Psychologie des Jugendalters* (1924).

modo, "redimida". Nuestra existencia particular se inserta en la historia y ésta se convierte, para emplear la expresión de Eliot, en *"a pattern of timeless moments"*[a]. Así, el hombre maduro atacado del mal de soledad constituye en épocas fecundas una anomalía. La frecuencia con que ahora se encuentra a esta clase de solitarios indica la gravedad de nuestros males. En la época del trabajo en común, de los cantos en común, de los placeres en común, el hombre está más solo que nunca. El hombre moderno no se entrega a nada de lo que hace. Siempre una parte de sí, la más profunda, permanece intacta y alerta. En el siglo de la acción, el hombre se espía. El trabajo, único dios moderno, ha cesado de ser creador. El trabajo sin fin, infinito, corresponde a vida sin finalidad de la sociedad moderna. Y la soledad que engendra, soledad promiscua de los hoteles, las oficinas, de los talleres y de los cines, no es una prueba que afine el alma, un necesario purgatorio. Es una condenación total, espejo de un mundo sin salida.

EL DOBLE significado de la soledad —ruptura con un mundo y tentativa por crear otro— se manifiesta en nuestra concepción de héroes, santos y redentores. El mito, la biografía, la historia y el poema registran un período de soledad y de retiro, situado casi siempre en la primera juventud, que precede a la vuelta al mundo y a la acción entre los hombres. Años de preparación y de estudio, pero sobre todo años de sacrificio y penitencia, de examen, de expiación y de purificación. La soledad es ruptura con un mundo caduco y preparación para el

[a] Cita de "Little Gidding" poema del poeta inglés T. S. Eliot, recogido en su *Four Quartets [Cuatro cuartetos]* (1943). Los versos pertinentes aparecen en la sección V del poema, y dicen: "A people without history/ Is not redeemed from time, for history is a pattern/ of timeless moments". ["Un pueblo sin historia/ No está redimido del tiempo. Porque la historia es una ordenación/ De momentos sin tiempo"]. Cito de *Cuatro cuartetos,* traducción de José Emilio Pacheco, México, Fondo de Cultura Económica, 1989, pág. 49.

regreso y la lucha final. Arnold Toynbee ilustra esta idea con numerosos ejemplos: el mito de la cueva de Platón, las vidas de San Pablo, Buda, Mahoma, Maquiavelo, Dante. Y todos, en nuestra propia vida y dentro de las limitaciones de nuestra pequeñez, también hemos vivido en soledad y apartamiento, para purificarnos y luego regresar entre los nuestros.

La dialéctica de la soledad *"the twofold motion of withdrawal and return"*[a], según Toynbee, se dibuja con claridad en la historia de todos los pueblos. Quizá las sociedades antiguas, más simples que las nuestras, ilustran mejor este doble movimiento.

No es difícil imaginar hasta qué punto la soledad constituye un estado peligroso y temible para el llamado, con tanta vanidad como inexactitud, hombre primitivo. Todo el complicado y rígido sistema de prohibiciones, reglas y ritos de la cultura arcaica, tiende a preservarlo de la soledad. El grupo es la única fuente de salud. El solitario es un enfermo, una rama muerta que hay que cortar y quemar, pues la sociedad misma peligra si alguno de sus componentes es presa del mal. La repetición de actitudes y fórmulas seculares no solamente asegura la permanencia del grupo en el tiempo, sino su unidad y cohesión. Los ritos y la presencia constante de los espíritus de los muertos entretejen un centro, un nudo de relaciones que limitan la acción individual y protegen al hombre de la soledad y al grupo de la dispersión.

[a] En inglés en el texto: "el doble movimiento de retiro y regreso". Es uno de los conceptos claves del libro de Toynbee, *A Study of History,* donde dice: "He sugerido que uno de los agentes de cambio social ha sido el de retiro de un individuo o de un grupo de su ambiente social, seguido por un período de distanciamiento durante el cual el grupo o individuo retirado incuba algo nuevo. Según yo lo veo, a este período de retiro le sigue una tercera etapa en el que se vuelve a entrar en la sociedad de la que se ha retirado, aunque con un nuevo papel, adquirido durante su ausencia". Traduzco de *A Study of History,* Londres, Oxford University Press, 1961, XII: 263.

Para el hombre primitivo salud y sociedad, dispersión y muerte, son términos equivalentes. Aquel que se aleja de la tierra natal "cesa de pertenecer al grupo. Muere y recibe los honores fúnebres acostumbrados"[1]. El destierro perpetuo equivale a una sentencia de muerte. La identificación del grupo social con los espíritus de los antepasados y el de éstos con la tierra se expresa en este rito simbólico africano: "Cuando un nativo regresa de Kimberley con la mujer que lo ha desposado, la pareja lleva consigo un poco de tierra de su lugar. Cada día la esposa debe comer un poco de ese polvo... para acostumbrarse a la nueva residencia. Ese poco de tierra hará posible la transición entre los dos domicilios". La solidaridad social posee entre ellos "un caracter orgánico y vital. El individuo es literalmente miembro de un cuerpo". Por tal motivo las conversiones individuales no son frecuentes. "Nadie se puede salvar o condenar por su cuenta" y sin que su acto afecte a toda la colectividad[2].

A pesar de todas estas precauciones el grupo no está a salvo de la dispersión. Todo puede disgregarlo: guerras, cismas religiosos, transformaciones de los sistemas de producción, conquistas... Apenas el grupo se divide, cada uno de los fragmentos se enfrenta a una nueva situación: la soledad, consecuencia de la ruptura con el centro de salud que era la vieja sociedad cerrada, ya no es una amenaza, ni un accidente, sino una condición, la condición fundamental, el fondo final de su existencia. El desamparo y abandono se manifiesta como conciencia del pecado —un pecado que no ha sido infracción a una regla, sino que forma parte de su naturaleza. Mejor dicho, que es ya su naturaleza. Soledad y pecado origi-

[1] Lucien Lévy Bruhl, *La mentalité primitive,* París, 1922[a].

[2] *Op. cit.*

[a] Una de las obras más conocidas de este influyente filósofo francés (1857-1939).

nal se identifican. Y salud y comunión vuelven a ser términos sinónimos, sólo que situados en un pasado remoto. Constituyen la edad de oro, reino vivido antes de la historia y al que quizá se pueda acceder si rompemos la cárcel del tiempo. Nace así, con la conciencia del pecado, la necesidad de la redención. Y ésta engendra la del redentor.

Surgen una nueva mitología y una nueva religión. A diferencia de la antigua, la nueva sociedad es abierta y fluida, pues está constituida por desterrados. Ya el solo nacimiento dentro del grupo no otorga al hombre su filiación. Es un don de lo alto y debe merecerlo. La plegaria crece a expensas de la fórmula mágica y los ritos de iniciación acentúan su carácter purificador. Con la idea de redención surgen la especulación religiosa, la ascética, la teología y la mística. El sacrificio y la comunión dejan de ser un festín totémico, si es que alguna vez lo fueron realmente, y se convierten en la vía de ingreso a la nueva sociedad. Un dios, casi siempre un dios hijo, un descendiente de las antiguas divinidades creadoras, muere y resucita periódicamente. Es un dios de fertilidad, pero también de salvación y su sacrificio es prenda de que el grupo prefigura en la tierra la sociedad perfecta que nos espera al otro lado de la muerte. En la esperanza del más allá late la nostalgia de la antigua sociedad. El retorno a la edad de oro vive, implícito, en la promesa de salvación.

Seguramente es muy difícil que en la historia particular de una sociedad se den todos los rasgos sumariamente apuntalados. No obstante, algunos se ajustan en casi todos sus detalles al esquema anterior. El nacimiento del orfismo, por ejemplo. Como es sabido, el culto a Orfeo surge después del desastre de la civilización que provocó una general dispersión del mundo griego y una vasta reacomodación de pueblos y culturas. La necesidad de rehacer los antiguos vínculos sociales y sagrados, dio origen a cultos secretos, en el que participaban solamente "aquellos seres desarraigados, trasplantados,

reaglutinados artificialmente y que soñaban con reconstruir una organización de la que pudieran separarse. Su solo nombre colectivo era el de huérfanos"[3]. (Señalaré de paso que *orphanos* no solamente es huérfano, sino vacío. En efecto, soledad y orfandad son, en último término, experiencias del vacío.)

Las religiones de Orfeo y Dionisos, como más tarde religiones proletarias del fin del mundo antiguo, muestran con claridad el tránsito de una sociedad cerrada a otra abierta. La conciencia de la culpa, de la soledad y la expiación, juegan en ellas el mismo doble papel que en la vida individual.

El SENTIMIENTO de soledad, nostalgia de un cuerpo del que fuimos arrancados, es nostalgia de espacio. Según la concepción muy antigua y que se encuentra en casi todos los pueblos, ese espacio no es otro que el centro del mundo, el "ombligo" del universo. A veces el paso se identifica con ese sitio y ambos con el lugar de origen, mítico o real, del grupo[4]. Entre los aztecas, los muertos regresaban a Mictlán, lugar situado al norte, de donde habían emigrado. Casi todos los ritos de fundación, de ciudades o de mansiones, aluden a la búsqueda de ese centro sagrado del que fuimos expulsados. Los grandes santuarios —Roma, Jerusalén, La Meca— se encuentran en el centro del mundo o lo simbolizan y prefiguran. Las peregrinaciones a esos santuarios son repeticiones rituales de las que cada pueblo ha hecho en un pasado mítico, antes de establecerse en la tierra prometida. La costumbre de dar una vuelta a la casa o a la ciudad antes de atravesar sus puertas, tiene el mismo origen.

El mito del Laberinto se inserta en este grupo de creencias. Varias nociones afines han contribuido a ha-

[3] Amable Audin, *Les Fêtes Solaires,* París, 1945.
[4] Sobre la noción de "espacio sagrado", véase Mircea Eliade, *Histoire des Religions,* París, 1949.

cer del Laberinto uno de los símbolos míticos más fecundos y significativos: la existencia, en el centro del recinto sagrado, de un talismán o de un objeto cualquiera, capaz de devolver la salud o la libertad al pueblo; la presencia de un héroe o de un santo, quien tras las penitencia y los ritos de expiación, que casi siempre entra en un período de aislamiento, penetra en el laberinto o palacio encantado; el regreso, ya para fundar la Ciudad, ya para salvarla o redimirla. Si en el mito de Perseo los elementos místicos apenas son visibles, en el del Santo Grial el ascetismo y la mística se alían: el pecado, que produce la esterilidad en la tierra y en el cuerpo mismo de los súbditos del Rey Pescador; los ritos de purificación; el combate espiritual; y, finalmente, la gracia, esto es, la comunión.

No sólo hemos sido expulsados del centro del mundo y estamos condenados a buscarlo por selvas y desiertos por los vericuetos y subterráneos del Laberinto. Hubo un tiempo en el que el tiempo no era sucesión y tránsito, sino manar continuo de un presente fijo, en el que estaban contenidos todos los tiempos, el pasado y el futuro[a]. El hombre, desprendido de esa eternidad en la que todos los tiempos son uno, ha caído en el tiempo cronométrico y se ha convertido en prisionero del reloj, del calendario y de la sucesión. Pues apenas el tiempo se divide en ayer, hoy y mañana, en horas, minutos y segundos, el hombre cesa de ser uno con el tiempo, cesa de coincidir con el fluir de la realidad. Cuando digo "en este instante", ya pasó el instante. La medición espacial del tiempo separa al hombre de la realidad, que es un continuo presente, y hace fantasmas a todas las presencias en que la realidad se manifiesta, enseña Bergson.

Si se reflexiona sobre el carácter de estas dos opues-

[a] *1ª ed.:* "Hubo un tiempo en que no había tiempo. Mejor dicho, un tiempo en el que el tiempo no era sucesión y tránsito, sino manar continuo de un presente fijo, en el que estaban contenidos todos los tiempos, el pasado y el futuro" (pág. 187).

tas nociones, se advierte que el tiempo cronométrico es una sucesión homogénea y vacía de toda particularidad. Igual a sí mismo siempre, desdeñoso del placer o del dolor, sólo transcurre. El tiempo mítico, al contrario, no es una sucesión homogénea de cantidades iguales, sino que se halla impregnado de todas las particularidades de nuestra vida: es largo como una eternidad o breve como un soplo, nefasto o propicio, fecundo o estéril.

Esta noción admite la existencia de una pluralidad de tiempos. Tiempo y vida se funden y forman un solo bloque, una unidad imposible de escindir. Para los aztecas, el tiempo estaba ligado al espacio y cada día a uno de los puntos cardinales. Otro tanto puede decirse de cualquier calendario religioso. La Fiesta es algo más que una fecha o un aniversario. No celebra, sino reproduce un suceso: abre en dos al tiempo cronométrico para que, por espacio de unas breves horas inconmensurables, el presente eterno se reinstale. La fiesta vuelve creador al tiempo. La repetición se vuelve concepción. El tiempo engendra. La Edad de Oro regresa. Ahora y aquí, cada vez que el sacerdote oficia el Misterio de la Santa Misa, desciende efectivamente Cristo, se da a los hombres y salva al mundo. Los verdaderos creyentes son, como quería Kierkegaard, "contemporáneos de Jesús"[a]. Y no solamente en la Fiesta religiosa o en el Mito irrumpe un Presente que disuelve la vana sucesión. También el amor y la poesía nos revelan, fugaz, ese tiempo original. "Más tiempo no es más eternidad"[b], dice Juan Ramón

[a] Uno de los conceptos claves en la filosofía del danés Soren Kierkegaard (1813-1855). Dice James Collins, en su *El pensamiento de Kierkegaard* (1953): "La Encarnación es un hecho histórico y, por lo tanto, un objeto adecuado de fe. Pero no es un acontecimiento histórico corriente, sino la venida de lo eterno en el tiempo... Por eso puede aprehendérsele sólo por un acto de fe 'de segundo grado', o sea la fe religiosa en sentido estricto... La única manera de llegar a ser contemporáneo [de Cristo] es creer en él" (pág. 241).

[b] Paráfrasis de una frase de Juan Ramón Jiménez en su ensayo "A Luis Cernuda": "Leo muy pocos poemas largos. Un poema largo no

Jiménez, refiriéndose a la eternidad del instante poético. Sin duda la concepción del tiempo como presente fijo y actualidad pura, es más antigua que la del tiempo cronométrico, que no es una aprehensión inmediata del fluir de la realidad, sino una racionalización del transcurrir.

La dicotomía anterior se expresa en la oposición entre Historia y Mito, o Historia y Poesía. El tiempo del Mito, como el de la fiesta religiosa, o el de los cuentos infantiles, no tiene fechas: "Hubo una vez...", "En la época en que los animales hablaban...", "En el principio..." Y ese Principio que no es el año tal ni el día tal contiene todos los principios y nos introduce en el tiempo vivo, en donde de veras todo principia todos los instantes. Por virtud del rito, que realiza y reproduce el relato mítico, de la poesía y del cuento de hadas, el hombre accede a un mundo en donde los contrarios se funden. "Todos los rituales tienen la propiedad de acaecer en el ahora, en este instante"[5]. Cada poema que leemos es una recreación, quiero decir: una ceremonia ritual, una Fiesta.

El Teatro y la Épica son también Fiestas, ceremonias. En la representación teatral como en la recitación poética, el tiempo ordinario deja de fluir, cede el sitio al tiempo original. Gracias a la participación, ese tiempo mítico, original, padre de todos los tiempos que enmascaran a la realidad, coincide con nuestro tiempo interior, subjetivo. El hombre, prisionero de la sucesión, rompe su invisible cárcel de tiempo y accede al tiempo vivo: la subjetividad se identifica al fin con el tiempo exterior,

[5] Van der Leeuw, *L'Homme primitif et la Religion,* París, 1940.

es más eternidad que uno corto, es más tiempo y nada más". El ensayo se publicó por primera vez en *El hijo pródigo,* 1 (1943), págs. 337-40, en época en que Octavio Paz figuraba en su consejo de redacción. Luego fue recogido en *La corriente infinita,* ed. de Francisco Garfias, Madrid, Editorial Aguilar, 1961, págs. 171-78.

porque éste ha dejado de ser medición espacial y se ha convertido en manantial, en presente puro, que se recrea sin cesar. Por obra del Mito y de la Fiesta secular o religiosa el hombre rompe su soledad y vuelve a ser uno con la creación. Y así, el Mito disfrazado, oculto, escondido reaparece en casi todos los actos de nuestra vida e interviene decisivamente en nuestra Historia: nos abre las puertas de la comunión.

EL HOMBRE contemporáneo ha racionalizado los Mitos, pero no ha podido destruirlos. Muchas de nuestras verdades científicas, como la mayor parte de nuestras concepciones morales, políticas y filosóficas, sólo son nuevas expresiones de tendencias que antes encarnaron en formas míticas. El lenguaje racional de nuestro tiempo encubre apenas a los antiguos Mitos. La Utopía, y especialmente las modernas utopías políticas, expresan con violencia concentrada, a pesar de los esquemas racionales que las enmascaran, esa tendencia que lleva a toda la sociedad a imaginar una edad de oro de la que el grupo social fue arrancado y a la que volverán los hombres el Día de Días. Las fiestas modernas —reuniones políticas, desfiles, manifestaciones y demás actos rituales— prefiguran al advenimiento de ese día de Redención. Todos esperan que la sociedad vuelva a su libertad original y los hombres a su primitiva pureza. Entonces la Historia cesará. El tiempo (la duda, la elección forzada entre lo bueno y lo malo, entre lo injusto y lo justo, entre lo real y lo imaginario) dejará de triturarnos. Volverá el reino del presente fijo, de la comunión perpetua: la realidad arrojará sus máscaras y podremos al fin conocerla y conocer a nuestros semejantes.

Toda sociedad moribunda o en trance de esterilidad tiende a salvarse creando un mito de redención, que es también un mito de fertilidad, de creación. Soledad y pecado se resuelven en comunión y fertilidad. La sociedad que vivimos ahora también ha engendrado su mito. La esterilidad del mundo burgués desemboca en el sui-

cidio o en una nueva Forma de participación creadora[a]. Tal es, para decirlo con la frase de Ortega y Gasset, el "tema de nuestro tiempo": la sustancia de nuestros sueños y el sentido de nuestros actos.

El hombre moderno tiene la pretensión de pensar despierto. Pero este despierto pensamiento nos ha llevado por los corredores de una sinuosa pesadilla, en donde los espejos de la razón multiplican las cámaras de tortura. Al salir, acaso, descubriremos que habíamos soñado con los ojos abiertos y que los sueños de la razón son atroces. Quizá, entonces, empezaremos a soñar otra vez con los ojos cerrados.

[a] *2ª ed.:* añadido. *1ª ed.:* La conclusión al capítulo VIII, y por ende al libro, es la que en la 2ª ed. aparece allí, con algunos cambios: "Si toda reflexión y toda vida auténticas consisten en afrontar los términos con que la realidad se nos ofrece, a riesgo de desgarrarnos, sí pero también como única posibilidad de ser, no nos queda más recurso que encararnos a lo que nuestra realidad tan imperiosamente nos obliga a pensar y vivir. El objeto de nuestra meditación no es diverso al que desvela a otros hombres y otros pueblos: ¿dónde y cómo crear una Forma, una cultura, que no niega a nuestra..." (págs. 190-1). El resto del texto es igual.

POSTDATA

Nota

Estas páginas desarrollan y amplían la conferencia que pronuncié en la Universidad de Texas, Austin, el 30 de octubre pasado (Hackett Memorial Lecture). Su tema es una reflexión sobre lo que ha ocurrido en México desde que escribí *El laberinto de la soledad* y de ahí que haya llamado a este ensayo: *Postdata*. Es una prolongación de ese libro, pero, apenas si es necesario advertirlo, una prolongación crítica y autocrítica; *Postdata* no solamente por continuarlo y ponerlo al día sino por ser una nueva tentativa por descifrar la realidad. Tal vez valga la pena aclarar (una vez más) que *El laberinto de la soledad* fue un ejercicio de la imaginación crítica: una visión y, simultáneamente, una revisión. Algo muy distinto a un ensayo sobre la filosofía de lo mexicano o a una búsqueda de nuestro pretendido ser. El mexicano no es una esencia sino una historia. Ni ontología ni psicología. A mí me intrigaba (me intriga) no tanto el "carácter nacional" como lo que oculta ese carácter: aquello que está detrás de la máscara. Desde esta perspectiva el carácter de los mexicanos no cumple una función distinta a la de otros pueblos y sociedades: por una parte es un escudo, un muro; por la otra, un haz de signos, un jeroglífico. Por lo primero, es una muralla que nos defiende de la mirada ajena a cambio de inmovili-

363

zarnos y aprisionarnos; por lo segundo, es una máscara que al mismo tiempo nos expresa y nos ahoga. La mexicanidad no es sino otro ejemplar, una variación más, de esa cambiante idéntica criatura plural una que cada uno es todos somos ninguno. El hombre/ los hombres: perpetua oscilación. La diversidad de caracteres, temperamentos, historias, civilizaciones, hace al hombre: los hombres; y el plural se resuelve, se disuelve, en un singular: yo, tú, él, desvanecidos apenas pronunciados. Como los nombres, los pronombres son máscaras y detrás de ellos no hay nadie —salvo, quizá, un nosotros instantáneo que es el parpadeo de un ello igualmente fugaz. Pero mientras vivimos no podemos escapar ni de las máscaras ni de los nombres y pronombres: somos inseparables de nuestras ficciones —nuestras facciones. Estamos condenados a inventarnos una máscara y, después a descubrir que esa máscara es nuestro verdadero rostro. En *El laberinto de la soledad* me esforcé por eludir (claro, sin lograrlo del todo) tanto las trampas del humanismo abstracto como las ilusiones de una filosofía de lo mexicano: la máscara convertida en rostro/el rostro petrificado en máscara. En aquella época no me interesaba la definición de lo mexicano sino, *como ahora,* la crítica: esa actividad que consiste, tanto o más que en conocernos, en liberarnos. La crítica despliega una posibilidad de libertad y así es una invitación a la acción.

Postdata a un libro que escribí hace veinte años, estas páginas son igualmente un prefacio a otro libro no escrito. En dos obras, *El laberinto de la soledad* y *Corriente alterna,* he aludido a ese libro: el tema de México desemboca en la reflexión sobre la suerte de América Latina. México es un fragmento, una parte de una historia más vasta. Yo no sé si soy la persona más a propósito para escribir ese libro y, si lo fuese, tampoco sé si alguna vez podré hacerlo. En cambio, sé que esa reflexión deberá ser una recuperación de nuestra verdadera historia, desde el dominio español y el fracaso de nuestra revolución de independencia —un fracaso que corres-

ponde a los de España en los siglos XIX y XX— hasta nuestros días; sé, además, que ese libro deberá enfrentarse, como su tema central, al problema del desarrollo. Las revoluciones contemporáneas en América Latina han sido y son respuestas a la insuficiencia del desarrollo y de ahí arrancan tanto su justificación histórica como sus fatales y obvias limitaciones. Para los clásicos del pensamiento revolucionario del siglo XIX, la Revolución sería la consecuencia del desarrollo: el proletariado urbano pondría fin al desequilibrio entre el progreso técnico y económico (el modo de producción industrial) y el nulo o escaso progreso social (el modo de propiedad capitalista); para los caudillos revolucionarios de las naciones atrasadas o marginales del siglo XX, la Revolución se ha convertido en una vía hacia el desarrollo, con los resultados que todos conocemos. Los modelos de desarrollo que hoy nos ofrecen el Oeste y el Este son compendios de horrores: ¿podremos nosotros inventar modelos más humanos y que correspondan a lo que somos? Gente de las afueras, moradores de los suburbios de la historia, los latinoamericanos somos los comensales no invitados que se han colado por la puerta trasera de Occidente, los intrusos que han llegado a la función de la modernidad cuando las luces están a punto de apagarse —llegamos tarde a todas partes, nacimos cuando ya era tarde en la historia, tampoco tenemos un pasado o, si lo tenemos, hemos escupido sobre sus restos, nuestros pueblos se echaron a dormir durante un siglo y mientras dormían los robaron y ahora andan en andrajos, no logramos conservar ni siquiera lo que los españoles dejaron al irse, nos hemos apuñalado entre nosotros... No obstante, desde el llamado modernismo de fines de siglo, en estas tierras nuestras hostiles al pensamiento han brotado, aquí y allá, dispersos pero sin interrupción, poetas y prosistas y pintores que son los pares de los mejores en otras partes del mundo. Y ahora, ¿seremos al fin capaces de pensar por nuestra cuenta? ¿Podremos concebir un modelo de desarrollo que sea

nuestra versión de la modernidad? ¿Proyectar una sociedad que no esté fundada en la dominación de los otros y que no termine ni en los helados paraísos policíacos del Este ni en las explosiones de náuseas y odio que interrumpen el festín del Oeste?

El tema del desarrollo está íntimamente ligado al de nuestra identidad: ¿quién, qué y cómo somos? Repetiré que no somos nada, excepto una relación: algo que no se define sino como parte de una historia. La pregunta sobre México es inseparable de la pregunta sobre el porvenir de América Latina y ésta, a su vez, se inserta en otra: la del futuro de las relaciones entre ella y los Estados Unidos. La pregunta sobre nosotros se revela siempre como una pregunta sobre los otros. Desde hace más de un siglo ese país se presenta ante nuestros ojos como una realidad gigantesca pero apenas humana. Sonrientes o coléricos, con la mano abierta o cerrada, los Estados Unidos ni nos oyen ni nos miran pero caminan, y al caminar, se meten por nuestras tierras y nos aplastan. Es imposible detener a un gigante; no lo es, aunque tampoco sea fácil, obligarlo a oír a los otros: si escucha, se abre la posiblidad de la convivencia. Por razón de sus orígenes (el puritano habla con Dios y consigo mismo, no con los otros) y, sobre todo, de su poderío, los norteamericanos sobresalen en el monólogo: son elocuentes y, también, conocen el valor del silencio. Pero la conversación no es su fuerte: no saben ni escuchar ni replicar. A pesar de que hasta ahora han fracasado casi todas nuestras tentativas de diálogo con ellos, durante los últimos años hemos presenciado ciertos acontecimientos que, quizá, prefiguran un cambio de actitud. Si América Latina vive un período de revueltas y transformaciones, los Estados Unidos atraviesan por otro no menos violento y profundo: la rebelión de los negros y los chicanos, de los jóvenes y las mujeres, la de los artistas y los intelectuales. Cierto, tanto por las causas que los originan como por las ideas que los inspiran, esos movimientos son distintos a los que conmueven a

nuestros países y por eso cometeríamos un nuevo error si tratáramos de imitarlos ciegamente; no lo cometeremos si nos damos cuenta de que en ellos se despliega una capacidad de crítica y de autocrítica que sería vano buscar en América Latina. Nosotros todavía no aprendemos a pensar con verdadera libertad. No es una falla intelectual, sino moral: el valor de un espíritu, decía Nietzsche, se mide por su capacidad para soportar la verdad. Una de las razones de nuestra incapacidad para la democracia es nuestra correlativa incapacidad crítica. Los norteamericanos —al menos los mejores, la conciencia de la nación— intentan ahora ver a la verdad, a su verdad, sin cerrar los ojos. Por primera vez en la historia de los Estados Unidos —antes sólo lo habían hecho unos cuantos poetas y filósofos— se manifiesta una poderosa corriente de opinión que pone en tela de juicio los valores y creencias sobre las que se ha edificado la civilización angloamericana. Aquellos que están a la cabeza del progreso ahora lo critican: ¿no es inaudito? La crítica del progreso es un portento, una promesa de otros cambios. Si se me preguntase: ¿podrán los Estados Unidos dialogar con nosotros?, yo contestaría: sí, a condición de que aprendan antes a hablar con ellos mismos, con su propia *otredad:* con sus negros, sus chicanos y sus jóvenes. Habría que decir algo parecido a los latinoamericanos: la crítica del otro comienza con la crítica de uno mismo.

Austin, a 14 de diciembre de 1969

Hernán Cortés prendiendo a Moctezuma.
Pintura de Álvarez Solís

CRÍTICA DE LA PIRÁMIDE

...¡Oh Tiempo, oh Todavía
preñado de inminencias!

ANTONIO MACHADO[1]

I

Mil novecientos sesenta y ocho fue un año axial: protestas, tumultos y motines en Praga, Chicago, París, Tokio, Belgrado, Roma, México, Santiago... De la misma manera que las epidemias medievales no respetaban ni las fronteras religiosas ni las jerarquías sociales, la rebelión juvenil anuló las clasificaciones ideológicas. A esta espontánea universalidad de la protesta correspondió una reacción no menos espontánea y universal: invariablemente los gobiernos atribuyeron los desórdenes a una conspiración del exterior. Aunque los supuestos y secretos inspiradores fueron casi los mismos en todas partes, en cada país se barajaron sus nombres de manera distinta. A veces hubo curiosas, involuntarias coinci-

[1] El epígrafe es del poema CLXIX de las "Últimas lamentaciones de Abel Martín", recogido en *Por un cancionero apócrifo* de Antonio Machado.

dencias; por ejemplo, lo mismo para el gobierno de México que para el Partido Comunista Francés, los estudiantes estaban movidos por agentes de Mao y de la CIA. También fue notable la ausencia o, en el caso de Francia, la reticencia, de la clase tradicionalmente considerada como revolucionaria *per se:* el proletariado; los únicos aliados de los estudiantes han sido hasta ahora los grupos marginales que la sociedad tecnológica no ha podido o no ha querido integrar. Es claro que no estamos ante un recrudecimiento de la lucha de clases sino ante una revuelta de esos sectores que, de un modo permanente o transitorio, la sociedad tecnológica ha colocado al margen. Los estudiantes pertenecen a la segunda de estas categorías. Además, es el único grupo realmente internacional; todos los jóvenes de los países desarrollados son parte de la subcultura juvenil internacional, producto a su vez de una tecnología igualmente internacional.

Entre todos los sectores desafectos, el estudiantil es el más inquieto y, con la excepción de los negros norteamericanos, el más exasperado. Su exasperación no brota de condiciones de vida particularmente duras sino de la paradoja en que consiste ser estudiante: durante los largos años que pasan aislados en universidades y escuelas superiores, los muchachos y muchachas viven en una situación artificial, mitad como reclusos privilegiados y mitad como irresponsables peligrosos. Añádase la aglomeración extraordinaria en los centros de estudio y otras circunstancias bien conocidas y que operan como factores de segregación: seres reales en un mundo irreal. Es verdad que la enajenación juvenil no es sino una de las formas (y de las más benévolas) de la enajenación que impone a todos la sociedad tecnológica. También lo es que, debido a la irrealidad misma de su situación, habitantes de una suerte de laboratorio en donde no rigen del todo las reglas de la sociedad de afuera, los estudiantes pueden reflexionar sobre su estado y, asimismo, sobre el del mundo que los rodea. La

Universidad es, a un tiempo, el objeto y la condición de la crítica juvenil. El objeto de la crítica porque es una institución que segrega a los jóvenes de la vida colectiva y que así, en esa segregación, anticipa en cierto modo su futura enajenación; los jóvenes descubren que la sociedad moderna fragmenta y separa a los hombres: el sistema no puede, por razón de su naturaleza misma, crear una verdadera comunidad. La condición de la crítica porque, sin la distancia que establece la Universidad entre los jóvenes y la sociedad exterior, no habría posibilidad de crítica y los estudiantes ingresarían inmediatamente en el circuito mecánico de la producción y el consumo. Contradicción insalvable: si la Universidad desapareciese, desaparecería la posibilidad de la crítica; al mismo tiempo, su existencia es una prueba más: una garantía de la permanencia del objeto de la crítica, es decir, de aquello cuya desaparición se desea. La rebelión juvenil oscila entre estos dos extremos: su crítica es real, su acción es irreal. Su crítica da en el blanco pero su acción no puede cambiar a la sociedad e incluso, en algunos casos, lejos de atraer o de inspirar a otras clases, provoca regresiones como la de las elecciones francesas en 1968.

La acción de los gobiernos, por su parte, posee la opacidad de todos los realismos a corto plazo y que, a larga, producen los cataclismos o las decadencias. Fortalecer el *statu quo* es fortalecer un sistema que crece y se extiende a expensas de los hombres que lo alimentan: a medida que aumenta su realidad, aumenta nuestra irrealidad. La ataraxia, el estado de ecuánime insensibilidad que los estoicos creían alcanzar por el dominio de las pasiones, la sociedad tecnológica la distribuye entre todos como una panacea. No nos cura de la desdicha que es ser hombres pero nos gratifica con un estupor hecho de resignación satisfecha y que no excluye la actividad febril. Sólo que la realidad reaparece cada vez con mayor furia y frecuencia; crisis, violencias. explosiones. Año axial, 1968 mostró la universalidad de la pro-

testa, y su final irrealidad: ataraxia y estallido, explosión que se disipa, violencia que es una nueva enajenación. Si las explosiones son parte del sistema, también lo son las represiones y el letargo, voluntario o forzado, que las sucede. La enfermedad que roe a nuestras sociedades es institucional y congénita, no algo que le venga de fuera. Es una enfermedad que ha resistido a todos los diagnósticos, lo mismo a los de aquellos que se reclaman de Marx que a los de aquellos que se dicen herederos de Tocqueville[2]. Extraño padecimiento que nos condena a desarrollarnos y a prosperar sin cesar para así multiplicar nuestras contradicciones, enconar nuestras llagas y exacerbar nuestra inclinación a la destrucción. La filosofía del progreso muestra al fin su verdadero rostro: un rostro en blanco, sin facciones. Ahora sabemos que el reino del progreso no es de este mundo: el paraíso que nos promete está en el futuro, un futuro intocable, inalcanzable, perpetuo. El progreso ha poblado la historia de las maravillas y los monstruos de la técnica pero ha deshabitado la vida de los hombres. Nos ha dado más cosas, no más ser.

El sentido profundo de la protesta juvenil —sin ignorar ni sus razones ni sus objetivos inmediatos y circunstanciales— consiste en haber opuesto al fantasma implacable del futuro la realidad espontánea del ahora. La irrupción del ahora significa la aparición, en el centro de la vida contemporánea, de la palabra prohibida, la palabra maldita: placer. Una palabra no menos explosiva y no menos hermosa que la palabra justicia. Cuando digo placer no pienso en la elaboración de un nuevo hedonismo ni en el regreso a la antigua sabiduría sensual —aunque lo primero no sea desdeñable y lo segundo sea deseable— sino en la revelación de esa mitad oscura del hombre que ha sido humillada y sepultada por las

[2] Alexis Clevel de (1805-1859), político e historiador francés, autor del célebre *La democracia en América* y otros tratados influyentes sobre la democracia.

morales del progreso: esa mitad que se revela en las imágenes del arte y del amor. La definición del hombre como un ser que trabaja debe cambiarse por la del hombre como un ser que desea. Esa es la tradición que va de Blake a los poetas surrealistas y que los jóvenes recogen: la tradición profética de la poesía de Occidente desde el romanticismo alemán. Por primera vez desde que nació la filosofía del progreso de las ruinas del universo medieval, precisamente en el seno de la sociedad más avanzada y progresista del mundo, los Estados Unidos, los jóvenes se preguntan sobre la validez y el sentido de los principios que han fundado a la edad moderna. Esta pregunta no revela ni odio a la razón y la ciencia ni nostalgia por el período neolítico (aunque el neolítico fue, según Lévi-Strauss[3] y otros antropólogos, probablemente la única época feliz que hayan conocido los hombres). Al contrario, es una pregunta que sólo una sociedad tecnológica puede hacerse y de cuya contestación depende la suerte del mundo que hemos edificado: pasado, presente y futuro, ¿cuál es el verdadero tiempo del hombre? ¿Dónde está su reino? Y si su reino es el presente, ¿cómo insertar el ahora, por naturaleza explosivo y orgiástico, en el tiempo histórico? La sociedad moderna ha de contestar a estas preguntas sobre el ahora —*ahora mismo*. La otra alternativa es perecer en un estallido suicida o hundirse más y más en el ruinoso proceso actual en el que la producción de bienes amenaza ser ya inferior a la producción de desechos.

La universalidad de la protesta juvenil no impide que asuma características específicas en cada región del mundo. El movimiento juvenil en los Estados Unidos y en Europa contiene, según acabo de explicar, preguntas implícitas y no formuladas que atañen a los fundamentos mismos de la edad moderna y a lo que, desde el

[3] Claude (1901-) influyente antropólogo francés. Sobre su obra Paz escribió uno de sus más conocidos libros: *Claude Lévi-Strauss, o el nuevo festín de Esopo*.

siglo XVIII, constituye su principio rector. Esas preguntas aparecen muy diluidas en los países de Europa oriental y no aparecen del todo, excepto como *slogans* vacíos, en América Latina. La razón es clara: los norteamericanos y los europeos son los únicos que tienen realmente una experiencia completa de lo que es y significa el progreso. En Occidente los jóvenes se rebelan contra los mecanismos de la sociedad tecnológica: contra su mundo tantálico de objetos que se gastan y disipan apenas los poseemos —como si fuesen una involuntaria y concluyente confirmación del carácter ilusorio que atribuyen a la realidad los budistas— y contra la violencia abierta o solapada que esa sociedad ejerce sobre sus minorías y, en el exterior, sobre otros pueblos. En cambio, en los países del Este europeo la lucha juvenil presenta dos notas ausentes en Occidente: nacionalismo y democracia. Nacionalismo frente a la dominación y la injerencia soviética en esos países; democracia frente a las burocracias comunistas incrustadas en la vida política y económica. Es revelador que esta última aparezca como la reivindicación inmediata y primordial de los jóvenes en el Este: la democracia, esa palabra que ha perdido casi todo su magnetismo en Occidente. Es un síntoma desolador: cualesquiera que sean las limitaciones de la democracia occidental (y son muchas y gravísimas: régimen burocrático de partidos, monopolios de la información, corrupción, etc.), sin libertad de crítica y sin pluralidad de opiniones y grupos no hay vida política. Y para nosotros, hombres modernos, vida política es sinónimo de vida racional y civilizada. Esto es verdad incluso para naciones herederas de altas civilizaciones y que, como la antigua China, no conocieron la democracia. Los jóvenes fanáticos que recitan el catecismo de Mao —de paso: mediocre poeta académico— cometen no sólo una falta estética e intelectual sino un error moral. No se puede sacrificar el pensamiento crítico en las alas del desarrollo económico acelerado, la idea revolucionaria, el prestigio y la infalibilidad de un jefe o

cualquier otro espejismo análogo. Las experiencias de Rusia y México son concluyentes: sin democracia, el desarrollo económico carece de sentido, aunque éste haya sido gigantesco en el primer país y muchísimo más modesto pero proporcionalmente no menos apreciable en el segundo. Toda dictadura, sea de un hombre o de un partido, desemboca en las dos formas predilectas de la esquizofrenia: el monólogo y el mausoleo. México y Moscú están llenos de gente con mordaza y de monumentos a la Revolución.

EL movimiento de los estudiantes mexicanos mostró semejanzas con los de otros países, tanto de Occidente como de Europa oriental. Me parece que la afinidad mayor fue con los de esta última: nacionalismo, sólo que no en contra de la intervención soviética sino del imperialismo norteamericano; aspiración a una reforma democrática; protesta, no en contra de las burocracias comunistas sino del Partido Revolucionario Institucional. Pero la rebelión juvenil mexicana fue singular, como el país mismo. No hay ningún dudoso nacionalismo en mi observación; México es una nación que, dentro de la civilización occidental, ocupa una posición excéntrica: "castellana rayada de azteca", decía el poeta López Vearde; asimismo, dentro de América Latina, su situación histórica es única: México vive un período posrevolucionario en tanto que la mayoría de los otros países atraviesan por una etapa prerrevolucionaria. Por último, su desarrollo económico ha sido excepcional. Después de un prolongado y sangriento período de violencia, la Revolución mexicana logró crear instituciones originales y un Estado nuevo. Desde hace cuarenta años, y especialmente en las dos últimas décadas, la economía del país ha hecho tales progresos que los economistas y sociólogos citan el caso de México como un ejemplo para los otros países subdesarrollados. En efecto, las estadísticas son impresionantes, sobre todo si se tiene en cuenta el estado en que se encontraba la nación

en 1910 y las destrucciones materiales y humanas que sufrió durante cerca de veinte años de guerras civiles. Como una suerte de reconocimiento internacional a su transformación en un país moderno o semimoderno, México solicitó y obtuvo que su capital fuese la sede de los Juegos Olímpicos en 1968. Los organizadores no sólo salieron airosos de la prueba sino que inclusive añadieron al programa deportivo una nota original, tendiente a subrayar el carácter pacífico y no competitivo de la Olimpiada mexicana: exposiciones de arte universal, conciertos y representaciones de teatro y danza por compañías de todos los países, un encuentro de poetas y otros actos de la misma índole. Pero dentro del contexto de la rebelión juvenil y de la represión que la siguió, estas celebraciones parecieron gestos espectaculares con los que se quería ocultar la realidad de un país conmovido y aterrado por la violencia gubernamental. Así, en el momento en que el gobierno obtenía el reconocimiento internacional de cuarenta años de estabilidad política y de progreso económico, una mancha de sangre disipaba el optimismo oficial y provocaba en los espíritus una duda sobre el sentido de ese progreso.

A diferencia de los estudiantes franceses en mayo de ese mismo año, los mexicanos no se proponían un cambio violento y revolucionario de la sociedad ni su programa tenía el radicalismo de los de muchos grupos de jóvenes alemanes y norteamericanos. Tampoco apareció la tonalidad orgiástica y pararreligiosa de los *hippies*. El movimiento fue reformista y democrático, a pesar de que algunos de sus dirigentes pertenecían a la extrema izquierda. ¿Una maniobra táctica? Me parece más sensato atribuir esta ponderación a la naturaleza de las circunstancias y al peso de la realidad objetiva: ni el temple del pueblo mexicano es revolucionario ni lo son las condiciones históricas del país. Nadie quiere una revolución sino una reforma: acabar con el régimen de excepción iniciado por el Partido Nacional Revolucionario hace cuarenta años. Las peticiones de los estudian-

tes, por lo demás, fueron realmente moderadas: la derogación de un artículo del Código Penal, a todas luces inconstitucional y que contiene esa afrenta a los derechos humanos que se llama "delito de opinión"; la libertad de varios presos políticos; la destitución del jefe de la policía, etcétera. Todas estas peticiones se resumían en una palabra que fue el eje del movimiento y el secreto de su instantáneo poder de seducción sobre la conciencia popular: *democratización*. Una y otra vez los muchachos pidieron "el diálogo público entre el gobierno y los estudiantes", preludio del diálogo entre el pueblo y las autoridades. Esta demanda recogía la que habíamos hecho un grupo de escritores en 1958, ante disturbios semejantes, aunque de menor amplitud —que anunciaban, como entonces advertimos al gobierno, los que se producirían diez años después.

La actitud de los estudiantes le daba al gobierno la posibilidad de enderezar su política sin perder la cara. Hubiera bastado con oír lo que el pueblo decía a través de las peticiones juveniles; nadie esperaba un cambio radical pero sí mayor flexibilidad y una vuelta a la tradición de la Revolución mexicana, que nunca fue dogmática y sí muy sensible a las mudanzas del ánimo popular. Se habría roto así la cárcel de palabras y conceptos en que el gobierno se ha encerrado, todas esas fórmulas en las que ya nadie cree y que se condensan en esa grotesca expresión con que la familia oficial designa al partido único: el Instituto Revolucionario.

Aunque las revueltas estudiantiles son un fenómeno mundial, se manifiestan con mayor virulencia en las sociedades más adelantadas. Así, pues, puede decirse que el movimiento estudiantil y la celebración de la Olimpiada en México fueron hechos complementarios: los dos eran signos del relativo desarrollo del país. Lo discordante, lo anómalo y lo imprevisible fue la actitud gubernamental. ¿Cómo explicarla?

Apenas consumada la derrota militar del antiguo régimen, el país tuvo que hacer frente al peligro que amenaza a toda revolución triunfante: la anarquía. Las querellas entre las distintas facciones que componían el movimiento revolucionario no fueron menos violentas que la rebelión armada del pueblo contra la autocracia de Porfirio Díaz y su ejército profesional. Las facciones eran más personalistas que ideológicas pero representaban ya, en forma rudimentaria, los intereses y tendencias de las distintas clases y grupos: campesinos, rancheros, pequeña burguesía, naciente clase obrera, etc. Aunque la recién adoptada Constitución (1917) preveía la transmisión pacífica del poder por medio de elecciones democráticas, la realidad era muy distinta: los partidos políticos no existían y el país estaba regido por la dictadura revolucionaria, es decir, por la dictadura de los caudillos militares de la Revolución. La lucha entre las facciones nunca fue democrática: no era el número de votos sino el de soldados y fusiles lo que le daba supremacía política. Cada elección presidencial degeneraba en una lucha armada que terminaba con la muerte de uno o de varios de los aspirantes al poder y de muchos de sus partidarios, para no hablar de la gente inocente arrastrada por las aventuras y rencillas de los grandes. Después de haber destruido la dictadura de Porfirio Díaz, el país parecía condenado a repetir otra vez (y para siempre) el ciclo monótono y sangriento de la dictadura a la anarquía y de la anarquía a la dictadura. Pero la eliminación progresiva y violenta de los caudillos militares facilitó el tránsito hacia un régimen que, si no era democrático, también era suicida y autodestructivo. La primera medida, negativa, fue la prohibición constitucional de la reelección presidencial. Así se evitó la dictadura personal. La segunda medida, positiva, fue la fundación del Partido Nacional Revolucionario (1929). Así se aseguró la

dictadura revolucionaria. Mejor dicho: la dictadura del grupo vencedor en la lucha entre las facciones.

En 1938 Lázaro Cárdenas cambió el nombre del partido y su programa. En 1946 Miguel Alemán volvió a cambiarlo. Estos cambios reflejan los tres momentos del México moderno: la creación del nuevo Estado, la reforma social y el desarrollo económico. Pero ninguna de las tendencias que caracterizan a estos tres momentos surgió del Partido sino de arriba, de la presidencia y sus consejeros*. El Partido no es una agrupación política en el sentido recto de la palabra: ni su forma de reclutamiento es democrática ni en su seno se elaboran programas y estrategias para realizarlos. Es un organismo burocrático que cumple funciones político-administrativas. Su misión principal es la dominación política, no por la fuerza física sino por el control y la manipulación de los grupos populares, a través de las burocracias que dirigen los sindicatos obreros y las asociaciones de los campesinos y la clase media. En esta tarea cuenta con la protección del poder público y con la benévola neutralidad, cuando no con el apoyo descarado, de la casi totalidad de los medios de información: el monopolio político implica no sólo el control de las organizaciones populares sino el de la opinión pública. Al mismo tiempo, el Partido es un órgano de exploración de la conciencia popular y de sus aspiraciones y tendencias. Es una función capital y que, en el pasado, le dio flexibilidad, vitalidad y aun popularidad, pero que ahora, debido a su rígida organización jerárquica y a la esclerosis que lo va paralizando cada vez más, cumple con creciente ineficacia. La sordera del Partido Revolucionario Institucional aumenta en proporción directa al aumento del clamor popular.

* Observo que en ninguna de estas tres etapas aparece, salvo de manera retórica, la demanda inicial de la Revolución de México, una aspiración que conmovió a las conciencias y movió a las voluntades como ninguna otra: la democracia. (Nota de 1986.)

Por sus funciones y por el uso inmoderado de una jerga radical, el PRI podría parecerse a los partidos comunistas del Este europeo: uno y otros son burocracias políticas incrustadas en la economía nacional, aunque las de aquellos países sean economías estatales y la nuestra sea mixta. Pero el PRI no es un partido ideológico sino de grupos e intereses, circunstancia que, si ha favorecido la venalidad, nos ha salvado de los terrores de una ortodoxia cualquiera. La variedad de tendencias que coexisten en su interior, mejor dicho: que hasta hace poco coexistían, podría asemejarlo al Partido del Congreso de la India, sólo que hay una diferencia de cuenta: el partido mexicano no conoce la democracia interna y está dominado por un grupo de jerarcas que, a su vez, prestan obediencia ciega al presidente en turno. Esto ha sido particularmente infortunado porque la diversidad de corrientes y opiniones dentro del Partido —reflejo de las que dividen a la nación y que constituyen su realidad política y social— hubiera permitido intentar un experimento que, además de vitalizar y regenerar el régimen, habría ofrecido una solución a la crisis que desde hace más de diez años vive el país: iniciar la reforma democrática en el PRI mismo.

Al asegurar la continuidad gubernamental, el Partido ha sido un instrumento de paz y estabilidad. Frente a la pesadilla de la dictadura personal sin más límites que el poder del caudillo y que terminaba casi siempre en una explosión sangrienta, los jefes revolucionarios idearon un régimen de dictadura institucional limitada e impersonal. El presidente tiene poderes inmensos pero no puede ocupar el puesto sino una sola vez; el poder que ejerce le viene de su investidura y desaparece con ella; el principio de rotación y selección opera dentro del Partido: para ser presidente, gobernador, senador, diputado o alcalde, hay que pasar por el PRI, aprobar las asignaturas y ascender escalón por escalón. El PRI es una escuela, un laboratorio y un cedazo de dirigentes políticos y gobernantes. Los métodos de promoción son

los mismos que en todas las burocracias; para ascender se requiere disciplina, espíritu de cuerpo, respeto a las jerarquías, antigüedad, capacidad administrativa, dedicación, eficacia, habilidad, suavidad, astucia, energía despiadada... Los ascensos se hacen por consenso de los superiores. Si el Partido desdeña el principio democrático de elección, acepta en cambio el derecho aristocrático de veto: aunque el presidente tiene el privilegio indisputado de designar a su sucesor, debe consultar antes con los antiguos presidentes y con los grandes jerarcas. La regla no formulada es que su candidato no debe, por lo menos, provocar la oposición de estos dignatarios. Cada uno de ellos representa poderosos intereses, desde los de las empresas privadas hasta los de las burocracias de los sindicatos obreros y las organizaciones campesinas*.

Tres conclusiones se desprenden de mi análisis: en primer término, la crisis de México es una consecuencia del cambio en la estructura social y de la aparición de una nueva clase media, es una crisis del México desarrollado; en segundo lugar, sólo una solución democrática permitirá que se planteen los graves problemas del país, en especial el de la integración del México subdesarrollado o marginal, y que se adopte una política de verdad nacional, lo mismo en el exterior que en el interior; por último, si el régimen impidiese la solución democrática, el resultado no sería el *statu quo* sino una situación de inmovilidad forzada que terminaría por provocar una explosión y la recaída en el ciclo de la anarquía a la dictadura.

No faltará quien advierta que en este esquema no aparece la otra solución, la extrema: la solución revolucionaria. Sobre esto ya me he explicado en estas páginas. Además, depende de lo que se entienda por revolu-

* La práctica de la consulta ha desaparecido con los últimos presidentes y así se ha fortalecido la autocracia. (Nota de 1986.)

ción: si es lo que ha entendido Occidente desde el nacimiento de la Edad Moderna, ya he expuesto en varias obras *(Corriente alterna* y *Conjunciones y disyunciones)* mi creencia: asistimos al fin de la época de las revoluciones en los países desarrollados. ¿Y en los subdesarrollados? Sin duda nos aguarda un período de grandes revueltas y cambios profundos; esas transformaciones serán inmensas pero no sé si sea legítimo llamarlas revoluciones, en el sentido riguroso del término. Experimento la misma duda, por lo demás, ante las revoluciones de la primera mitad del siglo. No es ésta la ocasión para tratar el tema; diré solamente que es algo más que una querella lingüística. En todo caso, la historia de la Edad Moderna nos muestra que, por lo visto, hay dos clases de revoluciones: aquellas que son consecuencia del desarrollo (el histórico, económico y social tanto como el cultural) y cuyo ejemplo más perfecto es la Revolución francesa; y aquellas otras que estallan a causa precisamente de un desarrollo insuficiente. A estas últimas son a las que no sé si les conviene el nombre de revolución*.

Llámeselas como se quiera, lo cierto es que son movimientos que, al triunfar, deben enfrentarse al problema del desarrollo y que, para resolverlo, sacrifican sus otros objetivos sociales y políticos. En este caso la revolución no es un resultado del desarrollo sino un método para acelerarlo. Ahora bien, todas esas revoluciones, de la rusa a la mexicana, internacionalistas o nacionalistas, degeneran en regímenes burocráticos más o menos paternalistas y opresores.

Aquí debo repetir, a riesgo de pesadez, que el rasgo distintivo de la situación mexicana es la existencia de una burocracia política, constituida en partido estatal y compuesta por especialistas en la manipulación de las

* La palabra *revuelta,* que es la tradicional y popular, describe más fielmente la índole de estos fenómenos.

masas. Hecho a la imagen de la realidad política y social de México, el PRI es una burocracia jerárquica, una verdadera pirámide. Ahora bien, además de constituir una realidad social y política, esta pirámide encarna una realidad imaginaria; sin cesar de ser realidades políticas, el PRI y el Presidente son proyecciones míticas, formas en las que se condensa la imagen que nos hemos hecho del poder. Con esto no quiero decir que el PRI sea un fenómeno exclusivamente mexicano, aunque sí lo sean los mitos que lo nutren. Ya apunté la universalidad del fenómeno y la causa que, probablemente, lo explica. La aparición de las burocracias políticas en el siglo XX es quizá la consecuencia de revoluciones sociales en países insuficientemente desarrollados; la imposición de modelos avanzados de desarrollo a sociedades arcaicas, tanto como la aceleración forzada del proceso, explica la institución de regímenes de excepción. La contradicción entre estas dos palabras, institución y excepción, expresa la contradicción básica. Una contradicción que es de orden económico pero asimismo social e histórico. Con frecuencia se olvida que apenas una porción de Occidente que no comprende a España, Portugal, América Latina, la mayoría de los Balcanes y de los países eslavos, para no hablar de los casos de Alemania e Italia posee realmente la doble y complementaria tradición de la democracia política y el pensamiento crítico, los dos elementos centrales que conforman lo que llamamos *modernidad*.

El pensamiento social moderno no previó la aparición de regímenes burocráticos y, hasta hace poco, había desdeñado analizar el fenómeno. Claro, tanto los liberales como los revolucionarios estaban poseídos por la idea de que el Estado es una realidad secundaria, carente de existencia propia, mera expresión de la clase dominante o de los grupos fundamentales que componen una sociedad determinada. Los liberales pensaban que, gracias a los controles democráticos, el Estado poco a poco se debilitaría y humanizaría; los marxistas,

más radicales, afirmaban que en las sociedades socialistas el Estado comenzaría a extinguirse, hasta evaporarse del todo al advenimiento del comunismo.

No solamente ha ocurrido exactamente lo contrario sino que ahora empezamos a sospechar que el Estado es una realidad relativamente autónoma. Nos hace falta un análisis verdadero —quiero decir: objetivo y crítico— del Estado contemporáneo. Por ejemplo, aunque esté íntimamente ligado a ambos, el PRI no es una simple agencia de la burguesía mexicana o del imperialismo norte-americano; ninguno de los dos explica la existencia del PRI. En cuanto a los países del Este europeo: si es evidente que esos partidos comunistas no "expresan" a sus respectivos proletariados, ¿a qué clases sociales "representan"? Con la teoría del "modo asiático" de producción y con la llamada teoría hidráulica se ha intentado, sin gran éxito, explicar los antiguos despotismos orientales, todos ellos caracterizados por el predominio de inmensas burocracias, pero ¿qué teoría podrá explicar la aparición, en la era tecnológica, de las burocracias? En los círculos cercanos a Trotsky, en los años inmediatamente anteriores a su asesinato, se discutió mucho el tema de la "verdadera naturaleza" del Estado soviético y, en consecuencia, se elaboraron varias hipótesis acerca de la función y el carácter de la burocracia dentro de ese sistema. Fiel a Marx, Trotsky se negó siempre a aceptar que la burocracia fuese una clase. Entonces, ¿qué es? No sólo no hemos logrado contestar a esta pregunta sino que tampoco hemos sido capaces de formularla de una manera rigurosa. La burocracia sigue siendo un concepto fantasmal, elusivo.

La fusión entre el Estado y lo que los norteamericanos llaman el *financial military complex*[4] es uno de los

[4] En inglés en el texto: se refiere al llamado *military industrial complex* (literalmente: complejo militar-industrial) contra el cual previno en 1958 el presidente norteamericano Dwight D. Eisenhower como

aspectos más inquietantes de la evolución de los países capitalistas. El fenómeno parece consistir en lo siguiente: no se trata de la dominación del Estado por grupos financieros y económicos sino de la emergencia de formaciones casi institucionales que, por el control de los medios económicos, militares y políticos, se proponen una política de dominación nacional y/o mundial. No la supeditación de la política y del Estado a los intereses financieros de una minoría sino más bien el monopolio de la economía y del Estado por grupos y sistemas en los cuales son ya indistinguibles los intereses financieros de los políticos y ambos de los militares. A las máscaras de Hitler y Stalin sucede ahora una realidad incorpórea y a la que no podemos siquiera nombrar y maldecir. Para nombrarla, necesitamos conocerla; sólo así podremos vencerla.

Otra sorpresa: los regímenes burocráticos contemporáneos desmienten la idea de la historia como un proceso lineal análogo a la demostración de un discurso: esclavismo, feudalismo, capitalismo, etc. Pero no es la primera vez que una crisis histórica desemboca en un régimen burocrático: a la China feudal no sucedió el capitalismo sino el sistema de los mandarines, una casta de letrados especializados en la política y que, en alianza inestable con los militares, el emperador y otras fuerzas, gobernó a ese país durante dos mil años. La diferencia es que nuestras modernas burocracias están compuestas por tecnócratas.

Nadie sabe la forma del futuro: es un secreto —ésa es la enseñanza de este medio siglo de trastornos que no está ni en los libros de Marx ni en los de sus adversarios. Pero podemos decirle algo a ese futuro que en alguna parte construyen unos muchachos apasionados y terribles: toda revolución sin pensamiento crítico, sin li-

bertad para contradecir al poderoso y sin la posibilidad de sustituir pacíficamente a un gobernante por otro, es una revolución que se derrota a sí misma. Un fraude. Mis palabras irritarán a muchos; no importa, el pensamiento independiente es casi siempre impopular. Hay que renunciar definitivamente a las tendencias autoritarias de la tradición revolucionaria, especialmente de su rama marxista. Al mismo tiempo, hay que romper los monopolios contemporáneos —sean los del Estado, los partidos o el capitalismo privado— y encontrar formas, nuevas y realmente efectivas, de control democrático y popular lo mismo del poder político y económico que de los medios de información y de la educación. Una sociedad plural, sin mayorías ni minorías: en mi utopía política no todos somos felices pero, al menos, todos somos responsables. Sobre todo y ante todo: debemos concebir modelos de desarrollo viables y menos inhumanos, costosos e insensatos que los actuales. Dije antes que ésta es una tarea urgente: en verdad, es *la tarea de nuestro tiempo*. Y hay algo más: el valor supremo no es el futuro sino el presente; el futuro es un tiempo falaz que siempre nos dice "todavía no es hora" y que así nos niega. El futuro no es el tiempo del amor: lo que el hombre quiere de verdad lo quiere ahora. Aquel que construye la casa de la felicidad futura edifica la cárcel del presente.

III

A lo largo de estas páginas ha aparecido una y otra vez el tema de los dos Méxicos, el desarrollado y el subdesarrollado. Es el tema central de nuestra historia moderna, el problema de cuya solución depende nuestra existencia misma como pueblo. En general, los economistas y los sociólogos ven las diferencias entre la sociedad tradicional y la moderna como una oposición entre desarrollo y subdesarrollo: las disparidades entre

los dos Méxicos son de orden cuantitativo y el problema se reduce a determinar si la mitad desarrollada podrá o no absorber a la subdesarrollada. Ahora bien, si es normal que las estadísticas omitan la descripción cualitativa de los fenómenos, no lo es que nuestros sociólogos no adviertan que detrás de esas cifras hay realidades psíquicas, históricas y culturales irreductibles a las groseras medidas que, por fuerza, debe utilizar el censo. Esos cuadros estadísticos, además, no han sido pensados para México sino que son toscas adaptaciones de modelos extraños. Es otro caso de "imitación extralógica" y su adopción revela más aturdida irreflexión que rigor científico. Por ejemplo, entre los índices del desarrollo figuran el trigo y el maíz: el comer pan de trigo es uno de los signos de que se está más allá de la línea que separa a los subdesarrollados de los desarrollados, en tanto que comer tortilla de maíz señala que se está más acá. Dos razones se alegan para justificar la inclusión del trigo como uno de los índices del desarrollo: sus mayores virtudes nutritivas y ser un producto cuyo consumo revela que se ha dado el salto de la sociedad tradicional a la moderna. Es un criterio que condena al subdesarrollo por la eternidad al Japón, ya que el arroz es menos nutritivo que el trigo y no es menos "tradicional" que el maíz. Por lo demás, el trigo tampoco es "moderno", de modo que nada lo distingue del arroz y del maíz excepto pertenecer a otra tradición cultural, la de Occidente (¡aunque el *chapati* hindú está hecho de trigo!). En verdad, lo que se quiere indicar es que en todo, inclusive en materia de alimentación y cocina, la civilización occidental es superior a las otras y que, dentro de ella, la más perfecta es la rama norteamericana. Otro de los índices del subdesarrollo, según nuestras estadísticas, es el uso del huarache. Si se piensa en términos de comodidad y de estética, en nuestro clima el huarache resulta superior al zapato; lo que ocurre es que, dentro del contexto de nuestra sociedad, maíz y sandalias son rasgos característicos del otro México.

La porción desarrollada de México impone su modelo a la otra mitad, sin advertir que ese modelo no corresponde a nuestra verdadera realidad histórica, psíquica y cultural sino que es una mera copia (y copia degradada) del arquetipo norteamericano. De nuevo: no hemos sido capaces de crear modelos de desarrollo viables y que correspondan a lo que somos. El desarrollo ha sido, hasta ahora, lo contrario de lo que significa esa palabra: extender lo que está arrollado, desplegarse, crecer libre y armoniosamente. El desarrollo ha sido una verdadera camisa de fuerza. Una falsa liberación: si ha abolido muchas de las antiguas e insensatas prohibiciones, en cambio nos agobia con exigencias no menos terribles y onerosas. Cierto, cuando llegó el progreso a la moderna, nuestra casa, hecha con los despojos del mundo precolombino y las viejas piedras de la civilización hispanocatólica, se desmoronaba; la que hemos construido en su lugar, aparte de albergar únicamente a una minoría de mexicanos, ha sido deshabitada por el espíritu. Pero el espíritu no se ha ido: se ha ocultado. Para referirse al México subdesarrollado, algunos antropólogos usan una expresión reveladora: *cultura de la pobreza*[5]. La designación no es inexacta sino insuficiente: el otro México es pobre y miserable; además, es efectivamente *otro*. Esa *otredad* escapa a las nociones de pobreza y de riqueza, desarrollo o atraso: es un complejo de actitudes y estructuras inconscientes que, lejos de ser supervivencias de un mundo extinto, son pervivencias constitutivas de nuestra cultura contemporánea. El *otro* México, el sumergido y reprimido, reaparece en el México moderno: cuando hablamos a solas, hablamos con él; cuando hablamos con él, hablamos con nosotros mismos.

La división de México en dos, uno desarrollado y otro subdesarrollado, es científica y corresponde a la

[5] El término traduce la expresión del inglés *culture of poverty*, puesta en boga por el antropólogo norteamericano Oscar Lewis, en obras como *La vida* (1954).

realidad económica y social de nuestro país. Al mismo tiempo, en un estrato distinto, hay otro México. No me refiero de ninguna manera a una entelequia ahistórica y atemporal; tampoco a un arquetipo en el sentido de Jung o de Mircea Eliade[6]. Es posible que la expresión "el otro México" carezca de precisión, pero la verdad es que no he encontrado ninguna otra más a propósito. Con ella pretendo designar a esa realidad gaseosa que forman las creencias, fragmentos de creencias, imágenes y conceptos que la historia deposita en el subsuelo de la psiquis social, esa cueva o sótano en continua somnolencia y, asimismo, en perpetua fermentación. Es una noción que viene tanto del subconsciente (individual) de Freud como de la ideología (social) de Marx. Una ideología que representa lo que el mismo Marx llamaba "la conciencia absurda del mundo" y que nunca es consciente del todo. Sin embargo, las concepciones de Marx y Freud, cada una por razones diferentes y que no analizaré aquí, me parece que no explican la totalidad del fenómeno: la existencia en cada civilización de ciertos complejos, presuposiciones y estructuras mentales generalmente inconscientes y que resisten con terquedad a la erosión de la historia y a sus cambios. Dumézil llama a estas estructuras "ideologías" pero usa el término en un sentido más cercano a Kant que a Marx: una cierta predisposición particular de la mente frente y hacia la realidad objetiva. En suma, para mí la expresión "el otro México" evoca una realidad compuesta de diferentes estratos y que alternativamente se pliega y se despliega, se oculta y se revela.

Si el hombre es doble y triple, también lo son las civilizaciones y las sociedades. Cada pueblo sostiene un diálogo con un interlocutor invisible que es, simultánea-

6 Se refiere a Carl Gustav Jung y a Mircea Eliade, estudiosos de la historia de la religión. El primero es autor del influyente *Los arquetipos y el inconsciente colectivo*, y el segundo del también conocido *El mito del eterno retorno*.

mente, él mismo y el otro, su doble. ¿Su doble? ¿Cuál es el original y cuál el fantasma? Como en la banda de Moebius, no hay exterior ni interior y la otredad no está allá, fuera, sino aquí, dentro: la otredad es nosotros mismos. La dualidad no es algo pegado, postizo o exterior; es nuestra realidad constitutiva: sin otredad no hay unidad. Y más: la otredad es la manifestación de la unidad, la manera en que ésta se despliega. La otredad es una proyección de la unidad: la sombra con que peleamos en nuestras pesadillas; y a la inversa, la unidad es un momento de la otredad: ese momento en que nos sabemos un cuerpo sin sombra o una sombra sin cuerpo. Ni adentro ni afuera, ni antes ni después: el pasado reaparece porque es un presente oculto. Hablo del verdadero pasado, que no es lo mismo que "lo que pasó": las fechas, los personajes y todo eso que llamamos historia. Aquello que pasó efectivamente pasó, pero hay algo que no pasa, algo que pasa sin pasar del todo, perpetuo presente en rotación. La historia de cada pueblo contiene ciertos elementos invariantes o cuyas variaciones, de tan lentas, resultan imperceptibles. ¿Qué sabemos de esos invariantes y de las formas en que se asocian o separan? Por analogía con lo que ocurre en otros dominios, vislumbramos que su modo de operación es la combinación de unos cuantos elementos; como en el caso de los procesos biológicos, el montaje cinematográfico o las asociaciones verbales de los poetas, esas combinaciones producen figuras distintas y únicas, o sea: historia. Pero es engañoso hablar de elementos invariantes como si se tratase de realidades aisladas y con vida propia: aparecen siempre en relación unos con otros y no se definen como elementos sino como partes de una combinatoria. De ahí que no sea lícito confundir estos complejos sistemas con los llamados factores históricos, sean éstos económicos o culturales. Aunque esos factores son, diría, el motor de la historia, lo que me parece decisivo, desde esta perspectiva, es determinar cómo se combinan: *su forma de producción de his-*

toria. Tal vez en todos los pueblos y en todas las civilizaciones opera el mismo sistema combinatorio —de otra manera se rompería tanto la unidad de la especie humana como la universalidad de la historia—, sólo que en cada cultura el modo de asociación es distinto.

La otredad nos constituye. No afirmo con esto el carácter único de México —ni el de México ni el de pueblo alguno; sostengo que esas realidades que llamamos culturas y civilizaciones son elusivas. No es que México escape a las definiciones: somos nosotros mismos los que nos escapamos cada vez que intentamos definirnos, asirnos. El carácter de México, como el de cualquier otro pueblo, es una ilusión, una máscara; al mismo tiempo, es un rostro real. Nunca es el mismo y siempre es el mismo. Es una contradicción perpetua: cada vez que afirmamos una parte de nosotros mismos, negamos otra. Lo que ocurrió el 2 de octubre de 1968 fue, simultáneamente, la negación de aquello que hemos querido ser desde la Revolución y la afirmación de aquello que somos desde la Conquista y aún antes. Puede decirse que fue la aparición del otro México o, más exactamente, de uno de sus aspectos. Apenas si debo repetir que el otro México no está afuera sino en nosotros: no podríamos extirparlo sin mutilarnos. Es un México que, si sabemos nombrarlo y reconocerlo, un día acabaremos por transfigurar: cesará de ser ese fantasma que se desliza en la realidad y la convierte en pesadilla de sangre. Doble realidad del 2 de octubre de 1968: ser un hecho histórico y ser una representación simbólica de nuestra historia subterránea o invisible. Y hago mal en hablar de representación pues lo que se desplegó ante nuestros ojos fue un acto ritual: un sacrificio. Vivir la historia como un rito es nuestra manera de asumirla; si para los españoles la Conquista fue una *hazaña,* para los indios fue un *rito,* la representación humana de una catástrofe cósmica. Entre estos dos extremos, la hazaña y el rito, han oscilado siempre la sensibilidad y la imaginación de los mexicanos.

Todas las historias de todos los pueblos son simbólicas; quiero decir: la historia y sus acontecimientos y protagonistas aluden a otra historia oculta, son la manifestación visible de una realidad escondida. Por esto nos preguntamos: ¿qué significaron realmente las Cruzadas, el descubrimiento de América, el saqueo de Bagdad, el Terror jacobino, la Guerra de Secesión norteamericana? Vivimos la historia como si fuese una representación de enmascarados que trazan sobre el tablado figuras enigmáticas; a pesar de que sabemos que nuestros actos significan, dicen, no sabemos qué es lo que dicen y así se nos escapa el significado de la pieza que representamos. ¿Alguien lo sabe? Nadie conoce el desenlace final de la historia porque su fin es también el fin del hombre. Pero no podemos demorarnos en estas preguntas sin respuesta porque la historia nos obliga a vivirla: es la sustancia de nuestra vida y el lugar de nuestra muerte. Entre vivir la historia e interpretarla se pasan nuestras vidas. Al interpretarla, la vivimos: hacemos historia; al vivirla, la interpretamos: cada uno de nuestros actos es un signo. La historia que vivimos es una escritura; en la escritura de la historia visible debemos leer las metamorfosis y los cambios de la historia invisible. Esa lectura es un desciframiento, la traducción de una traducción: jamás leeremos el original. Cada versión es provisional: el texto cambia sin cesar (aunque quizá siempre dice lo mismo) y de ahí que de tiempo en tiempo se descarten ciertas versiones en favor de otras que, a su vez, antes habían sido descartadas. Cada traducción es una creación: un texto nuevo... Lo que sigue es una tentativa por traducir el 2 de octubre en los términos de lo que yo creo que es la verdadera, aunque invisible, historia de México: esa tarde la historia visible desplegó, a la manera de un códice precolombino, nuestra otra historia, la invisible. La visión fue sobrecogedora porque los símbolos se volvieron transparentes.

Las geografías también son simbólicas: los espacios físicos se resuelven en arquetipos geométricos que son formas emisoras de símbolos. Llanuras, valles, montañas: los accidentes del terreno se vuelven significativos apenas se insertan en la historia. El paisaje es histórico y de ahí que se convierta en escritura cifrada y texto jeroglífico. Las oposiciones entre mar y tierra, llanura y montaña, isla y continente, selva y desierto son símbolos de oposiciones históricas: sociedades, culturas, civilizaciones. Cada tierra es una sociedad: un mundo y una visión del mundo y del trasmundo. Cada historia es una geografía y cada geografía una geometría de símbolos: India es un cono invertido, un árbol cuyas raíces se hunden en el cielo; China es un inmenso disco —vientre, ombligo y sexo del cosmos—; México se levanta entre dos mares como una enorme pirámide trunca: sus cuatro costados son los cuatro puntos cardinales, sus escaleras son los climas de todas las zonas, su alta meseta es la casa del sol y de las constelaciones.

Apenas es necesario recordar que para los antiguos el mundo era una montaña y que, lo mismo en Sumeria y Egipto que en Mesoamérica, la representación geométrica y simbólica de la montaña cósmica fue la pirámide. La geografía de México tiende a la forma piramidal, como si existiese una relación secreta pero evidente entre el espacio natural y la geometría simbólica y entre ésta y lo que he llamado nuestra historia invisible. Arquetipo arcaico del mundo, metáfora geométrica del cosmos, la pirámide mesoamericana culmina en un espacio magnético: la plataforma-santuario. Es el eje del universo, el sitio en que se cruzan los cuatro puntos cardinales, el centro del cuadrilátero: el fin y el principio del movimiento. Una inmovilidad en la que se acaba y se reengendra la danza del cosmos. Tiempo petrificado, los cuatro lados de la pirámide representan los cuatro soles o edades del mundo y sus escaleras son días, meses, años, siglos. Arriba, en la plataforma: el lugar del nacimiento del quinto sol, la era nahua y azteca. Un edificio

hecho de tiempo: lo que fue, lo que será, lo que está siendo. Espacio, la plataforma-santuario es el lugar de aparición de los dioses y el altar del sacrificio: punto de convergencia entre el mundo humano y el divino; tiempo, es el centro del movimiento, el fin y el principio de las eras: presente eterno de los dioses. La pirámide es una imagen del mundo; a su vez, esa imagen del mundo es una proyeccción de la sociedad humana. Si es cierto que el hombre inventa dioses a su semejanza, también lo es que encuentra su semejanza en las imágenes que le ofrecen el cielo y la tierra. El hombre hace del paisaje inhumano historia humana; la naturaleza convierte la historia en cosmogonía, danza de astros.

La pirámide asegura la continuidad del tiempo (el humano y el cósmico) por el sacrificio: es un espacio generador de vida. La metáfora del mundo como montaña y de la montaña como dadora de vida se materializa con pasmosa literalidad en la pirámide. Su plataforma-santuario, cuadrada como el mundo, es el teatro de los dioses y su campo de juego. ¿Cuál es el juego de los dioses? Juegan con tiempo y su juego es la creación y la destrucción de los mundos. Oposición entre el trabajo y el juego divino: el hombre trabaja para comer, los dioses juegan para crear. Mejor dicho, para ellos no hay diferencia entre jugar y crear: cada una de sus piruetas es un mundo que nace o que se aniquila. Creación y destrucción son nociones antitéticas para los hombres pero idénticas para los dioses: todo es juego. En sus juegos que son guerras que son danzas los dioses crean, destruyen y, a veces, se auto-destruyen. Al inmolarse, recrean al mundo. El juego de los dioses es un juego sangriento que culmina en un sacrificio que es la creación del mundo. La destrucción creadora de los dioses es el modelo de los ritos, las ceremonias y las fiestas de los hombres: sacrificio es igual a destrucción productiva. Para los antiguos mexicanos danza era sinónimo de penitencia. Parece extraño pero no lo es: danza es primordialmente rito y éste es ceremonia que reproduce la

creación del mundo por los dioses en un juego que es destrucción creadora. Hay una íntima conexión entre el juego divino y el sacrificio que engendra el universo; a ese modelo celeste corresponde otro humano: en el rito la danza es penitencia.

La ecuación danza = sacrificio se repite en el simbolismo de la pirámide: la plataforma de la cúspide representa el espacio sagrado donde se despliega la danza de los dioses, un juego creador del movimiento y, por tanto, del tiempo humano; el lugar de la danza es igualmente, por las mismas razones de analogía y correspondencia, el lugar del sacrificio. Ahora bien, para los aztecas el mundo de la política no era distinto al mundo de la religión: la danza celeste que es destrucción creadora es asimismo guerra cósmica; esta serie analógica divina se proyecta en otra, terrestre: la guerra ritual (o "guerra florida") es el doble de la danza guerrera de los dioses y culmina en el sacrificio de los prisioneros de guerra. Destrucción creadora y política de dominación de los otros son la doble cara, la divina y la humana, de una misma concepción. La pirámide, tiempo petrificado, lugar del sacrificio divino, es también la imagen del Estado azteca y de su misión: asegurar la continuidad del culto solar, fuente de la vida universal, por el sacrificio de los prisioneros de guerra. El pueblo mexica se identifica con el culto solar: su dominación es semejante a la del sol que cada día nace, combate, muere y renace. La pirámide es el mundo y el mundo es México-Tenochtitlan: deificación de la nación azteca por su identificación con la imagen ancestral del cosmos, la pirámide. Para los herederos del poder azteca, la conexión entre los ritos religiosos y los actos políticos de dominación desaparece pero, como se verá en seguida, el modelo inconsciente del poder siguió siendo el mismo: la pirámide y el sacrificio.

Si México es una pirámide trunca, el valle de Anáhuac es la plataforma de esa pirámide. En el centro del valle está la ciudad de México, la antigua México-Te-

nochtitlan, sede del poder azteca y hoy capital de la República de México. Hay un hecho que posee una significación particular y en el cual, que yo sepa, nadie ha reparado: la capital ha dado su nombre al país. Es algo extraño. En casi todo el mundo —las excepciones se cuentan con los dedos— el nombre de la capital es distinto al de la nación. La razón, me parece, es la siguiente: hay una regla universal, aunque no formulada, que exige distinguir cuidadosamente entre la realidad particular de una ciudad y la realidad plural y más vasta de una nación. La distinción se vuelve imperativa si, como ocurre con frecuencia, la capital es una vieja metrópoli con una historia propia y, sobre todo, si esa historia ha sido de dominación de las otras ciudades y provincias: Roma/Italia, París/Francia, Tokio/Japón, Teheran/Irán, Londres/Inglaterra... Ni siquiera los centralistas castellanos se atrevieron a violar la regla: Madrid/España. La extrañeza del caso mexicano aumenta si se recuerda que para los pueblos que componían el mundo prehispánico el nombre de México-Tenochtitlan evocaba la idea de la dominación azteca. Mejor dicho: la realidad terrible de esa dominación. Haber llamado al país entero con el nombre de la ciudad de sus opresores es una de las claves de la historia de México, la historia no escrita y nunca dicha. La fascinación que han ejercido los aztecas ha sido tal que ni siquiera sus vencedores, los españoles, escaparon de ella: cuando Cortés decidió que la capital del nuevo reino se edificaría sobre las ruinas de México-Tenochtitlan, se convirtió en el heredero y sucesor de los aztecas. A pesar de que la conquista española destruyó el mundo indígena y construyó sobre sus restos otro distinto, entre la antigua sociedad y el nuevo orden hispánico se tendió un hilo invisible de continuidad: el hilo de la dominación. Ese hilo no se ha roto: los virreyes españoles y los presidentes mexicanos son los sucesores de los tlatoanis aztecas.

Si desde el siglo XIV hay una secreta continuidad política, ¿cómo extrañarse de que el fundamento incons-

ciente de esa continuidad sea el arquetipo religioso-político de los antiguos mexicanos: la pirámide, sus implacables jerarquías y, en lo alto, el jerarca y la plataforma del sacrificio? Al hablar del fundamento inconsciente de nuestra idea de la historia y de la política, no pienso nada más en los gobernantes sino en los gobernados. Es evidente que los virreyes españoles eran ajenos a la mitología de los mexicanos pero no lo eran sus súbditos, fuesen indios, mestizos o aun criollos; todos ellos, espontánea y naturalmente, veían en el Estado español la continuación del poder azteca. Esta identificación no era explícita y ni siquiera asumía una forma racional: era algo que estaba en el orden de las cosas. La continuidad entre el virrey y el señor azteca, entre la capital cristiana y la antigua ciudad idólatra no era, por lo demás, sino uno de los aspectos de la idea que se hacía la sociedad colonial del pasado precolombino. En el ámbito de la religión la continuidad también es visible: la aparición de la Virgen de Guadalupe sobre las ruinas de un santuario consagrado a la diosa Tonantzin es el ejemplo central, aunque no es el único, de esta relación entre los dos mundos, el indígena y el colonial. En un auto sacramental de Sor Juana, *El divino Narciso,* la antigua religión precolombina, a pesar de sus ritos sangrientos, aparece como una prefiguración de la llegada del cristianismo a tierras mexicanas.

Para los españoles, el modelo histórico eran Roma y su imperio; México-Tenochtitlan y, después, la ciudad de México no fueron sino versiones reducidas del arquetipo romano. Del mismo modo que la Roma cristiana prolongaba, rectificándola, a la Roma pagana, la nueva ciudad de México era la continuación, la rectificación y, finalmente, la afirmación de la metrópoli azteca. La Independencia no alteró radicalmente esta concepción: se consideró que la Colonia española había sido una irrupción de la historia de México y que, al liberarse de la dominación europea, la nación restablecía sus libertades y reanudaba su tradición. Desde este punto de vista

la Independencia fue una suerte de restauración. Esta ficción histórico-jurídica consagraba la legitimidad de la dominación azteca: México-Tenochtitlan era y es el origen, la fuente del poder. Desde la Independencia el proceso de identificación sentimental con el mundo prehispánico se acentúa hasta convertirse, después de la Revolución, en una de las características más notables del México moderno. Lo que no se ha dicho es que los mexicanos, en su inmensa mayoría, han hecho suyo el punto de vista azteca y así han fortificado, sin saberlo, el mito que encarnan la pirámide y su piedra de sacrificios.

A medida que progresa nuestro conocimiento del mundo mesoamericano, cambia nuestro juicio sobre los aztecas. Durante mucho tiempo se pensó que en México-Tenochtitlan había alcanzado su apogeo la civilización prehispánica. Esa fue la idea de los españoles y esa es, todavía, la de muchísimos mexicanos, sin excluir a varios historiadores, arqueólogos, críticos de arte y otros estudiosos de nuestro pasado. Pero ahora sabemos con certeza que el gran período creador de Mesoamérica es anterior en varios siglos a la llegada de los aztecas al valle de Anáhuac. Inclusive es probable que Teotihuacan no haya sido nahua, al menos exclusivamente. Así pues, aunque existe una indudable relación entre la cultura de Tula y la de Teotihuacan —la relación del bárbaro que hereda e interpreta una civilización— es un error estudiar desde la perspectiva nahua (y más desde su tardía versión azteca) la totalidad de la civilización mesoamericana, que es una realidad más rica, diversa y antigua. Sobre esto me he explicado con alguna amplitud en otro estudio*.

* "El punto de vista nahua", en "Dos apostillas". Véase el tercer tomo de *México en la obra de Octavio Paz (Los privilegios de la vista, 1. Arte antiguo y moderno)*, México, Fondo de Cultura Económica, 1987, págs. 73-98.

En cualquier caso, la fase creadora de Mesoamérica que casi todos los arqueólogos actuales, en general, llaman, no sé si muy exactamente, "período de las grandes teocracias" termina hacia el siglo IX. La extraordinaria fecundidad artística e intelectual de esa etapa se debe, a mi manera de ver, a la coexistencia en distintas zonas del país de varias culturas originales, aunque posiblemente surgidas de un tronco común: mayas, zapotecas, la gente de Teotihuacan, la gente de El Tajín. No hubo hegemonía de un Estado sobre los otros sino diversidad y confrontación, ese juego de influencias y reacciones en que consiste finalmente toda creación. Mesoamérica no era una pirámide sino una asamblea de pirámides. Por supuesto, ese período no fue una época de paz universal como han dicho con ingenuidad algunos de nuestros arqueólogos. Teocráticas o no, esas ciudades-Estados no eran pacíficas; los muros de Bonampak conmemoran una batalla con su corolario ritual, el sacrificio de los prisioneros; en Teotihuacan aparecen muchos de los símbolos que después figurarían en el culto solar azteca, así como los emblemas de las órdenes militares del águila y el jaguar y varios indicios de canibalismo ritual. Muchos estudiosos minimizan estos rasgos de la civilización mesoamericana, tendencia no menos nociva que la de aquellos que los exageran. Unos y otros olvidan que la ciencia no tiene por objeto juzgar sino comprender. Mesoamérica, además, no necesita ni apologistas ni detractores.

La segunda época, el llamado "período histórico", es la de las grandes hegemonías. Fue predominantemente nahua y se inicia con Tula y su dominación. Los toltecas llegaron hasta Yucatán y allá los mayas los vieron con la misma admiración y el mismo horror con que después verían a los aztecas. Para entender lo que significa el dominio de un pueblo sobre otro hay que haber visto esa serpiente nahua de piedra que recorre el muro frontal del templo consagrado al dios maya Chac en Uxmal: lo recorre y lo desfigura como el hierro la frente del

esclavo. A la hegemonía de Tula, tras un período de confusión y luchas, sucedió la de México-Tenochtitlan. Los nuevos señores, hasta hacía poco nómadas errantes, por muchos años habían merodeado a las puertas de las ciudades que más tarde someterían. La versión azteca de la civilización mesoamericana fue grandiosa y sombría. Los grupos militares y sacerdotales, y a su imagen y semejanza la gente del común, estaban poseídos por una creencia heroica y desmesurada: ser los instrumentos de una tarea divina que consistía en servir, mantener y extender el culto solar y así contribuir a la conservación del orden cósmico. El culto exigía alimentar a los dioses con sangre humana para asegurar la marcha del universo. Idea sublime y aterradora: la sangre como sustancia animadora del movimiento de los mundos, un movimiento análogo al de la danza y al de la guerra. Danza guerrera de los astros y los planetas, danza de la destrucción creadora. Cadena de ecuaciones y transformaciones: rito-danza-guerra-ritual-sacrificio. En esta cosmología la edad nahua y la de sus herederos, los aztecas, era la quinta edad del mundo, la del quinto sol: el sol del movimiento, el sol guerrero que bebe sangre y cada día salva al mundo de la destrucción definitiva. Sol polémico, sol del movimiento: guerras, temblores de tierra, eclipses, danza del cosmos.

Si el pueblo azteca era el pueblo del quinto sol, el fin del mundo se confundía con el de la supremacía azteca y de ahí que evitar ambos —por la guerra, el vasallaje de las otras naciones y el sacrificio— fuese al mismo tiempo una tarea divina y una empresa político-militar. La identificación de una era cósmica con su destino nacional es el aspecto más notable de la imbricación entre las ideas religiosas y filosóficas de los aztecas y sus intereses políticos. Uno de los informantes de Sahagún explicó de un modo memorable la verdadera significación religiosa de Huitzilopochtli, el dios nacional de los mexica: *el dios era nosotros.* No "el pueblo es dios" de los demócratas de Occidente sino *el dios es pueblo:* la

divinidad encarna en la sociedad y le impone tareas inhumanas, sacrificar y ser sacrificada. La "paz azteca", como llama a la hegemonía mexica uno de sus eruditos idólatras contemporáneos, convirtió en institución permanente la guerra ritual: los pueblos vasallos, como el de Tlaxcala, tenían la obligación de celebrar periódicamente batallas campales con los aztecas y sus aliados para proveerlos (y proveerse) de cautivos destinados al sacrificio. Las naciones sojuzgadas constituían una reserva de alimento sagrado. La "guerra florida" combinaba la caza con el torneo y los dos con una institución filantrópica moderna: el banco de sangre.

Los aztecas modificaron su tradición religiosa nacional para adaptarla a una cosmología anterior, creada por los toltecas o, tal vez, por los mismos teotihuacanos. El dios tribal, Huitzilopochtli, "el guerrero del Sur", ocupó el centro del culto; a su lado figuraron los otros grandes dioses de las culturas que los habían precedido en el valle de Anáhuac: Tláloc, Quetzalcóatl. Confiscaron así una visión del universo singularmente profunda y compleja para transformarla en un instrumento de dominación*. Religión solar e ideología expansionista, heroísmo sobrehumano e inhumano realismo político, locura sagrada y fría astucia, sacrificio y pillaje: entre tales extremos se movía el *ethos* azteca. Esta dualidad psíquica y moral estaba en correlación con el dualismo de su organización social y con el de su pensamiento religioso y cosmológico. Al dualismo original de los aztecas —rasgo distintivo de los nahuas y que quizá sea una característica de todos los indios americanos— se superpuso otro de orden histórico: la amalgama de las concepciones de los pueblos sedentarios de la Meseta con las de los nómadas que habían sido los aztecas. Religión solar y religión agrícola, observa Jacques Soustelle.

* Varios autores han dedicado estudios al tema; entre los más recientes y perspicaces se encuentran los de Laurette Sejourné.

En suma, al sincretismo en la religión y la cosmología corresponde, por una parte, esa duplicidad moral que he mencionado más arriba y, por la otra, un arte híbrido que va de lo sublime a lo grotesco y del estilo oficial al patético. Nuestros críticos de arte se extasían ante la estatua de Coatlicue, enorme bloque de teología petrificada. ¿La han visto? Pedantería y heroísmo, puritanismo sexual y ferocidad, cálculo y delirio: un pueblo de soldados y sacerdotes, astrólogos y sacrificadores. También de poetas: ese mundo de colores brillantes y pasiones sombrías estaba atravesado por breves, prodigiosos relámpagos de poesía. Y en todas las manifestaciones de esa nación extraordinaria y terrible, de los mitos astronómicos a las metáforas de los poetas y de los ritos diarios a las meditaciones de los sacerdotes, la obsesión, el olor, el tufo de la sangre. Como esas ruedas de suplicios que aparecen en las novelas de Sade, el año azteca era un círculo de dieciocho meses empapados de sangre; dieciocho ceremonias, dieciocho maneras de morir: por flechamiento o por inmersión en el agua o por degollación o por desollamiento... Danza y penitencia.

¿Por cuál aberración religiosa y social una ciudad de la hermosura de México-Tenochtitlan fue el teatro de agua, piedra y cielo de un alucinante ballet fúnebre? ¿Y por cuál ofuscación del espíritu nadie entre nosotros —no pienso en los nacionalistas trasnochados sino en los sabios, los historiadores, los artistas y los poetas— quiere ver y admitir que el mundo azteca es una de las aberraciones de la historia? El caso azteca es único porque su crueldad era el fruto de un sistema de impecable e implacable coherencia, un irrefutable silogismo-puñal. El puritanismo sexual, la represión de los sentidos y el peso aplastante de lo sagrado podrían explicar esa violencia pero no es ella lo que asombra y paraliza, sino los métodos realistas al servicio de una metafísica a un tiempo rigurosamente racional y delirante, la insensata siega de vidas ante una razón petrificada. No el furor homicida de Gengis Khan o de Timur ni la embriaguez en el

asesinato y el incendio de los hunos blancos; más bien, inclusive por el esplendor de su ciudad y el carácter litúrgico y grandioso de sus matanzas, los mexica recuerdan a los asirios, que fueron también herederos de una alta civilización y que mostraron igual predilección por la pirámide trunca *(zigurat)*. No obstante, los asirios no eran teólogos. En realidad, los émulos de los aztecas no están en Asia sino en Occidente, pues sólo entre nosotros la alianza entre política y razón metafísica ha sido tan íntima, exasperada y mortífera: las inquisiciones, las guerras de religión y, sobre todo, las sociedades totalitarias del siglo XX.

A reserva de ofrecer, más adelante, una hipótesis que explique la singular seducción que nos ha impedido contemplar con objetividad el mundo azteca, aclaro que no pretendo que se le juzgue y menos aun que se le condene. México-Tenochtitlan ha desaparecido y ante su cuerpo caído lo que me preocupa no es un problema de interpretación histórica sino que no podamos contemplar frente a frente al muerto: su fantasma nos habita. Por eso creo que la crítica de México y de su historia —una crítica que se asemeja a la terapéutica de los psicoanalistas— debe iniciarse por un examen de lo que significó y significa todavía la visión azteca del mundo. La imagen de México como una pirámide es un punto de vista entre otros igualmente posibles: el punto de vista de aquel que está en la plataforma que la corona. Es el punto de vista de los antiguos dioses y de sus servidores, los señores y pontífices aztecas. Asimismo, es el de sus herederos y sucesores: Virreyes, Altezas Serenísimas y Señores Presidentes. Y también el de la inmensa mayoría, las víctimas aplastadas por la pirámide o sacrificadas en su plataforma-santuario. La crítica de México comienza por la crítica de la pirámide.

El segundo período de Mesoamérica estuvo marcado por Tula y México-Tenochtitlan. Ambos estados pesaron sobre los otros pueblos como esos gigantescos guerre-

ros de piedra que los arqueólogos han desenterrado en la primera de esas ciudades. Repeticiones, ampliaciones, obras inmensas, grandeza inhumana nada comparable al gran período creador. Pero lo que me interesa destacar es la extraña relación de los aztecas con la tradición mesoamericana. Es sabido que ignoraban todo o casi todo de las grandes "teocracias" que habían precedido a Tula. Confieso que esa ignorancia me estremece: es la misma de los europeos de los siglos oscuros ante la antigüedad greco-romana, la misma que sufrirán nuestros descendientes ante París, Londres, Nueva York.

Si los aztecas tenían nociones rudimentarias y grotescas acerca de Teotihuacan y sus constructores, en cambio Tula les inspiraba ideas exaltadas. Los mexica afirmaron siempre y orgullosamente que eran los legítimos y directos herederos de los toltecas, es decir, de Tula y Culhuacan. Para entender la razón de esta pretensión hay que recordar que para la gente nahua la dicotomía universal civilizado/bárbaro se expresaba por estos dos términos: tolteca/chichimeca. Los aztecas querían negar su pasado chichimeca (bárbaro). Esta pretensión no tenía gran fundamento: antes de la fundación de México habían sido una banda de fugitivos fuera de la ley. El sentimiento de ilegitimidad, común a todos los bárbaros y advenedizos, fue una suerte de llaga en la psiquis azteca y, además, una tacha en sus títulos de dominadores del mundo por voluntad de Huitzilopochtli. En efecto, Huitzilopochtli mismo, supuesto centro de la cosmogonía del quinto sol y sustento del culto solar, no era sino un dios tribal, un advenedizo entre las antiguas divinidades de Mesoamérica. Por eso el *tlatoani* Itzcóatl, aconsejado por el célebre Tlacáelel, el arquitecto de la grandeza mexica, ordenó la quema de los códices y documentos antiguos así como la fabricación de otros destinados a probar que el pueblo azteca era el descendiente de los señores de Anáhuac. Al afirmar su filiación directa con el mundo tolteca, los aztecas afirmaban la legitimidad de su hegemonía sobre las otras naciones de

Mesoamérica. Ahora aparece con mayor claridad el sentido de la correlación entre la falsificación de la historia y el sincretismo religioso.

Las naciones sojuzgadas veían con escepticismo estas doctrinas. Los aztecas mismos, por su parte, sabían que se trataba de una superchería aunque nadie se atreviese a decírselo ni aun a sí mismo. Todo esto explica que, al recibir a Cortés, Moctezuma II lo salude como al enviado de alguien que reclama su herencia. Aclaro y subrayo: lo recibe no como al emisario del emperador Carlos sino como a un dios (o semidiós o mago-guerrero: los aztecas nunca llegaron a tener ideas definidas acerca de la naturaleza de los españoles) enviado para restablecer el orden sagrado del quinto sol, interrumpido con la caída de Tula. La llegada de los españoles coincide con un interregno en Mesoamérica: a la destrucción de Tula, la fuga de Quetzalcóatl (dios jefe-sacerdote) y su profecía de regresar algún día, había sucedido la hegemonía de México-Tenochtitlan; pero el poder azteca, por razón misma de su origen bárbaro, estaba perpetuamente amenazado por la vuelta de aquellos que realmente encarnaban el principio del quinto sol, los legendarios toltecas. Para comprender la actitud del mundo mesoamericano frente a los españoles hay que recordar que, según la leyenda, el rey-sacerdote Topiltzin-Quetzalcóatl nació el año 1 *Acatl* (caña) y que su fuga y desaparición acaecieron cincuenta y dos años más tarde, otra vez en la fecha 1 *Acatl*. La creencia general de los mexica era que Quetzalcóatl regresaría en un año 1 *Acatl*; y Cortés llegó a México en 1519, o sea precisamente en 1 *Acatl!*

Es impresionante leer la arenga con que Moctezuma II recibe a Cortés: "Señor nuestro, te has fatigado, te has dado cansancio: ya a la tierra tú has llegado. *Has arribado a tu ciudad:* México. Aquí has venido a asentarte en tu solio, en tu trono. Oh, por breve tiempo te lo reservaron, te lo conservaron, los que ya se fueron, tus sustitutos". El soberano no pone en duda los títulos sa-

grados del español; México pertenece a Cortés no por derecho de conquista sino de propiedad original: viene a recobrar su herencia. Y Moctezuma subraya que los que "ya se fueron" —es decir, sus predecesores, los antiguos soberanos de México: Itzcóatl[7], Moctezuma el Viejo, Tizoc, Axayácatl, Ahuizotl— gobernaron sólo como sustitutos o regentes. No eran, como el mismo Moctezuma, sino los guardianes, los custodios de la herencia tolteca. El Tlatoani señala, no sé si lamentando el hecho o haciéndolo valer ante Cortés, que esa regencia duró poco: "Oh, qué breve tiempo tan sólo guardaron para ti..." Es patética la insistencia de Moctezuma: "ha cinco, ha diez días que yo estaba angustiado: tenía fija la mirada en la Región del Misterio. Y tú has venido entre nubes, entre nieblas. Como que esto era lo que nos habían dejado dicho los reyes, los que rigieron, los que gobernaron tu ciudad: que habrías de instalarte en tu asiento, que habrías de venir acá"*. No puedo detenerme más en el análisis del tema. Habría que dedicar una vida entera al estudio y elucidación de la Conquista.

La actitud de Moctezuma y de la casta dirigente de México-Tenochtitlan no es tan fantástica como a primera vista parece: el regreso de Tula y Quetzalcóatl se insertaban con naturalidad dentro de una concepción circular del tiempo. La idea nos choca porque nosotros los modernos, a un tiempo fanáticos y víctimas del tiempo rectilíneo e irrepetible del progreso, no podemos aceptar con todas sus consecuencias la visión del tiempo cíclico. En el caso de los aztecas, la idea del regreso del tiempo hundía sus raíces en un sentimiento de culpabili-

* Cfr. *Visión de los vencidos (Relaciones indígenas de la Conquista)*, Introducción y notas de Miguel León Portilla; versión de textos nahuas de Ángel María Garibay K.

[7] El *tlatoani* Itzcóatl fue el cuarto señor de los antiguos mexicanos, jefe supremo del ejército azteca durante más de veinte años. Mandó destruir todos los anales y códices existentes para que desde su reinado se empezara a contar la historia de los mexicas.

dad. El tiempo del principio, al regresar, asumía la forma de una reparación. Esto no habría sido posible si los aztecas no se hubiesen sentido culpables no sólo frente al pasado mítico de Tula sino también ante los otros pueblos.

El extraño episodio de la aparición del dios Tezcatlipoca lo prueba. Como es sabido, ese dios tiene un papel decisivo en la historia de la caída de Tula. A la manera de Satán con Cristo y de Mara con Buda, Tezcatlipoca es el tentador de Quetzalcóatl, sólo que, más astuto y afortunado que aquellos, valido de sus artes de hechicería logra que el dios asceta se embriague y cometa incesto con su hermana. Así se consuma la ruina de Quetzalcóatl y de su ciudad.

Tezcatlipoca era particularmente venerado por el pueblo de los mexica. Pues bien, cuando Moctezuma II se entera de que Hernán Cortés y sus compañeros, lejos de escuchar sus ruegos o sus veladas amenazas, no se retiran por donde habían venido sino que marchan hacia México-Tenochtitlan, decide hacerles frente con un arma infalible: la hechicería. Así, destaca a un grupo de magos y hechiceros; el grupo se pone en camino pero, cuando los magos están a punto de encontrar a los españoles, tropiezan con un joven "que habla como si estuviese borracho" (¿poseído por el delirio sagrado?), los detiene y les dice: "¿Qué cosa es la que queréis? ¿Qué es lo que hacer procura Moctezuma? [...] Ha cometido errores: ha llevado allá lejos a sus vasallos, ha destruido a las personas..." Los hechiceros escuchan suspensos las palabras confusas y entrecortadas del joven "borracho". Cuando quieren tocarlo, éste desaparece. No obstante, siguen oyendo su voz: les ordena volver la mirada hacia abajo, hacia el valle donde está la ciudad: "Ardiendo estaban los templos y las casas comunales y los colegios sacerdotales y todas las casas de México. Y todo era como si hubiera batalla. Y cuando los hechiceros todo esto vieron, se les fue el corazón quién sabe adónde. Ya no hablaron claramente [...] Dijeron: No era un cualquie-

ra ése: ¡ése era el joven Tezcatlipoca!" Los magos regresan sin haber cumplido su misión y le cuentan a Moctezuma lo que habían visto y oído. El *tlatoani* al principio se quedó sin habla, tal fue su abatimiento; más tarde murmuró: "Qué remedio, mis fuertes? ¡Con esto ya se nos dio el merecido...!"*.

Para Moctezuma la llegada de los españoles significa, en cierto modo, el pago de la vieja cuenta, la antigua falta de la usurpación sacrílega. La imbricación entre lo sagrado y lo político, que había servido a los aztecas para justificar su hegemonía, jugó en su contra al aparecer los españoles: la divinidad de estos últimos tenía el mismo origen que la pretendida misión cósmica del pueblo azteca. Unos y otros eran los agentes del orden divino, los mandatarios e instrumentos del quinto sol. Lo más curioso fue que los españoles no sospecharon la complejidad de las contrarias actitudes de los indios ante ellos. Y hay otro elemento que aumentó la confusión trágica de todos estos equívocos: los pueblos indios aliados a los españoles esperaban que la caída de México-Tenochtitlan pusiese fin al interregno, la usurpación y el vasallaje. Su horrible desengaño fue, quizá, el origen de su pasividad de siglos: al convertirse en los sucesores del poder azteca, los españoles perpetuaron la usurpación.

Herederos de México-Tenochtitlan, los españoles se encargaron de trasmitir el arquetipo azteca del poder político: el tlatoani y la pirámide. Trasmisión involuntaria y, por eso mismo, incontrovertible: trasmisión inconsciente, al abrigo de toda crítica y examen racional. En el curso de nuestra historia el arquetipo azteca a veces se opone y separa y otras se funde y confunde con el arquetipo hispano-árabe: el caudillo. La oscilación entre estas dos figuras es uno de los rasgos que nos dis-

* Cfr. *Visión de los vencidos*.

tingue de España, Portugal y los demás países latinoamericanos, ya que en todos ellos reina sin rival el caudillismo*. El tlatoani es impersonal, sacerdotal e institucional; de ahí que la figura abstracta del Señor Presidente corresponda a una corporación burocrática y jerárquica como el PRI. El caudillo es personalista, épico y excepcional; de ahí también que aparezca en momentos de interrupción del orden. El tlatoani representa la continuidad impersonal de la dominación; una casta de sacerdotes y jerarcas ejerce el poder a través de una de sus momentáneas encarnaciones: el Señor Presidente es el PRI durante seis años pero al cabo de ese término surge otro presidente que es una encarnación distinta del PRI. Distinta y la misma: doble exigencia de la institución presidencialista mexicana. La concentración de poder en manos del presidente es enorme pero nunca es un poder personalista sino que es una consecuencia de su investidura impersonal. La presidencia es una función institucional; el caudillaje es una misión excepcional: el poder del caudillo es siempre personal. El caudillo no pertenece a ninguna casta ni lo elige ningún colegio sacro o profano: es una presencia inesperada que brota en los momentos de crisis y confusión, rige sobre el filo de la ola de los acontecimientos y desaparece de una manera no menos súbita que la de su aparición. El caudillo gobierna de espaldas a la ley: él hace la ley. El tlatoani, inclusive si su poder brota de la usurpación azteca o del monopolio del PRI, se ampara siempre en la legalidad: todo lo que hace, lo hace en nombre de la ley. Nuestra historia está llena de tlatoanis y caudillos: Juárez y Santa Anna, Carranza y Villa. No ha habido, es natural, ningún gobernante que haya sido absolutamente tlatoani o íntegramente caudillo, pero hay un rasgo revelador de la secreta supremacía del modelo azteca: todos los

* Estas páginas fueron escritas en 1969, muchos años antes del regreso de América Latina a la democracia.

jefes que hemos tenido, aun los más arbitrarios y caudillescos, aspiran a la categoría de tlatoani. Hay una nostalgia mexicana por la legalidad que no experimentan los otros caudillos hispanoamericanos; todos ellos —trátese de Bolívar y de Fidel Castro o de Rosas y de Perón— han creído y creen en el acto como hazaña en tanto que los mexicanos afirman el mismo acto como rito. En un caso la violencia es transgresión; en el otro, expiación.

Con la fundación del PNR se inició el ocaso del caudillismo mexicano; también desde entonces se consolidó más y más el arquetipo azteca. No podía ser de otro modo: es el modelo mismo de la estabilidad y, después de cerca de veinte años de guerra civil y de querellas violentas entre los caudillos revolucionarios, la estabilidad es el valor político más buscado y apreciado en México. Pero los partidarios de la estabilidad *à outrance* olvidan una circunstancia que trastorna todo ese edificio piramidal en apariencia tan sólido: el PRI fue concebido como una solución de excepción y transición, de modo que la continuación de su monopolio político tiene cierta analogía con la usurpación de México-Tenochtitlan y su pretensión de ser el eje del quinto sol. La traducción de los términos políticos contemporáneos en conceptos míticos prehispánicos no se detiene en la equivalencia entre la usurpación de la herencia revolucionaria por el PRI y la usurpación de la herencia tolteca por México-Tenochtitlan; el quinto sol, la era del movimiento, los temblores de tierra y el derrumbe de la gran pirámide corresponde al período histórico que vivimos ahora en todo el mundo: revueltas, rebeliones y otros trastornos sociales. Ante las agitaciones y convulsiones del quinto sol, no serán la estabilidad, la solidez y la dureza de la piedra las que nos preservarán sino la ligereza, la flexibilidad y la capacidad para cambiar. La estabilidad se resuelve en petrificación: mole pétrea de la pirámide que el sol del movimiento resquebraja y pulveriza.

La plaza de Tlatelolco está imantada por la historia. Expresión del dualismo mesoamericano, en realidad

410

Tlatelolco fue un centro gemelo de México-Tenochtitlan. Aunque nunca perdió enteramente su autonomía, después de un conato de rebelión reprimido con severidad por el tlatoani Axayácatl, vivió en estrecha dependencia del poder central. Fue sede de la casta de los mercaderes y su gran plaza albergaba, además de los templos, un célebre mercado que Bernal Díaz del Castillo y Cortés han descrito con exaltación minuciosa y encantada, como si contasen un cuento. Durante el sitio ofreció tenaz resistencia a los españoles y fue el último puesto azteca que se entregó. En la inmensa explanada de piedra, como si hiciesen una apuesta temeraria, los evangelizadores plantaron —ésa es la palabra— una iglesia minúscula. Aún está en pie. Tlatelolco es una de las raíces de México: allí los misioneros enseñaron a la nobleza indígena las letras clásicas y las españolas, la retórica, la filosofía y la teología; allí Sahagún fundó el estudio de la historia prehispánica... La Corona y la Iglesia interrumpieron brutalmente esos experimentos y todavía mexicanos y españoles pagamos las consecuencias de esta fatal interrupción: España nos aisló de nuestro pasado indio y así ella misma se aisló de nosotros. (No sé si se haya reparado en que, después del extraordinario y ejemplar esfuerzo del siglo XVI, continuado parcialmente en el XVII, la contribución de España al estudio de las civilizaciones americanas es prácticamente nula.) Tlatelolco vivió después una vida oscura: prisión militar, centro ferroviario, suburbio polvoso. Hace unos años el régimen transformó el barrio en un conjunto de grandes edificios de habitación popular y quiso rescatar la plaza venerable: descubrió parte de la pirámide y frente a ella y la minúscula iglesia construyó un rascacielos anónimo. El conjunto no es afortunado: tres desmesuras en una desolación urbana. El nombre que escogieron para la plaza fue ese lugar común de los oradores el 12 de octubre: Plaza de las Tres Culturas. Pero nadie usa el nombre oficial y todos dicen: Tlatelolco. No es accidental esta preferencia por el antiguo nombre mexica:

411

el 2 de octubre de Tlatelolco se inserta con aterradora lógica dentro de nuestra historia, la real y la simbólica.

Tlatelolco es la contrapartida, en términos de sangre y de sacrificio, de la petrificación del PRI. Ambos son proyecciones del mismo arquetipo, aunque con distintas funciones dentro de la dialéctica implacable de la pirámide. Como si los hechos contemporáneos fuesen una metáfora de ese pasado que es un presente enterrado, la relación entre la antigua Plaza de Tlatelolco y la Plaza Mayor de México-Tenochtitlan se repite ahora en la conexión entre la nueva Plaza de las Tres Culturas y el Zócalo con su Palacio Nacional. La relación entre uno y otro lugar es explícita si se atiende a la historia visible pero también resulta simbólica apenas se advierte que se trata de una relación que alude a lo que he llamado la historia invisible de México. Cierto, podemos encogernos de hombros y recusar toda interpretación que vaya más allá de lo que dicen los periódicos y las estadísticas. Sólo que reducir el significado de un hecho a la historia visible es negarse a la comprensión e, inclusive, someterse a una suerte de mutilación espiritual.

Para elucidar el verdadero carácter de la relación entre el Zócalo y Tlatelolco debemos acudir a un tercer término e interrogar a otro lugar no menos imantado de historia: el Bosque de Chapultepec. Allí el régimen ha construido un soberbio monumento: el Museo Nacional de Antropología. Si la historia visible de México es la escritura simbólica de su historia invisible y si ambas son la expresión, la reiteración y la metáfora, en diversos niveles de la realidad, de ciertos momentos reprimidos y sumergidos, es evidente que en ese Museo se encuentran los elementos, así sea en dispersión de fragmentos, que podrían servirnos para reconstruir la figura que buscamos. Pero el Museo nos ofrece algo más y más inmediato, tangible y evidente que los signos rotos y las piedras desenterradas que encierran sus salas: en el mismo y en la intención que lo anima el arquetipo al fin se desvela plenamente. En efecto, la imagen que nos

presenta del pasado mexicano no obedece tanto a las exigencias de la ciencia como a la estética del paradigma. No es un Museo sino un espejo —sólo que en esa superficie tatuada de símbolos no nos reflejamos nosotros sino que contemplamos, agigantado, el mito de México-Tenochtitlan con su Huitzilopochtli y su madre Coatlicue, su tlatoani y su Culebra Hembra, sus prisioneros de guerra y sus corazones-frutos-de-nopal. En ese espejo no nos abismamos en nuestra imagen sino que adoramos a la Imagen que nos aplasta.

Entrar en el Museo de Antropología es penetrar en una arquitectura hecha de la materia solemne del mito. Hay un inmenso patio rectangular y en el patio hay un gran parasol de piedra por el que escurren el agua y la luz con un rumor de calendarios rotos, cántaros de siglos y años que se derraman sobre la piedra gris y verde. El parasol está sostenido por una alta columna que sería prodigiosa si no estuviese recubierta por relieves con los motivos de la retórica oficial. Pero no es la estética sino la ética lo que me mueve a hablar del Museo: allí la antropología se ha puesto al servicio de una idea de la historia de México y esa idea es el cimiento, la base enterrada e inconmovible que sustenta nuestras concepciones del Estado, el poder político y el orden social. El visitante recorre encantado sala tras sala: el mundo sonriente del neolítico con sus figurillas desnudas; los "olmecas" y el cero; los mayas, mineros del tiempo y del cielo; los huastecos y sus grandes piedras en las que la escultura tiene la simplicidad de un dibujo lineal; la cultura de El Tajín: un arte que escapa a la pesadez "olmeca" y al hieratismo teotihuacano sin caer en el barroquismo maya, un prodigio de gracia felina; los toltecas y sus toneladas de escultura toda la diversidad y la complejidad de dos mil años de historia mesoamericana presentada como prólogo al acto final, la apoteosis-apocalipsis de México-Tenochtitlan. Apenas si debo señalar que, desde el punto de vista de la ciencia y la historia, la imagen que nos ofrece el Museo de Antropología de nues-

tro pasado precolombino es falsa. Los aztecas no representan en modo alguno la culminación de las diversas culturas que los precedieron. Más bien lo cierto sería lo contrario; su versión de la civilización mesoamericana la simplifica por una parte y, por la otra, la exagera: de ambas maneras la empobrece. La exaltación y glorificación de México-Tenochtitlan transforma el Museo de Antropología en un templo. El culto que se propaga entre sus muros es el mismo que inspira a los libros escolares de historia nacional y a los discursos de nuestros dirigentes: la pirámide escalonada y la plataforma del sacrificio.

¿Por qué hemos buscado entre las ruinas prehispánicas el arquetipo de México? ¿Y por qué ese arquetipo tiene que ser precisamente azteca y no maya o zapoteca o tarasco u otomí? Mi respuesta a estas preguntas no agradará a muchos: los verdaderos herederos de los asesinos del mundo prehispánico no son los españoles peninsulares sino nosotros, los mexicanos que hablamos castellano, seamos criollos, mestizos o indios. Así, el Museo expresa un sentimiento de culpa, sólo que, por una operación de transferencia y descarga estudiada y descrita muchas veces por el psicoanálisis, la culpabilidad se transfigura en glorificación de la víctima. Al mismo tiempo —y esto es lo que me parece decisivo— la exaltación final del período azteca confirma y justifica aquello que en apariencia condena el Museo: la supervivencia, la vigencia del modelo azteca de dominación en nuestra historia moderna. Ahora bien, ya he dicho que la relación entre aztecas y españoles no es únicamente una relación de oposición: el poder español sustituye al poder azteca y así lo continúa; a su vez, el México independiente, explícita e implícitamente, prolonga la tradición azteca-castellana, centralista y autoritaria. Repito: hay un puente que va del tlatoani al virrey y del virrey al presidente.

La glorificación de México-Tenochtitlan en el Museo de Antropología es una exaltación de la imagen de la

414

pirámide azteca, ahora garantizada, por decirlo así, por la ciencia. El régimen se ve, transfigurado, en el mundo azteca. Al contemplarse, se afirma. Por eso la crítica de Tlatelolco, el Zócalo y el Palacio Nacional —la crítica política, social y moral del México moderno— pasa por el Museo de Antropología y es asimismo una crítica histórica. Si la política es una dimensión de la historia, la crítica de la historia es también crítica política y moral. Al México del Zócalo, Tlatelolco y el Museo de Antropología tenemos que oponerle no otra imagen —todas las imágenes padecen la fatal tendencia a la petrificación— sino la crítica: el ácido que disuelve las imágenes. En este caso (y tal vez en todos) la crítica no es sino uno de los modos de operación de la imaginación, una de sus manifestaciones. En nuestra época la imaginación es crítica. Cierto, la crítica no es el sueño pero ella nos enseña a soñar y a distinguir entre los espectros de las pesadillas y las verdaderas visiones. La crítica es el aprendizaje de la imaginación en su segunda vuelta, la imaginación curada de fantasía y decidida a afrontar la realidad del mundo. La crítica nos dice que debemos aprender a disolver los ídolos: aprender a disolverlos dentro de nosotros mismos. Tenemos que aprender a ser aire, sueño en libertad.

Austin, octubre de 1969
(Versión abreviada por el autor)

VUELTA A *EL LABERINTO DE LA SOLEDAD:*
Conversación con Claude Fell[a]

Es bastante difícil hacerle preguntas sobre El laberinto
de la soledad, *que es una obra sumamente coherente,
marcada por un balanceo dialéctico constante, y que
sugiere al lector los calificativos de "claridad y transpa-
rencia" con los que usted define en el mismo libro la
obra de Alfonso Reyes. Sin embargo, con motivo de lo
que es algo como un aniversario, a 25 años de la pri-
mera publicación del libro, podemos tratar de hacer
un balance de los principales problemas planteados por*
El laberinto de la soledad. *Usted mismo, en 1970, des-
pués de los acontecimientos de 1968 en México y en
otras partes del mundo, sintió la necesidad de volver
sobre el libro y darle una "prolongación" titulada* Post-
data, *donde escribe:* "El laberinto de la soledad *fue un
ejercicio de la imaginación crítica: una visión y, simul-
táneamente, una revisión. Algo muy distinto a un en-
sayo sobre la filosofía de lo mexicano a una búsqueda
de nuestro pretendido ser. El mexicano no es una esen-
cia sino una historia." Mi primera pregunta será más
bien técnica: ¿cuáles son las diferencias esenciales entre
la primera edición del* Laberinto, *publicada en 1950, y
la segunda, de 1959?*

[a] Entrevista publicada en *Plural*, 50, noviembre de 1975.

Octavio Paz: Yo no creo que haya ninguna diferencia esencial entre las dos ediciones. Las correcciones más importantes tienden a poner el libro al día. Además, hay correcciones secundarias, una tentativa por darle mayor precisión, mayor concisión. Hay cosas un poco *naives* de la primera edición que traté de corregir... Pero fundamentalmente es el mismo libro.

¿Qué había cambiado en la situación interior mexicana, entre las dos versiones del libro?
Creo que cuando hice la segunda versión, ya era visible que habíamos pasado el período activo de la Revolución mexicana. Estábamos en pleno régimen institucionalista, en esta paradoja de la revolución petrificada o institucionalizada.

Y en lo que toca a la situación internacional, la oposición entre países desarrollados y países subdesarrollados ¿se había afirmado plenamente?
Fue algo que me impresionó mucho en esos años. La oposición entre los países pobres y los países ricos quiere decir, desde el punto de vista de la historia y la cultura: países centrales o imperiales y países periféricos o marginales, países sujetos y países objetos. El libro forma parte de esa tentativa de los marginales para, literalmente, recobrar la conciencia: volver a ser sujetos. Otro tema que no figuraba en la primera edición: la crítica del partido único. Es un libro escrito después de la terrible experiencia del estalinismo. Se trata, sin embargo, de un fenómeno universal —los partidos únicos aparecieron lo mismo en países fascistas (Italia y Alemania) que en países con revoluciones en el poder, como la Unión Soviética o como México. Y ahora el fenómeno, lejos de disiparse, se extiende por todo el Tercer Mundo. Un hecho concomitante ha sido la aparición de los dogmatismo ideológicos. La ortodoxia es el complemento natural de las burocracias políticas y eclesiásticas. Ante las modernas ortodoxias y sus obispos siento la misma repul-

sión que el pagano Celso frente a los cristianos primitivos y su creencia en una verdad única. Por fortuna, el partido mexicano no es un partido ideológico; como el Partido del Congreso de la India, es una coalición de intereses. Esto explica que en México no haya habido terror, en el sentido moderno de la palabra. Tampoco inquisición. Ha habido violencia estatal y violencia popular, pero nada parecido al terrorismo ideológico del nazismo y el bolchevismo.

¿Como fue acogido el libro al ser publicado?
Más bien de un modo negativo. Mucha gente se indignó; se pensó que era un libro en contra de México. Un poeta me dijo algo bastante divertido: que yo había escrito una elegante mentada de madre contra los mexicanos.

¿Cómo se situaba el libro en relación con la obra de Samuel Ramos y con la producción de lo que se podría llamar la escuela de José Gaos?
Este tipo de reflexión sobre los países es tan viejo como la cultura moderna. En Francia, en el siglo pasado, hubo algunos ensayos importantes en este aspecto. En nuestra lengua, la generación española del 98 inició el género. En la Argentina, el ensayo de Ezequiel Martínez Estrada. Cuando escribí *El laberinto de la soledad* no lo había leído; en cambio, sí había leído dos o tres ensayos breves de Borges en los que tocaba, con gracia y rigor, aspectos del carácter y del lenguaje de los argentinos. En México la reflexión sobre estos asuntos comenzó con Samuel Ramos. Las observaciones de Ramos fueron sobre todo de orden psicológico. Estaba muy influido por Adler, el psicólogo alemán, discípulo más o menos heterodoxo de Freud. El centro de su descripción era el llamado "complejo de inferioridad" y su compensación: el machismo. Su explicación no era enteramente falsa pero era limitada y terriblemente dependiente de los modelos psicológicos de Adler.

Después de Ramos, por la influencia del filósofo español Gaos, se insistió mucho en la historia de las ideas. Salieron varios libros, uno de O'Gorman sobre la historia de la idea del descubrimiento de América, otro acerca del positivismo en México. Este último me interesó particularmente, pues analizaba un período decisivo para el México contemporáneo. Cuando apareció ese libro, publiqué un artículo en *Sur* de Buenos Aires en el que hacía ciertas reservas críticas. El libro es un examen excelente de la función histórica del positivismo en México y explica cómo esta filosofía fue adoptada por las clases dominantes. Lo mismo en Europa que entre nosotros, el positivismo fue una filosofía destinada a justificar el orden social imperante. Pero —y en esto reside mi crítica— al cruzar el mar el positivismo cambió de naturaleza. Allá el orden social era el de la sociedad burguesa: democracia, libre discusión, técnica, ciencia, industria, progreso. En México, con los mismos esquemas verbales e intelectuales, en realidad fue la máscara de un orden fundado en el latifundismo. El positivismo mexicano introdujo cierto tipo de mala fe en las relaciones con las ideas. Equívoco no sólo entre la realidad social —neolatifundismo, caciquismo, peonaje, dependencia económica del imperialismo— y las ideas que pretendían justificarla sino aparición de un tipo de mala fe particular, pues se introducía en la conciencia misma de los positivistas mexicanos. Se produjo una escisión psíquica: aquellos señores que juraban por Comte y por Spencer no eran unos burgueses ilustrados y demócratas sino los ideólogos de una oligarquía de terratenientes.

Hay que mencionar, además, los trabajos de un grupo más joven, el grupo Hiperión. También eran discípulos de José Gaos y en ellos fue muy profunda la influencia de la filosofía que en aquellos años estaba en boga, el existencialismo, sobre todo en la versión francesa de Sartre y Merleau-Ponty. Uno de estos jóvenes, Luis Villoro, examinó con penetración la primera etapa de la Independencia desde la perspectiva de la historia de las

ideas; quiero decir: analizó la relación entre los caudillos revolucionarios, Hidalgo especialmente, y las ideas que profesaban. Otros hicieron brillantes análisis psicológicos, como el ensayo de Portilla sobre el relajo. En general, esos muchachos trataron de hacer una "filosofía del mexicano" o de "lo mexicano". Incluso uno de ellos —una inteligencia excepcional: Emilio Uranga— habló de "ontología del mexicano". En cuanto a mí: yo no quise hacer ni ontología ni filosofía del mexicano. Mi libro es un libro de crítica social, política y psicológica. Es un libro dentro de la tradición francesa del "moralismo". Es una descripción de ciertas actitudes, por una parte y, por la otra, un ensayo de interpretación histórica. Por eso no tiene que ver, a mi juicio, con el examen de Ramos. Él se detiene en la psicología; en mi caso, la psicología no es sino un camino para llegar a la crítica moral e histórica.

Y en el Laberinto, *usted dice que la tipología tal como la establece Ramos tendría que ser superada por el psicoanálisis.*

Sí. Una de las ideas ejes del libro es que hay un México enterrado pero vivo. Mejor dicho: hay en los mexicanos, hombres y mujeres, un universo de imágenes, deseos e impulsos sepultados. Intenté una descripción —claro que fue insuficiente: apenas una ojeada— del mundo de represiones, inhibiciones, recuerdos, apetitos y sueños que ha sido y es México. El estudio de Freud sobre el monoteísmo judaico me impresionó mucho. Hablé antes de moral; ahora debo agregar otra palabra: terapéutica. La crítica moral es autorrevelación de lo que escondemos y, como lo enseña Freud, curación... relativa. En este sentido mi libro quiso ser un ensayo de crítica moral: descripción de una realidad escondida y que hace daño. La palabra crítica, en la edad actual, es inseparable del marxismo y yo sufrí la influencia del marxismo. Por esos años leí los estudios de Caillois y, un poco más tarde, los de Bataille y del maestro de ambos, Mauss, so-

bre la fiesta, el sacrificio, el don, el tiempo sagrado y el tiempo profano. Encontré inmediatamente ciertas analogías entre aquellas descripciones y mis experiencias cotidianas como mexicano. También me enseñaron mucho los filósofos alemanes que unos pocos años antes había dado a conocer en nuestra lengua Ortega y Gasset: la fenomenología, la filosofía de la cultura y la obra de historiadores y ensayistas como Dilthey y Simmel...

Ya en esa época pensaba lo que pienso ahora: la historia es conocimiento que se sitúa entre la ciencia propiamente dicha y la poesía. El saber histórico no es cuantitativo ni el historiador puede descubrir leyes históricas. El historiador describe como el hombre de ciencia y tiene visiones como el poeta. Por eso Marx es un gran historiador (esa fue su verdadera vocación). También lo es Maquiavelo. La historia nos da una comprensión del pasado y, a veces, del presente. Más que un saber es una sabiduría.

En fin, mi tentativa fue ver el carácter mexicano a través de la historia de México.

Con esto llegamos a una clave de El laberinto de la soledad, *es decir, la concepción de la historia que se desprende del libro. Es un libro anti-anecdótico. Usted rehúsa toda historia* événementielle, *todo determinismo histórico, y trata de determinar lo que ciertos historiadores franceses actuales llaman "intra-historia". Para confirmar esta orientación, se puede citar una de las primeras frases de* Postdata: *"El mexicano no está en la historia, es la historia." ¿Puede usted explicarlo?*

El español tiene una ventaja un poco desleal sobre el francés: tenemos estar y ser. "Estar en la historia" significa estar rodeado por las circunstancias históricas; "ser la historia" significa que uno mismo es las circunstancias históricas, que uno mismo es cambiante. Es decir, que el hombre no solamente es un objeto o un sujeto ante la historia, sino que él mismo es la historia, él es los cambios. Uno de los llamados factores históricos que operan

sobre él es... él mismo. Hay una continua interacción. A mí me parece que la expresión "intra-historia" —¿no fueron los españoles los primeros en usarla: Unamuno o Américo Castro?— es más adecuada que otra expresión que ustedes emplean, "historia de las mentalidades". Porque las mentalidades, al menos para una persona de lengua española, son algo externo: tienen que ver con la mente y con las ideas. Yo creo que la historia auténtica de una sociedad tiene que ver no sólo con las ideas explícitas sino sobre todo con las creencias implícitas. Ortega y Gasset distinguía, me parece que con bastante razón, dos dominios: el de las ideas y el de las creencias. Las creencias viven en capas más profundas del alma y por eso cambian mucho menos que las ideas. Por ejemplo, todos sabemos que la Edad Media fue tomista, el siglo XVII cartesiano y que ahora mucha gente es marxista. Sin embargo, en Londres, en Moscú y en París, la gente sigue leyendo tratados de astrología que tienen sus orígenes en Babilonia, o acuden a prácticas mágicas del neolítico. Lo que me interesó en el caso de México fue rastrear ciertas creencias enterradas.

Todo esto nos lleva a otra noción esencial, la del mito. ¿Puede concebirse El laberinto de la soledad *como un* décryptage *de los mitos mexicanos?*
Sí, esa fue mi intención. En esto hay que recordar lo que Lévi-Strauss ha dicho: todo desciframiento de un mito es otro mito. Los cuatro volúmenes de *Le cru et le cuit* son un tratado de mitología sudamericana y, también, son otro mito. Un mito en otro lenguaje. Yo creo que *El laberinto de la soledad* fue una tentativa por describir y comprender ciertos mitos; al mismo tiempo, en la medida en que es una obra de literatura, se ha convertido a su vez en otro mito.

En un artículo de la revista Esprit, *Lévi-Strauss escribía que ocurría que un mito "s'extenue sans pour autant disparaître. Deux voies restent encore libres; celle de*

*l'élaboration romanesque et celle du remploi aux fins
de legitimation historique*"[a]. *¿Cree usted, como Lévi-
Strauss, que los mitos degeneran y mueren? ¿No se han
convertido los mitos mexicanos en partes de programas
políticos o en obras intelectuales?*

Creo que los mitos, como todo lo que está vivo, nacen,
degeneran, mueren. También creo que los mitos resuci-
tan. Pero hay algo en lo que no estoy de acuerdo con
Lévi-Strauss. Me extiendo sobre esta divergencia en el
ensayo que escribí sobre él. Para Lévi-Strauss hay una
diferencia esencial entre la poesía y el mito: el mito se
puede traducir y la poesía es intraducible. Creo lo con-
trario: creo que el mito y la poesía son traducibles, pero
que la traducción implica transmutación o resurrección.
Un poema de Baudelaire traducido al español es otro
poema y es el mismo poema. Ocurre lo mismo con los
mitos: las antiguas diosas precolombinas renacen en la
Virgen de Guadalupe, que es su traducción al cristianis-
mo de Nueva España. Los criollos traducen la Virgen de
Guadalupe —virgen española— al contexto mexicano.
Doble traducción de mitología hispánica e india. La
Virgen de Guadalupe es uno de los pocos mitos vivos
de México. Asistimos todos los días a su resurrección en
la sensibilidad popular. El caso de Quetzalcóatl —tam-
bién examinado por su compatriota Jacques Lafaye— es
muy distinto. Ahí sí, como piensa Lévi-Strauss, el mito se
ha transformado en política y literatura. El mito literario
de Quetzalcóatl —la novela, el poema, el teatro— ha
sido más bien desafortunado. Lo mejor fue *La serpiente
emplumada* de Lawrence, un libro desigual, brillante y
deshilvanado. Como mito político, Quetzalcóatl ha teni-
do más suerte: muchos de nuestros héroes no son, para
la imaginación popular, sino traducciones de Quetzal-
cóatl. Traducciones inconscientes. Es significativo por-

[a] En francés en el texto: "se extenúa sin por eso desaparecer. Dos
caminos quedan abiertos: el de la elaboración novelesca y el de la ree-
laboración con fines de legitimación histórica".

que el tema del mito de Quetzalcóatl —y el de todos sus sucesores, de Hidalgo a Carranza— es el de la legitimación del poder. Fue la obsesión azteca, fue la de los criollos novohispanos y es la del PRI.

En el fondo de la psiquis mexicana hay realidades recubiertas por la historia y por la vida moderna. Realidades ocultas pero presentes. Un ejemplo es nuestra imagen de la autoridad política. Es evidente que en ella hay elementos precolombinos y también restos de creencias hispánicas, mediterráneas y musulmanas. Detrás del respeto al Señor Presidente está la imagen tradicional del Padre. La familia es una realidad muy poderosa. Es el hogar en el sentido original de la palabra: centro y reunión de los vivos y los muertos, a un tiempo altar, cama donde se hace el amor, fogón donde se cocina, ceniza que entierra a los antepasados. La familia mexicana ha atravesado casi indemne varios siglos de calamidades y sólo hasta ahora comienza a desintegrarse en las ciudades. La familia ha dado a los mexicanos sus creencias, valores y conceptos sobre la vida y la muerte, lo bueno y lo malo, lo masculino y lo femenino, lo bonito y lo feo, lo que se debe hacer y lo indebido. En el centro de la familia: el padre. La figura del padre se bifurca en la dualidad de patriarca y de *macho*. El patriarca protege, es bueno, poderoso, sabio. El macho es el hombre terrible, el chingón, el padre que se ha ido, que ha abandonado mujer e hijos. La imagen de la autoridad mexicana se inspira en estos dos extremos: el Señor Presidente y el Caudillo.

La imagen del Caudillo no es mexicana únicamente sino española e hispanoamericana. Tal vez es de origen árabe. El mundo islámico se ha caracterizado por su incapacidad para crear sistemas estables de gobierno, es decir, no ha instituido una legitimidad suprapersonal. El remedio contra la inestabilidad han sido y son los jefes, los caudillos. En América Latina, continente inestable, los caudillos nacen con la Independencia; en nuestros días se llaman Perón, Castro y, en México, Díaz, Carran-

za, Obregón, Calles. El caudillo es heroico, épico: es el hombre que está más alla de la ley, que crea la ley. El Presidente es el hombre de la ley: su poder es instituclonal. Los presidentes mexicanos son dictadores constitucionales, no caudillos. Tienen poder mientras son presidentes; y su poder es casi absoluto, casi sagrado. Pero deben su poder a la investidura. En el caso de los caudillos hispanoamericanos, el poder no les viene de la investidura sino que ellos le dan a la investidura el poder.

El principio de rotación, que es una de las características del sistema mexicano, no existe en los regímenes caudillescos de América Latina. Aquí aparece, al lado del tema del padre terrible, otra vez el tema de la legitimidad. El misterio o enigma del origen. Algo particularmente grave para la América Latina, desde la Independencia. El caudillismo, que ha sido y es el verdadero sistema de gobierno latinoamericano, no ha logrado resolverlo; por eso tampoco ha podido resolver el de la sucesión. En el régimen caudillesco la sucesión se realiza por el golpe de Estado o por la muerte del caudillo. El caudillismo, concebido como el remedio heroico contra la inestabilidad, es el gran productor de inestabilidad en el continente. La inestabilidad es consecuencia de la ilegitimidad. Después de cerca de dos siglos de independencia de la monarquía española, nuestros pueblos no han encontrado todavía una forma de legitimidad. En este sentido el compromiso mexicano —la combinación de presidencialismo y dominación burocrática de un partido único— fue una solución. Cada vez la es menos.

Podemos ahora detenernos en el proceso histórico analizado en El laberinto de la soledad. *En su presentación de la Revolución mexicana de 1910, usted privilegia el zapatismo, lo que en la época en que fue escrito el libro era algo nuevo y excepcional, en la medida en que casi no se hablaba de Emiliano Zapata. Cuando aparecía en los periódicos o en unos escritos se le presentaba invariablemente como el "Atila del Sur", como un bandi-*

do sanguinario, etc. ¿Cómo se explica el relieve que tie-
ne el zapatismo en su libro?

Hay dos razones. La primera es de tipo anecdótico, y es que mi padre, aunque originario de una familia burgesa, fue amigo y compañero del gran revolucionario Antonio Díaz Soto y Gama, uno de los fundadores de la Casa del Obrero Mundial. Mi padre formaba parte de un grupo de jóvenes más o menos influidos por el anarquismo de Soto y Gama. Estos jóvenes querían irse al norte, en la época de la dictadura de Victoriano Huerta, donde estaban los ejércitos más disciplinados y los que realmente, desde el punto de vista militar, le dieron el triunfo a la Revolución. En el norte dominaban los rancheros y la clase media; en el sur, los campesinos sin tierra, bandas que la prensa llamaba "bárbaros", hunos, etc. Sucedió que esos jóvenes no pudieron unirse a las fuerzas norte-ñas y se fueron al sur, donde conocieron a Zapata y fue-ron conquistados por el zapatismo. Mi padre pensó des-de entonces que el zapatismo era la verdad de México. Creo que tenía razón. Más tarde, la amistad con Soto y Gama y otros que habían combatido en el sur con los ejércitos campesinos consolidó mis creencias y senti-mientos. El sur era y es acentuadamente indio; allá la cultura tradicional está todavía viva. Cuando yo era niño visitaban mi casa muchos viejos líderes zapatistas y tam-bién muchos campesinos a los que mi padre, como abo-gado, defendía en sus pleitos y demandas de tierras. Recuerdo a unos ejidatarios que reclamaban unas lagu-nas que antaño estaban por el rumbo de la carretera de Puebla: los días del santo de mi padre comíamos un pla-to precolombino extraordinario, guisado por aquellos campesinos: "pato enlodado" de la laguna, rociado con pulque curado de tuna... La idea que la propaganda ofi-cial ha dado del zapatismo es bastante falsa y conven-cional. Como traté de explicar en *El laberinto de la sole-dad,* lo que distinguía al zapatismo de las otras faccio-nes fue su tentativa por regresar a los orígenes. En todas las revoluciones hay ese impulso de regreso a un pasa-

do que se confunde con los orígenes de la sociedad. Un pasado en el que reinaban la justicia y la armonía, violado por los poderosos y los violentos. Las revoluciones son las encarnaciones modernas del mito de regreso a la edad de oro. De ahí su inmenso poder de contagio. En el zapatismo este anhelo se expresó como una vuelta a la propiedad comunal de la tierra, al ejido. Esa forma de propiedad había existido realmente en la época precolombina y, lo que es más notable, había sido reconocida por la monarquía española. Bien que penosa y difícilmente, el ejido coexistió con la gran hacienda colonial y con los enormes latifundios de la Iglesia. La primera demanda de los zapatistas fue la devolución de la tierra y la segunda, que era subsidiaria, la repartición. La devolución: la vuelta al origen.

La paradoja del zapatismo consiste en que fue un movimiento profundamente tradicionalista; y en ese tradicionalismo reside, precisamente, su pujanza revolucionaria. Mejor dicho: por ser tradicionalista, el zapatismo fue radicalmente subversivo. Ese elemento a un tiempo tradicional y revolucionario fue el que, desde el principio, me apasionó. El zapatismo significa la revelación, el salir a flote, de ciertas realidades escondidas y reprimidas. Es la revolución no como ideología sino como un movimiento instintivo, un estallido que es la revelación de una realidad anterior a las jerarquías, las clases, la propiedad.

Precisamente, usted insiste mucho en que la Revolución mexicana no tuvo bases ideológicas.
Esta es la gran diferencia con movimientos como el liberalismo del siglo pasado. Llamar revolución a los cambios y trastornos que se iniciaron hacia 1910 es, quizá, ceder a una facilidad lingüística. Años más tarde, al repensar el tema de los grandes trastornos y conmociones del siglo XX, he llegado a la conclusión de que hay que distinguir entre revolución, revuelta y rebelión. He dedicado a esto algunas páginas de *Corriente alterna,*

Conjunciones y disyunciones y Postdata. Las revoluciones, hijas del concepto de tiempo lineal y progresivo, significan el cambio violento y definitivo de un sistema por otro. Las revoluciones son la consecuencia del desarrollo, como no se cansaron de decirlo Marx y Engels. Las rebeliones son actos de grupos e individuos marginales: el rebelde no quiere cambiar el orden, como el revolucionario, sino destronar al tirano. Las revueltas son hijas del tiempo cíclico: son levantamientos populares contra un sistema reputado injusto y que se proponen restaurar el tiempo original, el momento inaugural del pacto entre los iguales.

En los trastornos de México, entre 1910 y 1929, debemos distinguir varios fenómenos. Primero, una revolución de la burguesía y de la clase media para modernizar al país; es la que ha triunfado y a ella se deben muchas de las cosas buenas y muchas de las malas que hoy existen —por ejemplo, este horror que es la ciudad de México. Frente a esta revolución progresista y que continúa al liberalismo y al porfirismo, está su negación, la revuelta de los campesinos mexicanos en el Sur. Esta revuelta fue vencida militarmente y su jefe, Zapata, asesinado. Después, ideológicamente, fue expropiada y desfigurada por los vencedores. La facción triunfante concibió al ejido en términos predominantemente económicos. Ahora bien, como sistema de producción el ejido es inferior a la agricultura capitalista. Pero el ejido no sirve para producir más sino para vivir mejor —para vivir de una manera diferente, más justa, armoniosa y libre que la actual. Su función consiste en ser la base económica de un tipo de sociedad que está igualmente lejos del modelo capitalista y del modelo que, sin mucha exactitud, se llama socialista.

El movimiento zapatista fue una verdadera revuelta, un volver al revés las cosas, un regreso al principio. Su fundamento era histórico porque los campesinos querían volver a la propiedad comunal de la tierra; al mismo tiempo, estaban inspirados por un mito: la edad de oro

del comienzo. La revuelta tenía una intensa coloración utópica: querían crear una comunidad en la cual las jerarquías no fuesen de orden económico sino tradicional y espiritual. Una sociedad hecha a imagen y semejanza de las aldeas del neolítico: económicamente autosuficientes, igualitarias —salvo por las jerarquías "naturales": padres e hijos, hombres y mujeres, viejos y jóvenes, casados y solteros, etc.— y en las cuales se reducía al mínimo la autoridad política y la religiosa, es decir, se eliminaba a las dos burocracias: la estatal y la eclesiástica. Un hecho significativo: los zapatistas llevaban estandartes e insignias de la Virgen de Guadalupe; eran religiosos pero no clericales. Tampoco eran nacionalistas: la realidad que conocían y defendían era el pueblo, la pequeña comunidad de agricultores y artesanos, no las abstracciones crueles que son la Nación y el Estado. Si hubiera podido, Zapata habría quemado la silla presidencial. Soto y Gama, en su famoso discurso en la Convención, estrujó la bandera nacional y la llamó: *este trapo.*

Este concepto de utopía vuelve a aparecer periódicamente en la historia mexicana: en tiempos de la Conquista, con los misioneros; en el siglo XIX, con el liberalismo; y a principios del siglo XX con el zapatismo.
Sí, este concepto utópico, comunitario, lo encuentro en los misioneros y también en el zapatismo. No lo encuentro en el liberalismo, que es utopismo en el sentido racionalista de la palabra. La mayor parte de las revoluciones del siglo XX han sido como la revolución liberal mexicana del siglo XIX: tentativas por imponer esquemas geométricos sobre realidades vivas. Han engendrado monstruos. En México, la facción vencedora en las luchas revolucionarias continúa el proceso de "modernización" iniciado en el siglo XIX. Entre Juárez y Carranza hay una conexión muy clara; no la hay entre Juárez y Zapata. Cegado por su odio a Juárez, no se dio cuenta Vasconcelos de que Zapata era el anti-Juárez, la nega-

ción de todo jacobinismo y de todo progresismo. Creo que uno de los grandes méritos de Jean Meyer es haber visto esto con mucha claridad, en su excelente libro *La Révolution Mexicaine*. El libro de John Womack también arroja luz sobre el verdadero zapatismo. ¡Un yanqui y un francés!. ... Pero vuelvo a lo que decíamos: por más contradictorias que nos parezcan sus figuras y sus ideas, hay una continuidad entre Lorenzo de Zavala, Mora, Gómez Farías, Juárez, Ocampo, Porfirio Díaz, Justo Sierra, Limantour, Carranza, Calles, Bassols, Lombardo Toledano, etcétera. Esta continuidad es el "progresismo", la tentativa por "modernizar" a México. Todos esos proyectos tienen en común el querer borrar, por decirlo así, la mancha, el pecado original de México: el haber nacido frente y contra el mundo moderno. Zapata es la negación de todo eso. Zapata está más allá de la controversia entre los liberales y los conservadores, los marxistas y los neocapitalistas: Zapata está antes —y tal vez, si México no se extingue, estará después.

Una última pregunta sobre este período revolucionario. A propósito del cardenismo su posición aparece por lo menos muy matizada.

Yo fui testigo del cardenismo, lo viví; mientras el zapatismo lo leí, lo estudié, lo respiré, lo mamé, pero no lo viví. Creo que la política del general Cárdenas en muchos aspectos fue admirable. Por ejemplo, en el campo de la política internacional, en su actitud contra el fascismo, Hitler, Mussolini, la invasión de Etiopía, España. Todo eso fue irreprochable. No olvidemos tampoco algo que a mí me conmueve mucho: fue el único jefe de Estado que dio asilo a León Trotsky. Cárdenas fue el hombre que abrió las puertas a los refugiados españoles, primero, y luego a los europeos. La acción internacional de Cárdenas fue posible no sólo porque existían las condiciones internas para realizarla —es decir, porque correspondía a una realidad nacional y expresaba las necesidades y las aspiraciones de México en ese

momento— sino también porque la coyuntura internacional era favorable. El mundo todavía no se petrificaba en dos bloques y las rivalidades de las grandes potencias daban cierta latitud de maniobra a las naciones medianas y aun las pequeñas. Después de la segunda Guerra Mundial hemos asistido a la congelación progresiva de la vida internacional, a pesar de los esfuerzos anti-hegemónicos de un De Gaulle y, ahora, de China. El ejemplo de Cuba muestra que es casi imposible librarse de las garras de una de las superpotencias sin caer en las redes de la otra. Pero las cosas empiezan a cambiar de nuevo y ya comienza a ser posible, dentro de ciertos límites, una política internacional independiente. Naturalmente, habrá que definir esa política. No se trata de regresar a la de Cárdenas: sería un anacronismo. En política internacional, como en todo, hay que huir de la gran tentación latinoamericana: los gestos no sustituyen a los actos.

La presencia de los intelectuales europeos, sobre todo la de los españoles, en el México de la década de la guerra, fue muy benéfica. A ellos les debemos, en buena parte, la renovación de la cultura mexicana. Pero la política de Cárdenas en materia cultural padeció de graves limitaciones. No tuvo ninguna simpatía por la Universidad ni por los aspectos superiores de la cultura, quiero decir, por la ciencia y el saber desinteresados y por el arte y la literatura libres. Sus gustos artísticos —o los de sus colaboradores cercanos— tendían al didactismo seudorrevolucionario y al nacionalismo. Esa ha sido, por lo demás, en materia de arte y literatura, la política de nuestros Gobiernos, con excepciones contadas como la de Vasconcelos. El arte público de México es un arte estatal, hinchado como un atleta de circo. Su único gran rival es el arte soviético. Nuestra especialidad es la glorificación de las figuras oficiales —sobre todo ex funcionarios de los gobiernos recientes— pintadas o esculpidas con el conocido método de la amplificación. Producción en serie de gigantes de cemento. Una vege-

tación de pesados monolitos cívicos aplasta nuestros parques y plazas. Pero Cárdenas no tuvo mucha culpa en esto; el horror empezó antes y se multiplicó bajo sus sucesores. En cambio, sí permitió que se echase del Gobierno y que se injuriase a los poetas y escritores del grupo *Contemporáneos* —lo mejor de la literatura mexicana en aquellos días— bajo la odiosa acusación de ser homosexuales y reaccionarios. Lo más extravagante del período cardenista fue lo de la educación socialista en un país que no era socialista. Era otra vez la enajenación ideológica.

En los aspectos económicos y sociales la obra de Cárdenas fue importante y, en general, positiva. La nacionalización del petróleo fue un gran paso, aunque no haya dado los frutos que se esperaban. (Este es un asunto sobre el que ya es tiempo que se haga una investigación.) También fue ejemplar su política agraria y obrera. Pero ni Cárdenas ni sus sucesores sospecharon lo que nos tenía reservado el porvenir y no supieron prever las desastrosas consecuencias del irreflexivo culto al desarrollo y a la industrialización *à outrance*. La política conservadora de sus sucesores —la miope adopción del modelo de desarrollo a la norteamericana— no hizo sino precipitar lo que ya está a la vista: el fracaso. El camino escogido para resolver los viejos problemas de México no fue un camino sino un muro ante el que nos hemos estrellado. Empeñados en la "modernización" del país, a ninguno de nuestros gobernantes —todos ellos rodeados de consejeros, "expertos" e ideólogos— se dio cuenta a tiempo de los peligros del excesivo e incontrolado crecimiento de la población. El "otro" México, el no desarrollado, crece más rápidamente que el desarrollado y terminará por ahogarlo. Tampoco tomaron las medidas contra la centralización demográfica, política, económica y cultural, que ha convertido a la ciudad de México en una monstruosa, hinchada cabeza que aplasta el endeble cuerpo que la sostiene. A pesar de que bastaba con asomarse a la frontera para enterarse de

que en las grandes ciudades norteamericanas el aire era ya irrespirable —para no hablar de los otros horrores físicos y morales de las sociedades industriales— no hicieron nada contra la contaminación atmosférica. Tampoco previeron el gigantesco fracaso de los planes educativos y el desplome de la educación superior... ¿Sigo? En cuanto a la política propiamente dicha: bajo Cárdenas se gozó de gran libertad de expresión. Mérito inmenso. Otro no menos grande: Cárdenas fue el primer Presidente que dejó voluntariamente el poder y que no quiso gobernar detrás del trono, como Calles. El estilo de gobernar de Cárdenas fue también admirable. Para los presidentes de México es muy grande la tentación de convertirse en ídolos; Cárdenas la resistió. Mientras estuvo en el poder, tuvimos la sensación, extraña entre todas, de que nos gobernaba un hombre, un ser como nosotros. Sin embargo, el cardenismo no intentó la experiencia democrática sino que fortaleció al partido único. El general Cárdenas siguió a los antiguos jefes revolucionarios que habían fundado el Partido Nacional Revolucionario, transformado por él en Partido de la Revolución Mexicana y que se llama ahora Partido Revolucionario Institucional. En esos tres nombres se concentra la historia de la burocracia política que domina al país desde hace medio siglo.

Nadie puede entender a México si omite al PRI. Las descripciones marxistas son insuficientes. Imbricado en las estructuras del Estado, como una casta política con características propias, gran canal de la movilidad social, ya que abarca del municipio de la aldea a las esferas más altas de la política nacional, el partido único es un fenómeno que no aparece en el resto de América Latina (salvo en Cuba, recientemente y con rasgos muy distintos). Por cierto, en México el poder es más codiciado que la riqueza. Si es usted millonario, le será muy difícil —casi imposible— pasar de los negocios a la política. En cambio, puede usted pasar de la política a los negocios. El enorme prestigio del poder frente al dinero

es un rasgo antimoderno de México. Otro ejemplo de cómo los modos de pensar y sentir premodernos, precapitalistas, aparecen en nuestra vida diaria...

Volviendo a las evocaciones históricas de El laberinto de la soledad *tenemos que detenernos en el período colonial. Por una especie de balance dialéctico, usted escribe que la religión católica sirvió de "refugio" a las poblaciones indias. Y algunas líneas después añade que en realidad se trataba de una religión "petrificada". ¿Cómo conciliar estos dos aspectos?*

Hay que partir de un hecho: el sincretismo. Cuando los españoles llegaron a México, se encontraron con la sociedad azteca. En el templo mayor de México se levantaba la imagen de Huitzilopochtli, que era el dios tribal azteca, y la imagen de Tláloc, el dios de la lluvia. Este dios no era azteca, era un dios anterior. El primero que describió —con penetración— el sincretismo del Estado azteca fue Jacques Soustelle en *La pensée cosmologique des anciens mexicains.* La versión de la civilización occidental que llegó a México también era sincretista. Por un lado, el sincretismo católico, que había asimilado la antigüedad grecolatina y los dioses de los orientales y de los bárbaros; por el otro, el sincretismo español. Los siglos de lucha con el Islam habían permeado la conciencia religiosa de los españoles: la noción de cruzada y de guerra santa es cristiana pero también es profundamente musulmana. Hay que comparar la actitud de los españoles con la de los ingleses, los holandeses y los franceses: ninguno de ellos tiene esa idea española de "misión", cuyas raíces son medievales y musulmanas. Bernal Díaz del Castillo, al ver los templos de Tenochtitlán, habla de "mezquitas". Para él, como para Cortés, los indios eran "los otros" y los otros eran, por antonomasia, los musulmanes.

Los españoles derriban las estatuas de los dioses, destruyen los templos, queman los códices y aniquilan a la casta sacerdotal. Es como si hubiesen quitado los

ojos, los oídos, el alma y la memoria al pueblo indígena. Al mismo tiempo, el catolicismo les da una visión del mundo y del trasmundo; les da un estatuto y les ofrece un cielo; los bautiza, es decir, les abre las puertas de un orden distinto. El catolicismo fue un refugio porque era una religión sincretista: al bautizar a los indios, bautizó a sus creencias y dioses. Pero el catolicismo, además, era una religión a la defensiva. El catolicismo que vino a México era el de la Contrarreforma. En la Universidad de México, la más antigua de América, se enseñaba el neotomismo; es decir, la cultura mexicana nace con la filosofía que en ese momento el Occidente abandonaba. El sentido de la oposición del México tradicional frente al mundo moderno, y sobre todo frente a los Estados Unidos, no podrá entenderse si se olvida que México nació en la Contrarreforma. Es una diferencia esencial: ellos nacieron con la Reforma; nosotros con la Contrarreforma. En ese sentido hablo de una religión "petrificada".

No cree usted que a lo largo de los años el catolicismo cambió de forma, como por ejemplo lo apunta Mariano Picón-Salas en su ensayo De la Conquista a la Independencia, *cuando sostiene que el catolicismo fue en los primeros tiempos esencialmente militante, misionero, itinerante, abierto, para luego encerrarse en las ciudades, bajo la influencia de los jesuitas?*

El catolicismo cambió pero no en el sentido que dice Picón-Salas. Los jesuitas no tenían por qué ir al campo: ya estaba convertido. Pero la conversión de California fue en gran parte obra de los jesuitas. También fue obra suya la evangelización de los nómadas en el norte de México y en el sur de los Estados Unidos. Según Robert Ricard, la política de los franciscanos y de los primeros misioneros —influidos por el milenarismo de Joaquín de Flora— fue la de tabla rasa de las creencias indígenas. Los sucedieron los jesuitas, la orden religiosa más rica, poderosa e influyente de Nueva España en los si-

glos XVII y XVIII. Ellos fueron los principales autores de la "traducción" al cristianismo de los mitos indígenas. Fueron guadalupanos fervientes y los que trataron de justificar la fantástica hipótesis de que Quetzalcóatl era el apóstol Santo Tomás. Ese fue el cambio decisivo de la Iglesia: los jesuitas mexicanizaron al catolicismo mientras que los franciscanos querían cristianizar a los indios. Digo todo esto a pesar de que no tengo gran simpatía por la Compañía de Jesús. Los jesuitas son los bolcheviques del catolicismo.

Claro, pero por otra parte poco a poco la Iglesia viene a ser el terrateniente más importante de México y el catolicismo extiende sobre el país, por lo menos al nivel del indio y del peón, una estructura opresiva.
Sí, pero llamar terrateniente a la Iglesia tal vez sea demasiado simplista. Hay que hacer, por lo menos, dos distinciones. En primer término, habría que hablar en plural y decir *las propiedades eclesiásticas;* eran muchas: las de la Iglesia secular, las de las órdenes religiosas, las de los conventos, etc. En segundo lugar, esas propiedades no eran bienes individuales sino que pertenecían a distintas colectividades. En este sentido, se parecían más bien a la propiedad comunal de los pueblos. Así lo vieron Juárez y los liberales, que decretaron al mismo tiempo la desaparición de ambas modalidades. El latifundismo del régimen porfirista fue una consecuencia de la reforma liberal. La propiedad eclesiástica, si usted quiere. también podría parecerse a la de las modernas compañías y consorcios por acciones. En esas compañías no es tanto la voluntad de los accionistas individuales lo que cuenta como la de la burocracia técnica que las rige. Algo semejante ocurría con las propiedades de los conventos, las órdenes y los obispados. Pero sería una exageración comparar a las empresas capitalistas modernas con la Iglesia de Nueva España. Después de todo, el ánimo ostensible de estas corporaciones es el lucro mientras que ni el más primario anticlericalismo puede reducir la

función de la Iglesia en esos siglos a la mera ganancia. Hay que examinar de nuevo la naturaleza social e histórica de Nueva España. Es una de las omisiones de *El laberinto de la soledad* y me gustaría escribir sobr esto. Insinué algo en el prólogo al libro de Lafaye sobre Guadalupe y Quetzalcóatl. Lafaye parte de la idea de que la historia de México es una desde el mundo precolombino hasta nuestros días; yo creo que no, que hay una ruptura y varias interrupciones. En realidad, estamos ante tres sociedades distintas. La primera es la precolombina, a su vez dividida en el período, el más alto de esa civilización, llamado de las grandes teocracias (Teotihuacan, Palenque, Monte Albán, etc.) y después el período de las ciudades-Estados militaristas, que empieza en Tula y tiene su apogeo en Tenochtitlan. Aquí se sitúa el gran corte de la Conquista. Esa es la línea de separación. En el siglo XVII surge la nueva sociedad: la sociedad criolla, dependiente de España pero cada vez más autónoma. Nueva España es creadora original en la arquitectura, en el arte de gobernar, en la poesía, en el urbanismo, en la cocina, en las creencias. A fines del siglo XVII nace un proyecto nacional, el primero de México: hacer de la Nueva España una España otra, el Imperio de la América Septentrional. Es un reflejo doble de Roma y de México-Tenochtitlan: la herencia latina y la indígena. En ese proyecto los jesuitas tuvieron una participación cardinal. Pero la Independencia —que es, simultáneamente, desmembramiento del Imperio español y nacimiento de otra sociedad— significa el fin de la sociedad criolla. La agonía de Nueva España fue larga y se consumó sólo hasta la segunda mitad del siglo XIX con la República Restaurada. Así, en el siglo XIX abortó el proyecto imperial del siglo XVIII. De las ruinas de ese proyecto nace una tercera sociedad, ésta que vivimos ahora, y que todavía no acaba de formarse completamente. La sociedad novohispana de los siglos XVII y XVIII es un todo mucho más perfecto y armónico que la sociedad mexicana de la primera mitad del siglo XX.

438

Para mí la arquitectura es el testigo insobornable de una sociedad. Comparemos a las tres sociedades en sus obras: las pirámides y templos mesoamericanos; las iglesias, conventos y palacios de Nueva España; la chabacana y pesada arquitectura —megalomanía estatal y espíritu de lucro de la burguesía mexicana— del siglo XX.

En El laberinto de la soledad *usted afirma que este "catolicismo-refugio" implantado por los españoles, ha permitido también la supervivencia del fondo precortesiano. ¿En qué consiste esta supervivencia?*
La palabra sincretismo lo dice todo. O la expresión de aquella periodista norteamericana, Anita Bremen, "ídolos detrás de los altares". El catolicismo mexicano no ha creado una teología ni una mística pero ha creado muchas imágenes y ha fundido las de Occidente con las del mundo precolombino. ¡Ay de la religión o de la sociedad que no tiene imágenes! Una sociedad sin imágenes es una sociedad puritana. Una sociedad opresora del cuerpo y de la imaginación.

Para cambiar otra vez de tema, podemos pasar a otro plano importante en el libro, el de la vida cultural mexicana. Usted la define a través de dos términos antagónicos: "compromiso" y "crítica". Por otra parte, usted volverá a insistir sobre la necesidad de una actitud "crítica" en Postdata. *¿Nos puede dar su sentimiento sobre este punto?*
Yo creo que el término "compromiso", de origen sartreano, es equívoco. No sabemos muy bien lo que quiere decir un compromiso. Si se entiende por compromiso la relación de un escritor con su realidad y con la sociedad en que vive, todos somos escritores comprometidos, incluso los que no quieren estar comprometidos. Lo que a mí me parece inaceptable es que un escritor o un intelectual se someta a un partido o a una iglesia. En el siglo XX hemos visto a muchos y grandes escritores ceder ante las exigencias de los partidos y de las iglesias. Pienso en

439

Claudel y en sus odas a Franco y Pétain; pienso en los himnos a Stalin de Aragon y Neruda. Nuestro siglo, decía Benjamin Péret, ha sido "el del deshonor de los poetas". También el de su honor: la sátira de Mandelstam contra Stalin, que le costó la vida, o el sacrificio de Lorca.

La crítica es, para mí, una forma libre del compromiso. El escritor debe ser un francotirador, debe soportar la soledad, saberse un ser marginal. Que los escritores seamos marginales es más una condenación que una bendición. Ser marginales puede dar validez a nuestra escritura. Y debo decir algo más sobre la crítica: para mí la crítica es creadora. La gran diferencia entre Francia e Inglaterra, por un lado, y España e Hispanoamérica, por el otro, es que nosotros no tuvimos siglo XVIII. No tuvimos ningún Kant, Voltaire, Diderot, Hume.

En El laberinto *aparecen también los problemas sobre los cuales usted insistirá extensamente en obras posteriores, como por ejemplo* Signos en rotación: *los problemas del lenguaje. El lenguaje concebido como una máscara...*
Mire usted. Hemos hablado de las deudas mías: Freud, Marx... No hemos hablado de una influencia esencial, sin la cual no hubiera podido escribir *El laberinto:* Nietzsche. Sobre todo ese libro que se llama *La genealogía de la moral*. Nietzsche me enseñó a ver lo que estaba detrás de palabras como virtud, bondad, mal. Fue un guía en la exploración del lenguaje mexicano: si las palabras son máscaras, ¿qué hay detrás de ellas?

En esta búsqueda de un lenguaje auténtico, usted destaca la importancia de la obra de Alfonso Reyes.
Reyes fue fiel al lenguaje, y en este aspecto fue admirable. Claro que el hombre tuvo debilidades morales. Quizá fue demasiado obsequioso con los poderosos. Hay que olvidar todo eso y recordar que fue un escritor que logró que el español fuese transparente en ciertos mo-

mentos. Por ejemplo, en su gran poema *Ifigenia cruel,* y en algunos textos en prosa. Bioy Casares me contaba que él y Borges, cuando querían saber si un párrafo estaba bien escrito, decían: "Vamos a leerlo con el tono con que lo leería Alfonso Reyes."

¿Cuál debe ser la actitud del creador en relación con el lenguaje?
Yo creo que la actitud del creador frente al lenguaje debe ser la actitud del enamorado. Una actitud de fidelidad y, al mismo tiempo, de falta de respeto al objeto amado. Veneración y transgresión. El escritor debe amar al lenguaje pero debe tener el valor de transgredirlo.

En el capítulo de El laberinto de la soledad *titulado "Nuestros días", usted aborda el problema del enfrentamiento entre países pobres y países ricos. En relación con ese asunto, ¿qué piensa usted del concepto de "cultura de la pobreza", elaborado por el antropólogo Oscar Lewis a partir del ejemplo mexicano?*
No estoy muy de acuerdo con eso. En primer lugar, este concepto es poco científico, poco exacto. ¿Qué quiere decir "pobreza"? Pobreza es una categoría muy relativa. Pobreza con respecto a qué? El mérito de Lewis es otro. Su tema fueron los campesinos que viven en una cultura tradicional y que, debido a la sobrepoblación y al desempleo rurales, atraídos por la fascinación de la gran ciudad, dejan su pueblo. Es un fenómeno que conoció Europa en el siglo XIX y que nuestra América vive de modo mucho más trágico en el siglo XX: la perversión y destrucción de la cultura tradicional. Los campesinos son cultos aunque sean analfabetos. Tienen un pasado, una tradición, unas imágenes. Llegan a México o a Guadalajara y olvidan todo. Y entonces, ¿qué tienen sus hijos, y los hijos de sus hijos? La cultura de la sociedad industrial moderna. Pero las formas de la cultura industrial, cuando llegan a México, ya son muy inferiores a las de los Estados Unidos o de Europa. A su vez, lo que lle-

ga a la gente que pertenece al *lumpenproletariat* son los restos, los detritos de esas formas e ideas. Esto no tiene nada que ver con la pobreza en sentido estricto sino con el fenómeno de coexistencia de dos sociedades: sociedades industriales y sociedades tradicionales. Es el fenómeno de la "dependencia", como se llama ahora, o para hablar más sencillamente, del imperialismo. Asimismo, de la sobrepoblación urbana.

El hombre, por el hecho de ser hombre, es un enajenado. Marx pensaba que si el hombre fuera dueño de sus productos, sería dueño de su destino: recobraría su ser natural y cesaría la enajenación. Pero yo creo que la enajenación consiste, fundamentalmente, en ser otro dentro de uno mismo. Esa enajenación es el fondo de la naturaleza humana y no de la sociedad de clases. Estoy más cerca de Nietzsche y de Freud que de Marx y Rousseau. Todas las civilizaciones son civilizaciones de la enajenación y todos los civilizados se rebelan contra la enajenación.

¿Podría usted dar una respuesta a la pregunta que hace en El laberinto: *"¿Qué es lo que da sentido a nuestra presencia en la tierra?" Por otra parte, ¿ha encontrado México esa "forma" que desde hace siglos busca y combate a la vez?*

Comenzaré por la segunda pregunta: México no ha encontrado esa "forma". En el zapatismo había probablemente el germen de la respuesta. Pero otra vez se han superpuesto formas externas a nuestra realidad y se han aplastado los gérmenes de salud que había en la revuelta zapatista. Evidentemente, en el campo de la creación poética y literaria sí, ahí hay expresiones que me devuelven la fe en la originalidad de México. En cuanto a saber "lo que da sentido a nuestra presencia en la tierra": me reconozco hombre no en la respuesta que podría dar ahora a esta pregunta sino en la pregunta misma. Esa pregunta, repetida desde el principio, desde Babilonia y aun antes, es lo que da sentido a

nuestros afanes terrestres. No hay sentido: hay búsqueda del sentido.

En el último capítulo del libro, usted afirma que en nuestro mundo el amor y la poesía son forzosamente marginales. ¿Sigue usted pensando que hay una oposición entre "historia" y "poesía"?

Creo que hay una oposición fundamental entre lo que yo llamo la realidad real y la otra realidad. Hay una frase de Marx (está en el Manifiesto Comunista) que Luis Buñuel pensó en utilizar como subtítulo de su película *La Edad de Oro*. Usted sabe que el tema de esa película es la suerte del amor en el mundo moderno. La frase de Marx es, en español, un alejandrino perfecto: *En las aguas heladas del cálculo egoísta*. Eso es la sociedad. Por eso el amor y la poesía son marginales.

MÉXICO Y ESTADOS UNIDOS.
POSICIONES Y CONTRAPOSICIONES.
POBREZA Y CIVILIZACIÓN[a]

Si el hombre no es el rey de la creación, sí es la excepción de la naturaleza, la singularidad que desafía a todas las reglas y definiciones. Los científicos se asombran ante el comportamiento inesperado y, en cierto modo, caprichoso, de las partículas elementales, pero ¿qué son esas excentricidades físicas frente a las extravagancias psicológicas y morales de un Nerón o un San Francisco de Asís? La historia de las sociedades no es menos rica en irregularidades y extrañezas que las biografías de los individuos: ¿qué es la antropología sino la descripción de costumbres insólitas y ritos delirantes? Las sociedades son imprevisibles como los individuos y de ahí que el catálogo de las profecías fallidas de los sociólogos, sin excluir a los más grandes, sea mayor y más impresionante que el de los astrólogos y clarividentes. La historia acumula incoherencias y contrasentidos con una suerte de humor a un tiempo involuntario y perverso. Cuando estuve en la India, ante el espectáculo de las continuas disputas entre hindúes y musulmanes, me hice más de una vez la misma pregunta: ¿por qué

[a] Conferencia inaugural del simposio *Mexico Today,* Washington, 29 de septiembre de 1978.

445

accidente o fatalidad histórica tenían que convivir en la misma sociedad dos religiones manifiestamente inconciliables como el hinduismo y el islamismo? La presencia del monoteísmo más puro e intransigente en el interior de una civilización que ha elaborado el más complejo y perfecto politeísmo me parecía una verificación de la indiferencia con que la historia perpetra sus crueles paradojas. Cierto, la pareja contradictoria que forman en la India el hinduismo y el islamismo no podía sorprenderme: ¿cómo olvidar que yo mismo era (y soy) parte de una paradoja no menos peregrina: la de México y los Estados Unidos?

Nuestros países son vecinos y están condenados a vivir el uno al lado del otro; sin embargo, más que por fronteras físicas y políticas, están separados por diferencias sociales, económicas y psíquicas muy profundas. Esas diferencias saltan a la vista y una mirada superficial podría reducirlas a la conocida oposición entre desarrollo y subdesarrollo, riqueza y pobreza, poderío y debilidad, dominación y dependencia. Pero la diferencia de veras básica es invisible; además, quizá es infranqueable. Para comprobar que no pertenece al dominio de la economía ni del poderío político basta con imaginar a un México de pronto convertido en un país próspero y pujante, una superpotencia como los Estados Unidos: las diferencias, lejos de desaparecer, serían más netas y acusadas. La razón es clara: estas diferencias no son únicamente cuantitativas sino que pertenecen al orden de las civilizaciones. Lo que nos separa es aquello mismo que nos une: somos dos versiones distintas de la civilización de Occidente.

Desde que los mexicanos comenzaron a tener conciencia de su identidad nacional, a mediados del siglo XVIII, se interesaron en sus vecinos. Al principio con un mezcla de curiosidad y desdén; después, con admiración y entusiasmo, pronto teñidos de temor y de envidia. La idea que tiene el pueblo de México de los Estados Unidos es contradictoria, pasional e impermeable

a la crítica; más que una idea es una imagen mítica. Lo mismo puede decirse de la visión de nuestros intelectuales y escritores. Algo semejante ocurre con los norteamericanos, trátese de escritores o de políticos, de hombres de negocios o de simples viajeros. No olvido la existencia de un puñado de admirables estudios de varios especialistas norteamericanos, particularmente en el campo de la arqueología y en el de la historia antigua y moderna de México; por desgracia, por más meritorios que sean esos trabajos, no sustituyen a lo que más falta nos hace: una visión a un tiempo global y penetrante. Cierto, las observaciones de los novelistas y poetas que han escrito sobre temas mexicanos han sido con frecuencia brillantes y, a veces, han dado en el blanco. Sin embargo, sus percepciones han sido fragmentarias y, como dice un crítico que ha dedicado un libro al tema (Drewey Wayne Gunn: *Escritores norteamericanos y británicos en México, 1556-1973,* FCE, Madrid, 1978) revelan menos la realidad de México que la personalidad de esos autores. En general los norteamericanos no han buscado a México en México; han buscado sus obsesiones, sus entusiasmos, sus fobias, sus esperanzas, sus intereses —y eso es lo que han encontrado. En suma, la historia de nuestras relaciones es la de un mutuo y pertinaz engaño, generalmente —aunque no siempre— involuntario.

Las diferencias entre México y Estados Unidos no son, claro está, proyecciones imaginarias sino realidades objetivas. Unas son de carácter cuantitativo y pueden explicarse por el desarrollo social, económico e histórico de los dos países. Otras, las más permanentes, aunque también son el resultado de la historia, no son fácilmente definibles ni mensurables. Ya señalé que pertenecen al orden de las civilizaciones, esa zona fluida, de contornos indecisos, en la que se funden y confunden las ideas y las creencias, las instituciones y las técnicas, los estilos y la moral, las modas y las iglesias, la organización material y esa realidad evasiva que llamamos, no

447

muy exactamente, "el genio de los pueblos". La realidad que nombra la palabra civilización no se deja definir con facilidad. Es la visión del mundo de cada sociedad pero asimismo es su sentimiento del tiempo: hay pueblos lanzados hacia el futuro y otros que tienen los ojos fijos en el pasado. Civilización es el estilo, la manera que tiene una sociedad de vivir, convivir y morir. Comprende a las artes eróticas y a las culinarias; a la danza y al entierro; a la cortesía y a la injuria; al trabajo y al ocio; a los ritos y a las fiestas; a los castigos y a los premios; al trato con los muertos y con los fantasmas que pueblan nuestros sueños; a las actitudes ante las mujeres y los niños, los viejos y los extraños, los enemigos y los aliados; a la eternidad y al instante; al aquí y al allá... Una civilización no sólo es un sistema de valores: es un mundo de formas y de conductas, de reglas y excepciones. Es la parte visible de una sociedad —instituciones, monumentos, ideas, obras, cosas— pero sobre todo es su parte sumergida, invisible: las creencias, los deseos, los miedos las represiones, los sueños.

NORTE Y SUR

Los puntos cardinales nos han servido para orientarnos no sólo en el espacio sino en la historia. La dualidad Este/Oeste adquirió pronto una significación más simbólica que geográfica y se convirtió en un emblema de la oposición entre civilizaciones. Lo mismo sucedió con Norte/Sur. La oposición Este/Oeste ha sido vista siempre como la básica y primordial; alude a la marcha del Sol y así es una imagen de la dirección y el sentido de nuestro vivir y morir. La relación Este/Oeste simboliza dos direcciones, dos actitudes, dos civilizaciones. Cuando se cruzan, hay choque guerrero o, más raramente, esa milagrosa conjunción que llamamos "coincidencia de los opuestos". La dualidad Norte/Sur se refiere más bien a la oposición de modos de vida y de sensibilidad. Las dife-

rencias entre el Norte y el Sur pueden ser oposiciones dentro de una misma civilización.

Es claro que tanto desde el punto de vista geográfico como simbólico, la oposición entre México y los Estados Unidos pertenece a la dualidad Norte/Sur. Esta oposición es muy antigua y se despliega ya en la América precolombina, de modo que es anterior a la existencia misma de los Estados Unidos y México. El norte del continente estaba poblado por naciones nómadas y guerreras; Mesoamérica, en cambio, conoció una civilización agrícola, dueña de complejas instituciones sociales y políticas, dominada por teocracias guerreras que inventaron rituales refinados y crueles, un gran arte y vastas cosmogonías inspiradas por una visión muy original del tiempo. La gran oposición de la América precolombina —en el territorio que ahora ocupan Canadá, Estados Unidos y México— no fue, como en el Antiguo Mundo, entre civilizaciones distintas sino entre modos de vida diferentes: nómadas y sedentarios, cazadores y agricultores. Esta división tuvo una gran influencia en el desarrollo posterior de los Estados Unidos y de México. La política de los ingleses y los españoles frente a los indios americanos estuvo determinada, en buena parte, por este hecho: no fue indiferente que los primeros fundasen sus establecimientos en el territorio de los nómadas y los segundos en el de los sedentarios.

Las diferencias entre los ingleses y españoles que fundaron Nueva Inglaterra y Nueva España no eran menos acusadas y decisivas que las que separaban a los indios nómadas de los sedentarios. De nuevo: fue una oposición en el interior de la misma civilización. Del mismo modo que la visión del mundo y las creencias de los indios americanos brotaban de una fuente común, independientemente de su modo de vida, los españoles y los ingleses compartían los mismos principios y la misma cultura intelectual y técnica. Sin embargo, la oposición entre ellos era tan profunda, aunque de otro género, como la que dividía a un azteca de un iroqués.

449

Así, sobre la antigua oposición entre nómadas y sedentarios se injertó la nueva oposición entre ingleses y españoles. Se han descrito muchas veces las distintas y divergentes actitudes de españoles e ingleses. Todas ellas se resumen en una diferencia fundamental y en la que, quizá, está el origen de la distinta evolución de nuestros países: en Inglaterra triunfó la Reforma mientras que España fue la campeona de la Contrarreforma.

Como todos sabemos, el movimiento reformista tuvo en Inglaterra consecuencias políticas que fueron decisivas en la formación de la democracia anglosajona. En España la evolución se hizo en dirección opuesta. Vencida la última resistencia musulmana, España realizó su precaria unidad política, no nacional, a través de alianzas dinásticas. Al mismo tiempo, la monarquía suprimió las autonomías regionales y las libertades municipales, cerrando el paso a una posible evolución hacia una ulterior democracia moderna. Por último, España estaba profundamente marcada por la dominación árabe y en ella perduraba aún, doble herencia cristiana y musulmana, la noción de cruzada y guerra santa. En España se yuxtaponían, sin fundirse enteramente, los rasgos de la Edad Moderna que comenzaba y los de la antigua sociedad. El contraste con Inglaterra no podía ser más señalado. La historia de España y la de sus antiguas colonias, desde el siglo XVI, es la de nuestras ambiguas relaciones —atracción y repulsión— con la Edad Moderna. Ahora mismo, en el crepúsculo de la modernidad, no acabamos de ser modernos.

El descubrimiento y la conquista de América son acontecimientos que inauguran la historia moderna pero España y Portugal los llevaron a cabo con la sensibilidad y el temple de la Reconquista. A los soldados de Cortés, asombrados ante las pirámides y templos de mayas y aztecas, no se les ocurrió nada mejor que compararlos con las mezquitas del Islam. Conquista y evangelización: estas dos palabras, profundamente españolas y católicas, son también profundamente musulmanas. La

conquista no sólo significaba la ocupación de territorios extraños y la sumisión de sus habitantes sino la conversión de los vencidos. La conquista se legitimaba por la conversión. Esta filosofía político-religiosa era diametralmente opuesta a la de la colonización inglesa: la noción de evangelización tuvo un lugar secundario en la expansión colonial inglesa.

Los dominios españoles nunca fueron realmente colonias, en el sentido tradicional de esta palabra: Nueva España y Perú fueron virreinatos, reinos súbditos de la Corona de Castilla como los otros reinos españoles. En cambio, los establecimientos ingleses en Nueva Inglaterra y en otras partes fueron colonias en la acepción clásica del término, es decir, comunidades instaladas en un territorio extraño y que conservan sus lazos culturales, religiosos y políticos con la madre patria. Esta diferencia de actitudes se combinó con la diferencia de condiciones culturales que encontraron ingleses y españoles: indios nómadas y sedentarios, sociedades primitivas y sociedades urbanas. La política española de sumisión y conversión no hubiera podido aplicarse a las belicosas naciones indias del norte con la misma facilidad con que se aplicó a las poblaciones sedentarias de Mesoamérica, como pudo verse cuando, un siglo después, la conquista española se extendió a los territorios de los nómadas, en lo que hoy es el norte de México y el sur de los Estados Unidos. Los resultados de este doble y contradictorio conjunto de circunstancias fueron decisivos: sin ellas nuestros países no serían lo que son.

Los españoles exterminaron a las clases dirigentes de Mesoamérica, especialmente a la casta sacerdotal, es decir, a la memoria y al entendimiento de los vencidos. La aristocracia guerrera que escapó a la destrucción fue absorbida por la nobleza, la Iglesia y la burocracia. La política española frente a los indios tuvo una doble consecuencia: por una parte, al reducirlos a la servidumbre, se convirtieron en una mano de obra barata y fueron la base de la sociedad jerárquica novohispana; por la otra,

cristianizados, sobrevivieron lo mismo a las epidemias que a la servidumbre y fueron una parte constitutiva de la futura nación mexicana. Los indios son el hueso de México, su realidad primera y última.

Al mestizaje racial hay que agregar el religioso y el cultural. El cristianismo que trajeron a México los españoles era el catolicismo sincretista romano que había asimilado los dioses paganos, convirtiéndolos en santos y diablos. El fenómeno se repitió en México: los ídolos fueron bautizados y en el catolicismo popular mexicano están presentes, apenas recubiertos por una película de cristianismo, las antiguas creencias y divinidades. Lo indio impregna no sólo la religión popular de México sino la vida entera de los mexicanos: la familia, el amor, la amistad, las actitudes ante el padre y la madre, las leyendas populares, las formas de la cortesía y la convivencia, la cocina, la imagen de la autoridad y el poder político, la visión de la muerte y el sexo, el trabajo y la fiesta. México es el país más español de América Latina; al mismo tiempo, es el más indio. La civilización mesoamericana murió de muerte violenta pero México es México gracias a la presencia india. Aunque la lengua y la religión, las instituciones políticas y la cultura del país son occidentales, hay una vertiente de México que mira hacia otro lado: el lado indio. Somos un pueblo entre dos civilizaciones y entre dos pasados. En los Estados Unidos no aparece la dimensión india. Esta es, a mi juicio, la diferencia mayor entre los dos países. Los indios que no fueron exterminados fueron recluidos en las *reservations*[a]. El horror cristiano a la "naturaleza caída" se extendió a los naturales de América: los Estados Unidos se fundaron sobre una tierra sin pasado. La memoria histórica de los norteamericanos no es americana sino europea. De ahí que una de las direcciones más poderosas y

[a] En inglés en el texto: literalmente "reservados" o áreas designadas exclusivamente para la habitación de comunidades indígenas en los Estados Unidos.

persistentes de la literatura norteamericana, de Whitman a William Carlos Williams y de Melville a Faulkner, haya sido la búsqueda (o la invención) de raíces americanas. Voluntad de encarnación, obsesión por arraigar en la tierra americana: a este impulso le debemos algunas de las obras centrales de la época moderna.

La situación de México, tierra de pasados superpuestos, es precisamente la contraria. La ciudad de México fue levantada sobre las ruinas de México-Tenochtitlan, la ciudad azteca, que a su vez fue levantada a semejanza de Tula, la ciudad tolteca, construida a semejanza de Teotihuacan, la primera gran ciudad del continente americano. Esta continuidad de dos milenios está presente en cada mexicano. No importa que esa presencia sea casi siempre inconsciente y que asuma las formas ingenuas de la leyenda y aun de la superstición. No es un conocimiento sino una vivencia. La presencia de lo indio significa que una de las facetas de la cultura mexicana no es occidental. Hay algo semejante en los Estados Unidos? Cada uno de los grupos étnicos que forman la democracia multirracial que son los Estados Unidos posee su propia cultura y tradición y algunos de estos —por ejemplo: los chinos y los japoneses— no son occidentales. Esas tradiciones coexisten con la tradición central norteamericana sin fundirse con ella. Son cuerpos extraños dentro de la cultura norteamericana. Incluso en algunos casos —el más notable es el de los chicanos— las minorías defienden sus tradiciones contra o frente a la tradición norteamericana. La resistencia de los chicanos no sólo es política y social sino cultural.

DENTRO Y FUERA

Si pudiesen condensarse en dos palabras las distintas actitudes del catolicismo hispánico y del protestantismo inglés, diría que la actitud española fue inclusiva y la inglesa exclusiva. En la primera las nociones de conquista y dominación están aliadas a las de conversión y absor-

ción; en la segunda, conquista y dominación no implican la conversión del vencido sino su separación. Una sociedad inclusiva, fundada en el doble principio de la dominación y la conversión, tenía que ser jerárquica, centralista y respetuosa de las particularidades de cada grupo: estricta división de clases y grupos, cada uno regido por leyes y estatutos especiales y todos creyentes en la misma fe y obedeciendo al mismo señor. Una sociedad exclusiva tenía que separarse de los nativos, sea por la exclusión física o el exterminio; al mismo tiempo, puesto que cada comunidad era una asociación de hombres puros y aparte de los otros, tendía al igualitarismo entre ellos y a asegurar la autonomía y la libertad de cada grupo de creyentes. Los orígenes de la democracia norteamericana son religiosos y en las primeras comunidades de Nueva Inglaterra está ya presente esa doble y contradictoria tensión entre libertad e igualdad que ha sido el *leit-motif* de la historia de los Estados Unidos.

La oposición que acabo de esbozar se expresa con gran nitidez en dos términos religiosos: *comunión/pureza*. Esta oposición marcó profundamente las actitudes ante el trabajo, la fiesta, el cuerpo y la muerte. Para la sociedad de Nueva España el trabajo ni redime ni es valioso por sí mismo. El trabajo manual es servil. El hombre superior ni trabaja ni comercia: guerrea, manda, legisla. También piensa, contempla, ama, galantea, se divierte. El ocio es noble. El trabajo es bueno porque produce riqueza pero la riqueza es buena porque está destinada a gastarse y consumirse en esos holocaustos que son las guerras, la construcción de templos y palacios, el boato y las fiestas. Formas distintas de la disipación de las riquezas: el oro brilla en los altares o se derrama en la fiesta. En México todavía, al menos en las ciudades pequeñas y en los pueblos, el trabajo es la antesala de la fiesta. El año gira en torno al eje doble del trabajo y la fiesta, la acumulación y el gasto. La fiesta es simultáneamente suntuosa e intensa, vivaz y fúnebre; es un frenesí vital y multicolor que se disipa en humo, cenizas, nada.

Estética de la perdición: la fiesta está habitada por la muerte.

Los Estados Unidos no han conocido realmente el arte de la fiesta, salvo en los últimos años con el triunfo del hedonismo sobre la antigua moral protestante. Es natural: una sociedad que afirmaba con tal energía el valor redentor del trabajo, tenía que reprobar como una depravación el culto a la fiesta y la fascinación por el gasto. La condenación protestante era más religiosa que económica. Pero la conciencia puritana no podía ver que el valor de la fiesta era precisamente un valor religioso: la comunión. En la fiesta el elemento orgiástico es central: vuelta al origen, regreso al estado primordial, en el que cada uno se funde al gran Todo. Toda fiesta verdadera es religiosa porque toda fiesta es comunión. Aquí aparece con toda claridad la oposición entre comunión y pureza. Para los puritanos y sus herederos, el trabajo es redentor porque libera al hombre y esa liberación es una señal de la elección divina. El trabajo es una purificación que es asimismo una separación: el elegido asciende, rompe los lazos con la tierra, que son las leyes de la caída. Para los mexicanos, la comunión representa justamente lo contrario: no la separación sino la participación, no la ruptura sino la conjunción, la gran mezcla universal, el gran baño en las aguas del comienzo, un estado más allá de pureza e impureza.

La situación del cuerpo es inferior en el cristianismo. Pero el cuerpo es una potencia siempre activa y sus explosiones pueden destruir a una civilización. Por esto sin duda la Iglesia pactó desde el principio con el cuerpo. Si no lo restauró en el lugar que ocupaba en la sociedad greco-romana, sí trató de devolverle su dignidad: el cuerpo es "naturaleza caída" pero, en sí mismo, es inocente. Después de todo, el cristianismo, a la inversa del budismo, es la religión de un dios encarnado. El dogma de la resurrección de los cuerpos es contemporáneo del cristianismo primitivo; bastante más tarde, en la Edad Media, apareció el culto a la Virgen. Ambas

455

creencias son las dos expresiones más altas de esta voluntad de encarnación del espiritualismo cristiano. Las dos fueron transportadas a Mesoamérica con la cultura española y se fundieron inmediatamente, la primera con los cultos fúnebres de los indios y, la segunda, con la adoración a las diosas de la fecundidad y la guerra.

La visión de la muerte de los mexicanos modernos, que es asimismo esperanza de resurrección, está impregnada tanto de la escatología católica como del naturalismo indio. La muerte mexicana es corporal, exactamente lo contrario de la muerte norteamericana, que es abstracta y desencarnada. Para los mexicanos, la muerte se ve y se toca: es el cuerpo deshabitado por el alma, el montón de huesos que, de alguna manera, como en el poema azteca, ha de reflorecer. Para los norteamericanos, la muerte es lo que no se ve: la ausencia, la desaparición de la persona. En la conciencia puritana la muerte estaba presente siempre pero como una presencia incorpórea, una entidad moral, una idea. Más tarde, la crítica racionalista y cientista del cristianismo desalojó a la muerte de la conciencia norteamericana. La muerte se evaporó y se volvió inmencionable. Finalmente, el racionalismo y el idealismo progresista han sido sustituidos, en vastas capas de la población norteamericana de nuestros días, por un neohedonismo. Pero el culto al cuerpo y al placer implica el reconocimiento y la aceptación de la muerte. El cuerpo es mortal y el reino del placer es el instante, según lo vio mejor que nadie Epicuro. El hedonismo norteamericano cierra los ojos ante la muerte y ha sido incapaz de conjurar la potencia destructiva del instante con una sabiduría como la de los epicúreos de la Antigüedad. El hedonismo actual ignora la templanza: es un recurso de angustiados y desesperados, una expresión del nihilismo que corroe a Occidente.

El capitalismo exalta las actividades y conductas tradicionalmente llamadas viriles: agresividad, espíritu de competencia y emulación, combatividad. La sociedad norteamericana hizo suyos esos valores y los exaltó.

Esto explica, tal vez, que nada semejante a la devoción de los mexicanos por la Virgen de Guadalupe aparezca en las distintas versiones del cristianismo que profesan los norteamericanos, sin excluir a la minoría católica. En la Virgen se enlazan la religiosidad mediterránea y la mesoamericana, ambas con antiquísimos cultos a divinidades femeninas. Guadalupe-Tonantzin es la madre de todos los mexicanos —indios, mestizos, blancos— pero también es una virgen guerrera que muchas veces ha figurado en los estandartes de las sublevaciones campesinas. En la Virgen de Guadalupe encarna una visión muy antigua de la femineidad y que, como entre las diosas paganas, no excluye el temple heroico.

Un paréntesis: al mencionar la "masculinidad" de la sociedad capitalista norteamericana no ignoro que en ella las mujeres han conquistado derechos y posiciones que en otras partes todavía se les niegan. Pero los han obtenido como "sujetos de derecho", es decir, como entidades neutras o abstractas, como ciudadanas y no como mujeres. Ahora bien, nuestra civilización necesita, tanto o más que la igualdad de derechos entre hombres y mujeres, una "feminización" semejante a la que se operó en la mentalidad europea medieval por obra del "amor cortés". O una influencia como la irradiación femenina de la Virgen de Guadalupe sobre la imaginación y la sensibilidad de los mexicanos... Prosigo: la situación social de la mujer mexicana, por herencia hispanoárabe e india, es deplorable, pero lo que deseo destacar aquí no es tanto el carácter de las relaciones entre hombres y mujeres como la relación íntima de la mujer con esos símbolos elusivos que llamamos "femineidad" y "masculinidad". Por las razones que he apuntado antes, las mexicanas tienen una conciencia muy viva del cuerpo. Para ellas el cuerpo, el suyo y el del hombre, es una realidad concreta y palpable. No una abstracción ni una función sino una potencia ambigua y magnética en la que se entrelazan inextricablemente placer y pena, fecundidad y muerte.

El México precolombino era un mosaico de naciones, tribus y lenguas. España, por su parte, a pesar de que había realizado su unidad política, era también un conglomerado de naciones y pueblos. La heterogeneidad de la sociedad mexicana era la otra cara del centralismo español. El centralismo político de la monarquía española tenía como complemento y aun como fundamento la ortodoxia religiosa. La unidad real, efectiva, de la sociedad mexicana se ha ido realizando lentamente en el transcurso de varios siglos pero su unidad política y religiosa fue hecha desde la cumbre como la expresión conjunta de la monarquía española y de la Iglesia católica. Tuvimos un Estado y una Iglesia antes de ser una nación. También en este aspecto nuestra evolución ha sido muy diferente a la de los Estados Unidos, en donde las pequeñas comunidades de colonos tenían ya, desde su nacimiento, una acusada y beligerante conciencia de su identidad frente al Estado. Entre los norteamericanos, la nación fue anterior al Estado.

Otra diferencia: en aquellas comunidades se había operado la fusión entre las convicciones religiosas, la embrionaria conciencia nacional y las instituciones políticas. Así, entre las convicciones religiosas de los norteamericanos y sus instituciones democráticas no hubo contradicción sino armonía; en cambio, en México el catolicismo se identificó con el régimen virreinal, fue su ortodoxia; por eso cuando los liberales mexicanos, después de la Independencia, intentaron implantar las instituciones democráticas, tuvieron que enfrentarse a la Iglesia católica. La instauración de la democracia republicana en México significó una ruptura radical con nuestro pasado y desembocó en las guerras civiles del siglo XIX. Esas guerras produjeron el militarismo que, a su vez, se resolvió en la dictadura del caudillo militar

Porfirio Díaz. Los liberales vencieron a la Iglesia pero no pudieron implantar la verdadera democracia sino un régimen autoritario enmascarado de democracia.

Una tercera y no menos profunda diferencia: la oposición entre la ortodoxia católica y el reformismo protestante. En México la ortodoxia católica había adoptado la forma filosófica del neotomismo, un pensamiento a la defensiva frente a la modernidad naciente y más apologético que crítico. La ortodoxia impedía el examen y la crítica. En Nueva Inglaterra las comunidades estaban compuestas muchas veces por disidentes religiosos o, al menos, por creyentes en la libre lectura de la Escritura. Por una parte: ortodoxia, filosofía dogmática y culto a la autoridad; por la otra, libre lectura e interpretación de la doctrina.

Ambas sociedades eran religiosas pero sus actitudes religiosas eran inconciliables. No pienso únicamente en los dogmas y principios sino en la manera misma de practicar y entender la religión. En un caso: el complejo y majestuoso edificio conceptual de la ortodoxia, una jerarquía eclesiástica igualmente compleja, ricas órdenes religiosas militantes como los jesuitas y una concepción ritualista de la religión en la que los sacramentos ocupaban un lugar central. En el otro: libre discusión de la Escritura, una clerecía pobre y reducida al mínimo, una tendencia a borrar las fronteras jerárquicas entre el simple creyente y el sacerdote, una práctica religiosa fundada no en el ritual sino en la moral y no en los sacramentos sino en la interiorización de la fe.

La diferencia central, desde el punto de vista de la evolución histórica de las dos sociedades, reside a mi modo de ver en lo siguiente: con la Reforma, crítica religiosa de la religión y antecedente necesario de la Ilustración, comienza el mundo moderno; con la Contrarreforma y el neotomismo, España y sus posesiones se cierran al mundo moderno. No tuvimos Ilustración porque no tuvimos Reforma ni un movimiento intelectual y religioso como el jansenismo francés. La civilización hispano-

americana es admirable por muchos conceptos pero hace pensar en una construcción de inmensa solidez —a un tiempo convento, fortaleza y palacio— destinada a durar, no a cambiar. A la larga, esa construcción se volvió un encierro, una prisión. Los Estados Unidos son hijos de la Reforma y de la Ilustración. Nacieron bajo el signo de la crítica y la auto-crítica. Y ya se sabe: quien dice crítica, dice cambio. La transformación de la filosofía crítica en ideología progresista se realizó y alcanzó su apogeo en el siglo XIX. La crítica racionalista barrió el cielo ideológico y lo limpió de mitos y creencias; a su vez, la ideología del progreso desplazó los valores intemporales del cristianismo y los transplantó al tiempo terrestre y lineal de la historia. La eternidad cristiana se convirtió en el futuro del evolucionismo liberal.

La diferencia que acabo de esbozar es la contradicción final y en ella culminan todas las divergencias y diferencias que he mencionado. Una sociedad se define esencialmente por su posición ante el tiempo. Por razón de su origen y de su historia intelectual y política, los Estados Unidos son una sociedad orientada hacia el futuro. Con frecuencia se ha señalado la extraordinaria movilidad espacial del pueblo norteamericano, nación constantemente en marcha. Al desplazamiento físico y geográfico corresponde, en el campo de las creencias y las actitudes mentales, la movilidad en el tiempo. El norteamericano vive en el límite extremo del ahora, siempre dispuesto a saltar hacia el futuro. El fundamento de la nación no está en el pasado sino en el porvenir. Mejor dicho: su pasado, su acta de fundación, fue una promesa de futuro y cada vez que los Estados Unidos regresan a su origen, a su pasado, redescubren el futuro. La orientación de México, como se ha visto, fue la opuesta. En primer término: rechazo de la crítica y, con ella, de la noción del cambio: el ideal fue perdurar a imagen de la inmutabilidad divina. En segundo lugar: pluralidad de pasados, todos ellos presentes y combatiendo en el alma de cada mexicano. Cortés y Moctezuma están

vivos en México. En el momento de esa gran crisis que fue la Revolución Mexicana, la facción más radical, la de Zapata y sus campesinos, no postuló formas nuevas de organización social sino un regreso a la propiedad comunal de la tierra. Los campesinos sublevados pedían la devolución de la tierra, es decir, querían volver a una forma de propiedad precolombina que había sido respetada por los españoles. La imagen instintiva que los revolucionarios se hacían de la edad de oro se situaba en el pasado más remoto. La utopía, para ellos, no consistía en construir el porvenir sino en regresar al origen, al comienzo. La actitud tradicional mexicana ante el tiempo ha sido expresada por Ramón López Velarde de esta manera: "Patria, sé siempre igual, fiel a tu espejo diario"[a].

En el siglo XVII la sociedad mexicana era más rica y próspera que la norteamericana. Esta situación se prolongó hasta la primera mitad del XVIII. Para comprobarlo basta con dar un vistazo a los monumentos y edificios de las ciudades de entonces: México y Boston, Puebla y Filadelfia. En menos de cincuenta años todo cambió. En 1847 los Estados Unidos invaden México, lo derrotan y le imponen terribles y onerosas condiciones de paz. Un siglo después, se convierten en la primera potencia mundial. Una conjunción inusitada de circunstancias de orden material, técnico, político, ideológico y humano explica el prodigioso desarrollo norteamericano. Entre estas condiciones, el conjunto de actitudes que sumariamente he descrito no fue menos decisivo que la existencia de un territorio inmenso y rico, una población emprendedora y un desarrollo científico y técnico extraordinario. De nuevo: en las pequeñas comunidades religiosas de Nueva Inglaterra estaba ya en germen el futuro: la democracia política, el capitalismo y el desarrollo social y económico. La Revolución de Indepen-

[a] Cita del poema "La suave Patria", del célebre poeta mexicano.

dencia de los Estados Unidos no fue una ruptura con un pasado; la separación de Inglaterra no se hizo para cambiar los principios originales por otros sino para realizarlos más plenamente. En México ocurrió lo contrario. A fines del siglo XVIII las clases dirigentes mexicanas —sobre todo los intelectuales— descubrieron que los principios que habían fundado a su sociedad la condenaban a la inmovilidad y al atraso. Acometieron una doble revolución: separarse de España y modernizar al país mediante la adopción de los nuevos principios republicanos y democráticos. Sus ejemplos fueron la Revolución de Independencia norteamericana y la Revolución francesa. Lograron la independencia de España pero la adopción de los nuevos principios fue inoperante: México cambió sus leyes, no sus realidades sociales, económicas y culturales.

Durante la primera mitad del siglo XIX México sufrió una guerra civil endémica y dos invasiones extranjeras, la norteamericana y la francesa. En la segunda mitad del siglo se restableció el orden pero a costa de la democracia. Lo peor fue la mentira, plaga de las sociedades latinoamericanas: en nombre de la ideología liberal y del positivismo de Comte y Spencer se implantó una dictadura que duró treinta años. Fue un período de paz y desarrollo material apreciable; también de la creciente penetración del gran capitalismo extranjero, sobre todo el inglés y el norteamericano. La Revolución de 1910 se propuso rectificar el rumbo. En parte lo consiguió. Digo "en parte" porque la democracia mexicana todavía no es una realidad y porque los avances logrados en ciertos sectores han sido nulificados o se ven en peligro por la centralización política excesiva, el desmesurado crecimiento demográfico, la desigualdad social, el derrumbe de la educación superior y la acción de los monopolios económicos, entre ellos los norteamericanos. El desarrollo del Estado mexicano, como el de todos los Estados del siglo XX, ha sido enorme, monstruoso. Una curiosa contradicción: el Estado ha sido el agente de la moder-

nización pero no ha sido capaz de modernizarse a sí mismo enteramente. Es un híbrido del Estado patrimonialista español de los siglos XVII y XVIII y de las modernas burocracias de Occidente. En cuanto a nuestra relación con los Estados Unidos: sigue siendo la vieja relación entre el fuerte y el débil, oscilante entre la indiferencia y el abuso, la mentira y el cinismo. La mayoría de los mexicanos tenemos la justificada convicción de que el trato que recibe nuestro país es injusto.

La doble oposición

Por encima de logros y fracasos, el México contemporáneo se enfrenta a la misma pregunta que, desde fines del siglo XVIII, no han cesado de hacerse los mexicanos más lúcidos: la pregunta sobre la modernización. En el siglo XIX se pensó que bastaba con la adopción de los nuevos principios liberales y democráticos. Ahora, tras cerca de dos siglos de tropiezos, nos hemos dado cuenta de que los pueblos cambian muy lentamente y que, además, para que esos cambios sean fecundos deben estar en consonancia con el pasado y la tradición de cada nación. Así pues, México tiene que encontrar su propio camino hacia la modernidad. Nuestro pasado no debe ser un obstáculo sino un punto de partida. Esto es dificilísimo, dada la índole de nuestra tradición; difícil pero no imposible. Ese fue, en realidad, el sentido profundo de la Revolución Mexicana: mucho antes que nosotros, los campesinos de Zapata hicieron la crítica de la modernización *à outrance*. La hicieron con las armas. Para evitar nuevos desastres, debemos reconciliarnos con nuestro pasado: sólo así lograremos encontrar una vía de salida hacia la modernidad. La búsqueda de un modelo propio de modernización es un tema que está ligado directamente con otro: hoy sabemos que la modernidad, en sus dos versiones, la capitalista y la pseudosocialista de las burocracias totalitarias, está herida de

muerte en su centro mismo: la idea de un progreso continuo e ilimitado. Las naciones que habían inspirado a los liberales del siglo XIX —Inglaterra, Francia y, sobre todo, Estados Unidos— hoy dudan, vacilan y no encuentran su camino. Han dejado de ser ejemplos universales. Los mexicanos del siglo XIX volvían los ojos hacia las grandes democracias de Occidente: nosotros no tenemos a donde volver los ojos.

Durante cerca de treinta años, entre 1930 y 1960, la mayoría de los mexicanos estaba segura del camino escogido. Esas certidumbres se han desvanecido y algunos se preguntan si no hay que comenzar todo de nuevo. Pero la pregunta no se limita al caso de México: es universal. Por poco satisfactoria que nos parezca la situación de nuestro país, no es desesperada, sobre todo comparada con la que prevalece en otras partes. América Latina, salvo unas pocas excepciones, vive bajo dictaduras militares solapadas cuando no apoyadas por los Estados Unidos. Cuba escapó de la tutela norteamericana sólo para convertirse en un peón de la política de agresión militar de la Unión Soviética en África. Gran parte de las naciones de Asia y África que después de la segunda Guerra Mundial alcanzaron la independencia, padecen tiranías nativas con frecuencia más crueles y despóticas que las de las antiguas potencias coloniales. En el llamado Tercer Mundo, con distintos nombres y atributos, reina un Calígula ubicuo.

En 1917 la Revolución de Octubre en Rusia encendió las esperanzas de millones; en 1978, la palabra Gulag se ha vuelto sinónimo del "socialismo soviético". Los fundadores del movimiento socialista creían firmemente que el socialismo no sólo acabaría con la explotación de los hombres sino con la guerra; en la segunda mitad del siglo XX los "socialismos" totalitarios no sólo han esclavizado a la clase trabajadora despojándola de sus derechos básicos —el de asociación y el de huelga— sino que cubren el planeta entero con el griterío amenazante de sus disputas y querellas. En nombre de distintas ver-

siones del "socialismo" los vietnamitas y los camboyanos se degüellan. Las guerras ideológicas del siglo XX no son menos feroces que las guerras de religión. En mi juventud era popular entre los intelectuales la idea de que asistiríamos a la crisis final del capitalismo. Ahora comprendemos que la crisis contemporánea no es la de un sistema socioeconómico sino de la civilización entera. La crisis es general, mundial; su expresión más extremada, aguda y peligrosa es la situación de la Unión Soviética y sus satélites. Las contradicciones del "socialismo" totalitario son más profundas e inconciliables que las de las democracias capitalistas.

La enfermedad de Occidente, más que social y económica, es moral. Es verdad que los problemas económicos son graves y que no han sido resueltos: al contrario, la inflación y el desempleo aumentan. También es cierto que, a pesar de la abundancia, la pobreza no ha desaparecido. Vastos grupos —las mujeres, las minorías raciales, religiosas y lingüísticas— siguen siendo o sintiéndose excluidos. Pero la verdadera y más profunda discordia está en el alma de cada uno. El futuro se ha vuelto la región del horror y el presente se ha convertido en un desierto. Las sociedades liberales giran incansablemente: no avanzan, se repiten. Si cambian, no se transfiguran. El hedonismo de Occidente es la otra cara de su desesperación; su escepticismo no es una sabiduría sino una renuncia; su nihilismo desemboca en el suicidio y en formas inferiores de la credulidad, como los fanatismos políticos y las quimeras de la magia. El lugar vacante que ha dejado el cristianismo en las almas modernas no lo ocupa la filosofía sino las supersticiones más groseras. Nuestro erotismo es una técnica, no un arte ni una pasión.

No insistiré: la descripción de los males de Occidente se ha hecho muchas veces. La última, hace unos meses, ha sido la de Solyenitzin. Un hombre de temple admirable. Sin embargo, debo decir que, aunque su descripción me parece exacta, no me lo parecen su juicio sobre

las causas de la enfermedad ni el remedio que propone. No podemos renunciar a la tradición crítica de Occidente; tampoco podemos volver al Estado teocrático medieval. Los calabozos de la Inquisición no son la respuesta a los campos de Gulag. No vale la pena sustituir el Estado-Partido por el Estado-Iglesia, una ortodoxia por otra. La única arma eficaz contra las ortodoxias es la crítica; para defendernos de la intolerancia y de los fanatismos no tenemos más recurso que ejercer, con firmeza pero con lucidez, dos virtudes opuestas: la tolerancia y la libertad de espíritu. Yo no reniego de Montesquieu ni de Hume ni de Kant.

La crisis de los Estados Unidos afecta al fundamento mismo de la nación, quiero decir, a los principios que la fundaron. Dije ya que hay un *leit-motif* que corre a lo largo de la historia norteamericana, desde la época de las colonias puritanas de Nueva Inglaterra hasta nuestros días: la tensión entre libertad e igualdad. Las luchas de los negros, los chicanos y otras minorías no son sino una expresión de este dualismo. A esta contradicción interna corresponde otra externa: los Estados Unidos son una república y son un imperio. En un ensayo escrito hace algunos años señalé que la primera de estas contradicciones (la interna entre igualdad y libertad) se resolvió en Roma con la supresión de la libertad; el cesarismo fue, al principio, una solución igualitaria que, como todas las soluciones por la fuerza, acabó también por suprimir la igualdad. La otra contradicción causó la ruina de Atenas, la primera república imperial de la historia.

Sería presuntuoso de mi parte proponer soluciones a esta doble contradicción. Pienso que cada vez que una sociedad se encuentra en crisis, vuelve instintivamente los ojos hacia sus orígenes y busca en ellos, ya que no una respuesta, un signo, una indicación. La sociedad colonial norteamericana fue una sociedad libre e igualitaria pero exclusiva. Fieles a sus orígenes, lo mismo en su política interior que en la exterior, los Estados Unidos

han ignorado siempre al otro. En el interior al negro, al chicano o al portorriqueño; en el exterior: a las culturas y sociedades marginales. Hoy los Estados Unidos se enfrentan a enemigos muy poderosos pero el peligro mortal no está fuera sino dentro: no es Moscú sino esa mezcla de arrogancia y oportunismo, ceguera y maquiavelismo a corto plazo, volubilidad y terquedad, que ha caracterizado su política exterior en los últimos años y que recuerda extrañamente a la del Estado ateniense en su disputa con Esparta. Para vencer a sus enemigos, los Estados Unidos tienen primero que vencerse a sí mismos: regresar a sus orígenes. No para repetirlos sino para rectificarlos: el otro y los otros —las minorías del interior y los pueblos y naciones marginales del exterior— existen. No sólo somos la mayoría de la especie sino que cada sociedad marginal, por más pobre que sea, representa una versión única y preciosa de la humanidad. Si los Estados Unidos han de recobrar la entereza y la lucidez, tienen que recobrarse a sí mismos y para ello tienen que recobrar a los otros: a los excluidos del Occidente.

Washington, septiembre de 1978

REMACHE: BUROCRACIA Y DEMOCRACIA EN MÉXICO

A través de estas páginas han aparecido, una y otra vez, un tema y una palabra: burocracia. El tema es capital pero la palabra es inexacta pues designa una realidad más vasta, universal y nueva que la de las antiguas burocracias. No resisto a la tentación de este asunto. Mi insistencia puede parecer monomaníaca pero creo que, en este caso, la repetición no sólo es perdonable sino necesaria. Es tocar el punto sensible.

El rasgo característico del México contemporáneo, el que lo distingue del pasado reciente, es la constitución de un grupo social que domina al Estado y, a través del Estado, a la vida política, económica y cultural de la nación. Este grupo está compuesto por políticos, tecnócratas e intelectuales. Surgió después de que cesó la lucha armada entre las facciones revolucionarias; su involuntario fundador fue un caudillo, Plutarco Elías Calles, con el que comienza el México contemporáneo. Su ascenso ha sido paulatino pero constante y firme. Sus escaleras: el Partido Revolucionario Institucional (en sus tres encarnaciones y en sus distintos organismos y sindicatos: obreros, campesinos, clase media), la administración pública y las empresas para-estatales, algunas gigantescas, como Petróleos de México, la más grande del mundo en su género. Cada nueva nacionalización ha fortificado no a los obreros ni a la nación sino a la buro-

cracia. Como su ascenso ha sido gradual, insensible y pacífico, pocos han reparado en el fenómeno.

La burocracia es una clase privilegiada pero no es una aristocracia cerrada, una nobleza de la sangre; se puede ingresar en ella si se reúnen ciertos méritos y se cumplen varios requisitos. Como sucede con todos los grupos dirigentes, el origen social es primordial: en las altas esferas del gobierno y del partido tanto como en las empresas para-estatales abundan los descendientes de personalidades que ocuparon puestos de importancia en las primeras administraciones postrevolucionarias, como lo ha mostrado con gran riqueza documental el historiador Roderic A. Camp. Nos gobierna una segunda generación de dirigentes. Sin embargo, como ya dije, el origen familiar no es determinante ni equivale a un certificado de ingreso en la jerarquía; los aspirantes deben satisfacer ciertas condiciones: educación, disciplina probada en el Partido o en la administración, competencia técnica, habilidad política, tacto, energía, antigüedad en el escalafón y, en fin, esa red que tejen las alianzas, las amistades y las complicidades.

Todos los miembros de la clase dirigente han hecho estudios superiores en las universidades de nuestro país y muchos en los grandes centros del extranjero. Como los mandarines, son una clase culta o, más bien, instruida; a diferencia de la burocracia imperial china, no conocen a los clásicos ni a los poetas pero, en cambio, han estudiado economía, sociología, politología y las otras ciencias y pseudociencias sociales. Debemos a esta clase casi todos los cambios que ha experimentado el país en los últimos años. Muchos de ellos han sido positivos, ¿cómo negarlo?, pero una contradicción la mina. Desde su aparición en la vida pública, hace ya medio siglo, está empeñada en la modernización económica, social y técnica de México; al mismo tiempo, hoy es el obstáculo principal para llevar a cabo la modernización de que dependen todas las otras: la modernización política, la democracia.

El fenómeno mexicano es universal. Uno de los elementos que definen a este siglo, quizá el central, es el ascenso mundial de la clase burocrática. ¿Clase o casta? ¿Oligarquía o aristocracia? No es fácil ni necesario contestar a esas preguntas. En realidad, se trata de una nueva categoría histórica. Para designarla se emplea, con inexactitud, el término burocracia. Las burocracias del pasado, por más poderosas que hayan sido, fueron cuerpos de funcionarios y empleados mientras que el origen de las modernas es político. Muchas entre ellas son herederas de movimientos revolucionarios. Además, el rasgo común que las define, lo mismo en las naciones comunistas que en las capitalistas, es la voluntad de poder. A veces por la violencia y otras pacífica y gradualmente, han desplazado a las otras clases dirigentes. Allí donde no las han eliminado, como en México, las han subordinado. Ahora bien, esa voluntad y esas acciones son, por esencia, políticas. Más exactamente: son la esencia de la política. Vivimos en un período peculiar, quizá único en la historia: el del ocaso de los caudillos y los grandes jefes, substituidos por cuerpos políticos colegiados: el gobierno de los funcionarios. En este sentido, un Castro ya es una reliquia: Gorbachov es el hombre nuevo. Aunque no es imposible encontrarles ciertas semejanzas con las verdaderas burocracias del pasado, lo mismo en Bizancio y China que en Mesopotamia y Egipto, las burocracias del siglo xx son la verdadera y gran novedad histórica de nuestro tiempo.

Fenómeno ubicuo y que, no obstante, en cada país tiene una coloración distinta. También su influencia varía en cada lugar. En los regímenes comunistas es absoluta; en las democracias, la acción pública y el ejercicio de los derechos sociales e individuales entrañan su poderío. Tanto en los Estados Unidos, Europa occidental y Japón como en otros países de América, Asia y el Pacífico, su dominio es ilimitado pero su influencia es considerable: ha penetrado en los órganos gubernamentales, en los sindicatos obreros y en la empresa privada:

hay una burocracia capitalista como hay una burocracia estatal. En los países del "socialismo real" ha sometido totalmente a la sociedad civil, no sin antes haber aniquilado físicamente a clases y enteras categorías sociales. En México vive en una suerte de equilibrio: enclavada en la sociedad —mejor dicho, insertada y diseminada en el cuerpo social— ha sujetado a las otras clases pero no pretende ni absorberlas ni exterminarlas. Al contrario, en los últimos cincuenta años la sociedad civil ha crecido considerablemente. A veces, nuestra burocracia ha sido la aliada de los empresarios y de los banqueros; siempre, de los líderes y dirigentes de la clase obrera y campesina. En verdad, las burocracias obrera y campesina son parte central de la nueva clase.

Por razones que he explicado en otros escritos, su dominación no ha sido ni es despótica. Tampoco democrática. Precisamente por su posición peculiar, su origen civil, su pragmatismo no ideológico y, sobre todo, por ser la heredera tanto del liberalismo del siglo XIX como de la Revolución Mexicana, tengo esperanzas en un cambio pacífico gradual hacia formas de vida realmente democráticas. Sólo que, también precisamente por la naturaleza histórica y social de nuestra burocracia, insertada en la vida política, económica y cultural del país, nuestro camino será más lento y difícil que el recorrido por otras naciones de nuestro continente, como Argentina, Brasil y Uruguay. Las dictaduras militares son cuerpos extraños incrustados en el Estado y en la sociedad; las burocracias viven en simbiosis con el tejido social.

La aparición de una nueva categoría social es un hecho histórico sobre el que tenemos poco o ningún poder: nace y vive independientemente de nuestra voluntad y de nuestros deseos. No es siquiera, como a veces se dice, "un signo de los tiempos": es el tiempo mismo, la historia social, que se manifiesta en una de sus creaciones. En el mundo de la historia el nacimiento de una nueva clase es un fenómeno análogo al de la emergencia, en el de la naturaleza, de una nueva especie animal.

472

Con esto quiero decir que estamos ante una realidad con la que debemos contar y, sobre todo, con la que tenemos que aprender a convivir. No es fácil ni, quizá, tampoco deseable, suprimir o eliminar esta nueva realidad. Además, ¿es posible? El único método sería la violencia revolucionaria; ha sido el remedio que algunos, entre ellos nadie menos que Trotsky, han propuesto. Pero el remedio es peor que la enfermedad: las revoluciones del siglo XX fueron y son, justamente, el semillero de las burocracias. Han sido una cruel respuesta de la historia a las predicciones de Marx: la revolución que acabaría con el Estado no sólo lo ha fortalecido sino que ha creado un grupo social que es, a un tiempo, su criatura y su propietario. Pero si no es posible suprimir o exterminar a las burocracias, sí lo es reducirlas, humanizarlas, limitar sus poderes y someterlas al control de la sociedad. Este control tiene un nombre: democracia.

Hacia 1950 percibí, confusamente, la realidad nueva que brotaba de la porción más activa e ilustrada de la sociedad mexicana postrevolucionaria. El ejemplo de otros países me llevó a comprender mejor el fenómeno. También los libros que han aparecido hace mucho sobre este asunto, comenzando por los análisis de Max Weber, las discusiones en el grupo de Trotsky sobre el "colectivismo burocrático" y, en fin, los estudios contemporáneos. En esos años vislumbré el verdadero remedio. No fue fácil llegar a ciertas conclusiones: nací en 1914 y pertenezco a una generación que, en sus dos expresiones mayores: la marxista y la nacionalista, vio siempre con desdén a la herencia democrática. Poco a poco, no sin estupor, redescubrí a los grandes nombres de los siglos XVIII y XIX que habían sido los maestros de mi abuelo y de los liberales mexicanos. No me ofrecieron una doctrina ni un catecismo: fueron y son una fuente, una inspiración. Nuestras sociedades son muy distintas a las del siglo XIX pero sus críticas al absolutismo y al despotismo no han perdido ni actualidad ni efi-

cacia. Los sucesos de 1968 confirmaron que mis temores no eran fantasías ni quimérico mi diagnóstico.

Desde *Postdata* (1969) sostengo que la salida de México es la democracia. Ahora esta palabra se ha popularizado, al lado de otras que la acompañan como su complemento: pluralismo, diálogo, división de poderes, federalismo, resurrección política de las regiones, sociedad civil, etc. Hace apenas unos años esas palabras eran abominaciones, brasas que quemaban los labios de los ideólogos; hoy esos mismos labios las pronuncian con unción. En buena hora... Soy uno de los que creen que la democracia puede enderezar el rumbo de México y ser el comienzo de la rectificación de muchos de nuestros extravíos históricos. La reforma política haría posible la reforma económica y, asimismo, la de nuestra cultura; la democracia devolvería la iniciativa a la sociedad y liberaría los poderes creadores de nuestra gente. Naturalmente, hablo de la verdadera democracia, que no consiste sólo en acatar la voluntad de la mayoría sino en el respeto a las leyes constitucionales y a los derechos de los individuos y de las minorías. Ni los reyes ni los pueblos pueden violar la ley ni oprimir a los otros. Los antiguos concebían a la buena democracia —pues hay algunas que son malas: las demagógicas y las despóticas— como un régimen mixto que combina las otras dos formas de gobierno (la monarquía y la aristocracia), fundado en el equilibrio de poderes y en el culto a la Constitución.

A los mexicanos nos hace falta, lo mismo en la esfera privada que en la pública, volver a Montesquieu[a], quiero decir: conocer y reconocer los límites de cada uno, los míos y los de mi vecino. De ahí que la reforma polí-

[a] Se refiere a Charles Secondat, Baron de Montesquieu (1689-1755), filósofo francés de la Ilustración, autor de las célebres *Cartas persas* (1721) y del influyente *Espíritu de las leyes* (1748), donde hace agudas observaciones sobre la necesaria división de poderes en todo gobierno.

tica sea inseparable de la reforma intelectual y moral. Esto únicamente puede realizarse por una acción interior e interpersonal: una enmienda, una conversión. Por esto me atrevo a decir que la reforma moral es, o debería ser, la tarea de la nueva generación intelectual.

México, 31 de diciembre de 1986
(*Vuelta* 127, México, junio de 1987)

CONTRARRONDA

CONTRARRONDA. Segunda ronda que
se hace para asegurarse más de
la vigilancia en los puestos.

Diccionario de la Real Academia Española

Los comentarios sobre la realidad presente son como "el cuento de nunca acabar": lo que pasa hoy invalida el juicio de ayer y aun lo desmiente. Sin embargo, a sabiendas de la inutilidad de mi intento, me ha parecido que era preciso, como en el caso del "Remache," volver sobre ciertos puntos.

DEMOCRACIA E IMPERIO

En un ensayo recogido en este libro, "México y los Estados Unidos: posiciones y contraposiciones", toco una de las contradicciones esenciales de los Estados Unidos: son una democracia y son un imperio. En *Tiempo nublado* (1983), en la segunda parte ("La democracia imperial"), me ocupo con mayor amplitud de este asunto. Regreso al tema con algunas observaciones adicionales.

La raíz de esta contradicción, que lleva a los norteamericanos a emprender acciones repentinas y brutales seguidas por períodos de indecisión —curiosa mezcla

de maquiavelismo y candor—, es otra, más profunda. Esta última consiste en la oposición entre lo público y lo privado. La democracia norteamericana fue fundada para proteger el derecho de los individuos a seguir libremente sus aspiraciones y perseguir sus fines particulares, siempre que unas y otros sean legítimos. La idea de *felicidad* no es una noción política sino más bien íntima y personal; sin embargo, figura de modo prominente en su Constitución y nada menos que como uno de sus fines. En cambio, ni en las leyes fundamentales ni en la moral colectiva aparece alguna idea supraindividual, religiosa, política o metafísica, que sea la *raison d'être* de la nación norteamericana. Me refiero a esas nociones colectivas que resume una palabra y designa un emblema: la Polis, la Urbis, la Cruz, la Media Luna, la Hoz y el Martillo, el Sol Naciente, etc. Esto ha tenido un efecto doble: el primero, benéfico, ha sido limitar el poder del Estado, prevenir los abusos gubernamentales y asegurar la libertad general; el segundo, nefasto, la sobrevaloración del individualismo. En ciertos momentos de la historia contemporánea de los Estados Unidos la saludable separación entre los fines privados y la responsabilidad pública se ha convertido en divorcio suicida.

Desde su origen en Grecia la significación social e histórica de la democracia consistió, esencialmente, en el derecho del ciudadano a ocuparse de los asuntos públicos. Era un derecho inherente a la condición de ciudadano. La revolución democrática convirtió a los individuos privados en sujetos públicos que, reunidos en asambleas, discutían y resolvían, por medio del voto, los negocios colectivos. La decadencia de la democracia ateniense comenzó cuando, a consecuencia de la derrota de Queronea, se retiró a una parte de la ciudadanía sus derechos políticos. La gran novedad política de la democracia, en la Antigüedad, consistió en hacer del súbdito del monarca (sujeto privado) un ciudadano (sujeto público). En la edad moderna, sobre todo en los Estados Unidos, se invierte la relación entre los términos,

es decir, entre el poder público y el sujeto privado. La Constitución norteamericana consagra un principio que no sólo reconoce el derecho de los ciudadanos a participar en la vida pública sino que traza límites estrictos a la intervención del poder público en la vida privada y en los asuntos de los ciudadanos. En el mundo antiguo, lo privado (el ciudadano) tiene jurisdicción sobre lo público (la ciudad); en el mundo moderno, especialmente en los Estados Unidos, el poder público atenúa notablemente su jurisdicción sobre lo privado.

La observación que acabo de hacer se refiere al aspecto negativo, por decirlo así, del principio de la preeminencia de lo privado sobre lo público. En su forma positiva se expresa, como ya señalé, por la declaración constitucional en la que se afirma que uno de los fines de los Estados Unidos, como nación soberana, consiste en asegurar la libre y pacífica "búsqueda de la felicidad". Aquí, la política se subordina clara y explícitamente a lo privado. En efecto, la búsqueda de la felicidad es por esencia una actividad privada, íntima; por esto ha sido, tradicionalmente, el dominio de la religión, la filosofía y la moral. En la Antigüedad la decadencia de la polis y de la democracia, durante el período helenístico, coincidió con el gran cambio filosófico: los epicúreos y los escépticos mostraron desdén por las especulaciones políticas de la filosofía clásica (Platón y Aristóteles); concibieron a la filosofía no como un saber que comprendía temas políticos tales como los deberes y derechos del ciudadano, el tipo ideal de sociedad y otras cuestiones semejantes que habían preocupado a sus grandes predecesores, sino como la búsqueda de la serenidad y la felicidad en la vida privada. La decepción ante los reveses históricos de la polis se reflejó en esta renuncia de los filósofos a la especulación política. La excepción fueron los estoicos pero ellos también dejaron de ver en el hombre al ciudadano, contrariamente a Aristóteles, que lo había definido como "animal político", es decir, como ciudadano; para ellos la patria del hombre no era la ciudad

sino el cosmos, la sociedad universal de las sociedades.

La originalidad histórica de los Estados Unidos aparece desde esta perspectiva muy claramente: ni la renuncia a la vida pública como la de los epicúreos y los escépticos de la Antigüedad y la de muchas sectas religiosas ni, tampoco, la supeditación del súbdito al poder público, salvo en materia de fe, como en el cristianismo (al César lo que es del César). La revolución de la modernidad, sobre todo en su expresión más radical y completa: los Estados Unidos, consiste en una inversión de valores que es a un tiempo política y ética: el fundamento de la sociedad es la vida privada. La preeminencia de lo privado es, sin duda, una herencia de la Reforma, que, frente a la tradición del catolicismo romano, acentuó la subjetividad del creyente y consagró la libre interpretación de las Escrituras. Al atenuarse los rigores de la ética puritana, este individualismo facilitó el tránsito hacia el hedonismo contemporáneo. Ahora bien, en la esfera de la política el hedonismo se manifiesta como desinterés por los asuntos públicos. El mal que infecta a las sociedades liberales modernas es su creciente indiferencia frente a los valores sociales, es decir, su nihilismo. El ideal del diablo es la indiferencia universal. El sorprendente abstencionismo en las elecciones norteamericanas, precisamente en la nación reputada como una isla de democracia en este bajo mundo, confirma que la libertad de los ciudadanos no sólo es el origen de actos heroicos sino también de la egoísta indiferencia. Esto lo sabían los griegos y los romanos pero nosotros, los modernos, lo habíamos olvidado.

A la exaltación del individuo en la tradición religiosa y política de los Estados Unidos debe agregarse otro factor determinante: el carácter antihistórico de su proyecto nacional, que tiene los ojos puestos en el futuro y pretende hacer tabla rasa del pasado. Este es el origen del aislacionismo norteamericano.

Los Estados Unidos fueron fundados cara al mundo, frente y contra el pasado, sobre todo el pasado europeo:

monarquía, nobleza, jerarquías hereditarias. La condenación de la historia contiene la afirmación implícita de un pueblo elegido que escapa de la historia y sus conflictos para realizarse en la *no man's land* del futuro. Los medios para alcanzar esa finalidad son la libre asociación, el trabajo y sus recompensas: la democracia y la libertad. Pero democracia y libertad dentro de la comunidad de los elegidos. Para los fundadores de los Estados Unidos habría sido impensable llevar la guerra a otras tierras para implantar sus ideas de libertad y democracia. Y esto fue lo que hicieron, cabalmente, en esos mismos años, los revolucionarios franceses. ¿Dos temperamentos nacionales? Más bien: dos visiones del mundo. La vocación de los norteamericanos tiene su origen en el protestantismo fundador y su expresión es un dualismo moral: ellos y nosotros.

Este dualismo es, en sí mismo, una contradicción: los Estados Unidos estaban condenados, desde el principio, a tratar con los otros. Los autores de la Declaración de Independencia y de la Constitución eran los herederos de una doble tradición: la Reforma y la Ilustración. Ambos movimientos habían sido una crítica de las perversiones y las corrupciones de la historia y una tentativa por volver al principio del principio. Aunque inspirados por ideas distintas, en ambos la crítica se enlaza a la visión de una sociedad nueva y compuesta por hombres nuevos. Así, fundaron su país para escapar de la historia pero ese acto fue eminentemente histórico; desde entonces el pueblo norteamericano está en la historia: entre, frente, contra y con los otros pueblos. Hoy son una gran potencia y no solamente su destino sino su supervivencia misma es inseparable de su acción en el mundo. El espacio en donde se despliega su acción no es el territorio abstracto del futuro sino el muy concreto de la historia en su dimensión más inmediata y urgente: el presente. De ahí que los norteamericanos den con frecuencia la impresión de no estar muy seguros de cual es su función en el mundo. Esta indecisión se manifies-

ta, como dije, por accciones imprevistas, generalmente violentas y de corto alcance, que, invariablemente, se resuelven en recaídas en el aislacionismo. Se trata de una predisposición nacional, compartida por los demócratas y los republicanos: un rasgo decididamente antirromano.

Una consecuencia de esta actitud es la ausencia de una clara distinción entre los asuntos interiores y los externos. En las democracias, las facciones tienden a ver la política exterior como una dimensión de la interior y muchas veces no vacilan en usar los temas internacionales como armas ideológicas en sus luchas por el poder. Es una confusión que perdió a los atenienses y que hoy es la llaga enconada de la política exterior norteamericana; en ella se expresa abiertamente, a la luz pública, la oposición entre democracia e imperio. Esta oposición no es nueva en la historia: la conocieron las democracias de la Antigüedad y, en el siglo XIX, Inglaterra y Francia. El precedente de Atenas y Roma es particularmente instructivo: la primera, capaz de curar con medios democráticos los males de su democracia, fue derrotada por sus enemigos; la segunda sobrevivió, se engrandeció, pero tuvo que sacrificar sus instituciones republicanas y democráticas. No sabemos qué porvenir aguarda a la nación norteamericana. Nuevos fracasos en su política internacional podrían provocar una ola de extremismo nacionalista. Hoy se ve al cesarismo como una posibilidad no sólo remota sino quimérica; se olvida que, históricamente, ha sido una tentación permanente en todas las democracias en períodos de peligro y de crisis. Los Estados Unidos no son una excepción histórica.

La política exterior de un gran país no puede ser objeto de las disputas entre los partidos y las facciones; tampoco puede ser el pretexto para maniobras electorales y escándalos repetidos. Es verdad que las querellas despiadadas entre los partidos, los grupos y los individuos no son nuevas en la historia. La democracia ha

sido siempre el gran semillero de la pasión mortífera: la *envidia*. Pero debe confesarse que durante los últimos años la vida pública norteamericana parece la ilustración viviente de las críticas de los antiguos filósofos e historiadores acerca de los males de las democracias: las disputas intestinas entre los grupos y las banderías, que son muchas veces coaliciones de intereses y no agrupaciones inspiradas por una ideología y un programa; la indiferencia de la mayoría por los temas generales, nacionales e internacionales; la sorprendente persistencia de un miope provincialismo en el país mejor informado del mundo; la concepción de la política como una lucha de personas y no de ideas; la transformación de la vida pública en espectáculo: los Estados Unidos han evitado el caudillismo y las tiranías pero han convertido a sus dirigentes en figuras no muy distintas a las del campeón deportivo y la estrella del cine y la televisión; el culto inmoderado por la publicidad, fomentado por la prensa y los medios de comunicación, que especula con la fascinación del pueblo ante la vida privada de sus dirigentes; la mezcla de morbosidad y puritanismo en la opinión popular; en fin, la envidia general disfrazada de preceptos morales... Todos estos rasgos componen un cuadro que sería curioso si no fuese también deprimente.

En un pasaje de su *Historia,* al hablar de la caída de las ciudades griegas, Polibio[a] dice algo que es perfectamente aplicable a la situación de los Estados Unidos: "Todos los pueblos que llevan en la sangre la inclinación a dominar y la pasión de libertad, no cesan nunca de pelear entre ellos porque ninguno está dispuesto a ceder al otro el primer puesto". Esta doble pasión nace con la libertad y acaba con ella. Entre la demagogia y el

[a] Historiador y general griego. Acompañó a Escipión en su campaña contra Cartago. Autor de una *Historia general* que se componía de cuarenta libros, de los que sólo cinco han llegado hasta nosotros.

cesarismo, ¿no hay solución intermedia? Sí, los romanos la llamaban virtud y los cristianos, *templanza*. Ambas son respuestas a situaciones semejantes: la insurrección de los apetitos y las pasiones es un relajamiento de la libertad y sólo puede remediarse por un acto libre de automoderación. Este acto es íntimo y moral; traducirlo a términos sociales y políticos modernos es extraordinariamente difícil. Sin embargo, esta es la tarea que impone la historia contemporánea a los ciudadanos de los Estados Unidos. Encontrar la respuesta a este reto será resolver o, al menos, atenuar la contradicción entre imperio y democracia.

PRI: HORA CUMPLIDA (1929-1985)

Je ne veux point nier qu'il n'ait
dans le tableau d'un pouvoir monarchique
quelque chose de séduisant,
mais les institutions dépendent des
temps plus que des hommes[a].

BENJAMIN CONSTANT
Principes de politique, 1805

UN COMPROMISO HISTÓRICO

EL régimen actual nació en 1929, con la fundación del PRI (Partido Revolucionario Institucional). El programa original de la Revolución Mexicana fue esencialmente político: se proponía transformar a nuestro país en una auténtica democracia. El movimiento revolucionario triunfó pero la democracia se quedó en aspiración. Tras cerca de veinte años de luchas intestinas, la nación, ya en paz, se enfrentó a una disyuntiva: ¿régimen de caudillos revolucionarios o instituciones democráticas? Esta disyuntiva, aunque nacida del proceso revolucionario, era una consecuencia de las luchas civiles de México

[a] En francés en el texto: "No quisiera nunca negar que un poder monárquico tenga algo de seductor, pero las instituciones dependen más de los tiempos que de los hombres".

desde la Independencia. Durante la primera mitad del siglo XIX los dos partidos que se disputaban el poder, el Liberal y el Conservador, acudieron más a las armas que a las urnas. Las luchas políticas se transformaron en operaciones militares hasta que la guerra civil endémica culminó en la intervención extranjera. La segunda mitad del siglo inauguró una situación que, *mutato nomine,* es la nuestra.

El triunfo de Juárez y los liberales republicanos sobre Maximiliano y sus partidarios significó, entre otras cosas, la desaparición del Partido Conservador. Juárez y Lerdo de Tejada gobernaron apoyados en una fracción del Partido Liberal y tuvieron como opositores no a los conservadores sino a otra fracción liberal, encabezada por el general Porfirio Díaz, que gozaba de gran prestigio por sus victorias sobre las tropas francesas. Al tomar el poder, Díaz se enfrentó a una disyuntiva parecida a la de 1929: ¿conservar la democracia y exponerse a los cuartelazos y disturbios que habían trastornado la gestación de Juárez y Lerdo o volver al régimen de caudillos? La solución fue un compromiso que, sin romper el orden institucional, conservó en el poder a la fracción liberal vencedora y a su jefe. Este compromiso histórico —para emplear una expresión que ha hecho fortuna— duró treinta años; hoy llamamos a ese período el porfiriato. El término no es enteramente exacto porque, aunque fue un caudillo, Porfirio Díaz fue un presidente institucional. Durante el régimen de Porfirio Díaz hubo una coalición de intereses económicos de los grupos privilegiados pero no hubo resurrección ni del Partido Conservador ni de su ideología. El gobierno de Díaz fue un despotismo liberal ilustrado.

La Revolución de 1910 acabó con la dictadura de Porfirio Díaz; sin embargo, no reapareció en la escena política el Partido Conservador. La lucha por el poder, como ocurre siempre en la historia, fue la pelea entre las distintas tendencias de la Revolución triunfante. El desenlace tampoco se apartó del precedente de todas las

486

revoluciones: la instauración de un cesarismo revolucionario. Ahora bien, en el caso de México, una vez asesinado el César (Álvaro Obregón), se buscó una solución intermedia. Otro compromiso histórico. El César en turno, el Augusto mexicano, era un político inteligentísimo, Plutarco Elías Calles; como su antecesor romano, encontró una solución muy original, a un tiempo institucional e intermedia: un partido que ha monopolizado el poder no por la violencia ni la dictadura militar o policíaca sino a través de un sistema hecho de calculados equilibrios, pesos y contrapesos. Indudablemente, esta solución fue más perfecta, más institucional, que la de Díaz.

Mi comparación entre el emperador Augusto y el general Calles parece traída por los cabellos. Las diferencias entre la Roma de 27 a. C. y el México de 1929 son enormes. En nada se parece el sobrino de César al revolucionario de Sonora, aunque Alfonso Reyes, en unas páginas que todavía se leen con rubor, al hablar de Virgilio, el amigo y protegido de Augusto, haya evocado la figura de Calles, en cuya política agraria veía —o más bien: oía— un eco de las Geórgicas. (Mientras digo eso, la sombra de don Alfonso me mira, no sé si enojado o contrito. ¡Perdón, tenía que decirlo!) Pero mi comparación entre el romano y el sonorense no es enteramente caprichosa. Como Augusto después de tantos años de guerras civiles y del asesinato de Julio César, el general Calles, tras la muerte violenta del caudillo Obregón, buscó una solución que fuese a un tiempo política e institucional. Por lo primero, la solución tenía que ser un compromiso, en Roma entre la monarquía y la república, en México entre la dictadura y la democracia; por lo segundo, el nuevo régimen tenía que fundarse no en los caudillos sino en las instituciones, en una burocracia impersonal y no en un monarca imprevisible. El parecido se acentúa si se repara en que la reforma de Calles fue decidida y realizada, como la de Augusto, desde arriba, desde el poder, y en una situación postrevolucionaria.

Es indudable que al idear la fundación de un partido hegemónico, Calles tuvo presentes algunos ejemplos contemporáneos: la Turquía de Kemal Bajá Atartuk y, sobre todo, el Partido Fascista Italiano. Es revelador también que el primer nombre de la agrupación haya sido Partido Nacional Revolucionario. Es un nombre con sabor de época y que evoca tanto al nacionalismo del socialista Mussolini como al "socialismo en un solo país" del nacionalista Stalin. Pero los partidos de Rusia e Italia habían conquistado el poder mientras que el mexicano fue creado desde el poder. El Estado italiano y, más acusada y totalmente, el ruso fueron proyecciones de esos partidos y de ahí que hayan sido Estados ideológicos (el segundo todavía lo es); en México el partido era (y es) proyección del gobierno. Esta es la diferencia, esencial, entre el PRI y los partidos totalitarios. Las consecuencias, asimismo, han sido diferentes: en Rusia el Estado suplanta a la sociedad civil y tiende a suprimirla; en México la sociedad civil subsiste e incluso, a pesar de muchas trabas, se ha desarrollado a partir de 1930. Pienso sobre todo en las dos nuevas clases urbanas, el proletariado industrial y la clase media. Ambas han crecido a la sombra del PRI y del gobierno. Su desarrollo recuerda al del Estado llano (burguesía, clases intelectuales y profesionales) durante los siglos XVII y XVIII. El Estado llano fue aliado y protegido de la monarquía absoluta antes de convertirse en su enterrador.

LAS MILICIAS DEL PRI

La base del sistema mexicano es el control de las organizaciones obreras, campesinas y populares. Pero la palabra control contiene la idea de dominación y mando; la relación entre esas organizaciones y el sistema es más sutil y libre. Habría que hablar más bien de cooptación de los dirigentes obreros, campesinos y populares. Todos ellos, de una manera u otra, son parte del régi-

men y ocupan un alto lugar en la jerarquía. Sin embargo, la integración de los dirigentes populares dentro del grupo director del país no explica enteramente el fenómeno. Hay otro factor: los sucesivos gobiernos nunca han sido indiferentes a la situación de los trabajadores, sobre todo a la de los urbanos. El populismo ha sido uno de los rasgos distintivos de la política mexicana desde que la Revolución se transformó en gobierno. Hoy se critica al populismo con razón pero esa crítica no debe ocultarnos sus apectos positivos; en una sociedad como la mexicana, en la que los pobres son tan pobres y los ricos tan ricos, el populismo, aunque manirroto y demagógico, equilibró un poco la balanza en el pasado. Pienso, más que nada, en los trabajadores de la ciudad. Los primeros gobiernos surgidos de la Revolución se preocuparon de manera preponderante por los campesinos pero, desde hace mucho, buena parte de la actividad gubernamental se ha desplazado del campo a las ciudades. Los campesinos son los que han pagado los costos, altos y a veces terribles, de la modernización. A pesar de todas estas sombras, es claro que el sistema ha contado no sólo con el apoyo explícito de los dirigentes obreros y campesinos sino, lo que es más importante, con el apoyo implícito de los trabajadores.

En el otro extremo, el sistema ha cooptado también, de una manera menos ostensible pero no menos efectiva, a muchos e importantes líderes de la clase empresarial. Por último, debo mencionar a los intelectuales. Su situación no es muy distinta a la de los clérigos de la época virreinal, especialmente a la de los miembros de las órdenes religiosas. Los intelectuales son parte del sistema como sus predecesores de los siglos XVI, XVII y XVIII; también como ellos, a veces son críticos y aun revoltosos. En ciertos momentos, algunos han sido la conciencia del régimen. Pero en general, por desgracia, su crítica ha sido casi siempre ideológica. Enamorados de las abstracciones, desdeñan a la realidad. Los medios de comunicación prolongan y acentúan estas caracterís-

ticas. Nuestra prensa —pienso, sobre todo, en la de la capital— es ideológica o, en el otro extremo, acomodaticia y aun, en ciertos casos, venal. Esta es una de las razones de su escasa influencia.

Los méritos y los defectos del sistema están a la vista. He hablado de balanzas y contrapesos pero también podría hablarse de un sistema de compromisos y transacciones. Una política de esta naturaleza, por más elástica y flexible que sea, tiene un límite: una y otra vez las contradicciones entre los distintos grupos o entre uno de esos grupos y el gobierno, se acumulan y enconan. Entonces, como lo muestra la historia de los últimos treinta años, el régimen acude a medidas severas y aun a la represión. Otro límite es el agotamiento de la capacidad de negociación del gobierno, no por falta de voluntad y de habilidad sino por la carencia de recursos que pudiesen ofrecerse como una compensación a las insatisfechas demandas de este o aquel grupo. Esto último es lo que comienza a ocurrir ahora. Es un nuevo indicio de que estamos al fin de un período histórico. Dicho todo esto, debe reconocerse que esta política ha tenido éxito durante más de medio siglo.

LA BUROCRACIA TRICOLOR

Mi descripción del sistema político mexicano sería muy incompleta si olvidase señalar que el grupo dirigente está compuesto por dos cuerpos. En un ensayo de 1978, recogido en *El ogro filantrópico,* apunté que en México existen dos burocracias, separadas aunque en perpetua comunicación[a]. Una es política y la integran, esencialmente, los estados mayores de los tres sectores en que se divide el PRI: el obrero, el campesino y el

[a] Se refiere al ensayo "El ogro filantrópico" en el libro homónimo, págs. 85-100.

popular. (Hay que añadir dos sectores de menor importancia: las mujeres y los jóvenes.) Este grupo, en su totalidad, constituye lo que se llama la "clase política" y se extiende a todo el país por medio de una vasta red de organismos. El otro cuerpo es el gubernamental propiamente dicho y su definición se ajusta más al concepto tradicional de burocracia. Es un grupo que ha crecido muchísimo en los últimos treinta años debido no sólo a la hipertrofia gubernamental sino a la política de nacionalizaciones. Estas dos burocracias concentran un inmenso poder político, económico y social. Hay que reconocer, de nuevo, que a su acción se debe, en buena parte, mucho de lo que se ha logrado. Al mismo tiempo, hoy son el principal obstáculo a que se enfrenta toda tentativa de renovación democrática. Las dos burocracias se oponen, casi instintivamente, a un cambio que ponga en peligro sus enormes privilegios.

La aparición de la burocracia como una nueva clase es un fenómeno universal y, según se ha dicho muchas veces, es uno de los rasgos más inquietantes de las sociedades contemporáneas. La imbricación entre partido, burocracia y Estado es el fundamento del totalitarismo moderno. No es el caso de México: aquí hemos gozado de muchas libertades desconocidas lo mismo en los países comunistas que en aquellos bajo dictaduras militares. Sin embargo, la historia reciente nos enseña que el tránsito del despotismo a la democracia ha sido más fácil allí donde no ha aparecido, como casta o clase, una burocracia político-tecnocrática. Los ejemplos abundan: Portugal, España, Argentina, Uruguay. La paradoja del México contemporáneo reside en la doble faz de nuestra burocracia: ha sido el instrumento del cambio social y, hoy, es el obstáculo del cambio político.

Entre las circunstancias adversas a la reforma democrática hay otra, esencial. Se habla poco de ella a pesar de que es una de las claves de nuestra historia, desde la época precolombina hasta nuestros días. Me refiero a la ausencia de tradiciones democráticas. Los largos años

de dominación del PRI no son una novedad histórica para los mexicanos. Salvo durante el corto período que Cosío Villegas llamó la República Restaurada[a], durante el cual, por lo demás, no faltaron sacudimientos y rebeliones, México no ha conocido nunca un régimen de partidos que de una manera pacífica se alternen en el gobierno. Antes de la Conquista, las ciudades-estados de Mesoamérica eran teocracias militaristas; durante los tres siglos de la dominación española fuimos un virreinato (¡y qué virreinato: el régimen español era una monarquía absoluta!); después, la primera mitad del siglo pasado fue un período de dictaduras, golpes de Estado, guerras civiles e invasiones extranjeras; finalmente, tras el intermedio de Juárez y Lerdo, la dictadura liberal de Díaz, las luchas revolucionarias y, desde 1930, la hegemonía del PRI. La democracia es una invención colectiva pero, asimismo, es un aprendizaje. La historia nos ha privado, cruelmente, de la posibilidad de aprender. ¿La historia o nosotros mismos?

No es difícil advertir las analogías del sistema político mexicano con los de otros países: tampoco lo es percibir sus diferencias. Entre ellas, la más notable (y la más saludable) es la ausencia de una ortodoxia ideológica. Esto nos ha salvado del terror de un Estado burocrático e inquisidor, como en los países comunistas. Otro rasgo, también positivo: puede hablarse de un monopolio del PRI pero no de una dictadura. Varias veces he dicho que vivimos en un régimen peculiar, un régimen *hacia la democracia*. ¿Cuánto tiempo podremos seguir viviendo a medio camino entre un sistema y otro? Los mexicanos no cesamos de hacernos esta pregunta. En 1968 se abrió el período de revisión de nuestro sistema. Hoy la pregunta se ha vuelto imperiosa y la respuesta impostergable: o damos un paso definitivo hacia la democracia o la

[a] Cosío Villegas se refirió con este término al segundo período (1865-1876) de Juárez en la presidencia mexicana; véase su *Historia moderna de México* (1957).

nación se estanca. De ahí que sea imprescindible reflexionar sobre la situación actual.

El primer elemento positivo es la existencia de distintos partidos políticos independientes. Mejor dicho: de un partido, el PAN[a], y de varios grupos que tienden a serlo sin conseguirlo aún. Por desgracia, esas agrupaciones, sin excluir al partido, son débiles, aunque cada vez lo son menos. Su debilidad es, hasta cierto punto, explicable. En primer término, sus medios de acción han sido y son incomparablemente más reducidos que los del PRI, que cuenta con el apoyo y los recursos oficiales. En segundo lugar, cuando ha sido necesario, el poder no ha vacilado en recurrir a la intimidación e incluso, en ocasiones, a la represión. Las víctimas de la acción gubernamental han sido lo mismo grupos llamados de derecha que los de izquierda (una denominación que día a día nos revela su insuficiencia). Pero la hegemonía del PRI no se explica sólo por las razones que he apuntado ni la debilidad de la oposición puede atribuirse exclusivamente a la coacción gubernamental. Hay otras razones, unas de orden histórico, como la ausencia de tradiciones democráticas, y otras más bien circunstanciales. Me ocuparé, así sea superficialmente, de las últimas.

DESCENDIENTES DE JOSEPH DE MAISTRE Y DE JEAN-PAUL MARAT

El PAN es el heredero del antiguo Partido Conservador y de la tradición católica mexicana. Desde este punto de vista su legitimidad histórica es incuestionable. Es imposible entender a nuestro país sin la tradición conservadora: Lucas Alamán no es menos central para México que Benito Juárez. El primer equipo dirigente del PAN era muy brillante pero demasiado ligado al pen-

[a] El PAN es el Partido de Acción Nacional, de filiación conservadora, fundado en 1938 contra el auge nacionalista del General Lázaro Cárdenas.

samiento conservador europeo. Durante algún tiempo, su tradicionalismo lo llevó a simpatizar con Franco. El otro partido conservador, el Demócrata, es heredero del sinarquismo, una tendencia tradicionalista y plebeya que agrupó a los campesinos pobres de algunas regiones pero que nunca fue democrática. Hoy se ha convertido a la democracia, como lo han hecho el PAN y, en el lado opuesto, los partidos de izquierda.

Aunque el PAN ha lavado su pasado autoritario con más exito que el PSUM su pasado stalinista, no ha logrado renovar enteramente su doctrina[1]. Durante los últimos años ha aparecido en Occidente un pensamiento crítico del Estado que no sólo renueva a la tradición liberal sino que abre nuevas perspectivas. No parece que esas corrientes intelectuales hayan penetrado en el PAN. Esta crítica moderna al Estado, que es una real y profunda novedad intelectual en el pensamiento político de este fin de siglo, tampoco ha hecho vacilar las petrificadas convicciones de muchos intelectuales mexicanos, sobre todo de izquierda. El culto al Estado tiene entre nosotros un origen triple: la herencia hispánica, la influencia francesa y, hoy, la marxista. Así pues, engloba a los conservadores, a los liberales y a los socialistas.

La crítica política del PAN al sistema ha impresionado favorablemente a la opinión pública pues está fundada en los principios democráticos. En cambio, no ha formulado un proyecto nacional nuevo y viable que se ofrezca como una opción distinta a la del PRI. Las profesiones de fe democrática de sus voceros son valiosas y útiles; su programa en otros dominios es vago. En materia económica proclaman las ideas de los economistas neoclásicos, que hoy defienden con singular vigor y éxito (en los Estados Unidos y en Europa Occidental) la tradición de Adam Smith. Pero los problemas sociales y culturales del país son más vastos y sobre algunos de

[1] PSUM: Fusión del Partido Comunista con otros grupos afines.

494

ellos, como el demográfico, la posición del PAN es insatisfactoria. Sin embargo, el PAN es ya un partido nacional. No sólo ha crecido en los últimos tiempos sino que, probablemente, crecerá aún más. Este crecimiento no se debe únicamente a sus raíces en nuestra historia ni a la bondad intrínseca de su programa o a la capacidad de sus dirigentes. La verdad es que el PAN recoge el descontento de un número cada vez mayor de mexicanos ante lo ocurrido en los últimos sexenios. Como el movimiento estudiantil de 1968, pero ahora en el ámbito nacional, especialmente en el norte del país y en Yucatán, el crecimiento del PAN expresa no tanto una tendencia ideológica como el descontento de muchos ciudadanos.

Pero hay algo más que el descontento y el anhelo general de una vida realmente democrática. Para entender el crecimiento del PAN hay que mencionar, además, la influencia de un fenómeno sobre el que se ha hablado poco y reflexionado aún menos: el despertar de la provincia. Se trata de un hecho nuevo en la historia de México y que está llamado a ejercer una influencia decisiva en nuestra vida nacional. Otro signo de este despertar es la vitalidad de la prensa regional, lo mismo en el norte que en Yucatán y en Veracruz. Es revelador, al mismo tiempo, que la prensa de la capital sea hoy poco leída en provincia. Los mexicanos comenzamos a tener mayor conciencia de la diversidad y personalidad de las regiones que componen nuestro país. Esto es saludable. Por una parte, expresa la variedad, la riqueza y la complejidad de nuestra patria; por otra, es una reacción en contra del monopolio político, económico y cultural de la ciudad de México. Mejor dicho, es una reacción en contra de más de dos mil años de centralismo. Es una paradoja que el PAN, heredero del Partido Conservador, que siempre fue centralista, hoy exprese la rebelión contra el centro, mientras que el PRI, descendiente de los liberales, que fueron federalistas, represente al centralismo. De todos modos, sea el PAN o cualquier otro

partido el beneficiario de esta tendencia, estamos ante un hecho nuevo y de incalculables consecuencias históricas. Desde la fundación de Teotihuacan, los mexicanos han padecido la dominación del Centro. Centralismo y concentración excesiva de poder en una persona (sacerdote-rey, caudillo, monarca o presidente) han sido realidades complementarias en nuestra historia y casi siempre nefastas. Hoy presenciamos un lento pero poderoso movimiento de reflujo histórico. Es un fenómeno que, probablemente, pertenece al dominio de lo que llaman los historiadores franceses *la cuenta larga*. Si es así, será irreversible.

Contrasta el crecimiento del PAN con el estancamiento de los partidos de izquierda. Se dice que sus divisiones intestinas han contribuido a su debilidad. Creo lo contrario: sus divisiones son la expresión de su debilidad. Los organismos débiles, lo mismo en el campo de la biología que en el de la política, tienden a la escisión y a la dispersión. Otra razón del estancamiento de la izquierda es que lo mejor y más vivo de su programa aparece también en el programa del PRI. Por último, los partidos de izquierda no han logrado insertarse en la vida colectiva mexicana porque ni su lenguaje ni sus ideas tienen una relación clara con la presente realidad mexicana. Tampoco con la historia de nuestro país. La izquierda mexicana, en general, se preocupa más por los temas internacionales que por los mexicanos: les importa más Nicaragua que Sonora y más Cuba que Chiapas. El Partido Mexicano de los Trabajadores ha sido sensible a esta falla y ha procurado mexicanizar su lenguaje, sus programas y sus símbolos. Es loable y positivo pero no es suficiente. Para que la gente los oiga, los grupos de izquierda no sólo tienen que mexicanizar su lenguaje sino responder a una pregunta básica: ¿qué clase de socialismo pretenden implantar en México?

He llamado básica a esta pregunta. Agrego que es urgente contestarla. La palabra "socialismo" cubre una se-

rie de realidades distintas: el socialismo portugués y el español, el francés y el sueco, el alemán y el inglés (laborismo), el ruso y el chino, el vietnamita y el albanés. No sólo hay muchos socialismos sino que militan en bloques enemigos. Los socialistas alemanes, noruegos, belgas, ingleses y otros son partidarios de la Alianza Atlántica (como lo son también los comunistas italianos) mientras que los socialistas suecos son neutrales. Los gobiernos socialistas de Francia, España y Portugal son aliados de los Estados Unidos; los socialistas chinos combaten con las armas a los socialistas de Vietnam que, a su vez, ocupan Camboya y pelean contra una numerosa facción de socialistas camboyanos aliados a Pequín; los socialistas rusos invaden Afganistán y los cubanos envían tropas a Angola y otras partes... Todo esto, para no hablar del desprestigio universal del llamado socialismo real", es decir: del sistema ruso, hace imperativo que esta pregunta sea contestada con claridad. Si lo que nos proponen es el socialismo democrático, deben entonces decirnos en qué consiste. Para esto deben definir de una manera real y concreta el sentido de las palabras socialismo y democracia y, en seguida, mostrar cómo y de qué manera pueden compaginarlas.

Es imposible conquistar la confianza popular si antes no se clarifica este tema esencial. Es una cuestión íntimamente ligada con otra: ¿cuál es la visión que esos partidos y grupos tienen de la URSS y de los otros países que han usurpado el nombre del socialismo? ¿Es socialista la URSS? ¿Lo son Polonia, Cuba, Vietnam? No basta con denunciar la invasión rusa en Afganistán, la supresión del movimiento de Solidaridad en Polonia o los abusos del régimen de Castro en materia de libertad intelectual o sexual: ¿Qué política internacional debe adoptar nuestro país según la izquierda mexicana? Contestar a estas preguntas quizá no les dará más votos hoy pero, sin duda, creará para ellos, en el futuro inmediato, una audiencia más vasta. Así habrán dejado de ser

sectas de las catacumbas y se habrán convertido en lo que todos deseamos: un interlocutor nacional[2].

La tabla de salvación

Las razones de la hegemonía del PRI están a la vista. La primera es de orden histórico: no sólo es el partido heredero de la Revolución Mexicana sino del liberalismo del siglo pasado, en sus dos vertientes: la juarista y la porfirista, la libertaria y la autoritaria. Pero estos antecedentes históricos, por más poderosos que sean, no lo explican todo. El PRI ha conservado el poder porque su gestión ha sido positiva en términos generales, aunque no exenta de sombras, manchas y crímenes. Para hacer el elogio del PRI habría que pedirle prestadas a Carlos Marx algunas de las expresiones con que hizo el elogio de la burguesía. No mencionaré las obras económicas y sociales, aunque hayan sido considerables, sino la acción política.

En primer lugar, ha dado estabilidad al país y, así, ha hecho posible su desarrollo (por más desigual y defectuoso que haya sido éste). Tampoco puede olvidarse que el PRI no ha implantado el terror ideológico como los regímenes comunistas y que nos ha preservado de los horrores que han sufrido casi todos los países latinoamericanos bajo dictaduras militares reaccionarias. Y hay algo más y más decisivo: el PRI ha sido el gran canal de la movilidad social. Al mismo tiempo, ha inmovilizado nuestra vida política y no ha vacilado en usar la fuerza y la represión para conservar el poder. Su influencia ha sido determinante en la corrupción que pa-

[2] Hoy, por fortuna, las corrientes democráticas dentro de la izquierda mexicana son más influyentes. Es una tendencia que, si persiste y triunfa, no sólo transformará a la izquierda sino que tendrá una influencia benéfica en la evolución política de México y aun en la de la cultura nacional. (Nota de 1986.)

decemos. Es verdad que los orígenes históricos de la corrupción están en el México virreinal, es decir, en el patrimonialismo de la monarquía absolutista: el Príncipe gobierna a su pueblo como si fuese su casa. El fin del patrimonialismo, en Europa, se debió a la adopción de un nuevo tipo de racionalidad económica y política. Fue un cambio de la moral pública aliado estrechamente a la implantación de la democracia política y al ejercicio de la crítica. En México no hubo esos cambios por razones históricas que no puedo examinar aquí. La perpetuación del patrimonialismo, es decir, de la corrupción, se debe sobre todo a la ausencia de crítica social y política. En esto la responsabilidad del sistema es innegable: ha buscado el consenso y ha sido hostil a la expresión de las diferencias. Su ideal ha sido la imposible unanimidad, no la modesta pluralidad.

En 1968 el monopolio de este "ogro filantrópico" que es el PRI fue sometido a una dura prueba. El movimiento de los estudiantes fue el resultado de la emergencia de una nueva clase media. En el lenguaje de los estudiantes mexicanos no era difícil percibir ecos de proclamas y declaraciones de los estudiantes de Berkeley y de París durante ese mismo año; sin embargo, había algunas diferencias. Los mexicanos eran menos libertarios y en sus declaraciones no aparecen las críticas virulentas que los jóvenes franceses hicieron a los regímenes comunistas. Pero no fue la ideología del movimiento lo que conquistó la simpatía de grandes grupos de la clase media urbana sino la aspiración democrática. Casi sin proponérselo y más allá de sus *slogans* revolucionarios, los estudiantes expresaron el anhelo general de la nueva clase media, sobre todo de la ciudad de México: una vida política realmente plural y en la que cesase el monopolio del PRI.

La respuesta fue brutal: la represión de Tlatelolco. El gobierno mexicano, que es inteligente y realista, no tardó en comprender el sentido profundo del movimiento y emprendió, un poco después, una reforma política.

Primero fue la Apertura del presidente Echeverría; más tarde, la Reforma política de López Portillo, concebida por el Secretario de Gobernación de entonces, Jesús Reyes Heroles. La Reforma comenzó pronto a dar frutos. Pero la catástrofe financiera del final del gobierno de López Portillo nos precipitó en un hoyo del que todavía no podemos salir. El desastre fue el resultado de causas que estaban más allá del control del gobierno —la crisis financiera mundial, la baja del precio del petróleo, las altas tasas de interés bancario en los Estados Unidos— y de otras que sí son imputables a la administración mexicana: la corrupción y, fundamentalmente, los planes faraónicos. El gobierno se empeñó en continuar con esos planes en contra del aviso de los expertos y a pesar de los consejos del simple sentido común. ¿Por qué? Porque en nuestro país la autoridad, desde el siglo XVI, no tiene la costumbre de *oír*. Lo peor no fue la insensibilidad del gobierno ante las críticas y las advertencias sino que el derrumbe financiero provocó otra recaída en los métodos autoritarios. La respuesta al fracaso fue la nacionalización (estatización) de la banca. No critico el acierto o el desacierto de la disposición gubernamental. Se puede discutir interminablemente sobre la medida, si fue necesaria o inútil, benéfica o nociva; lo que me parece vituperable es la forma en que se llevó a cabo. No hubo ninguna discusión pública y el cambio se impuso a la población por sorpresa. Fue una orden —y punto.

Después hubo un cambio de mando. Miguel de la Madrid fue electo presidente por una amplia mayoría y su gobierno fue recibido con esperanza. Los escépticos, que son más y más, no han dejado de señalar que recibimos con la misma esperanza a Echeverría y a López Portillo. El nuevo gobierno ha hecho algunas cuerdas rectificaciones y adoptado ciertas medidas prudentes, casi todas ellas dirigidas a sanear nuestras finanzas y a vadear la crecida que amenaza con ahogarnos. La verdad es que las dificultades a que nos enfrentamos hoy

los mexicanos, y no sólo el gobierno, son muchas, enormes y complejas. Pagamos años y años de imprevisión, ligereza, ignorancia y deshonestidad. El problema más urgente es el financiero. Es una cadena que tenemos atada al pie y que no nos deja caminar. Pero creo que saldremos del hoyo. Los problemas más difíciles, por ser de fondo y de lenta resolución, son otros. No soy un experto pero, a mi juicio, los más graves son los siguientes: el aumento de la población, el fracaso de nuestra agricultura (no sólo no nos alimenta sino que nos endeuda con el exterior), la escasa productividad (y, en consecuencia, incapacidad de exportar y un mercado interno débil que acentúa nuestras terribles desigualdades), la ruina de nuestro sistema educativo... La lista no es exhaustiva pero es aterradora. Todo esto nos enfrenta a una tarea gigantesca, prolongada y colectiva. Enderezar al país no puede ser la obra de un hombre o de un grupo sino de una generación.

Es claro que lo primero que hay que hacer es echar a andar a la nación, es decir, devolverle la iniciativa y la libertad de acción. El principal obstáculo es la centralización que padecemos. Es una realidad que nació con la primera gran ciudad mesoamericana, Teotihuacan, y que prosperó con el virreinato y los regímenes que lo han sucedido hasta nuestros días. Aunque el centralismo es económico, administrativo y cultural, su raíz es política. Su persistencia, como la del patrimonialismo, revela que en muchos aspectos nuestra sociedad todavía es premoderna. La familia patriarcal, con su moral de círculo cerrado, sigue siendo el modelo inconsciente de nuestra vida social y política. La sociedad vista como una proyección de la familia. Pero la extraordinaria vitalidad del patrimonialismo y del centralismo y su resistencia al cambio no son explicables únicamente como supervivencias de nuestro pasado. Los aliados de ambos son la ausencia de crítica política y de vida social democrática. En el caso del centralismo hay que decir que se apoya en la nueva clase burocrática. Centralismo y bu-

rocracia son vasos comunicantes que se alimentan mutuamente. El centralismo es la expresión de los grandes monopolios económicos del Estado (y de muchos privados que son sus aliados), de los monopolios culturales en las grandes ciudades y, en fin, de los monopolios políticos. Tenemos que acabar con todo esto. El único método para lograrlo es la democracia.

No necesito repetir que, por sí sola, la democracia no puede resolver nuestros problemas. No es un remedio sino un método para plantearlos y entre todos discutirlos. Además (y esto es lo esencial), la democracia liberará las energías de nuestro pueblo. Así, la renovación nacional comienza por ser un tema político: ¿Cómo lograremos que México se convierta en una verdadera democracia moderna? No pido (ni preveo) un cambio rápido. Deseo (y espero) un cambio gradual, una evolución. Detener esa evolución sería funesto y expondría al país a gravísimos riesgos. Las soluciones autoritarias gastan a la autoridad, exasperan a los pueblos y provocan estallidos. El compromiso histórico que resolvió en 1929 la disyuntiva entre el régimen de caudillos revolucionarios y el establecimiento de una genuina democracia, hoy nos enfrenta a otra disyuntiva: estancamiento o democracia. El estancamiento no sólo es inmovilidad sino acumulación de problemas, conflictos y agravios, es decir, a la larga, convulsiones y estallidos.

Hace algunos años creía, como tantos, que el remedio sería la reforma interna del PRI. Hoy no sería suficiente. La opinión pide más. Pide una democracia sin adjetivos, como ha dicho Enrique Krauze[a]. En cuanto al PRI: ojalá que retome en su totalidad, es decir, sin olvidar al demócrata Madero, su herencia como partido de la Revolución Mexicana. Así aprenderá a compartir el

[a] Se refiere al ensayo del historiador Enrique Krauze, recogido en su libro del mismo nombre, México, D.F., Joaquín Mortiz, Planeta, 1986.

poder con los otros partidos y grupos. Sería una vuelta a los orígenes: la Revolución Mexicana comenzó en 1910 como una inmensa aspiración democrática. Realizar esa aspiración será convertir efectivamente a la Revolución en Institución.

México, mayo de 1985

ANTE UN PRESENTE INCIERTO

HISTORIAS DE AYER

ME HABÍA prometido no volver a escribir sobre la actualidad política. La situación que vivimos después de las elecciones del 6 de julio[a] me obliga a romper mi voto. Asistimos al desenlace de un proceso que se inició hace más de veinte años. Como ocurre siempre en la historia, hoy todos ignoramos qué nos aguarda: ¿comienza un período de transición pacífica hacia la democracia o, de nuevo, la obstinación de unos y la ceguera de otros desencadenará la doble violencia que ha ensombrecido a nuestra historia, la de los partidos y la de los gobiernos? Antes de que sea demasiado tarde, todos debemos hacer un leal y riguroso examen de conciencia. Las reflexiones que siguen son una contribución a ese examen colectivo.

En 1968 estalló la revuelta de los estudiantes. Fue un aviso y algo más: una fractura. La revuelta estudiantil no tuvo carácter nacional; sus protagonistas pertenecían a la clase media y su acción se limitó casi exclusivamente a la ciudad de México. Aunque el movimiento de los jóvenes mexicanos fue parte de una ola universal que

[a] Se refiere a las elecciones nacionales en México del 6 de julio de 1988. Esas elecciones vieron el auge del PRD (Partido Revolucionario Democrático), o Partido Cardenista.

exaltó y conmovió a la juventud de entonces, no es difícil advertir dos notas que lo distinguieron de los de París, Berkeley o y otros sitios. La primera: más allá de la retórica revolucionaria de los dirigentes (incluso a veces en contra de ella), los jóvenes manifestaron confusamente las también confusas aspiraciones de la clase media, que deseaba una sociedad más democrática. La segunda: la explosión demográfica de la ciudad de México provocó a su vez la explosión juvenil. Miles y miles de estudiantes llenaron las plazas y las calles, entregados a manifestaciones libertarias, frente a las que el gobierno no pudo oponer sino la fuerza. El movimiento terminó en un charco de sangre. ¿Terminó? Más exacto es decir que regresó a las entrañas de donde había surgido: la sociedad mexicana. Ahora ha renacido.

Dije antes que la revuelta estudiantil había sido un aviso y una fractura. El aviso: la ciudad de México es una caldera que contiene esos elementos inflamables que son las masas urbanas, especialmente las de los jóvenes. La caldera puede estallar cada vez que el vapor que despide no tiene salida o cada vez que manos insensatas atizan el fuego. Hoy estamos ante el peligro de otro estallido, más terrible y mortífero que el de 1968. En cuanto a la fractura: el movimiento juvenil mostró que nuestra sociedad no era un todo homogéneo y que el sistema político mexicano no correspondía ya a la realidad social y cultural de nuestro país. México había crecido y se había diversificado; el régimen le quedaba chico a la nación y la rigidez del sistema la ahogaba.

Los jóvenes de entonces, así como muchos ideólogos de izquierda, sostenían que la única salida del atolladero histórico era un cambio revolucionario violento. No eran demócratas ni creían en las que ellos llamaban, desdeñosamente, "las libertades formales" de la burguesía. En 1969 publiqué un pequeño libro (*Posdata*) en el que sostuve precisamente lo contrario: la crisis de México era una crisis de crecimiento y la salida hacia formas más plurales y democráticas de convivencia debería ser

pacífica y gradual. Desde entonces he sostenido lo mismo, tanto en las revistas *Plural* y *Vuelta,* con la fraternal colaboración de Gabriel Zaid, Enrique Krauze y otros pocos amigos, como en los distintos libros que he dedicado al tema *(El ogro filantrópico, Tiempo nublado, Hombres en su siglo)*, así como en muchos artículos y ensayos recogidos ahora en *El peregrino en su patria.*

En todos estos ensayos, primero en forma embrionaria y después más claramente formulada, aparece esta idea: el rasgo distintivo del México contemporáneo es la aparición de un grupo social que domina al gobierno y a la vida nacional entera. Este grupo, nacido del PRI, está compuesto por la llamada "clase política", los dirigentes de las organizaciones obreras, campesinas y los otros sectores del partido, la burocracia estatal y la de las empresas paraestatales. El ascenso histórico de este nuevo grupo es un fenómeno universal pero en México tiene características particulares. Lo llamo burocracia a sabiendas de que el término no corresponde a la nueva realidad que designa: no hay otro. ¿Clase o casta? No importa la clasificación: es un estrato social muy extenso y poderoso, situado en lo alto de la pirámide y con ramificaciones en los puntos vitales de la economía y la cultura. Su hegemonía no es absoluta, claro está; asimismo, es un grupo que, como todas las colectividades, está dividido por querellas de poder, intereses e ideas. Me he detenido un poco en la descripción de la clase dirigente porque es imposible entender al México contemporáneo si no tenemos en cuenta su presencia y su inmenso peso en la vida del país. Sus decisiones y sus disputas nos afectan a todos.

En mi análisis encontré que el principal obstáculo para la "modernización" política, económica y cultural, era la burocracia dominante. No es fácil renunciar voluntariamente a los privilegios. Aparte de la natural inmovilidad de la clase dirigente, advertí otro obstáculo: la debilidad de los partidos de la oposición. Ninguno de ellos representaba, en el sentido mejor de la palabra, la

realidad de México. Ellos también le quedaban chicos al país. No obstante, ante la creciente inconformidad popular, hubo varios cambios tanto en las actitudes del gobierno como en las de los partidos. Por una parte, la llamada Apertura del Presidente Echeverría y, más tarde, la Reforma Política impulsada por Jesús Reyes Heroles. Por la otra, los partidos de izquierda dieron un paso hacia concepciones más democráticas: renunciaron a la vía violenta y participaron en la vida política, sobre todo en los comicios. Aunque durante este período la izquierda no logró conquistar nuevos espacios públicos, sí fue capaz de consolidar su dominio en las universidades. A pesar de que los ideólogos quemaron a muchos de sus viejos fetiches, su autocrítica no tuvo la radicalidad que revelan los verdaderos cambios de conciencia. La abjuración de sus antiguas idolatrías no fue (ni es) completa. Siguieron siendo adoradores del Estado y sus críticas al socialismo totalitario parecen más bien exculpaciones, sobre todo si las comparamos con las que hoy se hacen en la Unión Sovietica, en China y en otras partes. Los ideólogos mexicanos se quedaron atrás de sus homólogos europeos y orientales.

Durante esos años el PAN creció. Después de atravesar por un período de perplejidad, debido a la desaparición de sus dirigentes históricos, surgieron nuevos líderes. Casi todos del norte y casi todos empresarios o ligados a la clase empresarial. El lenguaje de los nuevos líderes era directo y simple; también, con frecuencia, crudo, simplificador y con pocas ideas. El crecimiento del PAN se debió, sobre todo, a su afirmación de los valores democráticos. Aunque había tenido veleidades autoritarias en sus comienzos, supo deshacerse más pronto y más totalmente de esas nostalgias que la izquierda de su dogmatismo. El PAN logró arraigarse en muchas regiones. No se presentó como un don caído del cielo universal de las ideologías ni como un enviado del Gran Señor de México-Tenochtitlan: fue y es un producto local. Pero el PAN tuvo y tiene graves limitaciones

que hoy se han hecho cruelmente visibles. No ha penetrado en el México rural, especialmente en el centro y el sur. Tampoco ha formulado un verdadero programa, a un tiempo tradicional e innovador, como han hecho algunos partidos conservadores de otros países. Esto último explica, quizá, que no haya logrado conquistar los medios intelectuales ni atraer a los profesores y a los estudiantes de las universidades. Esta carencia es grave, capital: los intelectuales han sido y son el gran fermento político y moral de la Edad Moderna, desde fines del siglo XVIII. Sin ellos se puede ganar votos pero no cambiar a una nación.

Tal era la situación antes de la campaña electoral de 1987-1988. En lo que sigue me ocuparé de los grandes cambios recientes, trataré de descifrar su sentido y prever su dirección.

Rompimiento del Arca de la Alianza

El PRI está compuesto no por individuos sino por corporaciones (herencia de Cárdenas); al mismo tiempo, es la Revolución hecha no sólo Gobierno sino Institución (herencia de Alamán). Por lo primero, se funde y confunde con la sociedad; por lo segundo, con el Estado. A lo largo de su historia el régimen logró conciliar los intereses encontrados y las rivalidades entre los grupos a través de la distribución de mercedes y privilegios, transacciones y compromisos. Fue una política que consiguió la estabilidad y cierto desarrollo pero que ha terminado por inmovilizar a la nación. El fenómeno mexicano no es enteramente nuevo en la historia; ha sido descrito con brillo, primero por Maquiavelo y después por Max Weber. Su verdadero nombre es patrimonialismo. En México es una herencia del régimen virreinal español. El sistema se fracturó en 1968 y las tímidas reformas de los sucesivos gobiernos no lograron devolverle la salud. El desastre económico al finalizar el período

del Presidente López Portillo precipitó la crisis y agudizó los conflictos sociales y políticos. Aunque las causas del desplome económico son conocidas, vale la pena repetir algo que con frecuencia se olvida: es cierto que esas causas fueron y son internacionales, más allá del control de nuestro gobierno; también lo es que contribuyeron poderosamente a la bancarrota varias y serias fallas de nuestra política económica. Esas fallas no sólo fueron técnicas sino también morales y políticas. Graves errores se habrían evitado si el gobierno hubiese oído las críticas y las advertencias que muchos le hicimos, sobre todo frente a su política petrolera y su obstinación en emprender proyectos faraónicos e irreales. Todo fue inútil. Según una tradición de siglos, la sabiduría de nuestros jefes es infinita e intocable su autoridad. El Presidente apostó —y perdió el país.

El nuevo Presidente, Miguel de la Madrid, se hizo cargo de una administración empobrecida. La capacidad de negociación del gobierno se redujo considerablemente, no tanto por falta de habilidad como por carencia de recursos: no había mucho que repartir. El frenesí del patrimonialismo petrolero se resolvió en inmovilidad. No sin vacilaciones y retrocesos, se impuso el realismo. La medicina fue y es amarga. (¿Hay otra?) El realismo consistió y consiste en desmantelar de una vez por todas el patrimonialismo del gobierno y convertir a México en una sociedad y un Estado realmente modernos. Puede definirse a la "modernización", sumaria y esencialmente, como una tentativa por devolver a la sociedad la iniciativa que le fue arrebatada y así romper la inmovilidad forzada a que nos ha condenado el patrimonialismo estatal. Es una reforma que otros han emprendido antes que nosotros y con mayor energía: Deng Xiaoping en China y Gorbachov en la Unión Soviética, para no hablar de Felipe González y de François Miterrand en España y en Francia, respectivamente.

Devolverle la iniciativa a la sociedad no significa únicamente reconocer la función de la iniciativa privada en

economía moderna, reducir el gasto público y acabar con el capitalismo de Estado. También exige reformas políticas y sociales que el gobierno actual no ha intentado o no ha podido emprender, como llevar la democracia a los sindicatos y a los ejidos o liberar a nuestros campesinos de la tutela estatal que, con la mejor intención, los convierte en perpetuos menores de edad (herencia de las Leyes de Indias). En una palabra: la modernización de nuestra economía es inseparable de la reforma política, social y cultural. Todas ellas pueden resumirse en la palabra democracia.

Una fracción del grupo dirigente —la más joven, inteligente y dinámica— se decidió por la modernización. La analogía con los casos de Rusia y China es lícita pero, si se exagera, puede ser engañosa: la dominación de la burocracia mexicana nunca ha sido total como en esos países. Al contrario: durante los últimos treinta años la sociedad civil ha crecido, según lo muestran las últimas elecciones. El régimen mexicano no es totalitario ni México vive bajo una dictadura. Ahora bien, es imposible realizar las reformas sin dañar los intereses económicos y políticos de ciertos grupos asociados estrechamente al patrimonialismo estatal. En primer término, a todos esos empresarios y capitalistas que, durante más de medio siglo, han usado y abusado de la protección del Estado y que no han logrado producir bienes y objetos que compitan con los del extranjero. En seguida, las burocracias incrustadas en los sindicatos, las organizaciones campesinas y los sectores del PRI. Por último, la inmensa burocracia gubernamental y paraestatal.

La política de modernización, como ha ocurrido en España, Francia y otras partes, hirió a vastas capas de la población, especialmente en los centros urbanos: la clase media y los trabajadores. En México las consecuencias han sido más dolorosas por la tremenda presión demográfica y porque aquí los pobres son más pobres y la estrechez colinda con la indigencia. Debemos oír y atender a las víctimas inocentes de la necesaria pero

cruel política de austeridad. Hay que remediar lo más pronto posible su situación, hay que repartir las cargas de modo que los que tengan más sean también los que paguen más los costos de la reforma. Pero sin ceder: hay que continuarla, extenderla y profundizarla. De lo contrario, caeremos en un pantano. Veámonos en el espejo de Perú.

La campaña electoral coincidió con las reformas económicas del gobierno. Fue desafortunado e inevitable. La consecuencia política de mayor gravedad fue la escisión del PRI. Se trata de un hecho decisivo en nuestra historia y que ha cambiado radicalmente la escena política. Todo comenzó cuando un grupo de líderes influyentes e inconformes con el nuevo rumbo, pidió una mayor participación en la dirección del Partido y en la elección de sus candidatos. Fueron rechazados. Fue un error: la democracia bien entendida comienza, como la caridad, en la propia casa. La disidencia se transformó en separación y la Corriente Democrática se convirtió en un movimiento político autónomo. Su aparición coincidió con un momento de dispersión en el amplio abanico de los grupos de izquierda. Cárdenas, Muñoz Ledo[a] y sus amigos no sólo lograron, con inteligencia y energía, reunir en torno suyo a varios pequeños partidos con programas distintos y aun antagónicos; también le dieron unidad a esta extraña alianza. Unidad de acción, no de idea. El Frente carece de programa —de ahí su fragilidad— pero no de ímpetu ni de osadía: es un movimiento, en la acepción literal de la palabra. Por esto es legítimo preguntarse: ¿adónde va, qué quiere?

La escisión del PRI era previsible. En una conversación con Antonio Marimón, publicada en noviembre de 1981 en el diario *Uno más Uno* y recogida en *Pasión*

[a] Presidente del PRI (Partido Revolucionario Institucional), en un momento rumorado como posible sucesor de López Portillo en la presidencia; en 1981 abandonó el partido y co-fundó el PRD con Cuauhtémoc Cárdenas.

crítica (1985), me referí expresamente a esa posibilidad: "podría ser que un nuevo partido surgiese de una división en el PRI. Esta es una de sus posibilidades históricas". Acerté y me equivoqué al mismo tiempo. Caractericé a esa futura agrupación "como un partido socialdemócrata que, por una parte, pudiese repensar los problemas mexicanos, dándoles soluciones que sean nuestras y que, por la otra y simultáneamente, preservase el pluralismo, la democracia y las libertades individuales" (páginas 245-246). Es indudable que el neocardenismo recoge una tradición revolucionaria mexicana. Por esto, a diferencia de otros grupos de izquierda, ha podido atraer al verdadero pueblo. Su mexicanismo no está en duda; lo están la novedad, la originalidad y la coherencia de sus ideas. Las vagas declaraciones de sus dirigentes no substituyen a un auténtico programa. Algunos periodistas han dicho que se trata de un movimiento de centro-izquierda, semejante a los socialismos de España y Francia. Nada más falso. El neocardenismo no es un movimiento político moderno, aunque sea otras muchas cosas, unas valiosas, otras deleznables y nocivas: descontento popular, aspiración a la democracia, desatada ambición de varios líderes, demagogia y populismo; adoración al padre terrible: el Estado, y en fin, nostalgia por una tradición histórica respetable pero que treinta años de incienso del PRI y de los gobiernos ha embalsamado en una leyenda piadosa: Lázaro Cárdenas.

Es difícil caracterizar al movimiento neocardenista. No lo es enumerar algunas de las notas que lo distinguen. En primer lugar, su naturaleza heterogénea. Es una alianza de partidos muy distintos y con programas contradictorios. En uno de sus extremos, están los grupos de izquierda tradicional, supervivientes de las sucesivas desilusiones y crisis por las que ha atravesado el marxismo-leninismo. Algunos entre ellos, con un retraso de años, descubren al fin que la democracia no es incompatible con el socialismo. (Esto es algo que deberían decirle con mayor frecuencia a Fidel Castro y a Da-

niel Ortega.) En el otro extremo, varios partidos definidos con un expresivo mexicanismo: "paleros del PRI", ahora puestos a un lado por sus protectores. En el centro: los neocardenistas. El núcleo lo componen los afectados y los amenazados por la "modernización" económica y social, es decir, los socios y los usufructuarios de las corporaciones y los otros sectores de la gran burocracia oficial. Son las clientelas, en el sentido romano de la palabra: los protegidos de los patricios. Fueron el soporte del porfiriato, como ha mostrado el historiador Guerra. A su lado los intelectuales añorantes. Abajo, en la base, un numeroso y más respetable conglomerado: las víctimas de la política de austeridad . El alma del movimiento, su ánima agitante, está constituida por un grupo de líderes que han roto con el PRI porque quieren volver al pasado.

Esta rápida descripción se completa con la mención de otras notas que distinguen al Frente Cardenista: el populismo; el culto al Estado, que debe ser el principal actor económico, es decir el Gran Capitalista; una política exterior beligerante por razones ideológicas; un lenguaje que repite las fórmulas y los estribillos de hace cincuenta años... Regreso al patrimonialismo.

A pesar de todo, el neocardenismo es una fuerza social. Sería peligroso ignorarlo o desdeñarlo; también lo sería minimizarlo. Pero para dialogar con él es necesario discernir, a través de la humareda de sus confusas palabras, qué es lo que realmente representa y hacia dónde se dirige. En la época de las grandes rectificaciones, de Gorbachov y Felipe González, parece una nostalgia o, más bien, un arcaísmo que no sabe que lo es. Esta definición, aunque cruel, es exacta. Sin embargo, en el neocardenismo hay también algo más y más entrañable: gente, mucha gente, que ha perdido la paciencia, no la esperanza. Merece ser oída. Hay que tenderle la mano.

514

La afluencia de votantes en las elecciones del 6 de julio completo y más discutido fue extraordinaria. Tengo setenta y cuatro años y nunca había visto, en México, nada semejante. No menos sorprendentes fueron los resultados. Los primeros sorprendidos deben haber sido los partidos de la Oposición: ¿esperaban tantos votos? Tampoco los del PRI —pienso sobre todo en los viejos jeques y jerarcas— se imaginaron la magnitud de sus pérdidas. El voto secreto y libre de los mexicanos acabó, en un día, con el sistema de partido único. El mismo candidato del PRI, Carlos Salinas de Gortari, lo reconoció poco después de la elección. Comenzamos ahora a dar los primeros pasos en un territorio desconocido: el régimen pluralista de partidos. Después de haber liquidado de una manera pacífica una tradición política que duró más de medio siglo, ¿seremos capaces de convivir en una democracia abierta, con todos sus riesgos y limitaciones? El pluralismo es relativismo y el relativismo es tolerancia. En las democracias modernas no hay verdades absolutas ni partidos depositarios de esas verdades. Los absolutos pertenecen a la vida privada; son el dominio de las creencias religiosas o de las convicciones filosóficas. En las sociedades abiertas las derrotas son provisionales y las victorias relativas.

El relativismo de las democracias modernas contradice nuestra tradición política. La contradice por partida doble: en nuestra historia ni los vencedores ni los vencidos aceptaron nunca que sus triunfos y sus derrotas eran relativos y provisionales. Todo o nada, fórmula más religiosa que política. Una ojeada a nuestro pasado reciente demuestra que, con la excepción de Madero, la legitimidad de nuestros presidentes ha sido, por lo menos, dudosa. Algunos fueron claramente impuestos: Calles impuso a Ortiz Rubio y Lázaro Cardenas a Ávila

515

Camacho. Otros ganaron las elecciones pero su triunfo habría sido menos completo y más discutido si no hubiesen contado con los recursos y la fuerza del Partido. Ahora bien, el Partido ha sido, desde su fundación, en 1929, el brazo político del gobierno, como el Ejército y la Policía son su brazo militar. En todos estos casos, las victorias fueron totales y absolutas: los vencedores nunca compartieron el poder con sus adversarios. La otra cara de la medalla no es menos deplorable: todos los candidatos vencidos afirmaron que habían sido víctimas de un fraude y muchos entre ellos acudieron a las armas para hacer valer sus derechos. Cada cuatro años había un·levantamiento. El partido fue fundado por Calles precisamente para acabar con los pronunciamientos. Acabó con ellos pero también con la democracia. La lección del pasado es clara.

En la actitud de los partidos de la Oposición hay más de un eco de ese pasado terrible que, sumariamente, acabo de evocar. Desde el mismo día de las elecciones no han cesado en sus denuncias: han sido víctimas de un fraude colosal. He leído con atención sus argumentos y confieso que no me han convencido. No voy a detenerme en el análisis de las cifras que presentan unos y otros. Son del dominio público y la prensa no hace todos los días sino hablar de estadísticas electorales. Creo que todo aquel que examine con imparcialidad y sin pasión este asunto llegará a conclusiones parecidas a las mías. Sin duda hubo irregularidades, además torpezas y errores. Es natural: aparte de la malsana persistencia de nuestro pasado en los hábitos del PRI y en el ánimo de sus opositores, hay que pensar que son las primeras elecciones de esta índole que se realizan en México. Ni el gobierno ni el PRI ni la Oposición ni el pueblo mismo, nadie, tenía la experiencia necesaria. La democracia es una moral política pero también es un aprendizaje y una técnica. Cierto, las torpezas y los errores son explicables pero ¿las irregularidades? Respondo: todos exigimos que el Colegio Electoral examine cada caso con el

mayor rigor, con la máxima limpidez y ante los ojos de la opinión publica. No es imposible que la oposición haya ganado en más distritos de los que hasta ahora se le han reconocido. Pero una cosa es formular esas legítimas reservas y reclamaciones, otra exigir la anulación de las elecciones o autoproclamarse Presidente electo.

¿La disputa sobre la validez de las elecciones es un reflejo de nuestra inmadurez política? Sí y no. Es claro que nuestro pasado y su confusión entre lo absoluto y lo relativo, lo religioso y lo político, sigue vivo y se expresa en muchas de nuestras actitudes. No somos todavía —para bien y para mal— una sociedad enteramente moderna. Desde la Independencia nuestras instituciones, nuestras ideas y nuestras costumbres han variado; hoy viajamos en avión y nos interesan la biología molecular, la crisis del marxismo y la moda "punk", pero, ¿han cambiado realmente nuestras creencias profundas y nuestras actitudes fundamentales? Por supuesto, sería una ligereza imperdonable atribuir únicamente a la persistencia del pasado nuestra disputa acerca de la credibilidad del resultado de las elecciones. Hay también responsables directos. En primer lugar, el gobierno y el PRI. Por una parte, son herederos de medio siglo de manipulaciones, manejos, abusos y violencia; por la otra, muchos de los dirigentes del PRI continúan, en sus actitudes y en su lenguaje vano y altisonante, los viejos trucos prepotentes. No convencen a nadie pero irritan a todos. El error más grave se cometió hace tres años en Chihuahua: al escamotearle al PAN el triunfo, se dañó la credibilidad del gobierno. La actitud de la prensa extranjera se ha debido, en parte, a este desacierto. Además, se perdió la oportunidad de comenzar la reforma democrática no en el centro sino en la periferia. Habría sido el comienzo de la descentralización política.

No es menor la responsabilidad de los dos candidatos de la Oposición, los señores Cárdenas y Clouthier. El primero ha proclamado una y otra vez que ha triunfado y se dispone hacer todo lo posible para evitar que se

consuma la "usurpación": marchas, desfiles, "plantones", "apagones", etc. Su propósito, ha dicho francamente, es crear una situación tal que le impida gobernar a Salinas, si éste fuese declarado Presidente. Clouthier no pide la Presidencia: quiere que se anulen las elecciones y que se repita el proceso electoral. La pretensión de Cárdenas es insensata: ¿cómo puede probar que ganó la elección? ¿Con manifestaciones y desfiles, sobre todo en la Ciudad de México, en donde cuenta con el apoyo de grandes grupos, principalmente de los militantes del movimiento universitario? La pretensión de Clouthier no sólo es desmesurada sino irrealizable. Mejor dicho: irreal. Lo que piden los dos candidatos, en verdad, es la rendición incondicional de sus adversarios. En un abrir y cerrar de ojos quieren desmantelar al PRI y poner de rodillas al gobierno. Otra vez: todo o nada. Poseídos por los fantasmas de nuestro pasado, los líderes de la Oposición buscan la derrota total, la aniquilación política de sus antagonistas. No son partidarios de una transición —o sea: una evolución gradual y pacífica, como pedimos algunos desde 1969— sino de un cambio brusco, instantáneo. Lo más curioso —lo más inquietante— es que ninguno de los dos puede afirmar seriamente que la mayoría de los mexicanos apoya su pretensión. Pedir la rendición incondicional del enemigo es muy arriesgado y puede ser suicida cuando, como en este caso, el contendiente es fuerte y está decidido a combatir. Esto que digo es aplicable lo mismo al gobierno que a la Oposición: el primero debe resistir a las provocaciones y a la tentación de la violencia; la segunda, si quiere sobrevivir, debe abandonar la política de "todo o nada". El proverbio dice que Dios ciega a los que quiere perder. Lo terrible es que los perdidosos, en este caso, seríamos todos.

No sabemos lo que ocurrirá en los días próximos. En cambio, sí podemos decir lo que desearíamos que sucediese. Aceptar la relatividad de la política significaría, en primer término, que la Oposición conserve, mantenga y

extienda sus enormes ganancias, lo mismo en las Cámaras que en la opinión pública. Por lo que toca al PRI: no debería importarle perder la mayoría absoluta en alguna de las Cámaras: Pero todo esto pertenece a lo que podría llamarse "la cocina política". Lo más importante es dar un paso adelante hacia la constitución de un auténtico régimen de partidos.

Para sobrevivir, el PRI debe cambiar radical y sustancialmente. Ante todo, tiene que independizarse del gobierno; sólo así podrá convertirse en lo que tendría que ser: un partido socialdemócrata de centro-izquierda. Sobre esto González Pedrero ha hecho ya algunas cuerdas indicaciones. El PAN debe y puede afianzarse y extenderse. Debería recoger la tradición conservadora de México, viva todavía después de un siglo y medio de improperios e intolerancias de jacobinos y revolucionarios. Es una tradición que es parte de nuestra historia y que posee aspectos y personalidades admirables. El PAN debería modernizar y actualizar esa tradición. El neocardenismo, en fin, se enfrenta a un reto formidable: convertirse en un verdadero partido, no alrededor de un nombre sino de unas ideas y de un programa. Creo que esos grupos necesitan modernizar su visión y su lenguaje. También deberían repudiar al socialismo totalitario, si es que quieren que tomemos en serio sus invocaciones a la democracia. Y sobre todo: tienen que echar por la borda al populismo. Una última observación acerca de los grupos de izquierda de origen marxista. Entre ellos hay varios intelectuales que han dejado de creer en el "socialismo real". En Europa otros intelectuales, que han pasado por las mismas y terribles experiencias y decepciones, colaboran hoy con los gobiernos y los partidos socialistas y democráticos de Francia y de España. Pienso en Semprún, en Debray, en Claudín. ¿No es ese un camino honorable?

Pronto habrá elecciones en Jalisco y en Tabasco: serán la gran prueba. Estoy convencido de que la tarea dual de la nueva generación se condensa en dos pala-

bras: democracia y descentralización. La democracia devolverá a la sociedad lo que le fue arrebatado; la descentralización cambiará el curso milenario de la historia de México. Tarea inmensa y de larga duración. Tarea que, para llevarse cabo, requiere un verdadero cambio no sólo en las instituciones y en los organismos políticos, económicos y culturales sino en la sociedad entera: en la moral individual y en la familiar, en las actitudes públicas y en las privadas, en la intimidad de cada uno y en el alma colectiva.

La Jornada, 10-12 de agosto, 1988.

AL OTRO DÍA

Desde 1969, en libros y artículos, muy especialmente a través de las páginas de *Vuelta* (antes en *Plural),* he sostenido que el sistema político mexicano, tal como fue concebido por Plutarco Elías Calles en 1929, y con los cambios, reformas y adaptaciones de sus sucesores, en particular Lázaro Cárdenas y Miguel Alemán, había cumplido su misión: evitar la doble dolencia endémica en la historia de México, el cesarismo de los caudillos y el desorden violento de las facciones. El proceso hacia la democracia ha sido lento, demasiado lento. He apuntado la razón de esta lentitud en mi ensayo: "Remache: burocracia y democracia en México" *(Vuelta* 127, junio de 1987, recogido en este libro). Sin embargo, las elecciones del 6 de julio han representado una ganancia considerable y que nadie debe desdeñar o minimizar. Por primera vez en la historia moderna de México las corrientes de la oposición están ampliamente representadas en la Cámara de Diputados. A este primer logro deben seguir otros, entre ellos y ante todo los dos que un grupo de escritores ha señalado en el manifiesto *Ganar lo principal.* El primero: reformar el código electoral vigente de tal modo que asegure comicios intacha-

bles y más allá de toda sospecha. El segundo: las próximas elecciones para Gobernador en los Estados de Jalisco y Tabasco mostrarán si la voluntad de cambio, en el PRI y el Gobierno, es más poderosa que las fuerzas del inmovilismo.

Estamos ante un país distinto. Los cambios que, desde hace veinte años, algunos anticipamos, se han realizado. Mejor dicho, se están realizando. Cambios no sin peligros ni asechanzas: el pluralismo no debe degenerar en divisiones y fragmentaciones. En estos días los mexicanos nos enfrentamos a una disyuntiva: o entre todos aseguramos el tránsito pacífico hacia la democracia o, por el camino de manifestaciones y agitaciones más y más violentas, regresamos al desorden de épocas pasadas. Todos sabemos —o deberíamos saber— que el desorden fatalmente desemboca en la instauración de regímenes de fuerza. Los ciudadanos sin partido, pero no sin opiniones políticas y que somos la mayoría de la nación, debemos exigir a los partidos políticos que encuentren pronto no una imposible solución a sus diferencias sino un método para que esas querellas no pongan en peligro la paz y la estabilidad de México.

La responsabilidad es conjunta. El PRI debe asumir, en las palabras y en los hechos, una actitud de tolerancia hacia sus rivales. Ya lo han hecho algunos de sus dirigentes —uno de los primeros en manifestarlo ha sido Carlos Salinas de Gortari— pero es indispensable que quede muy claro que cualesquiera que hayan sido las violencias verbales de la oposición, el nuevo Gobierno está decidido a respetar la pluralidad de opiniones y la existencia de fuerzas políticas independientes. El PRI debe aceptar que el país ha dejado de ser homogéneo políticamente hablando (nunca lo ha sido ni en lo social ni en lo cultural). Por su parte, los partidos de la oposición deben decirnos si prefieren "ganar la calle" (para usar su lenguaje) y continuar una agitación que no sólo es nociva sino suicida, si aceptan las responsabilidades y los privilegios de toda oposición parlamentaria en régi-

men democrático. Lo segundo será escoger el camino civilizado y cogobernar, no desde el poder, sino desde la crítica de poder, no en el gabinete ministerial sino en la banca parlamentaria. Sobre esto hay que decir algo más: el acuerdo entre los dos grupos de la oposición es esporádico y circunstancial. Los puntos de vista del PAN y del Frente Cardenista sobre los temas fundamentales de la política nacional son diametralmente opuestos, irreconciliables. Esta es una de las incongruencias de la actual situación, en la que las pasiones han sido más fuertes que las ideas.

En el futuro inmediato los partidos tendrán que demostrarnos si realmente desean servir a la democracia o a sus intereses políticos. El PRI deberá reformarse, dejar de ser un partido de Estado y transformarse en lo que podría y debería ser: un partido social-demócrata de centro-izquierda. El PAN ha logrado convertirse en un partido democrático. Ahora debería vivificar y renovar su respetable tradición conservadora, que es parte esencial de nuestra historia. Debería mirar más hacia Lucas Alamán, y menos hacia el Partido Republicano de los Estados Unidos. El Frente Cardenista, reunión heteróclita de grupos, ideologías, intereses, personas y despechos: debe encontrar (y pronto) un programa claro y una fisonomía. Los grupos que lo forman tienen que decirnos qué es lo que realmente quieren y cuáles son las ideas y proyectos que los unen. Hasta ahora han recogido el descontento, con frecuencia legítimo, de muchos mexicanos; hoy tienen que dejar de ser una aglomeración y presentarse como un verdadero partido con ideas y un programa. Muy pronto, en los días que vienen, podremos comprobar si los partidos quieren ayudar al nacimiento de un México nuevo o si, ciegamente, se han lanzado hacia su destrucción. La oposición ha pedido la modificación de la ley electoral. En efecto es de máxima importancia tener un código electoral que cuente con la aprobación de la inmensa mayoría de los mexicanos, incluidos los partidos de la oposi-

ción. Esta podría ser la primera y gran prueba del México que amanece: si las Cámaras deciden que su tarea más urgente e importante es la elaboración de una nueva y más equitativa ley electoral, se habrá dado un fundamento inconmovible a nuestra joven democracia.

Excelsior, a 11 de septiembre de 1988.

ARTE E IDENTIDAD

(LOS HISPANOS DE LOS ESTADOS UNIDOS)[1]

NOMBRES Y CONSTITUCIONES

Nuestra experiencia más antigua, en la ceguera del principio, es una sensación de súbita desgajadura. Expulsados de un todo que nos envolvía, abrimos los ojos por primera vez en un ámbito extraño, indiferente. Nacer es una caída lo mismo en el sentido fisiológico que en el metafísico; por esto, para los psicólogos, nacer es un trauma y, para los cristianos, la reiteración de la Caída original. A la sensación de desamparo se alía la de haber sido arrancados de una realidad más vasta. Es lo que llamaba el teólogo Schleiermacher el sentimiento de la dependencia original, fundamento de la religión cristiana y, quizá, de todas las otras. Las dos notas, de caída y comunión, o en términos menos cargados de teología: participación y separación están presentes a lo largo de nuestras vidas. Nacen y mueren con nosotros. Una vive en función de la otra, en discordia permanente y en perpetua busca de reconciliación. Cada vida humana es el

[1] ¿Cómo llamar a las distintas comunidades hispanoamericanas que viven en los Estados Unidos: chicanos, portorriqueños, cubanos, centroamericanos, etc.? Me parece que el término más usado: *hispanos*, los abarca a todos en su compleja unidad.

continuo tejer, destejer y volver a tejer los lazos del comienzo. La experiencia original, separación y participación, aparece en todos nuestros actos a través de variaciones innumerables.

Vivimos dentro de círculos concéntricos, sucesivos y cada vez más dilatados: familia, barrio, iglesia, colegio, trabajo, club, partido, ciudad, nación. El sentimiento de pertenecer a ésta o aquella realidad colectiva es anterior al nombre y a la idea: primero *somos* de una familia, después *sabemos* el nombre de esa familia y, más tarde, llegamos a tener una idea más o menos vaga, de lo que es y significa la familia. Lo mismo sucede con el sentimiento de separación y soledad. Al crecer, descubrimos nuevos nombres y realidades; cada nombre designa comunidades, grupos y asociaciones más y más amplios y evanescentes: podemos ver a nuestra familia, hablar con ella, pero sólo de una manera figurada podemos ver y hablar con nuestra nación o con la congregación de fieles de nuestra Iglesia. Todos los nombres de esas distintas comunidades aluden, obscuramente, al sentimiento original; todos ellos son extensiones, prolongaciones o reflejos del instante del comienzo. Familia, clan, tribu o nación son metáforas del nombre del primer día. ¿Cuál es ese nombre? Nadie lo sabe. Quizá es una realidad sin nombre. El silencio cubre la realidad original, el instante en que abrimos los ojos en un mundo ajeno. Al nacer perdimos el nombre de nuestra verdadera patria. Los nombres que decimos con ansia de posesión y participación —*mi* familia, *mi* patria— recubren un hueco sin nombre y que se confunde con nuestro nacimiento.

El doble sentimiento de participación/separación aparece en todas las sociedades y en todos los tiempos. El amor que profesamos a la familia y a la casa, la fidelidad a los amigos y a los correligionarios, la lealtad a nuestro partido y a nuestra patria, son afectos que vienen del comienzo, reiteraciones y variaciones de la situación primera. Son la cifra de nuestra condición original, que no es simple sino dual, compuesta de dos tér-

minos antagónicos e inseparables: fusión y desmembración. Este es el principio constitutivo de cada vida humana y el núcleo de todas nuestras pasiones, sentimientos y acciones. Es un principio anterior a la conciencia y a la razón pero es, asimismo, el origen de ambas. Entre sentirse y saberse separado hay apenas un paso; todos damos ese paso y así llegamos a la conciencia de nosotros mismos. El nombre del origen —desconocido, oculto o inexistente— se transforma en un nombre individual: yo soy Pedro, Teresa, Juan, Elvira. Nuestros nombres son la metáfora del nombre perdido al nacer.

El proceso se repite en la vida de todas las sociedades, desde el paleolítico a nuestros días. Primero es el sentimiento colectivo de pertenecer a esta o aquella comunidad, un sentimiento compartido con mayor o menor fervor por todos sus miembros; en seguida, el sentimiento de la diferencia de nuestro grupo frente a otros grupos humanos; después, el sentirnos diferentes de los otros nos lleva a la conciencia de ser lo que somos; la conciencia, en fin, se expresa en el acto de nombrar. El nombre del grupo reproduce de nuevo el principio dual que nos constituye: es el nombre de una identidad colectiva hecha de semejanzas internas y diferencias con los extraños. La inmensa diversidad de sociedades, sus distintas historias y la riqueza y pluralidad de las culturas no impide la universalidad del proceso. En todas partes el fenómeno ha sido substancialmente el mismo, trátese de las aldeas del neolítico, de la Polis griega, de las repúblicas del Renacimiento o de las bandas de cazadores de cabezas en la jungla. El nombre refuerza los vínculos que nos atan al grupo y, al mismo tiempo, justifica su existencia y le otorga un valor. En el nombre está en cifra el destino del grupo pues designa, simultáneamente, una realidad, una idea y un conjunto de valores.

Dar un nombre a una comunidad no significa inventarla sino reconocerla. En las sociedades modernas predomina la creencia de que las constituciones fundan a las naciones. Es una herencia del pensamiento político

de los griegos, que casi siempre identificaron al ser con la razón. Pero la razón, es decir, la constitución, no es constituyente: la sociedad es anterior; las constituciones edifican sus principios sobre una realidad dada, la de los pueblos. Cierto, es impensable una sociedad sin leyes y reglas, cualesquiera que éstas sean. Pero esas reglas no son principios anteriores a la sociedad sino costumbres ancestrales, es decir, normas consubstanciales a la sociedad. La sociedad *es* sus costumbres, sus ritos, sus reglas. Por esto la invención de las constituciones en la Grecia antigua —mejor dicho la invención de la *idea* de constitución— fue el comienzo de la historia como libertad: la ruptura de la costumbre inconsciente y heredada por un acto de la conciencia colectiva.

La promulgación de una constitución es, simultáneamente, una ficción y la consagración de un pacto. Lo primero porque la constitución pretende ser el acta declaratoria del comienzo, la fe de bautismo de la sociedad; se trata de una ficción pues es claro que la sociedad es anterior a esa declaración de nacimiento. Al mismo tiempo, la ficción se transforma en pacto y así, como ficción, desaparece: el pacto constitucional cambia la costumbre en norma. Mediante la constitución los lazos tradicionales e inconscientes —costumbres, ritos, reglas, prohibiciones, franquicias, jerarquías— se convierten en leyes voluntaria y libremente aceptadas. El doble principio original —el sentimiento de separación y participación— reaparece en el pacto constitucional pero transfigurado: no es ya un destino sino una libertad. La fatalidad de nacer se convierte en acto libre.

La historia de las sociedades modernas, primero en Occidente y después en todo el mundo, es en buena parte la historia de la íntima asociación entre las distintas constituciones y la idea de nación. Digo *idea* porque, como ya dije, es evidente que la realidad que llamamos nación es anterior a su idea. No es fácil determinar qué es una nación ni cómo y cuándo nacen las naciones. Sobre estos temas todavía se discute sin cesar

desde que apareció la filosofía política en Grecia. Pero la realidad que designa el nombre *nación* no necesita prueba alguna para ser percibida. Antes de ser una idea política, la nación ha sido, y es todavía, un sentimiento muy profundo y elemental: el de participación. La naturaleza, decía Herder, ha creado a las naciones, no a los estados. Con esto quería decir, sin duda, que las naciones son creaciones más o menos involuntarias de complejos procesos que él llamaba naturales y nosotros históricos. Los ingleses, los franceses y los otros pueblos europeos fueron naciones antes de saber que lo eran; cuando lo supieron y combinaron la idea de nación con la idea de estado, comenzó el mundo moderno. En general, con las naturales diferencias de cada caso, el proceso ha sido semejante en todas las naciones europeas y, después, en los otros continentes.

La idea de nación, convertida en una de las ideologías de la era moderna, ha suplantado con frecuencia a la realidad histórica. Por una curiosa confusión se ha visto un símbolo patriótico de Francia en el jefe galo Vercingetorix, en la pintura rupestre de Altamira el comienzo de la historia del arte de España y en la independencia de México, en 1821, no el nacimiento sino la restauración de la nación. Según la interpretación oficial de nuestra historia, México *recobró*, en 1821, la independencia que había *perdido* cuando Cortés conquistó, en 1521, México Tenochtitlán, la ciudad-estado azteca. Los ejemplos que he mencionado casi al azar —hay de sobra para escoger— ilustran la moderna y peligrosa confusión entre realidad e ideología. Agrego que la confusión, además de ser general y peligrosa, es explicable. Era natural, por ejemplo, que el sentimiento de participación, exagerado después de la lucha por la independencia (separación) de España, se hubiese expresado en una desmesura cronológica teñida de pasión ideológica: la nación existía desde hacía muchos siglos, fue secuestrada y el pacto constitucional la restauraba en su realidad primera. Para esta versión romántica de nuestra his-

toria, compartida todavía por muchos, la independencia de México no fue un comienzo sino la vuelta al comienzo. En casi todas las revoluciones modernas se encuentra la misma idea: los movimientos revolucionarios *restauran* antiguas libertades y derechos perdidos. Así se combina la vieja idea de la vuelta a la edad primera con la moderna de un comienzo absoluto. Bodas impuras del mito y la filosofía política.

Hijos de la Idea

El proceso ha sido universal: la nación es hija de la historia, no de la idea. Pero hay excepciones. La más notable ha sido la de los Estados Unidos. Los ingleses o los franceses descubrieron un día que eran ingleses o franceses; los norteamericanos decidieron inventarse a sí mismos. Su nación no nació del juego de impersonales fuerzas históricas sino de un acto político deliberado. No descubrieron un buen día que eran norteamericanos: decidieron serlo. No los fundó un pasado: se fundaron a sí mismos. Exagero pero no demasiado. Es claro que en el nacimiento de los Estados Unidos, como en todo lo que sucede en la historia, concurrieron muchas circunstancias que, al combinarse, produjeron la sociedad norteamericana; lo que me parece asombroso y digno de meditarse es el lugar destacado y central que ocupa, entre todas esas circunstancias, la voluntad política de crear una nueva nación. Con frecuencia se habla de la inmensa novedad histórica que representan los Estados Unidos. Pocos se han preguntado en qué consiste esa novedad. Casi todo lo que son los Estados Unidos comenzó en Europa. No sólo es un país hecho por inmigrantes y sus descendientes; también vinieron de Europa las ideas y las instituciones, la religión y la deocracia, la lengua y la ciencia, el capitalismo y el individualismo. Pero en ninguna otra parte del mundo un país ha nacido por un acto deliberado de autofundación. Fue un país

nuevo en un sentido incluso polémico: quiso ser distinto a los demás, distinto a las otras naciones creadas por la historia. Su novedad fue radical, antihistórica. La independencia de los Estados Unidos no fue la restauración de un pasado más o menos mítico sino un auténtico nacimiento. No una vuelta al origen: un verdadero comienzo.

La aparición de los Estados Unidos fue una inversión del proceso histórico normal: antes de ser realmente una nación fue un proyecto de nación. No una realidad sino una idea: la Constitución. Los norteamericanos no son los hijos de una historia: son el comienzo de *otra* historia. No se definen, como los otros pueblos, por su origen sino por lo que serán. El "genio de los pueblos", esa expresión que amaron tanto los historiadores románticos, fue concebido siempre como una suma de rasgos heredados; en cambio, el carácter de los Estados Unidos es no tener carácter y su singularidad consiste en su ausencia de particularidades nacionales. Fue un acto de violencia contra la historia: una tentativa por crear una nación *fuera* de la historia. Su piedra de fundación fue el futuro, territorio aún más desconocido e inexplorado que la tierra americana en la que se plantaron.

Comienzo total frente y contra la historia, personificada en el pasado europeo con sus particularismos, sus jerarquías y sus viejas instituciones inertes. Es comprensible la fascinación de Tocqueville, el primero en darse cuenta de que la aparición de los Estados Unidos en la escena mundial significaba una tentativa única por vencer a la fatalidad histórica. De ahí su negación del pasado y su apuesta por el futuro. Cierto, nadie escapa a la historia y hoy los Estados Unidos no son, como se habían propuesto los "padres fundadores", una nación fuera de la historia sino atada a ella por los lazos más férreos: los de una superpotencia mundial. Pero lo decisivo fue el acto del comienzo: la autofundación. Este acto inaugura *otra* manera de hacer la historia. Todo lo que los norteamericanos han hecho después, dentro y fuera

de sus fronteras, bueno y malo, ha sido consecuencia y efecto de este acto inaugural.

Aludí antes a la ausencia de particularismos nacionales. No quise decir, por supuesto, que no existiesen realmente. Quise subrayar que el proyecto de los fundadores de los Estados Unidos no consistió en el reconocimiento del genio del pueblo, la idiosincracia colectiva o el carácter único de la tradición nacional, como en otras partes, sino en la proclamación de un conjunto de derechos y obligaciones de orden universal. Los Estados Unidos fundaron su nación no en un particularismo sino en dos ideas universales: una, cristiana, que consagra la santidad de cada persona, considerada única e irremplazable; otra, que viene de la Ilustración, que afirma la primacía de la razón. El sujeto de los derechos y los deberes es la persona, en cuyo interior la conciencia dialoga consigo misma y con Dios: herencia protestante; a su vez, esos derechos y esas obligaciones poseen la universalidad y legitimidad de la razón: herencia del siglo XVIII. La preeminencia del futuro tiene la misma raíz que el optimismo racionalista de la Ilustración. El pasado es el dominio de lo particular mientras que el futuro es el reino de la razón. ¿Por qué? Por ser ese territorio incógnito, ese *no man's land*, que explora y coloniza el progreso. A su vez, el progreso no es sino la forma en que se manifiesta la razón en la historia. El progreso, para el siglo XIX, fue la razón en movimiento. El pragmatismo y el activismo norteamericano son inseparables del optimismo progresista. El fundamento de esa actitud es la fe en la razón. En suma, puede verse el nacimiento de los Estados Unidos como un fenómeno único pero, asimismo y sin contradicción, como una consecuencia de los dos grandes movimientos que iniciaron la era moderna: la Reforma y la Ilustración.

La nueva universalidad se expresó en tres emblemas: una lengua, un libro y una ley. La lengua fue el inglés, el libro la Biblia y la ley la Constitución. Extraña universalidad: no falsa sino paradójica y contradictoria. Fue una

universalidad minada interiormente por los tres emble-
mas que la expresaban. El inglés es una lengua univer-
sal pero lo es por ser una versión singular de la cultura
de Occidente. En los Estados Unidos tuvo que respon-
der a una doble exigencia: ser fiel a la tradición inglesa y
expresar la nueva realidad americana. El resultado fue
una continua y estimulante tensión; gracias a esa tensión
la literatura norteamericana existe y tiene un carácter
único. La Biblia, por su parte, simboliza la escisión pro-
testante y representa una versión singular del cristianis-
mo. Ninguna de las iglesias en que se ha dividido el
movimiento reformista ha podido reconstruir la univer-
salidad original. Lo mismo hay que decir de la Constitu-
ción: los principios que la inspiran no son intemporales
como un axioma o un teorema sino expresiones de un
momento de la filosofía política de Occidente. Triple
contradicción: una fue universalidad que, para realizar-
se, tuvo que enfrentarse con un particularismo y, al fin,
identificarse con él; fue un conjunto de creencias que,
dentro de la tradición más vasta de Occidente, pueden
verse como versiones e interpretaciones de la doctrina
central; fueron, en fin, unas normas políticas y morales
que expresaron las convicciones y los ideales de un gru-
po étnico, lingüístico y cultural determinado: los angloa-
mericanos (WASP).

Al tropezar con los particularismos, los Estados Uni-
dos descubrieron a la historia. Los particularismos asu-
mieron muchas formas pero dos de ellas, a mi juicio,
fueron especialmente significativas: las relaciones con el
mundo exterior y las inmigraciones. Dos expresiones de
la extrañeza. En otros escritos me he ocupado con algu-
na extensión de la primera. En cuanto a la segunda: ape-
nas si necesito recordar que ha sido y es, desde hace
dos siglos, uno de los temas centrales de la historia de
los Estados Unidos. Las inmigraciones han sido, unas,
forzadas como las de los negros traídos de África; otras
voluntarias: las de los europeos, asiáticos y latinoameri-
canos. Desde hace ya bastante tiempo predomina en los

Estados Unidos una extraordinaria pluralidad de grupos étnicos y culturales. Otros imperios han conocido esta heterogeneidad —Roma, el Califato, España, Portugal, Inglaterra— pero casi siempre fuera de las fronteras metropolitanas, en las provincias lejanas y en los territorios sometidos. No creo que haya ejemplos en la historia de una heterogeneidad semejante en el interior de un país. De una manera sucinta pero no inexacta la situación puede reducirse a esta disyuntiva: si los Estados Unidos no construyen una democracia multirracial, su integridad y su vida estarán expuestas a graves amenazas y terribles conflictos. Por fortuna, aunque no sin tropiezos y titubeos, el pueblo norteamericano ha escogido el primer término. Si lo consigue, habrá realizado una obra sin paralelo en la historia.

Para resolver este problema los norteamericanos han acudido en un momento o en otro a casi todas las soluciones intentadas por otros países e imperios. El repertorio es extenso y desalentador. El remedio más antiguo —fuera de la exterminación pura y simple— es la exclusión. Fue la solución de Esparta. Es inaplicable en el mundo moderno: no sólo está en contradicción con nuestras instituciones y con nuestras convicciones éticas y políticas, sino que implica una imposible inmovilidad demográfica. El ejemplo de Inglaterra y de otros imperios modernos tampoco es utilizable: las poblaciones extrañas no están fuera sino dentro del territorio nacional. Imposible también imitar la política de la China imperial: la homogeneización. Otra solución notable ha sido el sistema de castas de la India, que ha durado más de dos milenios; se basa en ideas ajenas a nuestra civilización. España y Portugal ofrecen un modelo intermedio entre la exclusión y la absorción: los dos imperios estaban fundados en la universalidad de la fe católica (participación) y en las jerarquías de la sangre y el origen (separación). El modelo romano es un antecedente valioso: Roma otorgó la ciudadanía a los súbditos del imperio. Fue mucho para su tiempo pero hoy no es sufi-

ciente. En verdad, la única solución duradera y viable es la escogida por los Estados Unidos: la integración dentro de la pluralidad. Un universalismo que no niegue ni ignore los particularismos que lo componen. Una sociedad que reconcilie las dos direcciones antagónicas del sentimiento original: la separación y la participación.

GUADALUPE, COATLICUE, YEMAYÁ

Por su número, la minoría hispana de los Estados Unidos es la segunda en el país. Por su composición étnica y su cultura, es un mundo aparte. Lo primero que sorprende es la diversidad étnica —españoles, indios, negros, mestizos, mulatos— en violento y acusado contraste con la homogeneidad cultural. Este rasgo los distingue de la otra gran minoría, la negra. Mientras la cultura de origen está viva entre los hispanos, las raíces de las culturas africanas se han secado casi íntegramente en las comunidades negras de los Estados Unidos. Estas culturas, por lo demás, no eran homogéneas y de ahí que, para referirse a ellas, se use el plural. Las diferencias con las minorías asiáticas no son menos notables: lengua, religión, costumbres, pasado. La minoría asiática se subdivide en una gran variedad de lenguas, culturas, religiones, naciones; los hispanos son católicos en su mayoría, el español es su lengua de origen y su cultura, esencialmente, no es distinta a la de los otros hispanoamericanos. Por la historia y la cultura, los hispanos católicos son una prolongación en América de esa versión de Occidente que encarnaron España y Portugal como, en el otro extremo, los angloamericanos lo han sido de la versión inglesa. Este hecho se acepta siempre con dificultad porque los europeos y los norteamericanos, desde el siglo XVIII, han visto por encima del hombro a los españoles, a los portugueses y a sus descendientes. Sin embargo, aceptarlo no significa cerrar los ojos ante las diferencias: son grandes y substanciales.

La minoría hispánica representa, en los Estados Unidos, una variante de la civilización de Occidente. Esa variante no es menos excéntrica que la angloamericana. Ambas son excéntricas porque las naciones fundadoras —España, Portugal e Inglaterra— han sido entidades fronterizas, casi periféricas, no sólo en el sentido geográfico sino en el histórico y aun en el cultural. Han sido singularidades en la historia de Europa. Una isla y una península: tierras de fin de mundo. Los latinoamericanos y los angloamericanos somos herederos de dos movimientos extremos y antagónicos que, durante los siglos XVI y XVII, se disputaron la supremacía no sólo de los mares y de los continentes sino de las conciencias. Las dos colectividades nacieron como transplantes europeos en América; los transplantes fueron hechos por pueblos distintos, con ideas contrarias e intereses divergentes. Nos fundaron dos versiones de la civilización de Occidente. La versión inglesa y holandesa estaba impregnada por el espíritu de la Reforma, con la que se inicia la edad moderna; la versión española y portuguesa se identificó con la Contrarreforma. Los historiadores discuten todavía el sentido de este movimiento. Para unos, fue una tentativa por detener a la modernidad naciente; para otros, fue un intento por inventar un modelo distinto de modernidad. Haya sido lo uno o lo otro, la Contrarreforma fue una empresa fallida. Nosotros, los latinoamericanos, somos los descendientes de un sueño petrificado. Los hispanos de los Estados Unidos son un fragmento de ese sueño, caído en el mundo angloamericano. No sé si son semillas de resurrección arrojadas por un vendaval o los sobrevivientes de un inmenso naufragio histórico. Sean lo que sean, están vivos. Su cultura es antigua pero ellos son nuevos. Son un comienzo.

La excentricidad de la cultura hispánica no se reduce a la Contrarreforma y a su negación de la modernidad. España es incomprensible si se omiten dos elementos esenciales de su formación: los árabes y los judíos. Sin ellos no podemos entender muchos rasgos de su histo-

ria y de su cultura, de la Conquista de América a la poesía mística. Una cultura no se define sólo por sus actos sino por sus omisiones, lagunas y represiones; entre estas últimas, en el caso de España, están la expulsión de los moriscos y la de los judíos. Fue una automutilación que, como todas, engendró muchos fantasmas y obsesiones. No es menos compleja nuestra otra herencia, la india y la negra. También en ella abundan los fantasmas terribles: la conquista, la esclavitud, la servidumbre, los idiomas, los mitos y los dioses perdidos.

Aparte de esta complejidad étnica y cultural, los grupos hispánicos de los Estados Unidos pertenecen a países distintos. En un extremo, la población mexicana, originaria de un país en el que la realidad inmediata son las montañas y las grandes planicies. Una población que tradicionalmente ha vivido de espaldas al mar. En el otro extremo, los portorriqueños y los cubanos, isleños que no conocen más llanura que la del mar. Entre los mexicanos —ceremoniosos, callados, introvertidos, religiosos y violentos— la influencia negra es visible. Dos temperamentos, dos visiones, dos sociedades dentro de una misma cultura.

La diversidad étnica, geográfica y psicológica se extiende a otros dominios. La mayoría de la población mexicana es de origen campesino. Los más antiguos son los descendientes de los antiguos pobladores del sur de los Estados Unidos, establecidos en esas tierras cuando eran mexicanas; los otros, los más numerosos, han llegado en sucesivas oleadas durante todo el siglo XX. México es un país antiguo y lo más antiguo de México son sus campesinos: fueron contemporáneos del nacimiento de las primeras culturas americanas, hace tres mil años; desde entonces han sobrevivido a inmensos trastornos, varias divinidades y distintos regímenes. Son también los autores de una extraña y fascinante creación: el catolicismo mexicano, esa síntesis imaginativa del cristianismo del siglo XVI y las religiones ritualistas precolombinas. Profundamente religiosos, tradicionalis-

tas, tenaces, pacientes, sufridos, comunitarios, inmersos en un tiempo lento hecho de repeticiones rítmicas, ¿cómo no comprender su desconcierto y sus dificultades para adaptarse a los modos de vida de los Estados Unidos y a su frenético individualismo? Choque de dos sensibilidades y dos visiones del tiempo, ¿cuál será el resultado final de este encuentro?

El caso de los cubanos es el opuesto. Es una inmigración nueva que salió de Cuba expulsada por el régimen de Castro y que pertenece en su mayoría a la clase media: abogados, médicos, comerciantes, técnicos, profesores, ingenieros. No han tenido que dar el salto a la modernidad: ya eran modernos. Esta es una de las razones de su rápida y afortunada inserción en la vida norteamericana. Las otras son su inmensa vitalidad, su despierta inteligencia, su acometividad, su capacidad de trabajo. Comparar a los cubanos con los portorriqueños es injusto; la inmigración cubana tuvo desde el principio una ventaja de la que han carecido muchos portorriqueños: una cultura moderna. Sin embargo, los logros de los portorriqueños no son desdeñables y hay uno en verdad extraordinario y que todos deberíamos admirar: no sólo han conservado su fisonomía nacional sino que han revitalizado su cultura.

Las diferencias que imponen la geografía, la sangre y la clase son también diferencias de tiempos históricos: el campesino de Oaxaca que ha emigrado a los Estados Unidos no viene del mismo siglo que el periodista de La Habana o el obrero de San Juan. Pero algo los une: son los expulsados de la historia. Los mexicanos pertenecen a una tierra sobre la que diferentes civilizaciones han levantado pirámides, templos, palacios y otras admirables construcciones pero que no ha podido, en este siglo, albergar a todos sus hijos; los cubanos y los portorriqueños —fragmentos de un gran imperio desmembrado: el español— han sido el objeto de la expansión imperial norteamericana. Los otros grupos de hispanos procedentes de la América Central y de otras regiones

de Sudamérica son también fugitivos de la historia. Los latinoamericanos no hemos podido crear todavía sociedades democráticas, estables y prósperas.

Por más terribles y poderosos que hayan sido los motivos que los obligaron a dejar sus países, los hispanos no han roto los lazos con sus lugares de origen. Apenas Castro permitió que los exiliados pudiesen visitar a sus familias y parientes de Cuba, la isla se llenó de visitantes de Miami y de otras partes. Lo mismo ocurre con las comunidades portorriqueñas y chicanas. En el norte de México y en el sur de los Estados Unidos hay ya una subcultura que es una mezcla de rasgos mexicanos y norteamericanos. La cercanía geográfica ha favorecido el intercambio y, asimismo, ha fortalecido los vínculos de las comunidades hispánicas con su suelo natal. Este es un hecho preñado de futuro: la comunicación entre la minoría hispana y las naciones latinoamericanas ha sido y es continua. No es previsible que se rompa. Es una verdadera comunidad, no étnica ni política sino cultural.

En suma, lo que me parece notable no es la diversidad de los grupos hispanos y sus diferencias sino su extraordinaria cohesión. Esta cohesión no se expresa en formas políticas pero sí en conductas y actitudes colectivas. La sociedad norteamericana está fundada sobre el individuo. El origen de la preeminencia del individuo como valor central es doble, según señalé: viene de la Reforma y de la Ilustración. La sociedad hispano-católica es comunitaria y su núcleo es la familia, pequeño sistema solar que gira alrededor de un astro fijo: la madre. No es accidental la función cardinal de la imagen materna en la sociedad latinoamericana: en su figura confluyen las viejas divinidades femeninas del Mediterráneo y las vírgenes cristianas, las diosas precolombinas y las africanas: Isis y María, Coatlicue y Yemayá[2]. Eje del

[2] Venerada en Cuba como la Virgen del Cobre y en Brasil como Santa Bárbara.

mundo, rueda del tiempo, centro del movimiento, imán de la reconciliación, la madre es fuente de vida y depósito de las creencias religiosas y de los valores tradicionales.

Los valores hispano-católicos expresan una visión de la vida muy alejada de la que prevalece en la sociedad norteamericana, en la que la religión es sobre todo un asunto privado. La separación entre lo público y lo privado, la familia y el individuo, es menos clara y tajante entre los hispanos que entre los angloamericanos. Los fundamentos de la ética son semejantes para unos y otros: ambos comparten la herencia cristiana. Sin embargo, las diferencias son capitales: en las dos versiones de la ética angloamericana, la puritana y la neohedonista, la prohibitiva y la permisiva, el centro es el individuo mientras que la familia es el protagonista verdadero en la moral hispánica. La primacía de la familia no tiene sólo efectos benéficos: la familia es hostil por principio al bien común y al interés general. La moral familiar ha sido y es adversa a las acciones generosas y desinteresadas (recuérdese la condenación evangélica). La raíz de nuestra apatía y pasividad en materia política, así como del patrimonialismo de nuestros gobernantes —con su caudal de nepotismo y corrupción—, está en el egoísmo y en la estrechez de miras de la familia. Además, precisamente porque el individuo goza de menos espacio para desplegarse, la acción individual se manifiesta muchas veces en dos direcciones igualmente perniciosas: el orden cerrado y la ruptura violenta. Cohesión y dispersión: el patriarca y el hijo pródigo, Abraham y Don Juan, el caudillo y el francotirador solitario.

La continuidad de los modelos tradicionales de convivencia no se explica únicamente, claro está, por la fidelidad a la cultura propia y por la influencia de la familia. Las persecuciones, el trato desigual, las humillaciones y las diarias injusticias han sido también factores decisivos para fortificar la cohesión de las comunidades hispanas. Esto es particularmente cierto en los casos de

las minorías portorriqueñas y mexicanas, víctimas constantes de la discriminación y de otras iniquidades. A estas circunstancias, hay que añadir otra igualmente poderosa, de orden económico: la dificultad para obtener una educación superior. Todo esto —cultura, tradición y cohesión comunitaria pero también discriminación— ha influido en las modalidades y logros del trabajo intelectual y artístico de estos grupos.

Los hispanos han sobresalido en la pintura, la música, la danza; en cambio, no han dado escritores de nota. No es difícil entender la razón. La lengua es el alma de un pueblo; para escribir obras de imaginación —poesía, novela, teatro— hay que cambiar de alma o cambiar el lenguaje en que se intenta escribir. Esto último fue lo que hicieron Melville, Whitmann y los otros grandes escritores con el inglés: lo plantaron en América y lo cambiaron. El español Santayana escribió una prosa admirable por su transparencia y elegancia —una prosa, en el fondo, muy poco inglesa— pero tuvo que sacrificar en él al poeta. En cambio, en las artes visuales —pintura y escultura sobre todo— los hispanos se han expresado con energía y felicidad. No porque el genio de la comunidad sea visual y no verbal sino por lo que apunté más arriba. La imagen visual *dice* pero lo que dice no tiene por qué ser traducido en palabras. La pintura es un lenguaje que se basta a sí mismo.

ARTE E IDENTIDAD

La exposición de arte hispánico contemporáneo que presenta The Corcoran Gallery de Washington es una excelente ocasión para *oír* lo que dicen los artistas hispanos. Oírlos con los ojos y con la imaginación. Gracias al trabajo asiduo, la sensibilidad y la curiosidad inteligente de Jane Livingston y de sus colaboradores, ha sido posible reunir las obras de veinticinco artistas. Algunos ya gozaban de renombre pero otros, los más, no eran

conocidos ni de la crítica ni del público. En este sentido, la exposición es un verdadero descubrimiento. No me propongo hablar de estos artistas: ni es la intención de estas páginas ni tengo autoridad para hacerlo. Creo, además, que es imposible, en un artículo como éste, juzgar con pertinencia a veinticinco artistas. Basta con leer las crónicas de Baudelaire y de Apollinaire sobre los "salones" de su época para darse cuenta de que nadie se escapa, ni siquiera los más grandes, de los vicios de ese género de escritos: las vaguedades corteses, las rápidas generalizaciones, las enumeraciones salpicadas de insulsos elogios y de perentorias condenaciones. En cambio, estos dos grandes poetas y críticos acertaron casi siempre cuando hablaron de artistas aislados de su predilección. La buena crítica nace de la simpatía y de una larga frecuentación con la obra que se juzga.

Aunque no puedo ni debo hablar de los artistas expositores, sí puedo arriesgar un parecer sobre la exposición: la selección ha sido exigente pero también acertada y el conjunto es rico y diverso. Al recorrerla, los ojos y el entendimiento del espectador recibirán más de una sorpresa: la exposición refleja una realidad viva, inquieta y en movimiento. La mayoría de estos artistas —a la inversa de la tendencia general en el arte contemporáneo— no pintan para "hacer una carrera" sino por una necesidad interior. Más claramente dicho: por la necesidad de afirmarse y expresarse ante una realidad que con frecuencia los ignora. Es imposible olvidar que muchas de estas obras han sido hechas lejos de los grandes centros artísticos del país, en el aislamiento, la pobreza y el desamparo. No, ésta no es una exposición de gente satisfecha con lo que ha encontrado sino de artistas en plena búsqueda.

Es lo contrario de una casualidad que la exposición se abra con los dibujos coloreados de Martín Ramírez. No es un precursor ni un predecesor: es un símbolo. Mientras vivió fue un perfecto desconocido y sólo fue descubierto diez años después de su muerte, en 1970.

Ramírez nació en 1885, en Jalisco. No se sabe en qué lugar, probablemente en un pueblo pequeño. Trabajó tal vez en el campo y más tarde en una lavandería; al despuntar el siglo, en plena Revolución de México, medio muerto de hambre, emigró a los Estados Unidos. Como tantos de sus compatriotas fue peón caminero en los ferrocarriles; dejó el trabajo porque empezó a sufrir ofuscaciones y alucinaciones. Aunque es difícil reconstruir sus idas y venidas, se sabe que hacia 1915 dejó de hablar, que vagó varios años sin dirección fija, a ratos trabajando y otros viviendo de la caridad pública, hasta que, en 1930, las autoridades de Los Angeles lo recogieron en Pershing Square, un lugar de refugio de vagabundos y mendigos. El diagnóstico de los médicos fue sin esperanza: paranoico esquizofrénico incurable. Lo internaron en una institución estatal, el Hospital Dewitt, en donde vivió treinta años, hasta su muerte, en 1960.

Ramírez nunca recobró el habla pero hacia 1945 comenzó a dibujar y a colorear con lápiz sus composiciones. Decisión que es la cifra de su situación y la clave de su personalidad artística: renunció a la palabra pero no a expresarse. Dibujaba a espaldas de las autoridades pues los guardianes, para conservar limpias las salas, destruían las obras de los pacientes. Unos pocos años antes de su muerte tuvo la fortuna de ser descubierto por un psiquiatra que se convirtió en su ángel custodio, el Dr. Tarmo Pasto. Un día en que el profesor, acompañado de sus discípulos de la Universidad de Sacramento, visitaba el hospital, se le acercó Ramírez y le entregó un rollo de dibujos que llevaba escondido debajo de la camisa. Desde ese día el doctor lo vio con frecuencia y gracias a él tuvo papel en abundancia, lápices de colores y otros materiales. El médico comprendió inmediatamente, con rara perspicacia y aun más rara generosidad, que su paciente era un artista notable. Pasto coleccionó muchas obras de Ramírez y las dio a conocer a varios artistas, entre ellos a Jim Nutt y a su esposa Gladys Nilsson. Con otra amiga, Phyllis Kind, *art-dealer*, organi-

zaron la primera exposición de Ramírez en Sacramento, a la que han seguido otras en Chicago, Nueva York, Londres y otras ciudades.

La tentación de ver en las obras de Ramírez un ejemplo más del arte de los psicóticos debe rechazarse inmediatamente. En primer término, no está claro —nunca lo estará— lo que se quiere decir con esta expresión. Además, el arte trasciende —mejor dicho: ignora— la distinción entre las frágiles fronteras de la salud y la locura, como ignora las diferencias entre los primitivos y los modernos. En el caso de Ramírez, sin cerrar los ojos ante sus desarreglos psíquicos, lo que nos interesa es el valor artístico de sus obras. El crítico inglés Roger Cardinal, que ha escrito sobre él con discernimiento y sensibilidad, subraya las características puramente visuales y plásticas (también poéticas) de sus dibujos y composiciones[3]. Estas cualidades lo apartan de otros artistas también víctimas de trastornos mentales. El mundo de Ramírez —porque su arte nos *muestra un mundo*— está lleno de objetos que es fácil reconocer pues son los de la realidad, ligeramente distorsionada. Adivinamos obscuramente que esas imágenes son a un tiempo iconos y talismanes: conmemoran sus experiencias vitales y lo preservan de maleficios.

Las composiciones de Ramírez son evocaciones de lo que vivió y soñó: un jinete montado en un caballo brioso y con el pecho cruzado por las cananas (como tantos que habrá visto en su juventud, durante la Revolución Mexicana, bandidos o guerrilleros), un acueducto interminable, una iglesia de pueblo, una locomotora flamante que atraviesa un paisaje petrificado, puentes, ciudades, parques, mujeres, más mujeres, la figura enigmática de la realidad primordial —la imagen femenina del comienzo, en que se alían los atributos de la Virgen de Guadalupe con otros más antiguos, como la

[3] Véase *Vuelta*, 112, marzo de 1986.

serpiente de Isis y la corona de rayos de sol. Estas obras no hacen pensar en los cuatro muros en que está encerrado el esquizofrénico ni en las galerías de espejos de la paranoia: son resurrecciones del mundo perdido de su pasado y son caminos secretos para llegar a otro. ¿Cuál es ese otro mundo? Es difícil saberlo. El camino que lleva a él es misterioso: un túnel y su boca de sombras. Boca sexual y profética de la que brotan las visiones y por la que el artista desciende en busca de una salida. Estas obras nos cuentan una peregrinación.

Al ver las obras de Ramírez pensé en otro artista extraordinario: Richard Dadd. Pero son casos muy distintos: Dadd fue un pintor que se volvió loco; Ramírez fue un loco que se volvió pintor. En el asilo, Dadd recuerda que es pintor y pinta varios cuadros memorables, los mejores de su obra; en el hospital, Ramírez descubre la pintura y se sirve de ella para salir de sí mismo. Cardinal observa con razón que su autismo no era completo. Es cierto: una y otra vez rompió su retraimiento; por ejemplo, al abordar al Dr. Pasto y enseñarle sus obras o al retratarse con él, en una sala del hospital, mostrando una de sus composiciones. El hecho mismo de dibujar y pintar es una ruptura del autismo, una comunicación. Pero una comunicación cifrada. En las composiciones de Ramírez se cumple la doble exigencia del arte: ser una destrucción de la comunicación corriente y ser la creación de otra comunicación.

El Dr. Pasto dijo que, en parte al menos, los trastornos mentales de Ramírez habían sido una reacción frente a una cultura extraña e incomprensible. Hay que añadir que abandonó México en una época tumultuosa y violenta. Así, en su vida está ya el doble movimiento que determina toda su actitud. En su huida de México hay un movimiento de salida que adoptó pronto una forma extrema y delirante: la paranoia; en su mutismo y en su ruptura de relaciones con el exterior, triunfó el movimiento contrario: la esquizofrenia. Pero paranoia y esquizofrenia son nombres, membretes, clasificaciones:

la realidad psíquica está siempre más allá de los nombres. No puede olvidarse, además, que el arte de Ramírez trasciende el doble movimiento contradictorio: es una comunicación pero es una comunicación simbólica, un signo que debemos descifrar.

Ramírez es un emblema. El contradictorio movimiento que anima su conducta —inmersión en sí mismo y salida hacia afuera, al encuentro del mundo— dibuja la situación de las comunidades hispanas con extraordinario dramatismo. Cierto, Ramírez es un caso, una anomalía, pero esta anomalía es una metáfora de la condición del artista hispano. Por supuesto, aunque la condición es general, las respuestas son distintas: cada artista se enfrenta de una manera diferente a la situación y cada respuesta, si es auténtica, es única e irrepetible. El espectador podrá comprobarlo al recorrer las salas de esta exposición. Las respuestas de algunos artistas tienen raíces religiosas y tradicionales: pintan las imágenes del sincretismo popular hispanoamericano, aunque su sensibilidad y sus medios son contemporáneos; para otros, lo religioso no está en las formas y las figuras que pintan sino en su actitud ante la imagen humana: casi nunca la *describen,* como los artistas norteamericanos, sino que la exaltan o la mutilan y, de ambas maneras, la transfiguran; otras obras son una respuesta violenta a la violencia urbana moderna; otras más son una sátira de la vida callejera o una tentativa por apresar lo maravilloso cotidiano, gran tradición del arte del siglo XX; algunos artistas, en fin, buscan lo maravilloso no en los paisajes urbanos sino regresando al origen, a la patria de las viejas mitologías afrocubanas y a los santos y vírgenes del catolicismo mexicano. Sátira, violencia, blasfemia, veneración: formas, líneas, volúmenes y colores que expresan con una suerte de exasperación el doble movimiento de separación y participación.

La imagen del túnel y su boca es otro emblema del arte de los hispanos. La boca del túnel es el lugar de las apariciones y las desapariciones. La conciencia descien-

de los escalones de sombra hacia el reino ciego del comienzo, a la fuente del origen; a su vez, en un movimiento contrario, las imágenes enterradas ascienden en busca del sol. En la historia del arte del siglo XX, la obsesión por la imagen venida de las profundidades caracterizó sobre todo a los surrealistas. Entre ellos muy especialmente a dos latinoamericanos, Matta y Lam, así como a un pintor afín al surrealismo, Tamayo. Los tres han sido grandes taumaturgos, maestros del arte de la resurrección y la aparición de los fantasmas. La relación entre la *imagen* surrealista y el *phantasma* de los filósofos y artistas neoplatónicos del Renacimiento aún no se ha dilucidado enteramente pero es clara. La crítica moderna reconoce más y más que hay una corriente subterránea en nuestra tradición que nace en la Florencia neoplatónica y hermética del siglo XV, fecunda diversos movimientos espirituales y artísticos como el romanticismo y desemboca en el siglo XX: simbolismo, surrealismo y otras tendencias. Un recorrido rápido por la exposición de artistas hispanos revela que su pintura no tiene afinidad profunda con el realismo fotográfico y el minimalismo, el *pop-art,* el neoexpresionismo y otras tendencias de los últimos veinte años. Tiene, sí, deudas con varios artistas norteamericanos o con otros que viven en los Estados Unidos, como David Hockney, pero su visión de la figura humana posee un parentesco más secreto y hondo con la tradición que representan, en América Latina, un Matta o un Lam. Sus imágenes brotan de la boca de sombra del túnel.

Para los antiguos, el *phantasma* era el puente entre el alma, prisionera del cuerpo, y el mundo exterior. Para el poeta y el pintor surrealista la imagen onírica era el mensajero del hombre interior. La poesía y el arte dejan escapar, transfigurado, al prisionero: al deseo, a la imaginación enterrada desde el primer día por las instituciones y las prohibiciones. Es turbadora la aparición de las imágenes en las obras de los artistas hispanos. Son jeroglíficos de venganza pero también de iluminación, gol-

pes en la puerta cerrada. Sus pinturas no son ni metafísica ni conocimiento del hombre interior ni subversión poética sino algo más antiguo e instintivo: iconos, talismanes, retablos, amuletos, efigies, simulacros, fetiches —objetos de adoración y de abominación. El *phantasma* es, otra vez, el mediador entre el mundo de allá y el de acá. ¿Cómo no ver en las obras de estos artistas otra faz del arte norteamericano? Una cara todavía desdibujada pero cuyos rasgos son ya discernibles. Arte de la imagen no como una forma en el espacio sino como una *irradiación*.

México, a 7 de julio de 1986

EL TRES Y EL CUATRO*

> ¿Por qué reírse de los antiguos que consideraban los números como el principio universal?
>
> Senancour

Sólo se nace una vez: esta frase, que nos parece incontrovertible, dicha ante un hindú o un budista provoca inmediatamente un gesto de rechazo o una sonrisa de incredulidad. Para ambos, todos los seres vivos están condenados al giro fatal de las reencarnaciones; de ahí que la liberación final no sea una victoria sobre la muerte, como entre nosotros, sino sobre la vida: el premio consiste en nunca volver a nacer. Opiniones parecidas predominaban entre los griegos y los romanos; la idea del tiempo cíclico y del inevitable regreso del pasado —y así del renacer, remorir y renacer de los hombres y las épocas— era común y aparece en muchos pensadores y poetas de la Antigüedad. Empédocles recordaba haber sido hombre, mujer y "en el Salado, pez mudo". Platón dice en el *Timeo* que los hombres están sometidos a innumerables nacimientos, prueba terrible que causa únicamente cuando el alma inmortal, por la bondad de sus acciones, logra desprenderse del cuerpo;

* Prólogo a *La utopía mexicana del siglo XVI*, México, 1992.

entonces, ya libre, vuelve a su astro nativo. Estas ideas repelen por partida doble a las mentes modernas: para los cristianos son una herejía y para la ciencia una quimera. No obstante, después de afrontar una dificultad grave o pasar por un peligro mortal, respiramos y, al sentirnos a salvo decimos: "he vuelto a nacer". Los días del hombre están contados y cada uno de nosotros sólo vive una vez pero todos nacemos, morimos y renacemos muchas veces.

La vida es cambio continuo y algunos de esos cambios son de tal modo profundos e irrevocables que no es exagerado llamarlos nacimientos. Aquellos que un día se entregan a una fe o a una causa, hablan de su conversión como de "un segundo nacimiento". También decimos que hemos vuelto a nacer cuando nos enamoramos o al descubrir nuestra verdadera vocación o al abandonar a nuestra ciudad para comenzar, en otra parte, "una nueva vida". Algunos incluso adoptan otro nombre como si así quisieran decir que, al cambiar de género de vida, han cambiado también de identidad y se han convertido en otra persona. En una de sus comedias más perfectas, *As you like it,* Shakespeare hace decir a uno de sus personajes —Jacques, filósofo melancólico— que el hombre pasa por siete edades y que en la última, la senectud, regresa a la primera: la niñez. Así, antes de morir para siempre, cada uno de nosotros vive y muere siete veces, como los gatos. Recuerdo a los gatos porque lo que he dicho sobre los hombres puede aplicarse sin dificultad a los demás seres y entes sujetos a la sucesión y al devenir. Todo lo que es tiempo —"imagen móvil de la eternidad", lo llamó Platón— es perpetuo nacer, morir y renacer, trátese de un infusorio o de una civilización. Por esto, entre todas las concepciones acerca de la naturaleza de la historia, la que me parece más cuerda es aquella que la ve como la ciencia (y el arte) que estudia y cuenta los nacimientos de una sociedad o de un grupo de sociedad. La historia de un pueblo no es sino el relato de sus nacimientos, muertes y resurrecciones.

¿Cuántas veces ha nacido México? La pregunta admite muchas respuestas, tantas como los temperamentos y las filosofías de aquellos que se atrevan a contestarla. Además, esa pregunta requiere, primero, responder a otras que la determinan. Por ejemplo: ¿se puede hablar de nación mexicana al hablar de los mayas, los zapotecas o los aztecas? O más cerca de nosotros, ¿Nueva España en el siglo XVI era ya una nación? ¿Nacimos en el siglo XVII con el patriotismo novohispano de Sigüenza y de Sor Juana o en el siglo XVIII con los jesuitas o en el XIX con Hidalgo y Morelos? Si lo último, ¿la Independencia fue un comienzo absoluto, un verdadero nacimiento, o una vuelta a los orígenes, un regreso a Tenochtitlan? Si lo segundo, ¿qué lugar ocupan en nuestra historia las sociedades y culturas anteriores o rivales de Tenochtitlan, como Teotihuacan y Tula, Monte Albán y Palenque? Las preguntas reaparecen al llegar al período moderno: ¿la Reforma liberal de 1857 no fue otro nacimiento, ya que consistió en la instauración de un proyecto nacional radicalmente distinto al de Nueva España? ¿Y la Revolución, no fue otro nacimiento? Estas preguntas provocan en mí una suerte de vértigo intelectual. No pretendo contestarlas y me limito a señalar que cada una de ellas designa a un cambio y que cada cambio significa la aparición de una sociedad distinta. Todas ellas, aisladamente consideradas, son gérmenes y elementos, prefiguraciones y profecías de esa realidad en continua transformación que hoy llamamos México pero que antes tuvo otros nombres.

Teotihuacan fue la primera gran ciudad de Mesoamérica. No es México aún pero su nombre es inseparable del de nuestra nación. Es su mito fundador: Teotihuacan fue el modelo de Tula que, a su vez, fue el de Tenochtitlan que, por su parte, fue el fundamento físico e histórico de la imperial ciudad de México que hoy es la capital de nuestra República. Todo esto significa que la realidad de México es histórica; quiero decir: una realidad compuesta por distintas partes y elementos heterogéneos,

unidos y mezclados por un perpetuo movimiento que es, asimismo, un continuo intercambio. México se hace, deshace y rehace sin cesar; por esto es lícito decir que ha nacido varias veces. En cada nacimiento ha sido distinto y, no obstante, es inseparable de las otras sociedades que lo han precedido. Distinto y único en cada una de sus manifestaciones y siempre el mismo... Apenas escribo esta frase, me detengo y agrego: "el mismo y siempre otro". ¿Contradicción, misterio? No: el enigma se aclara en cuanto aceptamos que México ha nacido varias veces; por esto siendo cada vez distinto es siempre el mismo. México no es una realidad dada ni una esencia: es un proceso.

¿México nace en el siglo XVI? La respuesta es la misma que la relativa a Teotihuacan: México no era todavía México en 1550 pero sin lo que entonces se hizo nuestro país no sería lo que es. Los fundamentos y cimientos de la moderna nación mexicana están en la realidad abigarrada y contradictoria de esa época. En cierto modo el siglo XVI, más que un nacimiento, fue una profecía de lo que seríamos y también de lo que hubiéramos podido ser. Una profecía en parte realizada y en parte fallida. En Europa ocurrió algo semejante, aunque en proporciones de magnitud y trascendencia mucho mayores. Allá el siglo XVI cierra definitivamente las puertas del mundo medieval y entreabre las de la modernidad. Digo que las entreabre porque no fue realmente la modernidad sino su anunciación y sueño. Fue el siglo del idealismo clásico en la poesía y el arte, de la nueva ciencia en el dominio del pensamiento y de las utopías en la política. La idea y la realidad, la luz y la sombra, Campanella, Maquiavelo y, en la hoguera, Giordano Bruno y Miguel Servet. Un siglo que nos enseñó a dudar con Montaigne y a sonreír con Cervantes pero cuyo sueño de armonía social, fundado en la razón, la justicia y el Evangelio, se disolvió *"melted into air, into thin air"*, como dice Shakespeare en su última pieza. Una línea que no es tanto el epitafio de una época como, quizá, de todas las empresas humanas.

Ese gran siglo, desgarrado entre la utopía y la acción, llegó a México con varias personalidades excepcionales y contradictorias que eran la encarnación de sus conflictos y que, en las nuevas tierras, los exacerbaron: Hernán Cortés, Bartolomé de las Casas, Bernal Díaz del Castillo, Pero de Gante, Bernardino de Sahagún, Pedro de Alvarado. Entre ellos tres figuras insignes: el Virrey Antonio de Mendoza, el oidor Vasco de Quiroga y el Obispo Juan de Zumárraga. Cada uno representa, en su dominio, un comienzo luminoso. Es laudable que el joven historiador Guillermo Tovar de Teresa, espíritu alerta y sensible, haya tenido la feliz ocurrencia de reunir en este volumen tres notables ensayos sobre estas tres personalidades; el suyo y los de dos maestros reconocidos en esta materia, Silvio Zavala y Miguel León Portilla. Nada mejor ni más apropiado para un libro que sirva de introducción a la historia del arte novohispano. Añado que estos tres estudios son, ante todo, una contribución esencial a la historia de las ideas que han formado a nuestra cultura y a nuestra nación. Nos descubren nuestra verdadera genealogía espiritual.

El siglo XVI fue, en México, el siglo de la evangelización pero también el de la fundación de ciudades y la edificación de iglesias, conventos, casas de gobierno, fortalezas, hospitales. Antonio de Mendoza, el primer virrey y figura emblemática del Renacimiento español, participó activamente en esta gran empresa. Lector atento de Alberti, procuró aplicar las ideas del humanista italiano en materia de urbanismo. Impregnado de platonismo, Alberti concebía la ciudad como un espacio vivo, regido por un orden racional que fuese, simultáneamente, geometría y belleza, justicia y convivencia armoniosa. Mendoza recogió su lección: clasicismo y cristianismo, Vitruvio y el Evangelio. En el caso de Juan de Zumárraga, primer obispo de México, la influencia capital no fue estética ni política sino religiosa y filosófica: Erasmo. Profesó, como su maestro, lo que podría llamarse un cristianismo liberal. Su interés por las lenguas

indígenas se fundaba en ideas que venían de Erasmo. Por ejemplo, en uno de sus escritos declara que la conversión de los indios no consistía en hacerlos súbditos de los cristianos (los españoles) sino de Cristo. En la obra admirable del oidor Vasco de Quiroga la influencia central fue la de Tomás Moro, el amigo de Erasmo. Es imposible no conmoverse ante la tentativa de Quiroga: trasplantar la utopía de la isla imaginaria de Moro a la tierra firme de Michoacán. Mendoza, Zumárraga y Quiroga merecen ser llamados fundadores. Cierto, sus figuras son contradictorias, especialmente la de Zumárraga, pero la historia es el reino del claroscuro.

¿Qué nos han dejado? En primer término, por más deformada que haya sido su obra, sin ella México no sería lo que es. Además, sigue intacto el fundamento de su acción: la razón (el Logos) en su triple expresión, como proporción hermosa, como justicia y como armonía. Herencia platónica recogida y universalizada por el cristianismo renacentista. Hay un rasgo común a los tres proyectos y que los une a la modernidad: el universalismo. Sin embargo, debemos distinguir entre el universalismo de los tres fundadores y el de la edad moderna, ya sea el de la Ilustración o el de sus descendientes y sucesores. El universalismo moderno se propuso, con los resultados que ahora conocemos, abolir las excepciones que son las naciones y las culturas tradicionales en aras de un patrón único: el Estado-nación (en sus versiones extremas: la ausencia de Estado o el Estado universal). El universalismo de los tres fundadores aspiró a integrar la gran excepción que era el continente recién descubierto en una gran síntesis cristiana y racional. En efecto, para la conciencia europea América no sólo era una excepción geográfica sino histórica y teológica: otra tierra y otra humanidad con extrañas creencias y costumbres. Convergencia y divergencia entre las dos concepciones: desde el final del siglo XVIII, la palabra clave, la llave de la universalidad, ha sido *revolución;* para el siglo XVI, en México, *conversión.* No nacimos con la

conquista, violento cambio total que puede equipararse a una revolución, sino con la conversión que la sucedió y que procuró aliviar y cerrar las heridas. Es nuestro origen.

Las utopías son construcciones intelectuales fuera del tiempo y del espacio. Su relación con la historia es peculiar: están fuera de ella pero no en cualquier parte sino, precisamente, antes o después de ella. El modelo de algunas está en la edad feliz del comienzo; para otras, el paraíso está en el futuro. Volver al principio o colonizar al porvenir: arcaísmo y futurismo representado, en la edad moderna, por Rousseau y Fourier. Las tres utopías de nuestro siglo XVI pertenecen claramente al primer tipo. Mientras que en Europa era imposible destruir el trazo irregular de las viejas ciudades, en Nueva España, como señala Kubler, se disponía de un espacio libre sobre el que podía construirse la nueva ciudad ideal. Señalo que para Mendoza ese espacio estaba libre, sobre todo, de pasado. Nueva España era una tierra virgen de historia. Zumárraga y Quiroga, por su parte, se propusieron volver al cristianismo original; el segundo, en una carta al Consejo de Indias, declara que su propósito es implantar en las nuevas tierras un cristianismo "a las derechas, como el de la primitiva iglesia". El alma de los indios, decía, es como cera blanda y en ella se puede grabar con facilidad la palabra santa de Cristo. En el Nuevo Mundo, creían muchos, no había desaparecido enteramente la inocencia de las primeras edades y el alma de los nativos —aunque manchada por el politeísmo, la poligamia, los sacrificios humanos y la idolatría— conservaba una parte de la simplicidad de nuestros primeros padres. La utopía sólo puede construirse sobre un suelo inocente, limpio de historia.

No vemos sólo con los ojos sino con nuestras pasiones, intereses, ideas y creencias. Vemos a través de nuestra historia: a los conquistadores los santuarios indios les recordaban las mezquitas musulmanas y los indios confundieron la llegada de Cortés con el regreso

de Quetzacóatl. En la inmensa y desconcertante novedad de América, todos veían, especialmente los frailes, escondida pero visible por medio de signos e indicios secretos, una confirmación del sentido oculto de la historia. Los indios, decía Las Casas, habían sido descubiertos para ser cristianizados. Así, América no sólo era una novedad geográfica sino una confirmación teológica: la Conquista, a pesar de sus horrores y extravíos, se insertaba en la historia sagrada. Equívoco prodigioso: el alma de los indios no era dócil arcilla ni América una tierra inocente: era una historia. Y más: una historia ajena a la de Europa, con referencias sagradas distintas. Las complejas sociedades que encontraron los españoles en Mesoamérica y en el Perú eran el resultado de una historia milenaria. Algo semejante debe decirse de las naciones y tribus menos desarrolladas, fuesen sedentarias o nómadas: todas ellas tenían creencias antiguas y arraigadas, mitos venerables y, en suma, una visión del mundo y del trasmundo que nos sorprende no por su simplicidad sino por su coherencia y profundidad. Los indios americanos, de los nómadas a las altas civilizaciones de México y Perú, compartían una visión del mundo que, a pesar de varias y hondas diferencias, era sustancialmente la misma para todos.

La existencia de antiguas civilizaciones y la de muchas naciones de la periferia que compartían con los civilizados creencias y valores semejantes —por ejemplo, la noción de guerra cósmica y las concomitantes de dioses guerreros creadores del mundo por el sacrificio y, en la tierra, de la guerra como actividad sagrada— explican que la conversión fuese doble; hubo conversión al cristianismo pero, asimismo, conversión del cristianismo, que se mezcló a las antiguas creencias de los indios. La palabra "sincretismo", empleada generalmente para designar este fenómeno, no lo describe enteramente: el proceso y el resultado fueron algo más sutil y profundo que la mera y caprichosa combinación de creencias diferentes. Pero no es ésta la ocasión para tratar este

556

punto; tampoco el relativo a las razones de la rápida conversión de los indios, que no fue únicamente el resultado de la coacción[1]. Aquí me limito a señalar que las consecuencias de la conversión fueran distintas a las esperadas y por esto el tema sigue siendo actual. Si queremos comprender nuestro pasado y comprendernos a nosotros mismos, alguien tendrá un día que reflexionar realmente sobre este asunto, tantas veces mencionado y nunca estudiado en su abismal complejidad.

El fundamento de una cultura es su visión del mundo. Es lo más antiguo y cambia mucho más lentamente que las técnicas y los regímenes políticos y económicos. La visión del mundo de los indios americanos llegó al continente con las primeras migraciones asiáticas y ya tenía miles de años cuando aparecieron las carabelas españolas. Esta visión, transformada por muchos pueblos y muchos siglos pero básicamente la misma, fue la realidad psíquica a que se enfrentaron los misioneros. Ahora bien, para entender un poco el carácter del encuentro entre la visión del mundo de los indios americanos y la europea, nada mejor que acudir al simbolismo de los números. No faltará quien se pregunte: ¿qué tiene que ver la historia con los números y sus símbolos? ¿Acaso la numerología es una ciencia? No, no lo es ni yo pretendo servirme de sus especulaciones. Sostengo, en cambio, que una sociedad es ininteligible sin el conocimiento de sus símbolos. La historia estudia la geografía, las instituciones políticas, la economía, la lengua, la religión y, en suma, la cultura de las sociedades. Cada cultura es un sistema de símbolos, de modo que el historiador debe investigar y describir el sistema simbólico de la

[1] Me he ocupado del tema en varios escritos; el último es *El águila, el jaguar y la Virgen,* un largo ensayo que apareció en 1990 como prólogo a *México, Esplendor de treinta siglos* (Museo Metropolitano de Nueva York). Doy estos datos porque las ideas que ahí expongo han sido varias veces usadas (y deformadas) por un escritor brillante y apresurado que nunca se toma el trabajo de mencionar sus fuentes.

sociedad y las relaciones de los símbolos entre ellos y con los de las otras sociedades. Para comprender el alma de un pueblo hay que conocer y descifrar sus símbolos. ¿Y los números? Los números son signos y, como todos los signos, tienden a convertirse en símbolos. Y hay más: los símbolos son maleables y se condensan con extraordinaria plasticidad en los números y en las figuras geométricas: el triángulo, el círculo, el cubo, la pirámide.

Es lo contrario de una casualidad que el universalismo renacentista haya llegado a México representado por tres personalidades y tres proyectos, uno estético, otro religioso y el tercero social. Tampoco es accidental la doble filiación de las tres utopías: la filosofía platónica y la teología cristiana, ambas acentuadamente trinitarias. La presencia del tres no es accidental porque, desde el origen, los mitos, los usos sociales, la política, la estética y el pensamiento mismo de Occidente, de la lógica a la metafísica, revelan una invencible y permanente predilección por las tríadas. En sus célebres estudios de mitología comparada Georges Dumézil demostró que los pueblos indoeuropeos compartían, desde la antigüedad más remota, una "ideología" tripartita. Esta ideología puede compararse a una corriente subterránea que aparece —o más exactamente: reaparece— en muchas instituciones sociales, creencias, leyendas, poemas y sistemas filosóficos de Occidente. Después de los descubrimientos de Dumézil, varios historiadores y antropólogos, a su zaga, han explorado otras zonas de la historia y las instituciones de Occidente que han confirmado sus hallazgos. Apenas si necesito señalar que la presencia de la tríada es inequívoca en las tres utopías de los tres fundadores así como en el lema platónico que declara su propósito: lo bello, lo verdadero y lo bueno. Occidente ha visto y ve al mundo por la ventana del tres.

Un examen de las culturas mesoamericanas y de sus símbolos muestra inmediatamente una predilección por

el cuatro y sus derivados. La visión del mundo de los mesoamericanos era cuaternaria: cuatro puntos cardinales, cuatro vientos, cuatro colores cuatro aspectos de cada divinidad, cuatro destinos. La matriz del cuatro es el dos, la dualidad, realidad original y suprema, primera y última, para todos los pueblos de Mesoamérica. El cuadrado, forma canónica del universo en el antiguo México, base de la pirámide, se resuelve en el quinconce: el punto del centro[2]. En su manifestación espacial, es el centro de las cuatro direcciones, el ombligo del universo, en el temporal, es el Quinto Sol, la presente edad del mundo, que ha seguido a las cuatro primeras. A su vez, el cuatro y el cinco producen otros números preñados de significados: el nueve y el trece. Los pisos del inframundo son nueve y trece los del cielo. Estamos frente a dos visiones del mundo, simbolizadas por el tres y el cuatro: la visión ternaria y la cuaternaria. Estas visiones, radicalmente distintas, ¿son inconciliables? México es una prueba viviente de que la fusión, dificilísima, no es quizá imposible. El tres y el cuatro se asocian por adición y por multiplicación. En el primer caso el resultado es siete, un número santo de Occidente y también en Mesoamérica. En el segundo, el producto es doce, otro número santo. El experimento, la prueba, comenzó en el siglo XVI y aún no termina. No hemos llegado ni al siete ni al doce: México es todavía un proceso. Está vivo y va del tres al cuatro pero no se queda en ninguno de los dos. ¿Se busca? No: se inventa, se crea.

[2] Los diccionarios españoles no registran la palabra quinconce (en latín y en inglés *quincunx* y *quinconce* en francés y en italiano). Los diccionarios la consideran galicismo por tresbolillo, pero este término se refiere únicamente a las plantaciones, no a la cosmogonía.

Apéndice

"RESPUESTA Y ALGO MÁS" (1960)

La lectura de la nota que acompañaba a mi comentario al artículo de Emmanuel Carballo sobre *El laberinto de la soledad,* en la cual el director de *México en la Cultura* abandona toda imparcialidad y se erige, sin que nadie se lo pida, en juez y parte (algo así como el Padre Ubú y su conciencia), me dejó perplejo. Ahora, después de leer la respuesta destemplada del mismo Carballo, la higiene intelectual me aconseja el silencio. Además, las discusiones aburren al público; y ésta resulta estéril. Así pues, no sin vencer ciertas vacilaciones me decido a contestar, por última vez, a mi interlocutor (de alguna manera hay que llamarlo). Olvidaré las injurias y procuraré ser breve y claro.

En primer término: nunca intenté discutir las opiniones de Carballo. Agradezco sus juicios benévolos, lamento sus críticas adversas y respeto unas y otras. Sólo que no se trata de eso. Protesté porque Carballo me atribuye actitudes e ideas que no tengo. La primera: "ninguneo" (conjuguemos el verbo) a mis compañeros y a mis adversarios; la segunda: declaro que no me interesa la transformación "de las oprobiosas condiciones de vida de los hombres". Estas afirmaciones tienen poco o nada que ver con la literatura. Mucho con la moral intelectual. Esperaba que Carballo rectificase o probase sus acusaciones. Prefirió acumular otras. No tengo más remedio que referirme a ellas, aunque no me

ocuparé de las que, por su misma fragilidad, no merecen respuesta.

El "ninguneo": en diversos capítulos de *El laberinto* cito a la mayoría de los escritores que, de una manera u otra, se ha ocupado del tema. Mi libro no fue el primero ni es el único. Tampoco es un catálogo. (Verdadera omisión: la de varios estudios psicoanalíticos, particularmente el del doctor Ramírez. No es mi especialidad; y el libro estaba ya en la imprenta cuando aparecieron esos estudios.) Pero ahora Carballo ya no me acusa de "ninguneo" sino de plagio. De paso, no estoy contra el plagio cuando la víctima desaparece. Ya se sabe: "el león se alimenta del cordero". (Pero aquí no hay leones ni corderos). Unos artículos de Salazar Mallén, que nadie recuerda, y un libro de Samuel Ramos, que todo el mundo conoce, son mis fuentes secretas.

Puesto que se habla de "orígenes," debo decir que algunas de las preocupaciones de *El laberinto* (la muerte, el nihilismo, la fiesta, las "malas palabras", la búsqueda de un destino, etcétera), se encuentran, como embriones o gérmenes, en un comentario a *Nostalgia de la muerte* de Villaurrutia, publicado en *Sur* a raíz de la aparición del libro (1938 ó 1939), y en una serie de artículos en *Novedades* (1941 ó 1942): mis fechas son un poco inciertas porque no tengo a la mano mis papeles. (Otras ideas, precisamente las que forman, por decirlo así, el esqueleto de mi ensayo —soledad y comunión, nacionalismo y universalismo, etcétera— aparecen en muchos de mis escritos, casi desde que empecé a escribir.) Por otra parte, la cuestión de las fechas carece de interés. A juzgar por los fragmentos que reproduce Carballo, Salazar Mallén trata el tema del "machismo" y el "malinchismo" en varios artículos. Pero muchos otros se han ocupado del mismo asunto: desde los cancioneros y autores cinematográficos hasta los periodistas, los psiquiatras y los historiadores. No podía ser de otro modo: son obsesiones populares, cifras y claves de una sensibilidad. Quizá Carballo no ignora que la primera novela

mexicana con tema indígena se llama *Doña Marina o la Piedra del Sacrificio*. Ahora bien, cualquiera que haya leído los fragmentos que publica Carballo y mi libro, se dará cuenta de que, excepto el tema común a muchos escritores, poca o ninguna relación hay entre uno y otro. Pero ni siquiera esto tiene importancia, pues Carballo afirma que también Salazar Mallén es un plagiario. Y su víctima es la mía: *El perfil del hombre y la cultura en México* de Samuel Ramos.

¿"Ninguneo" a Ramos, omito mis deudas, escamoteo su nombre o sus ideas? *El laberinto* se abre con una alusión a Ramos; al iniciar el primer capítulo, en el tercer párrafo, escribo: "Creía, como Samuel Ramos, que el sentimiento de inferioridad influye... etc." En ese párrafo, al mismo tiempo que señalo la coincidencia en la preocupación y la precedencia cronológica de Ramos, insinúo una diferencia de interpretación y de método. Más adelante, en el mismo primer capítulo, en la página 18, aclaro en qué consiste la diferencia y esbozo cuál será la idea central de mi libro. "La existencia de un sentimiento de real o supuesta inferioridad podría explicar... ciertas actitudes del mexicano...pero más vasta y profunda que el sentimiento de inferioridad yace la soledad. Es imposible identificar ambas actitudes: sentirse solo no es sentirse inferior sino distinto... la soledad, por otra parte, no es una ilusión —como lo es, a veces, el sentimiento de inferioridad—, sino la expresión de un hecho real: somos, de verdad, distintos. Y de verdad, estamos solos..." En la página 143, tras de afirmar que "el libro de Ramos es el único punto de partida que tenemos de conocernos" (puesto que "su idea central sigue siendo válida"), señalo con lealtad, pero sin saña, lo que a mí me parecen ciertas limitaciones de su estudio. Ramos hace un análisis psicológico de un tipo aislado y omite el examen histórico, la vida de relación (es decir, estudia al mexicano como individuo, no en su historia no como una comunidad habitada alternativamente por la voluntad de dispersión y de reunión); tampoco exa-

mina nuestros mitos (casi siempre ambivalentes: Guadalupe y Malinche; Cortés y Cuauhtémoc: cerrarse y "rajarse", etc.); no se ocupa de la historia de México ni de la relación vital de los mexicanos con ciertas ideologías universales (Catolicismo, liberalismo, patriotismo, etc.); finalmente, no le interesa situarnos en el mundo, ni tampoco señala cómo la vida de México —sobre todo a partir de la Revolución y precisamente porque nuestra Revolución es un fragmento de la ola de revoluciones del siglo XX—, desemboca en la Historia Universal. En suma, el libro de Ramos es un estudio de psicología social, inspirado sobre todo por Adler; o sea, por una rama del psicoanálisis, quizá la menos fecunda, que acentúa la importancia de la voluntad a expensas de realidades psíquicas más hondas, como la sexualidad... ¿Niego a Ramos? No, su libro es excepcional y abre un camino. Su influencia —o más exactamente: su *estímulo*—, fueron decisivos. Sin el libro de Ramos quizás yo no hubiera escrito el mío. O habría escrito un libro distinto. Pero otro tanto debo decir —y me limito a los autores mexicanos— de los libros de Reyes, Zea, O'Gorman, Usigli, Herzog y otros. Nada viene de nada.

A riesgo de ser impertinente —un autor nunca debería hablar de sus obras— diré algo más sobre *El laberinto:* no se trata de una "psicología del mexicano" sino de la descripción de un ritmo vital e histórico (la dialéctica de la soledad y la comunión) en un momento y en un pueblo; asimismo, es una tentativa por desenmascarar ciertos mitos (el "macho", la "sufrida" mujer mexicana, la madre y la Chingada y otros no menos importantes que envenenan nuestras relaciones de hombre a hombre y, sobre todo, entre hombre y mujer); es un intento, demasiado apresurado y esquemático pero que quizá resista la prueba de un análisis más detenido, por entender la historia de México (y esto frente a interpretaciones reaccionarias y delirantes comos las de Vasconcelos, o puramente rituales y maniqueas, como las del liberalismo y la izquierda oficial); en fin, es un esfuerzo por desentra-

ñar el sentido de nuestra relación con el mundo y, en sus dos últimos capítulos, por situarnos en el mundo, esto es, dentro de la corriente histórica mundial (no ya como objetos sino, así sea parcialmente, como agente de los cambios que se operan en todo el planeta. En contra de las ideas de Ramos, no sólo rechazo la posibilidad (o la conveniencia) de una "filosofía mexicana" sino que afirmo expresamente que la historia de México —o sea: nuestra vida concreta, nuestra vida de ahora— desemboca en la Historia Universal. Nada más alejado del nacionalismo —y de su reverso: el cosmopolitismo— de la generación anterior. (Para mí el nacionalismo válido es otro y está abierto al mundo. Por ejemplo: Cárdenas que expropia el petróleo y, al mismo tiempo, envía armas al pueblo español. Pero de todo esto tendré ocasión de hablar alguna vez.) En suma, lo que quería decir es que mi libro no sólo es una consecuencia del de Samuel Ramos; también es una respuesta.

Carballo nunca podrá probar que a mí no me interesa cambiar las condiciones de vida de los hombres. No es otro el tema de la última parte de *El laberinto*. Si fuese sincero confesaría que su acusación no sólo es infundada sino ridícula. Podría decir, sí, que yo rechazo ciertos métodos —los del "socialismo totalitario"— y que esos métodos son, para él, los únicos eficaces. Si obrase así, discutiría realmente mis opiniones y ejercería su función de crítico. ¿Hay que pedirle peras al olmo? Yo creo que sí. Pero Carballo prefirió ofrecer, por segunda vez, como única prueba, una cita trunca de mi libro. Y esto es lo que me parece inadmisible. Y si resulta escandaloso denunciar estos métodos de "crítica intelectual", ¿no es más escandalosa aún la impunidad con que se practican?

Los que conocen a Carballo no dejarán de reírse al leer que se declara "marxista ortodoxo". Pero la alegría desaparece cuando se advierte el celo policíaco con que este "marxista ortodoxo" vela por la inocencia de las conciencias simples. En efecto, Carballo escribe: *El labe-*

rinto "es nocivo para un lector no familiarizado con estos temas" (¡los de la evolución económica y social de los países "subdesarrollados"!). Convertido en guardián de la santa ignorancia, no es extraño que prefiera mutilar un texto antes que discutirlo. ¿Qué decir? Callar, pues hemos

> *Salué l'énorme Betise*
> *La betise au front de taureau...*

Claro: la Betise, así con mayúscula, no es falta de talento; es inteligencia nublada por el odio.

Y algo más. En otro periódico se dice que *"El laberinto* es un libro discutible". ¡Claro que lo es! Y agrego: es un libro periodístico: aunque su actualidad no sea —por supuesto— la de la noticia diaria. Discutible y periodístico: compuesto de hipótesis, opiniones y sugestiones, objeción y enmienda. Condenado de antemano al olvido. Un libro que no aspira sino a ser devorado por la realidad, siempre más poderosa que las ideas y las teorías. Así, algunas de las cartas que he recibido durante los últimos meses, muchas de lectores desconocidos para mí, contienen preguntas, objeciones y rectificaciones. La mayoría de mis corresponsales son jóvenes latinoamericanos; otros son de países que no hablan nuestra lengua. A casi todos les preocupa la situación de los pueblos de la periferia (el "tercer mundo" como empiezan a llamarlo en Europa) en estos momentos de grandes cambios mundiales; a otros les interesa específicamente el problema del desarrollo económico de nuestros países. Entre todas estas cartas destaco una del economista mexicano Víctor L. Urquidi, en la que se toma el trabajo de rectificar algunas de mis conclusiones sobre este tema. Urquidi piensa, sin duda con razón, que dentro de las actuales circunstancias y a condición de que se emprendan ciertas reformas esenciales, es factible superar algunos de los obstáculos que entorpecen nuestro desarrollo integral, especialmente el bajo poder adquisitivo de los campesinos, el subempleo y la escasez

de medios de "financiamiento". Críticas como ésta abren caminos y se reciben con gratitud. Ojalá que los estudios de Urquidi sean más difundidos y discutidos, pues creo que hasta ahora sólo han circulado entre los especialistas. Este tema, contra lo que se cree, no es exclusivamente técnico. Por una parte, colinda con la psicología, la sociología, la política, la historia y el porvenir mismo de la nación; por la otra, lo que se llama el desarrollo económico es en realidad un fenómeno histórico que entraña el cambio de una sociedad, es decir, de cada uno de nosotros.

Hace cincuenta años se inició la Revolución Mexicana. Esa fecha también tiene un significado universal: hace cincuenta años principió una ola revolucionaria en el mundo, que aún no termina. Dos veces se ha roto el equilibrio internacional. Han surgido nuevas potencias mundiales. Algunos países han saltado de la sociedad feudal a la era industrial. En Asia y en África han nacido muchas naciones; otras han recobrado su independencia. Mali, Ghana, Guinea: nombres ayer desconocidos. Este es, a mi juicio, el trasfondo histórico del siglo XX, la verdadera novedad mundial. Por lo menos, nuestra novedad. Hemos dejado de ser paisaje de fondo o escena de la acción histórica; empezamos a participar en el drama. ¿Cómo se han realizado estos cambios y qué fuerzas sociales, históricas, humanas, encarnan esta voluntad revolucionaria? Estas preguntas merecen una respuesta. El "pasado inmediato", para no hablar del *porvenir inminente,* exige una explicación. No bastan las afirmaciones dogmáticas. Un amigo me dice: ¿y tú, qué propones? Mi libro termina en una pregunta. Y más, desde la primera hasta la última página, es una interrogación. Pero no es una pregunta gratuita, especulativa o abstracta. Interroga al presente. Asistimos quizá al fin de un período mundial, el de la llamada "guerra fría". Si las grandes potencias llegan a un acuerdo permanente, o al menos a un entendimiento duradero, se abrirá una época de grandes cambios. Todas las fuerzas que desde la

primera guerra mundial se han manifestado como violencia acaso cambiarán el signo de la destrucción por el de la creación. En primer término, en el interior mismo de los dos bloques (posibilidad tratada, confieso que con cierta ligereza, en *El laberinto);* después, y sobre todo, en la periferia, en los países "subdesarrollados" y "en proceso de desarrollo". La situación de estas naciones es uno de los temas centrales y constantes en las reuniones que desde algunos meses celebran en los cinco continentes casi todos los jefes de Estado y de gobierno. Sobre este problema nosotros los mexicanos (y otros muchos pueblos, en condiciones análogas a las nuestras) tenemos algo que decir.

Sería un error plantear el problema de nuestras naciones en términos puramente económicos. Los artistas, los escritores, los poetas también tienen algo que decir. En una carta reciente a Robert Escarpit —a propósito de un comentario que dedicó en *Le Monde* a la edición francesa de mi libro— le confiaba: "Nuestra generación ha vivido en plena lucha ideológica y en permanente crisis y examen de conciencia. Sin embargo, en los últimos tiempos se han operado aquí y allá ciertos cambios que, acaso, transformen por muchos años la historia mundial. Esto no quiere decir, naturalmente, que debemos relajar nuestra vigiliancia. Pero los peligros que yo veo son distintos a los del pasado y no provienen tanto del fanatismo ideológico o del culto a los jefes como del inmenso conformismo que en todo el mundo se extiende, quizá como una consecuencia fatal del desarrollo de la técnica. No estoy en contra del progreso pero no creo que la comodidad pueda ser el ideal del hombre... Y no crea usted que es pesimista la última frase de mi libro. Cuando digo que el hombre moderno ha soñado con los ojos abiertos, quiero decir que se ha entregado a utopías racionales que han terminado en hecatombes. Será mejor entonces soñar con los ojos cerrados; establecer, reanudar la comunicación entre la vigilia y el sueño, única manera de conjurar la *hybris*. De otro

modo la mitad oscura se venga, disfrazada de razón, lucidez, sentido histórico o eficacia. Si, como creo y espero, al fin accedemos a la "normalidad histórica", esto es, si alcanzamos el nivel de las sociedades plenamente industriales, nos enfrentaremos a nuevos obstáculos que no serán de orden económico sino espiritual. Adivino la sonrisa "sociológica" de los "progresistas" y de los "prácticos" al tropezar con la palabra espíritu. Pero "psiquis" tampoco les gustaría; está teñida de mitología y, en sentido estricto, de Eros. Es, diría, la palabra erótica por excelencia. En la sociedad industrial, tal como empezamos a entreverla, todas estas palabras —y las otras: arte, poesía, imaginación, juego, amor, alma, sueño, analogía— brillan por su ausencia. No es un lugar común: brillan ausentes porque, como las estrellas, la luz que nos envían es de otro tiempo.. ¿El tiempo de antes? De antes y después. El hombre no va a ninguna parte si no va al encuentro de sí mismo. La gran conquista no es la del espacio exterior sino la del espacio interior.

México en la Cultura, Suplemento del diario
Novedades, México, D.F., 569
(7 de febrero de 1960), págs. 2, 7.

"EL HOMBRE ES UN SER QUE PREGUNTA" (1990)

...El hombre es un ser que pregunta. Desde que nacemos comenzamos a preguntar, y no solamente cada uno de nosotros, sino todos los hombres y todas las sociedades. Incluso podría decirse que la historia de la humanidad es la historia de las preguntas y respuestas que los hombres nos hemos hecho desde que aparecimos en este planeta.

Pero hay una pregunta que es casi imposible de contestar. Mejor dicho: que provoca respuestas innumerables y contradictorias —cada una niega las otras. Me refiero a la pregunta que nos hacemos sobre nosotros mismos: ¿Quién soy yo? ¿Quiénes somos nosotros? ¿Qué significa ser inglés, francés, persa, argentino? ¿Qué quiere decir ser mexicano?

La mayoría de los pueblos se hacen estas preguntas decisivas sobre su propio ser en momentos que preceden o que suceden a las grandes conmociones sociales, a las revoluciones y a los cambios que transforman una sociedad. Yo me hice la pregunta sobre México y sobre mí mismo después de la Revolución Mexicana, cuando había pasado la época agitada de este gran cataclismo social y el país se preparaba para entrar y vivir un nuevo período —este que ahora vivimos. Mi pregunta coincidió con ese momento en que el país se contemplaba a sí mismo, se preguntaba y reflexionaba sobre su propio destino.

El laberinto de la soledad es una obra fechada. Per-

tenece a un momento y expresa una preocupación, una pasión compartida por muchos. Escribí ese libro en mi treintena, una edad en que se bifurcan los caminos: hemos dejado la juventud pero todavía no alcanzamos la madurez. Mi edad biológica coincidía con la edad histórica de México.

Otra circunstancia personal: escribí mi libro en el extranjero, en Francia, en 1949. Sus páginas fueron el resultado de una doble experiencia: en los Estados Unidos, donde viví varios años, y la de Europa. Me sentí solo y sentí también que México era un país solo, aislado, lejos de la corriente central de la historia.

Al reflexionar sobre la extrañeza que es ser mexicano descubrí una vieja verdad: cada hombre oculta un desconocido. Cada hombre está habitado por un fantasma. Quise penetrar en mí mismo y desenterrar a ese desconocido: hablar con él. Mi libro no es un tratado de sociología ni es un tratado de psicología. ¿Qué es entonces? Es una confesión, o mejor una declaración.

Una vez le preguntaron a Flaubert: "¿Quién es Madame Bovary?" Y contestó: "Madame Bovary soy yo." Este libro mío sobre México, y los otros sobre tema parecido, son lo que yo soy. También lo que no soy, y quisiera ser: el desconocido que me habita. Una tentativa por desenterrarme y, viéndome, ver el rostro de mi país, de mis semejantes. Una declaración: ¿por qué? Hay un poema famoso del poeta romano Catulo que dice así:

Amo y odio. ¿Por qué?
No lo sé, pero lo siento,
Y me torturo.

En efecto, el amor es una pasión misteriosa, hecha de opuestos: deseo y temor, ternura y celos, ferocidad y caricias, egoísmo y desinterés. Uds. van a oír, y ver, una declaración de amor.

... En las actitudes de los mexicanos, y muy especialmente en aquellas relativas al misterio del origen, hay

dos actitudes: una de unión y otra de separación. Afirmación comunitaria y negación del otro. Este doble movimiento de unión y ruptura es una respuesta instintiva a nuestra historia y una tentativa por trascenderla, por unir lo que fue separado. En el curso de estos programas, vamos a ver cómo se desarrolló en la historia de México este doble ritmo de unión y separación. Adelanto que se trata de una oposición fecunda porque en la vida la unión de los contrarios implica fecundidad, fertilidad, creación, como podemos observarlo en el símbolo de la campana...

Extracto de introducción a "El laberinto de la soledad", tomo 1 de la videoserie México en la obra de Octavio Paz, *México, Televisa, 1990.*

"ENTRADA RETROSPECTIVA" (1992)

Mi admiración y simpatía por los norteamericanos tenía un lado obscuro: era imposible cerrar los ojos ante la situación de los mexicanos, los nacidos allá y los recién llegados. Pensé en los años pasados en Los Angeles, en los trabajos de mi padre para abrirse paso en el destierro, en mi madre, hormiga providente... pero hormiga que cantaba como una cigarra. Aunque no sufrimos las penalidades de la mayoría de los inmigrantes mexicanos, no era necesaria mucha imaginación para comprenderlos y simpatizar profundamente con ellos. Me reconocí en "los pachucos" y en su loca rebeldía contra su presente y su pasado. Rebeldía resuelta no en una idea sino en un gesto. Recurso del vencido: el uso estético de la derrota, la venganza de la imaginación. Volví a la pregunta sobre mí y mi destino de mexicano. La misma que me había hecho en México, leyendo a Ortega y Gasset o conversando con Jorge Cuesta en un patio de San Ildefonoso. ¿Cómo contestarla? Antes de abandonar México, un año antes, había escrito para un diario una serie de artículos en los que trataba asuntos más o menos conectados con la pregunta que me atormentaba. Ya no me satisfacían. Ignoraba entonces que esas notas y mis encuentros con España y con los Estados Unidos eran una preparación para escribir *El laberinto de la soledad*.

<center>* * *</center>

Llegué a París en diciembre de 1945. En Francia los años de la segunda posguerra fueron de penuria pero de gran riqueza, no tanto en el dominio de la literatura propiamente dicha, la poesía y la novela, como en el de las ideas y el ensayo. Yo seguía con ardor los debates filosóficos y políticos. Atmósfera encendida: pasión por las ideas, rigor intelectual y, asimismo, una maravillosa disponibilidad. Al poco tiempo encontré amigos afines a mis preocupaciones intelectuales y estéticas. En aquel medio cosmopolita —franceses, argentinos, norteamericanos— respiré con libertad: no era de allí y, sin embargo, sentí que tenía una patria intelectual. Una patria que no me pedía papeles de identidad. Pero la pregunta sobre México no me abandonaba. Decidido a enfrentarme a ella, me tracé un plan —nunca logré seguirlo del todo— y comencé a escribir. Era el verano de 1949, la ciudad se había quedado desierta y mi trabajo en la Embajada mexicana, en donde yo tenía un empleo modesto, había disminuido. La distancia me ayudaba: vivía en un mundo alejado de México e inmune a sus fantasmas. Tenía para mí las tardes de los viernes y, enteros, los sábados y los domingos. Y las noches. Escribía con prisa y fluidez, con ansia de acabar pronto y como si en la última página me esperase una revelación. Jugaba una carrera contra mí mismo. ¿A quién o qué iba a encontrar al final? Conocía la pregunta, no la respuesta. Escribir se volvió una ceremonia contradictoria, hecha de entusiasmo y de rabia, simpatía y angustia. Al escribir me vengaba de México; un instante después, mi escritura se volvía contra mí y México se vengaba de mí. Nudo inextricable, hecho de pasión y de lucidez: *odio et amo*.

En otras ocasiones me he referido a los defectos y lagunas de *El laberinto de la soledad*. Los primeros son

congénitos, la consecuencia natural de mis limitaciones. En cuanto a las últimas: he procurado remediarlas en diversos escritos, como podrá verlo el lector de este libro. La mayor omisión es la de Nueva España: las páginas que le dedico son insuficientes; las he ampliado en varios textos de este libro y, principalmente, en la primera parte de mi estudio sobre Sor Juana Ines de la Cruz. ¿Y el mundo prehispánico? Creo que mis ensayos sobre el arte antiguo de México son algo más que meros estudios de estética: son una visión de la civilización mesoamericana. Dicho esto, confieso que la concepción central de *El laberinto de la soledad* me sigue pareciendo válida. El libro no es un un ensayo sobre una quimérica "filosofía de lo mexicano"; tampoco una descripción psicológica ni un retrato. El análisis parte de unos cuantos rasgos característicos para enseguida transformarse en una interpretación de la historia de México y de nuestra situación en el mundo moderno. La interpretación me parece válida, no exclusiva ni total. Hay otras interpretaciones y, entre ellas, algunas son (o pueden ser) igualmente válidas. No excluyen a la mía porque ninguna es global ni final. La comprensión histórica es, por naturaleza, parcial, trátese de Tucídides o de Vico, de Marx o de Toynbee.

Todas las visiones de la historia son un punto de vista. Naturalmente no todos los puntos de vista son válidos. Entonces, ¿por qué me parece válido el mío? Pues porque la idea que lo inspira —el ritmo doble de la soledad y la comunión, el sentirse solo, escindido, y el desear reunirse con los otros y con nosotros mismos— es aplicable a todos los hombres y a todas las sociedades. Aunque cada individuo es único y cada pueblo es diferente, todos atraviesan por las mismas experiencias. Por eso es legítimo presentar a la historia de México como una sucesión de rupturas y uniones. La primera fue la Conquista. La primera y la decisiva: fue un choque entre dos civilizaciones y no, como ocurriría después, dentro

de la misma civilización. A su vez, la primera reunión o reconciliación —respuesta a la violenta ruptura de la Conquista— consistió en la conversión de los vencidos a una fe universal, el cristianismo. Desde entonces las rupturas y las reuniones se ha sucedido; sería ocioso enumerarlas. No, no es arbitrario ver nuestra historia como un proceso regido por el ritmo —o la dialéctica— de lo cerrado y lo abierto, de la soledad y la comunión. No es difícil advertir, por otra parte, que el mismo ritmo rige las historias de otros pueblos. Pienso que se trata de un fenómeno universal. Nuestra historia no es sino una de las versiones de ese perpetuo separarse y unirse con ellos mismos que ha sido, y es, la vida de todos los hombres y los pueblos.

Extractos de "Entrada retrospectiva" (1992),
prólogo a El peregrino en su patria, *tomo 8*
de Obras completas de Octavio Paz.

Colección Letras Hispánicas